MOMENTOS ESTELARES DE LA HISTORIA

DMITRI MEREZHKOVSKI

EL ROMANCE DE LEONARDO

Traducción de Juan Santamaría

Prólogo de Juan Miñana

CÍRCULO DE LECTORES

Leonardo o la alquimia de la luz

En las primeras ediciones de *El romance de Leonardo,* de Dmitri Merezhkovski, se incluía como cita inicial un fragmento de las *Notas de un escultor florentino,* en las que Lorenzo Ghiberti, arquitecto, escultor y orfebre que vivió entre 1378 y 1455, reflejaba testimonialmente la contradictoria relación de su época con la estética y la espiritualidad de la Antigüedad clásica:

«En la villa de Siena se encontraba la estatua de Venus, para alegría de los ciudadanos, en la plaza cercana a la Fuente Gaja. El pueblo acudía en masa a admirar a Venus. Pero durante la guerra contra Florencia, uno de los gobernadores se levantó en una sesión de los comicios y dijo: "¡Ciudadanos! La Iglesia cristiana defiende el culto a los ídolos. Podemos suponer que nuestro ejército sufre derrotas por culpa de la Venus que hemos erigido en la plaza principal de la villa. La ira de Dios pende sobre nosotros. Os aconsejo romper el ídolo y enterrarlo en tierra florentina, con el fin de atraer la cólera celeste contra nuestros enemigos". Y así hicieron los ciudadanos de Siena.»

Dmitri Merezhkovski, poeta, ensayista, novelista y crítico nacido en San Petersburgo, en 1865, concibió su novela histórica *El romance de Leonardo* partiendo de un momento tan significativo como la *resurrección* arqueológica de las antiguas deidades griegas y romanas, denostadas completamente hasta que el arte gótico evolucionó hacia el naturalismo. Se desentierran los dioses clásicos de mármol, los cánones griegos, y con ellos un modo renovado y sensual de concebir el mundo, en contraposición con el rígido punto de vista medieval. Merezhkovski elige certeramente un lugar y un tiempo de privilegio para iniciar su narración –un grupo de florentinos recuperando la estatua de Venus, de Praxíteles, de la fosa donde había sido enterrada para que sobreviviera a los tiempos oscuros–, y personaliza la tensión entre paganismo y cristianismo, y por extensión entre fe y saber, en la fronteriza figura de Leonardo da Vinci, llave maestra para acceder a los distintos escenarios del Renacimiento italiano, entendido éste como un complejo espectáculo que el escritor sintetiza eligiendo una sucesión de momentos de intensa grandeza y profunda miseria: luz y sombra que Leonardo tratará de fusionar no sólo en su actitud vital, sino en su técnica pictórica.

La novela *El romance de Leonardo* fue publicada en 1902, formando parte de un ambicioso tríptico titulado *Cristo y Anticristo,* iniciado con la obra *Juliano el Apóstata* (1901) y completado en 1905 con *Pedro y Alejo*. La tesis ideológica de Merezhkovski, desarrollada a lo largo de estas tres novelas claramente simbólicas, es la búsqueda de armonía entre lo divino y lo humano, entre materia y espíritu. El ideólogo condiciona al narrador en el uso del pasado histórico como herramienta al servicio de su exposición teórica, pero en las tres novelas alienta a menudo, por encima de la enorme erudición del escritor, la sutileza lírica que delata la juventud de Merezhkovski como poeta: podemos asistir a una significativa escena en la que se nos muestra un festejo en la corte de Ludovico el Moro, en Milán, donde Leonardo deslumbra a los más de dos mil invitados con ingenios mecánicos de recreo. Compartimos la rutilante exhibición de poder político, y nos dejamos sugestionar por las complicadas puestas en escena de alegorías tan sorprendentes como la aparición en las salas de una estatua de oro con vida propia: un niño completamente pintado de oro que representa el advenimiento de una nueva edad dorada gracias al gobierno de Moro.

Diplomacia, relaciones privadas, fastos de poder, artistas cortesanos. Si la recreación histórica es valiosa, el mejor brillo narrativo tiene lugar cuando Leonardo descubre en un rincón, al día siguiente de la fiesta, el cuerpo aterido del niño pintado de oro, ya casi asfixiado por la pintura que tapa sus poros, y a quien sólo puede reconfortar un poco antes de que muera. Como argumento más afinado, Merezhkovski no elige el profundo conocimiento de la época que describe, sino la cruel ironía de un detalle bellísimo e hiriente, la lírica ácida que cuestiona la llegada de un supuesto nuevo Siglo de Oro.

Dmitri Merezhkovski había estudiado literatura y lenguas

en el Gimnasium de su ciudad natal, y posteriormente se trasladó a Moscú para iniciar estudios universitarios de filosofía. En 1892 publicó su primer libro de poemas, *Símvoli*, adscrito a la corriente paralela al simbolismo francés que aspiraba a preservar cierta trascendencia, cierto misticismo, frente al realismo positivista que imperaba en las letras rusas.

En 1893 publicó un contundente manifiesto: *Sobre los orígenes de la decadencia de la literatura rusa y sus nuevas corrientes*, que le enfrentó abiertamente con los defensores de la llamada literatura social. Merezhkovski, apoyado por su esposa, la poetisa Zinaida Gippius, con la que se casó en 1889, y por algunos autores afines, nunca trató de negar la realidad social rusa. Su opción, como escritor, fruto de un profundo conocimiento de la cultura occidental, especialmente de la literatura clásica, fue impedir la abolición de los mitos, de los credos metafísicos, del misterio o la pura fantasía. Tomó parte en la creación de una escuela de filosofía religiosa neocristiana que intentaba suplantar la ortodoxia rusa. Combatió el césaropapismo de la iglesia nacional de su país, pero el hecho de occidentalizar su propuesta literaria nunca entró en conflicto con sus orígenes eslavos y un concepto mesiánico de la historia. Su afán de conocimiento le llevó a investigar en fuentes tan variadas como la Antigüedad grecorromana, los padres de la Iglesia, el Renacimiento italiano, los profetas hebreos, los textos egipcios... En los comienzos de su carrera encontró un poderoso modelo en la obra de Calderón para concretar su filosofía mística. Fruto de ello fue la creación de un drama sobre *La vida es sueño* que más tarde completaría con un estudio. También plasmó sus preferencias ocupándose de Cervantes en una breve semblanza recogida –entre otras pequeñas biografías– bajo el título de *Compañeros eternos*. Sentía predilección, entre los autores modernos, por Goethe, Ibsen y Nietzsche, y en su actividad como crítico, especialmente a partir de sus ensayos de 1901 a 1903, repudió a Tolstói y se decantó por Dostoyevski, cuya doctrina mística había influido años atrás en su formación espiritual.

Aunque en 1905 se había enfrentado al zarismo, Merezhkovski se opuso a la implantación del régimen soviético, lo que le llevó al exilio en París en 1919, ciudad en la que residiría –participando activamente en la oposición de las fuerzas llamadas *blancas*– hasta su muerte en 1941.

La elección del Renacimiento italiano, y de la figura de Leonardo como claves simbólicas para desarrollar sus ideas, no fue en modo alguno casual. Como no fue casual, dada su formación, que optara por un dibujo de línea clara para presentar su reconstrucción de época, aun a riesgo de que tal reconstrucción se tomara por idealizada. Su espléndido fresco literario sobre el Renacimiento, una vez rescatado del olvido el punto de vista pagano en los primeros capítulos, planteada ya la tensión estético-moral entre paganismo y cristianismo, se articula a partir del arquetipo de artista que asume conciencia de su propia importancia, que busca en lo posible su libertad creativa, y que racionaliza el mundo usando su arte como instrumento de investigación científica.

El público que celebró inmediatamente la publicación de las primeras novelas de Merezhkovski quizá no era del todo consciente de la trama de paralelismos que el autor había urdido para reflejar los avatares sociales y políticos de su tiempo, y sobre todo de la importancia del modelo de Leonardo –de la leyenda de Leonardo que empezara a crear Vasari en su célebre biografía– como espíritu que aspira a la elevación aun conviviendo con las distintas inquisiciones de su época, incluso con el lastre para la libertad personal que supone el hecho de crear bajo poderosos mecenazgos.

El Renacimiento que reclama Merezhkovski para su reivindicación es el Renacimiento de la emancipación artística tras la dependencia medieval hacia las instituciones. Es el Renacimiento de artistas que rompen vínculos con sus ciudades natales y se liberan de las leyes internas de los gremios. La época del artista viajero, que puede ser solicitado por varias cortes a la vez, enriqueciéndose por la demanda que le proporciona la proliferación de nuevos principados, de nuevas señorías. Leonardo puede acumular rumores sobre su persona y sus actividades –prácticas mágicas, sodomía–, y renacer en la corte de otra ciudad. Sus fidelidades tienen un límite que con toda probabilidad linda con su código ético personal. Deja Florencia y entra al servicio de los Sforza, en Milán, con el cargo cortesano de organizador de fiestas pero sin renunciar a sus múltiples aptitudes creativas. Vivirá otra temporada en Florencia. Más tarde se trasladará a Roma, bajo protección papal. De nuevo se instalará en Milán. Para acabar sus días en la corte del rey de Francia, Francisco I, gran admirador de su arte y de sus conocimientos científicos.

El Renacimiento italiano supone, por primera vez en la historia, una alianza artístico-humanista, lo que permite el ascenso social de pintores y escultores avalados por los intelectuales, que a su vez comprenden el valor propagandístico de sus ideas a través del arte. Es el advenimiento del artista que observa su época desde un punto privilegiado. Un artista del que se espera originalidad, incluso excentricidad, misterio. Es la inauguración del concepto de genio, que Leonardo fomentará aconsejando la observación directa de la naturaleza, lejos de la formación artesana de copiar modelos, lo que acabaría creando relaciones muy distintas en los talleres entre maestros y discípulos. El resultado de ese racionalismo personalista, sin embargo, no significó a largo plazo la proliferación de talentos originales. En realidad, el paso paulatino de los talleres a las escuelas artísticas simplemente cambió los viejos modelos por teorías, por ideales artísticos que también podían resultar constrictores.

Como teórico sobre concepciones de arte, Leonardo fue un continuador de los innovadores preceptos de Leon Battista Alberti, defensor de las matemáticas como cuerpo común de la ciencia y el arte, si bien en los talleres ya se venían impartiendo tradicionalmente teorías de geometría, perspectiva y anatomía. Leonardo afirmaba que la pintura era una ciencia exacta de la naturaleza, aunque la pintura estaba por encima de la ciencia porque ésta es imitable, impersonal, mientras que el arte está ligado a la personalidad del artista.

Es durante la primera mitad del Quattrocento cuando se inicia la época de las grandes biografías, clara expresión del desplazamiento de la atención desde las obras de arte a la personalidad del artista. El primer artista biografiado por un contemporáneo fue Brunelleschi –el creador de la cúpula de la catedral de Florencia–. Se ponen de moda los autorretratos, se firman las obras. La personalidad del artista supera sus propias obras, entendidas ahora como expresiones parciales, y nunca perfectas, del talento creador.

La idea de un arte no utilitario, con valores intrínsecos, ya era común en la Antigüedad clásica. El arte renacentista se libera gradualmente de los dogmas eclesiásticos que habían primado en la Edad Media pero a cambio de someterse a una concepción científica del mundo. No obstante, la creación artística ganará con el cambio una autonomía que en esencia se conservará hasta nuestros días.

Merezhkovski subraya en su obra, precisamente, esa valiosa herencia que debemos al Renacimiento: la de la obra de arte concebida como imagen, concreción de una relación tensa entre la realidad y el sujeto que se enfrenta a ella desde su individualidad. Ante el positivismo de su época, ante la proliferación del realismo social en el arte de su tiempo, llama nuestra atención ante el hombre, el artista del Renacimiento; lo bastante culto, sensible, curioso, posibilista y vehemente al mismo tiempo como para tratar de entender el mundo y plasmarlo en toda su intensidad.

El romance de Leonardo hace suya la definición de Burckardt en el estudio que publicó en 1860 sobre la civilización renacentista, en el sentido de que, al margen de idealizaciones, no cabe duda de los logros culturales del Renacimiento y de la «eclosión de vitalidad» que desde Italia se expandió por todo Occidente.

Desde su invención a mediados del siglo XV, la imprenta de Gutenberg venía difundiendo las obras científicas de la Antigüedad, hecho cultural que revirtió en una verdadera resurrección de la filosofía griega y de las concepciones acerca de la belleza definidas por Pitágoras y Aristóteles. También renació la astrología y se impuso la simbología cabalística. Cada año los tribunales juzgaban cuestiones de brujería –el episodio del aquelarre narrado por Merezhkovski es especialmente sugestivo–. Leonardo fue tomado por alquimista –tras su muerte esa idea cobraría aún más cuerpo–. Se usaban comúnmente hechizos para todo: en agricultura, para asistir partos, para prevenir epidemias, con fines amorosos. La fiebre mágica renacentista, en definitiva, puede explicarse por la descompensación entre la inmensa curiosidad científica imperante y la falta de conocimientos físicos reales.

Pero la metáfora elegida por Merezhkovski para fundir magia y ciencia, razón y arte en Leonardo, es su logro en técnica pictórica conocido como *sfumato*, difuminado de luz y sombras que disuelve los contornos llevando a cabo una mediación entre las cosas y la atmósfera que las rodea. Equilibrio de luz y oscuridad. Alquimia de la belleza que Leonardo desarrolla en toda su madurez ya en su obra la *Adoración de los Magos*, que dejó inacabada en 1482 para trasladarse a Milán.

Esa prodigiosa alquimia de la luz nos descubre una realidad más poética, un tamiz de belleza que preserva la sensibilidad contra cualquier servidumbre. Para Leonardo, sin embargo, ni la vida ni la belleza se limitaban al arte:

«Veía con el mismo goce –interpreta Merezhkovski– la fuerza desarrollada por las máquinas, ruedas, palancas, resortes, correas, tornillos, vástagos, cilindros de hierro, engranajes y ranuras que la fuerza del Espíritu –el amor– por la cual se mueven los mundos.»

Leonardo es capaz de estudiar la luz de una tarde y decidir que sería una lástima no aprovecharla para seguir con las sesiones de pintura del retrato de monna Lisa –«... hoy la luz y las sombras parecen hechas para su rostro»–; pero también es capaz de anticiparse a las necesidades de la guerra concibiendo una mortífera máquina acorazada.

A veces el Renacimiento siente vértigo de su propia audacia y retrocede a la represión brutal de las hogueras. Se queman obras de arte, como en los autos de fe ordenados por Savonarola –para quien el destino tenía reservada también una ejecución en la hoguera–. O se ajusticia del mismo modo a la bruja Casandra, cuyas sentencias antes de morir nos acercan más que ninguna otra voz de *El romance de Leonardo* al simbolismo poético de Merezhkovski: «Hay entre los dioses del Olimpo uno que más que todos los otros está próximo a sus hermanos subterráneos, un dios luminoso y oscuro como el crepúsculo de la mañana, despiadado como la muerte, que ha descendido a la tierra concediendo a los mortales el olvido de la muerte –fuego nuevo nacido del fuego de Prometeo–. Y quien revelará a los hombres, amigo mío, que la sabiduría de

Aquel que está coronado de pámpanos –en alusión a Baco– es semejante a la sabiduría de Aquel que está coronado de espinas».

El logro de la serenidad vital y artística de Leonardo queda reflejado en un magnífico pasaje en el que el artista, tras muchas demoras, accede a visitar la Capilla Sixtina para contemplar los frescos de su rival, Miguel Ángel Buonarotti. Ante la deslumbrante fuerza de las pinturas, mágicamente suspendidas en los cielos abovedados de la capilla, Leonardo es capaz de admirar plenamente el talento ajeno, pero no puede evitar compararlo con sus logros personales, eligiendo para tal fin la obra que presenta como su baza más importante: el retrato de la Gioconda, expresión de su serenidad anímica, de una plenitud ideal y andrógina, es decir, alquímica, aunque la complicidad de monna Lisa, que le prestó un rostro a su alma, ya sólo era posible en el lienzo y en el recuerdo porque había fallecido tiempo atrás de una afección en la garganta:

«Y al mismo tiempo, tenía conciencia de que aspiraba a algo más grande, más elevado que Buonarotti: a esa unión, a esa suprema armonía que éste, en perpetua discordancia, en su rebelión, en su ímpetu, en su caos, no conocía ni quería conocer...» «... Pronto o tarde, el espíritu humano retornaría al camino que él había indicado, al camino que marchaba desde el caos a la armonía, de la dualidad a la unidad, de la tempestad hacia la calma.»

Los capítulos finales de la novela describen la vida de Leonardo en la corte del rey de Francia, en Amboise, donde se había trasladado en 1515 para ocuparse de unos estudios arquitectónicos en los castillos reales.

En esa etapa de su vida, Leonardo acusa la dispersión de su obra, se lamenta de la multitud de proyectos inacabados. Al margen de su actividad en la corte, su poética personal le llevará a sintetizar su aspiración espiritual de elevación en la conclusión de los estudios para construir su máquina voladora. Merezhkovski, avalado por Vasari, introducirá asimismo esa otra forma de elevación que supone el interés religioso de Leonardo, que ve cercana su muerte.

Fantasía mecánica, dibujos a la sanguina, brotes finales de pasión creadora. Pero sin olvidar la calma de algunos momentos en los que acercarse con curiosidad impenitente a las cuestiones de la fe. También se describen los cuidados de Leonardo, en íntimo contrapunto, a una paloma malherida que entra casualmente en su gabinete.

El día de la muerte de Leonardo ya ha llegado la primavera a Amboise y el dormitorio tiene las ventanas abiertas. Es un día claro, con las condiciones perfectas para que se eleve un ingenio mecánico, o quizás un pájaro, o quizás un espíritu libre. Un día de luz en la penumbra de un episodio histórico no conocido del todo, pero en el que cabe el simbolismo más revelador y la mejor poesía.

El cielo de las ventanas espera. ¿Máquina, pájaro o espíritu? ¿Conseguirán elevarse, trascender?

La decisión queda en manos de Dmitri Merezhkovski...

Juan Miñana

EL ROMANCE DE LEONARDO

Capítulo 1

La Diablesa blanca

I

En Florencia, al lado de la Colegiata del Oro, de San Miguel, se hallaban las lonjas del gremio de tintoreros.

Tinglados absurdos, almacenes y cobertizos sostenidos por pilares de tosca madera se apoyaban contra las casas, cuyos tejados estaban tan próximos que sólo dejaban ver una estrecha franja de cielo azul. Las calles, incluso en pleno día, resultaban sombrías. A la entrada de las tiendas, colgando de varillas de hierro, se veían muestras de tejidos de lana extranjera, teñida en Florencia. Por el centro de la calle pavimentada de guijarros corría una reguera de un líquido multicolor, procedente de las cubas de tinte. Encima de las puertas de los comercios se veían los escudos de la corporación de tintoreros con las armas de Calimala: un águila de oro, en campo de gules, llevando un fardo de lana blanca.

En uno de estos almacenes se hallaba sentado, rodeado de papeles y libros de contabilidad, maese Cipriano Buonaccorsi, rico mercader florentino y cónsul de la noble corporación de Calimala.

Bajo la fría luz de un día de marzo y entre la humedad que exhalaban los sótanos llenos de mercancías, el anciano tiritaba envuelto en su ropón de piel de ardilla, pelado y raído por los codos.

Se había colocado la pluma de ganso detrás de la oreja y con sus ojos débiles y miopes, a los cuales, sin embargo, no se les escapaba nada, repasaba, negligentemente en apariencia pero en realidad con muchísima atención, las hojas de pergamino de un libro enorme cuyas páginas estaban divididas por columnas verticales y horizontales: a la izquierda el debe, a la derecha el haber. Las mercancías estaban consignadas en caracteres comunes, sin mayúsculas, puntos ni comas, con números romanos, y exclusión de cifras árabes, las cuales eran tenidas por una frívola innovación indigna de los libros mercantiles. En la primera página, escrita en grandes caracteres, se podía leer la siguiente frase: «En el nombre de Nuestro Señor Jesucristo y de la Santísima Virgen María, este Registro ha sido comenzado en el año mil cuatrocientos noventa y cuatro del nacimiento de Cristo».

Cuando hubo acabado de examinar las últimas partidas y de rectificar cuidadosamente un error en la cuenta de los cargamentos de pimentón de Guinea, de jengibre de La Meca y de los paquetes de canela que había recibido en garantía por entregas de lana, maese Cipriano se recostó en el respaldo de su silla con aire de cansancio, cerró los ojos y se puso a pensar en la carta de negocios que tenía que enviar a su primer viajante, que se encontraba en Francia, en la feria de paños de Montpellier.

Alguien entró en la tienda. El viejo abrió los ojos y vio a su arrendatario, el campesino Grillo, a quien tenía arrendadas las tierras y las viñas de su hacienda de San Gervasio, situada al pie de la montaña, en el valle del Mugnone.

Grillo saludó; llevaba una cesta llena de huevos, cuidadosamente colocados entre capas de paja. De su cinturón pendían dos pollos vivos, con las patas atadas y la cabeza hacia abajo.

–¡Ah, Grillo! –dijo Buonaccorsi con su acostumbrada afabilidad, que era igual para los humildes que para los poderosos–. ¿Cómo te va? Parece que la primavera se presenta bien.

–¡Oh!, maese Cipriano, para los viejos como nosotros ni siquiera la primavera es alegre; nos duelen los huesos, que ya piden la tumba. Mire, aquí tiene para las fiestas de Pascua –añadió, después de un silencio–. Traigo a Vuestra Gracia pollos y huevos.

Grillo, con una expresión de malicioso regocijo, guiñó sus ojillos verdosos, rodeados de finas y amoratadas arrugas, como los tienen los hombres acostumbrados al sol y al viento.

Buonaccorsi dio las gracias al viejo. Después le preguntó por sus asuntos.

–¡Y bien! ¿Están dispuestos los trabajadores de la alquería? ¿Tendremos tiempo de terminar antes del día?

Grillo suspiró profundamente y se quedó pensativo, apoyándose en el bastón que tenía en la mano.

–Todo está preparado y tenemos bastantes trabajadores. Pero escuche lo que voy a decirle, señor: ¿no sería mejor esperar?

–Pero tú mismo decías el otro día que no teníamos que esperar. Podrían adelantársenos.

–Es verdad, ciertamente; pero aunque así sea, tengo miedo. ¡Es pecado! Estamos en Cuaresma y lo que hacemos no está bien...

–Lo que haya de pecado lo tomo sobre mí. No temas nada; no te haré traición. Pero ¿encontraremos algo?

–¿Cómo no vamos a encontrar? Hay datos ciertos. De padres a hijos se habla del cerro de detrás del molino, junto a Valle Frío. Por la noche se ven correr fuegos en San Juan. Hay que confesar que el país está lleno de abominaciones. Cuentan que, recientemente, cavando un hoyo en las viñas de Marignola, se sacó de la tierra nada menos que un diablo.

–¿Qué dices? ¿Un diablo?

–De cobre, con cuernos. Patas de macho cabrío muy peludas, con pezuñas. Y un hocico muy raro como si se riera. Bailando sobre una pierna y chasqueando los dedos. Estaba todo lleno de cardenillo y cubierto de musgo.

–¿Qué han hecho con él?

–Fundieron una campana para la nueva capilla del Arcángel San Miguel.

Maese Cipriano estuvo a punto de enfadarse.

–¿Por qué no me has hablado de esto antes, Grillo?

–Habíais ido a Siena a vuestros negocios.

–Entonces debiste escribirme. Hubiera enviado a alguien. Hubiese venido yo mismo, sin reparar en gastos. Y os hubiera fundido diez campanas. ¡Imbéciles! ¡Hacer una campana con un fauno bailante, obra quizá de Skopas, el gran escultor griego!

–Sí, imbéciles, es verdad. Pero no os enfadéis. Ya están bastante castigados: desde que hace dos años, colocaron la campana nueva, los gusanos se comen las manzanas y las cerezas de los huertos y la recolección de aceituna es mala. Y la campana no tiene buena voz.

–¿Por qué no es buena?

–¿Qué quiere que le diga? No suena bien, no alegra a los

buenos corazones. Suena intempestivamente. Pero, ya se sabe: ¿qué campana se puede hacer con un diablo? Sea dicho sin enfadar a Vuestra Gracia, pero el cura tiene razón: todas esas cosas que se desentierran no nos pueden traer nada bueno. Hay que proceder con prudencia y circunspección, protegerse con la cruz y la plegaria, porque el diablo es poderoso y astuto, ¡el hijo de perro! Entra por una oreja y sale por la otra. Como no nos ocurra como con esa mano de mármol, desenterrada el año pasado por Zaccheo cerca del cerro del Molino... ¡bien nos ha cogido el Malo! Esta mano ha traído desgracia. ¡Dios nos libre! Sólo de pensarlo se estremece uno...

–Cuéntame, pues, Grillo, cómo se encontró.

–Fue en otoño, la víspera de San Martín. Empezábamos a cenar y la patrona acababa de poner la sopa de ajo en la mesa, cuando un labrador entró corriendo en la casa; era el sobrino de mi compadre Zaccheo. Debo deciros que por la tarde le había dejado yo en el campo próximo al cerro del Molino arrancando las raíces de los olivos, porque yo quería sembrar cáñamo: «¡Amo! ¡Ah! ¡Amo!», balbucía Zaccheo completamente pálido, temblando y castañeteando los dientes. «¡Dios te guarde, hijo mío!» «Pasa algo raro en el campo –dijo–. Sale un muerto de debajo de las raíces. Si no me creen, vengan, lo verán con sus propios ojos.» Cogimos las linternas y salimos.

Era de noche, la luna se alzaba por detrás del bosque. Vimos una cepa cerca de la cual la tierra estaba removida, entre la que se divisaba una cosa blanca. Me incliné y vi, saliendo de la tierra, una mano de finos y bonitos dedos como los de las muchachas de la ciudad. «¡La peste te ahorque! –pensé–. ¿Qué es esto?» Dirigí la linterna al agujero para ver mejor y he aquí que mano y dedos se mueven. No pude más, las piernas no me sostenían, y lancé un grito. Pero la tía Bonda, mi abuela –nuestra curandera y comadrona–, mujer ágil a pesar de su edad, nos gritó: «¿De qué tenéis miedo, imbéciles? ¿No veis que esta mano no está ni muerta ni viva, que es de piedra?».

La agarró y la sacó de la tierra como si fuera un nabo. El brazo está partido por las coyunturas un poco más arriba de la muñeca: «¡Abuela! –grité yo–. ¡Oh! abuela, deja, no la toques, enterrémosla lo más pronto posible, antes de que nos traiga alguna desgracia!...». «No –respondió ella– eso sería malo. Primero hay que llevarla al cura para que le diga un conjuro.» La vieja nos engañó, no llevó la mano al cura, sino que la escondió en un rincón de su cofre, donde guarda todas sus cosas: trapos, ungüentos, hierbas, talismanes. Regañé con ella para que me devolviese la mano, pero la tía Bonda es testaruda. Desde entonces, la abuela empezó a hacer curas milagrosas. Si uno tenía dolor de muelas, pasaba sobre sus mejillas la mano del ídolo y la hinchazón desaparecía. Aliviaba la fiebre, los cólicos, la epilepsia. Si una vaca sufría y no podía parir, la abuela le ponía la mano de piedra sobre el vientre, la vaca bramaba y enseguida el ternerillo se revolvía en la paja.

Su fama se extendió a los pueblos vecinos. La vieja ganó mucho dinero. Pero no le trajo nada bueno. El padre Faustino, el cura, no me dejaba en paz cuando iba a la iglesia; me reñía delante de todo el mundo, me llamaba hijo de perdición, siervo del demonio y me amenazaba con denunciarme al obispo y privarme de la Santa Comunión. Los chicos corrían por las calles detrás de mí, señalándome con el dedo: «¡Mira, Grillo! ¡Grillo es brujo y su abuela bruja! Han vendido su alma al diablo». ¿Creeréis que ni por la noche conseguía dormir? Siempre me parecía ver la mano de mármol deslizándose hacia mí, cogerme por el cuello como para acariciarme con sus largos dedos fríos y luego, de repente, agarrarme, apretándome la garganta y estrangularme. Quería gritar y no podía. Un día me levanté antes del amanecer y en cuanto la abuela se fue al campo a coger hierbas mojadas de rocío, rompí la cerradura del cofre, cogí la mano y, como recordaréis, os la traje. El trapero Lotto me daba por ella diez sueldos y de vos sólo he recibido ocho; pero por Vuestra Gracia sacrificaríamos no sólo dos sueldos, sino incluso nuestra vida. El señor os colme de mercedes a vos, a madona Angélica, a vuestros hijos y a vuestros nietos.

–Sí, a juzgar por lo que me cuentas, Grillo, encontraremos algo en el cerro del Molino –dijo pensativo maese Cipriano.

–Como encontrar se encontrará –continuó el viejo lanzando de nuevo un profundo suspiro–. Con tal que el padre Faustino no huela nada. Si se entera, me molerá sin duda; será malo para mí y para vos también: amotinará al pueblo y no nos dejará acabar los trabajos. ¡En fin, Dios es misericordioso! Pero vos, bienhechor mío, no me abandonaríais, intercederíais ante el juez por mí...

–¿Y qué hay de esa tierra que el molinero te quiere quitar?

–Pues verá, señor. Es malo y astuto el molinero. Y sabe dónde tiene el diablo la cola. Imagínese que yo le había prometido al juez una becerra. El molinero también le regaló una, y preñada. Además intrigó bajo cuerda durante el proceso. Fue más vivo que yo, el pícaro. Y temo que el juez se decida a su favor porque, para mi desgracia, su becerra ha tenido un choto. ¡Interceda por mí, señor! Solamente por Vuestra Gracia trabajaré en el cerro del Molino. Por nadie en el mundo cargaría sobre mi alma semejante pecado.

–Estáte tranquilo, Grillo. El juez es amigo mío y me interesaré por ti. Y ahora ve. En la cocina te darán de comer y beber. Esta noche iremos juntos a San Gervasio.

El viejo, despidiéndose en voz baja, dio las gracias y se fue.

Maese Cipriano se retiró a un gabinetito de trabajo contiguo a la tienda, donde no consentía que entrase nadie.

Había allí colocados en las paredes mármoles y bronces. Sobre tablas recubiertas de paño se mostraban monedas y medallas antiguas. Había cajas con fragmentos de estatuas aún no desembaladas. Buonaccorsi se hacía enviar por sus numerosos agentes antigüedades de todas partes: de Atenas, Esmirna, Halicarnaso, Chipre, Lencosia y Rodas; de las profundidades de Egipto y del Asia Menor.

El prócer de Calimala lanzó una mirada sobre todos sus tesoros. Después se hundió de nuevo en sus graves y austeras meditaciones a propósito de las tarifas de aduanas sobre las lanas. Y cuando acabó de reflexionar se puso a escribir las cartas para su hombre de confianza, en Montpellier.

II

Sin embargo, al fondo del almacén, donde los fardos de mercancías amontonadas hasta el techo no recibían, incluso de día, más luz que la oscilante de una lamparilla colocada ante la Madona, tres jóvenes conversaban. Dolfo, Antonio y Giovanni. Dolfo, dependiente de meser Buonaccorsi, muchacho de buen humor, de rojos cabellos y nariz roma, inscribía en un libro el número de codos del paño medido. Antonio da Vinci, un joven de aspecto envejecido, con vidriosos ojos de pescado y escasos cabellos negros de obstinados remolinos, medía diestramente las telas por la medida florentina –la caña–. Giovanni Beltraffio, estudiante de pintura, venido de Milán, tenía unos diecinueve años, tímido y parado, poseía grandes ojos grises, tristes y cándidos, y en el rostro, una expresión de irresolución. Sentado a caballo sobre un fardo con las piernas cruzadas, escuchaba con atención.

–Ya veis a lo que hemos llegado, amigos míos –dijo Antonio en voz baja y siniestra–. A desenterrar a los dioses paganos.

»Lanas de Escocia sin cardar, de color oscuro, treinta y dos codos, seis empar, ocho onzas –añadió, dirigiéndose a Dolfo.

Éste anotaba en el libro de mercancías. Después, Antonio, una vez doblada la pieza medida la lanzó con enfado, pero con tal habilidad, que fue a caer exactamente en el sitio debido. Levantando el índice y tomando, a imitación de fray Girolamo Savonarola, un ademán profético, exclamaba:

–Eladius Dei supes terrans cito et neclociter

San Juan en Patmos tuvo una visión. El ángel se desasió del dragón, de la serpiente espantosa que es el demonio. Le encadenó, precipitó en el abismo y le encerró encadenándole a fin de que no perdiese a los pueblos antes de que hubieran transcurrido mil años. Hoy está a punto de ser libertado de su prisión. Los mil años han transcurrido. Los falsos dioses precursores y servidores del Anticristo salen de la tierra, de debajo de la tierra, para seducir a la humanidad. ¡Anatema a los que se hallan en la tierra y navegan por el mar!...

–Paño de lana amarilla, lisa de Brabante, diecisiete codos, cuatro empar, nueve onzas.

–¿Cómo interpretáis, Antonio –preguntó Giovanni con una curiosidad temerosa y ávida–, todos estos indicios?

–Son ciertos, seguramente. Vigilad, los tiempos están próximos y no solamente se desentierran hoy los dioses antiguos, sino que se crean otros nuevos a imitación de los antiguos. Nuestros escultores y pintores sirven a Moloch, es decir, al demonio. Hacen de la iglesia del Señor el templo de Satán. En las imágenes sagradas representan, bajo el aspecto de mártires y santos, a los dioses impuros, que ellos adoran; en lugar de san Juan el Evangelista, Baco; en vez de la Madre de Dios, vemos a Venus la prostituta. Habría que quemar tales cuadros y aventar las cenizas.

En los blandos ojos del dependiente devoto brilló una llama siniestra.

Giovanni no osó replicar, se calló y el impotente esfuerzo de su pensamiento, le obligó a fruncir sus finas cejas de niño.

–Antonio –dijo por fin–, he oído decir que vuestro primo meser Leonardo da Vinci admite discípulos en su taller. Hace tiempo que quiero...

–Si quieres –le interrumpió Antonio, frunciendo las cejas–, si quieres, Giovanni, perder tu alma, ve a casa de meser Leonardo.

–¿Cómo? ¿Por qué?

–Aunque sea mi primo y tenga veinte años más que yo, ya se ha dicho en la Escritura: «Después de la primera y de la segunda admonición, apártate del hereje». Meser Leonardo es hereje e impío. Su espíritu está oscurecido por un orgullo diabólico; pretende, con ayuda de las matemáticas y de la magia negra, penetrar los misterios de la naturaleza...

Y elevando los ojos al cielo, citó las palabras del último sermón de Savonarola:

–«¡La ciencia de este siglo es locura ante el Señor. Conocemos a estos sabios; todos descienden a la mansión de Satán!»

–Antonio –repuso Giovanni más tímidamente todavía–, ¿no habéis oído decir que meser Leonardo está ahora en Florencia? Acaba de llegar de Milán.

–¿Para qué?

–Le ha enviado el duque para informarse de si se deben comprar ciertos cuadros que han pertenecido al difunto Lorenzo el Magnífico.

–Está aquí. ¡Bueno! –interrumpió Antonio volviendo a medir el paño con la caña, con más celo todavía.

En las iglesias tocaron a completas. Dolfo se estiró con satisfacción y cerró el libro. El trabajo había terminado. Comenzaban a cerrarse las tiendas.

Giovanni salió. Entre los húmedos tejados se divisó un cielo gris teñido de un matiz rosado crepuscular apenas perceptible. Una fina lluvia se vaporizaba en el aire inmóvil.

De pronto, por una ventana abierta de la próxima calleja, salió una canción.

La voz era joven y clara. Giovanni comprendió al oír el ritmo del pedal, que era una tejedora cantando en su telar.

Escuchó, se acordó de que era primavera, y sintió palpitar su corazón con una ternura y una tristeza sin causa.

–¡Naná, Naná! Pero ¿dónde estás, diablo? ¿Te has vuelto sorda? Ve a cerrar. Se van a quedar fríos los macarrones.

Se oyó el ruido de unos zuecos de madera al pisar sobre el pavimento y luego todo quedó en silencio.

Giovanni quedó de pie, largo tiempo todavía, contemplando la ventana vacía; en sus oídos resonaba el estribillo primaveral, parecido a los arpegios de un lejano caramillo:

O vaghe montanine e pastorelle...

Después suspiró suavemente, entró en la casa del prócer de Calimala y, por unas escaleras de podrida madera crujiente y temblorosa, subió hasta una amplia pieza que servía de biblioteca, donde se hallaba sentado, inclinado sobre un pupitre, Jorge Merula, cronista de la corte del duque de Milán.

III

Merula había ido a Florencia por orden de su soberano para comprar obras raras de la biblioteca de Lorenzo de Médicis, y, según tenía por costumbre había acudido a casa de su amigo Cipriano Buonaccorsi, gran aficionado como él a las antigüedades. El anciano erudito y Giovanni se habían conocido casualmente en una posada del camino de Milán. El pretexto de que Merula necesitaba de un buen copista y que Giovanni tenía una hermosa letra, le llevó con él a casa de Cipriano.

Cuando Giovanni entró en la habitación, Merula examinaba un pesado libro, parecido a un eucologio o a un salterio.

Pasaba con precaución una esponja húmeda sobre el pergamino, fino entre los más finos, hecho de piel de ternera de Irlanda. Borraba con piedra pómez algunas líneas y alisaba otras ayudado con la hoja de un cuchillo y un pulidor. Después las examinaba de nuevo elevándolas hasta la luz.

–¡Ah, queridos! –decía con enternecimiento–. Salid, mostraos. ¡Qué bellos, qué interesantes sois!

Hizo chasquear los dedos levantando por encima de su trabajo su pequeña cabeza calva, de rostro engreído, con movibles y suaves arrugas, nariz de un azul purpúreo y ojillos grises llenos de avidez y desbordantes de alegría. A su lado, en la repisa de la ventana, había un jarro de barro y un vaso. El sabio se sirvió vino, bebió; lanzó un gruñido, e iba de nuevo a enfrascarse en su trabajo cuando apercibió a Giovanni.

–Buenos días, frailuco –dijo en broma el viejo; amablemente (llamaba a Giovanni frailuco a causa de su modestia)–. Me aburro sin ti: estaba diciéndome: ¿dónde se habrá metido? ¿Acaso se habrá enamorado? ¡Las muchachas de Florencia son tan lindas! No es un pecado enamorarse. Tampoco yo he perdido mi tiempo. Quizá no has visto nunca una cosa tan divertida. ¿Quieres que te la enseñe? Pero mejor será que no la veas; lo irías diciendo por ahí. Lo he comprado por nada a un trapero judío; estaba mezclado entre antiguallas sin valor. En fin, te lo voy a enseñar; a ti solo.

–Ponte aquí; aquí, más cerca de la luz.

Y le mostró una página cubierta de escritura eclesiástica, de letras puntiagudas y apretadas. Eran letanías, plegarias, salmos con enormes y toscas notas musicales. Luego cogió el libro, lo abrió por otro sitio, lo levantó hacia la luz, casi al nivel de los ojos de Giovanni. Éste pudo advertir que allí donde Merula había raspado las letras sagradas, otras líneas casi imperceptibles habían aparecido: descoloridos vestigios de una escritura antigua yacente en la capa más profunda del pergamino. No parecían letras, sino fantasmas de letras desaparecidas después de largo tiempo, pálidos y suaves.

–Y bien, ¿lo ves, lo ves? –repetía Merula triunfalmente–. ¡Míralos! Ya te lo decía, frailuco. Es una cosa estupenda.

–¿Qué es? ¿De dónde sale esto? –preguntó Giovanni.

–Ni yo mismo lo sé todavía. Creo que son fragmentos de una antología. Quizá pueden ser también nuevos tesoros de la poesía griega. Sin mí, jamás hubieran visto la luz. Habrían quedado enterrados hasta la consumación de los siglos bajo antífonas y salmos de penitencia...

Y Merula le explicó que un monje copista de la Edad Media, deseoso de utilizar el precioso pergamino, había borrado las antiguas escrituras, recubriéndolo con otras nuevas.

El sol, traspasando sin desgarrar el velo lluvioso, llenó la estancia con un moribundo reflejo rosa, haciendo resaltar más limpiamente aún, las huellas, los espectros de las letras antiguas.

–¡Ves, ves, los muertos salen de sus tumbas! –repetía Merula casi en éxtasis–. Es el himno de la Olimpíada. Mira, se pueden leer las primeras líneas.

Y tradujo del griego:

«¡Ilma el dulce Baco, magnífico, coronado de racimos!; ¡Gloria a ti! ¡Y a ti, Febo sagitario del maravilloso arco de plata! ¡Dios de los hermosos cabellos, matador de los hijos de Niobe!»

–He aquí el himno a esta Venus que tú tanto temes, frailuco. Es difícil de descifrar...

–«¡Gloria a ti, materna Afrodita de los dorados pies! ¡Alegría de los dioses y de los hombres!...»

Un verso incompleto de la letanía sagrada iba desapareciendo de la superficie del pergamino.

Giovanni bajó el libro, los trazos de las letras palidecieron, las huellas se borraron, desvaneciéndose en el amarillo liso de la lámina; las sombras desaparecieron. Ya no se veían más que las espesas letras negras y claras del misal religioso y las enormes notas torpes y ganchudas del salmo de la penitencia.

«Escucha, Señor, mi plegaria; préstame oídos y óyeme. Gimo en mi dolor y me turbo; mi corazón se estremece y un mortal terror se apodera de mi alma.»

El reflejo rosado se extinguió y la estancia quedó por momentos en la oscuridad. Merula, sirviendo vino del jarro de barro y ofreciendo el vaso a su interlocutor, dijo:

–¡Vaya, amigo mío, a mi salud! *Vimus super omnia bonum diligamus.*

Giovanni rehusó.

–¡Pues bien, Dios te guarde! Beberé por ti. ¡Pero qué triste estás hoy, frailuco! Se diría que te han zambullido en el agua.

¿O será que ese beato de Antonio te ha asustado otra vez con sus profecías? No te preocupes más de ello, Giovanni. ¿Qué tienen que graznar esos hipócritas? ¡Que el diablo los lleve! Confiesa, ¿a que has hablado con Antonio?

–Sí.

–¿De qué?

–Del Anticristo y de meser Leonardo da Vinci.

–¡Eso sí que está bien! Pero no piensas más que en Leonardo. ¿Te habrá embrujado? Escucha, amigo mío; deja ya todas esas tonterías. Sigue siendo mi secretario y pronto haré de ti un hombre. Te enseñaré el latín, haré de ti un jurista, un orador o un poeta de la corte; serás rico y famoso. En cuanto a la pintura... Ya Séneca, el filósofo, la consideraba un oficio indigno de un hombre libre. Mira los artistas: son todos hombres ignorantes y groseros.

–He oído decir –replicó Giovanni– que meser Leonardo es un verdadero sabio.

–¿Sabio? ¿Tú lo crees? ¡Pero si no sabe siquiera leer en latín! Confunde a Cicerón con Quintiliano. En cuanto al griego, no tiene ni idea. ¿Eso es un sabio? Hace reír hasta las gallinas...

–Dicen –insistió Beltraffio– que inventa máquinas maravillosas y que sus observaciones sobre la naturaleza...

–¡Máquinas! ¡Observaciones! ¡Oh, amigo mío, no se va muy lejos con eso! Mis *Bellezas de la lengua latina* contienen más de dos mil nuevos giros de las más elegantes frases. ¿Sabes lo que eso me ha costado? Lo demás son bagatelas. Máquinas..., observaciones sobre el vuelo de los pájaros y cómo crece la hierba en el campo, eso no es ciencia, sino una distracción, un juego infantil.

El anciano guardó silencio; la expresión de su rostro se tornó severa. Cogiendo la mano del joven dijo con dulce gravedad:

–Escucha, Giovanni, y graba bien estas palabras en tu cerebro: nuestros maestros son los antiguos griegos y romanos. Ellos han hecho todo lo que el hombre puede hacer sobre la tierra. No podemos hacer más que seguirlos e imitarlos. Porque ya se ha dicho: «el discípulo no sobrepasa a su maestro».

Bebió un sorbo de vino, miró a Giovanni fijamente a los ojos con maliciosa alegría, y de repente sus suaves arrugas se distendieron en una ancha sonrisa.

–¡Oh! ¡Juventud, juventud! Te miro, frailuco, y te envidio. Un brote primaveral, eso es lo que tú eres. No bebes vino, evitas las mujeres. Y por dentro un demonio. Te conozco. Espera, amigo mío, ya se mostrará el demonio. Estás triste, pero sabes alegrar con tu compañía. Ahora estás como este libro. El salmo del arrepentimiento por encima, y por debajo el himno a Afrodita.

–Se hace de noche, meser Giorgio. ¿No será ya hora de encender la luz?

–Espera. No importa. Me gusta conversar a la hora del crepúsculo, recordar mi juventud...

Su lengua se embotaba; sus palabras eran incoherentes.

–Ya sé, querido amigo mío –continuó–, me miras y piensas: ha bebido demasiado el viejo y dice tonterías. Y, sin embargo, ¡también yo tengo algo aquí!

Y con el dedo señaló su frente con cierto orgullo.

–No me gusta alabarme, pero pregunta a cualquier estudiante; él te dirá si hay alguien superior a Merula en la elegancia de dicción y redacción de la lengua latina. ¿Quién ha descubierto a Marcial? –continuó acalorándose por momentos–. ¿Quién ha descifrado la famosa inscripción de las minas de la puerta de Tibor? A veces hay que encaramarse tan alto que se va la cabeza; las piedras desaparecen bajo los pies; apenas si puede uno agarrarse a cualquier parte para no caer. Se aguanta días enteros al sol para descifrar las inscripciones antiguas y copiarlas. Las aldeanas pasan y ríen: «Mirad, chicas –dicen unas y otras–. ¡Fijaos donde ha ido a subirse ese bobo!; sin duda busca un tesoro». Se les dice alguna galantería y ellas continúan su camino, y uno de nuevo al trabajo. Allí en las piedras, bajo la hiedra y los escaramujos se encuentran al fin las palabras *Gloria Romanorum!*

Y como si oyera remotas palabras sublimes, largo tiempo calladas, repitió con voz sorda y solemne:

–*Gloria Romanorum!* ¡Gloria de los romanos!

–Pero ¿para qué recordarlo? De todas maneras nada se resucita.

Merula hizo un gesto y, levantando su vaso, entonó con voz enronquecida el himno báquico de los estudiantes:

Sé que no me engaño
porque soy doncel.
Vivo en la taberna
cerca del tonel.
Me gustan las coplas
y el verso latino
cantar con Horacio,
beber el buen vino.
Al viejo poeta
demos honra y prez
con loca alegría
con dulce embriaguez
y también por Baco
–dum vinum potamus–
hermanos brindemos.
Te deum laudamus!

Pero empezó a toser y no pudo terminar.

La habitación estaba ya completamente a oscuras. Giovanni distinguía con dificultad el rostro de Merula.

La lluvia aumentaba y se oían caer las goteras del canalón sobre las losas de la calle.

–Eso es, frailuco –balbuceó Merula, cuya lengua se entorpecía–. ¿Qué decía, yo? Mi mujer es muy bella... No, no era eso... Sí, sí, espera. ¿Te acuerdas del verso?:

Tu ugere imperio populos, Romanae, memento?

»Escucha –prosiguió–, eran gigantes; genios del Universo...

Su voz temblaba y Giovanni creyó ver brillar lágrimas en los ojos de meser Gingio.

–Sí, gigantes. Mientras que ahora, ¡qué vergüenza! Tomemos, incluso, a nuestro duque de Milán, Ludovico el Moro. Desde luego, que estoy a su servicio, soy historiador, como Tito Livio, hablo de César y de Pompeyo, un pobre diablo, un advenedizo. Pero en mi alma, Giovanni, en el fondo de mi alma...

Por una costumbre de viejo cortesano, se volvió hacia la puerta con aire receloso.

–¿No escuchará alguien? –E inclinándose hacia su compañero murmuró en su oído–: El amor a la libertad no se ha extinguido ni se extinguirá jamás en el alma del viejo Merula. Pero no se lo digas a nadie. Los tiempos actuales son difíciles. Nunca los hubo peores. ¡Qué gentecilla! Es descorazonador. ¡Cuánta corrupción! ¡Hombres salidos de la nada! ¡Y todavía quieren levantar su nariz para compararse a los antiguos! Pero ¿qué han hecho? Mira lo que uno de mis amigos de Grecia me escribe: Hace poco, en la isla de Chio, cuando las lavanderas del convento iban al amanecer a lavar la ropa, encontraron en la playa un auténtico dios antiguo, un tritón con cola de pez, aletas y cubierto de escamas. Tuvieron miedo, ¡imbéciles!, y huyeron, creyendo que era el diablo. Después vieron que era viejo, débil y, sin duda, enfermo; estaba echado, con la cabeza sobre la arena tiritando y calentándose al sol su espalda de escamas verdes. Tenía la cabeza gris y los ojos turbios como los niños de pecho. Se envalentonaron las sinvergüenzas, le rodearon, recitando plegarias y golpeándole con sus palas. Le maltrataron como a un perro, a él, un dios de la Antigüedad, la última de las divinidades del océano, quizás el nieto de Poseidón.

El viejo se calló, bajando tristemente la cabeza. Por sus mejillas rodaron dos lágrimas de piedad por el monstruo marino.

Un criado entró trayendo luces; luego fue a cerrar las maderas. Los fantasmas paganos desaparecieron. Anunciaron la cena. Pero Merula estaba tan embotado por el vino, que tuvieron que sostenerle por debajo de los brazos para conducirle a su lecho. Por la noche, Beltraffio tardó largo rato en dormirse. Escuchando los pausados ronquidos de meser Gingio, Giovanni pensaba en aquel que, durante los últimos tiempos, ocupaba su imaginación por encima de todas las cosas: en Leonardo da Vinci.

IV

Giovanni se había trasladado de Milán a Florencia por encargo de su tío, el pintor de vidrio Oswald Ingrim, para comprar colores especiales, vivos y traslúcidos, que no podían encontrarse en ninguna otra parte.

El pintor Oswald Ingrim nació en Gratz, discípulo del célebre maestro estrasburgués Johann Kirschim, trabajaba en los vitrales de la sacristía de la catedral de Milán. Giovanni, huérfano, hijo legítimo del hermano de Oswald –el albañil Meinhold Ingrim–, había recibido el nombre de Beltraffio, que era el de su madre, oriunda de Lombardía; ésta, según decía su tío, era una mujer de mala vida que había arrastrado a su hermano a la perdición.

Giovanni creció, niño solitario, en casa de su tío. Su alma se hallaba ensombrecida por los interminables relatos de Oswald Ingrim, en los que sólo se trataba de poderes nefastos, demonios, brujos y brujas.

Le atemorizaba sobre todo una de las leyendas que las gentes del norte de Italia pagana contaban acerca de un extraño demonio de forma femenina. Este ser satánico era conocido por el mote de la «Comadre de las blancas cejas» y también la «Diablesa blanca».

Cuando Giovanni, todavía niño, lloraba en la cama, el tío Ingrim le metía miedo con la Diablesa blanca, y enseguida el niño se callaba escondiendo la cabeza debajo de la almohada, pero a través de sus estremecimientos de pánico sentía curiosidad y el deseo de poder ver un día a aquel ser extraordinario cara a cara.

Oswald puso a su sobrino de aprendiz en el taller del fraile cromógrafo fray Benedetto.

Era éste un buen viejo, sin malicia. Le enseñaba que al empezar a pintar debía invocar la ayuda del Todopoderoso; de la Virgen María, protectora bien amada de todos los pecadores; de san Lucas Evangelista, que fue el primer pintor cristiano, y de todos los santos del paraíso. Luego debía penetrarse de amor, temor, obediencia y paciencia, y, en fin, debía usar para preparar los colores yema de huevo, jugo lechoso de ramas tiernas de higuera, agua y vino y emplear para los cuadros tablas de madera vieja de higuera o de haya, impregnadas con polvos de huesos calcinados, escogiendo con preferencia los de costillas y alas de pollo o capón, a las de las costillas y espalda de cordero.

Los consejos eran inagotables. Giovanni sabía de antemano con qué aire desdeñoso fray Benedetto levantaba las cejas cuando le preguntaban acerca del color que se llama sangre de dragón. Era seguro que replicaba: «Deja eso y no lo lamentes mucho; no te daría mucha gloria». Giovanni adivinaba que estas mismas palabras habían sido pronunciadas por el maestro de fray Benedetto y por el maestro de su maestro. Y lo mismo era de invariable la sonrisa de satisfacción con la cual fray Benedetto le confiaba los secretos del oficio, que al monje le parecían el colmo de todo arte y de toda humana habilidad. Así, por ejemplo, para preparar la laca destinada a pintar rostros jóvenes, eran necesarios huevos de gallina de ciudad, porque sus yemas son más claras que las de las gallinas de campo, cuyas yemas, por su color rojizo, son más convenientes para pintar los cuerpos viejos y morenos.

A pesar de todas estas minucias, fray Benedetto era un pintor tan ingenuo como un niño. Disponía su espíritu para el trabajo por medio de ayunos y vigilias. Antes de empezar se prosternaba, rogando al Señor para que le diera fuerzas y talento. Cada vez que pintaba la Crucifixión, su rostro se cubría de lágrimas.

Giovanni amaba a su maestro y sentía por él veneración como si fuese el más grande de los pintores. Pero en los últimos tiempos, se sentía turbado desde que, explicándole su único precepto anatómico, a saber: que la longitud del cuerpo masculino es de ocho cabezas y dos tercios, fray Benedetto añadía, con el mismo aire desdeñoso con que hablaba de la sangre del dragón: «En cuanto al cuerpo de la mujer, dejémoslo aparte, puesto que no tiene, en realidad, proporciones». Estaba tan firmemente convencido de esto como de que los peces y en general todos los animales privados de razón son de color oscuro por encima y claro por debajo; como también de que los hombres tienen una costilla menos que la mujer, porque Dios tomó una costilla de Adán para formar a Eva.

Una vez tuvo que hacer una alegoría de los cuatro elementos representado cada uno por un animal. Fray Benedetto escogió para la tierra, el topo; para el agua, el pez; para el fuego, la salamandra, y para el aire, el camaleón. Pero, creyendo que la palabra camaleón era el superlativo de «camelo», que significa camello, el monje, en la simplicidad de su alma, representó al elemento aéreo bajo la forma de un camello, abriendo la boca para respirar mejor. Y cuando los pintores jóvenes se burlaban de él mostrándole su error, supo soportar sus chanzas con cristiana humildad, persuadido de que no había ninguna diferencia entre un camello y un camaleón.

Todo lo que el piadoso pintor sabía de la naturaleza era por el estilo.

Hacía ya bastante tiempo que en el corazón de Giovanni había penetrado la duda, el nuevo espíritu rebelde, el «demonio de la filosofía del siglo», según expresión del monje. Y desde que el discípulo de fray Benedetto, poco antes de su viaje a Florencia, tuvo ocasión de ver algunos de los dibujos de Leonardo da Vinci, estas dudas afluyeron a su alma con tal violencia que no las pudo resistir.

Aquella noche, acostado cerca de meser Giorgio, que roncaba apaciblemente, fue asaltado su espíritu por milésima vez por estos pensamientos; pero cuanto más en ellos se hundía, más aumentaban sus confusiones.

Por fin, resolvió recurrir a la ayuda del cielo y, dirigiendo hacia la oscura noche su mirada llena de esperanza, musitó esta plegaria:

–«Socórreme, Señor, y no me abandones. Si realmente meser Leonardo es un impío y no hay en su ciencia más que pecado y escándalo, haz que no piense más en él y olvide sus dibujos. Líbrame de la tentación, porque no quiero pecar. Pero, si es necesario para servirte y glorificar tu nombre por el noble arte de la pintura saber todo lo que fray Benedetto ignora y yo deseo aprender tan ardientemente –anatomía, perspectiva y las hermosas leyes de la luz y la sombra, entonces, ¡oh, Señor!, dame una voluntad firme e ilumina mi alma a fin de no dudar más; haz que meser Leonardo me admita en su estudio y que fray Benedetto –¡es tan bueno!– me perdone y comprenda que no soy en absoluto culpable hacia Ti.»

Giovanni, después de esta plegaria se sintió muy aliviado. Sus ideas se nublaron, vio en las manos del pintor de vitrales la púa de acero al rojo blanco que iba cortando el cristal con un suave silbido; vio bajo la plancha saltar serpenteando las finas bandas de plomo que unían, en los recuadros, los fragmentos de vidrio pintado. Una voz parecida a la de su tío decía: «Limando más los bordes, se sujeta mejor el cristal». Luego todo desaparecía. Se volvió del otro lado, quedándose dormido. Giovanni tuvo un sueño del que, mucho tiempo hubo de acordarse: le pareció que en la penumbra de una enorme catedral se hallaba de pie ante una giva de vidrios multicolores. Representaba la vendimia de la viña mística, de la cual se ha dicho en el Evangelio: «Yo soy la verdadera viña, y mi Padre es el viñador». El cuerpo desnudo del Crucificado estaba tendido en el lagar y la sangre brotaba de sus llagas. Papas, cardenales, emperadores, la recogían, llenando toneles que echaban a rodar. Los apóstoles llevaban los racimos; san Pedro los desgranaba. Al fondo, los profetas, los patriarcas, trabajaban en las viñas y cortaban los racimos. Se veía un carro llevando una cuba al que iban enganchados los animales evangélicos –el león, el toro y el águila–, el ángel de san Mateo le conducía. Giovanni había visto en el taller de su tío vitrales parecidos. Pero en ningún sitio había visto colores semejantes, a la vez oscuros y vivos como piedras preciosas. Sobre todo el color escarlata de la sangre del Señor le maravilló. Del fondo de la catedral llegaban hasta él los débiles y dulces sones de su canto preferido:

¡Oh, flor de castidad!
¡Oh, perfumado lirio
de suavidad ligera
en púrpura encendido!

Cesó de sonar el cántico y el diáfano cuadro desapareció; la voz del dependiente Antonio da Vinci le decía al oído: «Huye, Giovanni, huye. Ella está aquí». Él quiso preguntar: «¿Quién?». Pero conoció que la Diablesa blanca estaba detrás de él. Sintió un soplo helado, y de pronto una pesada mano le asió por el cuello como queriendo ahogarle. Creyó morir.

Lanzó un grito, y despertando pudo ver a meser Giorgio que, inclinado sobre él, le quitaba la ropa.

–Levántate, levántate, o se irán sin nosotros. Hace tiempo que sonó la hora.

–¿Ir dónde? ¿Qué pasa? –balbuceó Giovanni todavía adormilado.

–¿Lo has olvidado? A San Gervasio, a hacer excavaciones, en el cerro del Molino.

–No iré…

–¿Cómo que no irás? ¿Te he despertado para nada? He hecho ensillar expresamente la mula negra para que podamos ir más cómodamente los dos. Pero levántate, te lo ruego, no te obstines. ¿De qué tienes miedo, frailuco?

–No tengo miedo. Sólo que eso no me interesa.

–Oye, Giovanni: tío Leonardo da Vinci, ese ilustre maestro, también irá.

Giovanni saltó de la cama, y sin más réplica comenzó a vestirse.

Salieron al patio.

Ya estaba todo listo para la marcha. El activo Grillo no cesaba de ir y venir y hacer advertencias. Por fin, se pusieron en camino.

Otras personas, amigos de meser Cipriano, y entre ellos Leonardo da Vinci, debían acudir más tarde directamente a San Gervasio por otro camino.

V

Había cesado la lluvia. El viento del norte barría las nubes. En un cielo sin luna brillaban las estrellas como lamparillas que vacilasen al viento. Las teas humeantes chisporroteaban lanzando chispas alrededor.

Por la calle Ricasoli llegaron, pasando por delante de San Marcos, a la almenada torre de la puerta San Gallo. Los guardianes, medio dormidos, no comprendiendo de qué se trataba, opusieron muchos reparos jurando y maldiciendo, y sólo después de una buena propina consintieron en dejarlos salir de la ciudad.

El camino enfilaba el estrecho y profundo valle del torrente Mugnone. Después de pasar varios míseros pueblos de calles tan estrechas como las de Florencia, con altas casas que parecían fortalezas de piedra, toscamente talladas, los viajeros penetraron en un bosque de olivos que pertenecía al municipio de San Gervasio. Echaron pie a tierra al llegar a una encrucijada y se dirigieron por la viña de meser Cipriano al cerro del Molino.

Allí les esperaban los obreros provistos de palas y picos. Detrás del cerro, más allá del pantano llamado Valle Frío se divisaban confusamente en la oscuridad, entre árboles, los muros de la villa de Buonaccorsi. Abajo, en el Mugnone, estaba el molino de agua. Sobre la cima del cerro se veían esbeltos y negros cipreses.

Grillo indicó el punto donde, según él, había que cavar. Merula designó otro sitio, al pie del cerro, donde habían encontrado la mano de mármol. El capataz Stracco, el jardinero, aseguraba que se debía cavar en la parte baja, cerca de Valle Frío, porque, como decía, «las porquerías están siempre en los pantanos».

Meser Cipriano hizo cavar en el lugar indicado por Grillo. Las palas chocaron contra el suelo. Se percibía un olor a tierra removida.

Un murciélago casi rozó a Giovanni. Éste se estremeció.

–¡No tengas miedo, frailuco, no tengas miedo! –dijo Merula dándole unos golpecitos en la espalda para tranquilizarle–. ¡No encontraremos ningún demonio! Si este asno de Grillo no estuviera aquí, podríamos, a Dios gracias, realizar otras excavaciones. En Roma, por ejemplo, cuando la cuatrocientas quincuagésima olimpíada (Merula, desdeñando la cronología cristiana, no empleaba más que la antigua cronología griega), en tiempos del papa Inocente VIII, los trabajadores lombardos encontraron en la via Apia cerca del monumento a Cecilia Metela, un sarcófago antiguo con esta inscripción: «Julia, hija de Claudio» y dentro el cuerpo recubierto de cera de una joven de quince años que parecía dormida. Su rostro se hallaba coloreado como si estuviera viva. Se hubiera dicho que respiraba. Un gentío inmenso rodeaba su tumba. Desde muy lejos se acudía a ver a Julia, pues era tan bella que, si se hubieran podido descubrir sus encantos, los que no lo han visto no lo creerían. Al saber que el pueblo veneraba los restos de una pagana, el Papa tuvo miedo, y ordenó enterrarla secretamente cerca de los puentes del Pincio. En cambio, ya ves las excavaciones que nosotros hacemos, amigo mío...

Merula, lanzó una mirada de desprecio hacia el agujero que cavaban rápidamente.

De pronto la pala de uno de los trabajadores golpeó algo duro. Todos se inclinaron.

–Huesos –dijo el jardinero–. El cementerio llegaba antes hasta aquí.

De San Gervasio llegó hasta ellos el lúgubre y prolongado ladrido de un perro.

«Han profanado una tumba –pensó Giovanni–. Sería mejor que me fuera.»

–Es el esqueleto de un caballo –añadió Strocco con maliciosa alegría; y echó fuera de la fosa un cráneo alargado y casi putrefacto.

–Grillo, me parece que te has equivocado –dijo meser Cipriano–. ¿No sería mejor probar en otro sitio?

–Desde luego. Es estúpido fiarse de un paleto –dijo Merula, que seguido de sus obreros fue a cavar más abajo, al pie del cerro.

Strocco, para molestar al testarudo Grillo, también se fue, llevándose algunos hombres, con la intención de explorar Valle Frío.

Poco después meser Giorgio gritó triunfante:

–¡Aquí, aquí, mirad! ¡Ya sabía yo dónde teníamos que cavar!

Todos corrieron hacia él. Pero su hallazgo no tenía el menor interés: era un trozo de mármol en bruto.

Nadie, sin embargo, volvió hacia donde estaba Grillo, quien, sintiéndose deshonrado, persistió en el fondo del foso, cavando obstinadamente, desesperadamente, la tierra, al resplandor de una linterna.

Calmado el viento, el aire se hizo más tibio. La niebla se corrió por encima de Valle Frío. Una mezcla de olores a agua estancada, flores primaverales y violetas se esparció en el ambiente. El cielo se hizo más transparente; los gallos cantaron por segunda vez. La noche tocaba a su fin.

De pronto, del fondo de la fosa donde se encontraba Grillo salió un grito de espanto.

–¡Oh! ¡Oh! ¡Sostenedme, por Dios, que me caigo!

Al principio no se pudo distinguir nada en la oscuridad. La linterna de Grillo se había apagado. Solamente se oía a éste debatirse, suspirar y gemir en el fondo del foso.

Trajeron otras linternas y entonces pudieron ver una bóveda de ladrillos, cubierta a medias de tierra: era el techo de un subterráneo que no habiendo podido soportar el peso de Grillo se había hundido.

Dos campesinos jóvenes y vigorosos descendieron con precauciones a la fosa.

–¿Dónde andas, Grillo? Danos la mano. ¿Es que ya no existes?

Grillo no decía nada, estaba quieto, pero olvidándose del vivo dolor que sentía en el brazo –creía que se lo había fracturado, aunque no lo estaba más que a medias– tanteaba, gateaba y se agitaba desesperadamente en el fondo de la sima.

Por fin lanzó un grito de alegría:

–¡Un ídolo, un ídolo; meser Cipriano, un ídolo magnífico!

–¡Vamos, vamos! ¿Por qué gritas tanto? –murmuró Strocco incrédulamente–. A lo mejor es la quijada de un burro...

–No, no, sólo le faltan los brazos... Pero las piernas, el cuerpo y el pecho están intactos –musitó Grillo rebosante de alegría.

Algunos obreros, atándose por debajo de los brazos y por la cintura por si la bóveda se desplomaba, descendieron hasta el fondo y empezaron a quitar cuidadosamente los frágiles ladrillos cubiertos de escoria que se deshacían en polvo.

Giovanni, medio echado en el suelo, miraba por entre las curvadas espaldas de los excavadores la profundidad del cráter que exhalaba una humedad de caverna y un frío sepulcral.

Cuando la bóveda estuvo casi deshecha, meser Cipriano dijo:

–Apártense todos y déjenme a mí.

Y Giovanni divisó en el fondo del foso, entre las paredes de ladrillo, un cuerpo blanco y desnudo. Se hallaba tendido como un cadáver en la sepultura. Sin embargo, bajo el vacilante reflejo de las antorchas no parecía muerto, sino sólo dormido vivo y caliente.

–¡Venus! –exclamó meser Giorgio con veneración–. ¡Es la Venus de Praxiteles! ¡Os felicito, meser Cipriano! Os darán el ducado de Milán y el de Génova de añadidura si acaso no os consideráis bastante feliz.

Grillo salió penosamente de la honda sima. De su frente desollada salía sangre que bañaba su rostro manchado de tierra; no podía mover su brazo medio roto; pero en sus ojos brillaba el orgullo de la victoria.

Merula corrió hacia él.

–¡Grillo, mi querido amigo, mi bienhechor! ¡Yo que te regañaba y osaba tratarte de paleto a ti, el más inteligente de todos los hombres!

Y abrazándole alborozado, le besó tiernamente.

–El arquitecto florentino Filippo Brunelleschi –continuó Merula– encontró un día debajo de su vivienda, en una fosa parecida a ésta, una estatua de mármol del dios Mercurio. Sin duda, en la época en que los cristianos, vencedores de los gentiles, destruyeron sus ídolos, los últimos creyentes de los viejos dioses, viendo la perfección de las estatuas antiguas y deseosos de salvarlas de la ruina, escondieron estas efigies en subterráneos de ladrillos.

Grillo escuchaba con beatífica sonrisa, sin advertir que ya se oía por los campos la zampoña del pastor y que las ovejas balaban por los prados, mientras que, entre las colinas, el cielo se iba aclarando con un resplandor húmedo, y que, a lo lejos, por encima de Florencia, las campanas matinales se interpelaban con tierna voz.

–¡Despacio! ¡Despacio! ¡Más a la derecha! ¡Así! ¡Más separado de la pared! –ordenaba Cipriano a los cavadores–. Cinco *grossi* de plata a cada uno si la sacáis sin deterioro.

La diosa ascendía lentamente.

Salía de las profundas tinieblas de su tumba milenaria con la misma sonrisa de antaño, como cuando nació entre las espumas del mar.

–«¡Gloria a ti, divina Afrodita de los pies de oro, alegría de los dioses y de los hombres!...» –Así la saludó Merula.

Todas las estrellas del cielo se apagaron, excepto Venus, que brillaba como un diamante en el resplandor de la aurora, mientras el rostro de la diosa se mostraba ya al borde de su tumba.

Giovanni contempló su faz a la luz de la mañana y, palideciendo de espanto, murmuró:

–¡La Diablesa blanca!

Levantándose se dispuso a huir, pero el miedo cedió a la curiosidad. Incluso si le hubieran dicho que cometía un pecado mortal que le condenaría por toda la eternidad, no hubiera podido separar sus ojos de ese cuerpo candoroso y desnudo y de ese bellísimo rostro.

Ni siquiera en los tiempos en que Afrodita dominaba en el mundo, nadie la había contemplado con tan supersticiosa adoración.

VI

Sonó la campana de la rústica capilla de San Gervasio. Todos se volvieron involuntariamente y se quedaron inmóviles. Este sonido en la calma matinal parecía un grito iracundo y quejumbroso. A ratos, la campana aguda y cascada se callaba como a la fuerza, pero pronto sonaba más fuerte, con una voz bronca y desesperada.

–¡Señor! ¡Jesús! ¡Ten piedad de nosotros! –gritó Grillo, cogiéndose la cabeza entre las manos–. Pero ¡mirad esa gente que viene por el camino! ¡El padre Faustino viene con ellos! ¡Cómo gritan! ¡Nos han descubierto! ¡Corran!... ¡Estoy perdido! ¡Desdichado de mí!

En efecto, un grupo de gente se aproximaba al cerro del Molino. Por otra parte se veían algunos caballeros. Eran el resto de los invitados a la excavación. Se habían perdido y llegaban con retraso.

Beltraffio lanzó sobre ellos una rápida ojeada y, aunque absorto en la contemplación de la diosa, se fijó en la fisonomía de uno de los recién llegados. Le llamó la atención por su expresión calmosa y escrutadora y por la curiosidad con que el desconocido examinaba la Venus encontrada. Aquella calma contrastaba con su propia turbación e inquietud. Aunque tenía los ojos fijos en la estatua, sintió detrás de él la presencia de aquel hombre extraño.

–Mirad –dijo meser Cipriano, después de reflexionar unos instantes–, mi casa está a dos pasos; sus puertas son sólidas y resistirán cualquier asalto.

–Es verdad –exclamó Grillo con satisfacción–. ¡Vamos, amigos míos, deprisa, apresuraos!

La conservación del ídolo le inspiraba unos cuidados paternales.

La estatua fue transportada sin accidente a través del Valle Frío.

Acababan de franquear la entrada de la villa, cuando en la cima del cerro del Molino apareció la amenazadora silueta del padre Faustino alzando los brazos al cielo.

La parte baja de la casa estaba deshabitada. Era una enorme estancia de muros y bóvedas blanqueados en la que se guardaban los aperos de labranza y las tinajas de barro para el aceite. En un rincón, un montón de paja de trigo se elevaba hasta el techo.

Sobre esta paja, humilde lecho rústico, fue depositada cuidadosamente la diosa.

Apenas habían entrado en la casa y cerrado la puerta, cuando escucharon gritos, imprecaciones y golpes dados en aquélla.

–¡Abrid, abrid! –gritaba el padre Faustino con voz chillona–. ¡Abrid, os conjuro en nombre de Dios vivo!

Por una escalera interior, de piedra, meser Cipriano subió hasta la ventana estrecha y enrejada, situada a bastante distancia del suelo. Contempló al levantisco grupo y viendo que no era muy numeroso, se puso a hablarle, con aquella sonrisa de refinada cortesía que le era tan habitual.

El padre Faustino no se calmaba, y exigía que le dieran el ídolo que, según él, había sido exhumado del cementerio.

Meser Cipriano decidió emplear una estratagema bélica y, así, declaró con voz firme:

–¡Cuidado! He enviado un mensajero a Florencia a buscar al jefe de la Milicia y dentro de dos horas habrá aquí un destacamento de caballería. ¡No forzaréis impunemente las puertas de mi casa!

–¡Tirad la puerta! –gritaba el cura–. No tengáis miedo. ¡Dios está con nosotros! ¡Vamos! ¡Adelante!

Y arrancando un hacha de manos de un viejecillo miope de afilado rostro, triste y tímido, con la cara vendada, empezó a golpear la puerta con todas sus fuerzas. Pero la gente que le acompañaba no le imitó.

–¡Don Faustino! ¡Don Faustino! –murmuraba tímidamente el viejecillo tocándole con el codo–. Vea que nosotros somos pobres. Nos van a meter a la cárcel y quedaremos arruinados.

Y muchos de ellos, entre la muchedumbre, al oír hablar de Milicia, se fueron retirando disimuladamente.

–Si esto se hubiera hecho en los terrenos de la iglesia, ya sería otra cosa –decían unos.

–Pero ¿dónde está el límite? Según la ley, amigos míos...

–¡Cómo! ¿La ley? La ley es una tela de araña: la mosca se deja coger en ella, pero el zángano vuela. La ley no se ha hecho para los ricos –replicaban otros.

–Es verdad. Cada uno es dueño de su tierra.

En medio de todo este tumulto, Giovanni no cesaba de contemplar la Venus rescatada.

Por una ventana lateral penetró un rayo de sol matinal. El cuerpo de mármol, que no estaba todavía completamente limpio, centelleó al sol, como si se estremeciera de satisfacción y entrase en calor después de largas tinieblas en el frío subterráneo. Las briznas finas y doradas de la paja se iluminaron envolviendo a la diosa en una humilde y suntuosa aureola.

De nuevo, Giovanni observó al desconocido. Arrodillado al lado de la Venus, había cogido un compás, un goniómetro y una regla de cobre parecida a las que emplean los matemáticos. Conservando en sus ojos fríos, de un azul claro, y en sus labios finos, firmemente apretados, la misma expresión de curiosidad tenaz, sereno y penetrante, se puso a medir las diversas partes de la admirable figura. Tenía la cabeza tan inclinada, que su larga barba rubia rozaba el mármol.

«¿Qué hace? ¿Qué quiere ver?», pensaba Giovanni, siguiendo con creciente extrañeza y casi con temor aquellos dedos ágiles y audaces que palpaban los miembros de la diosa descifrando todos los misterios de su belleza y buscando asperezas del mármol que el ojo no podría nunca descubrir.

El grupo de campesinos que se apiñaba a la puerta de la casa se aclaraba por momentos.

–¡No huyáis, no huyáis, canallas, enemigos de Cristo! Tenéis miedo de los guardias y no teméis el maleficio del Anticristo –aullaba el clérigo, extendiendo los brazos hacia los fugitivos.

»*Ipse vero antechristus opes malorum effodiet et exponet,* como decía el ilustre padre Anselmo de Cantorbery. *Effodiet* ¿me oís? El Anticristo desenterrará a los dioses antiguos y les dará nueva vida...

Pero ya nadie le escuchaba.

–¡Qué furioso se pone el padre Faustino! –decía sosegadamente un molinero, moviendo la cabeza–. No tiene más fortuna que su sotana y, sin embargo, fijaos cómo alza el gallo... ¡Si hubieran encontrado un tesoro, todavía!...

–Dicen que la estatua es de plata...

–¿De plata? ¡Vamos, hombre! La he visto con mis propios ojos. Es de mármol y está completamente desnuda. Es una indecencia.

–Semejante prostituta no merece la pena que nos manchemos las manos. ¡Dios me perdone!

–¿Dónde vas, Zacchello?

–Al campo; ya es hora.

–Dios te guarde; yo voy a mis viñas.

Todo el furor del cura se volvió entonces más frenético contra sus feligreses.

–¡Ah, así sois, perros infieles, hijos de Caín! ¡Abandonáis a vuestro pastor! ¡Pues sabed, hijos de Satanás, que si yo no rogara por vosotros noche y día, si no me diera golpes de pecho, si no gimiese y ayunase para salvaros, hace tiempo que la tierra os hubiese tragado a vosotros y a vuestro pueblo maldito! Hemos terminado. Os dejaré y me iré lejos sacudiendo hasta el polvo de mis sandalias. ¡Malditas sean estas tierras y el trigo, el agua y los rebaños, y vuestros hijos y vuestros nietos! Ya no soy vuestro padre, ni el pastor que os conducía. ¡Anatema! ¡Anatema!

VII

En la profunda calma de la estancia adonde la llevaron, la diosa reposaba sobre un lecho de dorada paja. Giorgio Merula se dirigió al desconocido que medía la estatua.

–¿Pretendéis encontrar el canon divino de la belleza? –preguntó el sabio con protectora sonrisa–. ¿Queréis reducir la belleza a matemática?

El desconocido le miró sin decir una palabra, como si no hubiera entendido la pregunta, enfrascándose de nuevo en su trabajo.

Las ramas del compás se abrían y se cerraban describiendo figuras geométricas regulares. Con lentos y firmes movimientos posaba el goniómetro sobre los bellos labios de Afrodita –esos labios cuya sonrisa henchía de espanto el corazón de Giovanni–, contaba los grados y los iba anotando en un cuaderno.

–Perdone mi curiosidad –insistió Merula–, pero ¿qué unidad de medida establecéis?

–El instrumento es imperfecto –respondió el desconocido sin volverse–. Para determinar las proporciones yo mido generalmente por grados, minutos, segundos y tercios; cada división de éstas es la doceava parte de la precedente.

–Muy bien –dijo Merula–. Pero me parece que la última graduación debe ser de un espesor inferior al más fino cabello. Cinco veces la doceava parte...

–La tercia –explicó el desconocido siempre con voz velada–, es la cuarenta y ocho mil ochocientas vigésimo tercera parte de todo el rostro.

Merula levantó las cejas y sonrió.

–A todas las edades se aprende algo. Nunca hubiera imaginado que se pudiera llegar a tal precisión.

–Cuanta más precisión mejor –replicó su interlocutor.

–¡Oh, evidentemente!... Pero, ya sabe usted, en el arte, en la belleza, todos esos cálculos matemáticos, esos grados, esos segundos... Le confieso que me cuesta trabajo creer que un artista en el fervor de la inspiración y, por decirlo así, bajo la influencia de Dios...

–Sí, sí, tiene usted razón –condescendió el personaje con indudable aburrimiento–, pero, a pesar de todo es interesante saber...

E inclinándose más, evaluó con la ayuda del goniómetro la distancia entre el borde de la cabellera y el mentón.

«¡Saber! –pensó Giovanni–. Pero ¿se puede hablar aquí de ciencia y de medida? ¡Qué locura! Tal vez no siente, no comprende...»

Merula, ardiendo en deseos de tocar en lo vivo a su adversario y provocar una discusión, se puso a hablar de la perfección de los maestros antiguos y de la necesidad de imitarlos. Pero su interlocutor callaba. Cuando Merula hubo terminado, dijo con fina sonrisa que resbaló sobre su larga barba:

–Quien abreva en el manantial no bebe en la copa.

–Permitid –exclamó el sabio–. Si los antiguos no son para usted más que agua en una copa, ¿cuál es, pues, el manantial?

–La naturaleza –respondió simplemente el desconocido.

Y como Merula comenzase a hablar mordaz y enfáticamente, el desconocido, sin discutir, condescendió con amable evasiva, pero la remota mirada de sus ojos fríos se hizo más indiferente.

Por fin, Giorgio, al acabar su argumentación, se calló. Entonces su interlocutor le hizo notar algunas asperezas del mármol que la vista, por intensa que fuese la luz, no podía advertir. Sólo el tacto era capaz de apreciar al pasar la mano por la superficie lisa, las ínfimas indelicadezas y los defectos de la materia. Con una sola mirada profunda, perspicaz, pero en apariencia impasible, el desconocido envolvía el cuerpo de la diosa.

«¡Y yo que le creía insensible! –pensó Giovanni sorprendido–. Pero si siente de veras, ¿cómo puede observar tan fríamente, medir, analizar? ¿Quién será?»

–Meser –murmuró Giovanni al oído del anciano–, escucha, meser Giorgio. ¿Cómo se llama este hombre?

–¡Ah! ¡Estás ahí, frailuco! –dijo Merula volviéndose–. Pues éste es precisamente ese que tanto te preocupa. ¿Cómo no lo has adivinado? Es meser Leonardo da Vinci.

Y Merula presentó Giovanni al artista.

VIII

Regresaban a Florencia.

Leonardo conducía su caballo al paso. Beltraffio marchaba a pie a su lado. Iban solos.

Entre las negras y húmedas raíces de los olivos verdeaba la hierba, salpicada de flores azules, inmóviles sobre sus gráciles tallos. El aire era suave, como sólo puede serlo en la madrugada de un día de primavera. «Así que éste es él», pensaba Giovanni, quien observando de reojo a su compañero encontraba curioso cada detalle de su fisonomía.

Había pasado la cuarentena. Cuando callaba sumido en sus meditaciones, sus ojos color azul claro, penetrantes, tenían bajo las cejas fruncidas, una mirada gélida y atenta, pero en el transcurso de la conversación adquirían una expresión de bondad. Su larga barba rubia y sus cabellos igualmente claros, espesos y ondulados le daban un aire majestuoso. Su fino rostro tenía un encanto casi femenino; a pesar de su alta estatura y de hombros anchos; su voz era aguda, delicada, muy agradable, pero nada masculina. Su bella mano –al ver cómo guiaba el caballo, Giovanni adivinó en ella un gran vigor físico–, su bella mano era suave, de largos y torneados dedos como los de una mujer.

Iban acercándose a los muros de la ciudad. A través de la bruma que ya filtraba el sol matinal, se distinguían las cúpulas de las iglesias y la torre del Palacio Viejo.

«Ahora o nunca –pensó Beltraffio–. Voy a lanzarme y a decirle que quiero entrar en su taller.»

En ese instante Leonardo detuvo su caballo para observar el vuelo de un pequeño gerifalte, que acechando una presa –un pato o una garza oculta en los cañaverales del pantano de Mugnon– revoloteaba en el cielo con regularidad y lentitud. Después el pájaro se dejó caer bruscamente como una piedra lanzada desde lo alto, y, lanzando un grito breve y salvaje, desapareció tras la cima de los árboles. Leonardo le siguió con la mirada sin que se le escapase una vuelta, un movimiento, un aleteo; después abrió el cuaderno que llevaba en un bolso colgado de su cintura y escribió unas líneas. Sin duda anotaba sus observaciones sobre el vuelo del pájaro.

Beltraffio pudo advertir que no cogía el lápiz con la mano derecha, sino con la izquierda. «Es zurdo», pensó y se acordó de los extraños rumores que circulaban acerca de Leonardo. Decían que escribía sus obras al revés y que no se podían leer más que en un espejo –no de izquierda a derecha, como todo el mundo sino de derecha a izquierda al modo oriental–. Lo hacía así según decían, para ocultar sus ideas criminales y heréticas sobre la naturaleza y sobre Dios.

«¡Ahora o nunca!», se dijo Beltraffio. Pero se acordó, de pronto, de las rudas palabras de Antonio da Vinci: «Ve a él, si quieres perder tu alma; es un hereje, un impío».

Leonardo le mostró sonriendo un pequeño almendro débil y solitario que se alzaba sobre la cima de un altozano. Estaba el árbol aterido y como adormilado, pero, renaciendo a la confianza y al goce, se había engalanado ya con flores blancas y rosa. Bañado de sol resplandecía, vibrando de placer bajo el cielo azul.

Pero Beltraffio no podía admirarlo. Su corazón estaba lleno de angustia.

Entonces Leonardo, como si adivinase su desazón, le dirigió una mirada dulce y benévola, mientras pronunciaba estas palabras que Giovanni recordaría a menudo:

–Si quieres ser artista, desecha todo otro temor y preocupación que no sean los del arte. Que tu alma sea como un espejo que refleje todos los objetos, todos los movimientos, todos los colores; pero procura que permanezca ella límpida y serena.

Y entraron por las puertas de Florencia.

IX

Beltraffio se fue a la catedral, donde el hermano Girolamo Savonarola debía predicar aquella mañana.

Los últimos acordes del órgano se apagaban bajo las bóvedas de Santa Maria del Fiore. El murmullo de la muchedumbre llenaba la iglesia de un lento y grave zumbido. El calor era sofocante. Los niños, las mujeres y los hombres se hallaban en lugares separados por grandes cortinas. Bajo las altas bóvedas ojivales reinaban como en el más espeso bosque, la oscuridad y el misterio. Los rayos de sol que filtraban los vitrales oscuros y resplandecientes caían en una lluvia de reflejos de arco iris sobre las vivientes olas de la muchedumbre y sobre la piedra gris de las columnas. Encima del altar las luces de los candelabros de siete brazos enrojecían las tinieblas.

El oficio había terminado. La multitud esperaba al predicador. Todas las miradas se dirigían hacia un púlpito muy alto, de madera, al que daba acceso una escalera de caracol, apoyada contra un ancho pilar en la nave central de la catedral.

Giovanni, de pie entre la muchedumbre, prestaba atención a los diálogos que sus vecinos sostenían en voz baja.

–¿Será pronto? –preguntaba con voz angustiosa un hombre de pequeña estatura, que parecía asfixiarse entre la muchedumbre.

Su rostro estaba pálido y cubierto de sudor, con los cabellos pegados a la frente, sujetos por una estrecha banda; debía de ser un carpintero.

–¡Sólo Dios lo sabe! –respondió un caballero asmático, una especie de gigante de roja faz y anchos pómulos–. Hay en San Marcos un fraile mudo y muy candoroso, llamado Marouffi; cuando éste diga que es tiempo, Girolamo partirá. El otro día esperamos cuatro horas, creíamos que ya no predicaría, pero en aquel momento llegó.

–¡Oh! ¡Señor! ¡Señor! –suspiró el carpintero–. Espero desde media noche. Tengo tal hambre que se me nubla la vista. No he comido ni una miga de pan; si pudiera uno siquiera sentarse en el suelo...

–Ya te lo decía, Damián, que había que venir con tiempo. Ya ves lo lejos que nos hemos quedado del púlpito, no oiremos nada.

–No temas, que ya oirás. Cuando empiece a gritar, a tronar, no solamente los sordos, sino los mismos muertos le oirán.

–¿Dicen que hoy va a hacer profecías?

–No, no lo hará antes de haber terminado con lo del arca de Noé...

–Pero si eso ya es asunto concluido. Concluido, hasta el último claro. Y la interpretación que le da es ésta: el largo del arca es la fe; el ancho, el amor; y el alto, la esperanza. Apresuraos, ha dicho, apresuraos a entrar en el arca de la salvación, mientras estén todavía las puertas abiertas. Porque el tiempo está próximo; las puertas se cerrarán y muchos llorarán por no haberse arrepentido y por no haber entrado.

–Hoy hablará del diluvio, decimoséptimo versículo del decimosexto libro del Génesis.

–Dicen que ha tenido una nueva visión aérea del hambre, la peste y la guerra.

–El albéitar de Villambusa cuenta que durante la noche en el cielo, por encima del pueblo, innumerables ejércitos combaten; se oye ruido de espadas y de armas.

–En el rostro de la Virgen de la Annunziata dei Servi se han visto gotas de sangre.

–¡Seguramente es verdad! La Madona del puente del Rubicón vierte lágrimas también todas las noches. Mi tía Lucía lo ha visto.

–Eso no presagia nada bueno, no, nada bueno. ¡Señor ten piedad de nosotros, pobres pecadores!...

En el sector de las mujeres hubo cierta conmoción. Una vieja, apretujada por la muchedumbre, cayó al suelo desvanecida. Forcejearon para levantarla y reanimarla.

¿Tardará mucho? No puedo más –decía casi llorando el diminuto carpintero secándose el sudor de la frente.

La interminable espera consumía de impaciencia a todo el mundo.

De pronto, el océano de cabezas se agitó tempestuosamente y se oyó un murmullo:

–¡Ya viene, ya viene, ya viene!

–¡No, no es él! Es fray Domenico da Pecehi.

–¡Ahora sí, es él, él!

–¡Ya viene!

Giovanni vio ascender lentamente al púlpito a un hombre muy flaco con la capucha echada que ostentaba el hábito blanco y negro de los dominicos. Una tosca cuerda ceñía su cintura. Su rostro delgado estaba amarillo como la cera; sus labios eran gruesos, la nariz ganchuda, la frente estrecha.

Dejó caer su mano izquierda sobre el púlpito con ademán de agotamiento; luego, levantando y avanzando la derecha, alargó el puño en el que sostenía un crucifijo. Silenciosamente, con lenta mirada, sus ojos ardientes recorrieron la muchedumbre.

El silencio era tal, que cada uno podía oír los latidos de su corazón.

Los ojos inmóviles del monje se iban encendiendo como ascuas, más cada vez. Permaneció en silencio largo rato hasta hacer la espera intolerable. Parecía que la gente, incapaz de soportar más, iba a estallar en gritos de terror.

Pero el silencio se hizo aún más profundo y el espanto más grande todavía.

De pronto, en medio de este silencio sepulcral, resonó el grito ensordecedor, desgarrado, extrahumano, de Savonarola:

–*Erce ego adduco super terram!* ¡Yo seré quien encauzará las aguas sobre la tierra!

Ese soplo de terror que pone los pelos de punta pasó sobre toda la muchedumbre estremeciéndola.

Giovanni palideció. Le parecía que la tierra vacilaba, que las bóvedas de la catedral iban a desplomarse y a aplastarle. A su lado, un calderero gordinflón temblaba como la hoja de un árbol y le castañeteaban los dientes. El carpintero se hizo todavía más pequeño. Metiendo la cabeza entre los hombros como si temiera ser fulminado, su cuerpo se encogió más todavía y sus ojos se cerraron.

Aquello no era un sermón; era un acceso de delirio furioso que dominando de pronto a millares de seres los arrastraba como el huracán arrastra las hojas secas.

Giovanni escuchaba, pero apenas podía comprender. Hasta él llegaban muchos fragmentos sueltos.

«¡Ved, ved, mirad! ¡Ved cómo los cielos se cubren de negrura! ¡El sol se tiñe de púrpura, como sangre coagulada. ¡Huid! ¡Va a llover fuego y azufre y caerá una granizada de piedras ardiendo y de rocas inmensas! *Fuge o Sioni, que habitas apud filiam Babylonis!*

»¡Oh, Italia, las plagas sucederán a las plagas! La plaga de la guerra, después la del hambre, y la plaga de la peste después de la de la guerra. ¡Aquí y allá, plagas, plagas en todos los sitios!

»No habrá bastantes vivos para enterrar a los muertos. Habrá tantos en las casas que los sepultureros pasarán por las calles gritando: "¿Quién tiene muertos?". Los amontonarán en los carros y hasta en la grupa de los caballos: montones como montañas; luego los quemarán y volverán de nuevo por las calles gritando: "¿Quién tiene muertos? ¿Quién tiene muertos?". E iréis hacia ellos diciendo: "He aquí a mi hijo; he aquí a mi hermano; he aquí a mi marido". Y los sepultureros se alejarán gritando: "¿No quedan más muertos?".

»¡Oh, Florencia! ¡Oh, Roma! ¡Oh, Italia! ¡Los tiempos de fiestas y canciones han pasado! Estáis todos enfermos e incluso mortalmente. Tú eres testigo, Señor, que he querido con mi palabra apuntalar estas ruinas. ¡Pero no he podido, no tengo más fuerza! No quiero hablar más. Ya no sé qué decir. No me queda más que llorar y disolverme en lágrimas. ¡Misericordia, Señor, misericordia! ¡Oh, mi pobre pueblo! ¡Oh, Florencia!»

Abrió los brazos y murmurando las últimas palabras con voz apenas perceptible, volaron éstas sobre la muchedumbre yendo a morir como en el viento las hojas; como un suspiro de infinita piedad. Por último apretó contra el crucifijo sus labios, de una palidez mortal y, extenuado, cayó de rodillas sollozando.

Los lentos y dolorosos sones del órgano brotaron, largos, inmensos, solemnes, formidables, como el bramido nocturno del océano.

Una voz aguda lanzó un grito entre las mujeres.

–¡Misericordia!

Enseguida miles de voces le respondieron haciéndole eco. Y como espigas que el viento curva en un campo, ola tras ola, fila tras fila, vacilando y atropellándose como bajo la tormenta un rebaño de ovejas asustadas, los asistentes caían de rodillas y, confundido con el rugir del órgano que hacía retemblar la tierra, las columnas de piedra y las bóvedas de la catedral, se elevó el grito del pueblo arrepentido, el clamor hacia Dios de los hombres en peligro mortal.

–¡Misericordia! ¡Misericordia!

Giovanni cayó de rodillas. Sentía sobre su espalda el peso del calderero gordo que la gente había empujado sobre él, el cual, llorando también, le lanzaba al cuello su aliento cálido. A su lado, el minúsculo carpintero emitía extraños sollozos quejumbrosos e hipando, como los niños pequeños, chillaba con voz aguda:

–¡Misericordia! ¡Misericordia!

Beltraffio se acordó de su soberbia y de su curiosidad, de su deseo de dejar a fray Benedetto y entregarse a la ciencia peligrosa y puede que impía de Leonardo. También se acordó de la última y temible noche del cerro del Molino, y de la Venus resucitada, de su éxtasis culpable ante la belleza de la Diablesa blanca y, elevando los brazos al cielo, clamó con la misma voz desesperada del resto de los concurrentes:

–¡Piedad, Señor! ¡He pecado contra Ti! ¡Perdóname! ¡Ten piedad de mí!

En ese mismo instante, elevando su rostro húmedo de lágrimas, vio no lejos de él a Leonardo da Vinci. El artista se hallaba de pie, con la espalda apoyada contra una columna. Tenía en la mano derecha su inevitable cuaderno y dibujaba con la mano izquierda, lanzando de vez en cuando una ojeada al púlpito, con la esperanza, sin duda, de ver aparecer una vez más el rostro del predicador.

Indiferente a todo, solo, entre esa muchedumbre poseída de pánico, Leonardo conservaba una calma perfecta. En sus ojos azules y fríos y en sus labios delgados, herméticamente cerrados, como los de un hombre habituado a la atención y al silencio, no había ninguna ironía, sino solamente curiosidad, la misma curiosidad que manifestaba al medir con sus instrumentos el cuerpo de Afrodita.

Las lágrimas se secaron en los ojos de Giovanni; la plegaria expiró en sus labios.

Al salir de la iglesia se acercó a Leonardo y le pidió permiso para ver su dibujo. Al principio el artista no quiso; pero Giovanni insistió con voz suplicante. Le condujo, por fin, a un lugar apartado y le tendió su cuaderno. Giovanni vio una espantosa caricatura. No era el rostro de Savonarola, sino el de un viejo diablo horroroso, vestido con hábito de monje, parecido a Savonarola, extenuado por las modificaciones, pero sin haber vencido el orgullo y la concupiscencia. Sobresalía la mandíbula inferior, las arrugas surcaban sus mejillas y su cuello, colgaba negro como el de un cadáver disecado. Las cejas se erguían erizadas. Y la mirada inhumana se clavaba en el cielo en una imploración obstinada y casi furiosa. Todo lo que había en fray Girolamo de sombrío, de horrible y de insensato, todo lo que le sometía al poder de Marouffi, el visionario tartamudo y demente, todo esto se hallaba en ese dibujo al desnudo sin cólera ni piedad, con la exactitud impasible de la ciencia.

Giovanni recordó las palabras de Leonardo, «el alma del artista debe ser el espejo que refleja todos los objetos, todos los movimientos, todos los colores mientras ella permanece límpida y serena».

El discípulo de fray Benedetto miró a Leonardo y sintió que incluso si estuviera como él, Giovanni, amenazado de eterna condenación y aunque estuviera convencido de que Leonardo fuese realmente el valedor del Anticristo, no podría alejarse de él, y que una fuerza irresistible le atraía hacia ese hombre. Necesitaba conocerle por completo.

X

Dos días más tarde, Grillo fue a Florencia a buscar a meser Cipriano Buonaccorsi, quien atareado con sus negocios no había tenido tiempo de hacer trasladar la Venus a la ciudad. Grillo le llevaba una triste nueva: el cura de la parroquia, don Faustino, había dejado San Gervasio, yéndose a San Mauricio, un pueblo próximo de la montaña. Esto después de haber amenazado al pueblo invocando el castigo del cielo. Una noche, capitaneando una banda de campesinos fue a asaltar la villa Buonaccorsi, hundiendo las puertas, moliendo a golpes al jardinero Strocco y atando de pies y manos a los guardianes de la Venus. Se leyó ante el cuerpo de la diosa una plegaria de los tiempos antiguos: *Orati super effigies vasaque in boco antiquo reperta.* En esta plegaria, recitada sobre las estatuas y los objetos encontrados en los sepulcros antiguos, el siervo de la Iglesia imploraba de Dios que limpiara de escoria pagana los objetos exhumados, purificándolos para beneficio de las almas cristianas, a la gloria del Padre, del Hijo y del Espíritu Santo –*ut omnia inmundita depulsa sint fidelibus tuis utenda per Christum Dominum nostrum*–. Hecho lo cual, rompían las estatuas de mármol echando los pedazos a un horno donde los calcinaban para encalar los muros del cementerio del pueblo.

Escuchando el relato del viejo Grillo, que casi lloraba de pena por el ídolo, Giovanni se decidió. Ese mismo día se fue a casa de Leonardo rogándole que le admitiese como discípulo en su taller.

Leonardo accedió.

Algún tiempo después, se supo en Florencia la noticia de que Carlos VII, rey cristianísimo de Francia, a la cabeza de un poderoso ejército había emprendido la conquista de Nápoles, Sicilia y al parecer también la de Roma y Florencia.

Las gentes estaban despavoridas, porque veían cumplirse las profecías de fray Girolamo Savonarola: las plagas estaban próximas y la maza de Dios caería sobre Italia.

Capítulo 11

Ecce deus, ecce homo

I

Si el águila, no obstante su peso, se mantiene con sus alas en el espacio; si grandes barcos se mueven, con sus velas, sobre el mar, ¿por qué el hombre no podía cruzar el aire provisto de alas, dominar el viento y elevarse victoriosamente a las alturas?

En uno de sus cuadernos antiguos, Leonardo releyó estas palabras. Al margen había un dibujo: un timón colocado sobre un tronco de hierro, redondo, al cual se articulaban unas alas movidas por cuerdas.

Esta máquina le parecía ahora tosca y fea.

El nuevo aparato recordaba la forma del murciélago. La estructura del ala estaba formada por cinco dedos como la mano de un esqueleto, con articulaciones múltiples y flexibles.

Tendones de cuero curtido y cordoncillos de seda en bruto imitaban los músculos que, actuando sobre palancas y poleas, unían los dedos. Una varilla movible y una biela movían el ala, la superficie de ésta era de tafetán almidonado, impermeable al aire, y como la membrana de las patas de las aves podía reducirse o extenderse. Cuatro alas se movían en cruz como las patas de un caballo, tenían cuarenta codos de longitud y ocho de alzada. Estas alas se movían hacia atrás para tomar impulso y luego bajaban para elevar la máquina en el aire. El hombre iba de pie sobre unos estribos que ponían en movimiento las alas con ayuda de cuerdas, poleas y palancas. La cabeza gobernaba el enorme timón guarnecido de plumas a la manera de la cola de un pájaro.

Cuando un pájaro va a volar, antes de batir las alas, debe empinarse sobre sus patas. Por eso el vencejo, con sus patas cortas, una vez posado sobre el suelo se debate sin poder volar.

Dos puntales de caña reemplazaban, en el aparato, a las patas del pájaro.

Leonardo sabía por experiencia que en una máquina bien

construida todas sus partes son elegantes y bien proporcionadas. Por eso la fealdad de los indispensables puntales desconcertaba al inventor.

Se enfrascaba en sus cálculos, rectificando errores y descuidos. De pronto borraba con disgusto toda una página llena de pequeñas columnas de apretadas cifras, escribiendo al margen esta palabra: «Falso» y al lado añadía en gruesos caracteres imprecaciones como ésta: «¡Al diablo!».

Los cálculos solían irse enredando y los errores aumentaban. Además, la llama oscilante de la bujía irritaba los ojos del artista. Un día mientras Leonardo trabajaba, el gato, que ya había dormido bastante, saltó sobre su mesa, se estiró, enarcó el lomo y se puso a jugar con un pájaro disecado, comido de polillas, que colgaba de una cuerda atada a un bastidor, aparato destinado a determinar el centro de gravedad con relación al vuelo. Leonardo empujó al gato con tal violencia, que el animal derribado se puso a maullar lastimeramente.

–¡Vamos, por Dios, acuéstate donde quieras, pero no me molestes! –murmuró el artista.

Y le pasó la mano, cariñoso, sobre su negra piel de la que brotaron algunas chispas. El gato, replegándose sobre sus patas de terciopelo, se arrellanó gravemente, y empezó a ronronear mientras fijaba en su amo sus pupilas inmóviles y verdosas, llenas de misterio y voluptuosidad...

Leonardo comenzó de nuevo a alinear cifras, paréntesis, fracciones, ecuaciones, raíces cuadradas y cúbicas.

Así, insensiblemente, pasó una noche más, desvelado.

Hacía un mes que Leonardo da Vinci se había trasladado de Florencia a Milán y casi no había salido de su casa, entregado al estudio de su máquina de volar.

Por la ventana abierta entraban ramas de acacia blanca que dejaban caer de vez en cuando sobre la mesa sus tiernas flores de olor dulzón.

El claro de luna, atenuado por un velo de nubes rojas con reflejos nacarados, penetraba en la habitación, mezclándose a la luz amarilla de la candela que se iba consumiendo.

La pieza estaba llena de aparatos e instrumentos de astronomía, de física, química, mecánica y anatomía. Ruedas, poleas, resortes, tornillos, tubos, reglas, arcos, émbolos y otros instrumentos de cobre, acero, hierro, cristal, surgían de las tinieblas, mezclados y confundidos, como miembros de monstruos, o como enormes insectos. Se veía una campana de buzo, el débil centelleo de un aparato óptico que semejaba un enorme ojo, el esqueleto de un caballo, un cocodrilo disecado, un frasco lleno de alcohol conteniendo un feto humano, especie de larva desmesurada y lívida; raquetas puntiagudas en forma de barca para navegar y en un rincón del estudio del artista, traída sin duda por la casualidad, la cabeza de arcilla de una joven o de un ángel de sonrisa triste y maliciosa.

Al fondo, en la oscura boca de un horno, provisto de fuelles de forja, ardían candentes brasas bajo la ceniza.

Y sobre todo esto, ocupando desde el suelo hasta el techo las alas de la máquina voladora, una, todavía desnuda; la otra, con su tensa membrana desplegada. Entre ellas tumbado en el suelo, con la cabeza echada hacia atrás, se encontraba un hombre que debió de dormirse durante el trabajo. Tenía en la mano derecha el mango de una varilla de cobre, ahumada. De una de sus puntas colgó sin duda, el estaño en fusión... El esqueleto de caña de una de las alas tocaba con su extremidad inferior el pecho del durmiente y al respirar éste, el ala se movía, se estremecía, parecía vivir, arañando el techo con el otro extremo. Al resplandor incierto de la luna y de la bujía, la máquina con el hombre durmiendo entre sus alas, tenía el aspecto de un gigantesco murciélago dispuesto a emprender el vuelo.

II

La luna desapareció. De los huertos que rodeaban la casa de Leonardo, situada en el arrabal de Milán, entre la fortaleza y el monasterio de Santa Maria delle Grazie, llegaba un olor a legumbres y hierbas, toronjil, menta e hinojo. En un nido que había encima de la ventana, las golondrinas se arrullaban; en un charco chapoteaban los patos chillando alegremente.

La llama de la bujía se apagó. Al lado, en el taller, se oían las voces de los discípulos.

Eran dos: Giovanni Beltraffio y Andrea Salaino. Giovanni copiaba un modelo anatómico, sentado delante de un aparato para el estudio de la perspectiva: un bastidor de madera con una cuadrícula de hilos que corresponde a la cuadrícula lineal trazada en el cartón de los dibujantes.

Salaino preparaba una tabla de tilo, cubriéndola de polvo de alabastro. Era un bello mancebo de ojos inocentes y dorados bucles, favorito del maestro, el cual le tomaba de modelo cuando pintaba ángeles.

–¿Qué crees, Andrea? –preguntó Beltraffio–, ¿acabará pronto su máquina meser Leonardo?

–¡Dios sabe! –respondió Andrea silbando una cancioncilla, mientras arreglaba las lengüetas de satén de sus zapatos nuevos bordadas con plata–. El año pasado trabajó dos meses en su máquina y sólo obtuvo un resultado ridículo. Ese oso, ese bárbaro de Zoroastro quiso volar costase lo que costase. El maestro le disuadía, pero él se empeñó. Imagínate que el muy loco se subió a un tejado, se puso alrededor de todo el cuerpo una serie de vejigas de buey y de cerdo, muy juntas, a fin de no romperse los huesos si llegaba a caer. Levantó las alas y ¿fue el viento quién le condujo? El caso es que voló, pero luego dio la vuelta, agitó los pies en el aire y cayó verticalmente sobre un montón de estiércol. Estaba blando y no se rompió nada, pero todas las vejigas reventaron a la vez con gran estrépito; un estrépito tal, que hasta las cornejas del campanario echaron a volar asustadas. En cuanto al nuevo Ícaro, pataleaba en el aire sin poder salir del estiércol.

Un tercer discípulo, César de Sesto, entró en el estudio. Era un hombre de rostro enfermizo y bilioso, de ojos inteligentes y malignos, que había pasado de la primera juventud. Llevaba en una mano un pedazo de pan y una loncha de jamón y en la otra un vaso de vino.

–¡Bah! ¡Qué porquería de vino! –dijo, escupiendo y haciendo gestos–. En cuanto al jamón, está duro como una suela. ¡Es inaudito, tener dos mil ducados al año y alimentar a la gente con semejantes porquerías!

–Debíais probar del otro barril, ese que está debajo de la escalera –dijo Salaino.

–Ya lo he probado. ¡Peor todavía! ¿Otro adorno? –preguntó César mirando el elegante gorro de terciopelo color amapola de Salaino–. ¡Qué taller! ¡Qué vida de perro! Hace dos meses que no tienen en la cocina jamón fresco. Marcos dice que el maestro no tiene ni un céntimo; que todo lo gasta en esas malditas alas. Nos tiene a todos a dieta. En cambio ya se ve adónde va a parar el dinero: lo emplea en hacer regalos a sus favoritos. ¡Gorros de terciopelo! ¿No te da vergüenza recibir limosna de un extraño? Meser Leonardo no es tu padre ni tu hermano y tú ya no eres un niño...

–César –interrumpió Giovanni para cambiar de conversación–. Me prometisteis el otro día explicarme un problema de perspectiva. ¿Os acordáis? Hoy probablemente no vendrá el maestro. ¡Está tan ocupado con su máquina voladora!

–Sí, amigos míos, ya sé. Esta máquina, que el diablo se lleve, nos conducirá a todos a la ruina. Además, cuando no es una cosa es otra. Me acuerdo que una vez, mientras trabajaba en la *Sagrada Cena*, se apasionó de pronto por el invento de una nueva máquina para hacer la *cervellata* milanesa. Y la cabeza del apóstol Santiago el Mayor quedó sin acabar, esperando que la picadura del salchichón pudiese funcionar y abandonó en un rincón a la más bella de sus madonas por el invento de un asador automático para capones y cochinillos. También fabrica una lejía especial hecha de excremento de gallina. Creedme, no hay tontería a la cual meser Leonardo no se entregue con entusiasmo con tal de desembarazarse de la pintura.

El rostro de César se contrajo de pronto y un rictus siniestro plegó sus finos labios.

–¡Oh! ¿Por qué Dios dará talento a semejantes individuos? –añadió en voz baja y ronca.

III

Leonardo se hallaba casi siempre sentado, curvado sobre su mesa de trabajo.

Una golondrina penetró por la ventana abierta dando vueltas alrededor de la habitación, golpeándose contra los muros y el techo; por fin se enganchó en el ala del aparato como en una trampa, y sus vivientes alitas se prendieron en la red del cordaje.

Leonardo rápidamente fue a libertar a la prisionera con gran precaución, teniendo exquisito cuidado de no hacerle el menor daño; la tomó en su mano, y después de besar su cabecita de un negro sedoso, la soltó por la ventana.

La golondrina echó a volar y desapareció en el cielo entonando un canto de alegría.

«¡Qué fácil, qué sencillo!», pensó, acompañándola con la mirada, envidioso y triste. Luego contempló su aparato, el triste y gigantesco esqueleto de murciélago, con expresión de desagrado.

El hombre que dormía en el suelo se despertó. Era un modesto herrero de Florencia, hábil mecánico que ayudaba a Leonardo. Se llamaba Zoroastro o Astro de Peretola.

Despertó sobresaltado frotándose su único ojo: había perdido el otro al saltarle una chispa de un horno, mientras trabajaba. Era de gran corpulencia y su rostro ingenuo de niño, eternamente cubierto de hollín y humo, le daba el aspecto de un cíclope.

–¡Me he dormido! –exclamó el herrero, llevándose las manos a la cabeza con un gesto de desesperación–. ¡Que el diablo me lleve! ¡Ah, maestro! ¿Por qué no me ha despertado? Quería haber terminado el ala izquierda antes de la noche. Creí que volaría mañana por la mañana...

–Has hecho bien en dormir –dijo Leonardo–; de todas maneras las alas no van como deben.

–¿Cómo? ¿Todavía no? Bien, meser, será como usted dice, pero yo no volveré a trabajar en esta máquina. ¡Cuánto dinero, cuánto trabajo! ¡Y todo esto para nada! ¿Qué es lo que falta? ¿No se puede volar con estas alas? Son capaces de soportar no sólo a un hombre, sino hasta un elefante. Meser, déjeme probar a mí aunque no sea más que una vez, aunque sea encima de agua. Si me caigo, no haré más que tomar un baño. Nado como un pez, y no me puedo ahogar.

Juntó las manos en ademán de súplica. Leonardo movía la cabeza negativamente.

–Un poco más de paciencia, amigo. Todo llegará a su tiempo. Más tarde...

–¡Más tarde! –gimió el herrero, que casi lloraba–. Pero ¿por qué no ahora? Estoy seguro, meser, tan cierto como Dios es santo, que volaré.

–No podrás volar, Astro; es un imposible matemático.

–Sí podría, estoy seguro. ¡Que se vayan al diablo vuestras matemáticas! No hacen más que desbaratarlo todo. ¡Cuántos años hemos malgastado en ello! Se nos ha consumido el alma. Un mosquito, una polilla, una sucia mosca de estercolero, ¡Dios me perdone!, pueden volar, y los hombres, ¿han de seguir arrastrándose como gusanos? ¿No es vergonzoso? Esperar, ¿a qué? Ahí están las alas. Todo está listo. A mí me parece que no hay más que desplegarlas, santiguarse, echarse a volar y... ¡hasta la vista!

De pronto, como si algo acudiese a su memoria, su rostro se iluminó.

–¡Maestro! ¡Maestro! Hoy he tenido un sueño maravilloso.

–¿Volabas?

–Sí. ¡Y de qué modo! Pero escúcheme. Me parecía que estaba de pie en medio de una muchedumbre, en un salón desconocido. Todos me miraban y me señalaban con el dedo riendo. Yo me decía: «Si esta vez no puedo, esto marchará mal». Di un salto, agité los brazos con todas mis fuerzas y me elevé en el aire. Al principio fue muy penoso, como si tuviera una montaña sobre los hombros. Luego, poco a poco, el movimiento se tornó más fácil, subí deprisa hasta darme con la cabeza contra el techo. Y todos empezaron a gritar: «¡Mirad, mirad, vuela!». Yo me fui derecho hacia la ventana, y salí por ella, siempre subiendo, cada vez más arriba, hasta el mismo cielo. El viento silbaba en mis oídos y me sentía alegre y reía diciéndome: «¿Por qué no podría volar antes? ¿Sería por olvido? ¡Qué fácil es! ¡Y no es necesaria ninguna máquina!».

IV

De pronto se oyó un estrépito de gritos, juramentos y un ruido de pasos rápidos resonó en la escalera. La puerta, abriéndose bruscamente, dio entrada a un hombre de abundante cabellera color de fuego y faz sanguínea llena de pecas. Era un discípulo de Leonardo: Marco d'Oggione.

Entró echando pestes, arrastrando por una oreja brutalmente a un muchachito desmedrado de unos diez años.

–¡Malas Pascuas te dé Dios, sinvergüenza! ¡Te voy a estrangular, canalla!

–¿Qué ha hecho, Marco? –preguntó Leonardo.

–¡Figúrese, meser! Ha robado dos hebillas de plata de lo menos diez florines cada una, y ha perdido el dinero que le han dado por una de ellas a las tabas; la otra la ha cosido a un dobladillo de su traje. Allí la he encontrado y porque he ido a darle un tirón de orejas, como se merece, me ha mordido la mano hasta hacerme sangre. ¡Es un verdadero demonio!

Y creciendo su furor, agarró al muchacho por el pelo.

Leonardo se interpuso entre ambos. Entonces Marco, que hacía en la casa las veces de intendente, sacó del bolsillo un manojo de llaves, exclamando:

–¡Aquí tiene las llaves, meser! ¡Ya es demasiado! ¡No viviré bajo el mismo techo que los sinvergüenzas y los ladrones! ¡O él o yo!

–Vamos, Marco, cálmate. Ya le castigaré como se merece.

Los discípulos asomaban la cabeza por la puerta del estudio. Una mujer gorda, Maturina, la cocinera, llegó abriéndose paso entre ellos. Venía del mercado y traía en la mano una cesta llena de cebollas, pescado, tomates grandes y rojos y algunas plantas aromáticas. Al ver al pequeño delincuente, empezó a gritar y gesticular uniendo sus gritos al ruido que hacían unos cuantos garbanzos al caer de un saco agujereado.

César hablaba también, extrañándose de que Leonardo tolerase en su casa a ese granujilla, pues no había acción baja o cruel de la que Jacopo no fuese capaz. Un día la emprendió a pedradas con *Fagiano*, el perro, y le rompió una pata; había deshecho el nido de golondrinas de encima de la cuadra, y todo el mundo sabía que su juego preferido consistía en arrancar las alas a las mariposas para gozarse con su sufrimiento.

Jacopo no se separaba del maestro, mirando a sus enemigos con la vista baja como un lobezno caído en la trampa. Su bello rostro pálido estaba inmóvil. No gemía, pero cuando se encontraba con la mirada de Leonardo sus ojos perversos expresaban una tímida súplica.

Maturina profería gritos e injurias, exigiendo que se castigase de una vez a aquel diabólico muchacho sin lo cual tendría a todo el mundo en jaque y la vida sería imposible.

–¡Calma, calma! Callaos, por Dios –dijo Leonardo.

Por su rostro cruzó una sombra de extraña pusilanimidad. Se sentía débil ante aquella sublevación doméstica.

César reía con malevolencia.

–¡Qué lamentable es esto! ¡Calzonazos! No es capaz de imponerse a un pillete.

Una vez desahogados los ánimos y cuando se habían marchado todos, Leonardo llamó a Beltraffio y le dijo afectuosamente:

–Giovanni, ¿no has visto todavía la Sagrada Cena? ¿Quieres venir conmigo?

El discípulo se ruborizó de alegría.

V

Salieron a un patio, en el centro del cual había un pilón. Leonardo se lavó el rostro. A pesar de dos noches sin dormir, se encontraba fresco y dispuesto.

El día estaba brumoso, tranquilo, iluminado por una luz pálida y como submarina. Al artista le placían estos días para trabajar.

Mientras conversaban al lado del pilón, Jacopo se acercó. Llevaba en la mano una caja de corcho hecha por él mismo.

–Meser Leonardo –dijo el niño con miedo–, tenga, para usted...

Y entreabrió con precaución la tapa. En el fondo de la caja se veía una enorme araña.

–Me he hecho daño al cogerla –explicó Jacopo–, se había escondido en una hendidura, entre las piedras. Estuvo allí tres días. ¡Es venenosa!

El rostro del niño se animó de pronto.

–¡Come muchas moscas!

Rápidamente atrapó una mosca, echándola dentro de la caja. La araña al recoger su presa, la atenazó con sus patas oscuras mientras la víctima se debatía con un zumbido cada vez más débil, cada vez más sordo.

–¡Cómo chupa! ¡Mírenlo! –murmuraba el niño extasiándose deliciosamente.

Sus ojos brillaban con atención cruel y en sus labios temblaba una ambigua sonrisa.

Leonardo se inclinó también para observar al repugnante insecto.

De pronto Giovanni creyó ver pasar por los dos rostros una misma expresión, como si a pesar del abismo que separaba al gran artista del perverso jovenzuelo coincidiesen en esta curiosidad, malsana por lo horrible.

Cuando la mosca fue devorada, Jacopo cerró cuidadosamente la cajita y dijo:

–La voy a llevar a su mesa, meser Leonardo. Puede que todavía vaya a verla alguna vez. Tiene mucha gracia verla pelear con otras arañas…

El niño quiso irse, pero se detuvo y alzó sus ojos con aire suplicante. Las comisuras de sus labios se estremecían delatándose.

–Meser –dijo con voz baja y grave–, no se enfade conmigo. Yo me iré. Hace tiempo que pienso que debo irme, no por ellos pues no me importa lo que digan, sino por usted. Sé que le aburro. Sólo usted es bueno, pero, ellos son malos, tanto como yo… Solamente que ellos se esconden, mientras que yo no sé ocultarme… Me iré y quedaré abandonado. Es lo mejor. Pero, perdóneme…

Las lágrimas brillaban entre las largas pestañas del muchacho, que repitió con voz todavía más sumisa, bajando los ojos:

–¡Perdóneme, meser Leonardo!… ¡Le doy la cajita para que le quede como recuerdo! La araña vivirá mucho tiempo. Diré a Astro que le dé de comer…

Leonardo puso su mano sobre la cabeza del niño.

–¿Dónde vas a ir tú, chiquillo mío? Quédate. Marco te perdonará. Yo no estoy enfadado. Ve y procura en adelante no volver a hacer daño a nadie.

Jacopo le contempló silenciosamente abriendo mucho los ojos con gran perplejidad. En ellos más que gratitud se reflejaba una gran extrañeza y casi temor. Leonardo, dedicándole una noble y dulce sonrisa, le acariciaba los cabellos con ternura, como si adivinase el eterno misterio de aquel corazón que la naturaleza creó perverso e inocente para el mal al mismo tiempo.

–Ya es hora –dijo el maestro–, ven, Giovanni.

Salieron ambos por una puertecilla y siguiendo una calle desierta entre paredes de huertos, jardines y viñas, se dirigieron hacia el convento de Santa Maria delle Grazie.

VI

En estos últimos tiempos Beltraffio se hallaba inquieto porque no podía dar al maestro la retribución mensual que habían convenido: seis florines. Había regañado con su tío, que no quería darle ni un denario. Giovanni tuvo que pedir dinero prestado a fray Benedetto para pagar los dos meses precedentes. Pero el monje, que le entregó todo lo que poseía, no tenía más dinero.

Giovanni quiso excusarse con el maestro.

–Meser, hoy estamos a catorce –empezó tímidamente, tartamudeando y ruborizándose–, y habíamos convenido en que le pagaría el diez. Estoy avergonzado... Pero no tengo más que tres florines... ¿Podéis esperar un poco, hasta que me procure dinero? Merula me ha encargado unas copias...

Leonardo le miró sorprendido.

–¡Eh! ¿Cómo, Giovanni? ¡Dios mío! ¿No te da vergüenza hablar de eso?

Al ver el rostro turbado de su discípulo, sus zapatos viejos y medio rotos y el traje raído, comprendió que Giovanni era pobre.

Leonardo, frunciendo las cejas, se puso a hablar de otra cosa.

Pero, momentos más tarde, con aire negligente y distraído registró sus bolsillos, y sacando una moneda de oro, dijo:

–Giovanni, haz el favor de ir a la tienda y comprarme veinte hojas de papel de dibujo, azul, un paquete de tiza roja y unos pinceles. Toma.

–¡Un ducado! Pero eso no costará más que diez sueldos. Le traeré la vuelta...

–No me traigas nada. Ya tendrás tiempo de devolvérmelo. Y te ruego que no vuelvas a preocuparte jamás por el dinero. ¿Entiendes?

Se volvió y dijo, mostrando el contorno matinal y brumoso de los alerces, cuyas largas hileras se perdían en la lejanía a los bordes del Navilio Grande, canal recto como una flecha:

–¿Has observado, Giovanni, que con una bruma ligera el verde de los árboles es de un azul aéreo, que se vuelve gris pálido cuando la niebla es espesa?

Todavía hizo algunas advertencias sobre la diferencia de las sombras de las nubes, según sea proyectada sobre las montañas en verano cubiertas de follaje, o sobre las desnudas del invierno.

Luego, volviéndose hacia su discípulo, le dijo:

–Ya sé por qué te has imaginado que era avaro. Apostaría a que lo adivino. Cuando acordamos tu mensualidad, sin duda te fijaste en que te preguntaba y anotaba todo hasta el último detalle en un cuaderno: lo que me sería pagado, y en qué fecha, y por quién. Esta costumbre la he heredado de mi padre, el notario Piero da Vinci, el más exacto y el más escrupuloso de los hombres. Es una costumbre que no me sirve para nada, ni saco de ella ningún provecho para mis negocios. A veces yo mismo me río releyendo las tonterías que he apuntado. Puedo decir con exactitud lo que ha costado la pluma y el terciopelo del sombrero nuevo de Andrea Salaino; pero en cambio no sé adónde van a parar miles de ducados. En adelante no vuelvas a preocuparte por esta necia costumbre. Si tienes necesidad de dinero, tómalo, en la seguridad de que te lo doy como un padre a su hijo.

Leonardo miró a Giovanni con una tal sonrisa, que de repente el corazón del discípulo se tornó ligero y alegre.

Luego le habló a éste de la extraña forma de cierto moral blanco y raquítico que vieron al pasar por delante de su jardín. El maestro le hizo notar que no solamente cada árbol, sino cada una de sus hojas revestía una forma particular, única, que no se repetía en ninguna parte ni jamás en la naturaleza. Del mismo modo que cada hombre tiene su rostro propio.

Giovanni se hizo la reflexión de que Leonardo hablaba de los árboles con la misma bondad de que había dado pruebas antes hablándole de su conflicto de dinero; esta atención hacia todo lo vital, sobre todo cuando se dirigía a la naturaleza, daba a la mirada del maestro la acuidad del visionario.

De pronto, en la fresca pradera surgió detrás de la verde sombra de los árboles la iglesia del convento de dominicos de Santa Maria delle Grazie, construcción de ladrillos que se mostraba rosada y alegre sobre el fondo nublado del cielo, con su ancha cúpula lombarda, semejante a una tienda de campaña adornada con motivos de barro cocido, obra del joven Bramante.

Entraron en el convento.

VII

Era una larga sala sin adornos, de paredes desnudas y blancas. En la altura las vigas del techo, ennegrecidas. Se respiraba un olor de humedad caliente, de incienso, y el vaho inevitable de las comidas pobres. Cerca de la pared, próxima a la puerta, se veía una mesita donde comía el padre superior; de uno a otro lado se alineaban las largas mesas de los monjes.

El silencio era tan profundo que se oía el zumbido de una mosca que volaba sobre los cristales polvorientos y amarillos de la ventana. De la cocina llegaba un rumor de voces y ruido de sartenes y cacerolas de hierro.

Al fondo del refectorio, en la pared opuesta a la mesa del prior, se hallaba un retablo cubierto con una cortina gris.

Giovanni adivinó que esta tela cubría la obra en la que el maestro trabajaba desde hacía más de doce años: la Sagrada Cena.

Leonardo subió a la tarima, abrió una caja que contenía cartones, pinceles y colores y cogió un librito en latín, tan usado como lleno de notas marginales, y se lo tendió a su discípulo diciendo:

–Lee el capítulo XIII del Evangelio de San Juan.

Y descorrió la cortina.

Cuando Giovanni miró, le pareció al pronto que no veía una pintura sobre un muro, sino la profundidad real del aire, la continuación del refectorio monástico; era como si tras la cortina hubiese aparecido otra habitación, a pesar de que en el cuadro las vigas ofrecían una perspectiva distinta. En aquel lienzo la luz del día se confundía con la dulce claridad vesperal que bañaba las cimas azules de Sión, vistas a través de las tres ventanas de este otro refectorio pintado casi tan sencillo como el del convento, pero más íntimo y misterioso. La larga mesa del cuadro se parecía a esta otra en que comían los monjes: era el mismo mantel con bordes finamente trabajados, con las puntas anudadas y los pliegues rígidos como si acabase de salir, un poco húmedo todavía, del ropero del monasterio. Eran los mismos vasos, platos y cuchillos, las mismas garrafas de vino.

Giovanni leyó en el Evangelio:

–»Antes de la fiesta de Pascua, Jesús, sabiendo que le había llegado la hora de pasar junto a su Padre, como había amado a sus discípulos que vivían en el mundo, los amó hasta el fin.

»Durante la cena (ya el diablo había seducido el corazón de Judas Iscariote), sintió su espíritu turbado y dijo: en verdad os digo que uno de vosotros me traicionará.

»Los discípulos se miraban unos a otros preguntándose de quién hablaría.

»Uno de los discípulos de Jesús, el que Jesús más amaba, estaba reclinado sobre su seno.

»Simón Pedro le hizo señas de que le preguntase quién era aquel de quien hablaba.

»Y el que estaba reclinado sobre el seno de Jesús le dijo: Señor, ¿quién es?

»Jesús respondió: Será aquel a quien yo le dé un pedazo de pan mojado en vino. Y, mojando un pedazo de pan, se lo dio a Judas Iscariote, hijo de Simón.

»Y cuando Judas hubo tomado el pedazo de pan, Satanás penetró en él.»

Giovanni levantó los ojos hacia el cuadro.

Los rostros de los apóstoles respiraban tal vida que creyó oír sus voces y leer en lo profundo de sus corazones confusos por el más incomprensible y el más espantoso suceso del mundo: el reconocimiento del Mal, por el cual Dios debía morir.

A Giovanni le impresionaron particularmente Judas, Juan y Pedro. La cabeza de Judas no estaba todavía pintada. Sólo el cuerpo, caído hacia atrás se hallaba esbozado; Judas apretaba con sus dedos crispados la bolsa de los treinta dineros y con un ademán involuntario había tirado el salero y la sal se había esparcido.

Pedro, con ímpetu de cólera, se hallaba de pie tras él con un cuchillo en la mano derecha, y la mano izquierda apoyada en la espalda de Juan, como para preguntar al discípulo preferido de Jesús: «¿Quién es el traidor?». Su vieja cabeza de un gris de plata irradiaba esa cólera, ese ardiente furor, esa sed de sacrificio que le llevaría a gritar, comprendiendo que los sufrimientos y la muerte del Maestro eran inevitables: «Señor, ¿por qué no puedo seguirte ahora? Daría mi alma por ti».

Juan era el más próximo a Cristo. Sus cabellos, suaves como la seda, lisos por la frente y cayendo en bucles, los párpados bajos, vencidos por la voluptuosidad del sueño, las manos dócilmente unidas; el acentuado óvalo de su rostro, todo respiraba en él calma y serenidad celestes. Era el único entre todos los discípulos que no sentía ni dolor, ni temor, ni cólera. En él se había cumplido la palabra del Maestro: «A fin de que todos no sean más que uno como Tú, Padre mío, Tú estás en mí y yo estoy en ti».

Giovanni mirando pensaba:

«Así es, Leonardo. ¡Y yo que dudaba de él, que he llegado a creer en la calumnia! ¿Puede ser impío el hombre que ha creado esto? Pero ¿quién está más cerca de Cristo que él?»

El pintor, después de terminar con algunos delicados toques el rostro de Juan, cogió de la caja un trozo de carboncillo intentando trazar el contorno de la cabeza de Jesús. Pero no se le ocurrió nada.

Aunque hacía diez años que pensaba en esta cabeza, no acertaba a esbozar su forma.

Hoy, como todos los días, ante la zona blanca y desnuda del lienzo donde debía y no podía aparecer el rostro del Señor, el artista se sintió impotente y perplejo.

Tiró el carboncillo, sacudiendo con un paño la débil huella de los trazos y quedó absorto en una de esas meditaciones que, a veces, le tenían dos horas enteras delante del cuadro.

Giovanni subió a la tarima y, aproximándose suavemente, vio que el rostro sombrío, melancólico, envejecido de Leonardo expresaba un esfuerzo obstinado de pensamiento cercano a la desesperación.

Leonardo, al encontrarse con la mirada de su discípulo le preguntó con afabilidad:

–¿Qué te parece, amigo mío?

–Maestro, ¿qué puedo decir yo? Esto es suyo y es más hermoso que todo en el mundo. Ningún hombre ha comprendido jamás este asunto como vos. Pero vale más no hablar de ello. Yo ignoro...

Las lágrimas temblaban en su voz. Y añadió muy bajo, con una especie de terror:

–He aquí en lo que pienso todavía sin poderlo comprender; entre tales rostros, ¿cómo será el de Judas?

El maestro sacó de la caja una hoja de papel con un dibujo y se lo enseñó.

Era un rostro espantoso; pero no tenía nada de repugnante, ni de envidioso. Solamente rebosaba de un dolor infinito y de toda la amargura del conocimiento.

Giovanni lo comparó con el rostro de Juan.

–Sí –murmuró en voz baja–, es él, de quien se ha dicho: «Satanás entró en él». Puede ser que él lo supiera mejor que los otros, mas no aceptaba las palabras: «Que todos no sean más que uno». Él quería ser solo...

César de Sesto entró en el refectorio acompañado de un hombre vestido de obrero.

–¡Por fin os encontramos! –gritó César–. Os hemos buscado por todas partes... Nos manda la duquesa para un asunto grave, meser...

–¿Quiere Vuestra Gracia venir a Palacio? –añadió respetuosamente el obrero.

–¿Qué ocurre?

–¡Una desgracia, meser Leonardo! Las cañerías de los baños no funcionan. Esta mañana, en el momento más inoportuno, cuando la señora duquesa se dignó dar ella misma a la llave del agua caliente, estando ya dentro del baño, la empuñadura de la llave se rompió y por poco no se abrasa Su Alteza con el agua que salía a borbotones. Menos mal que tuvo tiempo de saltar de la bañera. Está furiosa. Meser Ambrosio da Ferrari, el intendente, se queja. Dice que ya varias veces había advertido a Vuestra Gracia del mal estado de las cañerías...

–¡Tonterías! –dijo Leonardo–. Ahora estoy muy ocupado. Ve a buscar a Zoroastro. Arreglará eso en media hora.

–¡Imposible, meser! Tengo orden de no volver sin vos.

Sin prestarle atención, Leonardo quiso reanudar su trabajo. Pero mirando el espacio vacío que esperaba la cabeza de Cristo, frunció las cejas con despecho e hizo un ademán expresivo como si al fin se resignase a no conseguir nada todavía. Cerró la caja de colores y descendió de la tarima.

–¡Bien, vamos, no importa! Ve a esperarme al patio del castillo, Giovanni. César te llevará. Os buscaré cerca del caballo.

Este caballo era el del monumento elevado a la memoria del difunto duque Francisco Sforza.

Con gran sorpresa de Giovanni, sin siquiera volverse hacia la Sagrada Copa, como si se sintiera feliz de encontrar un pretexto para abandonar el trabajo, el maestro siguió al fontanero para ir a reparar las tuberías por donde descendían las aguas del baño ducal.

–Y bien, ¿no puedes saciar tus ojos? –preguntó César a Beltraffio–. Esto parece realmente maravilloso hasta que no se sabe analizar bien.

–¿Qué quieres decir?

–No... nada... No quiero quitarte las ilusiones. Puede que tú mismo llegues a darte cuenta. Por el momento, déjate ganar por la emoción.

–Te lo ruego, César. Dime francamente lo que piensas.

–Como quieras. Pero después no vayas a guardarme rencor, ni a reprocharme el haberte dicho la verdad. Desde ahora mismo sé todo lo que me vas a decir y no discutiré contigo. Afirmo, sí, que este cuadro es una gran obra. Ningún maestro tiene un conocimiento semejante de la anatomía, de la perspectiva, de las leyes de la luz y de la sombra. ¡Estoy seguro! Todo está fielmente copiado de la naturaleza; la más leve arruga de los rostros, cada pliegue del mantel. ¡Pero no hay en todo ello nada vivo! Dios no está ahí ni estará nunca. Todo en este cuadro yace muerto por dentro, muerto por fuera, muerto en el fondo del corazón. Advierte el artificio, Giovanni, la regularidad geométrica; mira estos triángulos, dos contemplativos, dos activos, teniendo a Cristo por centro. Ahí, a la derecha, un triángulo contemplativo: Juan, el bien perfecto; Judas, el mal perfecto. En cuanto a Pedro, encarna la distinción del bien y del mal, la justicia. Al lado un triángulo activo: Andrés, Santiago el Menor y Bartolomé. Y a la izquierda del centro todavía otro triángulo contemplativo: el amor de Felipe, la fe de Santiago el Mayor, la razón de Tomás; luego, de nuevo otro triángulo activo. La geometría en lugar de la inspiración; las matemáticas suplantando a la belleza. ¡Todo está reflexionado, calculado, masticado y manoseado, por la lógica hasta la náusea; realizado hasta el fastidio, pesado en la balanza, medido con compás! ¡Es como una blasfemia, disfrazada de oración!

–¡Oh, César! –dijo Giovanni con vivo reproche–. ¡Qué mal conoces al maestro! ¿Por qué le aborreces de ese modo?

–Y tú, ¿le conoces y le amas? –dijo César con una sonrisa sarcástica volviéndose rápidamente hacia él.

Dejó ver en sus ojos tanto odio, que Giovanni inclinó la cabeza sobre el pecho.

–Eres injusto, César –añadió después de un silencio–. El cuadro no está acabado. Falta Cristo.

–¿Estás seguro, Giovanni, de que lo estará alguna vez? Ya veremos. Pero acuérdate de lo que te digo: Meser Leonardo no terminará jamás la Sagrada Cena. No pintará nunca ni a Cristo ni a Judas. Porque, amigo mío, con las matemáticas, la ciencia y la experimentación, se puede hacer mucho; pero no todo. Hay un límite que la ciencia no podrá franquear nunca.

Salieron del convento para marchar hacia el castillo de Porta Giovia.

–Creo que te equivocas, César dijo Beltraffio–, al menos Judas ya existe.

–¿Existe? ¿Dónde?

–Le he visto con mis propios ojos.

–¿Cuándo?

–Hace un momento, en el convento; me ha enseñado el dibujo.

–¿A ti? De modo que...

César le miró y dijo lentamente, como haciendo un esfuerzo:

–Entonces, ¿lo ha conseguido?

Giovanni, silenciosamente, hizo un signo con la cabeza. César no respondió nada, y hundido en sus meditaciones, no volvió a hablar una palabra en todo el camino.

VIII

Llegaron a las puertas del castillo y, franqueando el puente levadizo, entraron en la torre del Sur –la torre de Filarete– que por todas partes rodeaba el agua de los profundos fosos. Reinaba la oscuridad y olía a cuartel, a pan y a estiércol. El eco de sus sonoras bóvedas repetía las risas y los juramentos en diversos idiomas de las tropas mercenarias.

César exhibió su salvoconducto. Pero Giovanni, a quien no conocían, fue objeto de una minuciosa inspección, y se inscribió su nombre en el registro del cuerpo de guardia.

Por un segundo puente levadizo, donde sufrieron una nueva inspección, penetraron en el patio interior del castillo: la plaza de Armas. Todo se hallaba desierto.

Ante ellos, la torre almenada de Bonna Savoia se erguía completamente negra sobre el foso de la Muerte. A la derecha se encontraba la entrada del patio de honor, a la izquierda, en la parte más inaccesible del castillo, el bastión de la Rochetta, un verdadero nido de águilas.

En el centro de la plaza de Armas se veían andamios de madera, rodeados de pequeños cobertizos, empalizadas y aleros de tabla ennegrecidos por el tiempo y cubiertos aquí y allá de manchas amarillas y verdosas de musgo.

Por encima de estos andamiajes y empalizadas se alzaba una estatua ecuestre de arcilla que llamaban el Coloso. Su altura era de doce codos y su autor Leonardo da Vinci.

El gigantesco caballo de arcilla verde oscuro destaca sobre el gris del cielo; está encabritado y pisa con sus cascos a un guerrero. El vencedor blande el cetro ducal. Se trata del gran condotiero Francisco Sforza, un desalmado capaz de vender su sangre, medio soldado, medio salteador de caminos. Hijo de un pobre labrador de la Romaña, procedía del pueblo, y fuerte como un león, astuto como un zorro, había llegado a la cima del poder, por sus crímenes, sus hazañas y su inteligencia, y murió sobre el trono de los duques de Milán.

Un pálido y húmedo rayo de sol envolvía al Coloso.

Giovanni leyó en el doble pliegue de su barba y en sus fieros ojos escrutadores, la calma bonachona del fauno satisfecho. Sobre el pedestal del monumento vio grabado en la blanda arcilla, por la propia mano de Leonardo, este dístico:

Expectant anime molemque futurum.
Suspiciunt, fluat aes; vox ent: ecce deus.

Le sorprendieron estas dos últimas palabras: *ecce deus*, ¡he aquí Dios!

–¡Dios! –repitió Giovanni lanzando una mirada al Coloso de arcilla y a la víctima humana caída bajo las patas del caballo del triunfador, Sforza.

Recordó el silencioso refectorio del convento de Santa Maria delle Grazie, las montañas azules de Sión, el celestial encanto del rostro de Juan y la dulzura de la última cena de ese Dios del que se debía decir: *Ecce homo*! ¡He aquí el hombre! Leonardo se aproximó a Giovanni.

–El trabajo está acabado. Vámonos, si no, me volverán a llamar de Palacio: creo que de las chimeneas sale humo. Debemos irnos antes de que nos vean.

Giovanni guardó silencio con los ojos bajos. Su rostro estaba pálido.

–¡Perdóneme, maestro! Pienso y no alcanzo a comprender cómo ha podido crear al mismo tiempo este Coloso y la Sagrada Cena.

Leonardo le miró con cándida extrañeza.

–¿Qué es lo que no comprendes?

–¡Oh, meser Leonardo! ¿No lo ve usted mismo? Al mismo tiempo... No parece posible.

–Al contrario, Giovanni. Yo creo que el uno explica al otro. Es precisamente aquí, trabajando en el Coloso, cuando pienso mejor en la Sagrada Cena y a la inversa, es en el convento cuando más me gusta recordar a la estatua. Son hermanos gemelos. Los he comenzado juntos y juntos los terminaré.

–¡Juntos! ¿Este hombre y Cristo? No, maestro, ¡es imposible!... –exclamó Beltraffio.

E incapaz de expresar mejor su pensamiento, pero sintiendo rebelarse su corazón ante esta paridad intolerable, repetía:

–¡Es imposible!...

–¿Por qué es imposible? –dijo el maestro.

Giovanni quiso decir algo, pero al encontrarse con los ojos serenos y sorprendidos de Leonardo, comprendió que no podía decir nada y que de todas maneras se le había entendido. «Cuando vi la Sagrada Cena, pensaba Beltraffio, creía conocerle. Y, ahora, otra vez no sé nada, ¿quién es? ¿A cuál de los dos se dirigía su corazón cuando decía: ¡He aquí Dios! O, ¿tendrá César razón y no habrá Dios en el corazón de Leonardo?»

IX

Por la noche, mientras en la casa todo el mundo dormía, Giovanni, a quien el insomnio atormentaba, salió al patio y se sentó en un banco cerca de la escalera bajo un emparrado.

El patio era cuadrado con un pozo en el centro. Giovanni tenía tras él la pared de la casa y enfrente las cuadras. A su izquierda una cerca de piedra con una puerta que daba a la carretera principal de Porta Vercellina, y a su derecha la tapia de un jardín. En esta tapia había un portillo cerrado constantemente con candado porque en el fondo del jardín se hallaba el pabellón donde el maestro no permitía entrar a nadie salvo a Astro y adonde con frecuencia se retiraba a trabajar en completo aislamiento.

Era una noche tranquila, tibia y húmeda. La niebla sofocante parecía suspendida en el claro de luna.

En la puerta cerrada que daba a la carretera llamaron.

Una de las ventanas del piso bajo se abrió.

–¿Es monna Casandra? –preguntó un hombre desde la ventana.

–Sí, abre.

Astro salió de la casa y fue a abrir.

Entró en el patio una mujer vestida de blanco que, al claro de luna, parecía del color de la niebla.

Se detuvieron un momento en el umbral de la puerta, después pasaron por delante de Giovanni envuelto por la sombra de la parra, y el saledizo de la escalera.

La joven se sentó en el brocal del pozo. Tenía el rostro extraño, inmóvil e impasible de las estatuas antiguas: frente baja, cejas rectas, barbilla demasiado corta y ojos de un amarillo transparente como el ámbar. Pero lo que más extrañó a Giovanni fueron sus cabellos secos, vaporosos, ligeros, que parecían dotados de vida propia y que como las serpientes de Medusa rodeaban su cabeza con una negra aureola que hacían todavía más pálido su rostro, más resplandecientes sus labios rojos, más transparentes sus ojos amarillos.

–¿Así pues, tú también, Astro, has oído hablar del hermano Angelo? –preguntó la joven.

–Sí, monna Casandra, dicen que ha sido enviado por el Papa para extirpar la brujería y todas las sectas heréticas. Cuando se oye todo lo que la gente cuenta de los padres inquisidores, se sienten escalofríos en la espalda. ¡Dios nos libre de caer en sus garras! Será lo más prudente. Avisad a vuestra tía...

–Pero si no es mi tía...

–Bueno, igual da; esa monna Sidonia en cuya casa vivís.

–¿Te has creído que somos brujas?

–Yo no creo nada. Meser Leonardo me lo ha explicado con detalle y me ha dicho que no hay brujería y que según las leyes de la naturaleza no puede haberla. Meser Leonardo sabe todo y no cree en nada...

–¿No cree en nada? –repitió monna Casandra–. ¿Y en el diablo? ¿No cree? ¿Y en Dios?

–No se ría. Es un hombre muy sensato.

–No me río. Pero ¿sabes tú, Astro, que hay coincidencias extrañas? Me han contado que los inquisidores encontraron en casa de un hereje un contrato con el diablo según el cual el hereje se comprometía a negar, invocando la lógica y las leyes naturales, la existencia de las brujas y el poder del diablo, con el fin de substraer a los prosélitos de Satanás de las persecuciones de la Santa Inquisición. De esta manera se fortalecería el poder del demonio sobre la tierra. Por eso se dice: ser brujo es ser hereje; pero no creer en la brujería es doble herejía. Ten cuidado, herrero, de no traicionar al maestro: no digas a nadie que no cree en la magia negra.

Zoroastro quedó aturdido al pronto por la sorpresa. Luego trató de disculpar a Leonardo, mas la joven le dijo:

–¿Y la máquina de volar? ¿Qué me dices de eso? ¿Estará pronto terminada?

El herrero hizo un gesto evasivo.

–¿Terminada? No lo creáis. Hay que empezar todo de nuevo.

–¡Ah, Astro, Astro! ¿Por qué crees en todos esos cuentos? ¿No comprendes que todas esas máquinas no tienen otro fin que el de obcecar a las gentes? Supongo que meser Leonardo hace tiempo que vuela.

–¡Cómo! ¿Vuela?

–Pues, sí, como yo...

La miró pensativo.

–Usted puede ser que no haga más que soñarlo, monna Casandra...

–¿Entonces cómo lo ven los demás? ¿No lo has oído decir?

El herrero, con un gesto dubitativo, se rascó la oreja.

–Lo has olvidado –continuó ella con ironía–. Aquí, como sois todos sabios, no creéis en los milagros. Para vosotros todo es mecánica...

–¡Al diablo la mecánica! Estoy de la mecánica hasta la coronilla –exclamó el herrero. Después, juntando las manos con aire suplicante, añadió–: ¡Monna Casandra! Ya sabéis que soy hombre en quien se pueda confiar. Y además, no tengo ningún interés en chismorrear. A poco que hiciésemos, el hermano Angelo nos acusaría. Dígame, por favor, dígame la verdad.

–¿La verdad de qué?

–¿Cómo hacéis para volar?

–¡Ah! ¡Eso es lo que quisieras saber! No, eso no te lo diré. Quien sabe mucho, pronto envejece.

Se calló durante un momento, después mirándole despacio frente a frente, añadió en voz baja:

–No se trata de hablar... Es necesario actuar.

–¿Qué hay que hacer? –preguntó con voz temblorosa Astro, palideciendo levemente.

–Saber la palabra. Hay también un ungüento para untarse el cuerpo.

–¿Lo tenéis vos?

–Sí.

–¿Y sabéis la palabra?

La joven hizo un gesto afirmativo con la cabeza.

–¿Y podría volar?

–Ensaya. Ya verás. Es más seguro que la mecánica.

El único ojo del herrero se iluminó ardiendo en un deseo insensato.

–Monna Casandra, dadme vuestro ungüento.

Ella rió, con una risa apagada y extraña.

–¡Qué gracioso eres, Astro! Tú mismo calificabas hace un instante de estúpidas extravagancias las prácticas de la magia. Y de repente crees en ellas.

Astro bajó los ojos con expresión triste y obstinada.

–Quiero probar. Milagro o mecánica, me es igual, con tal de volar. No puedo esperar más.

La joven puso su mano en el hombro de su interlocutor.

–¡Bien! ¡Sea! Me das lástima. Ciertamente te volverías loco si no llegases a volar. Consiento en ello: te daré el ungüento y te diré la palabra. Pero tú también, Astro, tendrás que hacer lo que yo te pida.

–Lo haré, monna Casandra. Haré todo. ¿Qué queréis?

La joven señaló al tejado que brillaba a la luz de la luna humedecido por la bruma.

–Déjame ir allí.

Astro frunció las cejas, moviendo la cabeza negativamente.

–No, no... Todo lo que queráis, pero eso no.

–¿Por qué?

–He dado mi palabra de no dejar entrar a nadie.

–Pero, tú, ¿no has entrado allí?

–Sí.

–Y ¿qué hay allí?

–Pues ningún misterio. Verdaderamente monna Casandra, nada interesante: máquinas, instrumentos, libros, manuscritos; también hay flores raras, animales, insectos que algunos viajeros traen de países lejanos. Y hay también un árbol envenenado...

–¡Cómo! ¿Envenenado?

–Sí, para hacer experiencias. Lo ha envenenado para estudiar la acción de los venenos en las plantas.

–Te lo ruego, Astro, cuéntame todo lo que sepas acerca de ese árbol.

–¡Pero si no hay nada que contar! Cuando empezó la primavera, que es cuando sube la savia, meser Leonardo clavó una aguja hueca en el tronco hasta la médula, inyectando un líquido.

–¡Extraños experimentos! ¿Qué clase de árbol es?

–El melocotonero.

–¿Entonces los frutos saldrán envenenados?

–Se hinchan cuando están maduros.

–¿Y se nota que están envenenados?

–No. Por eso no deja entrar a nadie. La hermosura de los frutos puede tentar a comerlos y morir quien lo haga.

–¿Tienes la llave?

–Sí.

–Dame la llave, Astro.

–¿Qué pretendéis, monna Casandra? He jurado...

–¡Dame la llave! –repitió Casandra–. Si lo haces, esta misma noche volarás, ¿entiendes? Esta noche. Mira: aquí está el ungüento.

Y sacó de su seno un frasco de cristal lleno de un líquido oscuro que relucía débilmente al claro de luna; luego, acercando su rostro al del herrero, murmuró insidiosa:

–¿De qué tienes miedo, tonto? Tú mismo dices que no hay ningún misterio. No haremos nada más que entrar y curiosear un poco. Vamos, dame la llave...

–¡Dejadme en paz! –exclamó Astro–. Os digo que no entraréis. No necesito vuestro ungüento. Marchaos.

–¡Cobarde! –dijo la muchacha con desprecio–. Puedes penetrar y descubrir el gran misterio y no te atreves. Ahora veo bien que es brujo y que te engaña como a un niño...

Astro, volviendo la cabeza, guardó silencio.

La joven se aproximó de nuevo a él.

–Sea, Astro. No entraré. Pero abre al menos solamente un poco la puerta y déjame mirar.

–¿Me prometéis no entrar?

–Sí; abre sólo un poco la puerta del jardín y déjame que mire.

Astro sacó la llave y abrió.

Giovanni, levantándose despacio, pudo ver también en el fondo del jardincillo rodeado de una tapia un vulgar melocotonero. Pero entre aquella atmósfera incierta y neblinosa, le pareció un árbol siniestro y espectral.

La muchacha, inmóvil, miraba con una ávida curiosidad que parecía dilatar sus pupilas. Dio algunos pasos para entrar. Pero el herrero la detuvo.

Ella se puso a forcejar con él, pretendiendo escurrirse entre sus brazos, como una serpiente.

El herrero le dio un empujón tan violento, que la hizo caer. Pero levantándose rápidamente, le miró muy de cerca. Su rostro pálido, casi cadavérico, era algo perverso y espantoso; en este instante parecía verdaderamente una bruja.

Astro cerró la puerta del jardín y, sin decir una palabra de despedida a monna Casandra, se metió en la casa.

Ella le siguió con la vista. Después, pasando velozmente ante Giovanni, desapareció por la puerta que daba a la carretera de Vercellina.

Reinaba un profundo silencio. La niebla se hizo más densa. Las casas parecían irse fundiendo en ella.

Giovanni cerró los ojos. Ante él surgió como una visión siniestra del árbol terrible con sus hojas húmedas de rocío y sus frutos venenosos bajo el leve resplandor de la luna. Las palabras de la Escritura acudieron a su mente.

«Y el Señor dijo al hombre: come de todos los árboles del jardín, pero no pruebes los frutos del árbol de la ciencia del Bien y del Mal, porque el día que lo pruebes morirás de muerte.»

Capítulo III

Los frutos envenenados

I

Todo los viernes la duquesa Beatriz se lavaba la cabeza y se doraba los cabellos. Después de teñidos era necesario secarlos al sol.

A este fin, se construían sobre el tejado de las casas terrazas rodeadas de tapias de poca altura.

En una de estas terrazas del enorme edificio de la villa ducal de los Sforza, la duquesa soportaba pacientemente el calor abrasador, a la hora en que, incluso los trabajadores del campo, se resguardan a la sombra con sus bueyes.

Se hallaba sentada y vestida con una amplia capa de seda blanca luciendo en la cabeza un sombrero de paja para preservarse del sol, salvo la masa de sus cabellos dorados que, saliendo por la redonda abertura del sombrero, se amontonaban sobre las anchas alas. Una esclava circasiana de tez amarilla humedecía los cabellos con una esponja clavada en la punta de un huso. Un tártaro de ojos estrechos y oblicuos los peinaba con un peine de marfil.

El tinte se componía de la savia primaveral de raíces de avellano, azafrán, hiel de buey, fiemo de golondrinas, ámbar gris, uñas de oso quemadas y grasa de lagarto.

Sobre un trípode ardía una llama empalidecida por el sol, una llama casi invisible. La duquesa atendía por sí misma a una retorta de largo pico, parecida a las que emplean los alquimistas. En la vasija hervía una mezcla de rosas moscadas, verbena, agacanto y otras plantas olorosas.

Los dos esclavos estaban empapados en sudor. El perrito de la duquesa, no encontrándose a gusto en la abrasadora terraza, dirigía a su ama miradas de reproche; respiraba fatigosamente, con la lengua fuera, sin responder con su gruñido habitual a las zalamerías a su compañero el mono. Éste se tonificaba con el calor, lo mismo que el negrito que sostenía el espejo guarnecido de perlas y nácar.

Aunque Beatriz procuraba dar a su rostro el gesto altivo y a sus movimientos la gravedad conveniente a su rango, difícilmente se podía creer que tuviera diecinueve años, dos hijos y que llevase tres años casada. La morbidez infantil de sus mejillas, el inocente pliegue de su fino cuello, bajo un mentón demasiado carnoso, sus gruesos labios apretados por un mohín caprichoso, sus hombros estrechos, su pecho liso y sus ademanes rápidos, bruscos y, a veces, masculinos revelaban bien a las claras a la niña mimada, arbitraria y susceptible. Sin embargo, en sus ojos oscuros, fríos, límpidos como el hielo, brillaba una fina inteligencia. El más perspicaz de los hombres de Estado de la época, el embajador de Venecia, Marino Sanuto, afirmaba al gobierno, en sus confidencias secretas, que esta muchachita era en política una roca, más astuta que el duque Ludovico, su marido, el cual se dejaba dirigir por ella.

La perrita ladraba, ronca y siniestra. Por la escalerilla que unía la terraza con el guardarropa, subió, gimiendo y suspirando, una vieja, vestida con enlutado traje de viuda. Con una mano iba desgranando el rosario, en la otra llevaba un bastón. Las arrugas de su rostro la hubieran hecho venerable, sin la hipocresía desabrida de su sonrisa y la movilidad de sus ojillos de ratón.

–¡Oh, oh, oh! ¡Qué malo es ser vieja, qué trabajo me ha costado subir la escalera! ¡El Señor guarde la salud de Vuestra Alteza!

Y levantando servilmente el borde del manto, posó en él sus labios.

–¡Oh, monna Sidonia! ¿Qué? ¿está ya eso?

La vieja sacó de su bolso un frasco cuidadosamente envuelto y cerrado que contenía un líquido blancuzco y turbio: leche de burra y de cabra roja, en la que se había macerado badiana silvestre, raíz de espárrago y bulbos de lirio blanco.

–Debía haber estado un par de días más bajo estiércol caliente de caballo. Pero no importa. Creo que sirve. Sin embargo, antes de lavarse hágalo pasar por un filtro de fieltro. Empape en el líquido miga de pan blanco y luego désela en la cara el tiempo que necesita para leer tres credos. En cinco semanas se habrá aclarado vuestro cutis. También es muy bueno contra los granos.

–Escucha, vieja –dijo Beatriz–, puede ser que en este bálsamo haya alguna de esas porquerías que emplean las brujas en su magia negra, como grasa de serpiente, sangre de abubilla o polvo de ranas secas, como en esa pomada para quitar lunares y pelos, que el otro día me trajiste. Vale más que me lo digas francamente.

–¡No, no, Alteza Serenísima! No crea en las habladurías de la gente. Trabajo honradamente, sin engaños. Cada uno sabe lo que hace. También debo decir que a veces es indispensable servirse de esas porquerías; por ejemplo, la señora Angélica se ha estado lavando la cabeza el verano pasado con orines de perro para no quedarse calva, y da gracias a Dios por lo bien que le ha ido.

Después, inclinándose al oído de la duquesa le contó la última noticia que corría por la ciudad; la joven esposa del cónsul de la Gabella, madona Filiberta, la encantadora Filiberta, engañaba a su marido poniéndole los cuernos con un caballero español.

–¡Oh, vieja chismosa! –dijo Beatriz, riendo y amenazándola con el dedo, pero gozando como siempre con estas hablillas de comadre–. Eres tú quien ha engatusado a esa desgraciada.

–Pero, Alteza, ¿por qué es desgraciada? Canta como un pajarillo, se divierte y me bendice a todas horas. Dice que solamente ahora ha comprendido la diferencia que hay entre los besos de su marido y los de un amante.

–¿Y el pecado? ¿No le remuerde la conciencia?

–¿La conciencia? Mire, Alteza Serenísima, los curas y los frailes lo afirman: el pecado de amor es el más natural de los pecados. Con unas gotas de agua bendita basta para lavarlos. Además, madona Filiberta engañando a su marido no hace, como suele decirse, más que cambiarle la moneda, y si no borra completamente sus pecados, los atenúa mucho…

–¿Es que su marido?…

–No estoy segura. Pero son todos parecidos. No hay en el mundo un solo marido que no prefiera más no tener más que un brazo que una sola mujer.

La duquesa se echó a reír.

–¡Ah, monna Sidonia, es imposible enfadarse contigo! ¿Dónde aprendes todas esas cosas?

–Soy vieja. Todo lo que digo es la pura verdad. También yo sé en los casos de conciencia distinguir la paja y la viga. A cada fruta, su tiempo. Las que no han sabido gozar del amor se desesperan tanto cuando son viejas, que van derechas a las garras del diablo.

–Disertas como un doctor en teología.

–Soy una mujer ignorante. Pero hablo con el corazón en la mano, Alteza Serenísima. La juventud no se nos da más que una vez en la vida. Después, ¿para qué diablos (¡Dios me perdone!), servimos cuando somos viejas? ¡Para soplar las cenizas de la chimenea! Se nos manda a la cocina a dormitar con el gato y a cuidar de sartenes y cacerolas. La belleza sin amor es una misa sin *pater noster* y las caricias de un marido son tristes como las diversiones de un fraile.

La duquesa rió de nuevo.

–¿Cómo, cómo? ¡Repítelo!

La vieja la miró atentamente y calculando, sin duda, que la había distraído bastante, se inclinó de nuevo a su oído y se puso a cuchichear.

Beatriz cesó de reír.

La duquesa hizo una seña y las esclavas se alejaron. Sólo quedó en la terraza el negrito, que no comprendía nada de italiano.

Una atmósfera serena las rodeaba. El cielo parecía blanco por el calor.

–Probablemente son bobadas –dijo por fin la duquesa–. ¡Se dicen tantas cosas!...

–No, señora. Lo he visto y oído. Otros podrían decíroslo igual que yo.

–¿Había mucha gente?

–Cerca de diez mil personas. Toda la plaza del castillo de Pavía estaba llena.

–¿Y qué es lo que has oído?

–Cuando madona Isabel apareció en el balcón con su pequeño Francisco, todos aplaudieron y agitaron sus sombreros. Muchos lloraban gritando: «¡Viva Isabel de Aragón! ¡Viva Gian Galeazzo, nuestro legítimo soberano y Francisco su heredero! ¡Mueran los usurpadores del trono!».

Beatriz frunció las cejas.

–¿Exactamente con esas palabras?
–Sí, y todavía peor...
–¿Cuáles? Habla. No tengas miedo.
–Decían, pero mi lengua se niega a repetirlo; decían: «¡Mueran los ladrones!...».

Beatriz se estremeció; pero, dominándose enseguida preguntó dulcemente:

–¿Y qué más?

–Verdaderamente, no sé cómo decírselo a Vuestra Gracia.

–¡Vamos, pronto! ¡Quiero saberlo todo!

–Bien. ¿Lo creeréis, señora? Se decía ante la muchedumbre que el Serenísimo señor duque Ludovico el Moro, tutor y bienhechor de Gian Galeazzo, había encerrado a su sobrino en la fortaleza de Pavía y la había rodeado de espías y asesinos a sueldo. Después empezaron a gritar pidiendo que el mismo duque se asomase, pero madona Isabel respondió que estaba en cama, enfermo...

De nuevo, monna Sidonia deslizó algo, misteriosamente, al oído de la duquesa.

Beatriz escuchó primero atentamente; luego, volviéndose con aire irritado, exclamó:

–¡Estás loca, vieja bruja! ¿Cómo te puedes atrever? ¡Voy a decir que te arrojen desde lo alto de esta terraza para que ni los cuervos encuentren tus huesos!

Esta amenaza no hizo el menor efecto a monna Sidonia. Beatriz, desde luego, se calmó enseguida.

–No lo creo –dijo mirando a la vieja a hurtadillas.

Monna Sidonia se encogió de hombros.

–Como os plazca. Pero es imposible no creerlo... Mire cómo se hace –continuó con voz insinuante–. Se hace una estatuilla de cera. Se pone a la izquierda el corazón de una golondrina y a la derecha el hígado. Se le traspasa con una aguja, recitando ciertos conjuros y aquel a quien se parece la estatua, muere de muerte lenta, y ningún médico puede salvarle...

–¡Cállate! –interrumpió la duquesa–. ¡Te prohíbo terminantemente hablarme de eso!

La vieja besó de nuevo con devoción el borde de la capa de su ama.

–¡Excelencia! ¡Mi sol divino! Os amo demasiado, ése es mi pecado. Imploro, llorando, al Señor por vuestra salud, cada vez que cantan el *Magnificat* en San Francisco. Dicen que soy una bruja. Pero, incluso, si hubiera vendido mi alma al diablo, no sería, ¡Dios es testigo!, sino para ser útil y agradable a Vuestra Alteza Serenísima.

Y añadió, pensativa:

–Se puede, por otra parte, hacer lo mismo sin la brujería.

La duquesa la miró con silenciosa curiosidad.

–Al atravesar el jardín de Palacio para venir aquí –continuó monna Sidonia con tono indiferente–, el jardinero colocaba en una cesta magníficos melocotones, sin duda, para hacer un presente a meser Gian Galeazzo.

Tras de un instante de silencio, continuó:

–Dicen que en el jardín del maestro florentino Leonardo da Vinci hay también unos melocotones hermosísimos, pero venenosos.

–¿Venenosos? ¿Cómo puede ser eso?

–Sí, sí. Mi sobrina, monna Casandra, los ha visto.

Y la vieja empezó de nuevo a parlotear al oído de Beatriz.

La duquesa no respondía nada. La expresión de sus ojos era impenetrable.

Sus cabellos estaban ya secos. Se levantó despojándose de la capa y bajó a su guardarropa.

Había allí tres enormes armarios. En el primero, semejante a una verdadera sacristía, se hallaban colgados los ochenta y cuatro trajes que se había hecho la duquesa durante sus tres años de matrimonio. Unos, soberbios por la abundancia de oro y piedras preciosas, estaban tan tiesos que podían tenerse en pie sobre el suelo; otros eran diáfanos y ligeros como tela de araña. El segundo armario contenía las prendas propias para las cacerías y adornos para los caballos. Y el tercero, perfumes, aguas, lociones, polvos para los dientes, hechos de coral blanco y de perlas, innumerables frascos, botes, retortas, alambiques; todo un laboratorio de alquimia femenina. Había además en la habitación estuches lujosos cubiertos de pinturas y cofres de metal labrado.

La sirvienta abrió uno de estos cofres para sacar una camisa limpia. Exhalaba un perfume de tejido fino de Cambrai, mezclado al de los paquetes de espliego y de los saquitos de seda llenos de polvos de iris y rosas de «Dama» secadas a la sombra.

Mientras se vestía, Beatriz departía con su camarera acerca de un nuevo modelo de vestido que acababa de enviarle su hermana, Isabel de Este, marquesa de Mantua, que también era muy coqueta. Beatriz envidiaba el buen gusto de su hermana y procuraba imitarla. Uno de los embajadores de la duquesa de Milán la tenía, secretamente, al corriente de todas las novedades del vestuario de Mantua.

Beatriz se puso un vestido cuyo dibujo le era grato porque disimulaba su pequeña estatura. El tejido era de bandas verticales de terciopelo verde y de brocado de oro. Las amplias mangas anudadas con cintas de seda gris se abrían a la moda francesa y por estas «ventanas» se divisaba la camisa, blanca como la nieve, con finos y numerosos frunces. Beatriz sujetó sus cabellos con una redecilla de oro, de anchas mallas, vaporosa como humo. Un escorpión de rubíes colgaba del finísimo hilo a la «ferronière» que ceñía su frente.

II

Generalmente tardaba tanto en arreglarse que, según la expresión del duque, se hubiera podido durante ese tiempo equipar para las Indias un barco mercante.

Por fin, oyendo a lo lejos el ruido de las trompetas y los ladridos de los galgos, recordó que había dispuesto una cacería y se dio prisa. Pero cuando estuvo lista, pasó por las habitaciones de sus enanos, que eran llamadas en broma «la torre de los gigantes», cuyo minúsculo mobiliario imitaba al de las habitaciones del palacio de Isabel de Este, y se quedó un instante.

Las sillas, las camas, todos los objetos, las escaleritas de anchos peldaños bajos y hasta una capilla de muñecas, donde oficiaba, con casulla y mitra de arzobispo, el enano Ganachi, todo estaba calculado para la talla de aquellos pigmeos.

La «torre de los gigantes» estaba siempre llena de ruidos; risas, llantos, gritos diversos y, a veces, espantosos como los de una casa de fieras o de un manicomio, porque allí bullían, nacían y vivían y morían, en reducido espacio, ahogado y sucio, muchos animales: monos, aves, loros y muchas personas: negritos, idiotas, calmucos y bufones, además de los enanos y otras criaturas extrañas entre las cuales, la joven duquesa pasaba a menudo días enteros divirtiéndose como una chiquilla.

Esta vez, como tenía que apresurarse para la cacería, sólo entró un momento, a fin de informarse de la salud del negrito Manino, el negrito que le acababan de enviar de Venecia. La piel de Manino era de una negrura tan perfecta que, según la expresión de su amo anterior, «no se podía aspirar a más». La duquesa jugaba con él como con un muñeco viviente. El negro cayó enfermo. Aquel su color negro no era natural, pues se desconchaba poco a poco con gran desesperación de Beatriz.

La noche anterior se había agravado, y se temía que pudiera morir. La duquesa se disgustó mucho. Aunque más descolorido, ella continuaba queriéndole. Ordenó que se bautizase al negro lo más pronto posible a fin de que, al menos, muriese cristiano.

Al bajar la escalera se encontró con su tonta preferida, Morgantina, todavía joven, bella y tan graciosa que, según Beatriz, hubiera hecho reír a un muerto.

A Morgantina le gustaba robar: robaba cualquier objeto, lo escondía en un rincón, bajo una tabla del suelo o en el agujero de un ratón, y enseguida se iba a pasear tan contenta. Cuando se le preguntaba con amabilidad: «sé buena y dinos, ¿dónde está tu escondite?», cogía de la mano al curioso con aire burlón y le conducía al lugar deseado. Y si se le advertía: «¡Vamos, a atravesar el río!», Morgantina, sin ninguna vergüenza, se levantaba la falda todo lo que podía.

Sufría accesos de locura, durante los cuales lloraba días enteros a un hijito imaginario e importunaba de tal modo a todo el mundo, que tenían que acabar por encerrarla.

Cuando la encontró la duquesa, se hallaba sentada en un rincón de la escalera, rodeando sus rodillas con los brazos y balanceándose con monótono movimiento. Morgantina vertía amargas lágrimas.

Beatriz se aproximó acariciándole la cabeza.

–Vamos, calla, sé buena.

La pobre idiota, levantando sus ojos azules y pueriles, se puso a gemir con más desconsuelo todavía.

–¡Ah, Dios mío! ¡Me han robado a mi nene! ¿Por qué, Señor? No hacía daño a nadie. Era mi consuelo y mi dicha...

La duquesa bajó al patio donde los cazadores la esperaban.

III

Rodeada de sus damas y de picadores, halconeros, monteros, palafreneros y pajes, se mantenía briosa y erguida sobre su fino potro árabe de alzada cola procedente de las yeguadas de Gonzaga. Beatriz montaba como una consumada amazona.

«¡Una verdadera reina de las Amazonas!», pensó con orgullo el duque Moro, que salió a la escalinata de su palacio para contemplar la elegancia de su mujer.

Detrás de la silla de la duquesa se hallaba acurrucado un leopardo de caza, con gualdrapa bordada en oro con las armas ducales.

En su mano derecha un halcón de Chipre, blanco como la nieve, regalo del sultán, brillaba bajo su caperuza de oro constelada de esmeraldas. Tenía en las patas unos cascabeles cuyo sonido ayudaba a encontrar el pájaro cuando se perdía entre la niebla o entre los juncos de los pantanos.

La duquesa estaba alegre; se sentía traviesa y ansiosa de reír y saltar hasta rendirse. Se volvió sonriendo a su marido, que tuvo el tiempo justo de gritarle: «Ten cuidado, el caballo es muy fogoso».

Beatriz hizo una seña a sus acompañantes y partió a rienda suelta, primero por la carretera, después a través de los campos, salvando fosos, oteros, caminos y setos.

Los perros se quedaban detrás. Beatriz con su magnífico dogo galopaba a la cabeza de todos, llevando a su lado, jinete sobre negra yegua española, a la más alegre y más intrépida de sus damas de honor, madona Lucrecia Crivelli.

El duque estaba secretamente enamorado de Lucrecia. Comparándola con Beatriz no podía decir cuál de las dos le gustaba más. Pero siempre sentía alguna inquietud con respecto a su mujer. Cuando la veía saltar a caballo fosos y obstáculos, cerraba los ojos para no verlo: le faltaba corazón.

Solía regañar a la duquesa por sus imprudencias, pero no podía enfadarse. Consciente de su falta de valor físico, estaba secretamente orgulloso del de su mujer.

Los cazadores desaparecieron entre los salcedos y los cañaverales de la ribera del Tencin, poblado de ocas y garzas.

El duque volvió a su despacho donde le esperaba, para continuar sus interrumpidas tareas, el primer secretario, el introductor de embajadores, meser Bartolomé Calco.

IV

Sentado en alto sitial, Moro se acariciaba suavemente con su mano blanca y cuidada, las mejillas rasuradas y la canosa barbilla.

Su bello rostro mostraba esa apariencia ingenua que sólo pueden adquirir los hombres de Estado verdaderamente pérfidos. Su nariz grande, aquilina, sus labios sinuosos, recordaban los rasgos de su padre el gran condotiero Francisco Sforza. Pero si Francisco era, al decir de los poetas, león y zorro a la vez, el hijo no había heredado de su padre, multiplicándola, más que la astucia del zorro sin el valor del león.

Moro llevaba un sencillo y elegante traje bordado, de seda azul pálido. Sus cabellos, peinados a la moda, le tapaban las orejas y la frente casi hasta las cejas; su espesa cabellera parecía una peluca. Una cadena de oro liso pendía sobre su pecho. Empleaba para todo el mundo una cortesía exquisita.

–¿Hay datos ciertos, meser Bartolomé, de la salida de las tropas de Lyon?

–Ninguno, Alteza Serenísima. Cada día dicen que lo harán el siguiente y todas las mañanas la aplazan. El rey, seducido por los jolgorios, no tiene ganas de guerrear.

–¿Cómo se llama su querida?

–Muchos nombres. Su Majestad es caprichoso e inconstante.

–Escribid al conde Belgiosioso –dijo el duque–, que le envío treinta... no, no es bastante... cuarenta... cincuenta mil ducados para nuevos regalos. Que no escatime. Sacaremos al rey de Lyon con cadenas de oro. Y, sabes, Bartolomé –esto entre nosotros–, no sería mala idea la de enviar a Su Majestad los retratos de algunas de nuestras más bellas mujeres. A propósito, ¿has acabado la carta?

–Sí, señor.

–A ver.

Moro frotó con satisfacción sus manos blancas y suaves. Cada vez que echaba una mirada sobre la complicada tela de araña de su política, sentía que le subía al corazón un placer íntimo y dulce, como ante un ejercicio peligroso.

En conciencia no se creía culpable de abrir las puertas de Italia a los extranjeros. Eran sus enemigos los que le conducían a estos extremos y, entre ellos, el más peligroso de todos, Isabel de Aragón, esposa de Gian Galeazzo, que acusaba abiertamente al duque Ludovico de haber usurpado el trono de su sobrino.

Cuando el padre de Isabel, Alfonso, rey de Nápoles, queriendo vengar el ultraje hecho a su hijo y a su yerno, amenazó a Moro con hacerle la guerra y aniquilarle, fue cuando este último, abandonado por todos, tuvo que recurrir al rey de Francia, Carlos VIII.

«Tus caminos son impenetrables, Señor– pensaba el duque, mientras el secretario sacaba de una carpeta el borrador de la carta–. La salvación de mis Estados, de Italia y quizá de toda Europa, está en las manos de ese mísero aborto, de ese chicuelo libertino y débil de espíritu, el cristianísimo rey de Francia, ante el cual, incluso los herederos del gran Sforza debemos humillarnos, arrastrarnos y convertirnos casi en sus criados. Así es la política: hay que aullar como los lobos.»

Volvió a leer la carta: le pareció elocuente, sobre todo considerando los cincuenta mil ducados que enviarían al conde Belgiosioso para sobornar a los que rodeaban a Su Majestad y los seductores retratos de las bellezas italianas.

«Que el Señor bendiga tus armas, Rey Cristianísimo, se decía entre otras cosas, en esta misiva, las puertas de Ausonia se abrirán ante ti. No tardes, pues, en franquearlas como triunfador, ¡oh, nuevo Aníbal! Los pueblos de Italia desean ardientemente absorber tu jugo bienhechor y te esperan a ti, ungido de Dios, como antaño los patriarcas esperaban el descenso del Señor a los infiernos, para salvarlos. Con la ayuda de Dios y de tu gloriosa artillería, conquistarás, no solamente Nápoles y Sicilia, sino también las tierras del Gran Turco, convertirás a los infieles, penetrarás en Tierra Santa, libertarás Jerusalén y el sepulcro de Cristo y tu excelso nombre llenará todo el Universo.»

Se abrió en esto la puerta y apareció la cabeza calva y la larga y rojiza nariz de un viejo corcovado. El duque le dirigió una afable sonrisa y le hizo señas de que esperase.

La cabeza desapareció y la puerta fue cerrada de nuevo, discretamente.

El secretario quiso hablarle todavía de otro importante asunto de Estado, pero Moro le escuchaba ya distraído, mirando a la puerta.

Meser Bartolomé comprendió que el duque se hallaba absorto por otros pensamientos; y dando fin a su entrevista se retiró.

El duque, echando un vistazo receloso a su alrededor, se acercó a la puerta de puntillas.

–¡Bernardo, Bernardo! ¿Eres tú?

–Sí, Alteza Serenísima.

Y el poeta de la corte, Bernardo Bellincioni, con aire de misterio y obsequiosidad, corrió a arrodillarse ante el soberano para besarle la mano. Pero éste le detuvo.

–¿Qué hay?

–Todo va bien.

–¿Ha dado a luz?

–Esta noche ha salido del trance.

–¿Va bien? ¿No será necesario llamar al médico?

–Está perfectamente–.

–¡Alabado sea Dios! –El duque se santiguó devotamente. ¿Has visto al recién nacido?

–¡Ya lo creo! ¡Es monísimo!

–¿Niño o niña?

–Un niño travieso y llorón. Tiene el palito claro como el de su madre y los ojillos brillantes y vivos, negros, inteligentes –exactamente igual a los de Vuestra Gracia–. Es vástago de sangre real; eso se ve enseguida. Un pequeño Hércules en su cuna. Madona Cecilia está loca de alegría. Me ha dicho que os pregunte qué nombre os gustaría ponerle.

–Ya había pensado en ello –repuso el duque–, llamémosle César, ¿qué te parece?

–¿César? En efecto, un bello nombre, armonioso, clásico. ¡Sí, sí! César Sforza, un nombre digno de un héroe.

–¿Y el marido?

–El Serenísimo conde Bergamini se muestra como siempre bondadoso y encantador.

–¡Excelente persona! –dijo el duque con acento de convicción.

–¡Excelente! –encareció Bellincioni–. Es un hombre dotado de grandes virtudes. Apenas se encuentran hoy día hombres semejantes. Si la gota no se lo impide, acudirá a la cena, para presentar sus homenajes a Vuestra Alteza Serenísima.

La condesa Cecilia Bergamini era una antigua amante de Moro. Beatriz, al principio de su matrimonio, se había enterado de este amor, y, celosa, amenazó con volverse a casa de su padre, Hércules de Este, duque de Ferrara; Moro se vio obligado a jurar en presencia de dos embajadores que no violaría la fidelidad conyugal y para confirmar este juramento, casó a Cecilia con Bergamini, viejo conde arruinado, hombre acomodaticio, dispuesto a someterse a toda clase de servicios.

Bellincioni, sacando un papel de su bolsillo, se lo tendió al duque.

Se trataba de un soneto escrito por él en honor del recién nacido; un diálogo en el que el poeta preguntaba al dios Sol por qué se cubría de nubes. El Sol respondía con amabilidad cortesana, que se escondía porque sentía vergüenza y celos del sol naciente, el hijo de Ludovico y Cecilia.

El duque aceptó el soneto con complacencia, sacó de su bolsa una moneda de oro y se la dio al versificador.

–A propósito, Bernardo, ¿no te habrás olvidado de que el sábado es el santo de la duquesa?

Bellincioni se apresuró a escudriñar en un bolsillo de su mísero traje de corte; sacó un rollo de papeles sucios y entre las enfáticas odas a la muerte del halcón de la señora Angélica, o la enfermedad de la yegua húngara del señor Pallavicini, encontró los versos pedidos.

–Hay tres a la elección de Vuestra Alteza. Juro por Pegaso que quedaréis contento.

Los soberanos empleaban entonces a sus poetas de corte como instrumentos de música para cantar serenatas no sólo a sus amantes, sino también a sus propias mujeres, y en tales ocasiones la moda exigía que se supusiera entre marido y mujer el mismo amor espiritual que entre Laura y Petrarca.

Moro leyó los versos con curiosidad. Se consideraba un inteligente en la materia, un poeta de corazón, aunque no supiese componer una sola estrofa. Algunos versos del primer soneto fueron de su gusto. El esposo decía a la esposa:

> Aun escupiendo la tierra
> Haces que crezcan las flores
> Que brotan en primavera.

En el segundo soneto el poeta, comparando a madona Beatriz con la diosa Diana, aseguraba que los jabalíes y los ciervos sentían voluptuosidad al morir por mano de tan bella cazadora.

Pero a Su Alteza le agradó sobre todo el tercer soneto, en el cual Dante, dirigiéndose a Dios, le suplicaba que le dejase volver a la tierra, donde Beatriz vivía de nuevo en la persona de la duquesa de Milán. «¡Oh, Júpiter, exclamaba Alighieri, pues de nuevo has regalado al mundo con su presencia, permíteme volver a él para conocer a aquel a quien Beatriz hace feliz.» O sea al duque Ludovico.

Moro dio unos golpecitos con benevolencia en el hombro de Bellincioni y le prometió regalarle un capote. Bernardo, aprovechando la ocasión, consiguió además piel de zorro para el cuello, asegurando con gestos lastimeros y cómicos que su viejo ropón estaba agujereado y transparente «como los macarrones que se secan al sol».

–El invierno pasado –continuó mendigando más todavía–, estuve a punto de perecer, pues me faltó leña por haber tenido que quemar no sólo la escalera de mi casa, sino hasta los zuecos de san Francisco.

El duque rió y le prometió muchas cargas de leña.

Entonces, en el colmo de la gratitud, el poeta improvisó rápidamente un cuarteto adulador para el duque.

Todos tus esclavos te damos las gracias
Por tantas mercedes, ¡oh, noble señor!
Y las Nueve Musas te cantan: ¡Hosanna!
Porque eres su guía y su protector.

–Me parece que hoy estás en vena, Bernardo. Escucha, necesito otra poesía.

–¿De amor?

–Sí, y apasionada.

–¿A la duquesa?

–No, sé discreto.

–¡Oh, señor! ¡Me ofendéis! Acaso, jamás...

–Bueno, bueno.

–¡Mudo, mudo como un pez! –Bernardo guiñó un ojo enigmáticamente. Luego continuó–:

¿Apasionada? ¿En qué sentido? ¿Súplica o gratitud?

–Súplica.

El poeta frunció las cejas, fingiendo una actitud reflexiva.

–¿Casada?

–Muchacha.

–Bueno. Necesito saber su nombre.

–¿Para qué?

–Si es una súplica, no se puede hacer nada sin el nombre.

–Madona Lucrecia. ¿No tienes nada ya hecho?

–Sí. Pero es mejor algo nuevo. Permitidme pasar un momento a la habitación próxima. Creo que no resultará mal, mi cabeza está repleta de rimas.

El paje entró anunciando:

–Meser Leonardo da Vinci.

Bellincioni desapareció por una puerta, mientras Leonardo entraba por la otra.

V

Después de cruzar el saludo, el duque habló con el artista del nuevo gran canal –Navilio Sforzesco– que debía unir al Ticino con el río Sesia y, diversificándose en una red de pequeños canales, regar los campos y praderas de la Lomellina.

Leonardo dirigía los trabajos de construcción del canal, aun cuando no poseía el título de arquitecto, ni siquiera tenía el de pintor de cámara. Sólo ostentaba, como premio a su invento de un instrumento musical, desde hacía mucho tiempo, el título de músico, que valía casi tanto como el de poeta de la corte con que se agraciaba Bellincioni.

Luego de haber expuesto con precisión los planes y enumerado los gastos, el artista pidió el dinero necesario para la continuación de los trabajos.

–¿Cuánto? –preguntó el duque.

–Quinientos sesenta y seis ducados por milla; en total quince mil ciento ochenta y siete ducados –respondió Leonardo.

Ludovico hizo un gesto acordándose de los cincuenta mil ducados que acababa de conceder para sobornar a los nobles franceses.

–¡Es muy caro, meser Leonardo! Verdaderamente, me arruinas. Exiges demasiado. También Bramante es buen arquitecto, pero jamás me pide semejantes sumas.

Leonardo se encogió de hombros.

–Como gustéis, señor. Encargádselo a Bramante.

–Vamos, vamos, no te enfades. Sabes que nunca dejaré de complacerte.

Y se pusieron a regatear.

–Bien, bien, dejemos esto para mañana –concluyó el duque, tratando, según su costumbre, de demorar la decisión.

Y empezó a examinar los cuadernos de Leonardo, llenos de apuntes sin terminar, de dibujos y proyectos arquitectónicos. Uno de los dibujos representaba un gigantesco mausoleo, toda una montaña artificial coronada por un templo de numerosas columnas; en la cúpula había una abertura redonda, como en el Panteón romano, con el fin de dar luz al interior del monumento, que sobrepasaba en magnificencia a las pirámides egipcias. El dibujo iba acompañado de su presupuesto y del plan detallado de escaleras, corredores, salas, todo él calculado para contener quinientas urnas funerarias.

–¿Qué es esto? –preguntó el duque–. ¿Quién te lo ha encargado?

–Nadie. Son caprichos... fantasías.

Moro le miró sorprendido y movió la cabeza.

–¡Ensueños singulares! Un mausoleo para los dioses del Olimpo o los Titanes, poesía e imaginación... Y a pesar de eso, eres matemático.

Miró otro dibujo: se trataba del plano de una ciudad en la que las calles tenían dos pisos: el piso superior reservado para los magnates y el otro para los siervos, las bestias de carga. Alcantarillas, cañerías y canales ocupaban también esta planta. La ciudad estaba perfectamente proyectada según la física y la naturaleza; pero suponía un escarnio para los pobres y los humildes, por la barrera que establecía entre ellos y los elegidos de la fortuna.

–¡Pues no está mal! –dijo el duque–. ¿Crees que se podría construir?

–¡Oh, sí! –respondió Leonardo, animándose–. Hace tiempo que deseaba proponer a Vuestra Alteza que intentase la experiencia; aunque sólo fuera con un barrio de Milán. Cinco mil casas para treinta mil habitantes. Veríamos cómo esa gente que se amontona unos sobre otros, apretujándose entre la miseria y sus antros ahogados, se acomodaban con holgura. Y no propagarían los gérmenes del contagio y de la muerte. Si ejecutasen mi plan, Señor, sería la más bella ciudad del mundo.

Mas advirtiendo que el duque sonreía, el artista se detuvo.

–¡Qué hombre más original y divertido eres, meser Leonardo! Creo que si te dejaran hacer, lo volverías todo del revés ¡Cuántos conflictos producirías al Estado! ¿Cómo no ves que el más dócil de los esclavos se rebelaría contra tus calles de dos pisos, maldiciendo tu higiene y las tuberías y canales de la más bella ciudad del mundo prefiriendo la que ellos conocieron? ¿Y esto qué es? –preguntó señalando otro dibujo.

Leonardo tuvo también que explicar este dibujo, que se trataba de una casa de tolerancia. Las habitaciones separadas, las puertas y accesos estaban dispuestos de tal modo que los visitantes podían contar con una absoluta impunidad. Se evitaban los encuentros.

–¡Esto sí que está bien! –dijo el duque, encantado–. No sabes la cantidad de causas que tenemos sobre robos y asesinatos cometidos en estos sitios. Con habitaciones así dispuestas reinarían el orden y la seguridad. Voy a mandar construir una casa conforme en absoluto con tus planos. ¡Sabes de todo! –añadió sonriendo–. ¡Todo te atrae! ¡El mausoleo de unos dioses al lado de una casa de tolerancia! A propósito –continuó–, un día leí lo que un historiador antiguo cuenta acerca de lo que llamaban la oreja de Dionisio el Tirano. Era un tubo acústico escondido en el espesor de un muro, de tal suerte que el soberano podía, estando en otra habitación, oír lo que se decía en la primera. ¿No crees que se podría instalar en mi palacio una oreja de Dionisio?

El duque, al principio, sintió algún azoramiento, pero se repuso enseguida, comprendiendo que no tenía por qué avergonzarse ante el artista. Sin desconcertarse, sin preocuparse siquiera de si la oreja de Dionisio era una cosa decente o no, Leonardo habló de ella como de un nuevo instrumento científico. Le complacía encontrar pretexto, al construir estos tubos, para estudiar las leyes del movimiento de las ondas sonoras.

Bellincioni apareció en la puerta –había terminado el soneto, Leonardo se retiró. El duque le invitó a cenar.

Apenas salió el artista, Moro dijo al poeta que le leyese los versos que había compuesto.

Se afirmaba en este soneto que si la salamandra vive en el fuego, ello no es mayor milagro que la existencia del corazón del poeta entre las brasas del amor.

¿Cómo una mujer de hielo
No se funde al fuego de mi ardiente amor?

El segundo cuarteto le pareció al duque particularmente tierno:

Canto como un cisne, y mientras canto muero
E imploro al Amor que extinga mi llama.
Mas, el dios travieso me dice riendo
Que para apagarla derrame mis lágrimas.

VI

Esperando a su esposa que pronto debía regresar de la caza, el duque, antes de cenar, dio una vuelta por su villa. Echó una ojeada a las caballerizas, que parecían un templo griego con columnatas y pórticos; entró en la nueva y magnífica instalación para la elaboración de quesos, probando la giuncata y queso fresco y blanco. Después fue a inspeccionar granjas y lagares y por último llegó a la alquería y a los establos. Allí, cada cosa regocijaba su corazón de amo y patrón; el ruido del chorro de leche saliendo de las ubres de su vaca favorita, una vaca roja del Languedoc, y el gruñido maternal de una enorme cerda semejante a una montaña de grasa que acababa de parir, y la amarilla espuma de la crema en las cubetas de fresno de la lechería y el olor a miel de los graneros repletos.

Una sonrisa de apacible felicidad distendió el rostro del duque Moro: verdaderamente su casa era como una copa rebosante. Volvió a palacio, y se sentó en la galería a descansar.

La tarde declinaba, pero todavía no se ponía el sol. De las praderas inundadas por el Ticino llegaba un aire fresco y picante.

El duque lanzó una mirada sobre sus dominios: pastos, mieses, campos regados por una red de canales y regueras, plantíos de manzanos, perales y moreras unidos por guirnaldas de viñas. Desde Mortara a Abbiategrasso y todavía más lejos, hasta el límite mismo del cielo donde blanqueaban a través de la niebla las nieves de Monte Rosa, la espléndida tierra lombarda, florecía como un paraíso. Y esta tierra era suya.

–Señor –murmuró con ternura elevando los ojos al cielo–. Te doy las gracias. ¿Qué más puedo desear? Antes era esto un desierto. Con la ayuda de Leonardo he construido canales e irrigado la tierra, y hoy cada espiga, cada brizna de hierba me da las gracias por ello como yo te las doy a ti, Señor.

Se oyeron los ladridos de los galgos, los gritos de los cazadores y, por encima de los sauces, apareció el rojo espantapájaros con alas de perdiz que se empleaba para atraer a los halcones.

El anfitrión, acompañado del primer mayordomo, inspeccionó la mesa para comprobar si todo estaba en orden. En el salón entraron la duquesa y los invitados a la cena entre los cuales se hallaba Leonardo, que tendría que pasar aquella noche en la villa.

Previa una corta oración se sentaron a la mesa.

Se sirvieron alcachofas frescas, traídas desde Génova expresamente en cestas de mimbre, grandes anguilas, carpas pescadas en los viveros de Mantua, obsequio de Isabel de Este y pechugas de capón en gelatina. Comían con tres dedos ayudándose con el cuchillo, pero sin tenedor; el tenedor se consideraba como una cosa superflua. Sólo lo usaban las damas para las frutas y confituras y eran de oro con mango de cristal.

El amable anfitrión se afanaba en complacer a sus invitados. Se comió y se bebió muchísimo, casi hasta reventar. Las damas y las muchachas más elegantes no se avergonzaban por su apetito.

Beatriz se hallaba sentada al lado de Lucrecia.

De nuevo el duque admiró a las dos: le gustaba que estuviesen juntas y que su mujer atendiese a la que él amaba, poniéndole en su plato bocados elegidos, cuchicheándole al oído y apretándole la mano, con esa vehemencia de súbita ternura, casi amorosa, que, a veces, sienten unas por otras las mujeres jóvenes.

Hablaban de la cacería. Beatriz contaba que al salir el ciervo bruscamente del bosque había espoleado a su caballo, que por poco da con ella en tierra.

El bufón Dioda, fanfarrón y pendenciero, les hizo reír a todos. En una ocasión había matado un cerdo doméstico, que los cazadores habían soltado expresamente en el bosque para que él lo tomase por un jabalí. Dioda contaba su hazaña con tanto orgullo como si hubiera matado un jabalí de Caledonia.

Se burlaban del bufón, que fingía ponerse furioso. En realidad era un granuja astuto que representaba un lucrativo papel de imbécil. Sus ojos de lince sabían distinguir muy bien no sólo un cerdo doméstico de un jabalí, sino también una broma necia de una burla espiritual.

Las risas se hacían cada vez más ruidosas. Los rostros se animaban y enrojecían bajo el influjo de las abundantes libaciones. Después del cuarto plato las mujeres jóvenes se desabrochaban el corselete demasiado apretado, a escondidas, por debajo de la mesa.

Los coperos servían vino blanco ligero y espeso vino rojo de Chipre, tibio, mezclado con pistachos, canela y clavo.

Cuando Su Alteza pedía vino, los coperos actuaban solemnemente, como si cumplieran un rito; tomaban una copa del aparador y después de llenarla de vino el primer senescal introducía tres veces en el vaso un talismán: un unicornio colgando de una cadena de oro. Si el vino estaba envenenado, el unicornio se pondría negro y cubierto de sangre. Otros talismanes protectores – piedras de sapo y lenguas de serpiente– se ponían en los saleros.

El conde Bergamini, marido de Cecilia, que el duque había colocado en el sitio de honor, se hallaba esta noche particularmente alegre, e incluso chistoso, a pesar de su vejez y su gota. Dijo mostrando el unicornio:

–Supongo, Alteza Serenísima, que el mismo rey de Francia no posee un cuerno como ése. ¡Qué extraordinaria longitud!

–¡Kichiki! ¡Kichiki! –exclamó el jorobado Janachi, bufón preferido del duque, agitando una vejiga de cerdo llena de garbanzos, y haciendo sonar los cascabeles de su gorro, del que sobresalían unas orejas de burro–. Os aseguro, Señor, que podéis creerle –y señalando al conde Bergamini añadió–: Conoce muy bien toda clase de cuernos. ¡Kichiki! ¡Kichiki! ¡Quien tiene la cabra, tiene sus cuernos!

El duque amenazó al bufón con el dedo.

Unas trompetas de plata sonaron saludando los asados: una enorme cabeza de jabalí rellena de castañas; un pavo, que, por medio de una máquina, instalada en el interior del ave, hacía la rueda y batía las alas sobre la fuente, y por fin, un pastel en forma de ciudadela, en donde primeramente se oyó un toque militar de trompetas y, que una vez abierto, dio salida a un enano vestido con plumas de loro. El enano saltó encima de la mesa; después le atraparon encerrándole en una jaula dorada, donde, a imitación del célebre loro del cardenal Ascanio Sforza, empezó a recitar el *pater* de una manera tan cómica, que había para morirse de risa.

–Meser –dijo la duquesa dirigiéndose a su marido–, ¿a qué feliz acontecimiento debemos un festín tan inesperado como magnífico?

Moro no respondió. Solamente cambió a hurtadillas una amable mirada con el conde Bergamini. El venturoso marido de Cecilia comprendió que el festín era dado en honor del César recién nacido.

Estuvieron cerca de una hora entregados a la cabeza del jabalí. En consideración al dicho: «No se envejece en la mesa», prodigaban su tiempo cuando se trataba de comer.

Al final de la cena, un fraile viejo llamado Tapponi –la rata– excitó la alegría general.

No sin astucias y subterfugios, había conseguido el duque de Milán hacer venir de Urbino a este fraile, glotón celebérrimo, cuya presencia se disputaban los príncipes y que, según afirmaban, un día en Roma había devorado con gran complacencia de Su Santidad la tercera parte de la sotana de un obispo cortada en trozos y bañada en salsa.

A una seña del duque, colocaron ante fray Tapponi una enorme fuente de asadura rellena de membrillo. El fraile, persignándose y subiéndose las mangas del hábito, empezó a engullir aquel grasiento manjar con una rapidez y voracidad increíbles.

–Si cuando Jesús hartó al pueblo con cinco panes y dos peces hubiese estado allí este glotón, no hubiese dejado comida ni para el perro –exclamó Bellincioni.

Los convidados reían a cada momento. Estaban tan cargados de risa, que cada broma, como una chispa, hacía estallar una explosión ensordecedora.

Sólo el rostro de Leonardo, recogido y taciturno, conservaba una expresión de aburrimiento resignado; por lo demás, estaba acostumbrado desde hacía tiempo a las diversiones de sus protectores.

Cuando trajeron en unas bandejas de plata doradas naranjas rellenas de malvasía, el poeta de la corte, Antonio Camelli da Pistola, rival de Bellincioni, leyó una oda en la que las artes y las ciencias decían al duque: «¡Éramos esclavas, viniste tú y nos libertaste! ¡Gloria a Moro!». Y los cuatro elementos –la tierra, el agua, el fuego y el aire– cantaban: «Gloria a aquel que, el primero después de Dios, dirige el gobierno del Universo, la rueda de la Fortuna». Y celebrando también la concordia existente entre Moro y su sobrino Gian Galeazzo, el poeta comparaba al generoso tutor con el pelícano, que nutre a sus hijos con su propia carne y su propia sangre.

VII

Después de cenar, los duques y sus invitados pasaron al jardín llamado el «Paraíso». Era de un trazado regular, como una figura geométrica, con avenidas de boj, laureles y mirtos recortados, pasadizos cubiertos, laberintos, palcos y cenadores. Sobre un césped humedecido por la frescura de una fuente, se tendieron tapices y cojines de seda. Damas y caballeros se instalaron con toda libertad ante un teatrito improvisado.

Se representaba un acto de *Miles Gloriosus* de Plauto. Los versos latinos aburrían al auditorio; pero por un respeto supersticioso a la Antigüedad, fingían estar atentos.

Una vez la representación terminada, los jóvenes pasaron a otras praderas para jugar con una pelota, y a la gallina ciega cogiéndose unos a otros y riendo como niños, entre los macizos floridos de rosas y naranjos. Los viejos jugaban a los dados, al criterate y al ajedrez. Las damiselas, damas y caballeros que no tomaban parte en los juegos, reunidos en apretado círculo sobre la escalera de mármol de la fuente, contaban por turno cuentos picantes como los del *Decamerón* de Boccaccio.

En una glorieta del jardín se oía una música que acompañaba a la canción preferida de Lorenzo de Médicis, muerto prematuramente:

Quant'e bella giovezza!
Ma si fugge tuttavia
Chi vol esser lieto, sia:
Di doman non c'e certezza!

¡Qué bella es la juventud!
Pero enseguida se va
Cuando se acerque la dicha
No la dejes escapar.

Después del baile, «donzella» Diana, de pálido y fino rostro, cantó al dulce son de la viola, una melancólica canción en la que se ponderaba cuán grande es el dolor de amar sin ser correspondido.

Los juegos y las risas cesaron. Todos habían escuchado con profunda atención. Cuando acabó de cantar, durante algún tiempo nadie quiso romper el silencio. Sólo la fuente se oía. Los últimos rayos de sol inundaron de luz rosada las copas negras de los pinos y el elevado haz del surtidor.

Luego comenzaron de nuevo conversaciones, las risas y las músicas y hasta bien entrada la noche, hasta que en los oscuros laureles brillaron las luciérnagas y la joven luna apareció en el cielo, sobre el alegre Paraíso envuelto en una atmósfera perfumada de azahares, no se extinguieron los sones de la canción:

Cuando se acerque la dicha
No la dejes escapar.

VIII

En lo alto de una de las cuatro torres del palacio, Moro apercibió un débil resplandor. El primer astrólogo de la corte del duque de Milán, senador y miembro del Consejo Secreto, meser Ambrosio da Rosate, había encendido una lamparilla, entre sus aparatos astronómicos, para observar la esperada conjunción de Marte, Júpiter y Saturno en el signo de Acuario, confirmaron que debía tener para la casa Sforza una gran importancia.

El duque, recordando algo de pronto, pidió permiso a madona Lucrecia, con la que sostenía un tierno diálogo bajo un discreto cenador, para volver a palacio. Cuando se vio solo miró su reloj, en espera del minuto y el segundo fijados por el astrólogo para tomar las píldoras de ruibarbo. Cuando hubo tomado el medicamento, consultó su calendario de bolsillo donde leyó lo siguiente:

«El 5 de agosto a las 10 de la noche y 8 minutos, oración; de rodillas, con las manos unidas y los ojos elevados al cielo.»

El duque se apresuró hacia la capilla para no dejar pasar el instante fijado, sin lo cual la plegaria astrológica perdería toda eficacia.

En la semioscuridad de la capilla ardía una lamparilla de la Santa Imagen. El duque amaba este cuadro pintado por Leonardo da Vinci, que representaba a Cecilia Bergamini bajo el aspecto de la Virgen bendiciendo una rosa de cien pétalos.

Moro contó ocho minutos en un relojito de arena, se arrodilló y juntando las manos comenzó a rezar un Confiteor.

Oró largo rato con fervor.

–¡Oh, Virgen! –murmuró elevando dulcemente los ojos–. Da salud y gracia y ampara a mi hijo Maximiliano, a César, el recién nacido, a mi esposa Beatriz, a Cecilia y también a mi sobrino Gian Galeazzo, porque –tú ves mi corazón, Virgen Purísima– no quiero ningún mal para mi sobrino y te ruego por él, aun cuando su muerte quizás ahorrase a mis estados e incluso a Italia entera terribles e irreparables desgracias.

Entonces acudió a su mente la justificación por los jurisconsultos. Su hermano mayor, el padre de Gian Galeazzo, no era hijo del duque, sino sólo del condotiero Francisco Sforza, puesto que nació antes que Francisco hubiera subido al trono, mientras que él, Ludovico, había nacido después y era, por tanto, el único heredero legítimo.

Pero ahora, ante la faz de la Virgen esta argumentación le pareció dudosa y acabó su plegaria con estas frases:

–Si he pecado en alguna cosa ante Ti y si peco todavía Tú sabes, Reina de los cielos, que no lo hago por mí, sino por el bien de mi pueblo, y por el de toda Italia. Intercede por mí ante Dios y glorificaré tu nombre con la construcción de una magnífica catedral en Milán, una basílica en Pavía, y con otras numerosas ofrendas.

Terminadas sus oraciones, cogió la bujía y se dirigió a su dormitorio a través de las salas oscuras del ya dormido palacio. En una de ellas se encontró a Lucrecia.

«El mismo dios de amor me favorece», pensó el duque.

–¡Señor!... –exclamó la joven acercándosele.

Pero su voz se quebró. Quiso caer de rodillas ante él, que apenas tuvo tiempo de contenerla.

–¡Gracia, Señor!

Y le contó que a su hermano, Malteo Crivelli, funcionario principal de la Casa de la Moneda, hombre relajado, pero que ella amaba tiernamente, había perdido en el juego una gran cantidad de dinero sustraído al Tesoro.

–Calmaos, madona, yo sacaré a vuestro hermano de su apuro.

Tras corto silencio, añadió exhalando un profundo suspiro:

–Pero ¿consentiréis vos en no ser tan cruel?

Ella le miró con ojos tímidos infantilmente cándidos e inocentes.

–No comprendo, Señor...

Su ingenua extrañeza la hacía más bella todavía.

–Eso significa, querida mía... –balbuceó apasionadamente el duque... y de pronto la asió por el talle con el gesto violento, casi brutal–. Eso significa... Pero ¿no ves cómo te amo, Lucrecia?

–¡Déjeme, déjeme! ¡Oh, señor! ¿Qué hacéis? ¡Madam Beatriz!...

–No temas nada. Ella no se enterará. Sé guardar un secreto.

–No, no, señor... Es tan generosa, tan buena para mí... ¡Dios mío! ¡Suélteme, suélteme! ¡Por lo que más quiera!

–Salvaré a tu hermano, haré todo lo que tú quieras, seré tu esclavo, pero ¡ten piedad de mí!...

Las más sinceras lágrimas temblaban en su voz al declamar suavemente los versos de Bellicioni relativos a la muerte del cisne...

–¡Suélteme, suélteme! –repetía la joven con desesperación.

Al inclinarse sobre ella, respiró la frescura de su aliento, mezclado al perfume de violetas y musgo, y la besó ardientemente en los labios.

Lucrecia quedó un momento inerte entre sus brazos.

Después, lanzando un grito, pudo desasirse y huir.

IX

Al entrar en la alcoba vio que Beatriz, ya acostada en el amplio lecho, semejante a un catafalco, erigido sobre un estrado en el centro de la habitación, había apagado la luz. Un dosel de seda azul y cortinas de plata lucían en el ostentoso mueble.

Moro se desnudó y levantando el borde de la colcha, suntuosa como una casulla, tejida de oro y perlas, regalo nupcial del duque de Ferrara, se acostó en su sitio, al lado de su mujer.

–Biz –murmuró tiernamente–. ¿Duermes?

Quiso abrazarla, pero ella le rechazó.

–¿Qué pasa?

–¡Déjame! Tengo sueño...

–Pero ¿por qué? Dime sólo el porqué, Biz, amada mía. ¡Si supieras como te amo!

–¡Sí, sí! Ya sé, que nos amas a todas a la vez: a mí, a Cecilia, y puede que también a esa esclava de Moscovia, a esa medio tonta de pelo rojo que el otro día abrazabas en un rincón de la antecámara.

–Que era sólo por bromear...

–¡Gracias por semejantes bromas!

–Verdaderamente, Biz, en estos últimos tiempos, ¡estás tan dura, tan fría conmigo! Seguramente soy culpable, lo reconozco: aquello fue un capricho indigno...

–¡Tenéis demasiados caprichos, meser! –Y se volvió irritada hacia él–. ¿Cómo no te da vergüenza? Pero ¿por qué, por qué mientes? Te lo ruego: no creas que estoy celosa. Pero no quiero, ¿lo entiendes? No quiero ser una más de tus amantes...

–Eso no es verdad, Biz, te juro por la salvación de mi alma, que no he amado a nadie, jamás en la vida, sino a ti.

Ella se calló, escuchando sorprendida, no sus palabras, sino el tono de su voz.

En efecto, no mentía; o a lo menos no mentía por completo; cuanto más la engañaba, más la amaba. La vergüenza, el temor, la piedad y el arrepentimiento parecían inflamarle en pasión.

–Perdóname, Biz, perdóname, ¡te amo tanto!...

Se reconciliaron.

Y al enlazarla, sin verla, en la oscuridad, evocaba unos ojos tímidos e inocentes, un perfume de violetas y musgo; imaginaba estrechar a la otra y amar a las dos a la vez. Aquello era perverso y embriagador.

–En verdad que pareces hoy muy enamorado de mí; como en nuestros primeros tiempos...

–Sí, sí, querida mía, te amo como entonces...

–¡Qué tontería! –contestó ella sonriendo–. ¿No te da vergüenza? Sería mejor que pensases en cosas más serias. Parece que se cura.

–Luis Masbani me aseguró el otro día que no tenía salvación –dijo el duque–. Está mejor de momento, pero no por mucho tiempo; seguramente morirá.

–¿Quién sabe? –replicó Beatriz–. Se le atiende tan bien... Escucha, Moro: me sorprende tu despreocupación; soportas las afrentas como un cordero; dices que el poder está en nuestras manos. Pero ¿no valdría más renunciar completamente al poder que temblar día y noche como ladrones, humillarse ante ese bastardo rey de Francia, depender de la generosidad del insolente Alfonso y mendigar los favores de esa pérfida bruja de Aragón? Dicen que está otra vez embarazada. Una nueva serpiente en su maldito nido. Y así toda la vida, Moro, fíjate bien, ¡toda la vida! ¡Y tú llamas a esto tener el poder en nuestras manos!...

–Pero los médicos –dijo el duque– están de acuerdo en declarar que es incurable; tarde o temprano...

–Sí; ya puedes estar tranquilo. Hace diez años que se está muriendo.

Se hizo una pausa.

De pronto, Beatriz se abrazó a su marido apretándose contra él con todo su cuerpo mientras murmuraba algunas palabras a su oído. Él se estremeció.

–Biz, que Cristo y su purísima Madre te perdonen. Jamás, ¿lo oyes? ¡No me hables jamás de eso!

–Si tienes miedo, ¿quieres que yo?...

Él no respondió; momentos después, le dijo:

–¿En qué piensas?

–En los melocotones.

–¡Ah, sí! He mandado al jardinero que traiga de los mejores.

–No; en ésos, no. Pienso en los melocotones de meser Leonardo da Vinci. ¿No has oído hablar de ellos?

–¿Cómo son?

–Son venenosos.

–¡Cómo! ¿Venenosos?

–Sí. Los envenena. Para hacer experiencias. Brujerías, quizá. Me ha hablado de ello monna Sidonia. Los melocotones, aunque envenenados, son muy hermosos.

De nuevo callaron ambos y quedaron así, largo tiempo, enlazados en silencio, en las tinieblas, pensando en lo mismo, escuchando cada uno el corazón del otro latir más fuerte, cada vez más fuerte. Por fin, Moro la besó en la frente con paternal ternura e hizo sobre ella la señal de la cruz.

–Duerme, querida mía, duerme en paz.

La duquesa de Milán soñó aquella noche con unos magníficos melocotones, en una bandeja de oro. Seducida por su hermosura, ella cogía uno y lo probaba; era sabroso y perfumado. De pronto escuchaba una voz que decía... Veneno, veneno, veneno... Tuvo miedo, pero no pudiéndose contener comió un melocotón tras otro; creyó morir, pero su corazón se ponía cada vez más ligero, cada vez más alegre.

También el duque tuvo un extraño sueño; se paseaba sobre el verde césped, próximo al surtidor del Paraíso y veía a lo lejos tres mujeres sentadas, vestidas con idénticos trajes blancos, entallados, parecían hermanas. Aproximándose a ellas reconoció en una a madona Beatriz, en la otra a madona Lucrecia y en la tercera a madona Cecilia. Profundamente satisfecho, pensó: «¡Gracias a Dios, se han reconciliado! Hace tiempo que eso debió ocurrir».

X

En el reloj de la torre sonó la media noche. Todo el mundo dormía en la casa. Solamente en lo más alto, en el tejado, en la terraza, se hallaba sentada la enana Morgantina, que había huido del cuarto oscuro en que la habían encerrado y lloraba a su hijo perdido.

–Me han robado a mi querido pequeñuelo; lo asesinaron. ¿Por qué, por qué, Señor? No hacía daño a nadie. Era mi único consuelo...

La noche era clara y el aire tan diáfano que se podía distinguir a lo lejos como agujas de cristal los glaciales picos del Monte Rosa.

Durante largo rato, en el palacio dormido resonaron los lamentables y estridentes aullidos de la enana medio loca, como graznidos de un pájaro siniestro.

De pronto exhaló un profundo suspiro y levantando la cabeza miró al cielo silenciosamente.

La enana sonreía y las estrellas azules parpadeaban tan incomprensible e inocentemente como sus ojos.

Capítulo IV

El aquelarre

I

En un arrabal solitario y extremo de Milán, en el barrio de la Porta Vercellina, en el lugar donde se encuentran la esclusa y la aduana del canal de la Catarana, había una casuca vetusta y aislada cuya chimenea negra y torcida humeaba a todas horas.

Esta casucha pertenecía a la comadre monna Sidonia. Tenía alquiladas las habitaciones altas al alquimista meser Galeotto Sacrobosco; y ella vivía en el piso bajo con Casandra, sobrina de Galeotto, hija del mercader Luigi, ilustre viajero que había recorrido Grecia, el Archipiélago, Siria, Asia Menor y Egipto, en incansable rebusca de antigüedades.

Compraba todo lo que caía en sus manos: lo mismo una bella estatua, un fragmento de ámbar en el que se conservaba fosilizada una mosca, la inscripción apócrifa de la tumba de Homero que una auténtica tragedia de Eurípides o la clavícula de Demóstenes. Unos le tenían por loco, otros por un impostor y otros, en fin, por un grande hombre. Su imaginación estaba tan impregnada de paganismo, que a pesar de haber sido cristiano hasta el fin de sus días, Luigi evocaba en serio al «santísimo genio de Mercurio» y creía que estando el miércoles consagrado al alado mensajero del Olimpo, era un día particularmente favorable para los negocios. Ni trabajos ni privaciones le detenían en sus rebuscas. En una ocasión estando embarcado y después de haber recorrido ya diez millas, oyó hablar de una curiosa inscripción griega que él no había visto. Inmediatamente regresó al punto de partida para copiarla. La pérdida, en un naufragio, de una preciosa colección de manuscritos le ocasionó tal tristeza, que sus cabellos encanecieron. Cuando se le preguntaba por qué se arruinaba, se exponía a tantos tormentos y peligros, respondía siempre las mismas palabras:

–Quiero resucitar a los muertos.

En el Peloponeso, cerca de las desiertas ruinas de Lacedemonia, en los alrededores de la pequeña ciudad de Mistra, encontró una muchacha que parecía la estatua de la antigua Artemisa. Era la hija de un pobre sacristán de pueblo que estaba constantemente borracho. Se casó con ella y se la llevó a Italia a la vez que a una nueva copia de la *Ilíada*, unos trozos de una Hécate de mármol y varios fragmentos de ánfora rotos. Tuvieron una hija a la que dieron el nombre de Casandra, en honor a la heroína de Esquilo, cautiva de Agamenón, de la que, por esa época, estaba entusiasmado.

Su mujer murió pronto. Antes de marchar para una de sus innumerables peregrinaciones, dejó a la pequeña huérfana al cuidado de uno de sus viejos amigos; un sabio griego de Constantinopla que los duques Sforza habían traído a Milán: el filósofo Demetrio Calcondila.

Este viejo septuagenario, falso y astuto, fingía ser un creyente fervoroso de la Iglesia católica, pero, en realidad era, como muchos sabios griegos de Italia con el cardenal Vessarión a la cabeza, un adepto del último de los maestros de la sabiduría antigua, el neoplatónico Gemisto Platón, muerto cuarenta años antes en el Peloponeso, en esta misma ciudad de Mistra, construida sobre las ruinas de Lacedemonia, de donde era la madre de Casandra. Sus discípulos creían que el alma del gran Platón, para predicar la sabiduría, había descendido del Olimpo reencarnado en Gemisto. Los sacerdotes católicos aseguraban que este filósofo quería restaurar la herejía del emperador Juliano el Apóstata (la admiración de los antiguos dioses olímpicos) y que se debía acabar con él, no por medio de reflexivos argumentos y discusiones, sino con ayuda de la Santa Inquisición y con las llamas de la hoguera. Se citaban las palabras de Platón, quien tres años antes de su muerte dijo a sus discípulos: «Pocos años después de mi fin, por encima de todas las tribus, por encima de todos los pueblos resplandecerá la verdad única y todos los hombres se convertirán a través de un espíritu único a la verdadera religión *–unam camdemque religionem universum osbem esse susceptur am.* Y cuando le preguntaron: «¿Qué religión, cristiana o mahometana?», respondía: «Ni la una ni la otra, sino a una religión que no se diferenciará en nada del antiguo paganismo: *neutram, sed a gentilitate non differentem*».

Casandra, de niña, fue educada por Demetrio Calcondila en una devoción irreprochable pero hipócrita. La niña, que oía hablar de aquellas materias, sin comprender las sutilezas filosóficas de las ideas platónicas, se imaginó una especie de cuento de hadas sobre la resurrección de los dioses desaparecidos.

Llevaba sobre el pecho como regalo de su padre un talismán contra la fiebre; era un sello con la imagen de Dioniso. A veces cuando se quedaba sola, sacaba la joya y miraba el sol a través de ella: entonces, en el seno violeta oscuro de la transparente amatista, aparecía a sus ojos la figura de Baco, adolescente y desnudo, llevando en una mano el tirso y un racimo de uvas en la otra; una pantera retozando a su lado, trataba de lamer este racimo. El corazón de la niña se sentía lleno de amor por el bello dios.

Meser Luigi murió arruinado por las antigüedades, de fiebre perniciosa, en la choza de un pastor, entre los muros de un templo fenicio que acababa de descubrir. Fue entonces cuando, después de numerosos viajes en busca de la piedra filosofal, el alquimista Galeotto Sacrobosco, tío de Casandra, volvió a Milán instalándose en la casuca de Porta Vercellina y llevando a su sobrina consigo.

Giovanni Beltraffio no había olvidado la conversación sorprendida entre monna Casandra y Zoroastro, acerca del árbol venenoso. Encontraba con frecuencia a Casandra en casa de Demetrio Calcondila, donde Merula le había procurado varios trabajos. Había oído decir a mucha gente que era bruja, pero el enigmático encanto de la muchacha le atraía.

Casi todas las tardes, Giovanni, después de acabar su tarea en el taller de Leonardo, se dirigía hacia la solitaria casita, más allá de Porta Vercellina, donde le esperaba Casandra. Sentados en un montículo a los pies del cual corrían las aguas sombrías y mudas del canal, no lejos del muro medio derruido del convento de Santa Radegunda que divisaban ampliamente, ambos departían. Un sendero apenas visible, invadido de zarzas, saúcos y ortigas, conducía al montículo. Nadie pasaba por él.

II

Era una tarde sofocante. De vez en cuando un torbellino de aire levantaba una nube de polvo en la carretera y silbaba entre los árboles. Al apaciguarse, parecía el silencio más profundo. Sólo se escuchaba el bramido sordo, casi subterráneo, del trueno. Sobre el fondo de este bramido solemne y amenazador, se oían los sones inarmónicos de un laúd y las canciones de los aduaneros borrachos en la próxima taberna. Era domingo. A veces un relámpago lívido iluminaba el cielo y por un instante surgían de las tinieblas, en la otra orilla, la vieja casuca con su chimenea de ladrillos y los remolinos de la negra humareda que salía del horno del alquimista; el alto y escuálido sacristán de pie sobre el dique oscuro con una caña de pescar en la mano; el canal rectilíneo huyendo en la lejanía entre dos hileras de alerces y sauces, y las lanchas de fondo plano del lago Mayor, cargadas de bloques de mármol para la catedral arrastradas por flacos rocines que tiraban de larga maroma medio flotante en el agua... luego se desvanecía todo de pronto en la oscuridad. La lucecilla del alquimista al reflejarse en las oscuras aguas de Catarana, ponía en ellas una breve nota rojiza. Un olor de agua tibia, de hierbajos descompuestos, brea y leña podrida, venía de la esclusa.

Giovanni y Casandra se hallaban sentados en su sitio de costumbre, sobre el canal.

–¡Qué aburrimiento! –dijo la joven desperezándose y haciendo chascar sus blancos y finos dedos por encima de su cabeza–. Hoy como ayer y mañana como hoy: ese sacristán que parece un huso, pesca sobre el dique sin coger nada; el humo sale de la chimenea donde meser Galeotto busca el oro sin poderlo encontrar, los jamelgos huesudos arrastran las barcas, el lúgubre laúd gime en la taberna. ¡Que pase por lo menos algo nuevo! ¡Que entren los franceses en Milán, que el sacristán pesque un pez o que mi tío encuentre el oro!... ¡Qué aburrimiento, Dios mío!

–Sí, ya conozco eso –replicó Giovanni–. Me ocurre con frecuencia; aburrirme tanto que deseo morir. Pero fray Benedetto me ha enseñado una oración muy eficaz para combatir al demonio de la tristeza. ¿Queréis que os la enseñe?

La muchacha sacudió la cabeza.

–No, Giovanni. A veces bien quisiera; pero hace ya mucho tiempo que no sé rezar a vuestro Dios.

–¿Nuestro Dios? ¿Pero hay otro Dios que no sea el mío, el único?...

El fugaz resplandor de un relámpago iluminó el rostro de la muchacha; nunca le pareció a Giovanni tan enigmática, tan triste, tan bella.

Quedó un momento silenciosa, pasándose la mano por sus cabellos negros y vaporosos.

–Escuchad, amigo. Fue hace mucho tiempo; allá en mi país natal. Era todavía una niña. Un día mi padre me llevó con él de viaje. Visitamos las ruinas de un templo antiguo. Se elevaban en un promontorio rodeado por el mar. Gemían las gaviotas; las olas sonoras se deshacían en las rocas negras roídas por las aguas, puntiagudas como agujas. La espuma se alzaba, caía, saltaba cantando entre las grietas de las piedras. Mi padre leía en un trozo de mármol una inscripción medio borrada. Estuve mucho tiempo sola, sentada en la escalinata del templo, oyendo el mar y respirando aquella fragancia parecida al perfume amargo del ajenjo. Luego entré en el templo abandonado. Entre las columnas de amarillento mármol, que no habían sido alteradas por el tiempo, el azul del cielo oscurecía; la hierba brotaba en las junturas de las losas. Reinaba el silencio. Sólo el ruido ensordecedor del mar envolvía en un cántico estos lugares sagrados. Me puse a escuchar y de pronto mi corazón se estremeció. Caí de rodillas y empecé a orar al dios que antiguamente había morado allí, el dios desconocido y profanado. Besé las losas de mármol, lloré y amé a aquel dios porque nadie sobre la tierra le amaba y le rezaba ya; porque había muerto. Desde entonces no he vuelto a rezar a nadie de ese modo. Era el templo de Dioniso.

–¿Qué decís, qué decís, Casandra? –gritó Giovanni–. Eso es un pecado y una blasfemia. No hay ni ha habido jamás el dios Dioniso...

–¿No lo ha habido jamás? –repitió la joven con una sonrisa de desprecio–. Entonces, ¿por qué los sacerdotes en que tú crees, enseñan que los dioses desterrados por la victoria de Cristo se han convertido en demonios? En el libro del célebre astrólogo Giorgio da Novara, hay una teoría fundada en la ciencia precisa de los astros. Hela aquí: la conjunción del planeta Júpiter con Saturno engendra la doctrina de Moisés; con Marte la de los caldeos; con el Sol la de los egipcios; con Venus la de los mahometanos; con Mercurio la de Cristo. La próxima conjunción de Júpiter con la Luna debe engendrar la doctrina del Anticristo. ¡Entonces los dioses que murieron resucitarán!

El furioso rugido de un trueno, aproximándose, retumbó. Los relámpagos se sucedían más rápidos, iluminando una nube disforme que se deslizaba lentamente. El laúd, con sus estridencias no había cesado de rechinar en el silencio denso y tormentoso.

–¡Oh, Casandra! –exclamó Beltraffio uniendo sus manos en dolorosa actitud–. ¿Cómo no veis que es el demonio quien os tienta para arrastraros a la perdición? ¡Maldito sea!

La joven volviéndose ágilmente, le puso ambas manos sobre los hombros y murmuró:

–Y a vos, ¿no os tienta nunca? Si sois tan bueno, Giovanni, ¿por qué abandonasteis a fray Benedetto para acudir al taller de Leonardo? ¿Por qué me buscáis? No debéis ignorar que soy bruja y las brujas somos malas, más malas que el mismo diablo. ¿Cómo no teméis perder el alma conmigo?

–¡Dios me proteja! –balbuceó Giovanni temblando.

Ella se le aproximó silenciosamente mientras clavaba en él sus ojos amarillos y transparentes como el ámbar. Ya no fue un relámpago, sino un verdadero rayo el que desgarró los pesados nubarrones iluminando aquel rostro pálido como el de aquella diosa de mármol que, una noche en el cerro del Molino, surgió ante Giovanni de su tumba milenaria.

«¡Ella! –pensó con espanto–. ¡La Diablesa blanca!» E hizo un vano esfuerzo por incorporarse, sintiendo en su rostro el ardiente hálito de Casandra. Ésta le decía:

–¿Quieres, Giovanni? Lo sabrás todo, absolutamente todo. ¿Quieres, amigo mío? Vamos juntos donde Él está. Allí se está bien, allí no se siente el fastidio, no se avergüenza uno por nada, como en un sueño, como en el paraíso. Allí todo está permitido. ¿Quieres venir?

La frente de Giovanni se perló de un sudor frío, pero la curiosidad venció al espanto y preguntó:

–¿Dónde hay que ir?

Rozando casi con sus labios la mejilla de Giovanni, respondió la mujer con voz apenas perceptible, parecida a un suspiro, lánguida y apasionada:

–¡Al aquelarre!

Un trueno inmenso conmovió el cielo y la tierra; su retumbar formidable parecía temblar de regocijo, como la risa de invisibles gigantes, hasta apagarse lentamente en el silencio inmóvil del espacio.

Ni una hoja se movía en los árboles. El desabrido son del laúd cesó por completo.

En el mismo instante se oyó el volteo melancólico y rítmico de la campana del convento tocando al ángelus.

Giovanni hizo la señal de la cruz. La joven se levantó y dijo:

–Ya es hora de volver a casa. Es tarde. ¿Veis esas antorchas? Es el duque Moro que va a casa de meser Galeotto. Había olvidado por completo que hoy mi tío tiene que hacer un experimento: transmutar el plomo en oro.

Se oyó un ruido lejano de pasos. Aquella comitiva de caballeros se dirigía desde Porta Vercellina, a lo largo del canal, a casa del alquimista. Éste hacía en su laboratorio los últimos preparativos para la demostración anunciada, mientras esperaba al duque.

III

Meser Galeotto se había pasado la vida buscando la piedra filosofal.

Al salir de la Facultad de Medicina de la Universidad de Bolonia, entró como discípulo en casa del conde Bernardo Trevizano, célebre investigador de las ciencias ocultas. Después, durante quince años, buscó el mercurio filosofal en toda clase de substancias –en la sal de cocina y en el amoníaco, en los metales, en el bismuto virgen y en el arsénico, en la sangre humana, en la hiel, en los cabellos, en los animales y en las plantas–. Sus seis mil ducados de la herencia paterna volaron por la chimenea del horno. Cuando hubo gastado su propio dinero, comprometió el de los otros. Sus acreedores le hicieron encarcelar. Logró escaparse y durante los ocho años siguientes realizó experiencias sobre los huevos: consumió veinte mil. Luego, sobre los ácidos, con el protonotario del Papa, maestro Enrico; cayó enfermo por las exhalaciones venenosas y tuvo que guardar cama durante catorce meses, abandonado de todos y medio muerto. Supo lo que era la miseria, las vejaciones. las persecuciones; recorrió como alquimista errante España, Francia, Austria, Holanda, el norte de África, Grecia, Palestina y Persia. El rey de Hungría le mandó atormentar con la esperanza de que revelase el secreto de la transmutación. Por fin, viejo ya y cansado, pero sin perder el entusiasmo, regresó a Italia, invitado por el duque Moro, que le otorgó el título de alquimista de la corte.

El centro de la habitación que le servía de laboratorio se hallaba ocupado por un horno muy grande de tierra refractaria, con multitud de compartimentos, puertas, crisoles y fuelles. En un rincón, bajo una capa de polvo, estaba el cavafieno ahumado, parecido a fríos vellones de lana.

En la mesa de trabajo se veían complicados aparatos: alambiques, recipientes, retortas, ampollas, morteros, embudos, crisoles con panza de vidrio y largos golletes, tubos en forma de serpiente, bombonas enormes y minúsculos botecillos. Las sales caústicas, los álcalis, los ácidos exhalaban un olor agrio. Todo un universo misterioso, los siete dioses del Olimpo y los siete planetas celestes, se hallaban contenidos en los metales. En el oro, el Sol; en la plata, la Luna; en el cobre, Venus; en el hierro, Marte; en el plomo, Saturno; en el estaño, Júpiter, y en el chispeante mercurio, Mercurio, eternamente agitado.

Había allí substancias de nombres bárbaros que asustaban a los profanos: Luna de Cinabrio, Leche de Loba, Águilas de cobre, el Asterita, el Andrómaco, el Anagalia, el Napóntico, el Aristoloquio. Allí se transformaba en rubí, la preciosa gota de sangre del León, contenida tras largos años de trabajo que curaba todas las enfermedades y producía la eterna juventud.

El alquimista se hallaba sentado ante su mesa de trabajo. Era delgado, pequeño, arrugado como una castaña pilonga, pero de incansable actividad. Meser Galeotto, con la cabeza apoyada en sus dos manos, contemplaba atentamente una retorta que, gimiendo débilmente, hervía sobre la llama azulada y fluida del alcohol. Se trataba del aceite de Venus –*oleum Veneris*–, de un verde transparente como la esmeralda. La bujía que ardía a su lado lanzaba, a través de la retorta, un reflejo pardo sobre el pergamino de un viejo *in folio*, obra del alquimista árabe Djabira Abdallah.

Al escuchar pasos y voces en su escalera, Galeotto se levantó y lanzó una mirada a su alrededor para asegurarse de que todo estaba en orden. Hizo seña a su criado, un famulus silencioso, para que pusiera carbón en el hornillo y salió al encuentro de sus huéspedes.

IV

El cortejo, que acababa de salir de la cena bien rociada con malvasía, estaba alegre. Entre ellos se hallaban, Marliani, primer médico de la corte, muy versado en alquimia, y Leonardo da Vinci.

Entraron las damas y la silenciosa celda del sabio se llenó de perfumes, roce de sedas, parloteo y risas femeninas, parecidas al gorjeo de los pájaros.

Una de las damas se enganchó con la manga en una retorta de cristal y la tiró al suelo.

–No es nada, señora. No os preocupéis –dijo amablemente Galeotto–. Voy a recoger los fragmentos, no sea que lastimen los lindos pies de vuestras señorías.

Otra, al coger un trozo de cayafieno, se manchó su blanco guante perfumado de violeta; un gentil caballero, apretándole a hurtadillas la mano, trataba de quitar la mancha con su pañuelo de encaje.

Diana, la rubia y traviesa damisela que se pasmaba de alegre terror, tocó una píldora llena de mercurio, vertiendo sobre la mesa dos o tres gotas. Al verlas rodar tan brillantes y ligeras, exclamó:

–¡Mirad, mirad, señores! ¡Un milagro! ¡Plata líquida! ¡Corre sola, está viva!

Y casi saltaba de alegría batiendo palmas.

–¿Es verdad que veremos al diablo en el fuego cuando el plomo se convierta en oro? –preguntó la preciosa y maligna Filiberta, la esposa del viejo cónsul de la Gabella–. ¿Qué pensáis, meser? ¿No será pecado asistir a tales experiencias?

Filiberta era muy piadosa y se contaba que permitía todo a sus amantes, salvo besarla en los labios creyendo que en este caso se faltaba a la castidad. Mientras los labios fueran inocentes, no se hollaba la fidelidad conyugal jurada ante el altar.

El alquimista, aproximándose a Leonardo, le dijo al oído:

–Creed, meser, que sé apreciar en mucho la visita de un hombre como vos.

Y le apretó con fuerza la mano. Leonardo quiso responder, pero el anciano le interrumpió moviendo la cabeza:

–¡Oh, guardemos el secreto para los demás! Pero nosotros nos comprendemos…

Después, dirigiéndose a sus huéspedes, con amable sonrisa:

–Con el permiso de mi dueño y señor el Serenísimo duque, así como el de estas damas, mis graciosas soberanas, voy a proceder al experimento de la maravillosa metamorfosis. ¡Atención, señores!

Para que no cupiera ninguna duda sobre la autenticidad de la prueba, mostró el crisol, un recipiente de espesas paredes de arcilla refractaria, rogando a cada uno que lo examinara, tocara y golpease el fondo para que se convenciese de que no había ninguna superchería; explicó que a veces los alquimistas disimulaban el oro en moldes de doble fondo; el fondo superior se fundía y aparecía el oro. Examinaron con la misma minuciosidad los trozos de estaño, los carbones, los fuelles, los ganchos, las escorias metálicas y todos los objetos en que el oro pudiera estar más o menos disimulado.

Después cortó el estaño en pedacitos y los puso en el crisol que colocó en el hornillo sobre las brasas. Un ayudante bizco, de rostro tan pálido, tan lívido, tan taciturno, que una dama tomándole en la oscuridad por el diablo, se sintió mal, empezó a manipular los enormes fuelles. Al resoplido del fuelle los carbones llameaban.

Galeotto charlaba con sus huéspedes para entretenerlos. Procuraba excitar la alegría general llamando a la alquimia *casta meretrix*, porque tiene muchos adoradores, pero los decepcionaba a todos, pues pareciendo fácilmente accesible, no había hasta ahora, caído en brazos de nadie, *in nullos unguans pervenit amplexus*.

Marliani, el médico de la corte, hombre corpulento, pesado, de rostro fofo, inteligente y grave, fruncía las cejas molesto, escuchando la charla del alquimista, se pasaba la mano por la frente y, por fin, no pudiendo contenerse más, exclamó:

–Meser, ¿no sería ya hora de empezar? El estaño hierve.

Galeotto cogió un papel azul que desdobló con precaución. Contenía unos polvos amarillo limón, pringosos, reverberantes como vidrio, que olían a sal marina quemada. Era la tintura sagrada, el inapreciable tesoro de los alquimistas, la piedra de toque milagrosa –*lapis philosophorum*.

Tomó, con la punta de un cuchillo, una porción pequeñísima de estos polvos, apenas como un grano de anís, lo cubrió con cera blanca, e hizo una boleta que echó en el hirviente estaño.

–¿Qué fuerza calcula usted a la tintura? –preguntó Marliani.

–Un uno por dos mil ochocientos veinte de metal a transmutar –respondió Galeotto–. Evidentemente la tintura no es todavía perfecta, pero creo que pronto obtendré la fuerza de uno por millón. Bastará tomar una cantidad de polvo del peso de un grano de alpiste y disolverlo en un tonel de agua. Con la cantidad de agua que pueda contener una cáscara de avellana, podríamos regar las viñas para que, desde el mes de mayo, aparezcan las uvas maduras. *Mare tengeran si Mercurius uset!* Se podría transmutar el mar en oro si hubiera bastante mercurio.

Marliani se encogió de hombros. La jactancia de meser Galeotto le exasperaba. Trató de demostrarle con argumentos escolásticos y silogismos de Aristóteles la imposibilidad de la transmutación. El alquimista sonrió.

–Esperad, magister. ¡Os lo demostraré con un silogismo práctico que no impugnaréis fácilmente!

Echó sobre los carbones un puñado de polvos blancos. El laboratorio se llenó de nubes de humo. Una llama crepitante, sibilante, multicolor como un arco iris, se elevó al espacio, tan pronto verde, como azul o roja.

Un estremecimiento de emoción recorrió a los asistentes. Madona Filiberta contó después que en la purpúrea llama vio el rostro del diablo. El alquimista, con unas largas tenazas de hierro levantó la tapa del crisol al rojo blanco: el estaño hervía espumoso. Dejó caer la tapa. El fuelle rugía, bramaba, y cuando diez minutos después introdujo y sacó del estaño una fina varita de hierro, todo el mundo vio suspendida en su extremidad una gota amarilla.

–Ya está –dijo el alquimista.

Retiraron del fuego el crisol de arcilla, lo dejaron enfriar, lo rompieron y, ante los asistentes mudos de asombro, cayó, resplandeciente y sonante, un lingote de oro.

El alquimista lo mostró con el dedo y, dirigiéndose a Marliani, dijo solemnemente:

–*Solve mihi hunc syllogismun!* ¡Resuélvame ese silogismo!

–¡Inaudito, increíble! ¡Contrario a todas las leyes de la naturaleza y de la lógica! –balbuceó Marliani, confuso.

El rostro de meser Galeotto se hallaba pálido, sus ojos chispeaban de placer.

Elevándolos al cielo, exclamó:

–*Laudatus Deus in sternum qui partem, suse infinite potentiae nobis, suse abyectissinis creatures, communicavit!* Amén. (¡Gloria a Dios eternamente que nos ha dado a nosotros sus indignas criaturas, una parte de su poder infinito! Amén.)

Al probarlo, sobre la piedra de toque humedecida de ácido nítrico, quedó una ligera huella amarilla y brillante: el oro era más puro que el más fino de Hungría o Arabia.

Rodearon todos al viejo, felicitándole y dándole apretones de manos.

El duque Moro le llevó aparte.

–¿Quieres servirme fiel y sinceramente?

–Quisiera tener varias vidas para consagrarlas al servicio de Vuestra Alteza Serenísima –respondió el alquimista.

–Sobre todo, Galeotto, que ningún otro príncipe...

–¡Si alguno lo sabe, Alteza, ordenad que me cuelguen como a un perro!

Y después de una pausa, añadió con obsequioso saludo:

–Si pudiera obtener solamente...

–¡Cómo! ¿Todavía?

–¡Oh, por última vez, Dios me es testigo, por última vez!

–¿Cuánto?

–Cinco mil ducados...

El duque reflexionó y rebajando un millar de ducados, accedió a entregárselos.

Era tarde. Madona Beatriz podría empezar a inquietarse. Se dispusieron a partir. El huésped, al acompañar a sus invitados, ofreció a cada uno, en recuerdo, un trocito del oro recién obtenido. Leonardo se quedó con el alquimista.

V

Cuando los invitados se marcharon, Galeotto se acercó al artista y dijo:

–Maestro, ¿qué le ha parecido el experimento?

–El oro estaba en la varilla –respondió Leonardo tranquilamente.

–¿En qué varilla? ¿Qué queréis decir, meser?

–En la varilla con que removíais el estaño. Lo he visto todo.

–La habéis examinado vos mismo.

–No, yo no.

–¿Cómo que no? Permitid.

–Ya os digo que lo he visto todo –repitió Leonardo sonriendo–. No neguéis, Galeotto. El oro estaba disimulado en el interior de la varilla hueca y cuando la punta se consumió el oro cayó en el crisol.

Al anciano le flaquearon las piernas, y en su rostro se reflejó, como en el de un ladrón sorprendido, una expresión sumisa y lamentable.

Leonardo, aproximándose, le puso amablemente una mano en el hombro.

–No temáis nada. Nadie lo sabrá. No lo diré a nadie.

Galeotto, tomándole una mano, dijo con embarazo.

–¿De verdad, no diréis nada?

–No, no os quiero mal. ¿Por qué?...

–¡Oh, meser Leonardo! –exclamó Galeotto, y tras de su angustia infinita, una esperanza infinita también, brilló en sus ojos–. Juro ante Dios que si miento es por poco tiempo, por muy poco tiempo, por el bien del duque, y por el triunfo de la ciencia, porque he encontrado, sí, verdaderamente, he encontrado la piedra filosofal. Todavía no la poseo, pero se puede decir que casi la conozco porque es como si la tuviese en mi mano. He encontrado el camino y vos sabéis que en semejante materia lo principal es hallar el camino. Dos o tres ensayos todavía y habré terminado. ¿Qué se va a hacer, maestro? ¿El descubrimiento de la más grande de las verdades no merece tan leve mentira?

–Parece, meser Galeotto, que jugamos a los despropósitos –dijo Leonardo encogiéndose de hombros–. Vos sabéis tan bien como yo que la transmutación de los metales es una tontería, que no hay piedra filosofal y que no puede haberla; la alquimia, la nigromancia, la magia negra, como todas las ciencias que no se fundan sobre la práctica exacta de las matemáticas, sólo son engaño y locura, una banderola de charlatán agitada por el viento, tras la cual acude el estúpido populacho...

El alquimista continuaba mirando a Leonardo con ojos cándidos y atónitos. De pronto, inclinó la cabeza guiñando maliciosamente un ojo y se echó a reír.

–Eso no está bien, maestro; verdaderamente no está bien. ¿Acaso no soy un iniciado? ¡Como si no supiéramos que sois el mas grande de los alquimistas, el conocedor de los misterios más profundos de la naturaleza, el nuevo Hermes Trimegisto, el nuevo Prometeo!

–¿Yo?

–Vos, sí, estoy seguro.

–Os burláis, meser Galeotto.

–Sois vos quien tiene gana de broma, meser Leonardo. ¡Vamos! ¡Vamos! ¡Cuánto disimulo! He conocido en mi vida muchos alquimistas celosos de los secretos de su ciencia, pero como vos, ninguno...

Leonardo le miró atentamente y quiso enfadarse, pero no pudo.

–Entonces, realmente –dijo con involuntaria sonrisa–, realmente vos tampoco creéis...

–¡Sí, creo! –exclamó Galeotto–. Sabed, meser, que si en este momento descendiese Dios mismo a esta casa y me dijese: «Galeotto, la piedra filosofal no existe», le respondería: «Señor, tan cierto como que Tú me has creado, esta piedra existe y la encontraré».

Leonardo, sin responder una palabra ni mucho menos indignarse más, escuchó con curiosidad.

Al hablar del auxilio del diablo en las ciencias ocultas, el alquimista manifestó con una sonrisa de desprecio que en la naturaleza el diablo es la más infeliz de las criaturas y que no hay en el mundo un ser más impotente que él. El viejo no creía más que en el poder de la razón humana y afirmaba que para la ciencia nada hay imposible.

Luego, de pronto, como si se acordase de algo divertido y gracioso preguntó a Leonardo si frecuentaba a los espíritus elementales y como su interlocutor confesase no haber visto todavía ninguno, Galeotto no quiso creerle, y le explicó con complacencia y detalle que la salamandra tiene el cuerpo alargado de cerca de dedo y medio, con manchas, fino y duro; que el de las sílfides es de un azul aéreo y transparente como el cielo. Le habló de las ninfas, de las ondinas que viven en el agua, de los gnomos, y de los pigmeos subterráneos, de los durdeos que habitan en las plantas y de las extrañas diameas que alientan en las piedras preciosas.

–No sabéis lo benévolos que son.

–Pero ¿por qué los espíritus elementales no se manifiestan a todos sino solamente a los elegidos?

–¿A todos? ¡Imposible! Huyen de la gente tosca, de los libertinos, los borrachos, los glotones. Gustan de la sencillez y la inocencia de los niños. No aparecen más que allí donde no hay maldad ni engaño. De otro modo se ocultan como los animales del bosque y se esconden, lejos de la mirada de los hombres.

Una sonrisa apacible y soñadora iluminó el rostro del anciano.

«¡Qué hombre tan singular! ¡Es cristiano y hechicero!», pensó Leonardo, a quien las patrañas del alquimista no le producían ya indignación. Hablaba a Galeotto con los mismos miramientos que si fuera un niño, fingiendo guardar ciertos secretos para no causarle la menor pena.

Se separaron amistosamente.

Cuando Leonardo se fue, el alquimista se dispuso a realizar un ensayo sobre el óleo de Venus.

VI

Mientras tanto, en el cuarto en que se hallaban debajo del laboratorio, estaban sentadas ante la enorme chimenea monna Sidonia y Casandra. Sobre un haz de leña llameante se calentaba un puchero con sopa de ajo y nabos para la cena. La vieja, con un temblor monótono de sus rugosos dedos, hilaba en su rueca moviendo rápidamente el huso. Casandra, observando a la hilandera, pensaba: «Siempre lo mismo, hoy como ayer, mañana como hoy; el grillo canta, el ratón roe, el huso bordonea, las ramas secas crepitan, esto huele a nabos y a ajos». Y la vieja rezonga siempre las mismas palabras de reproche, como si aserrase madera con una sierra mellada: ella, monna Sidonia –decía– era una pobre mujer aunque los charlatanes dijesen que tenía enterrada en las viñas una olla llena de dinero. Eso son tonterías. Meser Galeotto la arruinaba. Los dos, tío y sobrina, vivían a su costa, Dios era testigo. Ella los mantenía por bondad y condescendencia. Pero Casandra ya no era una niña y era hora de ir pensando en su porvenir. Su tío moriría y la dejaría en la miseria. ¿Por qué no se casaba con aquel paleto rico de Abiategrasso, que la solicitaba desde hacía tiempo? No se trataba de un hombre joven, pero en compensación era piadoso y sensato, poseía una tienda con molino y un olivar con una prensa nueva. Era un hombre de buena posición que el Señor enviaba a Casandra. ¿Qué la detenía? ¿Qué más quería?

Monna Casandra escuchaba, y el aburrimiento como una pesada bola le subía a la garganta asfixiándola, le oprimía las sienes con tal fuerza, que sentía ganas de gritar de fastidio como se grita de dolor.

La vieja sacó del puchero un nabo humeante, y pelándolo con un cuchillo, lo mojó bien en zumo de uvas y empezó a comer moviendo ruidosamente su boca desdentada.

La joven, llevándose los brazos detrás de la cabeza con una

actitud íntima y familiar, se desperezó lánguidamente resignada. Sus dedos finos y pálidos quedaron enlazados.

La hilandera, después de cenar, se entregó a una somnolencia que la hacía cabecear y cerrar los ojos. Parecía una Parca lúgubre. Al fin su lengua entorpecida había dejado de hablar del paleto rico... Entonces Casandra, sacando furtivamente de su pecho el regalo de su padre meser Luis, el talismán, la amatista tibiamente atemperada por el calor de su cuerpo, la levantó a la altura de sus ojos para que el resplandor del fuego la transparentase. Contempló la imagen de Baco. Entre los reflejos violeta de la amatista, aparecía como una visión el desnudo adolescente, llevando en una mano el tirso y en la otra un racimo de uvas, que la pantera, saltando, quería lamer. El corazón de Casandra rebosaba de amor por un dios tan bello.

Suspiró profundamente, ocultando de nuevo su talismán y dijo con timidez:

–Monna Sidonia, esta noche se reúnen en Barco di Ferrara y en Benevento... Vamos, tía. Hoy no danzaremos; no haremos más que echar una ojeada y volver enseguida. Haré todo lo que usted quiera, me portaré bien con el paleto, pero volemos, volemos hoy, cuanto antes...

Un deseo insensato brillaba en sus ojos. La vieja la miró y de pronto, al sonreír distendiendo sus labios azulados y resecos, descubrió su único diente amarillento, parecido al colmillo del lobo.

Su rostro se tornó espantoso y alegre.

–¿Tienes ganas de ir? –le dijo–. ¿Muchas ganas, di? ¿Le has tomado gusto? ¿Querrás volar allí todas las noches? ¡Ya nadie podrá contenerte! Acuérdate de esto, Casandra; tú cargas el pecado sobre ti. Yo no había pensado siquiera en ello. Es sólo por ti...

Dio rápidamente una vuelta por la habitación, cerró las maderas herméticamente, tapó las rendijas con trapos, cerró las puertas con llave, echó agua en las cenizas de la chimenea, encendió un pedacito negro de sebo mágico y sacó de un cofre de hierro un tarro de arcilla que contenía una pomada de olor acre. Fingía no tener prisa. Pero sus manos temblaban como si estuviese ebria y tan pronto un delirio enturbiaba sus ojos como la lascivia los hacía brillar como carbones.

Casandra puso en medio de la estancia las dos grandes artesas donde amasaban el pan.

Una vez hechos los preparativos, monna Sidonia se desnudó por completo, colocó el tarro ante las artesas y se puso en una de ellas a horcajadas sobre una escoba embadurnándose todo el cuerpo con la pomada grasienta y verdosa del tarro. Un penetrante olor llenó toda la habitación. Esta mixtura estaba hecha de lechuga venenosa, apio de las ciénagas, de cicuta picante, raíz de mandrágora, de adormidera soporífera, beleño, sangre de serpiente y grasa de niño no bautizado supliciado por las brujas.

Casandra se volvió para no ver el horroroso cuerpo desnudo de la vieja. En el último momento, cuando lo que tanto deseaba estaba preparado y ya no podía retroceder, una profunda tristeza se apoderó de su corazón.

–¡Vamos, vamos! ¿Por qué tardas? –gruñó la bruja acurrucada en la artesa–. Me metías prisa y ahora haces remilgos. Yo sola volaré. Desnúdate.

–Enseguida. Apague la luz, monna Sidonia. No puedo desnudarme cuando hay luz...

–¡Vaya con la vergonzosa! En el monte no te daba vergüenza, ¿eh?

Sopló la bujía, después de haber hecho con la mano izquierda una señal de la cruz sacrílega adoptada por las brujas, para complacer al demonio. La muchacha se desnudó dejándose únicamente la camisa; después se arrodilló en la artesa y se frotó deprisa con la pomada.

En la oscuridad se oía recitar a la vieja las palabras entrecortadas y absurdas de los conjuros.

–Emen, hetan. Emen, hetan. Palus, Baal, beritt, Astarots, ayudadnos. ¡Agora, agora, Patrina, ayudadnos!

Casandra aspiraba ávidamente el fuerte olor del ungüento mágico. La piel de su cuerpo ardía; la cabeza le daba vueltas. Un frío voluptuoso recorría su espalda. Círculos rojos y negros se deslizaban confundidos ante sus ojos y de pronto llegó a sus oídos el grito agudo, triunfal y lejano de monna Sidonia.

–¡Garr! ¡Garr! ¡De abajo arriba sin tocar tierra!

VII

Casandra salió volando por el tubo de la chimenea, a horcajadas sobre un cabrón negro, cuyo suave pelo era un contacto delicioso para sus piernas desnudas. El éxtasis llenaba su alma y gritaba y aullaba hasta perder el aliento, como una golondrina que se eleva en el cielo.

–¡Garr! ¡Garr! ¡De abajo arriba! Sin tocar tierra. ¡Volamos! ¡Volamos!

Tía Sidonia, desnuda y horrible, con los cabellos al viento, cabalgaba a su lado a horcajadas en su escoba.

Volaban tan deprisa, que al surcar la atmósfera, el aire silbaba en sus oídos como un huracán.

–¡Al norte! ¡Al norte! –gritaba la vieja guiando a su escoba como a un caballo obediente.

El vuelo enervaba a Casandra.

«¿Qué pensaría ese pobre Leonardo da Vinci con su máquina voladora?»

Esta idea fugaz la puso más contenta todavía.

Poco después de elevarse a las alturas, negras nubes se amontonaron debajo de ella iluminadas por la claridad de los relámpagos. Al lado opuesto, el cielo estaba claro, la luna llena, colosal, deslumbrante, redonda como una muela de molino, se hallaba tan cerca, que parecía poderse tocar con la mano.

Casandra cogió a su cabrón por los cuernos y le hizo descender y precipitarse en el abismo como una piedra que cae.

–¿Dónde vas? ¿Qué haces? ¿Te has vuelto rabiosa, hija de Satanás? –aullaba tía Sidonia tratando de seguirla a duras penas.

Cabalgaban ya tan cerca de tierra, que rozaban los dormidos juncos de los pantanos. Fuegos fatuos iluminaban su ruta; los troncos podridos centelleaban; el búho, el ansa, y el cuervo se llamaban lúgubremente en el espeso bosque.

Habían atravesado en su vuelo la cima de los Alpes, cuyos transparentes bloques de hielo fulgían a la luz de la luna.

Luego, bajaron hasta la superficie del mar. Casandra, cogiendo agua en el hueco de su mano, la esparcía al aire contemplando las salpicaduras de espuma como chispas de zafiro.

El vuelo se hacía más rápido a cada momento. En el camino iban encontrando numerosos compañeros: una vieja sarmentosa de cabellos blancos iba en una cuba; un canónigo alegre, gordo y colorado como Sileno marchaba montado en unas tenazas; una chiquilla rubia de unos diez años, de rostro inocente y ojos azules cabalgaba en una escoba; una joven ogresa desnuda y rubicunda saltaba a horcajadas sobre un marrano que no hacía más que gruñir; y muchas, muchas otras...

–¿De dónde venís, hermanas? –gritaba tía Sidonia.

–¡De Grecia! ¡De isla de Candia!

Otras voces gritaban:

–De Valencia, de Broken, de Salagucci cerca de Mirándola, de Benevento, de Norcie...

–¿Adónde vais?

–¡A Biterna! ¡A Biterna! ¡Allí, donde van a celebrarse las nupcias del Gran Cabrón, el Boch de Biterna! ¡Volad! ¡Volad! ¡Lleguemos juntos a la cena!

Formaban una bandada y como un enjambre de cuervos corrían por encima de la triste llanura.

Entre la niebla la luna parecía de púrpura. La cruz de la iglesia de un pueblo solitario brillaba débilmente a lo lejos. La bruja pelirroja que galopaba sobre el cerdo, se aproximó chillando a la iglesia, arrancó la campana grande y la lanzó a voleo por el pantano. Fue a caer en el fango con un sonido quejumbroso; la ogresa, entonces estalló en una larga risa que parecía un ladrido. La muchacha rubia, encaramada en su escoba, se puso a palmotear.

VIII

La luna se ocultó tras las nubes. A la luz de las antorchas de cera verde y llama viva y azul como el relámpago, las brujas corrían, saltaban, se enlazaban, se separaban como sombras enormes, y negras como el carbón. Las brujas reían bailando en una meseta arcillosa de una blancura de nieve.

–¡Garr! ¡Garr! ¡Sábado! ¡Sábado! ¡De derecha a izquierda, de derecha a izquierda!

Alrededor del macho cabrío, rey de la Noche –*Hyrcus Nocturnus*–, presidiendo sobre un peñasco, pasaban miles y miles de brujas, sin principio ni fin, como las negras hojas marchitas del otoño.

–¡Garr! ¡Garr! ¡Glorifica al Cabrón Nocturno! ¡Al Boch de Biterna! ¡Todos nuestros males han terminado! ¡Regocijémonos!

Agrios y roncos, sonaban los pífanos hechos de huesos huecos y el sordo redoble de los tambores de piel de ahorcado a los golpes de una cola de lobo, retumbaba. El eco hacía: «¡Tup, tup, tup!». En ollas inmensas hervían terribles manjares exquisitos. Sin embargo, no tenían sal, porque la sal era aborrecida por el Señor que se adoraba.

En discretos y apartados parajes se urdían amorosas intrigas; las hijas con sus padres; los hermanos con sus hermanas; un gatazo negro y elástico, de ojos verdes, con una suave chiquilla pálida y frágil como un lirio; un íncubo peludo, gris como una araña, con una religiosa de impúdica sonrisa. Aquello era un hervidero de abominables emparejamientos.

Una bruja gorda y grande, de piel blanca y rostro estúpido y bonachón, amamantaba con maternal sonrisa a dos diablillos recién nacidos: las ávidas criaturas se adherían glotonamente a sus tetas colgantes y mamaban ruidosamente su leche.

Los niños de tres años que todavía no tomaban parte en el aquelarre, apacentaban silenciosamente, a lo lejos, rebaños de sapos pustulosos. Los sapos llevaban campanillas y lucían como la púrpura cardenalicia y se nutrían de substancias sagradas.

–¡Ven a bailar! –decía tía Sidonia impaciente, empujando a Casandra.

–¡Sí, para que lo vea el paleto! –dijo riendo la joven.

–¡Que los perros devoren al paleto! –respondió la vieja.

Y las dos se lanzaron al torbellino de la danza que las llevaba en volandas como en medio de una tempestad, aullante, rugiente, fragorosa, inaudita.

–¡Garr! ¡Garr! ¡De derecha a izquierda!

Unos bigotes húmedos y largos parecidos a los de las focas picoteaban por detrás en el cuello a Casandra; por delante le hacía cosquillas una cola fina y dura; alguien la pellizcó fuerte e impúdicamente; otro la mordió hablándole al oído de una caricia monstruosa. Pero ella no resistía. Lo peor era lo mejor; lo más terrible, era que resultaba más delicioso.

De pronto todos se detuvieron como clavados en el sitio en que se encontraban petrificados, inmóviles.

De lo alto del altar negro donde se erguía el desconocido, rodeado de espanto, salió una voz sorda semejante al rugido de un temblor de tierra.

–Recibid mis presentes: a los débiles, mi fuerza; a los humildes mi orgullo; a los simples de espíritu, mi ciencia; a los afligidos, mi alegría. ¡Acatadlas!

Un venerable anciano de barba blanca, uno de los sacerdotes supremos de la Santa Inquisición, el patriarca de la brujería exclamó solemnemente con arreglo al rito de la misa negra:

–*Sanctificatur nomen tuum per universum mundum et libera nos a malo!* ¡Orad, orad fieles!

Todos hicieron una reverencia hasta tocar el suelo y remedando el cántico de la iglesia el sacrílego coro entonó:

–*Credo in Deum patrens Luciferum qui creavit coelum et terram. Et in filium ejos, Belzebú!*

Cuando se hubieron extinguido los últimos sones del coro y se hizo de nuevo el silencio, la misma voz, semejante al ruido de un temblor de tierra, retumbó en el espacio:

–¡Traedme a mi novia, a mi cándida paloma!

El patriarca interrogó:

–¿Cuál es el nombre de tu novia, de tu cándida paloma?

–¡Madona Casandra, madona Casandra! –respondió un rumor inmenso.

Al oír su nombre se le heló a la muchacha la sangre en las venas y se le erizaron los cabellos.

–¡Madona Casandra, madona Casandra! –clamaba la muchedumbre–. ¿Dónde está? ¿Dónde está nuestra reina? Ave archisponsa Casandra.

Ella ocultó el rostro entre las manos y quiso huir. Pero los dedos huesudos, las garras, las antenas, las trompas, las patas velludas de araña se alargaron hacia ella, la asieron, le arrancaron la camisa y la condujeron temblorosa y desnuda hasta el negro trono.

Al aproximarse recibió en pleno rostro una bocanada de frío glacial y un hedor repugnante a macho cabrío.

Cerró los ojos para no ver más.

Entonces el que se hallaba posando sobre el altar, dijo:

–¡Ven!

Inclinó ella más todavía la cabeza y vio a sus mismos pies una cruz de fuego que resplandecía en las tinieblas.

Hizo un esfuerzo supremo para dominar su repugnancia y avanzó un paso. Luego se quedó mirando al ser que ocupaba el altar.

Y se realizó el milagro.

La piel de macho cabrío cayó como las escamas de una serpiente y ante monna Casandra apareció Dioniso, el antiguo dios del Olimpo, con su eterna sonrisa de alegría en los labios; en una mano el tirso y en la otra un racimo de uvas, que una pantera saltando intentaba lamer.

En el mismo instante el aquelarre se transformaba en una bacanal olímpica; las orugas viejas se convertían en jóvenes bacantes, los horribles demonios en sátiros con patas de cabra; en vez de bloques inertes de rocas, surgían columnarios de mármol y Casandra pudo ver entre las nubes el radiante conjunto de los dioses de la Hélade.

Sátiros y bacantes se desgarraban el seno, al son de los tímpanos mezclando a su propia sangre el purpúreo zumo de las uvas partido en cráteres de oro. Giraban balando y cantando:

–¡Gloria, gloria a Dioniso! ¡Los dioses verdaderos han resucitado! ¡Gloria a la resurrección de los dioses!

Baco, adolescente y desnudo, abría los brazos a Casandra y su voz, semejante al trueno que conmueve el cielo y la tierra, exclamaba:

–¡Ven, ven, oh amada mía, mi cándida paloma!

Casandra se abandonó en los brazos del dios.

IX

Se oyó el canto del gallo. Un olor a niebla y humedad acre y humosa se esparcía en el aire y de algún lejano villorrio llegaron los ecos de una campana. En la montaña se produjo gran confusión: las bacantes volvieron a su primitivo estado de monstruosas brujas; los faunos de patas de cabra, al de demonios espantosos y el dios Dioniso al de macho cabrío, el hediondo *Hyrcus Nocturnus*.

–¡Huyamos, huyamos! ¡Huid, escapad!

–¡Me han robado mis tenazas! –aullaba con desesperación el canónigo de vientre de Sileno que se agitaba furioso.

–¡Verraco, verraco, ven aquí! –chillaba la bruja bermeja tiritando desnuda, tosiendo, en el frío amanecer.

La luna, en su agonía iba ocultándose detrás de las nubes. Las brujas atemorizadas huían en bandadas, volando lejos de la montaña gredosa, como moscas siniestras.

–¡Garr! ¡Garr! ¡De abajo arriba! ¡Sin tocar tierra! ¡Escapad, huid!

El macho cabrío, balando lastimero se hundió en la tierra, esparciendo un fuerte olor a azufre.

La campana de la iglesia repicaba.

X

Casandra se hallaba tumbada en el suelo de la oscura habitación de la casuca de Porta Vercellina. Le palpitaba el corazón, como al despertar de una borrachera. La cabeza le pesaba como si fuera de plomo. El cuerpo le dolía de fatiga.

La campana de Santa Radegunda tañía lúgubremente. Fuertes aldabonazos repetidos obstinadamente y, sin duda desde hacía largo rato, golpeaban la puerta. Casandra reconoció la voz de su novio, el labriego de Abbiategrasso.

–¡Abran, abran, monna Sidonia! Monna Casandra, ¿se han vuelto sordas? Estoy empapado como una sopa. No puedo seguir mi camino con tanto barro.

La joven se levantó haciendo un esfuerzo para acercarse a

la ventana, cerrada herméticamente y quitó la estopa con que monna Sidonia había tapado cuidadosamente las rendijas. A la luz turbia de la mañana, vagamente azulada, vio a la vieja desnuda que dormía en el suelo, al lado de la artesa volcada. Casandra lanzó una ojeada por una rendija de la ventana.

Hacía un día desagradable. Llovía a cántaros. Ante la puerta de la casa, vio tras la cortina de agua del chaparrón, a su rústico galán. A su lado con la cabeza baja y las orejas gachas, un borriquillo permanecía inmóvil enganchado a un carro. En el carro mugía un ternero con las patas trabadas.

El labriego llamaba sin cesar.

Casandra no se resolvía a hacer nada.

Por fin, arriba, se abrió la ventana del laboratorio, apareciendo en ella el viejo alquimista, medio dormido, con los cabellos revueltos, y con esa expresión sincera y maligna que le era propia cuando se paraba a meditar que el plomo no se podía transformar en oro jamás.

–¿Quién llama? –preguntó asomándose–. ¿Qué quieres? ¿Te has vuelto loco, vejete? ¿No ves que todo el mundo duerme en la casa? ¡Vete!

–¡Meser Galeotto! ¡Por favor! No se enfade. Vengo para un asunto urgente acerca de vuestra sobrina. Os traigo también un obsequio: un ternero lechal.

–¡Vete al diablo! –gritó Galeotto furioso–. ¡Vete al cuerno, bribón, con tu ternero!

Y cerró la ventana de golpe. El paleto sorprendido, se calmó un instante. Pero rehaciéndose enseguida y con redoblado brío, empezó a golpear la puerta con los puños, como si quisiese tirarla.

El borriquillo humilló todavía más su cabeza. Hilos de agua corrían sobre sus pobres empapadas orejas casi colgantes.

–¡Qué pesadez, Dios mío! –murmuró Casandra cerrando los párpados con ánimo de reanudar el sueño.

Pero recordó la alegría del aquelarre, la transformación del gran cabrón en Dioniso y la resurrección de los dioses.

«¿Ha sido un sueño o una realidad? –pensaba–. Un sueño, sin duda. Lo que ahora veo es la realidad. Tras el domingo, el lunes...»

–¡Abrid, abrid! –aullaba el campesino con voz desesperada y ya enronquecida.

Pesados goterones caían del canalón del tejado aplastándose en el sucio barrizal. El ternero mugía quejumbroso. La campana del convento seguía tañendo lúgubremente.

Capítulo V

Hágase Tu voluntad

I

Corbolo, el zapatero, ciudadano milanés, al volver a su casa por la noche, bastante bebido, recibió de su mujer, según su propia expresión, más golpes que los que necesita un burro perezoso para ir de Milán a Roma. Por la mañana, cuando su mujer se fue a casa de la trapera su vecina para saborear un poco de migliоccio, Corbolo echó mano a su bolsa donde se hallaban algunas monedas que pudo ocultar a su mujer, dejó en la tienda a su aprendiz y fue a beber para despejarse de la borrachera anterior.

Con las manos en los bolsillos de los calzones, iba con paso perezoso por una callejuela sombría y tortuosa, tan estrecha que un jinete no podía cruzarse con un peatón sin rozarle con la espuela o la punta de la bota. El aire se hallaba impregnado de un hedor como de huevos podridos, aceite, vino agrio y humedad de cueva.

Corbolo, silbando una cancioncilla, miraba al estrecho jirón de cielo azul oscuro que se veía entre las altas casas y las ropas, tendidas al sol matinal, en cuerdas que cruzaban de fachada a fachada. Pensaba Corbolo, para consolarse, en el sabio proverbio, que nunca puso en práctica: «Mujer buena o mala, necesita el palo».

Para acortar el camino, atravesó la catedral. Había, como en un mercado, una agitación incesante.

A pesar de multas y prohibiciones, por allí circulaba una multitud de gente, e incluso mulas y caballos. Los curas decían misa con su voz gangosa y se oía el cuchicheo de los confesionarios. En los altares brillaban las lamparillas y mientras los chicos jugaban al paso, los perros se perseguían olfateándose y los mendigos harapientos iban y venían.

Corbolo se detuvo un momento en medio de aquel lucido concurso de papanatas, y escuchó complacido la disputa de dos frailes.

El hermano Gippola, franciscano descalzo, sanguíneo, de cara alegre, redonda y grasienta como un buñuelo, demostraba a su adversario, el dominico fray Timoteo, que san Francisco, que era igual a Cristo en cuarenta puntos, ocupaba en el cielo el lugar que la caída de Lucifer había dejado vacante. Afirmaba que la misma Madre de Dios no hubiera podido distinguir entre las cicatrices del santo y las llagas de Jesús.

El hermano Timoteo, hombre taciturno, alto y pálido, oponía a las cicatrices del Seráfico, las llagas de santa Catalina que ostentaba en la frente la sangrienta huella de la corona de espinas, galardón que san Francisco no poseía.

Corbolo tuvo que guiñar los ojos cuando salió a pleno sol y desde las sombras de la catedral se encontró en la plaza de Arrengo, el lugar más animado de Milán, lleno de puestos de pescado, prenderías, fruterías y una cantidad tal de cajones, cestos y tenderetes, que apenas quedaba entre ellos un estrecho pasadizo. Estos puestos se habían instalado desde tiempo inmemorial y ni bandos ni multas consiguieron echarlos de allí.

«¡Verduras de Valtellina! ¡Limones! ¡Naranjas! ¡Alcachofas! ¡Espárragos! ¡Buenos espárragos!», pregonaban los fruteros. Los ropavejeros hacían sus transacciones cacareando como gallinas.

Un borriquillo, que desaparecía bajo una montaña de uvas, naranjas, remolachas, coliflores, berenjenas, hinojo y cebollas, rebuznaba desesperado: «¡Hi... ho!... ¡Hi... ho...!». Detrás de él su amo le molía a golpes los pelados lomos, estimulándole con un grito breve y gutural: «Arre!».

Una hilera de ciegos apoyándose en sus cayados y conducidos por un lazarillo cantaban una lamentable melopea.

Un sacamuelas que llevaba en su sombrero de nutria un collar de dientes, extirpaba un raigón con unas pinzas enormes a un pobre diablo, cuya cabeza sujetaba fuertemente entre sus rodillas.

Los chiquillos perseguían a un judío mostrándole una oreja de puerco y tiraban sus peonzas a los pies de los transeúntes. El más atrevido de los pilluelos, el moreno y chato Farfaniccio, soltó un ratón de una ratonera que llevaba y armado de una escoba empezó a perseguirlo con gritos y silbidos: «¡Ahí va, ahí va!». El ratón fue a refugiarse bajo las amplias sayas de Banbaccia, la verdulera de senos opulentos, que empezó a dar saltos y chillar como si la escaldaran viva, levantándose las faldas para sacudirse el ratón. Los que la rodeaban se divertían extraordinariamente con la escena.

–¡Espera, granuja! ¡Te voy a romper la cabeza, golfo! –gritaba exasperada.

Farfaniccio, desde lejos, le hacía muecas, brincando de alegría.

Este tumulto hizo detenerse y tropezar a un mandadero que llevaba en la cabeza un cochinillo. El caballo de meser Gabbadeo, el médico, se espantó, atropellando el puesto de un quincallero. Toda una fila de utensilios de cocina se esparció por el suelo. Espumaderas, sartenes, cacerolas, pucheros, ralladores, cayeron con un estruendo ensordecedor. Meser Gabbadeo, horrorizado, galopaba, con las bridas sueltas: «¡Para, para! –aullaba–. ¡Hijo del diablo!».

Los perros ladraban y muchos rostros curiosos aparecían en las ventanas.

Risas, maldiciones, chillidos, silbidos, voces y gritos, rebuznos de jumentos, volaban sobre toda la plaza.

El zapatero, mirando este espectáculo reflexionaba con dulce sonrisa:

«Qué bien se viviría si no hubiese mujeres, que roen a los maridos como la herrumbre come el hierro.»

Tapándose los ojos con la mano para protegerlos del sol, elevó la mirada hacia un gigantesco edificio a medio edificar, rodeado de andamiaje. Era la catedral que el pueblo devoto dedicaba a la Natividad de la Santísima Virgen.

Ricos y pobres contribuyeron a la construcción del templo. La reina de Chipre había enviado estandartes preciosos tejidos de oro. Catalina, la mísera y vieja trapera, sin preocuparse por el frío del próximo invierno, había depositado en el altar mayor como ofrenda a la Virgen María, su remendado chaquetón de pieles, que tal vez valiese veinte sueldos.

Corbolo, que desde su infancia seguía los progresos de la construcción, advirtió, esta mañana, una nueva torre y se regocijó.

Retumbaban los martillos. Desde el muelle de descarga de

Raghette de San Stefano, próximo al hospital Maggiore, donde amarraban las barcas, conducían a la obra enormes bloques de mármol blanco, extraído de las canteras del lago Mayor. Las poleas gemían, las cadenas rechinaban, las sierras con ruido monótono hendían la piedra; los albañiles pululaban sobre los andamios como hormigas.

En el inmenso edificio iban creciendo hacia el cielo azul, como estalagmitas, multitud de agujas, campanarios y torres de mármol blanco. Todo ello significaba el eterno homenaje del pueblo al nacimiento de la Virgen María.

II

Corbolo descendió por una carcomida escalera a la fresca bodega, abovedada y llena de toneles del mesonero tudesco Tibaldo.

Saludó cortésmente a los presentes y fue a sentarse al lado del fontanero Scarabullo, amigo suyo. Pidió un cubilete de vino y pastas calientes de Milán y mientras comía y bebía, se puso a charlar.

–Si eres listo, Scarabullo, no te cases nunca.

–¿Por qué?

–Verás, amigo mío –continuó sentenciosamente Corbolo–, casarse es meter la mano en un saco de serpientes para sacar una anguila. Vale más tener gota que mujer, Scarabullo.

En la mesa vecina, Mascarello, el bordador en oro, locuaz y chistoso, describía a su auditorio, unas gentes famélicas, las maravillas de cierta tierra desconocida, Berlinzona, maravilloso país, denominado Bonarita, donde los campos se abonan con salchichas; un pato vale un sueldo y además dan un patito de regalo. Allí hay una montaña de queso rayado en la que viven gentes cuya única ocupación consiste en preparar macarrones y ravioli, haciéndolos hervir en caldo de pollo... Muy cerca corre el río de Vernaccio: nadie ha bebido jamás un vino mejor, sin una gota de agua.

Un hombrecillo escrupuloso, de ojos medio cerrados, como los de un perrito recién nacido, entró corriendo en la bodega. Era Gorgolio, soplador de vidrio, hablador y chismoso.

–Señores –declaró solemnemente, quitándose el polvoriento y agujereado sombrero y enjugándose el sudor del rostro–. Señores, acabo de ver a los franceses.

–¿Qué decís, Gorgolio? ¿Es que ya están aquí?

–Segurísimo, en Pavía... ¡Uf! Dejadme respirar. Estoy sin resuello. He corrido hasta perder el aliento. Temía que tal vez llegase alguien antes que yo...

–Toma, ahí tienes un vaso, bebe y cuenta. ¿Cómo son los franceses?

–¡Unos hombres terribles, amigos míos! No se les debe meter el dedo en la boca. Son gentes violentas, impíos, brutales; en una palabra, ¡unos bárbaros! Traen culebrinas, arcabuces de ocho codos, partesanas de hierro, bombardas y balas de piedra. Sus caballos parecen monstruos marinos; llevan las orejas y la cola cortadas.

–¿Son muchos?

–¡Miles y miles! Han invadido la llanura como la langosta; no se les ve el fin. El Señor, por nuestros pecados, nos ha enviado este mal negro, a los demonios del Norte.

–¿Por qué los insultas, Gorgolio? –observó Mascarello–. Son nuestros aliados y amigos.

–¿Aliados? Cuida tu bolsa. Semejante amigo es peor que un enemigo. Comprarán un cuerno y se comerán el buey.

–Bueno, bueno, no divagues más, habla sensatamente. ¿Por qué los franceses son nuestros enemigos? –interrogó Mazo.

–Son nuestros enemigos porque entran en nuestras tierras, cortan nuestros árboles, se llevan el ganado, roban a los habitantes y se acuestan con nuestras mujeres. El rey de Francia es un malvado medio tísico, pero a las mujeres no las teme. Tiene en un libro retratos de bellas italianas, completamente desnudas. «Con la ayuda de Dios –afirman–, no vamos a dejar una sola doncella desde Milán hasta Nápoles.»

–¡Sinvergüenzas! –exclamó Scarabullo dando un puñetazo en la mesa, tan violento, que temblaron frascos y vasos.

–En cuanto a nuestro Moro, baila con las cuatro patas al son que le tocan los franceses –continuó Gorgolio–. Para ellos no somos ni siquiera hombres. «Sois todos –dicen– asesinos y ladrones. Habéis envenenado a vuestro legítimo señor y tenéis secuestrado a un hombre joven e inocente. Dios, para castigaros, nos envía a vuestro país.» Nosotros los acogemos de buena voluntad; pero ellos hacen que sus caballos prueben lo que nosotros os ofrecemos para ver si hay veneno en la comida como ese que ha matado al duque.

–Mientes, Gorgolio.

–¡Que me quede ciego y se seque mi lengua! Escuchad, todavía más, sus jactancias, mesers: «Vamos a conquistar, primero, todos los pueblos de Italia, someteremos tierras y mares, encadenaremos al Gran Turco, tomaremos Constantinopla, erigiremos la Cruz en Jerusalén sobre el Monte de los Olivos y luego volveremos aquí. Y entonces os aplicaremos el juicio de Dios. Si os oponéis, borraremos de la tierra hasta vuestro nombre».

–¡Esto se pone feo, amigos míos! –dijo el bordador de oro Mascarello–. ¡Oh, qué mal va! Nunca se vio nada parecido.

Todos se callaron.

El hermano Timoteo, el fraile que en la catedral discutía con el hermano Gippola exclamó, solemne, elevando los brazos al cielo:

–¡Las palabras del gran profeta de Dios, Girolamo Savonarola, se cumplen; ya llega el hombre que conquistará Italia sin sacar la espada de su vaina! ¡Oh, Florencia! ¡Oh, Roma! ¡Oh, Milán! ¡Terminó para vosotras el tiempo de las fiestas y las canciones! ¡Arrepentíos! ¡Arrepentíos! ¡La sangre del duque Giovanni Galeazzo, la sangre de Abel asesinado por Caín, clama venganza!

III

–¡Franceses! ¡Franceses! ¡Vedlos! ¡Vedlos! –exclamó Gorgolio, mostrando dos soldados que entraban en la bodega.

Uno de ellos, gascón, joven esbelto y bello, de rubio bigote recortado y rostro insolente, era sargento de Caballería. Se llamaba Bonivar. Su camarada, picardo, el artillero Grosquilloche, era un viejo rechoncho, con cuello de toro y rostro sanguíneo; tenía ojos abultados de langosta y llevaba en una de las orejas un anillo de cobre. Estaban los dos ligeramente ebrios.

–¿Encontraremos al fin en esta maldita ciudad un vaso de buen vino? –dijo el sargento dando una palmada en la espalda a Grosquilloche–. El vino lombardo raspa la garganta como si fuese vinagre.

Bonivar con aire audaz y desdeñoso, se dejó caer sobre una silla, y, lanzando sobre los presentes una mirada altanera, golpeó la mesa con un cubilete de estaño, pidiendo en mal italiano:

–¡Blanco! ¡Seco! ¡Del más viejo! ¡De la cervellata salada!

–Sí, camarada –suspiró Grosquilloche–. Cuando se piensa en nuestro Borgoña o en el exquisito Beaune dorado como los cabellos de mi Lison, se emociona uno. A tal pueblo, tal vino. ¡Bebamos, pues, amigo, por la dulce Francia! ¡Maldito de Dios quien no quiera a Francia!

–¿De qué hablan? –cuchicheó Scarabullo al oído de Gorgolio.

–Se las echan de finústicos; denigran nuestros vinos y alaban los suyos.

–¡Ya cacarean los gallos franceses! –gruñó el fontanero, frunciendo las cejas–. ¡La mano me pica por sentarles las costuras!

Tibaldo, el patrón, un alemán de voluminosa panza sobre delgadas piernas, con un manojo de llaves atado por detrás a su cinturón de cuero, echó de un tonel una media pinta y fue a servírselas a los franceses en un jarro de barro, mirándolos con desconfianza.

Bonivar bebió de un trago el jarro de vino. Le pareció excelente, pero escupió y puso gesto de asco. En ese momento pasaba junto a él Lotta, la hija del patrón, rubia y linda joven, que, como Tibaldo, tenía hermosos ojos azules.

El gascón, guiñando maliciosamente un ojo a su camarada, retorció su rojo bigote con arrogancia. Después de beber nuevamente, se puso a cantar una canción que corría entre los soldados, alusiva a Carlos VIII:

Carlos las tierras de Italia
conquistará al enemigo
y después Jerusalén
y el Monte de los Olivos.

Grosquilloche le acompañaba con voz ronca.

Cuando al volver Lotta pasó de nuevo cerca de ellos con los ojos tímidamente bajos, el sargento la tomó por el talle para sentarla sobre sus rodillas.

La muchacha le rechazó, desasiéndose y echando a correr. Pero el sargento se levantó y al alcanzarla le plantó un beso en la mejilla con sus labios húmedos de vino.

La joven en su forcejeo, dejó caer por tierra el jarro, que se hizo en mil pedazos y, luego volviéndose, entre insultos y gritos, abofeteó con todas sus fuerzas al francés, tan violentamente, que éste quedó desconcertado unos instantes.

La concurrencia soltó la carcajada.

–¡Eso es una mujer! –exclamó el bordador en oro–. ¡Juro, por san Gervasio, que no he oído en mi vida una bofetada tan sonora!

–Déjala ya, no sigas –decía Grosquilloche, reteniendo a Bonivar.

Pero el gascón no le escuchaba. La borrachera se le subió de golpe al cerebro. Riendo con risa forzada, exclamó:

–¡Espera y verás, preciosa! ¡Ahora no va a ser en la mejilla, sino en la boca!

Se lanzó en su persecución, tirando mesas y sillas hasta alcanzarla; pero al ir a besarla, la poderosa mano del fontanero Scarabullo le asió del cuello por detrás.

–¡Ah, hijo de perro! ¡Cochino francés! –exclamó Scarabullo sacudiendo a Bonivar y apretándole cada vez más fuerte–. ¡Espera! ¡Te voy a romper los huesos! Quiero que te acuerdes de lo que es insultar a las muchachas de Milán...

–¡Atrás, canalla! ¡Viva Francia! –aullaba Grosquilloche, que a su vez se puso furioso.

Y blandiendo su sable lo hubiera hundido en la espalda del fontanero, si Mascarello, Gorgolio, Mazo y otros bebedores no hubieran corrido para sujetarle el brazo.

Se armó una trifulca espantosa con mesas, bancos y barriles volcados, ruido de cacharros rotos y confusión y gritos. En el suelo se veían grandes charcos de vino.

Al ver correr la sangre y el vino, sables desnudos y cuchillos, Tibaldo, asustado, se precipitó fuera de la bodega gritando por toda la plaza:

–¡Auxilio! ¡A los asesinos! ¡Nos asaltan los franceses!

Sonó la campana del Mercado, respondiéndole la de Broletto. Los mercaderes, prudentemente, cerraron sus tiendas. Traperos y verduleras se fueron llevando sus cestos y sus mercancías.

–¡Oh, santos patrones Protasio y Gervasio! –clamaba Barbaccio.

–¿Qué pasa? ¿Es un incendio?

–No... ¡Mueran los franceses!

El pequeño Farfaniccio saltaba de alegría silbando y gritando con voz estridente:

–¡A los franceses! ¡A los franceses!

Rápidamente acudieron los guardias de la ciudad armados de arcabuces y alabardas. Llegaron a tiempo de impedir la muerte y arrancar de manos del populacho a Bonivar y Grosquilloche. Entre otros detenidos, se llevaron al zapatero Corbolo.

Su mujer, que había acudido al escándalo, levantaba los brazos al cielo gritando:

–¡Por piedad, señores, soltad a mi marido! ¡No volverá a meterse en nada! ¡Es un imbécil, os lo aseguro, que no vale la cuerda para ahorcarle!

Corbolo, bajando la cabeza, triste y avergonzado, fingía no enterarse de las palabras de su mujer y se escondía detrás de los guardias.

IV

Un joven albañil llevando una estatua de santa Catalina mártir que debía colocar en lo alto de un capitel, se encaramaba por una estrecha escala de cuerda. El andamiaje rodeaba a uno de los campanarios próximos a la nave principal.

El edificio mostraba ya sus torres, sus agujas y botarales, sus encajes de piedra en forma de flores, tallos y hojas fantásticas y sus figuras de profetas, mártires, ángeles, demonios, pájaros monstruosos, sirenas, arpías, dragones con alas membranosas, gárgolas de largas fauces. Todo esto labrado en mármol puro de deslumbrante blancura, con sombras azuladas como humo, parecía un inmenso bosque invernal cubierto de escarcha.

Reinaba la calma. Sólo las golondrinas emitían sus trinos por encima de la cabeza del albañil. El rumor de la muchedumbre de la plaza llegaba hasta él como el débil murmullo de un hormiguero. En el horizonte –inmensa y verde Lombardía– los picos nevados de los Alpes resplandecían como la cúpula de la catedral. El albañil creyó oír el sonido de los órganos y susurros de plegaria llegados del interior del templo, de lo profundo de su corazón de piedra. Entonces le pareció que todo el enorme edificio vivía, respiraba, crecía, elevándose hacia el cielo, como eterno homenaje al natalicio de la Virgen.

De pronto el rumor de la plaza se hizo mucho más fuerte. Las campanas tocaban a rebato.

El albañil se detuvo, miró hacia abajo. Un vértigo espantoso se apoderó de él. Se le nubló la vista. Tuvo la sensación de que el gigantesco edificio vacilaba sobre sus cimientos y de que el fino campanario por el que se encaramaba se doblaba como una caña.

–¡Estoy perdido! ¡Me estrello sin remedio! –pensó horripilado–. ¡Señor! ¡Recibe mi alma!

En un supremo y desesperado esfuerzo, pudo agarrarse a un escalón de la cuerda, mientras murmuraba:

–*Ave, dolce Maria, di grazia plena!*

Esto le produjo gran alivio.

Una fresca ráfaga le llegaba de lo alto.

Tomando aliento, reunió todas sus fuerzas y continuó su camino, sin volver a escuchar las voces terrestres, elevándose más y más hacia el cielo puro y tranquilo, sin cesar de repetir:

–*Ave, dolce Maria, di grazia plena!*

En este momento, por un altiplano de mármol de la catedral, ancho y seguro, pasaban los miembros del Consejo de Arquitectura, arquitectos italianos y extranjeros que el duque había invitado para examinar la construcción de Tibusio, la torre principal. Esta torre se elevaba por encima de la cúpula del templo.

Entre ellos se hallaba Leonardo da Vinci. Expuso su plan, pero los miembros del Consejo lo rechazaron por demasiado audaz, insólito, libre y contrario a las tradiciones de la arquitectura consagrada.

Discutían sin llegar a un acuerdo. Algunos aseguraban que los pilares interiores no eran bastante sólidos.

–Si Tibusio y las demás torres estuviesen terminadas, el edificio se desplomaría. Su construcción ha sido un desacierto. Otros, en cambio, eran de la opinión que la catedral duraría eternamente.

Leonardo, según su costumbre, no se mezclaba en la discusión; se mantenía apartado, solo y silencioso.

Uno de los obreros, acercándose, le entregó una carta.

–Meser, abajo en la plaza, un mensajero llegado de Pavía, espera a Vuestra Gracia.

El artista abrió la carta y leyó:

«Leonardo, ven enseguida. Necesito verte. Duque Gian Galeazzo. Catorce octubre.»

Excusándose con los miembros del Consejo, y una vez en la plaza, montó a caballo y se dirigió hacia el castillo de Pavía, que se encontraba a algunas horas de Milán.

V

En los olmos, castaños y robles del inmenso parque desplegaba al sol todo el esplendor de la púrpura y el oro otoñales. Las hojas secas caían revoloteando como mariposas. Los estanques estaban secos y ya invadidos por la hierba.

Al acercarse al castillo, Leonardo se encontró con un enano. Era el viejo bufón de Gian Galeazzo, que había quedado fiel a su señor, cuando los otros servidores habían abandonado al moribundo duque.

El enano reconociendo a Leonardo salió a su encuentro saltando y cojeando.

–¿Cómo va la salud del duque? –preguntó el artista.

El enano sólo respondió con un gesto desesperado.

Leonardo iba a entrar por la avenida principal.

–No, no, por aquí no –dijo el enano deteniéndole–. Podrían vernos. Su Serenísima dice que entréis secretamente, pues si la duquesa Isabel lo supiese, puede que no os dejase pasar. Vamos, mejor, a dar un rodeo, tomando por un atajo...

Una vez llegados al torreón, subieron por una escalera atravesando luego varios salones antes magníficos y ahora tristes y abandonados. Las tapicerías de cuero de Córdoba con las iniciales en oro estaban arrancadas, el sillón ducal, bajo su dosel de seda, cubierto de telarañas. A través de las rotas vidrieras el viento de las noches de otoño arrastraba del parque algunas hojas amarillas.

–¡Malvados! ¡Bandidos! –murmuraba el enano entre dientes, mostrando a su acompañante las huellas de tanto odio–. ¡Preferiría ser ciego a ver lo que pasa aquí! Hubiera huido al fin del mundo si no fuera porque el duque no tiene para cuidarle más que a este viejo monstruo... Por aquí; por aquí, haga el favor.

Entreabrió una puerta e hizo entrar a Leonardo en un cuarto oscuro y mal ventilado impregnado de olor a medicamentos.

VI

Las reglas del arte médico establecían que se hiciesen las sangrías cerrando las ventanas y alumbrándose con velas. Así pues, el practicante sostenía una batea de cobre donde iba cayendo la sangre. El barbero, un viejecillo modesto, arremangado, hacía una incisión en una vena. El médico –maestro físico– era un hombre de rostro grave, con gafas, vestido de terciopelo violeta oscuro doblado en ardilla, y no tomaba parte en los trabajos del barbero. El contacto con los instrumentos de cirugía era considerado como humillante para la dignidad del médico. Se limitaba a vigilar.

–Antes de la noche le sangrará usted de nuevo –dijo con tono imperioso cuando una vez vendado el brazo el enfermo se reclinó sobre las almohadas.

–*Dómine magister* –dijo el barbero respetuosa y tímidamente–. ¿No sería mejor esperar más tiempo? Una pérdida de sangre tan abundante...

El médico le miró con una sonrisa de desprecio.

–¿No os da vergüenza, amigo mío? Ya era hora que supierais que de las veinticuatro libras de sangre que tiene el cuerpo humano, se pueden sacar veinte sin poner en peligro la vida ni la salud. Cuanta más agua saque usted de un pozo corrompido, más puro quedará. He hecho sangrar sin contemplaciones a niños de pecho y, gracias a Dios, ha sido siempre acertado.

Leonardo, que escuchaba atentamente esta conversación, estuvo a punto de replicar; pero pensó que era tan inútil discutir con médicos como con alquimistas.

El doctor y el barbero se alejaron. El enano arregló las almohadas arropando con una colcha las piernas del enfermo.

Leonardo observó la habitación. Una jaula con un lorito verde se hallaba colgada encima de la cama. Sobre un velador había barajas y dados al lado de una pecera con pececillos dorados. Un perro diminuto, blanco, hecho una bola, dormía a los pies del duque. Éstas eran las últimas diversiones que al fiel servidor se le habían ocurrido para distraer a su amo.

–¿Has enviado la carta? –dijo el duque sin abrir los ojos.

–¡Oh, Alteza Serenísima! –respondió vivamente el enano–. Creíamos que dormía. Meser Leonardo está aquí...

–¿Aquí?

El enfermo, con una sonrisa de alegría hizo un esfuerzo para incorporarse.

–Maestro, ¡por fin! Temía que no vinieseis...

Cogió al artista la mano y el bello rostro todavía muy joven de Gian Galeazzo –tenía veinticuatro años– se coloreó débilmente.

El enano salió de la habitación para ir a vigilar a la puerta.

–Amigo mío –continuó el enfermo–, habéis oído decir...

–¿Decir qué, Alteza Serenísima?

–¿No lo sabéis? Entonces, si es así, no merece la pena hablar de ello. Sin embargo, es lo mismo. Os lo diré. Nos reiremos juntos. Dicen...

Se detuvo, miró a Leonardo fijamente a los ojos y acabó con una dulce sonrisa.

–Dicen que sois vos mi asesino.

Leonardo pensó que el enfermo deliraba.

–¡Sí, sí! Qué locura, ¿verdad? ¡Vos mi asesino! –repitió el duque–. Hace tres semanas mi tío Moro y Beatriz me regalaron una cesta de melocotones. Madona Isabel está persuadida de que desde el día en que probé estas frutas, me encontré peor, que muero de un veneno lento y asegura que en vuestro jardín hay un árbol que...

–Es verdad –dijo Leonardo–, tengo un árbol envenenado...

–¿Qué decís? Podría ser que...

–No, gracias a Dios, si los frutos provienen verdaderamente de mi jardín. Ahora comprendo de dónde parten esos rumores. Quería, para estudiar el efecto de los venenos, envenenar un melocotonero. Es cierto que manifesté a mi discípulo Zoroastro que los melocotones estaban envenenados. Pero la experiencia no dio resultado. Los frutos son inofensivos. Sin duda mi discípulo se dejó ir de la lengua...

–Ya lo sabía –exclamó alegremente el duque–. Nadie será culpable de mi muerte. Y sin embargo, sospechan todos, unos de otros, y se odian, se temen. ¡Oh, si se pudiera decir todo, como hacemos nosotros en este momento! Mi tío se cree mi asesino y yo sé que es un hombre bueno, aunque débil y tímido. Además, ¿por qué iba a matarme? Estoy dispuesto a dejarle el poder. No necesito nada... Prefiero vivir libre y ajeno a la política, entre amigos. Me gustaría ser monje o ser vuestro discípulo, Leonardo. Pero nadie quiere creer que yo realmente desprecie el poder. ¿Por qué, Dios mío, por qué quieren eliminarme? No soy yo, sino ellos, los desgraciados, los ciegos, los que se han envenenado con los frutos inocentes de vuestro árbol. Yo había llegado a pensar que era desgraciado porque iba a morir. Pero, ahora, maestro, he comprendido todo. Ya no deseo nada. No temo nada. Me encuentro bien, tranquilo, dichoso, como si de pronto me hubiese despojado de unas vestiduras polvorientas para bañarme en un agua fresca y pura. ¡Oh, querido amigo, no sé expresarme, pero vos comprendéis bien lo que hablo! ¡Vos también sois así!...

Leonardo, silenciosamente y sonriendo con dulzura, le estrechó la mano.

–Sabía –continuó el enfermo con creciente satisfacción–, sabía que me comprenderíais. Un día me dijisteis que la observación de las leyes eternas de la mecánica, de la necesidad natural, enseña a los hombres una gran humildad. Entonces no comprendí. Pero ahora, durante la enfermedad en mi soledad, en mis delirios, ¡cuántas veces me he acordado de vos, de vuestro rostro, de vuestra voz, de cada una de vuestras palabras, maestro! A veces me parece que por caminos distintos hemos llegado a lo mismo, vos en la vida; yo, en la muerte...

La puerta se abrió, dando paso al enano que venía corriendo con cara de espanto.

–¡Monna Druda! –dijo.

Leonardo quiso retirarse, pero el duque le retuvo.

La vieja nodriza de Gian Galeazzo entró en la habitación, llevando en la mano un frasquito lleno de un líquido amarillo turbio, llamado ungüento de escorpión.

Para hacer este ungüento, hay que esperar el verano cuando el sol se halla en la constelación del Perro. Entonces se cogen escorpiones y se los introduce vivos en aceite de olivas centenario, con hierbacana, mitrida y draontea y se maceran al sol durante cinco días. Hay que frotar al enfermo, todas las noches, en las axilas, en las sienes, en el vientre y en el pecho, cerca del corazón. Las curanderas afirmaban que no existía mejor remedio, no sólo contra todos los venenos, sino también contra la brujería, los maleficios y el mal de ojo.

La vieja, al ver a Leonardo sentado en el borde de la cama, palideció y sus brazos temblaron de tal modo que dejaron caer el frasco.

–¡Dios nos asista! ¡Santísima Virgen, Madre de Dios!

Santiguándose y musitando plegarias, retrocedió hasta la puerta, y, tan precipitadamente como le permitían sus viejas piernas, corrió a dar a madona Isabel la terrible nueva.

Monna Druda estaba convencida de que el vil Moro y Leonardo, su secuaz, habían hecho languidecer al duque si no por el veneno, al menos por el mal de ojo, los maleficios y otras brujerías diabólicas.

La duquesa oraba en la capilla arrodillada ante una imagen.

Cuando monna Druda la anunció que Leonardo estaba con el duque, se levantó bruscamente, exclamando:

–¡Imposible! ¿Quién le ha dejado entrar?

–¿Quién le ha dejado entrar? –murmuró la vieja moviendo

la cabeza–. Creedme, Alteza Serenísima, ¡no alcanzo a comprender por dónde ha venido, el maldito! Se diría que ha salido de la tierra o entrado por la chimenea. ¡Dios me perdone! Es un misterio... Hace tiempo que como digo a Vuestra Alteza Serenísima...

Un paje entró en ese momento en la capilla y, doblando respetuosamente la rodilla, se dirigió a la duquesa:

–Serenísima señora: debo preguntaros si vos y vuestro esposo tenéis agrado en recibir a su Cristianísima Majestad el Rey de Francia.

VII

Carlos VIII había llegado al castillo de Pavía y se había instalado en el departamento bajo que el duque Ludovico Moro había hecho preparar, a tal objeto, magníficamente.

Acabada la comida, reposaba el rey escuchando la lectura de un libro bastante malo recién traducido, por orden suya, del latín al francés: *Las Maravillas de la Ciudad de Roma (Mirabilia urbis Romae)*.

Carlos, niño enfermizo y triste siempre, aterrorizado por su padre, había vivido varios años en la soledad del castillo de Amboise. La continua lectura de libros de caballerías alteraron pronto su cerebro ya débil. Al subir al trono de Francia, se imaginó ser un héroe fabuloso como los caballeros errantes de la Tabla Redonda, los Lancelot y los Tristán. Este muchacho de veinte años, sin experiencia y tímido, bueno y fantástico, creyó un deber llevar a la práctica lo que leyera en los libros. «El hijo de Marte, el descendiente de Julio César», según la expresión de los escritores de la corte, penetró en Lombardía a la cabeza de un inmenso ejército para conquistar Nápoles, Sicilia, Constantinopla, Jerusalén, destronar al Gran Turco, extirpar hasta las raíces la herejía de Mahoma, y librar el Santo Sepulcro del yugo de los infieles.

El rey, escuchando con ingenua confianza la lectura de las *Maravillas de Roma*, gozaba de antemano con la gloria que adquiría apoderándose de tan gran ciudad.

Sus ideas no eran claras. Sentía dolor de estómago y le pesaba la cabeza, porque la víspera había cenado demasiado alegremente en compañía de unas damas milanesas. Toda la noche soñó con el rostro de una de ellas, Lucrecia Crivelli.

Carlos VIII era pequeño y muy feo de cara. Tenía las piernas torcidas y flacas como agujas de hacer media, estrecho de hombros, más alto uno que otro, el pecho hundido y la nariz desmesuradamente grande y ganchuda. Sus cabellos, de color rojo pálido, escaseaban y en vez de bigote y barba, presentaba una extraña vellosidad amarillenta. Sus manos y rostro se contraían con un temblor nervioso. Los gruesos labios siempre entreabiertos como los de los niños, las cejas subidas y los enormes ojos salientes blancuzcos y miopes, le daban un aspecto triste; una expresión a la vez tensa y distraída como suele ocurrir a las personas de espíritu débil. Hablaba confusa y convulsivamente. Decían que el rey había nacido con seis dedos en los pies. Y que, para disimularlo, había introducido en la corte la desagradable moda de las pantuflas de terciopelo negro, redondas, en forma de casco de caballo.

–¡Thibaud! ¡Thibaud! –llamó al ayuda de cámara, interrumpiendo la lectura, con su aire habitual de distracción, tartamudeando y buscando las palabras–. Tengo... amigo... me parece que tengo sed... Me arde aquí... Que me traigan vino, Thibaud...

El cardenal Brissonnet entró anunciando que el duque esperaba al rey.

–¡Eh!... ¡Eh!... ¿Qué?... ¿El duque?... Bien, enseguida. Espere que beba.

Carlos tomó la copa que le tendía el ayuda de cámara. Brissonnet detuvo al rey y preguntó:

–¿Es vino de Francia?

–No, monseñor. Es de la bodega del duque. Nosotros ya no tenemos provisiones.

El cardenal tiró el vino al suelo.

–¡Perdonadme, Sire! Los vinos de aquí pueden ser perjudiciales a vuestra salud. Thibaud, manda al copero que vaya al campamento y traiga un barrilito de la bodega de campaña.

–¿Por qué? ¿Qué pasa? –balbuceó el rey.

El cardenal le dijo al oído que había que temer los envenenamientos. Todas las traiciones se pueden esperar de gentes que han asesinado a su legítimo soberano. Aun no habiendo pruebas evidentes, no está de más la prudencia.

–¡Eh! ¡Tonterías!... ¿Por qué?... Quiero beber –dijo Carlos levantando un hombro con enfado.

Pero tuvo que resignarse.

Los heraldos ocuparon su puesto y echaron a andar delante del rey.

Cuatro pajes alzaron sobre el monarca su magnífico palio de seda azul, con las lises francesas, bordadas en plata; el senescal le echó sobre los hombros un manto bordado de armiño, cuyo terciopelo carmesí con abejas de oro ostentaba esta caballeresca divisa: «El rey de las abejas no tiene su aguijón». A través de las lúgubres salas desiertas del castillo, el cortejo se dirigió a las habitaciones del moribundo.

Al pasar ante la capilla, Carlos vio a la duquesa Isabel. Se quitó respetuosamente el sombrero y quiso aproximarse para, según la antigua costumbre francesa, besar a la dama en los labios llamándola «querida hermana».

Mas ella avanzándose al encuentro del rey, se arrojó a sus pies.

–¡Sire –dijo, comenzando el discurso que había preparado–, tened piedad de nosotros! ¡Dios os recompensará! ¡Defended a los inocentes, caballero magnánimo! Moro nos lo ha quitado todo, ha usurpado el trono y envenenado a mi esposo, el legítimo soberano de Milán, Gian Galeazzo. Estamos en nuestra propia casa, rodeados de asesinos...

Carlos entendía mal y apenas escuchaba lo que decía.

–¿Eh?... ¿Eh?... ¿Qué pasa? –balbuceó como medio dormido, alzando los hombros convulsivamente y tartamudeando–. ¡Vamos!... ¡Vamos!... No hay que... ¡Yo os ruego!... No debéis, mi querida hermana... ¡Levantaos, levantaos!

Pero ella no se levantaba, sino que tomándole las manos, se las besó, se abrazó a sus rodillas y exclamó, deshecha en lágrimas, con desesperación que no era fingida:

–¡Si también vos me abandonáis, Sire, pondré fin a mis días!

El rey perdió toda firmeza y su rostro se contrajo dolorosamente como si también él fuese a llorar:

–¡Vaya, vaya! ¡Dios mío!... Yo no puedo... Brissonnet, te lo ruego, yo no puedo... Díselo...

Deseaba huir. Aquella dama no lograba despertar en él ninguna piedad, porque hasta en su humillación y angustia se mantenía arrogante y demasiado bella, como la altiva heroína de una tragedia.

–Calmaos, Serenísima señora. Su Majestad hará todo lo que pueda por vos y vuestro esposo Gian Galeazzo –dijo, cortés y fríamente el cardenal, con un matiz de protección, pronunciando el nombre del duque a la francesa.

La duquesa, después de dirigir una rápida ojeada a Brissonnet, contempló atentamente el rostro del rey y, súbitamente, como dándose cuenta de a quienes hablaba, se calló.

Feo, ridículo, lastimoso, vio al rey ante ella, con sus gruesos labios entreabiertos como los de los niños, despatarrado, con sus ojos blancuzcos, y una sonrisa estúpida, rígida y desconcertada.

«¡Yo, a los pies de este aborto, de este fantoche; yo, la nieta de Fernando de Aragón!»

Sus pálidas mejillas enrojecieron. Se levantó apresuradamente. El rey comprendió que debía decir algo, romper el silencio. Hizo un supremo esfuerzo, contrajo un hombro, guiñó los ojos, y no pudiendo balbucir más que su eterno «¿Eh?, ¿eh? ¿Qué pasa?», tartamudeó, hizo un gesto impotente y se calló.

La duquesa no quiso evitarle una mirada de manifiesto desprecio. Carlos bajó la cabeza anonadado.

–Brissonnet, ven, ven... Ven, pues...

Los pajes abrieron las puertas de par en par y Carlos entró en la habitación del duque. Las maderas estaban abiertas. La suave luz de una tarde de otoño penetraba por la ventana a través de las frondas doradas del parque.

El rey se acercó al lecho del enfermo llamándole «primo mío» y le hizo alguna pregunta sobre su salud.

Gian Galeazzo respondió con tan acogedora sonrisa, que Carlos se sintió enseguida tranquilo; su turbación fue sustituida por una calma profunda.

–Que el Señor conceda la victoria a Vuestra Majestad, Sire –dijo el duque–. Cuando os halléis en Jerusalén, en el sepulcro de Nuestro Señor, rogad también por mi pobre alma, porque ya entonces, yo...

–Pero no, no, primo, ¿cómo podéis?... ¡Veamos! ¿Por qué? –interrumpió el rey–. Dios es misericordioso, os restableceréis. Iremos juntos a la guerra. Lucharemos contra los infieles. Recordad lo que os digo. ¿Eh? ¿Qué?...

Gian Galeazzo movió la cabeza dubitativo.

–No, no hay que pensar... –Y fijando en los ojos del rey una profunda y penetrante mirada, añadió–: Cuando haya muerto, Sire, no abandonéis a mi hijo Francisco, ni a Isabel; es desgraciada y no tiene a nadie en el mundo.

–¡Ah, Dios mío! ¡Dios mío! –exclamó Carlos, presa de violenta y repentina emoción.

Sus gruesos labios temblaban, se relajaron las comisuras y, como una súbita luz interior, una indecible bondad iluminó su rostro. Inclinándose vivamente hacia el enfermo, le abrazó con brusca ternura a tiempo que balbucía:

–Mi primo, mi querido, mi pobre primo...

Ambos sonrieron como dos pobres niños enfermos y sus labios se unieron en un beso fraternal.

Cuando salió de la alcoba del duque, el rey hizo aproximarse al cardenal:

–Brissonnet... Brissonnet... sabes, habrá que, no se puede... ¡Soy un caballero! Hay que oponerse... ¿Comprendes?

–Sire –respondió el cardenal en tono evasivo–. Pero ¿por qué ha de morir? Y además, ¿en qué podríamos ayudarle? No haríamos más que perjudicarnos nosotros: el duque Moro es nuestro aliado.

–El duque Moro es un bandido, eso es lo que es, sí, un asesino –exclamó el rey.

Y sus ojos brillaron de cólera consciente.

–¿Qué vamos a hacer? –respondió Brissonnet encogiéndose de hombros, con una fina sonrisa de condescendencia–. El duque Moro no es ni mejor ni peor que los otros. ¡Es la política, Sire! Somos todos simples mortales...

El copero trajo al rey una copa de vino fresco. Carlos bebió ávidamente. El vino tuvo la virtud de disipar sus pensamientos sombríos.

A la vez que el copero, hizo su aparición un mensajero del

duque enviándole una invitación para la cena. El rey rehusó. El mensajero quiso insistir, pero viendo que sus ruegos no tenían éxito, se acercó a Thibaud y le dijo algunas palabras al oído. Éste movió la cabeza afirmativamente y, a su vez, cuchicheó al rey:

–Majestad, madona Lucrecia...

–¿Eh? ¿Qué? ¿Qué hay? ¿Qué Lucrecia?

–Aquella con la que os dignasteis bailar, ayer en el baile...

–¡Ah, sí! Cómo, pues, cómo, pues... Ya me acuerdo. Madona Lucrecia... ¡Muy linda!... ¿Dices que asistirá a la cena?

–Irá sin falta y suplica a Vuestra Majestad...

–¿Ella me suplica?... ¿Verdaderamente? ¡Eh, Thibaud! ¿Qué crees tú? Puede ser que... Es igual... No importa. Mañana empieza la campaña... Será la última vez... Dad las gracias al duque, meser, díselo al enviado, y dile que acaso... ¿Eh?

El rey se llevó a Thibaud a un rincón.

–Escucha, ¿quién es ella, esa madona Lucrecia?

–La amante de Moro, Sire.

–¿La amante de Moro? ¡Qué lástima!

–Decid una palabra, Sire, y arreglaremos esto en un abrir y cerrar de ojos. Hoy mismo si lo deseáis.

–No, no. ¿Cómo puede ser?... Soy su huésped...

–Moro se sentirá orgulloso, Sire. No conocéis a la gente de aquí.

–Bueno, bueno. Haz lo que quieras. Es cosa tuya.

–Estad tranquilo, Sire. Sólo una palabra...

–No me preguntes nada... No me gusta eso... Ya te lo he dicho. Es cosa tuya... Yo no sé nada... ¡Haz lo que quieras!...

Thibaud saludó silenciosa y respetuosamente.

Al bajar la escalera, el rey se fue poniendo melancólico. Quiso dominar su tristeza y se frotó la frente.

–Brissonnet. ¿Eh, Brissonnet?... ¿Qué crees? ¿Qué iba a decir? ¡Ah, sí, sí! Tomar la defensa... Un inocente... La ofensa... No es posible... Soy un caballero...

–Sire, dejad esa preocupación. Tenemos otras cosas que hacer en este momento. Más tarde cuando volvamos victoriosos, después de haber vencido a los turcos, conquistando Jerusalén...

–Sí, sí. ¡Jerusalén! –murmuró el rey.

Sus ojos parecieron ensancharse. Una soñadora sonrisa, pálida e incierta, pasó por sus labios.

–La mano del Señor guía a Vuestra Majestad hacia la victoria –continuó Brissonnet–. Ya el dedo de Dios indicaba el camino a los cruzados.

–¡El dedo de Dios! ¡El dedo de Dios! –repitió solemnemente Carlos VIII, elevando los ojos al cielo.

VIII

Ocho días más tarde, el joven duque murió.

Antes de morir, dijo a su mujer que quería tener una entrevista con Leonardo. Ella rehusó. Monna Druda la había persuadido de que los embrujados sienten siempre un imperioso y funesto deseo de ver a aquellos que han arrojado sobre ellos la mala suerte. La vieja no había dejado de frotar asiduamente al enfermo con la pomada de escorpión y los médicos tampoco dejaron de atormentarle con las sangrías hasta el fin.

Murió apaciblemente.

–¡Hágase tu voluntad!

Tales fueron sus últimas palabras.

Moro ordenó que el cadáver fuese trasladado de Pavía a Milán y que fuese expuesto en la catedral.

Nobles y señores se reunieron poco después en el castillo de Milán. Ludovico, no sin antes asegurar a todos que la muerte prematura de su sobrino le causaba un inmenso dolor, propuso proclamar duque al pequeño Francisco, hijo de Gian Galeazzo, y su heredero legítimo. Todos los que le escucharon se opusieron a ello, declarando que no era conveniente confiar a un menor un poder tan grande. Por ello le suplicaron en nombre del pueblo que aceptase el cetro ducal.

Rehusó hipócritamente, cediendo por fin, con fingido disgusto, a sus instancias...

El nuevo duque, revestido con el suntuoso manto de brocado de oro que le trajeron, montó a caballo, y se dirigió a la iglesia de San Ambrosio, rodeado de una muchedumbre de partidarios que aturdía el aire con los gritos de: «¡Viva Moro! ¡Viva el duque!».

Resonaron las trompetas, tronó el cañón y tañeron las campanas, pero el pueblo permanecía silencioso.

En la plaza del Comercio, desde lo alto de la Loggia degli Osi, en la parte sur del palacio Municipal, un heraldo, en presencia de los decanos, los cónsules, los notables y los síndicos, leyó el «privilegio» concedido al duque Moro por Maximiliano, soberano perpetuo del Sacro Imperio Romano.

«*Nos, Maximilianus divina avente clementi, Romanorum Rex semper Augustus*, nos te concedemos a ti, Ludovico Sforza y a tus herederos todas las regiones, tierras, ciudades y pueblos, castillos, fortalezas, montañas, llanuras, bosques, praderas, landas, ríos, lagos, caza, pesca, minas, dominios de vasallos, marqueses, condes, barones, conventos, iglesias y parroquias de Lombardía; te declaramos, proclamamos y elegimos a ti, tus hijos, nietos y biznietos, como soberanos absolutos de Lombardía hasta la consumación de los siglos.»

Días más tarde se anunció que la más santa reliquia de Milán –uno de los clavos con que clavaron a Nuestro Señor Jesucristo en la Cruz– iba a ser solemnemente transferida a la catedral.

Moro esperaba con esta ceremonia complacer al pueblo y consolidar su poder.

IX

Por la noche se aglomeró el gentío en la plaza Arrengo, ante la bodega de Tibaldo. Allí estaban el fontanero Scarabullo, el bordador en oro, Mascarello; el peletero, Mazo; el zapatero, Corbolo y Gorgolio, el soplador de vidrio.

En medio de la multitud, de pie sobre un tonel el dominicano fray Timoteo predicaba:

–Hermanos míos, cuando santa Elena descubrió bajo el templo de la diosa Venus el vivificante árbol de la Cruz y los otros instrumentos de la pasión de Nuestro Señor, enterrados por los paganos, el emperador Constantino, que pudo obtener uno de estos terribles y sagrados clavos, ordenó a los herreros que lo engastasen a las bridas de su caballo de guerra para que se cumpliera la palabra del profeta Zacarías: «Sobre la brida del caballo se hallará la reliquia del Señor». Y esta inefable reliquia le dio la victoria sobre los enemigos del Imperio romano. Después de la muerte del César, el clavo desapareció y muchos años después fue encontrado en Roma, en la tienda de un tal Paulino, comerciante en hierro viejo, por el gran santo Ambrosio. El clavo fue trasladado a Milán y desde entonces nuestra ciudad posee el mayor y más valioso de todos los clavos, el que traspasó la mano derecha de Dios Todopoderoso en la Cruz de nuestra salvación. Mide exactamente cinco pulgadas y media de longitud. Más grueso y largo que el clavo de Roma, conserva la punta, mientras que el de Roma está truncado. Nuestro clavo estuvo tres horas en la mano del Salvador; así lo ha demostrado con numerosos y sutiles silogismos el sabio padre Aleccio.

Fray Timoteo se detuvo un momento, luego exclamó levantando los ojos al cielo:

–¡Pero hoy, amados hermanos míos, se va a consumar un gran crimen! Moro, el bandido, el asesino, el usurpador del trono, el que seduce al pueblo con viles fiestas impías, quiere, con ayuda del sagrado clavo, asegurar su trono vacilante.

En la muchedumbre se produjo un movimiento de indignación.

–¿Y sabéis, hermanos míos –continuó el monje–, a quién ha confiado la construcción del mecanismo que debe elevar el clavo hasta la cúpula central de la catedral, por encima del altar?

–¿A quién?

–¡Al florentino Leonardo da Vinci!

–¿Leonardo? ¿Quién es? –preguntaban los unos.

–Le conocemos –respondieron los otros–. Es el que ha envenenado al joven duque con unas frutas...

–Un brujo, un hereje, un ateo...

–Pero, sin embargo, amigos –observó Corbolo–, he oído decir que ese meser Leonardo es un hombre muy bueno. No hace daño a nadie y ama no sólo a las personas, sino que se preocupa hasta de ellas y de los animales.

–Cállate, Corbolo. ¿Qué tonterías estás diciendo?

–¿Puede ser bueno un brujo?

–¡Oh, hijos míos –dijo fray Timoteo–, un día los hombres dirán también del Maligno, de aquel que brotará de las tinieblas: «Es bueno, es caritativo, es perfecto». Porque su rostro será semejante al de Cristo y le será dada una voz persuasiva y suave como una flauta. Y por su falaz misericordia seducirá a muchos hombres. Y desde los cuatro ángulos del cielo llamará a las tribus y a los pueblos, como la perdiz atrae con su canto engañador a las crías de otros nidos! ¡Vigilad, pues, hermanos míos! Este ángel de las tinieblas, este príncipe del mundo, llamado Anticristo, vendrá bajo humana apariencia. El florentino Leonardo es el agente y el precursor del Anticristo.

El soplador de vidrio Gorgolio, que nunca había oído hablar de Leonardo, se atrevió a confirmar:

–¡Es verdad! Ha vendido su alma al diablo y ha firmado el pacto con su propia sangre.

–¡Protégenos Madre Santísima y ten piedad de nosotros! –gimoteaba Barlaccia la verdulera–. El otro día, la joven Stamina –la que friega los platos en casa del verdugo de la cárcel– contaba, Dios me perdone, que ese Leonardo roba los cuerpos de los ahorcados, los corta, los vacía y saca las tripas...

–Tú no puedes comprender eso, Barbariccia –dijo con suficiencia Corbolo–. Eso es una ciencia que se llama anatomía.

–Dicen que ha inventado una máquina para volar por los aires con alas de pájaro –declaró el bordador en oro Mascarello.

–¡La antigua sierpe alada, Belial, se ha revuelto de nuevo contra Dios –explicó todavía fray Timoteo–. Simón el Mago también se elevaba por los aires, pero fue precipitado al abismo por Pablo, el apóstol.

–Anda por el mar como por tierra –dijo Scarabullo–. «Puesto que Nuestro Señor ha andado sobre las aguas, también yo andaré.» Eso dice. Ved cómo blasfema.

–Desciende al fondo de los mares en una campana de cristal –añadió el peletero Mazo.

–¡Vamos, amigos míos, no creáis eso! ¿A santo de qué en una campana? ¡Se transforma en pez y nada, en pájaro y vuela! Eso es todo –decretó Gorgolio.

–¡Que reviente ese demonio!

–¿Qué hacen los padres inquisidores? ¡A la hoguera!

–¡Un dogal para su garganta!

–¡Ay de mí! ¡Ay de mí! ¡Desdichados de nosotros, amados hermanos míos! –aullaba fray Timoteo–. ¡El clavo, el sagrado clavo, en casa de Leonardo!

–¡Eso no puede ser! –exclamó Scarabullo apretando los puños–. Moriremos, pero no dejaremos profanar la sagrada reliquia! ¡Vamos a buscar el clavo a casa del hereje!

–¡Venguemos el clavo! ¡Venguemos al duque asesinado!

–¿Dónde vais, amigos? –dijo el zapatero, levantando los ojos al cielo–. De un momento a otro pasará la ronda y el capitán de la milicia...

–¡Al diablo el capitán! Escóndete bajo las faldas de tu mujer, si tienes miedo, Corbolo.

No tardó el populacho en armarse. Luego, ebrio de gritos y vomitando injurias, avanzó por las calles.

El fraile iba delante blandiendo el crucifijo y cantando salmos.

«Que el Señor resucite, que se dispersen sus enemigos y huyan ante Su Rostro los que le odian.» «Como se disipa el humo y como se funde al fuego la cera, así perecen los impíos ante la faz del Señor.» Las antorchas de resina con que se alumbraban los grupos crepitaban humeantes. A su purpúreo reflejo la luna palidecía. Las suaves estrellas iban apagándose.

En su taller, Leonardo trabajaba en la construcción de la máquina destinada a la elevación del clavo sagrado. Zoroastro fabricaba una caja redonda, con cristales y rayos dorados, donde debía reposar la reliquia. Giovanni Beltraffio, sentado en un rincón sombrío del taller, miraba de vez en cuando al maestro.

Engolfado en el estudio del problema de la transmisión de la fuerza por medio de poleas y palancas, Leonardo había olvidado la máquina. Terminaba un cálculo complicado. La necesidad interior de la razón –la ley de la matemática– regía la necesidad exterior de la naturaleza –la ley de la mecánica–;

dos grandes misterios se confundían en uno solo, más grande todavía.

«Jamás inventarán nada los hombres –pensaba sonriendo dulcemente– tan sencillo ni tan bello como el fenómeno natural. El principio de la necesidad obliga al efecto a derivar la causa por el camino más corto.»

Había en su alma un íntimo sentimiento de asombro respetuoso ante el misterio en que hundía su mirada; un sentimiento en nada parecido a ninguno de los otros sentimientos accesibles a los hombres.

Al margen del dibujo de la máquina elevadora, al lado de cifras y fórmulas, escribió palabras que resonaban en su corazón como una plegaria: «¡Oh, qué admirable es tu justicia, Primer Motor! No has querido privar a ninguna fuerza del orden y de la calidad de sus efectos necesarios. Porque si esta fuerza debiendo avanzar encuentra en su camino un obstáculo, Tú has ordenado que la fuerza del choque engendre nuevos movimientos en compensación del camino no recorrido, choques y sacudidas. ¡Oh, divina necesidad, Causa Primera!».

Unos golpes violentísimos dados a la puerta sonaron de repente y con ellos se mezclaban el canto de los salmos, las imprecaciones y el clamor de una muchedumbre furiosa.

Giovanni y Zoroastro corrieron a ver qué ocurría. La cocinera Maturina, que acababa de saltar del lecho, a medio vestir y desgreñada, se precipitó en el taller gritando:

–¡Bandidos! ¡Bandidos! ¡Socorro! ¡Ten piedad de nosotros, Virgen Purísima!

Marco d'Oggione, con un arcabuz en la mano entró cerrando precipitadamente las maderas de las ventanas.

–¿Qué ocurre, Marco? –preguntó Leonardo.

–No sé. Unos miserables que quieren forzar la puerta. Los frailes, seguramente, que habrán sublevado al populacho.

–¿Qué quieren?

–¡Sólo el diablo puede entender a la chusma enloquecida! Piden el clavo sagrado.

–Yo no lo tengo; lo tiene en su poder el arzobispo Arcimbaldo.

–Ya lo he dicho. Pero no escuchan, no saben más que agitarse como posesos; tratan a Vuestra Gracia de brujo, de impío, le acusan de envenenador del duque Gian Galeazzo.

En la calle los gritos iban en aumento.

–¡Abrid! ¡Abrid pronto o pegaremos fuego a vuestra infame caverna! ¡Espera, que ya te cogeremos, Leonardo, Anticristo maldito!

–¡Que Dios resucite, que sus enemigos se dispersen! –clamaba fray Timoteo.

Los estridentes chillidos del pillete Farfaniccio se confundían con el canto del fraile.

Jacopo, el mozuelo que hacía las veces de criado, quiso saltar de la ventana al patio, pero Leonardo le retuvo por la chaqueta.

–¿Dónde vas?

–A buscar a la guardia; a esta hora la ronda del capitán de Milicias no para lejos.

–Vamos, Jacopo, por Dios, comprende que si te cogen te matan.

–¡No me cogerán! Voy a pasar por encima de la tapia al huerto de mama Trulla, luego saltaré el foso donde hay hierba crecida y me escaparé por detrás de las casas. Y si me matan, más vale que sea a mí y no a vos. –Y sonriendo a Leonardo tierna y animosamente, el chicuelo escapó de sus manos, saltó por la ventana y desde el patio dijo a gritos–: Yo arreglaré el asunto, no pase cuidado.

–¡Es un bribonzuelo! ¡Un verdadero demonio! –dijo Maturina moviendo la cabeza–, pero muy servicial en la desgracia. Puede que verdaderamente nos saque del apuro.

En una de las ventanas superiores se oyó un ruido de cristales rotos.

La cocinera, exhalando gritos lastimeros, no quiso esperar más; pero como no pudo ver en la oscuridad su camino, rodó como una pelota por la escalera de la cueva. Luego contaba que se había escondido en un tonel vacío, en donde se hubiera quedado hasta el día siguiente si no la hubiesen venido a sacar.

Marco corrió a cerrar las ventanas del piso superior. Giovanni, vuelto al taller, se sentó de nuevo en un rincón, con el rostro pálido, desfallecido, indiferente a todo lo que le rodeaba; pero al observar a Leonardo, se aproximó y de pronto cayó de rodillas ante él.

–¿Qué tienes? ¿Qué pasa, Giovanni?

–Dicen, maestro... Ya sé que eso no es nada. No los creo... Pero, diga... ¡Por el amor de Dios decídmelo vos mismo!...

No pudo acabar, sofocado por la emoción.

–¿Te preguntas –dijo Leonardo con triste sonrisa–, si dicen verdad al acusarme de ser un asesino?

–¡Una palabra, una sola palabra de vuestra boca, maestro!

–¿Qué puedo decirte, amigo mío? ¿Para qué? Puesto que has podido dudar, no me creerías.

–¡Oh, meser Leonardo! –exclamó Giovanni–. ¡Sufro tanto! No sé qué tengo... Pierdo la razón, maestro. ¡Ayudadme! ¡Tened piedad de mí! No puedo más. Decidme que no es verdad...

Leonardo callaba.

Por fin, volviéndose, dijo con voz temblorosa:

–¡Tú también estás con ellos y contra mí!

Resonaban tales golpes que la casa se estremecía. Scarabullo hundió la puerta a golpes de hacha. Leonardo escuchaba atento el clamor del populacho; su corazón fue presa de una sutil e íntima tristeza, del sentimiento de una soledad infinita.

Inclinó la cabeza. Su mirada fue a posarse sobre las líneas que acababa de escribir.

«¡Oh, qué admirable es Tu justicia.» «Sí –pensaba–. Todo está bien, todo viene de Ti.»

Sin dejar de sonreír, resignadamente, repitió las palabras del duque Gian Galeazzo moribundo:

–¡Hágase tu voluntad así en la tierra como en el cielo!

Capítulo VI

Diario de Giovanni Beltraffio

I

Entré como discípulo en casa del maestro florentino Leonardo da Vinci el 25 de marzo de 1494.

He aquí el orden de sus enseñanzas. La perspectiva, las dimensiones y las proporciones del cuerpo humano, dibujo, según los modelos de los mejores maestros, y el dibujo según la naturaleza.

Hoy, mi condiscípulo Marco d'Oggione me ha dado un libro sobre la perspectiva redactado según las palabras del maestro. Empieza así: «El cuerpo está alegre, sobre todo por la luz del sol; el espíritu está sobre todo alegre por la verdad matemática». He aquí por qué la ciencia de la perspectiva en que la contemplación de una línea luminosa –suprema alegría de los ojos– se une a la claridad de la matemática –suprema alegría del espíritu– debe ser preferida a todas las investigaciones humanas y a todas las ciencias. Sea yo, pues, iluminado por Aquel que ha dicho de sí mismo: «Yo soy la verdadera Luz». Y que me ayude a exponer la ciencia de la perspectiva, la ciencia de la luz. Divido este libro en tres partes: la primera trata de la disminución, es la lejanía del volumen de los objetos; la segunda de la disminución de la claridad del color; la tercera de la disminución de la precisión de contornos.

El maestro se preocupa de mí como de un familiar; habiéndose enterado de que soy pobre, no ha querido recibir la cantidad mensual convenida.

El maestro me ha dicho:

«Cuando conozcas la perspectiva y sepas de memoria las proporciones del cuerpo humano, observa atentamente durante tus paseos las actitudes de las personas cuando están de pie, andan, hablan, disputan, ríen o riñen; considera en ese momento sus rostros, los rostros de los espectadores que quieren separarlos o los de los que los miran silenciosos. Anota todo eso dibujándolo a lápiz, tan pronto como puedas, en un cuaderno de papel de color, que siempre debes llevar contigo; cuando esté lleno lo reemplazas por otro; retiras y conservas el antiguo. Acuérdate que no hay que destruir ni borrar esos dibujos, sino guardarlos. Porque los movimientos del cuerpo son tan numerosos en la naturaleza que no hay memoria humana que pueda retenerlos. Considera, pues, esos apuntes como tus mejores profesores y maestros.» Todas las noches escribo en un cuaderno las cosas interesantes que el maestro dice durante el día.

Hoy he encontrado cerca de la catedral, en la calle de los traperos, a mi tío el maestro vidriero Oswaldo Ingrim. Me ha dicho que renegaba de mí y que había perdido mi alma entrando en casa del impío y hereje Leonardo. Ahora ya estoy completamente solo; no tengo a nadie en el mundo, ni parientes, ni amigos, salvo el maestro. Y repito su plegaria sublime: «Que el Señor, Luz del mundo, me ayude y me enseñe a conocer la perspectiva, ciencia de su luz». ¿Es posible que sean estas las palabras de un impío?

Por triste que esté, sólo necesito mirar su rostro, para que mi alma se vuelva más alegre y ligera. ¡Qué ojos tiene! Claros, azul pálido y fríos como el hielo! ¡Qué dulce y agradable voz, qué sonrisa! Los peores, los más duros no podrían resistir a la seducción de sus palabras cuando quisiera convencerlos o disuadirlos de cualquier cosa. Le contemplo a menudo, sentado a su mesa de trabajo, hundido en sus meditaciones, acariciándose con sus finos dedos y gesto lento y familiar, su larga barba dorada, ondulada y suave como los cabellos sedosos de una muchacha. Cuando habla con alguien, mira con los ojos entornados y una expresión maliciosa y burlona; parece, entonces, que bajo sus espesas cejas, su mirada penetra hasta el fondo del alma.

Viste sencillamente, detesta los colores chillones en el traje y las modas nuevas. No le gusta perfumarse, pero su ropa es de la más fina tela de Rennes y siempre blanca como la nieve.

Lleva un sombrero pequeño de terciopelo negro sin ningún adorno, y sobre su veste negra que le cae hasta las rodillas una capa rojo oscuro con pliegues rectos, a la antigua moda florentina. Sus movimientos son armoniosos y tranquilos. A pesar de la sencillez de su atuendo, en cualquier lugar que se encuentre, entre los grandes señores o entre el pueblo, su aspecto es tal que no puede pasar inadvertido. No se parece a nadie.

Todo lo sabe, todo lo conoce; maneja perfectamente el arco y la ballesta. Es un excelente jinete, nadador, esgrimidor. Un día le he visto vencer a los mejores atletas de la ciudad: el juego consistía en tirar una moneda hasta el centro de la cúpula de una iglesia. Meser Leonardo sobrepasó a todos en fuerza y destreza. Es zurdo. Pero su mano izquierda, fina y suave como la de una doncella, dobla la herradura de un caballo y tuerce el badajo de una campana de bronce. Y esta misma mano dibuja el rostro de una bella joven, poniendo sombras transparentes a toque de difumino o lápiz, tan ligeras como las alas de una mariposa.

Hoy, después de comer, ha terminado de dibujar delante de mí una cabeza de la Virgen María, en el momento de escuchar, inclinada, la anunciación del Arcángel. De la banda que ciñe esta cabeza, adornada de perlas y de dos alas de paloma, se escapan jugando púdicamente al viento con las alas angélicas, dos crenchas trenzadas a la manera de las jóvenes florentinas. Es un peinado en apariencia negligente, pero en realidad muy estudiado. La belleza de los rizos encanta como una música extraña. Y el misterio de los ojos que traspasan a través de los párpados bajos y la espesa sombra de las pestañas, se asemeja al de las flores submarinas, invisibles a través de las límpidas aguas. De pronto, Jacopo, el criado, entró en el estudio, saltando, batiendo palmas y gritando:

–¡Monstruos! ¡Monstruos! ¡Meser Leonardo, venga a la cocina. Quedará contento de las maravillas que le he traído.

–¿De dónde? –preguntó el Maestro.

–Del atrio de San Ambrosio. Son mendigos de Bérgamo. Les he dicho que les daríais de cenar si os dejan hacer sus retratos.

–Que esperen un poco. Voy a terminar este dibujo.

–No, maestro, no esperarán. Quieren regresar a Bérgamo

antes de la noche. Id solamente a verlos. Verdaderamente merece la pena. ¡No os podéis imaginar qué horribles son!

Dejando sin terminar el dibujo de la Virgen María, el maestro se dirigió a la cocina. Yo le seguí.

Vimos a dos viejos, dos hermanos sentados gravemente en un banco. Eran gordos como inflados por la hidropesía, con enormes paperas horriblemente hinchadas y colgantes, enfermedad frecuente entre los habitantes de las montañas de Bérgamo. Uno de ellos llevaba con él a su mujer, vieja, arrugada y seca, llamada Araña, y completamente digna de ese nombre.

El rostro de Jacopo resplandecía de orgullo.

–¿Lo veis? –decía–. Ya os había dicho que os tenían que interesar.

Leonardo se sentó cerca de los monstruos, hizo traerles vino, los obsequió, los interrogó amablemente, los divirtió contándoles absurdas historietas. Al principio tenían miedo y le dirigían miradas de desconfianza; no podían comprender, sin duda, por qué se les había llevado allí. Pero les contó la popular anécdota del judío muerto, que uno de sus correligionarios cortó en trozos para burlar la ley que prohíbe inhumar a los judíos en tierras de Bolonia; el judío fue colocado en un tonel de miel y transportado a Venecia en barco con otras mercancías y comido equivocadamente por un cristiano veneciano. Araña soltó la carcajada. Enseguida; los tres, ya borrachos, estallaron en carcajadas haciendo gestos horribles. Yo me estremecí y bajé los ojos y volví la cabeza para no verlos. Pero Leonardo los contemplaba con la profunda y ávida curiosidad de un sabio que observa un fenómeno. Cuando la expresión monstruosa de aquellos seres llegó al colmo, tomó papel y dibujó sus rostros con el mismo lápiz con el que acababa de dibujar la divina sonrisa de la Virgen María.

Por la noche me enseñó infinidad de caricaturas, no solamente de hombres, sino de animales, con extraños rostros de pesadilla.

En ellas lo humano se vislumbra tras lo bestial, lo bestial tras lo humano. Se pasa de lo uno a lo otro con facilidad y tan naturalmente, que produce espanto. Recuerdo la cara de un puerco espín con las púas erizadas cuyo labio inferior caído, tembloroso, blando y delgado como un trapo, descubría, con su sonrisa humana, unos dientes blancos, alargados como almendras. Tampoco olvidaré jamás las facies de una vieja que lucía un peinado delirante; una trenza ridícula caía por detrás de su cabeza; su frente gigantesca era calva; su nariz aplastada y minúscula parecía una verruga, y los labios, de un grosor enorme, hacían pensar en los hongos que crecen en los troncos podridos. Y lo peor es que los monstruos nos acostumbran a ellos; cree uno haberlos visto ya en alguna parte. Tienen un no sé qué de fascinador que repugna y atrae a la vez como un abismo. Se mira y se siente pavor, pero no se pueden separar los ojos de allí, como tampoco de la divina sonrisa de la Virgen María. Y aquí como allí se queda uno admirado como en presencia de un milagro.

César de Cesto cuenta que Leonardo, cuando encuentra en la calle, entre el gentío, alguna persona de pronunciado aspecto anormal, es capaz de seguirla durante todo un día esforzándose en retener sus rasgos. «Una gran fealdad, dice el maestro, es tan rara entre los hombres como una gran belleza; lo mediocre es lo frecuente.»

Ha inventado una curiosa manera de acordarse de las fisonomías. Estima que, entre los humanos, hay tres categorías de narices: rectas, gibosas o alzadas. Las narices rectas pueden ser cortas o largas, puntiagudas o chatas. Las gibas se encuentran arriba, abajo, o en el centro. Tiene clasificados todos los caracteres del rostro. Estas innumerables divisiones y subdivisiones, géneros y especies, indicadas por las cifras, las anota en un cuaderno especial, dividido en columnas. Cuando encuentra en el curso de sus paseos un rostro que desea retener, le basta con marcar con una señal la clasificación correspondiente a la nariz, la frente, los ojos, la barbilla. Así, por medio de una serie de cifras, fija en la memoria una copia instantánea, un rostro viviente. Cuando vuelve a casa tiene la oportunidad de unir esas indicaciones en una sola imagen.

También ha inventado una cucharilla para dosificar con exactitud matemática la cantidad necesaria para expresar las gradaciones apenas sensibles del tránsito de la luz a la sombra y de la sombra a la luz. Si, por ejemplo, hacen falta para obtener un cierto espesor de sombra diez cucharaditas de color negro, se necesitarán para obtener el grado siguiente, once, después doce, trece y así continuamente. Cada vez que pone el color, lo extiende luego con una espátula de cristal; lo mismo que en el mercado se iguala el grano que llena una medida.

Marco d'Oggione es el más aplicado y el más concienzudo de los discípulos de Leonardo. Trabaja como un buey y sigue escrupulosamente los preceptos del maestro; pero por lo que se ve, cuanto más se aplica, logra menos éxito.

Marco es obstinado; cuando se le mete una cosa en la cabeza es imposible convencerle de lo contrario. Está convencido de que con paciencia y trabajo se consigue todo y no pierde la esperanza de llegar a ser un gran pintor. Se entusiasma más que ninguno de nosotros con aquellas prácticas del maestro que reducen el arte a la mecánica. El otro día se llevó el cuaderno cifrado para la anotación de los rostros. Se fue a la plaza Bioleto, eligió entre la multitud algunas fisonomías y las señaló en cifras. Pero luego, a pesar de todos sus esfuerzos, no logró animar con un soplo de vida el conjunto de aquellos rasgos dispersos. La misma desgracia tuvo con la cucharilla de medir el color. Procura observar en su trabajo una precisión matemática; pero a las sombras les falta transparencia y las figuras parecen de madera, faltas de toda gracia. Marco atribuye esto a que no ha ejecutado escrupulosamente las prescripciones del maestro, y redobla su celo. En cuanto a César de Cesto, la desgracia de los otros constituye su alegría.

–Este bueno de Marco –dice– es un verdadero mártir del arte. Su ejemplo demuestra que esos famosos preceptos, esas cucharillas y esas tablas para medir la nariz, no sirven para nada. No es suficiente saber cómo se hacen los niños para tenerlos. Leonardo se engaña y engaña a los otros; dice una cosa y hace otra; cuando pinta no piensa en ninguna norma; sigue solamente su inspiración. Pero no le basta con ser un gran artista, quiere también ser un sabio; quiere conciliar el arte y la ciencia, la inspiración y la matemática. Y temo bastante que corriendo tras dos liebres no coja ninguna.

Quizás había en las palabras de César algo de verdad. Pero ¿por qué amaba tan poco al maestro? Leonardo le perdonaba todo y al escuchar gustoso sus discursos malignos y burlones, parecía alabar su talento. Jamás se enfadaba con él.

Le veo trabajar en la Sagrada Cena. De madrugada, al empezar a salir el sol, sale de casa para ir al refectorio del convento y allí durante todo el día, mientras hay luz, pinta sin cesar, olvidándose de comer y beber. Luego, en cambio, se pasa dos semanas sin tocar los pinceles. Pero no deja de examinar su obra, de pie sobre la tarima, dos o tres horas. A veces, a mediodía, cuando más fuerte es el calor, abandona toda otra tarea, corre al convento, como arrastrado por una fuerza irresistible, atraviesa las calles a pleno sol, sube a la tarima, da dos o tres toques y se vuelve a marchar.

Ha trabajado todos estos días en la cabeza del apóstol san Juan. Debía acabarlo hoy pero, con gran sorpresa mía, se ha quedado en casa, en donde desde esta mañana, junto con el pequeño Jacopo, estudia el vuelo de los abejorros, avispas y moscas. Ha examinado la estructura de estos bichos y de sus alas tan profundamente, como si los destinos del mundo dependieran de ello. ¡Dios sabe cuán profundo ha sido su goce al comprobar que a las moscas les sirven de timón las patas traseras! Parece que esto es un dato importante con relación a la máquina voladora.

Puede ser. Pero, sin embargo, es una lástima que haya abandonado la cabeza del apóstol por el estudio de las patas de una mosca.

Nueva desgracia. Se ha olvidado de las moscas y de la Sagrada Cena. Ahora está haciendo un dibujo fino y delicado para el escudo de la Academia Milanesa de pintura, todavía inexistente, pero que el duque proyecta crear; un recuadro de nudos y cuerdas entrelazadas sin principio ni fin rodeando esta inscripción latina: Leonardo Vinci Achademia. La terminación de este dibujo le absorbe tan profundamente que nada existe en el mundo salvo este arduo y vano juego. Parece que ninguna fuerza podría arrancarle de él. No he podido contenerme y me he decidido a recordarle la cabeza del apóstol san Juan. Se ha encogido de hombros y sin levantar los ojos de la red de cuerdas ha murmurado entre dientes:

–No hay cuidado de que se escape. Ya habrá tiempo...

A veces comprendo el furor de César.

El duque Moro le ha encargado de instalar en su palacio tubos acústicos disimulados en el espesor de los muros. Esto es: lo que se llama «la oreja de Dionisio», que permite al soberano, cuando está en una habitación, enterarse de lo que se dice en otra. El maestro empezó la obra con gran entusiasmo como de costumbre, se enfrió luego y, bajo diversos pretextos, entretiene los trabajos. El duque le mete prisa y se enfada. Esta mañana han venido a buscarle varias veces de palacio. Pero el maestro está ocupado en un nuevo asunto que no le parece menos importante que la oreja de Dionisio: el estudio de las plantas.

«La tierra, dice, nutre a las plantas de humedad, el cielo las riega y el sol les infunde un alma.» Porque cree que no solamente los hombres, sino los animales e incluso las plantas, tienen alma. Opinión que fray Benedetto tiene por extraordinariamente herética.

Ama a todos los animales. A veces, durante días enteros, observa y dibuja gatos, estudia sus hábitos y costumbres; jugar, pelearse, dormir, lavarse la cara con las patas, coger ratones, enarcar el lomo, gruñir a los perros. O contempla con idéntica curiosidad, a través del cristal de una pecera, los peces, moluscos, caracoles marinos y otros animales acuáticos. Su rostro expresa una dulce y profunda satisfacción cuando pelean y se devoran los unos a los otros.

Se lanza a mil empresas. Todavía no ha terminado una y ya está empezando otra. Por otra parte, cada uno de sus trabajos le parece un juego, y cada uno de sus juegos un trabajo. Es diverso e inconstante. César dice que antes se verá a los ríos remontar su curso que a Leonardo interesarse por una sola obra y llevarla a término. Llama al maestro «genio del desorden» y asegura que nada quedará de todos sus afanes. Se asegura que Leonardo habrá escrito unos ciento veinte volúmenes sobre la naturaleza. –*Delle Cosa Naturalli*–. Pero no son más que fragmentos, notas esparcidas, hojas sueltas, que componen entre todas unas cinco mil páginas. En tan terrible caos se pierde él mismo y a veces busca, sin poder encontrarla, una nota que necesita.

¡Qué insaciable curiosidad! ¡Qué perspicacia y penetración para los fenómenos de la naturaleza! Cómo sabe ver lo que pasa inadvertido. Se asombra de todo, alegre y ávidamente, como los niños; como los primeros hombres del Paraíso.

Con frecuencia dice, a propósito del hecho más banal, cosas tales que aunque se viviera un siglo no se podrían olvidar: se graban en la memoria y ya no se borran.

El otro día, al entrar en mi cuarto, el maestro me dijo: «Giovanni, ¿has observado que las habitaciones pequeñas concentran el espíritu y que las grandes estimulan su actividad?». Y también: «¿Has notado que a través de la lluvia el contorno de los objetos se hace más preciso a la sombra que al sol?».

He aquí lo que decía ayer, en el curso de una importante conversación con un fundidor acerca de las máquinas de guerra que el duque ha encargado: «La deflagración de la pólvora encerrada entre la culata de la bombarda y la bala opera lo mismo que cuando un hombre apoyado contra un muro empuja con todas sus fuerzas un fardo colocado ante él».

Un día, hablando de la mecánica abstracta, dijo: «La fuerza tiende siempre a vencer su causa y a morir cuando la ha vencido». «El impulso es hijo del movimiento, nieto de la fuerza y su abuelo común es el peso.»

En una discusión con un arquitecto, exclamó, impaciente: «¿Cómo no lo comprende, meser? Está claro como el día.

¿Qué es el arco sino una fuerza engendrada por dos debilidades unidas y opuestas?». El arquitecto se quedó con la boca abierta; pero para mí todo, en sus controversias, todo es lo mismo, como cuando se enciende una luz en un cuarto oscuro.

De nuevo ha trabajado dos días en la cabeza del apóstol Juan. Mas, ¡ay!, algo se le ha debido de perder en esta perpetua agitación: las alas de las moscas, los gatos, la oreja de Dionisio, el dibujo de la red de cuerdas u otras ocupaciones de parecida importancia. Otra vez sin terminar, ha abandonado el trabajo. Siguiendo el símil de César, diré que se ha recluido por completo en la geometría como un caracol en su concha, lleno de fastidio por la pintura. Dice que hasta el olor de la pintura, la vista de los pinceles y el lienzo le son odiosos.

¡Así vivimos, según el azar caprichoso de los días, abandonándonos a la voluntad de Dios! Quedémonos en espera de tiempos mejores.

Felizmente aún, no le ha llegado el turno a la máquina de volar. Sería lo definitivo. Se absorbería de tal modo en la mecánica que no le volveríamos a ver.

Cada vez que, tras un largo período de contradicciones, de dudas, de vacilaciones, comienza por fin a trabajar y vuelve a coger el pincel, he comprendido que experimenta un sentimiento parecido al miedo. Se apodera de él. Le desconcierta lo que ha hecho. Ve defectos en sus obras, que para los demás son perfectas. Aspira siempre a lo superlativo, lo inaccesible, lo que la mano del hombre, por grande que sea su arte, no sabría expresar. He aquí porque deja casi siempre sus obras sin terminar.

Hoy ha venido un judío a vender caballos. El maestro quería comprar un potro. El judío quería convencer al maestro para que comprase una yegua a la vez que el potro. Ha sabido persuadirle con tantas súplicas y juramentos, que Leonardo, a quien le gustan los caballos y los conoce bien, ha terminado riendo a carcajadas, por comprar la yegua dejándose engañar para librarse del judío.

Yo lo observo todo, lo oigo y no comprendo.

–¿De qué te extrañas? –me ha dicho César–. Siempre es así. El primero que llega hace de él lo que quiere. Nunca se puede contar con él. No sabe tomar una decisión firme. Siempre ambiguo: para todos. Va donde el viento lo empuja. No tiene voluntad. Es blando, vacilante; se diría que es débil y que no tiene huesos a pesar de todo su vigor. Dobla, jugando, una herradura; inventa poleas para elevar como si fuese un nido de pájaro el batisterio de San Giovanni. Pero si se trata de un asunto verdaderamente serio que exige obstinación, no levantará una brizna de paja ni osará sacrificar a ningún animalito de Dios.

César despotricó todavía largo tiempo: evidentemente eran exageraciones y calumnias, pero comprendí que en sus palabras la verdad y la mentira se mezclaban.

Andrea Salaino ha caído enfermo. El maestro le cuida, no duerme por la noche velando a su cabecera. Pero no quiere oír hablar de medicamentos. Marco d'Oggione ha traído secretamente al enfermo unas píldoras. Leonardo al verlas las tiró por la ventana.

Y cuando el mismo Andrea dijo que sería bueno tal vez que le sangraran –conocía un barbero experto–, el maestro se enfadó muchísimo y llenó de improperios a los médicos.

–Te aconsejo –le dijo– que pienses más en conservar tu salud que en curarte. Te pondrás mejor guardándote de los médicos, que son absurdos como los alquimistas. –Y añadió con una sonrisa ingenuamente maliciosa–: ¿Cómo no han de enriquecerse esos charlatanes, cuando todos les dan dinero? Los médicos son destructores de la vida humana.

El maestro entretiene al enfermo contándole historietas cómicas, fábulas y adivinanzas. A Salaino le gustan mucho. Contempla y escucha al maestro con sorpresa. ¡Qué alegre es!

He aquí algunos de esos acertijos:

«Los hombres tratan cruelmente a lo que les alimenta: la trilla de trigo.»

«Los bosques engendran hijos que destruyen a sus padres: los mangos de las hachas.»

«Gracias a la piel de los animales, los hombres juegan vociferando: pelotas de cuero.»

Después de haber consagrado largas horas al estudio de las máquinas de guerra, a los cálculos matemáticos o a la Sagrada Cena, se divierte con estos acertijos como un niño. Los apunta en su carnet al lado de proyectos grandiosos de obras o de leyes naturales que acaba de descubrir.

Ha compuesto y dibujado, para celebrar la generosidad del duque, una extraña y complicada alegoría que le ha costado bastante trabajo. Moro, imagen de la Fortuna, toma bajo su protección a un adolescente que huye ante la Pobreza, la cual tiene el rostro de la vieja Araña. Le cubre con su manto y amenaza con su cetro de oro a la monstruosa diosa. El duque quedó muy contento de este dibujo y quiso que Leonardo lo reprodujera en colores sobre uno de los muros de palacio. Estas alegorías se han puesto de moda en la corte. Tienen, al parecer, más éxito que todas las demás obras del maestro. Damas, caballeros, cortesanos, se desviven por obtener de él algún dibujo alegórico e ingenioso.

Ha compuesto para la condesa Cecilia Bergamini, una de las dos principales amantes del duque, la alegoría de la Envidia; una vieja decrépita, de senos caídos, cubierta de una piel de leopardo y un dragón de lengua venenosa a la espalda. Cabalga sobre un esqueleto humano, llevando en la mano una copa llena de serpientes.

Para que Lucrecia Crivelli, la otra amante del duque, no tuviese celos, ha tenido que imaginar para ella otra alegoría de la Envidia: varean y sacuden una rama de avellano en el momento mismo en que los frutos alcanzan su madurez. Al lado esta inscripción: «En beneficio suyo».

Por último había también que trazar para la esposa del duque, la Serenísima madona Beatriz, la alegoría de la Ingratitud: un hombre a la salida del sol apaga la antorcha que le iluminó durante la noche.

Ahora, nuestro pobre maestro no descansa ni de día ni de noche. Se halla agobiado de encargos, solicitudes y billetitos de señoras. No sabe cómo desentenderse.

César se irrita: «Todas esas necias divisas caballerescas, todas esas insípidas alegorías son dignas, a lo más, de un zascandil de la corte, pero no de un artista como Leonardo. ¡Qué vergüenza!». No creo que tenga razón. Al maestro no le preocupan los honores. Se divierte con estas alegorías lo mismo que con los acertijos y los problemas matemáticos o con la divina sonrisa de la Virgen María o el recuadro de las cuerdas.

Hace tiempo que escribe un libro sobre pintura: *Trattato della Pittura*, pero, según su costumbre, no lo ha terminado. ¡Sabe Dios cuándo lo terminará! En estos últimos tiempos, como se ocupa mucho conmigo de la perspectiva aérea y lunaria de la luz y de la sombra, me ha citado fragmentos de su libro y opiniones sobre el arte.

¡Que el Señor recompense al maestro por el amor y la sabiduría con que me conduce por los caminos de la más noble de las actividades! ¡Que aquellos entre cuyas manos caigan estas páginas encomienden a Dios en sus oraciones el alma de este humilde siervo de Dios, de este indigno discípulo, Giovanni Beltraffio y el alma de su gran maestro florentino, Leonardo da Vinci!

El maestro dice: «Todo lo bello muere en el hombre, pero no en el arte».

«El que desprecia la pintura, desprecia la contemplación filosófica y refinada del mundo, porque la pintura es la hija legítima, o mejor dicho, la nieta de la naturaleza. Todo lo que existe ha salido de la naturaleza y ha engendrado a su vez la ciencia de la pintura. He aquí por qué digo que la pintura es la nieta de la naturaleza y pariente de Dios. El que denigra la pintura, denigra la naturaleza.»

«Para el que sabe las leyes fundamentales de los fenómenos naturales, para aquel que sabe, es fácil ser universal, ya que todos los cuerpos, desde el del hombre hasta el de los animales, son semejantes en su estructura.»

«Cuida que la concupiscencia del oro no ahogue en ti el amor del arte. Acuérdate de que la conquista de la gloria vale más que la gloria de la conquista. El recuerdo de los ricos desaparece con ellos; el recuerdo de los sabios no desaparecerá jamás, porque la sabiduría y la ciencia son los hijos legítimos de sus padres y no bastardos como el dinero. Ama la gloria y no temas la pobreza. Piensa en todos los grandes filósofos, que, nacidos en la opulencia, se han convertido voluntariamente en pobres a fin de que la fortuna no mancille sus almas.»

«La ciencia rejuvenece el alma y alivia la amargura de la vejez. Aumenta, pues, sabiduría, acumula para la vejez el dulce alimento.»

«Conozco pintores que, para complacer a las masas, embadurnan impúdicamente sus cuadros de oro y azul, afirmando con insolencia que podrían trabajar como los mejores pintores si se lo pagasen bien. ¡Oh, necios! ¿Quién les impide hacer una obra bella y declarar: Este cuadro vale mucho, ése es más barato y aquél baratísimo? Así probarían que saben trabajar por analizar dos precios.»

«Frecuentemente el amor al dinero rebaja el arte, incluso el de los buenos maestros, al nivel de "oficio".» Por eso mi amigo y compañero Perugino ha llegado a tal rapidez en la ejecución de sus encargos, que un día, desde lo alto de su andamio, dijo a su mujer que le llamaba para comer: «Sirve la sopa mientras yo pinto un santo».

«El artista que no duda no triunfa. Tanto mejor para ti si tu obra está por encima de lo que crees que vale; no importa si está al mismo nivel; pero es una gran desgracia si se halla por debajo. Que es lo que ocurre a los que se jactan de que Dios les haya ayudado a hacerlo tan bien.»

«Escucha con paciencia todas las observaciones que hagan acerca de tu cuadro. Juzga si los que te critican y encuentran errores tienen razón. Si te parece que sí, corrige tu obra, si no, hazte el desentendido. No demuestres tu error más que a las personas dignas de atención.»

«El juicio de un enemigo es, a menudo, más justo y útil que el de un amigo. El odio, entre los hombres, es casi siempre más profundo que el amor. La mirada del que odia es más penetrante que la mirada del que ama. Un verdadero amigo es tan parcial como uno mismo. Tu enemigo es tu contrario. Esto es lo que constituye su fuerza. El odio ilumina muchas cosas, ocultas al amor. No desprecies las críticas de tus enemigos. Y aprovéchalas.»

«Los colores vivos encantan al público, pero el verdadero artista prefiere la aprobación de los selectos. Su orgullo y su fin no se hallan en el brillo de los colores, sino en una especie de milagro que se realiza en el cuadro: la luz y la sombra dan relieve a lo que es liso. El que, desdeñando la sombra, la sacrifica a los colores, es semejante al sacamuelas que sacrifica el sentido del discurso a palabras vanas y sonoras.»

«Evita, sobre todo, la dureza de contornos. Que la proyección de las sombras sobre un cuerpo joven y tierno no esté muerta, que no sea de piedra, sino ligera, inaccesible y transparente, como el aire, ya que el mismo cuerpo humano es transparente; puedes convencerte de ello mirando el sol a través de tus deseos. Una luz demasiado cruda no da bellas sombras. Toma la luz viva. Observa, a la hora del crepúsculo o en los días brumosos, cuando las nubes ocultan el sol, qué encanto y suavidad ofrecen los rostros de los hombres y de las mujeres que van por las calles entre los oscuros muros de las Casas. Es la más perfecta de las luces. Que tus sombras se fundan poco a poco con la luz, se disipen como el humo o como los sones de una música. Recuerda que entre la luz y la oscuridad hay algo intermedio, que participa igualmente de la una y de la otra –una especie de sombra clara o de luz sombría–. Eso es, artista, lo que debes buscar; es ahí donde está el misterio de la seducción.»

Habló así, y levantando la mano, como para grabar estas palabras en nuestra memoria, repitió con indecible expresión:

–¡Huid a la grosería y la sequedad! Que las sombras que plasmáis se disipen como el humo, como los sones de una música lejana.

César, que escuchaba con atención, sonrió irónicamente, miró a Leonardo y quiso responder. Mas no dijo nada.

Poco tiempo después, hablando de otra cosa, el maestro dijo:

–La mentira es tan vil que exaltando la grandeza de Dios se humilla; la verdad es tan bella que alabando las más humildes cosas ennoblece. Hay entre la mentira y la verdad la misma diferencia que entre las tinieblas y la luz.

César fijó en el maestro una mirada escrutadora.

–¿La misma diferencia que entre la oscuridad y la luz? –dijo–. Pero no afirmabais ahora mismo que entre la oscuridad y la luz hay algo de intermedio que participa de la una y de la otra, una especie de oscuridad clara o de luz sombría? Pues entre la mentira y la verdad ocurriría acaso lo mismo. Pero, no, eso no puede ser. Maestro, vuestra comparación engendra en mi espíritu una gran inquietud porque el artista que busca en la unión de la sombra y la luz el secreto de la belleza podrá creer que tal vez la verdad y la mentira se confunden de la misma manera que la luz y la sombra...

Leonardo, al principio, frunció las cejas, como sorprendido e irritado por las palabras de su discípulo, pero enseguida repuso, riendo:

–¡No me tientes! ¡Atrás, Lucifer!

Esperaba otra respuesta. Creí que las palabras de César merecían algo más que una frase frívola. En mí, por lo menos, habían despertado muchos dolorosos pensamientos.

Esta tarde le he visto de pie, bajo la lluvia, en una callejuela estrecha, sucia y maloliente. Estaba contemplando una fachada de piedra, pringosa de humedad y que en apariencia no tenía nada de curioso. Pasó largo rato. Algunos golfillos le señalaban con el dedo, burlándose. Le pregunté qué había encontrado en aquella fachada.

–Mira, Giovanni, qué espléndido monstruo: una quimera

con las fauces abiertas. Y a su lado un ángel de dulce rostro y rizos al viento, que huye ante el monstruo. El azar ha creado aquí dos figuras dignas de un gran maestro.

Siguió con el dedo el contorno de unas manchas de humedad que había en la pared y quedé, en efecto, grandemente sorprendido al ver allí lo que él decía.

–Muchas gentes –continuó el maestro– encontrarán estas fantasías estériles, pero yo sé por propia experiencia que son utilísimas para excitar el espíritu del artista y ayudarle a crear. Con frecuencia en los muros, en la combinación de diferentes piedras, en los contornos de las manchas, en las aguas estancadas, en los carbones que se consumen bajo las cenizas, en las formas de las nubes, me ha ocurrido encontrar bellos parajes, montañas, rocas, ríos, llanuras y árboles; y también maravillosas batallas, extraños rostros llenos de inexplicable encanto, demonios, monstruos y muchas otras imágenes sorprendentes. Escojo entre ellas la impresión que necesito y la perfecciono. Es así como escuchando el lejano son de unas campanas puedes, en su rumor confuso, encontrar a lo mejor tal nombre o tal palabra en la cual pensabas.

Compara las arrugas que forman los músculos del rostro mientras se llora o se ríe. No hay en los ojos, la boca y las mejillas ninguna diferencia. Pero el que llora levanta y junta las cejas, arruga la frente y baja las comisuras, mientras el que ríe separa ampliamente las cejas y levanta las comisuras de la boca.

Y para terminar ha dicho:

–Examina siempre atentamente cómo ríen y lloran los hombres, cómo aman y odian, o palidecen de espanto o gritan de dolor. Mira, instrúyete, observa para conocer la expresión de todos los sentimientos humanos.

César afirma que al maestro le gusta acompañar a los condenados a muerte para observar en sus rostros todos los grados del sufrimiento y el terror. Y dice que los mismos verdugos se asombran de la atención con que observa las últimas contracciones de los músculos cuando los reos mueren.

–¡No puedes imaginarte, Giovanni, qué hombre es! –añade

César con amarga sonrisa–. Recogerá un gusano del camino y lo colocará sobre una hoja para no aplastarlo, pero cuando le acomete la manía de la observación, creo que aunque viera llorando a su propia madre, no le importaría con tal de analizar cómo frunce las cejas y se arruga la piel de su frente y baja las comisuras de los labios.

El maestro ha dicho: «Aprended en los sordomudos los movimientos expresivos. Cuando observes a los hombres, procura que no se den cuenta de que los miras. Así sus actitudes, sus llantos y sus risas serán espontáneos».

«La variedad de los movimientos humanos es tan limitada como la variedad de sus sentimientos. El fin supremo del artista es reflejar las expresiones del rostro y los movimientos del cuerpo que reproducen las pasiones del alma.

»No olvides que los rostros que pintes deben tener tal fuerza emotiva, que el espectador tenga la impresión de que tu cuadro podría hacer llorar o reír a los muertos.

»Cuando el artista representa algún asunto espantoso, doloroso o cómico, la impresión que reciba el espectador debe llevarle a hacer tales gestos que parezca participar él mismo en las acciones representadas; si no logras este resultado, entonces debes saber, artista, que todos tus esfuerzos fueron vanos.»

«Un artista cuyas manos son flacas y nudosas representa con gusto hombres con manos flacas y nudosas, y esto se repite para cada parte del cuerpo, ya que a todo hombre le gustan cuerpos y rostros parecidos al suyo. He aquí por qué el artista, si no es bello, elige, para pintarlos, rostros que no son bellos y recíprocamente. Cuida de que los hombres y mujeres que pintes no parezcan hermanos, hermanos gemelos por la belleza o la fealdad –defecto propio de muchos artistas italianos–. Porque no hay para un pintor error más peligroso ni más falaz que la repetición de un mismo tipo. Se tiende a eso, yo creo, porque el espíritu es el creador de su cuerpo físico. En otro tiempo, le creó y modeló a su imagen y semejanza. Y cuando tiene a través de pinceles y colores que crear un cuerpo nuevo, repite con gusto aquel en el cual ya una vez encarnó.»

«Cuida de que tu obra no aleje al espectador, como el aire frío del invierno aleja al hombre que acaba de salir de la cama, sino que atraiga y cautive su alma, como la agradable frescura de una mañana de verano invita a levantarse al que está acostado.»

He aquí la historia de la pintura tal como, en pocas palabras, la ha contado el maestro:

«Después de los romanos, cuando los pintores comenzaron a imitarse unos a otros, el arte cayó en una decadencia que duró varios siglos. Pero surgió el florentino Giotto, que no se limitó a imitar a su maestro Cimabué. Nacido en medio de montañas y desiertos e incitado al arte por la naturaleza, empezó a dibujar, sobre la superficie de las piedras, actitudes de cabras pastando y de otros animales que veía en el campo; por fin, a través de una práctica constante sobrepasó a todos los maestros, no sólo de su tiempo sino de siglos anteriores. Muerto Giotto, el arte de pintar cayó en decadencia nuevamente, porque cada uno imitaba los modelos preexistentes. Así continuó durante siglos hasta el día en que el florentino Tomaso, llamado el Masaccio, probó con sus obras la perfección que logran los que no tienen otro modelo que la naturaleza, maestra de todos los maestros.»

«La primera manifestación de la pintura fue el trazo del contorno de la sombra humana proyectada sobre una pared por el sol.»

Hablándonos de cómo el artista debe bosquejar sus cuadros, el maestro nos puso como ejemplo la representación del diluvio tal como él la concebía:

«Abismos iluminados por relámpagos. Enormes ramas de árboles cargadas de gente, arrastradas por el huracán. Aguas en las que flotan objetos familiares y muebles, a los que las personas se agarran para salvarse. Por las altas planicies, rodeadas de agua, rebaños de animales subidos unos encima de otros, aplastándose y pataleando. Hombres que, con las armas en la mano, defienden contra las fieras de toda especie el último pedazo de tierra; unos se retuercen los brazos y se muerden los puños, tan cruelmente que corre la sangre; otros se tapan los oídos para no oír el retumbar del trueno o, no contentándose con cerrar los ojos, aprietan contra los párpados las manos cerradas para no ver la muerte que los amenaza. Otros se matan estrangulándose, atravesándose con sus puñales, lanzándose a los abismos desde lo alto de las rocas, y las madres, maldiciendo a Dios, cogen a sus hijos para destrozarles la cabeza contra las piedras. Los cadáveres descompuestos sobrenadan y, como pelotas infladas de aire, chocan y se empujan. Los pájaros, extenuados, se abaten sobre los hombres y los animales vivientes, no encontrando otro sitio para reposar.»

Salaino y Marco me han dicho que, desde hace años, Leonardo interroga minuciosamente a todos aquellos que han podido ver tifones, inundaciones, huracanes, avalanchas de nieve y temblores de tierra. Así acumula con la paciencia de un sabio, rasgo sobre rasgo, observación tras observación, sus conocimientos para planear cuadros que luego no suele ejecutar jamás. Recuerdo que oyéndole hablar del diluvio tuve la misma sensación que al ver en sus dibujos rostros diabólicos o monstruos. Sentí la atracción de lo horrible.

Y lo que más me sorprende es que imaginando todo eso el maestro continúa tranquilo e indiferente.

A propósito del reflejo de los relámpagos en el agua, hizo notar: «El relámpago debe ser más grande sobre las olas alejadas del espectador que sobre las más próximas, así lo exige la ley de la reverberación de la luz en las superficies planas».

Describiendo los cadáveres que se entrechocaban en los remolinos del diluvio, añadió: «Al pintar estos choques y repulsiones no olvidéis la ley mecánica según la cual el ángulo de reflexión es igual al ángulo de incidencia». Sonreí a mi pesar y pensé: «Esta advertencia le retrata de cuerpo entero».

El maestro nos ha dicho:

–No es la experiencia, madre de todas las artes y de todas las ciencias, la que engaña a los hombres, sino la imaginación que les promete lo que la realidad no puede darles. La experiencia es inocente, pero nuestros deseos insensatos y vanos son criminales. Distinguiendo la mentira de la verdad, la experiencia nos enseña a intentar lo posible, y a no pretender por ignorancia lo inaccesible. Así nuestras ilusiones no fracasan ni caemos en la desesperación. Cuando nos quedamos solos, César me recordó estas palabras y me dijo, con gesto de asco:

–¡Siempre mentira e hipocresía!

–¿En qué ha mentido, César? –pregunté sorprendido–. Me parece que el maestro...

–¡No aspirar a lo imposible, no pretender lo inaccesible! –continuó sin escucharme–. Puede que encuentre a alguien que lo crea. Pero no han caído sus palabras sobre tales imbéciles. No debe él hablar así ni yo escucharle. Lo veo claro.

–¿Qué ves claro, César?

–Pues que no ha hecho otra cosa en su vida más que aspirar a lo imposible y pretender lo inaccesible. Dime, por favor, inventar máquinas para que los hombres vuelen por los aires como los pájaros, y naden bajo el agua como peces, ¿no es aspirar a lo imposible? Y su concepto del diluvio, y esos monstruos imaginarios en las manchas de humedad y en el contorno de las nubes y ese encanto inefable de los divinos rostros y las angélicas visiones, ¿qué significa todo ello? ¿Es de la «experiencia», del repertorio de narices, de la cuchara para medir los colores? ¿Por qué se engaña y quiere engañar a los demás? ¿Por qué miente? Necesita la mecánica para hacer un milagro, para volar hacia las nubes, para dominar las fuerzas naturales, para alcanzar lo que sobrepasa y contraría las facultades humanas y las leyes de la naturaleza; fuerzas contra Dios o contra el Diablo, poco importa, con tal que sea hacia lo ignoto, hacia lo imposible. Porque él no es creyente, pero es curioso, y cuanto menos creyente más curioso. La curiosidad es en él como un apetito inextinguible, como un ascua encendida, que nada, ni conocimiento, ni experiencia, puede apagar.

Las palabras de César han llenado mi alma de confusión y miedo. Pienso en ellas estos últimos días. Querría olvidarlas, pero no lo consigo.

Hoy, como si respondiera a mis dudas, el maestro ha dicho:

–Saber poco hace a los hombres presuntuosos, saber mucho los vuelve humildes; por eso las espigas vacías levantan hacia el cielo sus tallos arrogantes, en tanto que las llenas de grano se inclinan hacia la tierra madre.

–Entonces, maestro –replicó César con su habitual sonrisa sarcástica y escrutadora–, ¿por qué dicen que la sabiduría inspiró a Lucifer, el más ilustre de los ángeles, no la humildad, sino el orgullo? Cosa que le valió el ser precipitado a los infiernos.

Leonardo no respondió nada, pero tras un corto silencio nos contó esta fábula: «Un día una gota de agua quiso subir al cielo. Con ayuda del fuego convirtióse en ligero vapor. Pero, cuando alcanzaba las alturas, el aire frío fue condensándola y entonces todo su orgullo se transformó en terror. La gota cayó en lluvia, absorbiéndola la tierra. Y por largo tiempo aquella gota de agua, capturada en su prisión subterránea, hizo penitencia de su falta».

Cuanto más se vive con él, parece que se le conoce menos. Ayer tenía otra vez ganas de juego. Y ¡vaya una broma! ¡Y qué bromas! Estaba yo por la noche acostado en mi cuarto, que se halla en el piso alto de la casa, leyendo antes de dormirme, mi libro preferido: las *Florecillas*, de san Francisco de Asís. De pronto suenan en toda la casa los chillidos de nuestra cocinera Maturina:

–¡Fuego! ¡Fuego! ¡Socorro! ¡Nos abrasamos!

Echo a correr escalera abajo espantado al ver la humareda que llenaba el estudio. Iluminado por el reflejo de una llama azul, parecida a un relámpago, el maestro se hallaba entre nubes de humo, como un antiguo mago, contemplando sonriente a Maturina que gesticulaba, pálida de terror. Marco llegó con dos cubos de agua que hubiera vertido sobre la mesa sin preocuparse de dibujos y manuscritos, si el maestro no le hubiera detenido gritando que se trataba de una broma. Entonces vimos que el humo y las llamas procedían de un polvo blanco, de un sahumerio que había en una vasija de cobre puesta al rojo. Era la substancia que había inventado para los fuegos artificiales. Y no sé quién estaba más contento con esta broma: si Leonardo o su fiel compañero de todos los juegos, el granujilla de Jacopo. ¡Cómo se reía el maestro del miedo de Maturina y de los cubos de agua de Marco! Bien sabe Dios que un hombre que ríe de esa manera no puede ser malo.

Pero la alegría y las risas no le impidieron observar el rostro de Maturina y anotar los pliegues de la piel y las arrugas que el terror formaba sobre su rostro.

Casi nunca habla de las mujeres. Una sola vez dijo que los hombres las tratan tan mal como a los animales. Por lo tanto, se burla del amor platónico, que está de moda. A un joven enamorado que le leía un soneto lacrimoso inspirado en Petrarca, le respondió con estos tres versos, los únicos que sin duda ha compuesto, porque como poeta parece muy mediocre:

Sel Petrarca amó si forte il lauro
E perchè gli è buon fra la salsiccia el tordo.
I non posso di lor ciancie far tesauro.

Si Petrarca ama tanto el laurel, es, sin duda
Porque sabe guisar la salchicha y el tordo.
Pero a mí no me gustan esos platos insípidos.

César afirma que Leonardo ha estado durante toda su vida tan ocupado con la mecánica y la geometría, que no ha tenido tiempo de amar; sin embargo, es poco probable que esté virgen. Ciertamente ha debido, al menos alguna vez, tener contacto carnal con una mujer, no para buscar la voluptuosidad como el común de los mortales, sino por curiosidad; para hacer observaciones anatómicas y escrutar los misterios del amor como cualquier otro fenómeno de la naturaleza; con la misma impasibilidad y precisión matemática.

A veces me parece que no debía yo hablar nunca de él con César. Me da la sensación de que le escuchamos, de que le vigilamos como espías. César experimenta una alegría malsana cada vez que logra extender una nueva sombra sobre el maestro. ¿Qué quiere de mí? ¿Por qué envenena mi alma? Ahora frecuentamos una mala taberna próxima a la aduana fluvial, detrás de Porta Vercellina. Ante un vaso de vino agrio y barato, permanecemos horas enteras charlando, entre los juramentos de los barqueros que juegan con cartas grasientas. Nosotros conspiramos como traidores.

Hoy me ha preguntado César si sabía que a Leonardo, en Florencia, le habían acusado de sodomía. No quise dar crédito a mis oídos, pensando que César se hallaba ebrio o deliraba, pero me lo explicó con todos los detalles precisos. En 1476 –Leonardo tenía entonces veinticuatro años y su maestro, el ilustre pintor florentino Andrea Verrocchio, tenía cuarenta–, una denuncia anónima acusando a Leonardo y a Verrocchio de sodomía fue depositada en una de esas cajas redondas, llamadas «tambores», que se cuelgan con el objeto de recoger denuncias en los pilares de las iglesias de Florencia y, principalmente, en la catedral de Santa Maria del Fiore. El 9 de abril de ese mismo año, los inspectores de noche y de conventos *–Ufficiali di notte et monasteri–* juzgaron el asunto y absolvieron a los acusados, pero a condición de que la denuncia no fuera renovada, *absoluti cum conditioni ut retamburentur*. Pero después de una segunda denuncia, Leonardo y el Verrocchio fueron definitivamente absueltos. Nadie supo nada más. Poco tiempo más tarde, Leonardo dejó para siempre el estudio del Verrocchio y Florencia y se instaló en Milán.

–¡Oh, desde luego, es una infame calumnia! –añadió César con una chispa irónica en los ojos– . Sin embargo, tú no sabes todavía, amigo Giovanni, de qué contradicciones está lleno su corazón. Mira, es un laberinto en el que el mismo diablo perdería las piernas. ¡Enigmas y misterios!

–Por una parte podría creérsele puro, pero por otra...

Sentí de pronto afluir toda mi sangre al corazón... Me levanté y exclamé, indignado:

–¿Cómo te atreves, miserable?

–¡Vamos! ¿Qué te pasa?... Bueno, bueno. Ya no diré nada más. Cálmate. Verdaderamente no creí que concedieras a eso tanta importancia...

–¿Qué importancia? ¿A qué? ¡Di, dilo todo! ¡No andes con tapujos ni rodeos!...

–¡Bah, son tonterías! ¿Por qué te arrebatas? ¿Es que amigos como nosotros van a disputar por bagatelas? ¡Bebamos primero a tu salud! *In vino veritas!*

Bebimos y continuamos nuestra conversación. Pero, no, no. ¡Ya está bien! Yo he terminado. Nunca más hablaré del maestro con César. Es enemigo no sólo de Leonardo, sino también mío. Es un mal sujeto.

Estoy desazonado. No sé si es el vino que bebimos en esa maldita taberna o lo que en ella dijimos. Se siente vergüenza cuando se piensa en la infame alegría que experimentan las gentes al rebajar a un grande hombre.

El maestro ha dicho:

«Artista, tu fuerza se halla en la soledad. Cuando estás solo te perteneces por entero; pero si tienes contigo un solo compañero, no te pertenecerás más que a medias, o menos todavía, según la indiscreción de tu amigo. Si tienes varios amigos, tu caída será más profunda todavía. Y si dices: "Voy a alejarme de vosotros y quedarme solo, para consagrarme más libremente a la contemplación de la naturaleza", yo te respondo: "No es probable que lo logres porque no tendrás la voluntad suficiente para no distraerte, para no prestar oídos a las habladurías. Serás un mal camarada y un artífice peor todavía, porque nadie puede servir a dos amos". Si tú replicas: "Me iré más lejos, donde no pueda oír sus conversaciones". Yo te diré: "Te tomarán por un loco y te dejarán solo". Pero si te es indispensable tener amigos, que sean pintores y discípulos de tu estudio. Toda otra amistad es peligrosa. Recuérdalo, artista; tu fuerza se halla en la soledad.»

Ahora comprendo por qué Leonardo vive alejado de las mujeres: necesita mucha libertad para poderse aislar.

Andrea Salaino se queja a veces con amargura del aburrimiento de nuestra existencia, monótona y retirada, afirmando que los discípulos de otros talleres llevan una vida mucho más alegre. A Salaino le gustan como a una muchacha los trajes nuevos y le molesta no poderlos lucir. Le gustarían las fiestas, el ruido, el boato, el gentío y las miradas tiernas.

Hoy el maestro, habiendo escuchado las quejas y las peticiones de su favorito, acarició con gesto familiar la sedosa y rizada cabellera de éste y le respondió sonriente:

–No te apures, niño mío. Prometo que te llevaré a la próxima fiesta del castillo. ¿Quieres que te cuente una fábula?

–¡Sí, maestro! –respondió alegremente Andrea sentándose a los pies de Leonardo.

–Sobre un altozano, al borde de la carretera, próxima a la cerca de un jardín, había una piedra rodeada de árboles, musgo, flores y hierbas. Un día, viendo abajo, en la carretera, muchas otras piedras quiso juntarse y dijo: «Poco placer me dan estas flores y estas hierbas débiles y fugaces. Me gustaría vivir con mis hermanas, entre las piedras, mis semejantes». Y rodó hasta la carretera hacia las que ella llamaba sus semejantes, sus hermanas. Pero allí las ruedas de las carretas la aplastaban, las patas de burros y mulos y las botas ferradas de los hombres la herían. Y cuando, a veces, lograba aliviarse un poco y quería respirar libremente, el barro, el polvo y el estiércol de los animales la cubrían. Miraba entonces tristemente a su antiguo lugar, su puesto solitario en el altozano y le parecía el Paraíso. Esto es lo que ocurre, Andrea, a los que abandonando su sabroso aislamiento se hunden en el fragor de las muchedumbres aquejadas de eterna inquietud.

El maestro no permite que se haga daño alguno a ningún ser viviente, ni siquiera a las plantas. El mecánico Zoroastro me ha contado que desde joven no come carne, y afirma que llegará un día en que todos los hombres se contentarán, como él, con una alimentación vegetal, y sentirán la muerte de un animal tanto como la de un hombre.

Pasando una vez ante una carnicería del Mercado Nuevo, me mostró con asco los terneros, corderos, vacas y puercos colgados de los ganchos y me dijo:

–Si, en verdad, el hombre es un animal superior a todos, ¿por qué resulta el más feroz? –Y tras corto silencio añadió con dulce tristeza–: Vivimos de la muerte de otros seres. Los hombres y las bestias son eternos albergues de muertos, tumbas los unos de los otros...

–Tal es la ley de la naturaleza, de la cual alabáis la clemencia y la sabiduría –replicó César–. Yo me pregunto ¿por qué violáis, absteniéndoos de comer carne, esta ley natural que sacrifica unos seres a otros?

Leonardo le miró y respondió con calma:

–La naturaleza siente infinita alegría al inventar nuevas formas y crear nuevas vidas. Y como ella las crea más deprisa de lo que el tiempo tarda en destruirlas, ha hecho de modo que unas criaturas se nutran de otras criaturas, dejando así espacio y lugar para las futuras generaciones. Por eso envía a menudo males y epidemias allí donde los seres al multiplicarse sobrepasan la medida. Sobre todo entre los hombres, en los que el exceso de natalidad no está compensado con el de defunciones, ya que los otros animales no los devoran.

Así Leonardo explicó con toda serenidad de espíritu, sin indignación ni queja, las leyes naturales. Él, por su parte, obraba a su manera, absteniéndose de utilizar para su alimento nada de lo que vive.

Anoche seguí leyendo un libro del que jamás me separo: *Florecillas* de san Francisco. Francisco, como Leonardo, ama a los animales. A veces, en vez de rezar, ensalza la Sabiduría Divina. Se extasía durante horas y horas viendo cómo las abejas modelan sus celdillas de cera y las llenan de miel. Un día, sobre una montaña desierta, Francisco predicó a los pájaros la divina palabra; alineados a sus pies le escuchaban; cuando acabó batieron las alas, trinaron, abriendo sus picos y acariciando con sus cabecitas la túnica del santo, como para demostrarle que habían comprendido el sermón. Él los bendijo y se echaron a volar con gorjeos de júbilo.

Leí mucho tiempo, luego me dormí. Me parecía sentir en sueños el suave roce de alas de paloma. Me levanté temprano. Acababa de salir el sol y en la casa todos dormían. Bajé al patio para lavarme con agua fresca del pozo. Todo estaba tranquilo. El sonido de lejanas campanas parecía un zumbar de abejas y se respiraba una fresca bruma. De pronto, oí como en mi sueño, un batir innumerable de alas. Levanté la vista y vi a meser Leonardo sobre la escalera de un alto palomar.

Su cabeza aureolada con su cabellera acariciada por el sol se elevaba hacia el cielo. Una bandada de arrulladores pichones blancos se apretujaba a sus pies. Revoloteaban a su alrededor, se posaban con confianza en sus hombros, sus brazos, su cabeza. Él las palpaba y les ofrecía la comida en sus labios. Luego le vi alzar la mano como para bendecirlos. Los pichones volaron con alegre aleteo y se lanzaron al azul del cielo como copos de nieve. Él los siguió con tierna sonrisa.

Yo pensé que Leonardo, semejante a san Francisco, amigo de todo lo creado, llamaba al viento su hermano, al agua, su hermana y a la tierra, su madre.

¡Que el Señor me perdone! No he podido resistir y he vuelto con César a la maldita taberna. Hablo de la bondad del maestro.

–¿Querrás decir, Giovanni, que meser Leonardo no come carne y no se alimenta más que de las hierbas que Dios hace brotar de la tierra?

–¿Y si es así, César? Yo sé…

–¡Tú no sabes nada! Meser Leonardo no hace nada por bondad; lo hace como todo, para divertirse, por extravagancia…

–¿Cómo por extravagancia? No te entiendo.

Y rió con forzada alegría.

–¡Bueno, bueno! No discutamos. Espera más bien a que estemos en casa. Te enseñaré algunos dibujillos del maestro bastante curiosos.

Al volver nos deslizamos sigilosamente, como ladrones, en el estudio del maestro. Éste se hallaba ausente. César buscó en un montón de libros que había sobre su mesa de trabajo y sacó un cuaderno de dibujos que me mostró. Yo sabía que obraba mal; pero no tuve fuerza para resistir y miré con curiosidad.

Se trataba de enormes bombardas, de balas explosivas, cañones de múltiples bocas y otros artefactos de guerra, dibujados con la misma delicadeza aérea de sombras y luz que los rostros de las más bellas de sus madonas. Recuerdo una bomba de medio codo de diámetro, cuya construcción me explicó César: estaba fundida en bronce; el interior se hallaba repleto de estopa, yeso, cola de pescado, capas de lana, brea, azufre, y como en un laberinto se entrecruzaban tubos de cobre rodeados de nervios de buey. La bomba estaba atiborrada de pólvora y balas. Los orificios de los tubos se hallaban dispuestos en espiral en la superficie de la bomba. Mientras la bomba gira con una rapidez increíble, como una gigantesca peonza, lanza torrentes de fuego. Al margen, Leonardo había escrito: «Esta bomba está perfectamente construida y es de una eficacia enorme. No explota después del cañonazo, sino después del tiempo que se tarda en recitar un avemaría».

–Un avemaría –repitió César–. ¿Qué piensas, amigo? He aquí un inesperado uso de la plegaria cristiana. ¡Qué hombre tan singular meser Leonardo! ¡El avemaría, al lado de semejante horror! ¿Que no llegará a inventar?... Y a propósito, ¿sabes cómo llama a la guerra?

–¿Cómo?

–La más brutal de las tonterías. ¡Bonita palabra! ¿verdad? ¡En boca de quien ha imaginado tales artefactos!

Ha vuelto la página y me ha mostrado el dibujo de un carro de guerra provisto de toda clase de armas. A cada asalto hace brecha en el ejército enemigo. Unas formidables hojas de acero en forma de hoz afiladas como navajas de afeitar, y parecidas a gigantescas patas de araña, giran en el aire con agudos silbidos y con rechinamiento de ruedas dentadas, esparciendo trozos de carne y salpicaduras de sangre. A su alrededor yacen piernas, brazos, cabezas cortadas, cuerpos destrozados.

Recuerdo todavía otro dibujo: en el patio de un arsenal, un enjambre de obreros desnudos, semejantes a demonios con los músculos tensos por el increíble esfuerzo, agarran con pies y manos las palancas de una gigantesca grúa. Levantan un cañón. Detrás rueda un eje sobre dos ruedas. Estos racimos de cuerpos humanos suspensos en el aire me han producido miedo. Creí ver el arsenal de los demonios, las fraguas infernales.

–Y bien, ¿te he dicho la verdad, Giovanni? Son unos dibujos curiosos. Ahí tienes al hombre piadoso que ama a los animales, no come carne y recoge de la senda un gusano para que los caminantes no le aplasten. ¡Es lo uno y lo otro junto! Un demonio y un santo. Santo de dos rostros, vuelve uno hacia Cristo y el otro hacia el Anticristo. ¿Cuál es el verdadero y cuál el falso? Tal vez los dos son verdaderos... Y todo lo hace con ligereza, con un encanto seductor, como en broma y jugando.

Escuché en silencio: un estremecimiento mortal penetró hasta el fondo de mi corazón:

–¿Qué te pasa, Giovanni? –observó César–. No tienes sangre fría, mi pobre amigo. Lo tomas todo demasiado a pecho. Ya te irás acostumbrando y llegarás a no extrañarte de nada, como yo. Ahora volvamos a echar un trago en la taberna de La Tortuga de Oro.

Et dum vinum potamus
Celebrons le Dieu Bacchus
O te Deum laudamus!

No respondí nada, oculté el rostro entre mis manos y eché a correr.

¿Es posible que sea un mismo hombre el que como san Francisco acaricia a los pichones con inocente sonrisa y el de las fraguas infernales? El filántropo y el inventor del monstruo de hierro con patas de araña ensangrentadas ¿son uno solo y el mismo hombre? No, no es posible. Todo, pero eso no. Más vale ser ateo que servir a un mismo tiempo a Dios y al Diablo. ¡Crear a la vez el rostro de Cristo y el de Sforza el tirano!

Hoy decía Marco d'Oggione:

–Meser Leonardo, muchas gentes nos reprochan, a vos y a nosotros, vuestros discípulos, el ir raramente a la iglesia y trabajar los días festivos.

–Deja que los beatos digan lo que quieran –respondió Leonardo–. Que nuestro corazón no se turbe, amigos míos. Estudiar los fenómenos de la naturaleza es una ocupación agradable al Señor. Vale tanto como orar. Descubriendo las leyes de la naturaleza glorificamos al Supremo Inventor, el Artista del Universo y aprendemos a amarle, porque de la mucha ciencia nace el gran amor a Dios. El que sabe poco, ama poco. Si amas al Creador por los favores pasajeros que esperas de Él y no por su bondad y su fuerza eterna, te pareces al perro que menea la cola y lame la mano de su dueño con la esperanza de un buen bocado. Piensa cuánto más habría amado el perro a su amo si hubiese comprendido su alma y su espíritu. Acordaos, amigos míos, que el amor es hijo del conocimiento y es tanto más ardiente cuanto más se conoce; y más preciso. El Evangelio dice: «Sed prudentes como la serpiente y sencillos como la paloma».

–Es imposible unir la sabiduría de la serpiente a la sencillez de la paloma –replicó César–. Me parece que hay que elegir entre una u otra...

–No. Las dos en una –dijo Leonardo–. ¡Juntas! La una no puede ser sin la otra: el conocimiento perfecto y el amor perfecto son una misma cosa.

Hoy leyendo al apóstol san Pablo he encontrado en el capítulo VIII de la primera Epístola a los corintios las siguientes palabras: «El conocimiento enorgullece y el amor edifica. Y si alguno se jacta de saber algo, es que no ha conocido nada todavía como se debe conocer. Pero si alguno ama a Dios, Dios es conocido por él».

El apóstol afirma que el conocimiento viene del amor, y Leonardo que el amor viene del conocimiento. ¿Quién tiene razón? No puedo resolver la cuestión y no puedo vivir si no la resuelvo.

Tengo la sensación de hallarme perdido en los meandros de un terrible laberinto. Grito, llamo y nadie me responde. Cuanto más avanzo, más me pierdo. ¿Dónde estoy? ¿Qué me sucederá si Tú, Señor, también me abandonas?

–¡Oh, fray Benedetto, cómo hubiera querido volver a tu apacible celda, contarte mis tormentos, apretarme contra tu pecho, para que me reconfortases y librases mi alma de este fardo, oh, padre bien amado, tu humilde cordero que ha seguido el divino precepto: bienaventurados los simples de espíritu!

Hoy nueva desgracia.

El cronista de la corte, meser Giorgio Merula, y su viejo amigo el poeta Bernardo Bellincioni hablaban solos en una apartada sala de palacio. Esto ocurría después de cenar. Merula, ligeramente ebrio, se jactaba, según costumbre de su espíritu independiente, del desprecio que siente por la vileza de los príncipes de nuestro siglo y pronunció a propósito de Moro unas palabras irreverentes censurando un soneto en que Bellincioni celebra los pretendidos beneficios con que el duque había colmado a Gian Galeazzo. Trató a Moro de asesino y envenenador. Los tubos de la oreja de Dionisio se hallaban tan hábilmente dispuestos que desde su lejana habitación el duque pudo escuchar el diálogo. Hizo prender a Merula y encarcelarle en un calabozo del foso que rodea el castillo. ¿Qué pensará de ello Leonardo que, sin preocuparse del bien ni del mal que pudiera ocasionar, ha construido la oreja de Dionisio? «Jugando y bromeando», según la expresión de César, inventa máquinas monstruosas, bombas explosivas, arañas de hierro, que en pocos instantes destrozan a centenares de hombres.

El apóstol ha dicho: «Tu ciencia será causa de la muerte de tu hermano más débil, por quien Cristo ha muerto».

¿Es de esta ciencia de donde nace el amor? ¿O la ciencia y el amor no son una misma cosa?

A veces el rostro del maestro es tan sereno, tan inocente, lleno de tan cándida pureza que estoy dispuesto a perdonarlo todo, a creerlo todo y volverle a dar mi alma Pero de pronto, por el pliegue misterioso de sus finos labios, pasa una expresión que me hiela, como si mis miradas sondeasen los abismos submarinos. Y de nuevo me parece que hay un enigma en su alma y me acuerdo de una de sus máximas:

«Los más grandes ríos corren bajo tierra.»

El duque Galeazzo ha muerto.

Dicen –¡oh, Dios me es testigo de que mi mano apenas se levanta para escribir estas palabras y que no creo en ello!–, dicen que Leonardo le ha matado; que ha envenenado al duque con los frutos del árbol venenoso.

Recuerdo al mecánico, Zoroastro de Peretole, enseñando a monna Casandra este árbol maldito. ¡Ojalá no lo hubiera visto jamás! Todavía ahora me parece verlo tal como aquella noche entre la niebla verde, con sus gotas de veneno sobre sus húmedas hojas y sus frutos, madurando suavemente sus entrañas de muerte y de terror. De nuevo resuenan en mis oídos las palabras de la Escritura: «No comas de los frutos del árbol de la Ciencia del bien y del mal, porque el día en que los pruebes morirás de muerte».

¡Oh, desdichado, desdichado de mí! Antes, en la humilde celda de mi padre Benedetto, en inocente simplicidad, era como el primer hombre del Paraíso. Pero he pecado; mi alma ha caído en las tentaciones de la serpiente, he probado del árbol de la Ciencia y mis ojos se han abierto. He visto el bien y el mal, la luz y la sombra, a Dios y al Demonio y he visto también que estoy desnudo, solo y miserable; y mi alma se muere de muerte.

¡De lo profundo de los infiernos, clamo hacia Ti, Señor; atiende mi súplica, escúchame, ten piedad de mí! Como el ladrón en la cruz, reconozco Tu nombre. ¡No me olvides, Señor, cuando estés en tu Reino!

Leonardo ha comenzado a trabajar en el rostro de Cristo.

El duque le ha encargado la construcción de un mecanismo para elevar el clavo sagrado.

Con precisión matemática ha pesado en su balanza el instrumento de la Pasión del Señor, como si pesara un trozo de hierro viejo –tantas onzas, tantos gramos–. La misma reliquia no es para él más que un dato entre los datos, una pieza entre las piezas de la máquina: cuerdas, ruedas, palancas, poleas.

El apóstol dijo: «Hijos míos, los tiempos han llegado, y como sabéis, el Anticristo debe venir. También hay ya varios anticristos por los que conocemos que el último tiempo ha llegado».

La pasada noche el populacho rodeó nuestra casa reclamando el clavo sagrado y gritando: «Brujo, ateo, asesino del duque, ¡Anticristo!».

Leonardo escuchaba sin cólera los clamores de la plebe. Cuando Marco quiso hacer uso del arcabuz, él se lo prohibió. El rostro del maestro se hallaba, como siempre, impenetrable, tranquilo. Yo caí a sus pies y le supliqué que me hablase, aunque sólo fuera una palabra para disipar mis dudas. Le hubiera creído, ¡pongo por testigo a Dios vivo! Pero no ha querido decirme nada. El pequeño Jacopo pudo salir de la casa e ir a avisar al capitán de la ronda. Los condujo hasta casa y los soldados cargaron contra el pueblo en el momento en que ya las puertas de nuestra casa cedían al ataque de los amotinados. Éstos huyeron. Jacopo, herido en la cabeza, resultó muerto.

Hoy he asistido en la catedral a la fiesta del sagrado clavo.

Fue ascendido a la cúpula en el momento determinado por los astrólogos.

La máquina de Leonardo funcionó de un modo perfecto. No se veían cuerdas ni poleas. La urna de cristal, con rayos de oro, en la que el clavo iba guardado parecía elevarse sola, entre una nube de incienso, semejante al sol cuando se eleva en el horizonte: era un prodigio de la mecánica. El coro entonaba:

Confixa Clavis viscera
Tendens manus vestigia,
Redemptionis gratia
Hic inmolata est Hostia.

Y el relicario se detuvo, en medio de la oscura bóveda por encima del altar mayor de la catedral, alumbrado por cinco lámparas.

Oyóse la voz del obispo:

–*O crux benedicta qua sola fuisti digna portare Regens coelorum et Dominus. Alleluia!*

El pueblo cayó de rodillas repitiendo: *Alleluia!*

Y Moro, el usurpador del trono, el asesino, levantó los ojos llenos de lágrimas y los brazos hacia el clavo sagrado.

Enseguida se repartió entre el pueblo carne y vino, cinco mil medidas de guisantes y siete mil libras de tocino. El populacho, olvidando al duque asesino, se divertía bailando y gritando: «¡Viva Moro! ¡Viva el clavo!».

Bellincioni compuso unos hexámetros en los que decía que bajo el suave dominio de Augusto, el Moro amado de Dios, el antiguo clavo de hierro haría brillar en el mundo una nueva edad de oro.

Al salir de la catedral, el duque se aproximó a Leonardo y le abrazó llamándole su Arquímedes. Le dio las gracias por haber construido esta maravillosa máquina, y prometió regalarle una yegua árabe de la caballería sforcesca y dos mil ducados imperiales. Después de lo cual, dando unos golpecitos en el hombro al maestro, le dijo que terminase cuando quisiera el rostro de Cristo de la Sagrada Cena.

He comprendido las palabras de la Escritura: «El hombre de pensamientos dobles no es firme en las decisiones».

¡Ya no puedo más! Me pierdo; me vuelvo loco ante estos pensamientos equívocos y ante la faz del Anticristo que se transparenta bajo el rostro de Cristo. Señor, ¿por qué me has abandonado?

Hay que huir antes de que sea demasiado tarde.

Esta noche me levanté, e hice un envoltorio con mis vestidos y mis libros; cogí mi bastón de viaje, y a tientas en la oscuridad, bajé al taller y puse sobre la mesa treinta florines, precio de mis seis últimos meses de estudio. (He vendido, para procurármelos, la sortija con esmeralda que mi madre me regaló.) Sin despedirme de nadie, mientras todos dormían, he salido para siempre de casa de Leonardo.

Fray Benedetto me ha dicho que desde el día que me fui, todas las noches había rogado por mí. Afirma que tuvo una visión anunciando que Dios me conducía por el camino de la salvación.

Fray Benedetto iba a Florencia para ver a un hermano suyo enfermo, que está en el convento de los Dominicos de San Marcos. De este convento es prior Girolamo Savonarola. ¡Gracias a Ti, Señor! Me has librado de la sombra mortal, de la boca del infierno. Hoy renuncio a la sabiduría que lleva el sello de la serpiente de las siete cabezas, de esa bestia que procede de las tinieblas y que se llama el Anticristo. Renuncio a los frutos del árbol venenoso de la Ciencia, al orgullo de la vana razón, a la ciencia impía que tiene por padre al demonio.

Renuncio a todas las seducciones de la belleza pagana.

Renuncio a todo lo que no sea Tu voluntad, Tu gloria, Tu sabiduría. ¡Oh, Cristo, mi Dios!

Ilumina mi alma con tu luz. ¡Líbrame de la maldición de los falsos pensamientos, afirma mis pasos sobre tu senda para que no vacile. ¡Cobíjame a la sombra de tus alas!

¡Que mi alma alabe al Señor! ¡Glorificaré al Señor mientras viva! ¡Cantaré a mi Dios mientras dure mi existencia! Dos días después partimos fray Benedetto y yo para Florencia. Con la bendición de mi padre quiero entrar como novicio en el convento de San Marcos, cerca del elegido del Señor, de fray Girolamo Savonarola. ¡Dios me ha salvado!

Así terminaba el «diario de Giovanni Beltraffio».

Capítulo VII

El auto de fe de las vanidades

I

Había transcurrido más de un año desde que Beltraffio entró como novicio en el convento de San Marcos.

Una tarde de fines del Carnaval del año 1486, Girolamo Savonarola, sentado en su celda ante su mesa de trabajo, escribía el relato de una visión que Dios le había enviado recientemente: dos cruces sobre la ciudad de Roma; una negra entre un torbellino devastador con esta inscripción: «la cruz de la cólera de Dios»; la otra resplandeciente con esta inscripción: «la cruz de la misericordia del Señor».

Se sentía cansado y febril. Apoyó su rostro entre las manos y cerró los ojos recordando lo que de la vida del papa Alejandro Borgia le había contado el humilde fray Paolo, un monje enviado a Roma para informarse, que acababa de llegar a Florencia. Ante sus ojos pasaban como proyecciones de Apocalipsis, monstruosas imágenes. El toro purpúreo del blasón de los Borgia evocaba al buey Apis de los egipcios (el becerro de oro ofrecido al pontífice romano en lugar del dulce cordero del Señor), los placeres impúdicos que se desarrollaban por la noche, después del festín, en las salas del Vaticano, en presencia del santo padre, de su hija y los cardenales; la hermosa Julia Farnesio, joven amante del Papa sexagenario, cuyas facciones se representaban en los cuadros religiosos bajo los rasgos de la Santa Virgen. Los dos hijos mayores de Alejandro, César, cardenal de Valencia, y Juan, portaestandarte de la Iglesia romana, que se odiaban hasta el fratricidio porque los dos deseaban carnalmente a su propia hermana. Fray Girolamo se estremecía acordándose de lo que fray Paolo apenas osó murmurar a su oído: el amor incestuoso del padre por su hija, del viejo Papa por madona Lucrecia.

–¡No, no, Dios mío! ¡No lo creo! Es una calumnia, es imposible –repetía.

Pero en su interior sentía que todo era posible en el cubil de los Borgia.

Un sudor frío perló la frente del fraile y cayó de rodillas ante el crucifijo.

En esto llamaron suavemente a la puerta de la celda.

–¿Quién es?

–Yo, padre mío.

Girolamo reconoció la voz de su noble y fiel amigo fray Domenico Buonvicino.

–El reverendísimo Ricciardio Becci, enviado del Papa, pide autorización para hablarte.

–Bien, que espere. Envíame al hermano Silvestre.

Silvestre Mamfi era un frailuco de espíritu débil que sufría de un terrible mal. Girolamo le consideraba como un elegido por la gracia divina; le amaba y le temía, interpretando sus visiones según la escolástica sutil del angélico Tomás de Aquino, empleando para ello ingeniosas argucias, entimemas, apotegmas y silogismos. Encontraba sentido profético allí donde otras personas no encontrarían más que los absurdos balbuceos de un loco. Mamfi no mostraba ningún respeto hacia su superior. Con frecuencia le reprendía e injuriaba delante de todo el mundo e incluso le pegaba. Girolamo aceptaba sus ofensas con humildad y le obedecía en todo. Si el pueblo florentino se hallaba dominado por Girolamo; éste, a su vez, lo era por aquel deficiente mental, por Mamfi.

El hermano Silvestre entró en la celda, se sentó en un rincón, en el suelo, rascándose las piernas amoratadas y desnudas. Enseguida comenzó a entonar una desagradable melopea. Su rostro, cubierto de manchas rojizas, tenía una expresión estúpida y triste.

Su nariz era puntiaguda como una lezna, colgante el labio inferior, y los ojos, lacrimosos tenían el color verde turbio de una botella.

–Hermano –dijo Girolamo–, un enviado del Papa acaba de llegar de Roma. Dime: ¿debo recibirle? ¿Qué debo responder? ¿No has tenido ninguna revelación?

Mamfi hizo un gesto grotesco, ladró como un perro y gruñó como un marrano; poseía el don de imitar a la perfección a todos los animales.

–Hermano querido –suplicaba Savonarola–, ¡sé bueno! ¡Habla! Mi alma está mortalmente angustiada. Suplica a Dios que baje a ti el espíritu profético.

El loco sacó su lengua. Este gesto dio a su rostro una expresión violenta.

–¿Por qué me molestas, tonto maldito, codorniz sin seso, cabeza de carnero? ¡Sí, que las ratas te coman la nariz! –gritó con repentino furor–. Tenemos vino; hay que beberlo. ¡Yo no soy tu consejero ni tu profeta!

Después miró a Savonarola por lo bajo y suspiró continuando con otra voz dulce y afectuosa:

–Sufres, hermano. ¡Cómo te quejas! ¿Puedes asegurar que mis éxtasis proceden de Dios y no del demonio?

Se calló, bajando los párpados y su rostro quedó inmóvil y como muerto. Savonarola, creyendo que se trataba de una visión esperó piadosamente, sin moverse. Pero Mamfi al abrir los ojos, con un movimiento lento de cabeza, como para escuchar, miró por la ventana y dijo con fina sonrisa, casi inteligente:

–¡Los pajarillos! ¿Oyes los pajarillos? Estoy seguro de que ahora hay en el campo hierba y flores amarillas. Hermano Girolamo, tú lo has trastornado todo. Has satisfecho tu orgullo; el diablo está contento de ti. ¡Basta! Hay que pensar también en Dios. ¡Vamos, huyamos de este mundo maldito, retirémonos al desierto!

Y balanceándose, se puso a cantar con voz dulce y agradable:

> Marchemos al bosque verde
> en secreto, a meditar,
> donde los pájaros cantan
> y murmura el manantial.

Al levantarse bruscamente, su cilicio hizo un ruido especial. Corriendo hacia Savonarola le tomó una mano y como sofocado por el furor, murmuró:

–¿Has visto? ¿Has visto? ¿Has visto? ¡Ah, hijo de Satanás, cabeza de asno! ¡Que las ratas te coman la nariz! ¿Has visto?

–¡Di, hermano, di pronto!

–¡El fuego, el fuego! –exclamó Mamfi.

–Bien, bien... ¿Y luego?

–¡El fuego de la hoguera! –continuó Silvestre–. Y en medio un hombre...

–¿Quién? –preguntó Girolamo.

Mamfi hizo un movimiento con la cabeza, pero no respondió enseguida. Fijos sus ojos sobre Savonarola, sus ojillos verdes y escrutadores parecían reír bondadosamente. Después se inclinó hacia el prior y murmuró a su oído:

–¡Tú!

Girolamo se estremeció dando un paso atrás.

Mamfi yendo hacia la puerta agitaba las cadenas que llevaba debajo del hábito, mientras repetía su cancioncilla:

> Marchemos al bosque verde
> en secreto, a meditar,
> donde los pájaros cantan
> y murmura el manantial.

Girolamo, recobrando su sangre fría, dio orden de introducir al enviado del Papa, Ricciardio Becci.

II

El secretario de la Cancillería apostólica entró en la celda de Savonarola. Su largo hábito de crujiente seda era, según la moda, de color violeta de marzo y las mangas, a la veneciana, estaban bordadas de piel de zorro azul. Esparció a su alrededor un perfume de ámbar almizclado. En todos los ademanes de meser Ricciardio Becci, en su sonrisa llena de afable dignidad, en sus ojos serenos y casi cándidos, en los hoyuelos de sus frescas y rasuradas mejillas, se hallaba esa expresión característica de los prelados de la corte pontificia.

Inclinándose con la gentileza de un cortesano, pidió la bendición al prior de San Marcos, besó su descarnada mano y le dirigió la palabra en latín, empleando elegantes giros ciceronianos y largos períodos llenos de elocuencia.

Luego, fiel al precepto oratorio de captar la benevolencia de los oyentes, comenzó aludiendo a la fama del predicador florentino. Enseguida, entró en el asunto: el santo padre se hallaba justamente irritado contra Girolamo que rehusaba obstinadamente ir a Roma, pero deseando no sólo el bien de la Iglesia, sino la paz universal y la unión de todos los fieles en Cristo y queriendo, no la muerte, sino la salvación del pecador, se mostraba paternalmente dispuesto a conceder su gracia a Savonarola si éste se arrepentía.

El fraile levantó los ojos al techo y dijo a media voz:

–¿Qué piensa usted, meser, del santo padre? ¿Cree en Dios?

Ricciardio no respondió, haciéndose el sordo, fingiendo no haber oído tan impertinente pregunta y, volviendo a su misión, dejó entrever que la más alta dignidad jerárquica eclesiástica –el capelo cardenalicio– esperaba a Girolamo si se sometía. Inclinado hacia el fraile, rozó su mano mientras añadía con insinuante sonrisa:

–¡Una palabra, padre Girolamo, una sola palabra y el capelo rojo es suyo!...

Savonarola clavó en su interlocutor su mirada inmóvil y dijo:

–Y si, meser, ¿no me someto y no me callo? ¿Y si renuncio al honor de la púrpura romana, no dejándome seducir por el capelo rojo y continúo ladrando en la casa del Señor, como un perro fiel al que ningún mendrugo puede hacer callar?

Ricciardio le miró con curiosidad, hizo un ligero gesto, alzó las cejas, contempló con aire indiferente sus cuidadas uñas, alargadas como almendras y se puso a jugar con sus sortijas. Luego, sin apresurarse, sacó de su bolsillo desdoblando y tendiéndolo al prior un decreto dispuesto para la firma y sello con el anillo del Pescador, en el que se le declaraba hijo de perdición e insecto despreciable *(nequissimus omnipedum)*.

–¿Esperáis mi respuesta? –exclamó el fraile después de leer el papel.

El secretario inclinó la cabeza silenciosamente. Savonarola, irguiéndose cuan alto era, tiró el documento a los pies del enviado.

–¡Ésa es mi respuesta! Volved a Roma y decid que acepto el desafío del papa anticristo. ¡Veremos cuál de los dos excomulga al otro!

La puerta de la celda se abrió lentamente y el hermano Dominico asomó su cabeza. Al oír el tono exaltado del prior había acudido para ver qué pasaba. Los frailes se agruparon en el umbral.

Ricciardio se volvió varias veces hacia la puerta y por fin hizo una cortés indicación:

–Me permito recordarle, hermano Girolamo, que no estoy autorizado más que para una conversación secreta...

Savonarola se dirigió a la puerta, abriéndola del todo.

–¡Escuchad! –y su voz era cada vez más potente–. Escuchad todos, porque no es solamente a vosotros, hermanos míos, sino a todo el pueblo de Florencia a quien denuncio este infame comercio: ¡se me da a elegir entre la excomunión o la púrpura cardenalicia!

Sus ojos hundidos bajo la estrecha frente brillaban como ascuas y su terrible mandíbula inferior avanzaba temblorosa.

–¡Los tiempos han llegado! Yo iré hacia vosotros, cardenales y prelados romanos, como contra los paganos. Giraré la llave en la cerradura, abriré el arca abominable y exhalará tal peste vuestra Roma que todos los hombres correrán peligro de asfixiarse. Diré cosas que os harán palidecer, el mundo temblará hasta en sus cimientos y la Iglesia de Dios asesinada por vosotros oirá mi voz: «¡Lázaro, levántate!». Y se levantará y saldrá de la tumba. ¡No quiero ni vuestras mitras, ni vuestros capelos cardenalicios! No me des, oh, Señor, más que el capelo rojo de la muerte, ¡la sangrienta corona de tus mártires!

Savonarola cayó de rodillas gimiendo, con sus pálidas manos tendidas hacia el crucifijo.

Ricciardio, aprovechándose del estupor general, se deslizó fuera de la celda. Se alejó precipitadamente.

III

Entre el tropel de frailes que escuchaban al hermano Girolamo, se hallaba el novicio Giovanni Beltraffio.

Cuando los hermanos se dispersaron, él bajando por la escalera que conducía al patio principal del convento se sentó en su sitio preferido, bajo un arco del claustro que a esta hora se hallaba siempre tranquilo y solitario.

Entre los blancos muros del claustro crecían laureles, cipreses y un seto de rosas, a la sombra del cual al hermano Girolamo le gustaba predicar; la leyenda afirma que los ángeles venían por la noche a regar estas rosas.

El novicio abrió la Epístola de Pablo a los corintios y leyó:

«No podéis beber en la copa del Señor y en la del demonio, no podéis sentaros a la cena del Señor y a la del demonio.»

Se levantó y se puso a pasear por la galería, rememorando sus pensamientos y sensaciones durante el último año transcurrido en el convento de San Marcos.

Los primeros tiempos había experimentado entre los discípulos de Savonarola una gran paz espiritual. A veces, por la mañana, el padre Girolamo los llevaba fuera de los muros de la ciudad. Por un estrecho sendero que parecía conducirles derechos al cielo, subían a las alturas de Fiésole, desde donde divisaban, entre colinas, Florencia, en medio del valle del Arno. El prior se sentaba en una pradera, florecida de violetas, lirios e iris; la resina corría por el tronco de los tiernos cipreses calentados por el sol. Los religiosos se echaban en la hierba a los pies de Girolamo, trenzaban coronas, conversaban, bailaban, se divertían como niños, mientras que algunos tocaban el violín o la viola, esos instrumentos que el beato Angélico ha pintado en sus cuadros.

Savonarola no les aleccionaba, no predicaba, sino que sostenía con ellos charlas afectuosas y jugaba y reía él también como un niño. Giovanni contemplaba la sonrisa que encendía su rostro, pareciéndole que en esta solitaria floresta, llena de músicas y cánticos, sobre el monte de Fiésole, rodeados de cielo azul, eran semejantes a los ángeles de Dios en el Paraíso.

Savonarola, aproximándose al valle contemplaba Florencia envuelta en la bruma matinal con amor, como una madre contempla a su hijo dormido. De abajo llegaban los primeros tañidos de las campanas, semejantes al balbuceo adormecido de un pequeñuelo.

Y en las noches de verano, cuando las luciérnagas brillan como leves cirios conducidos por invisibles ángeles bajo el seto embalsamado de las rosas, en el patio de San Marcos hablaba a los hermanos de las sangrientas llagas de Catalina de Siena, úlceras de amor celeste, semejantes a las heridas del Señor, aromáticas como rosas:

¡Déjame embriagarme con el dolor de las llagas.
Hazme gozar con el suplicio de la Cruz,
Como el suplicio de tu Hijo!

Así cantaban los monjes, y Giovanni hubiera querido que el milagro del cual hablaba Savonarola se renovase en él, y que los rayos de fuego saliendo del cáliz del santo sacramento imprimiesen en su cuerpo, como un hierro candente, las llagas de la Cruz.

–*Jesu, Jesu, amore!* –suspiraba, extenuado de languidez.

Un día Savonarola le envió, como hacía con otros novicios, a asistir a un moribundo, a la ciudad de Carreggi, situada a dos millas de Florencia en la pendiente meridional de los montes de Uccellatoio. En esta misma ciudad, Lorenzo de Médicis había residido muchas veces y allí murió. En una de las salas desiertas y silenciosas del palacio de Médicis, a la débil y casi sepulcral luz que se filtraba a través de las rendijas de los cerrados postigos, Giovanni vio el cuadro de Sandro Boticelli: *El nacimiento de Venus*. Completamente desnuda, blanca como un lirio de agua y como impregnada del olor fresco y salado del mar, se deslizaba sobre las olas de pie en una concha de nácar. Las pesadas guedejas de sus dorados cabellos se retorcían como serpientes. Con púdico gesto, cubría con ellas su cuerpo, ocultando su desnudez. Su belleza respiraba la seducción del pecado; pero sus labios inocentes y sus ojos infantiles estaban empañados de divina tristeza.

El rostro de la diosa le parecía familiar a Giovanni. La contempló largo rato, y de pronto recordó que este mismo rostro, estos mismos ojos infantiles, estos mismos labios inocentes con su expresión de melancolía, los había visto en otro cuadro de Sandro Boticelli: *La Madre del Señor*. Una inexplicable turbación invadió su alma. Bajó los ojos y se fue de la ciudad.

Se dirigió a Florencia por una estrecha callejuela. En una

hornacina había un viejo crucifijo, ante el cual se arrodilló orando para alejar la tentación. Tras del muro, en el jardín, y sin duda a la sombra de algún rosal florido sonaba una mandolina; oyó un grito y una voz que murmuraba temerosa:

–Amada mía –respondió otra voz–, mi amada...

–No, no, déjame...

Al caer al suelo la mandolina, sonaron sus cuerdas oyéndose el ruido de un beso.

Giovanni se levantó bruscamente, repitiendo:

–¡Jesús, Jesús! –pero sin osar añadir–: amor.

«¡Otra vez *él* –pensó–, *él* otra vez!» En el rostro de la madona, en las palabras de los salmos, en el perfume de las rosas, aunque coronan el crucifijo...

Ocultando el rostro entre las manos se fue como si huyera de un ser invisible.

Al volver al convento, salió al encuentro de Savonarola y le contó todo. El prior le dio el habitual consejo de luchar contra el demonio con el ayuno y la plegaria. Y cuando el novicio quiso explicar que no se sentía tentado por el demonio de la voluptuosidad carnal, sino por el demonio espiritual de la alegría pagana, el fraile no pudo comprenderle. Al principio quedó sorprendido, después dijo con severo acento que en los falsos dioses no había más que lascivia impura y orgullo, cosas siempre feas, porque no había belleza más que en las virtudes cristianas.

Giovanni se fue sin sentirse reconfortado. Desde ese día los demonios de la tristeza y la rebelión se apoderaron de él.

Un día, oyó decir al hermano Girolamo, hablando de la pintura, que todo cuadro debía ser útil e inspirar a los hombres la salvación de su alma; los florentinos hicieron una obra grata a los ojos de Dios destruyendo por mano del verdugo las imágenes paganas.

El monje juzgaba a la ciencia de la misma manera. «Aquel –decía– que se figure que la lógica y la filosofía deben confirmar las verdades de la fe es un mentecato.» ¿Una luz poderosa tiene necesidad de que la ilumine una luz débil? La sabiduría del Señor, ¿tiene necesidad de la del hombre? ¿Los apóstoles y los mártires conocían la lógica y la filosofía? Una vieja ignorante que ruega con fervor ante una imagen sagrada está más cerca del conocimiento de Dios que todos los sabios. La lógica y la sabiduría no los salvarán el día del Juicio final.

Homero y Virgilio, Platón y Aristóteles. todos irán a los antros de Satanás. Ellos, lo mismo que las sirenas:

Con pérfidos cantos, seducen nuestro oído.
Y llevan nuestra alma a su eterna perdición.

«La ciencia de los hombres es piedra en vez de pan. Mirad a los que siguen a la ciencia de este mundo: sus corazones son de piedra.»

«Quien sabe poco, ama poco. El amor grande es hijo del gran conocimiento.» Recordando esta frase, Giovanni comprendió toda su profundidad y oyendo a los frailes maldecir los escándalos del arte y de la ciencia, acudían a su memoria las lúcidas conversaciones de Leonardo, su rostro sereno, sus ojos fríos como el cielo y su sonrisa llena de sabiduría. No olvidaba los terribles frutos del árbol de la Ciencia, la araña de hierro, la oreja de Dionisio, la máquina ascensora del clavo sagrado, ni el rostro del Anticristo traspareciendo bajo el rostro de Cristo. Pero creía ahora que no había comprendido al maestro por completo ni descifrado el supremo misterio de su corazón, el nudo crucial donde se cifraban todos los hilos, todas las contradicciones.

Giovanni pensó en este año terrible del convento de San Marcos. Entregado a sus meditaciones, siguió paseando por el claustro hasta que ya de noche oyó los repiques del avemaría. Una negra hilera de monjes penetraba en la capilla.

Giovanni no entró con ellos. Sentándose de nuevo al lado del rosal, se puso a releer la Epístola de san Pablo y, con el espíritu turbado por las pérfidas sugestiones del demonio, el gran lógico, modificó de esta manera las palabras del apóstol: «No podéis dejar de beber en la copa del Señor y en la copa del demonio. No podéis dejar de participar en la cena del Señor y en la cena del demonio».

Con una sonrisa de amargura levantó los ojos al cielo donde la estrella de la noche brillaba como la antorcha del más bello de los ángeles de las tinieblas, Lucifer, el que empuña la antorcha.

Entonces acudió a su memoria una leyenda debida a un fraile erudito, que el gran Orígenes había recogido y que el florentino Mateo Palmieri reprodujo en su poema «La Ciudad de la Vida». Hela aquí: En los tiempos en que Satanás luchaba contra Dios había entre los ángeles quienes no queriendo sumarse al ejército de Dios ni al del demonio, quedaron ajenos al combate que contemplaban con indiferencia.

Y es de ellos de quien Dante ha dicho:

Angeli che non furono rebelli
Ne pur fideli a Dio, ma per sè foro.

Estos espíritus, ni buenos ni malos, ni claros ni tenebrosos, participando del mal como del bien, de la sombra como de la luz, fueron arrojados por la justicia suprema a un valle situado entre el cielo y el infierno, valle crepuscular en donde se convirtieron en hombres.

–¿Quién sabe? –decía Giovanni continuando en voz alta sus pecaminosas meditaciones–. ¿Quién sabe? Puede que el mal no exista. Puede que sea necesario para la gloria del Único beber en las dos copas.

Le pareció no haber sido él quien pronunciara estas palabras, sino alguien que, inclinado tras él, y acariciándole con su frío aliento, le murmuró al oído: «en las dos copas».

Se levantó de un brinco y aun cuando no vio a nadie en el claustro en donde el crepúsculo tejía su negro velo, se santiguó temblando; luego, huyendo a través del patio, no se detuvo hasta llegar a la capilla, donde lucían los cirios y los frailes cantaban las vísperas. Se arrodilló en las losas de piedra.

–¡Señor, sálvame! –exclamaba en su plegaria–. ¡Líbrame de los malos pensamientos! No quiero beber en las dos copas, sino sólo en Tu única copa. ¡De Tu verdad única mi alma tiene sed, Señor!

Pero la gracia divina, que es igual que el rocío que refresca las hierbas podridas, no acudió a serenar su corazón.

Se fue a su celda y se acostó.

Hacia el amanecer tuvo una pesadilla. Se veía junto a monna Casandra, cabalgando sobre un macho cabrío negro. Volaban por los aires. «¡Al aquelarre, al aquelarre!», gritaba la bruja, volviendo hacia él su pálido rostro como de mármol, con labios rojos como la sangre y ojos transparentes como el ámbar. La diosa del amor terrestre reflejaba en sus ojos una tristeza sobrehumana. Era la Diablesa blanca. La luna llena iluminaba su cuerpo desnudo, cuyo olor era tan suave y tan penetrante que hacía rechinar los dientes de Giovanni. Estrechó a Casandra entre sus brazos apretándose contra ella. *«Amore, amore»,* balbucía la muchacha riendo. La piel negra del macho cabrío cedió bajo sus cuerpos como un tibio y blando lecho.

Creyó morir.

IV

A Giovanni le despertó el sol, el volteo de campanas y las voces de los niños. Descendió al patio y vio un tropel de jovencitos todos vestidos con hábitos blancos, llevando ramos de olivo y pequeñas cruces rojas. Era la sagrada falange de los niños-inquisidores fundada por Savonarola para velar por la pureza de costumbres en Florencia.

Giovanni se mezcló entre ellos y escuchó las conversaciones.

–¿Una denuncia? –preguntó con la gravedad de un jefe, el «capitán», muchacho flaco de unos catorce años, a otro muchacho travieso y vivo de cabellos rojos, orejas muy separadas del cráneo y ojos bizcos.

–Sí, meser Federici; ¡una denuncia! –respondió el interrogado, rectificando su postura como un soldado y mirando respetuosamente al «capitán».

–Ya sé, tu tía ha jugado a los dados...

–No, Vuestra Gracia, no es mi tía, sino mi madrastra, y no ha sido a los dados...

–¡Ah, es cierto! –repuso Federici–. Fue la tía de Lippo la que el sábado pasado jugó a los dados y blasfemó. ¿Y en tu casa?

–En mi casa, meser, mi madrastra... que Dios castigue...

–Deprisa, querido. No tenemos tiempo que perder. Tenemos mucho que trabajar.

–A sus órdenes, meser. Pues bien, ved: mi madrastra y su amante un fraile se han bebido el mejor barril de vino tinto de la bodega de mi padre, mientras él estaba en la feria de Marignola. Y el fraile ha aconsejado a mi madrastra que pusiera una vela a la Madona del puente Rubaconte, y que le pidiera que mi padre no se acordara de aquel barril. Así lo hizo, y como mi padre al llegar no notó nada, ella ha colgado ante la imagen de la Virgen María un barrilito de cera exactamente igual al que había bebido con su amante para agradecer a la madre de Dios el que la hubiese ayudado a engañar a su marido.

–Es un pecado, un gran pecado –declaró Federici, frunciendo las cejas–. ¿Y cómo te has enterado, Pippo?

–Por el mozo de cuadra. La criada de mi madrastra se lo ha contado y ella lo supo por...

–¿Dónde vive? –interrumpió severamente el capitán.

–En Santa Anunciación, en la tienda del guarnicionero Lozargotto.

–Está bien –concluyó Federici–. Haremos una investigación.

Un lindo chiquillo de unos seis años, apoyado contra la pared en un rincón, lloraba amargamente.

–¿Qué tienes? –le preguntó un camarada mayor.

–¡Me han cortado el pelo! ¡Me han cortado el pelo! !No hubiera venido si hubiera sabido que me iban a cortar el pelo!...

Y pasó su mano por sus rubios cabellos, mancillados por las tijeras del barbero del convento, el cual rapaba a todos los reclutas de la sagrada falange.

–¡Ah, Luc, Luc –dijo el mayor moviendo la cabeza con aire de reproche–, qué malos pensamientos tienes! ¡Deberías acordarte de los mártires! Cuando los paganos les retorcían los brazos y las piernas, ellos glorificaban a Dios. ¡Y tú te preocupas por tu cabello!

Luc cesó de llorar, emocionado por el ejemplo de los santos mártires. Pero pronto el espanto desfiguró su rostro y chilló más fuerte todavía, pues sin duda se imaginó que, para la gloria de Dios, los monjes iban a retorcerle a él brazos y piernas.

–Escuche –preguntó a Giovanni una anciana gruesa, roja de emoción–, ¿podría indicarme dónde se encuentra un muchachito moreno de ojos azules?

–¿Cómo se llama?

–Dino, Dino del Garbo.

–¿De qué Compañía?

–¡Oh, Dios mío, yo no sé nada!... Le busco todo el día, corro, pregunto y no consigo saber nada. La cabeza me da vueltas.

–¿Es vuestro hijo?

–Mi sobrino. Un muchachito tan bueno, tan modesto, que estudiaba tan bien... Y de repente no sé qué bribones le han atraído a este horrible ejército. Figúrese un niño delicado, débil y dicen que aquí pelean a pedradas.

Y la tía comenzó a gemir y a suspirar.

–Es vuestra la culpa –le dijo un respetable ciudadano de cierta edad, vestido un poco a la antigua–. Si le castigarais como se merece, no se le meterían en la cabeza semejantes tonterías. Pero ¿cuándo se ha visto? ¡Los frailes y los niños queriendo gobernar el Estado! ¡Los huevos quieren aleccionar a las gallinas! No, verdaderamente, no se ha visto jamás en el mundo semejante sandez.

–Eso es, eso es, los huevos quieren saber más que las gallinas –repuso la tía–. Los frailes dicen que habrá un paraíso en la tierra. Yo no sé lo que habrá, pero mientras tanto la han convertido en un infierno. En todas las casas hay lágrimas, disputas y gritos. ¿Y habéis oído? –continuó con aire misterioso, inclinándose al oído de su interlocutor–. El otro día, en la catedral, fray Girolamo ha dicho ante todo el mundo: «Padres y madres, podéis alejar a vuestros hijos e hijas hasta el fin del mundo; ellos volverán a mí; me pertenecen...».

El viejo ciudadano se dirigió al tropel de los chicos.

–¡Ah, estás ahí, tuno! –gritó cogiendo de la oreja a un chicuelo–. Espera, ya te enseñaré a escaparte de casa, a venir con estos canallas, a no obedecer a tu padre...

–Debemos obedecer a nuestro Padre celeste antes que a nuestro padre terrenal –declaró el muchacho en voz baja, pero firme.

–¡Oh, ten cuidado, Doffo! ¡No me hagas perder la paciencia! Ve, ve a casa. No te pongas terco.

–Déjame, padre. ¡No iré!

–¿Que no irás?

–No.

–Entonces, mira, toma –exclamó el padre abofeteando a su hijo.

Doffo no se movió, sus labios pálidos no temblaron. Solamente elevó sus ojos al cielo.

–Eh, eh, cuidado, meser, no se debe pegar a los niños –hicieron observar los guardias nombrados por la Señoría para la protección de la falange sagrada.

–¡Váyanse, canallas! –gritaba el viejo furioso.

Los soldados querían quitarle a su hijo, pero el padre jurando no le soltaba.

–¡Dino, Dino! –chillaba la tía, viendo a su sobrino a lo lejos.

Fue a correr hacia él, pero los guardias la retuvieron.

–¡Déjenme, déjenme! Pero ¿qué es esto, Señor? –aullaba–. ¡Dino, niño mío, Dino!

En este momento las filas de la mística tropa se agitaron. Innumerables manitas blandieron cruces escarlata y ramas de olivo para saludar a Savonarola, que apareció en el patio. Las claras voces infantiles entonaron:

Lumen ad revelationem gentium et gloriam plebis Israel.

Los chiquillos rodearon al monje, arrojándole flores tempranas, amarillas, campánulas blancas, oscuras violetas: se ponían de rodillas a su paso y besaban sus pies.

Bañado por los rayos del sol, silenciosamente, con tierna sonrisa, bendecía a los niños.

–¡Viva Cristo, rey de Florencia! ¡Viva la Santa Virgen, nuestra Reina! –gritaban los niños.

–¡A formar! ¡En marcha! –mandaron los pequeños capitanes.

Sonó la música, los estandartes flotaron en el aire y los regimientos infantiles se pusieron en marcha.

En la plaza de la Señoría, ante el Palacio Viejo, debía tener lugar un auto de fe de las vanidades, *il bruciamento delle vanità*, y aquel ejército sagrado debía, por última vez, dar la vuelta a Florencia para recoger «las vanidades y los anatemas».

V

Cuando se quedó el patio vacío, Giovanni apercibió a meser Cipriano Buonaccorsi, cónsul de la corporación de Calimala, propietario de unos almacenes próximos a la basílica del Oro, de San Miguel, y gran aficionado de antigüedades. Fue quien en tierras de San Gervasio, cerca del cerro del Molino, encontró la estatua de la diosa Venus.

Giovanni se acercó a él. Trabaron conversación. Meser Cipriano le contó que por aquellos días Leonardo da Vinci había llegado a Florencia, encargado por el duque de comprar todas las obras de arte de los palacios devastados por la falange sagrada. Giorgio Merula, que después de haber pasado dos meses en la cárcel había sido indultado por el duque, en parte por la intervención de Leonardo, venía igualmente con el mismo fin.

El mercader pidió a Giovanni que le condujera cerca del prior y juntos se dirigieron a la celda de Savonarola.

De pie, en la puerta, Beltraffio oyó la conversación del prócer de Calimala y del prior de San Marco.

Meser Cipriano ofrecía comprar por veintidós mil florines todos los libros, cuadros, estatuas y otros tesoros de arte que en aquel día debían perecer en la hoguera.

El prior rehusó.

El mercader, después de reflexionar, ofreció ocho mil florines más.

Esta vez el sombrío fraile ni siquiera respondió. Su rostro se mostraba inmóvil y rígido.

Entonces Cipriano, moviendo su desdentada boca, recogió sobre sus entorpecidas rodillas los faldones de su abrigo de piel de zorro, suspiró, guiñó sus débiles ojos, y dijo con su voz noble siempre igual y simpática:

–Padre Girolamo, me voy a arruinar: os daré todo lo que tengo: cuarenta mil florines.

Savonarola le miró a tiempo de preguntarle:

–Si os arruináis y no obtenéis ningún provecho de este negocio, ¿por qué os empeñáis en comprar?

–He nacido en Florencia y amo este país –respondió el mercader con sencillez–. No quisiera que los extranjeros pudieran decir que, como los bárbaros, hemos quemado las mejores obras de los sabios y los artistas.

El monje le observó con extrañeza y dijo:

–¡Oh, hijo mío, si amases tu patria celestial tanto como la terrestre! Pero, consuélate, en la hoguera perecerá lo que merezca perecer, pues según la opinión de vuestros propios sabios, lo malo y lo vil no puede ser bello.

–¿Estáis seguro, padre mío –repuso Cipriano–, de que los niños puedan siempre, sin error, discernir lo bueno y lo malo en obras de arte y de ciencia?

–La verdad sale de la boca de los niños –replicó el fraile–. Si no os arrepentís y no os volvéis como niños no podréis entrar en el reino de los cielos. «Yo destruiré la sabiduría de los sabios, negaré la razón de lo razonable», ha dicho el Señor. Ruego día y noche por estos pequeños, a fin de que no comprendan las vanidades del arte y de la ciencia. Nada que no les sea revelado por la gracia del Espíritu Santo.

–Os suplico, reflexionad –concluyó Cipriano, levantándose–. Si no todo, algunas cosas...

–No gastéis inútilmente vuestro tiempo, meser –interrumpió el padre Girolamo–; mi decisión es irrevocable.

Cipriano, agitando todavía sus pálidos labios de viejo, murmuró algo entre dientes.

Savonarola no entendió más que la última palabra:

–Locura...

–¡Locura! –replicó, y sus ojos llameaban–. Y el becerro de oro de los Borgia, ofrecido al Papa, a los festines sacrílegos, ¿no es locura? Y el clavo de Cristo, que Moro, el asesino, el usurpador de un trono, ha consagrado para glorificar al Señor, con una máquina diabólica, ¿no es locura? Bailáis alrededor del becerro de oro, enloquecéis en honor de vuestro dios Mammon. ¡Dejadnos, pues, a nosotros, los simples de espíritu, ser un poco locos, extravagantes, para gloria de nuestro Dios, el Cristo crucificado! Os reís de los monjes que bailan en la plaza alrededor de la cruz. ¡Esperad, ya veréis a otros! Veremos lo que decís, vosotros, los sabios, cuando yo obligue no solamente a los frailes, sino a todo el pueblo florentino, pequeños y grandes, viejos y mujeres, con un frenesí grato a los ojos de Dios, a bailar alrededor del árbol místico de la salvación, como antiguamente David danzó ante el Arca de la Alianza colocada en el tabernáculo del Altísimo.

VI

Al salir de la celda de Savonarola, Giovanni se fue a la plaza de la Señoría.

En la Vía Larga encontró a la santa milicia de los niños. Éstos acababan de parar a unos esclavos negros que llevaban una litera en la que iba reclinada una mujer magníficamente vestida. Un perrito blanco dormía a sus pies. Un papagayo verde y un mono se sostenían en un columpio. Tras la litera marchaban guardianes y lacayos.

Era una cortesana llegada recientemente de Venecia, Lena Griffi. Era de aquellas que los jefes de la Serenísima República llamaban con respetuosa delicadeza: «*puttana onesta*», «*meretrix onesta*» o también, con afectuosa familiaridad, «*mammola*».

En el célebre *Catálogo di tutte le puttana delle bordello con il lor prezzo,* frente al nombre de Lena Griffi, impreso en gruesos caracteres, separado y en sitio de honor se indicaba el precio: 4 ducados, y por las noches de Semana Santa y vísperas de fiestas, precio doble «por respeto a la Madre de Nuestro Señor».

Echada sobre cojines, en actitud de Cleopatra o de reina de Saba, monna Lena leía la carta de un joven obispo, enamorado de ella, a la que se adjuntaba un soneto que terminaba así:

> Cuando oigo, Lena, tus bellos discursos
> Mi espíritu abandona el espacio terrestre
> Y al Empíreo se eleva a gozar las ideas
> Y la gracia suprema del divino Platón.

La cortesana pensaba el soneto de respuesta. Manejaba las rimas a la perfección, y no sin razón decía que, si sólo hubiera dependido de ella, habría pasado su tiempo, seguramente, en las academias de hombres virtuosos.

El ejército sagrado rodeó la litera. El jefe de una de las compañías, Doffo, avanzó, levantó sobre su cabeza la cruz escarlata y exclamó solemnemente:

–En nombre de Jesús, rey de Florencia, y de la Virgen María, nuestra Reina, te ordenamos despojarte de tus culpables adornos, y vanidades, y si no lo haces, que la enfermedad se apodere de ti.

El perrillo se despertó y empezó a ladrar; el mono gruñó; el papagayo aleteó y declamó los versos que su dueña le había enseñado:

Amor che a nullo amate amor perdona.

Lena iba a ordenar a sus guardias que despejaran el gentío cuando su mirada tropezó con Doffo. Le hizo seña con el dedo.

El muchacho se acercó con los ojos bajos.

–¡Abajo las joyas! –gritaban los muchachos–. ¡Abajo vanidades y lujos!

–¡Qué lindo es! –dijo Lena en voz baja sin preocuparse de los gritos de la muchedumbre–. Escucha, pequeño Adonis, ciertamente que daría todos estos trapos por complaceros, pero la desgracia es que no son míos: se los he alquilado a un judío. Dudo que los bienes de un perro infiel puedan ser una ofrenda agradable a Jesús y a la Virgen María.

Doffo la miró. Monna Lena inclinó la cabeza con una sonrisa apenas perceptible y como para responder al secreto pensamiento del niño, dijo, cambiando el tono de voz, con el hablar tierno y cantarino de Venecia:

–En la calle de los Toneleros, cerca de la Santa Trinidad... Pregunta por Lena, la cortesana de Venecia. Te esperaré...

Doffo se volvió y vio que sus camaradas ya no prestaban ninguna atención a la cortesana, tan ocupados estaban cambiando piedras e injurias con una banda de «rabiosos» (llamaban así a los adversarios de Savonarola) que habían aparecido detrás de una esquina. Quiso gritarles que se arrojasen sobre Lena, pero de pronto, se turbó, ruborizándose.

Lena rió, mostrando entre sus rojos labios unos dientes blancos y agudos. Bajo la imagen de Cleopatra o la reina de Saba, reapareció la «*mammola*» veneciana, la muchacha del arroyo, traviesa y desvergonzada.

Los esclavos negros levantaron la litera y la cortesana continuó tranquilamente su camino. El perrito se durmió de nuevo sobre sus rodillas, el papagayo ahuecó su moño y sólo el mono, turbulento, con gestos grotescos, trataba de atrapar el lápiz con el que la noble cortesana escribía el primer verso del soneto de respuesta al del obispo:

Mi amor tiene la pureza
Del aliento de los ángeles.

Doffo, que ya no sentía el empuje de antes, subió a la cabeza de su destacamento la escalera del palacio de los Médicis.

VII

En aquellas sombrías habitaciones donde todo respiraba la grandeza del pasado, los niños se intimidaron. Pero abiertas las ventanas, sonaron las trompetas, redoblaron los tambores, y con gritos de júbilo, risas y salmos, los pequeños inquisidores se esparcieron por las salas para cumplir el juicio de Dios sobre las diabólicas obras del arte y de la ciencia y, bajo la inspiración del Espíritu Santo, buscar y llevar al brasero «las vanidades y los anatemas».

Giovanni observaba lo que hacían.

El entrecejo fruncido, las manos a la espalda, con lenta gravedad de jueces, los niños iban y venían entre las estatuas de grandes hombres, de los filósofos y héroes de la antigüedad pagana.

–Pitágoras, Anaxímenes, Heráclito, Platón, Marco Aurelio Epícteto...

Uno de los chicuelos descifraba sílaba a sílaba las inscripciones latinas de los pedestales de las estatuas de mármol y bronce.

–Epícteto –interrumpió Federici frunciendo las cejas con aires de entendido–. Éste es aquel filósofo que afirmaba que todos los goces están permitidos y que Dios no existe. He aquí uno que habría que quemar vivo. ¡Lástima que sea de mármol!

–Eso no importa –dijo Pippo el de los ojos bizcos–. Probará el fuego, sin embargo.

–¡No es ése! –exclamó Giovanni–. Confundís a Epícteto con Epicuro.

Pero su observación había llegado demasiado tarde. Pippo en un arranque impetuoso le dio un martillazo, con tanta habilidad, que quitó las narices al filósofo. Los chicos estallaron en carcajadas.

–Epícteto o Epicuro es lo mismo, los dos pueden ir juntos. Todos irán a los antros de Satanás –dijo Pippo repitiendo la frase favorita de Savonarola.

Ante un cuadro de Boticelli hubo discusiones.

Doffo sostenía que era una obra escandalosa porque representaba a Baco adolescente, desnudo, y atravesado por las flechas del dios Amor. Pero Federici, rival de Doffo en el arte de justipreciar «las vanidades y anatemas», se aproximó, y lanzando una ojeada aseguró que no era Baco.

–Entonces, según tú, ¿quién es? –preguntó Doffo.

–¿Quién? ¿Y lo preguntas todavía? ¿Cómo no lo ves? Es san Esteban, mártir.

Los niños quedaron perplejos ante el enigmático cuadro: si realmente era un santo, ¿por qué su cuerpo desnudo respiraba tanto encanto pagano, por qué la expresión dolorosa de su rostro se parecía a la de la languidez voluptuosa?

–No le hagáis caso –exclamó Doffo–, es el asqueroso Baco.

–¡Mientes, blasfemo! –exclamaba Federici blandiendo su cruz a guisa de arma.

Ya iban a lanzarse uno sobre otro; pero sus camaradas tuvieron tiempo de separarlos. El cuadro objeto de la discusión se libró así de un final desastroso.

Mientras tanto, en un cuartito oscuro se hallaban escondidos el activo Pippo en compañía del pequeño Luc que, ya consolado, hacía tiempo que había dejado de llorar sus perdidos rizos; le parecía que nunca participó en juegos tan divertidos. Cerca de la ventana, sobre un elevado pedestal, se hallaba uno de esos jarrones fabricados en las cristalerías de Murano. Acariciado por un rayo de sol que penetraba por entre las persianas, brillaba en la oscuridad con mil fuegos multicolores, como una enorme flor maravillosa.

Pippo se subió a una mesa y acercándose sigilosamente de puntillas, como si el vaso estuviese vivo y pudiera escaparse, sacó la lengua maliciosamente, levantó las cejas sobre sus bizcos ojos y empujó con el dedo el jarrón que, oscilando como una flor delicada, cayó, chispeando, emitió un ruido agudo como una queja y se rompió en mil pedazos. Pippo saltaba como un diablejo, lanzando y atrapando al vuelo, con destreza, su cruz escarlata. Luc, con los ojos desmesuradamente abiertos, ardiéndole el corazón por el éxtasis de la destrucción, saltaba también gritando y palmoteando.

Atraídos por los alegres y lejanos gritos de sus camaradas, corrieron luego al salón grande.

Allí, Federici había descubierto un reducto lleno de cajas, conteniendo tales «vanidades», que los chicos, incluso los más experimentados, no habían visto nunca. Eran máscaras y trajes para las procesiones de Carnaval y triunfos alegóricos, todo aquello que Lorenzo de Médicis, el Magnífico, se complacía en coleccionar.

Los chicos se amontonaron a la entrada del escondrijo. A la luz de un cabo de vela pasaban rostros monstruosos de faunos, pámpanos de cristal de Baco, el carcaj y las alas del amor, el caduceo de Mercurio, el tridente de Neptuno, y por fin, entre un estruendo de risas y bromas, aparecieron los rayos dorados de madera del dios del rayo, cubiertos de telarañas y una pobre águila olímpica de paja, comida de polillas, con la cola desplumada, saliendo el algodón de su vientre lleno de agujeros.

De pronto, de una voluminosa peluca rubia, adorno, sin duda, de Venus, salió una rata. Unas chiquillas que también participaban en la fiesta dieron un grito y la más pequeña, saltando sobre una butaca, se levantó las faldas por encima de las rodillas.

Un soplo de horror y repugnancia pasó sobre toda aquella

caterva. Una antipatía por la antigüedad pagana, por las cenizas sepulcrales de los dioses muertos.

La sombra de los murciélagos, que espantados por la luz y el ruido se golpeaban contra el techo, parecían espíritus impuros.

Doffo vino corriendo y anunció que arriba quedaba todavía un salón cerrado: montaba la guardia a la puerta un viejecillo calvo, con la nariz roja, que maldecía y no dejaba pasar a nadie.

Salieron en plan de reconocimiento. En la persona del viejecillo que guardaba la puerta de la sala misteriosa, Giovanni reconoció a su amigo meser Giorgio Merula, el gran amante de los libros.

–¡La llave! –le gritó Doffo.

–¿Quién os ha dicho que tengo la llave?

–El guarda del palacio.

–Marchaos, marchaos en paz.

–¡Cuidado, viejo, que te vamos a arrancar tus últimos cabellos! Doffo hizo una seña, pero meser Giorgio se plantó ante la puerta dispuesto a defenderla con su propio cuerpo. Los chicos se arrojaron sobre él, le tiraron al suelo, le golpearon con sus cruces, rebuscaron sus bolsillos y encontrando al fin la llave, abrieron la puerta. Era un cuarto de trabajo con una preciosa biblioteca.

–¡Allí, allí! –indicaba Merula–. Encontraréis en aquel rincón todo lo que queráis. Pero no subáis a los estantes de arriba, allí no hay nada...

Los inquisidores no le escuchaban. Hacían un montón con todo lo que caía en sus manos y particularmente con los libros de encuadernaciones suntuosas. Después abrieron de par en par la ventana para arrojar los gruesos *in folios* a la calle, donde había una carreta cargada ya de «vanidades y anatemas». Tibulo, Horacio, Ovidio, Apuleyo, Aristófanes –ediciones únicas y manuscritos preciosos– pasaron ante los ojos de Merula.

Giovanni advirtió que el viejo había logrado coger del montón y esconder en su seno un pequeño volumen: era el libro de Marceliano conteniendo la vida del emperador Juliano el Apóstata.

Viendo en el suelo un manuscrito de las tragedias de Sófocles lo cogió apresuradamente, suplicando:

–Hijos míos, queridos pequeñuelos. ¡Tened piedad de Sófocles! ¡Es el más inocente de los poetas! ¡No lo toquéis, no lo profanéis!

Y apretaba desesperadamente el libro contra su pecho, pero sintiendo cómo se desgarraban las delicadas, las vivientes páginas, lloró gimiendo de dolor hasta que, soltando el manuscrito, vociferó en un acceso de impotente rabia:

–¿Pero no sabéis, chusma vil, que uno solo de los versos de este poeta es más santo a los ojos de Dios que todas las profecías de ese medio loco de vuestro Girolamo?

–¡Cállate, viejo, si no quieres que te tiremos por la ventana con tus poetas!

Rodearon al pobre viejo y le empujaron violentamente fuera de la biblioteca.

Merula cayó sobre el pecho de Giovanni:

–¡Vámonos, vámonos de aquí enseguida! ¡No quiero presenciar este crimen!...

Salieron ambos del palacio de Médicis y pasando por Santa Maria del Fiore, se dirigieron a la plaza de la Señoría.

VIII

Ante la oscura y esbelta torre del Palacio Viejo, al lado de la logia Orcani, habían preparado una hoguera de treinta metros de alto y ciento veinte de ancho: tenía la forma de una pirámide octogonal con quince escalones.

En los escalones bajos habían colocado las máscaras grotescas, los trajes, las pelucas, las barbas postizas y muchos otros accesorios de Carnaval; en los tres escalones siguientes, los libros libertinos, comenzando por el *Anacreón* de Ovidio y terminando por el *Decamerón* de Bocaccio y el *Morgante*, de Palci. A continuación los adornos femeninos: perfumes, pomadas, espejos, borlas, limas de uñas, tenacillas para rizar el pelo, pinzas de depilación; más arriba todavía, rollos de música, laúdes, bandurrias, juegos de cartas, bolos, pelotas –todos los juegos con que los hombres regocijan al demonio–; después los cuadros que inducen a la tentación, dibujos, retratos de mujeres hermosas; y en fin, en lo más alto de la pirámide, las imágenes de las diosas, de los filósofos y de los héroes antiguos, en cera de color o en madera. Y por encima de todo esto se elevaba un maniquí representando al diablo, padre de las «vanidades y los anatemas», un diablo de azufre y pólvora, monstruosamente grotesco, velludo, con pies de cabra, semejante al antiguo dios Pan.

Caía la noche. El aire era fresco, sonoro y puro. Las primeras estrellas se encendían en el cielo. La muchedumbre en la plaza rezongaba y se agitaba con piadoso murmullo, como en la iglesia. Se oían himnos espirituales –*laudi spirituali*– a los discípulos de Savonarola a quienes el pueblo llamaba los «llorones». Estos himnos tenían el ritmo y la música de las canciones de carnaval, pero las palabras se habían acomodado a las circunstancias. Giovanni escuchaba y el contraste entre la letra lúgubre y la música alegre, le pareció bárbaro y grotesco:

To tre oncie almen di speme
Tro di fede et sei d'amore...

(Tres onzas de esperanza tomarás
Seis de amor y dos de compunción
Con tres de fe, y todo lo pondrás
Sobre el fuego de tu renunciación.
Tres horas a la lumbre lo tendrás
Con sincero dolor de contrición
Y así conseguirás
El mejor elixir de salvación.)

Bajo el Techo de los Pisanos un hombre con anteojos de hierro, delantal de cuero, cabellos ralos y aceitosos ceñidos con una correa, las manos rugosas y cubiertas de callos, predicaba ante un grupo de artesanos «llorones», como él, sin duda.

–Yo, Roberto, que no soy ni sire, ni meser, sino simplemente sastre florentino –decía, golpeándose el pecho con el puño–, os declaro, hermanos míos, que en mis numerosos éxtasis, Jesús, rey de Florencia, me ha revelado claramente cuál debe ser el nuevo gobierno y las nuevas leyes que Dios nos manda establecer. ¿Queréis que no haya pobres ni ricos, pequeños ni grandes, que todos seamos iguales?

–¡Sí, sí, eso queremos! Habla. ¿Qué hay que hacer?

–Si tenéis fe, será muy fácil. ¡Uno, dos, tres y ya está hecho! Primero –y doblaba el pulgar de su mano derecha con el índice de la izquierda–, un impuesto sobre la riqueza, que se llamará diezmo progresivo; segundo, y doblaba otro dedo, un parlamento formado por todo el pueblo bajo la inspiración de Dios...

Se detuvo, se quitó los anteojos, los limpió, se los volvió a poner sin apresurarse y con voz monótona y cascada, y en su rostro obtuso, una expresión de suficiencia obstinada y humilde, comenzó a explicar en qué consistía el diezmo progresivo y el parlamento inspirado por Dios.

Giovanni escuchó un rato, después, aburrido, se dirigió hacia el otro extremo de la plaza.

Allí, en aquel ambiente crepuscular, los frailes, muy atareados en los últimos preparativos, iban y venían como sombras. Un hombre todavía joven, pero paralítico, que se arrastraba apoyándose en sus muletas, se aproximó al hermano Dominico Buonovicino, ordenador principal: sus brazos y piernas temblaban, sus párpados permanecían inmóviles, y convulsiones parecidas al aleteo de un pájaro herido contraían su rostro. Entregó al monje un voluminoso paquete.

–¿Qué es esto? –preguntó fray Dominico–. ¿También dibujos?

–Anatomías. Las había olvidado por completo. Pero ayer, durante el sueño, oí una voz que me dijo: «Sandro: encima del estudio, en el granero, tienes todavía en un baúl muchas "vanidades y anatemas"». Me levanté, subí al granero y encontré esos dibujos de desnudeces.

El monje cogió el paquete y dijo con una risa alborotada, casi demencial:

–¡Qué hermosa hoguera vamos a hacer, meser Filippepi!

Éste contempló la formidable pirámide de «vanidades y anatemas».

–¡Señor, Señor, ten piedad de nosotros, pobres pecadores!

–suspiró–. Sin el hermano Girolamo hubiéramos muerto sin arrepentirnos, sin purificarnos. Incluso ahora, ¡quién sabe si nos habremos salvado, si llegaremos a tiempo para ser absueltos!

Hizo la señal de la cruz y empezó a musitar plegarias y a desgranar rosarios.

–¿Quién es? –preguntó Giovanni a un fraile que se encontraba a su lado.

–Sandro Botticelli, el hijo del curtidor Mariano Filippepi –respondió el religioso.

IX

Cuando se hizo completamente de noche, un solo murmullo salió del gentío: «¡Ya vienen, ya vienen!».

En el silencio y la oscuridad, sin himnos, sin antorchas, con largos hábitos blancos, avanzaban los niños-inquisidores llevando la imagen de Jesús: con una mano mostraban las espinas que coronaban su cabeza y con la otra bendecían al pueblo. Detrás marchaban los monjes, el clero, los gonfaloneros, los miembros del Consejo de los Ochenta, canónigos, doctores y maestros de teología, caballeros de la nobleza, heraldos y portaestandartes.

La plaza quedó en silencio como ante una ejecución capital.

Savonarola subió a la Rongihera –un estrado de piedra ante el Palacio Viejo–, levantó muy alto el crucifijo y pronunció con voz solemne:

–¡En el nombre del Padre, del Hijo y del Espíritu Santo, prended fuego!

Cuatro monjes llevando teas de resina encendidas se acercaron a la pirámide y le prendieron fuego por los cuatro vértices de la base.

La lumbre crepitó un momento; luego se formó la hoguera de la que fue ascendiendo un humo gris que enseguida se hizo negro. Los heraldos tocaron las trompetas. Los monjes entonaron un «¡Te laudamos, oh, Señor, Dios nuestro!». Las voces sonoras de los niños cantaban la réplica.

Lumen ad revelatorum gentium et gloriam plebis Israel!

En la torre del Palacio Viejo repicaron las campanas y a esta potente voz de bronce respondieron las campanas de todas las iglesias de Florencia.

Las llamas se hacían cada vez más vivas. Las páginas delicadas y sapientes de los viejos pergaminos se retorcían consumiéndose. De las gradas inferiores en las que se habían colocado las caretas de Carnaval, salió volando una barba postiza entre un torbellino de llamas. La muchedumbre gritaba y reía enloquecida de entusiasmo.

Unos rezaban, otros lloraban, algunos saltaban, haciendo cabriolas, agitando brazos y sombreros, y había también quien sermoneaba a los demás.

–¡Cantad, cantad al Señor sus nuevos salmos! –gritaba el zapatero cojo, de ojos dementes–. ¡Todo se desplomará, hermanos míos, todo arderá, será reducido a cenizas en el fuego purificador como estas «vanidades y anatemas», todo, todo, todo: iglesia, leyes, gobierno, poder, arte, ciencia; no quedará piedra sobre piedra y habrá un nuevo cielo y una nueva tierra; y Dios enjugará, secará todas las lágrimas de nuestros ojos y no habrá ya ni muertos, ni llanto, ni dolores, ni enfermedades! ¡Oh, ven, Señor, Jesús!

Una mujer joven, encinta, de rostro demacrado y doloroso, esposa, sin duda, de algún pobre artesano, cayó de rodillas, y tendiendo sus brazos hacia las llamas de la pira como si allí viera a Cristo mismo, gritó sollozante y fuera de sí como una posesa:

–¡Ven, Señor, Jesús! ¡Amén, amén, amén!

X

Giovanni contemplaba un cuadro al óleo que iluminaban las llamas y al que todavía no habían tocado: era una obra de Leonardo da Vinci.

El cuadro representaba un paisaje crepuscular de montañas y lagos. Al borde de uno de éstos se hallaba Leda, blanca y desnuda; un cisne gigante rodeaba su talle con el ala y, alargando su largo cuello prorrumpía en un grito de amor triunfante sobre la tierra y bajo el cielo desiertos: a sus pies, entre las plantas, los animales y los insectos acuáticos, entre granos que germinan, larvas y espigas en la tibia sombra; en la humedad cálida se agitaban dos mellizos recién nacidos, medio dioses, medio animales, Cástor y Pólux, que acababan de salir del roto cascarón de un huevo enorme.

Y Leda, desnuda hasta en los más íntimos secretos de su cuerpo, miraba a sus hijos y se ceñía al cuello del cisne con una casta y voluptuosa sonrisa.

Giovanni seguía con la vista la llama que se acercaba a Leda, más cerca, cada vez más cerca. El miedo paralizó su corazón.

Mientras tanto, los frailes habían plantado una cruz negra en el centro de la plaza; después, cogiéndose de la mano formaron tres corros, a la gloria de la Trinidad, y, para simbolizar la alegría espiritual que inspiraba a los fieles aquel auto de fe de «vanidades y anatemas», empezaron a bailar, primero lentamente, después a correr cada vez más deprisa, por último en frenética carrera a dar vueltas alrededor de la pira:

Ognon gridi come io grido
Sempre pazzo, pazzo, pazzo.

Sumisos ante el Señor
Danzad, danzad sin pudor
Que también danzaba así
Ante el arca, el rey David;
Recoged vuestro sayal
Y cuidad para que nadie
Deje de bailar.

¡Locos de amor por el Hijo de Dios
Que en la cruz sangró por nos!
¡Ardientes, alegres, listos
Somos los locos, somos los locos,
Somos los locos de Jesucristo!

Los concurrentes se sentían mareados, y sus brazos y piernas se agitaban a su pesar. De pronto, saliendo de entre la multitud muchos niños, mujeres y viejos se incorporaron al corro. Un fraile grueso, calvo, granujiento, que parecía un viejo fauno, dio un paso en falso, cayó al suelo y se fracturó la cabeza hasta salirle sangre. La muchedumbre atropelló el cuerpo caído, que hubo que extraer a duras penas de entre los pies de aquélla. El reflejo purpúreo y vacilante del fuego iluminaba los rostros contraídos. La cruz extendía una sombra inmensa.

¡Nuestras cruces empuñamos!
¡Dancemos siempre, dancemos!
Que también danzaba así
Ante el arca, el rey David.
¡En el círculo girad
Y con la planta aplastad
la humana sabiduría!
Y la humana vanidad.
Inocentes y bufones
Seremos de Dios bien vistos
¡Los inocentes, los inocentes,
Los inocentes de Jesucristo!

La llama, envolviendo a Leda, parecía acariciar su cuerpo blanco y rosa, más enigmático y más bello todavía en su martirio.

Giovanni la contemplaba tembloroso y pálido. Leda le dirigió su última sonrisa, fundiéndose enseguida con el fuego, como una nube con el centelleo de la aurora, y desapareció para siempre.

El enorme fantoche que en la cima de la pira representaba al demonio empezó a arder. Su vientre atiborrado de pólvora estalló con un ruido espantoso. Una columna de fuego se elevó hasta el cielo. El monstruo vacilante sobre su trono de fuego se inclinó un segundo para desplomarse.

De nuevo resonaron trompetas y timbales. Todas las campanas se echaron a vuelo. El gentío, clamoroso, gritaba frenético y triunfante como si el diablo mismo hubiese perecido en la hoguera y con él la injusticia, el dolor y las calamidades del mundo entero.

Giovanni, con el rostro oculto entre sus manos, quiso huir. Alguien le tocó en el hombro, y al volverse vio el rostro imperturbable de su maestro.

Leonardo, cogiéndole de una mano, le apartó del gentío.

XI

Al dejar la plaza cubierta de humareda y ráfagas de chispas malolientes e iluminada por el resplandor de la hoguera que ya se extinguía, siguieron una callejuela estrecha que bordeaba la ribera del Arno.

Allí todo era soledad y silencio. Sólo se oía el borboteo del agua. La luna iluminaba dulcemente los montes argentados por el rocío. Las estrellas centelleaban.

–¿Por qué me abandonaste, Giovanni? –dijo Leonardo.

El discípulo elevó sus ojos al maestro, quiso decir algo, pero no pudo articular una palabra, sus labios temblaron y se echó a llorar.

–¡Perdonadme, maestro! –exclamó.

–No eres culpable de nada respecto a mí –respondió el artista.

–Yo mismo no sabía lo que hacía –continuó Beltraffio–. ¿Cómo he podido, señor, cómo he podido dejaros?

Quiso contarle sus tormentos, sus locuras, sus dudas terribles, sus meditaciones sobre la copa del Señor y la copa del demonio, sobre Cristo y el Anticristo, pero de nuevo advirtió lo mismo que en otra ocasión ante el monumento de Sforza, que Leonardo no le atendía.

Entonces le miró solamente. Miró con una súplica desesperada a los ojos de Leonardo, límpidos, serenos y lejanos como estrellas.

El maestro no le preguntó nada. Parecía haberlo adivinado todo. Con una sonrisa de infinita piedad, le dijo, poniendo la mano sobre su cabeza:

–¡Que el Señor te ayude, pobre niño! Sabes que siempre te he querido como a un hijo. Si quieres volver a ser mi discípulo, te recibiré con alegría. –Y, como hablando consigo mismo, con esa brevedad particular, enigmática y púdica con que acostumbraba expresar sus pensamientos íntimos, añadió con voz apenas perceptible–: Cuanto más hondo es nuestro corazón, más grandes son nuestros dolores.

Sonaban en la lejanía el voltear de las campanas, los cantos de los frailes y los gritos delirantes de la multitud. Pero no lograron ya turbar la serenidad que envolvía a discípulo y maestro.

Capítulo VIII

El Siglo de Oro

I

A fines del año 1496, Beatriz, duquesa de Milán, escribía a su hermana Isabel, esposa del marqués Francisco Gonzaga, señor de Mantua:

> Serenísima madona, hermana bien amada: Yo y mi esposo, el señor Ludovico, os deseamos buena salud a vos y al ilustre señor Francisco.
>
> Siguiendo nuestro deseo, os envío el retrato de mi hijo Maximiliano. No vayáis a creer que es tan pequeño. Hubiéramos deseado tomarle la medida exacta para enviarla a Nuestra Señora, pero no nos atrevimos: la nodriza dice que eso les impide crecer. Desde luego, crece enormemente; si estoy algunos días sin verle, le encuentro tan crecido cuando le vuelvo a ver, que me siento muy contenta y regocijada.
>
> Nos ha acontecido una gran desgracia. Nanino, el bufoncillo, ha muerto. Vos le conocíais y le amabais también. Comprenderéis, pues, que si hubiese perdido cualquier otro objeto, podía tener esperanza de reemplazarle; pero la misma naturaleza no podría crear nada que reemplazase a nuestro Nanino porque con él había agotado todas sus gracias, habiendo unido para divertimiento de príncipes, en un solo ser, la más rara estupidez a la más deliciosa fealdad. El poeta Bellincioni ha dicho en su necrología que si el alma de Nanino ha ido al cielo, hará reír a todo el Paraíso y que si está en el infierno, Cerbero callará entusiasmado.
>
> Le hemos hecho enterrar en nuestra sepultura en Santa Maria delle Grazie, al lado de mi halcón preferido y de mi inolvidable perrita *Puttina,* para no separarnos, ni aun después de muertos, de una cosa tan grata. He llorado durante dos noches y para consolarme el señor Ludovico ha prometido regalarme para Nochebuena un evacuatorio de plata con dosel. En él estará representado el combate entre los centauros y los lapitas. El recipiente es de

oro puro, el dosel de terciopelo carmesí y tiene bordadas las armas ducales. Este sitial es completamente parecido al de la duquesa de Lorena. Dicen que no lo tiene igual no solamente ninguno de los soberanos italianos, sino ni siquiera el Papa, el emperador o el Gran Turco. Es más bello que el famoso sitial de Bayada, descrito en los epigramas de Marcial. Merula ha compuesto unos hexámetros que comienzan así:

Quis cameram hanc supero dignan neget esse tonante.
Príncipe...

El señor Ludovico desea que el artista florentino Leonardo da Vinci coloque en ese sitial un aparato de música, algo así como un órgano pequeño: pero Leonardo rehúsa so pretexto de que está muy ocupado con el Coloso y la Santa Cena.

Me pedís, querida hermana, que os envíe este maestro por algún tiempo. Hubiese satisfecho vuestra petición con gran placer y os lo habría enviado no sólo por algún tiempo, sino para siempre, si el señor Ludovico no tuviera con él –no sé por qué– una excesiva benevolencia, pues no quiere a ningún precio separarse de él. Por lo demás, no lo sintáis demasiado, ya que Leonardo se dedica a la alquimia, a la magia, a la mecánica y a otras prácticas, más que a la pintura, y en la ejecución de los encargos se distingue por una lentitud que haría perder la paciencia a un ángel. Además he oído decir que es hereje e impío.

Hace tiempo tuvimos una cacería de lobos. No me dejaron montar a caballo porque estoy preñada de cinco meses. Seguí la cacería de pie sobre una plataforma hecha ex profeso para mí en la parte trasera de un coche; parecía un púlpito. Verdaderamente no fue una diversión sino un suplicio. Cuando el lobo huyó por el bosque me eché a llorar. ¡Oh! Si hubiera ido a caballo no lo habría dejado escapar; me hubiera roto la cabeza, ¡pero le hubiese cogido!...

¿Te acuerdas, hermanita, cómo galopábamos juntas? ¿Y cuándo la doncella Pentesilea se cayó a un pozo y casi se rompió la cabeza? ¿Y de nuestra caza del jabalí *Cusnago* y el juego de la pelota y de la pesca? ¡Qué felices tiempos aquéllos!

Hoy nos divertimos como podemos. Jugamos a las cartas, patinamos. Un señor venido de Flandes nos ha enseñado esta diversión. El invierno es muy riguroso; todos los estanques y hasta los ríos están helados. En la pista del parque, Leonardo ha esculpido una bellísima Leda con un cisne de nieve, blanca y dura como el mármol. Lástima que se derrita en primavera.

Y vos, querida hermana, ¿cómo estáis? La raza de gatos de pelo largo, ¿ha tenido éxito? Si tenéis un gato rojo de ojos azules enviádmelo a la vez que la negrita prometida. Os regalaré los cachorros de nuestra perra *Seda*.

No os olvidéis, os lo ruego, no os olvidéis, madona, de enviarme el modelo de la manteleta de satén azul, ribeteada de marta, con cuello al biés. Ya os lo pedí en mi última carta. Enviádmelo lo más pronto posible. Lo mejor sería enviármelo por un correo mañana por la mañana.

Enviadme también un frasco de esa agua tan buena contra los granos y madera de ultramar para pulir las uñas.

¿Y el monumento a Virgilio, ese cisne melodioso de los lagos de Montesa? Si no tenéis bastante bronce os enviaremos dos bombardas viejas de excelente metal.

Nuestros astrólogos predicen la guerra y un verano caluroso. Los perros se pondrán rabiosos y los soberanos frenéticos ¿Qué dice vuestro astrólogo? Siempre se cree más a un extraño que a los de casa.

Os envío para vuestro ilustre esposo, el señor Francisco, la receta contra el mal francés que ha compuesto el médico de nuestra corte, Luigi Marliani. Dicen que es eficaz. Hay que friccionarse con mercurio por la mañana en ayunas, los días impares del mes, después de la luna nueva. He oído decir que esta enfermedad no tiene otra causa que la conjunción malhechora de ciertos planetas, particularmente de Mercurio y Venus.

Yo y el señor Ludovico somos vuestros, de vos, queridísima hermana, y de vuestro esposo, el ilustre señor Francisco.

BEATRIZ SFORZA

II

En esta misiva, a pesar de su aparente candor, no faltaba hipocresía y política. La duquesa disimulaba a su hermana sus preocupaciones domésticas. La paz y concordia que esta carta dejaba ver no existía entre los esposos. La duquesa odiaba a Leonardo, no por su herejía e impiedad, sino porque, por encargo del duque, había pintado el retrato de Cecilia Bergamini, su más terrible rival, la célebre amante de Moro. Beatriz sospechaba que, en estos últimos tiempos, su marido tenía otro galanteo con una de sus damas de honor: madona Lucrecia.

El duque en esta época había llegado al apogeo del poder. Hijo de Francisco Sforza, el intrépido mercenario romañolo, medio soldado, medio bandido, soñaba en llegar a ser el soberano absoluto de Italia unificada.

«El Papa es mi director espiritual, el emperador, mi general; Venecia, mi tesorero y el rey de Francia, mi chambelán...» Así eran las jactancias de Moro.

Se firmaba «Ludovico Maria Sfortia Anglus Dux Mediolani», haciendo así remontar su origen al glorioso héroe Anglas de Troya, compañero de Eneas. El *Coloso* esculpido por Leonardo a la memoria de su padre con esta inscripción: *«Ecce deus»*, debía testimoniar también la grandeza divina de los Sforza.

Pero a despecho de esta aparente felicidad, el duque se hallaba atormentado por una inquietud y un miedo ocultos. Sabía que el pueblo no le amaba y le consideraba como el usurpador del trono. Un día, en la plaza Arrengo, la gente, viendo de lejos a la viuda de Gian Galeazzo y a Francisco, su primogénito, empezó a gritar: «¡Viva Francisco, el duque legítimo!».

Tenía ocho años y se destacaba por su inteligencia y belleza. El embajador de Venecia, Mario Sanuto, decía: «El pueblo le quiere por príncipe como se quiere a Dios».

Beatriz y el duque comprendían que la muerte de Gian Galeazzo no les había servido de nada. En la persona de este niño, la sombra del difunto surgía de la tumba.

Se hablaba en Milán de misteriosos presagios. Se decía que, por la noche, aparecían fuegos semejantes a incendios sobre las torres del castillo, y que espantosos gemidos resonaban en las salas de palacio. Se acordaban de que al introducir a Gian Galeazzo en la tumba, su ojo izquierdo no se cerró, lo cual era indicio de la muerte próxima de un familiar. Los párpados de la madona del Alberte temblaban. La vaca de una anciana que vivía más allá de la puerta Ticino parió un choto con dos cabezas. La duquesa, asustada por un fantasma, se había desvanecido en la sala de la Nochetta: No quiso hablar de ello ni a su marido.

Había perdido casi por completo aquella alegre vivacidad que tanto gustaba al duque y, presa de funestos presentimientos, esperaba su próximo parto.

III

Una tarde de diciembre, en que la nieve tapizaba las calles haciendo más profundo el silencio crepuscular, Moro se hallaba sentado en el palacete que había ofrecido a su nueva amante madona Lucrecia Crivelli.

El fuego de la chimenea iluminaba los tableros de las puertas de laca, ornadas de mosaicos representando antiguos edificios romanos y ponía reflejos en los dorados del techo, en las paredes tapizadas con cuero de Córdoba y relieves de oro, en las altas butacas y en la gavetas de ébano. En la mesa redonda, cubierta con un tapete de terciopelo verde oscuro, había al lado de una novela de Boiardo, unos rollos de música, una bandurria y un cantarillo de *Balnea aponetana*, agua medicinal muy de moda entre las damas aristocráticas. Un retrato de Lucrecia debido al pincel de Leonardo colgaba de la pared.

Sobre la chimenea, en los altos relieves esculpidos por Caradosso, se veían pájaros revoloteando y picoteando en las uvas, y niños desnudos y alados; ángeles cristianos o amorcillos paganos bailaban y jugaban con los sacros objetos de la Pasión de Nuestro Señor: clavos, lanza, varas, esponja y corona de espinas. Al reflejo de la llama parecían vivos y sonrosados. Aullaba la tempestad en la chimenea; pero en el elegante gabinete de trabajo todo era quietud y voluptuosidad.

Madona Lucrecia se había sentado sobre un cojín a los pies de Moro. Su rostro se hallaba triste. El duque la reñía afectuosamente por no haber ido desde hacía largo tiempo a visitar a la duquesa Beatriz.

–Os lo ruego, Alteza –dijo la joven bajando los ojos–, no me obliguéis a ello; no sé mentir...

–¡Vamos! ¿Eso es mentir? –dijo Moro asombrado–. Es disimulo nada más. Zeus mismo, ¿no ocultaba a su celosa esposa sus amores secretos? ¿Y Theso y Fedra y Medea, y todos los héroes, y todos los dioses de la antigüedad? ¿Podemos nosotros, débiles mortales, resistir al poder del dios Amor?

»Además, el mal oculto, ¿no es preferible al mal manifiesto? Disimulando el pecado evitamos a nuestro prójimo la tentación como preceptúa la caridad cristiana. Y si se evita el escándalo y se conserva la caridad, ya no hay mal o por lo menos casi no lo hay...

Lucrecia sonrió con su sonrisa astuta, mirándole de frente a través de sus pestañas con ojos de candor, severos y graves como los de los niños:

–Sabéis, señor –dijo–, cuán feliz soy con vuestro amor. Pero, a veces preferiría morir a engañar a madona Beatriz, que me quiere como una hermana...

–Vamos, vamos, niña mía –dijo el duque atrayéndola sobre sus rodillas.

Con un brazo rodeó su talle, y con la otra mano acariciaba sus cabellos negros y brillantes, peinados en dos bandós lisos sobre las orejas y ceñidos por un cintillo en el que brillaba, en el centro de la frente, la chispa de un diamante. Bajando sus largas pestañas vaporosas, sin voluptuosidad, sin pasión, fría y pura, se abandonó a sus caricias.

–¡Oh, si supieras cómo te amo, a ti, a ti sola, tan dulce, tan modesta! –murmuró el duque aspirando ávidamente el habitual perfume de violetas y almizcle.

La puerta se abrió antes de que hubieran tenido tiempo de separarse, dando paso a una sirvienta que entró corriendo en la habitación con muestras de gran pánico.

–¡Madona, madona! –balbució anhelante–. Ahí... abajo... en la puerta... ¡Oh, Señor, ten piedad de nosotros, pobres pecadores!

–Pero explícate –dijo el duque–. ¿Quién está en la puerta?

–¡La duquesa Beatriz!

Moro palideció.

–¡La llave! ¡La llave de la otra puerta! Me iré por la puerta de atrás, atravesando el patio. Pero ¿dónde está la llave? ¡Pronto!

–¡Los guardias al servicio de la serenísima madona vigilan también en la otra puerta! –dijo la sirvienta levantando los brazos con desesperación–. Toda la casa está cercada...

–Una encerrona.

El duque se cogió la cabeza con las manos.

–¿Cómo lo ha sabido? ¿Quién habrá podido decírselo?...

–¡Nadie más que monna Sidonia! –replicó la sirvienta–. Para eso era para lo que venía esta maldita bruja con filtros y ungüentos. Ya os lo decía, señora: «tened cuidado»...

–¿Qué hacer, Dios mío, qué hacer? –balbucía el duque palideciendo.

Se oyó golpear violentamente en la puerta de la calle. La sirvienta corrió hacia la escalera.

–¡Escóndeme, escóndeme, Lucrecia!

–Alteza –respondió la joven–, si madona Beatriz sospecha, hará registrar toda la casa. ¿No sería mejor que os presentéis directamente a ella?

–No, no, ¡Dios me libre! ¿Cómo se te ocurre eso, Lucrecia? ¡No sabes qué clase de mujer es! ¡Oh, Señor, tiemblo de pensar lo que puede salir de todo esto!... Está encinta... Pero ¡escóndeme, escóndeme!...

–Verdaderamente, no sé dónde...

–No importa donde, pero ¡pronto!

El duque temblaba y en estos momentos más bien parecía un ladrón sorprendido que un descendiente del héroe fabuloso Anglus de Troya, compañero de Eneas.

Lucrecia le condujo a través de un amplio dormitorio a un tocador y le escondió en uno de esos armarios blancos con finos dibujos de oro, a la antigua moda, que servía de guardarropa a las grandes damas.

Él se agazapó en un rincón entre los vestidos.

«¡Qué estupidez! –pensó–. Dios mío, ¡qué estupidez! Igual que en los cuentos cómicos de Francesco Sacchetti o de Boccaccio.»

Mas no tenía ganas de reír. Sacó de su pecho un pequeño amuleto que contenía las reliquias de san Cristóbal, y otro, completamente igual, que encerraba un talismán entonces a la moda; un pedacito de momia egipcia. Los amuletos se parecían tanto que en la oscuridad y con su precipitación no conseguía distinguirlos; empezó a buscarlos a los dos al azar, persignándose y recitando plegarias.

De pronto oyó las voces de su mujer y su amante que entraban en el tocador y quedó helado de espanto. Charlaban amistosamente, como si de nada se tratase. Adivinó que, a instancias de la duquesa, Lucrecia le enseñaba su nueva casa. Beatriz no tenía probablemente ninguna prueba y no quería manifestar sus sospechas.

Era una astucia femenina.

–¿Ahí también tienes vestidos? –preguntó Beatriz con tono indiferente aproximándose al armario donde se encontraba Moro más muerto que vivo.

–Ropas de casa. ¿Deseáis verlas? –dijo Lucrecia.

–Escuchad, pequeña mía –continuó la duquesa–. ¿Dónde tenéis aquel traje que me gustaba tanto? Lo llevasteis a casa de Pallavicini en aquel baile del verano. Tenía aplicaciones de oro por todas partes, ¿no recordáis? Sobre el moaré (moro) azul oscuro, brillaban como luciérnagas en la noche.

–No me acuerdo –dijo tranquilamente Lucrecia–. Ah, sí, sí, aquí, creo que lo tengo. Está sin duda en este otro armario.

Y sin cerrar las puertas del armario en que estaba Moro, se dirigió con la duquesa al guardarropa vecino.

«Y decía que no sabía mentir», pensó él con admiración. ¡Qué presencia de ánimo! ¡Las mujeres! He ahí de quién debíamos aprender nosotros, príncipes, la política...

Beatriz y Lucrecia se alejaron del tocador.

Moro respiró más libremente; pero su mano apretaba siempre convulsamente los dos amuletos, las reliquias y el pedazo de momia.

–Doscientos ducados imperiales al convento de Santa Maria delle Grazie, nuestra Inmaculada Patrona, para aceite y cirios, si todo sale bien –murmuró con ardiente fe.

La criada corrió a abrir el armario y con aire respetuosamente malicioso hizo salir al duque diciéndole que el peligro había pasado: la Serenísima duquesa se había dignado retirarse, solicitando graciosamente permiso para ello de madona Lucrecia.

El duque se persignó devotamente y volvió al gabinete; para reconfortarse bebió un vaso de agua *Balnea aponetana*, mientras contemplaba a Lucrecia que, como antes, se hallaba sentada cerca de la chimenea con la cabeza baja y el rostro entre las manos.

Después, deslizándose hacia ella con los pasos silenciosos de un zorro, se inclinó y la tomó por el talle.

La joven quiso desasirse.

–¡Dejadme, dejadme! ¡Idos, por favor! ¡Oh! ¿Cómo podéis después de lo que ha pasado?...

Pero el duque, sin escucharla, cubrió silenciosamente de besos su rostro, su cuello y sus cabellos. Nunca le había parecido tan atractiva; la mentira femenina que acababa de descubrir en ella parecía rodearla de un encanto nuevo.

Ella luchaba, cada vez más débilmente, y por fin, cerrando los ojos con sonrisa inerme, le abandonó lentamente sus labios.

La tempestad de diciembre gemía en la chimenea mientras que al rosado reflejo de la llama el corro de niños desnudos y risueños danzaban bajo la viña de Baco, jugando con los símbolos sagrados de la Pasión del Señor.

IV

El primer día del año 1497 se iba a celebrar un baile en el castillo.

Los preparativos, en los que tomaron parte Bramante, Casadosso y Leonardo da Vinci, duraron tres meses.

Hacia las cinco de la tarde, los invitados, que eran más de dos mil, comenzaron a llegar al palacio. Caminos y calles estaban cubiertos de nieve. Sobre el fondo oscuro del cielo los muros almenados, las troneras, los saledizos blanqueaban bajo montones de nieve. En el patio, palafreneros, corredores, picadores y portadores de palanquines se calentaban charlando alegremente alrededor de los braseros. A la entrada del palacio ducal, y más allá, cerca del puente levadizo que conducía al patio interior del palacio –Rochetta– se amontonaban fastuosas carrozas doradas, faetones, antiguos coches de seis caballos, de los que salían damas y caballeros envueltos en preciosas pieles moscovitas. Las ventanas, cubiertas de escarcha, brillaban como luces mágicas.

Al entrar en el vestíbulo, los invitados pasaban entre dos filas de guardias de corps: mamelucos de Turquía, estradiotas griegos, ballesteros escoceses, lansquenetes suizos, coraceros con armadura de hierro y alabarderos de pesadas picas. En primera fila pajes esbeltos, bellos como muchachas, vestidos con librea de dos colores, galoneados de cisne; el lado derecho de terciopelo rosa y el izquierdo de satén azul, sobre el pecho bordadas las armas de la casa Sforza Visconti. Este traje iba tan ceñido al cuerpo que les dibujaba las formas y solamente por delante bajo la cintura formaba pliegues cortos y cerrados. Los pajes sostenían largos cirios encendidos, parecidos a los de iglesia, de cera amarilla y roja.

Cuando un invitado entraba en la sala de recepción, un heraldo y dos trompeteros pronunciaban su nombre.

Se veía una serie de salas inmensas, deslumbrantes de luz: la «sala de las palomas blancas», la «sala de oro» donde se hallaba la casulla ducal, la «sala púrpura» tapizada de raso de arriba abajo bordada en rojo, con hachones y cubos pintados, símbolos del poder absoluto de los duques de Milán, que podían a su antojo atizar el fuego de la guerra o apagarlo con el agua de la paz. En la pequeña y lujosa «sala negra», construida por Bramante, que servía de tocador a las damas, se veían sobre las paredes y el techo frescos de Leonardo sin terminar.

La concurrencia zumbaba como una colmena. Los atavíos se distinguían por la vivacidad de colores y por un lujo desmesurado y, con frecuencia, de mal gusto. En este abigarramiento, en esta mezcla, a veces grotesca y fea, de modas de diversos países que ofendían a las antiguas costumbres, un satírico vería... el presagio de una invasión extranjera, de la próxima servidumbre de Italia.

Las telas de los trajes de las señoras con pesados pliegues rectos, deslumbrantes por la abundancia de oro y pedrería, recordaban las casullas de los sacerdotes; eran tan sólidas que se transmitían por herencia de bisabuelas a biznietas. Los enormes escotes dejaban al descubierto los hombros y el pecho. Los cabellos, cubiertos por delante con una redecilla de oro, los llevaban a la moda lombarda, lo mismo las señoras que las muchachas jóvenes; las trenzas, a veces, caían hasta el suelo, con frecuencia postizas y llenas de lazos. La moda exigía que las cejas se dibujaran apenas: las damas cuyas cejas eran espesas se las depilaban con pinzas especiales. Era de mal gusto no pintarse; los perfumes eran pesados y violentos –almizcle, ámbar, verbena, polvo de Chipre y otros de olor penetrante.

Entre los concurrentes se encontraban damas y damiselas dotadas de ese particular encanto que no se encuentra en otra parte más que en Lombardía: sombras aéreas se fundían como el humo sobre su piel pálida y mate y sobre los contornos suaves del rostro, como a Leonardo le gustaban.

Proclamaron como reina del baile a madona Violante Borroneo, una morena de ojos negros cuya belleza triunfal era evidente. Sobre el terciopelo oscuro de su vestido, se hallaban bordadas en oro –advertencia a los enamorados– mariposas que se quemaban las alas en la llama de una bujía.

No era, sin embargo, a madona Violante a quien dirigían sus miradas las personas de gusto, sino a la adolescente Diana Pallavicina, cuyos ojos eran fríos y claros como el hielo, los cabellos grisáceos, la sonrisa indiferente y el hablar lento como el sonido de una viola. Llevaba un traje de damasco blanco de moaré, con largas cintas de seda de color verde opaco, semejantes a algas. Entre las risas y el ruido, parecía lejana, solitaria y triste, como las pálidas flores de las aguas que duermen bajo la luna en los estanques.

Sonaron trompetas y timbales y los invitados se dirigieron hacia el «salón del juego de pelota». Bajo la bóveda azul sembrada de estrellas de oro, candelabros cargados de cirios y de cera ardían en racimos de fuego. Del balcón que iba a servir de logia coral colgaban tapices de seda con guirnaldas de laurel, hiedra y enebro.

A la hora, minuto y segundo fijados por los astrólogos –pues, siguiendo la expresión de un embajador, el duque no daba un paso ni se cambiaba de camisa, ni abrazaba a su mujer, sin tener en cuenta la posición de los astros–, Moro y Beatriz hicieron su entrada en la sala, vestidos con regios mantos de brocado de oro, forrados de armiño. Barones, camareros y chambelanes sostenían la larga cola de los mantos. Sobre el pecho del duque, en el centro del broche del manto, lucía un rubí de gran tamaño que fue propiedad de Gian Galeazzo.

Beatriz había adelgazado y estaba fea. Hacía un efecto extraño ver el vientre hinchado de esta mujer brusca en sus movimientos como un muchacho, con rostro de niño.

Moro hizo una seña. El primer senescal levantó su bastón, la música comenzó y los invitados fueron a sentarse a las mesas del festín.

V

Hubo un incidente: el embajador del gran duque de Moscovia, Danilo Mamyrof, no quiso sentarse más lejos que el embajador de la serenísima República de San Marcos. No hubo manera de convencerle. El obstinado viejo no escuchaba a nadie ni cedía: «No me sentaré en este sitio. Es una afrenta para mí».

Todas las miradas se volvieron hacia él, curiosas y burlonas.

–¿Qué pasa? Más molestias con los rusos. ¡Pueblo salvaje! Siempre se ponen en los primeros puestos. No quieren comprender. No se los puede invitar a nada. ¡Bárbaros! Pues, ¿y su idioma? ¿Quién lo entiende? Es igual que el turco. ¡Raza feroz!...

El intérprete Bacalino, un mantuano vivo y agitado, acudió a Mamyrof.

–Meser Danilo, meser Danilo –chapurreaba en pésimo ruso con reverencias y gestos obsequiosos–, no es posible, no es posible. Debe sentarse ahí; es el protocolo de Milán. No cabe discutir. El duque está molesto.

El secretario de embajada Nikita Kanatchiarof se aproximó también al viejo.

–Danilo Kouhmith, querido, no te enfades. Cada país tiene sus costumbres. Estas gentes no conocen las nuestras. Vamos a dar un escándalo. Si nos hicieran salir, ¡qué afrenta!...

–Calla, Nikita, calla. Eres demasiado joven para dar lecciones a un viejo. Yo sé lo que hago. Esto no puede ser. ¡No me sentaré más distante del duque que el embajador veneciano! Sería una ofensa a nuestro prestigio de embajador, representante de nuestro soberano el autócrata de todas las Rusias...

–Meser Danilo, ¡oh, meser Danilo! –exclamaba nervioso el intérprete Bacalino.

–Déjame, ¿por qué te mueves tanto, hocico de mono? He dicho que no me sentaré ahí y no me sentaré.

Bajo sus fruncidas cejas, los ojillos de oso de Mamyrof brillaban de cólera, de orgullo y de invencible obstinación. Apretaba entre sus dedos el puño de su bastón cubierto de esmeraldas. Se advertía que no había ninguna fuerza capaz de obligarle a ceder.

Moro ordenó acercarse al embajador de Venecia y con la seductora amabilidad que le caracterizaba, le pidió como un servicio personal, excusándose y prometiéndole su benevolencia, que se sentara en otro sitio para evitar las discusiones y las violencias, asegurándole que nadie concedía importancia al amor propio de esos bárbaros. En realidad el duque tenía mucho interés en el favor del *gran ducca di Rosia* esperando, gracias a su apoyo, ultimar con el sultán de Turquía un tratado ventajoso.

El veneciano, lanzando una mirada a Mamyrof, con fina sonrisa irónica, y, encogiéndose de hombros con aire de desprecio, declaró que Su Alteza tenía razón: «semejantes discusiones acerca de preferencias son indignas de hombres iluminados por la luz de las "humanidades"». Y fue a sentarse en el sitio designado.

Danilo Kouhmith no comprendió las palabras de su rival. Y aunque las hubiera comprendido no se había turbado en absoluto; hubiese continuado creyendo que tenía razón, porque sabía que diez años antes, en 1487, en la solemne recepción del papa Inocencio III, los embajadores moscovitas, Dimitri y Manouil Raler, ocupaban en las gradas del trono apostólico los sitios de honor, después de los senadores romanos, representantes de la antigua Roma, dueños del mundo. Por algo en la epístola del antiguo Metropolitano de Kief, Sara Spiridon, gran duque de Moscovia, se proclamaba único heredero del águila bicéfala de Bizancio. Águila que a la sombra de sus alas abarcaba Oriente y Occidente, porque –según esa epístola– el Señor todopoderoso habiendo castigado por sus herejías a las dos Romas había designado para derramar sobre ella toda su gloria, su poder y su misericordia, una tercera ciudad de Dios –la Roma septentrional– la ortodoxa Moscú. Y no habría jamás una cuarta Roma.

Sin prestar atención a las miradas hostiles, Danilo acarició con orgullo su larga barba gris y se ajustó el cinturón sobre el vientre, mientras se arreglaba la pelliza, de terciopelo amapola forrada de cibelina. Danilo Kouhmith se dejó caer después sobre su asiento recién conquistado exhalando un suspiro. Un sentimiento fanático y sombrío llenaba su alma.

Nikita y el intérprete Bacalino se sentaron al final de la mesa, al lado de Leonardo da Vinci.

El charlatán mantuano contaba las maravillas que había visto en Moscovia, mezclando la verdad a la fantasía. El artista, esperando recibir del mismo Karatchiarof noticias más exactas, se dirigió a él por medio del intérprete, y le hizo preguntas sobre su lejano país, que, como todo lo que era enigmático, excitaba su curiosidad; sobre sus llanuras infinitas, su nieve, sus bosques y ríos sobre las mareas del océano hiperbóreo y del mar Circasiano y las auroras boreales. También se informó acerca de sus compatriotas residentes en Moscú: el artista lombardo Pietro Antonio Solán, que participaba en la decoración del palacio del Kremlin y el arquitecto Aristote Fieroventi de Bolonia, que había ornado la plaza del Kremlin con magníficos edificios.

–Meser –preguntó la curiosa y maligna señorita Ermelina, dirigiéndose al intérprete cerca del cual estaba sentada–. He oído decir que llaman Rosia a ese sorprendente país porque en él crecen muchas rosas, ¿es verdad?

Bacalino rió, asegurando a la joven que eso era una tontería, pues a despecho del nombre había en Rusia menos rosas que en cualquier país del mundo, y para probarlo contó una anécdota florentina sobre el frío ruso. Algunos mercaderes de Florencia habían ido a Polonia. No les dejaron penetrar en Rusia porque por esa época el rey de Polonia estaba en guerra con el gran duque de Moscovia. Los florentinos, deseosos de comprar cibelinas, invitaron a los mercaderes rusos a venir a orillas del Boristhene, que separa los dos países. Los moscovitas, temiendo ser hechos prisioneros, se mantenían en una de las márgenes, los italianos en la otra y empezaron a negociar de orilla a orilla. Pero el frío era tan intenso que las palabras, helándose en el aire, no llegaban al lado opuesto. Avisados los polacos dispusieron en el centro del río un gran brasero, colocado en el sitio donde, según sus cálculos, las palabras llegaban todavía sin helar. El hielo, duro como el mármol, podía soportar cualquier fuego, y he aquí que una vez el fuego encendido, las palabras que durante una hora habían quedado suspensas en el aire inmóviles y heladas, se fundieron y empezaron a correr, murmurando suavemente como las aguas que se deshielan en la primavera; los florentinos entendieron perfectamente, pero ya los moscovitas se habían alejado hacía tiempo de la otra orilla.

Este relato gustó a toda la asamblea. Las damas volvían sus miradas plenas de una curiosidad compasiva hacia Nikita Kanatchiarof, habitante de un país tan desgraciado y abandonado del cielo.

Mientras tanto, este mismo Nikita contemplaba petrificado de asombro un espectáculo prodigioso: una enorme fuente conteniendo una Andrómeda desnuda, encadenada a una montaña de queso blanco, junto a su alado libertador, Perseo, esculpido en carne de ternera.

Mientras se sirvió la carne todos los cubiertos para tomarla eran de oro; para los pescados, de plata, en recuerdo del elemento líquido. Se sirvieron panes argentados, limones con verduras y, en una fuente, entre los esturiones, lampreas y truchas, apareció una Afrodita de carne de anguila en un carro de nácar, arrastrado por dos delfines, sobre un témpano de hielo temblón de un azul verdoso como el mar, iluminado por luces interiores.

Siguieron innumerables golosinas, figuras de mazapán, sidra, almendra y azúcar, ejecutados según esquemas de Bramante, Caradosso y Leonardo –un Hércules maravillado de las manzanas de oro del jardín de las Hespérides; Hipólito y Fedra; Baco y Ariadna; Júpiter y Dánae, todos los dioses del Olimpo resucitados.

Nikita contemplaba estas maravillas con una curiosidad infantil, mientras Danilo Kouhmith, perdido todo su apetito a la vista de las diosas desnudas e impúdicas, gruñía entre sus barbas:

–¡Abominación! ¡Anticristo! ¡Horror pagano!

VI

Comenzó el baile. Las danzas de entonces –«Venus y Marte», «La suerte cruel», «Cupido»– se distinguían por su lentitud; los trajes de las damas, largos y pesados, no permitían movimientos vivos. Damas y caballeros, juntándose y separándose gravemente y sin prisa, se dirigían afectados saludos, suspiros lánguidos y tiernas sonrisas. Las damas debían andar como pavos reales y deslizarse como cisnes. Y la música, suave, tierna, casi triste, llena de languidez, apasionaba como los cantos de Petrarca.

El primer ayudante de Moro, el joven señor Galiazzo Sancevarino, de bello rostro marchito y afeminado, vestido de blanco, con mangas dobladas de forro rosa y diamantes en los zapatos, era el encanto de las damas. Un murmullo de aprobación pasó entre los concurrentes cuando al bailar la «Suerte cruel», Galvarro dejó caer como por descuido su zapato del pie y de los hombros la manteleta, sin interrumpir su danza a través de la sala, con ese descuido grácil que se consideraba como una nota de exquisitez.

Danilo Mamyrof que le miraba, escupió:

–¡Qué espantapájaros!

La duquesa amaba la danza; pero esta noche se sentía triste y turbada. Sólo su práctica mundana de la hipocresía le permitió mantener su papel acogedor y responder adecuadamente a las felicitaciones por el nuevo año y a los lisonjeros cumplidos cortesanos. A veces le parecía que no iba a poder más y que tendría que escapar o echarse a llorar.

Errante a través de las salas llenas de gente sin encontrar el refugio que buscaba, entró en una pequeña pieza lejana, donde cerca del alegre fuego de la chimenea divisó un estrecho círculo de damas y caballeros.

Quiso enterarse del asunto de la conversación.

–El amor platónico, Alteza –respondió una de las damas–.

Meser Antoniotto Fregozo dice que una mujer puede, sin violar la castidad, besar a un hombre en los labios si le ama con amor puro.

–¿Y cómo lo demostráis? –dijo la duquesa guiñando distraídamente los ojos.

–Con el permiso de Vuestra Alteza, afirmo que los labios –órgano del lenguaje– sirven de puente al alma, y que las almas de los amantes cuando se unen en un beso platónico se lanzan hacia los labios como hacia su paso natural. Por eso Platón no prohíbe el beso y el rey Salomón ha dicho en el Cantar de los cantares para simbolizar la unión mística del alma con Dios: «Bésame con el beso de tus labios...».

–Perdóneme, meser –interrumpió uno de los oyentes, un viejo caballero provinciano de rostro honrado y severo–, yo quizá no entiendo de sutilezas, ¿pero creéis realmente que un marido al encontrar a su mujer en brazos de un hombre que la besa, debe admitir?...

–Según –replicó el cortesano filósofo–, si la besa conforme a las ternuras del amor espiritual...

–Pero, entonces, el matrimonio...

–¡Oh, Dios mío, hablamos de amor y no de matrimonio! –interrumpió la bella madona Fiadelisa, alzando con impaciencia sus hombros, de una desnudez deslumbradora.

–Pero el matrimonio también, madona, según las leyes humanas... –replicó el viejo caballero.

–¡Las leyes! –Fiadelisa plegó con desdén sus labios rojos–. ¿Cómo puede usted, meser, sacar a relucir ante un tema tan elevado, las leyes humanas, esos lastimosos prejuicios vulgares, que transforman el sagrado nombre de «amante» en palabras tan groseras como «marido» y «mujer»?

El caballero no supo hacer más que elevar los brazos al cielo.

Y meser Fregozo, sin volverse a ocupar más de él, continuó disertando sobre los misterios del amor puro.

Beatriz sabía que en la corte tuvo un gran éxito uno de los más libertinos sonetos del mismo Antoniotto Fregozo, dedicado a un bello adolescente que comenzaba así:

El rey de los dioses se equivoca robando a Ganímedes...

La duquesa se aburría.

Se alejó lentamente y pasó a la pieza vecina.

Allí, el célebre poeta Serafín d'Acvilla apodado el *Único*, recientemente llegado de Roma, leía versos. Este hombrecillo flaco, cuidadoso de su persona, rasurado, perfumado y lleno de rizos, tenía una carita infantil, lánguida sonrisa, mala dentadura y ojos tiernos en los que a veces se abría paso, a través de continuas lágrimas de éxtasis, una expresión de desvergüenza.

Beatriz sabía que en la corte tuvo un gran éxito como poeta; se turbó palideciendo ligeramente, pero dominándose enseguida, se aproximó a la joven con su acostumbrada afabilidad y la besó.

En este momento entraba en la estancia una dama gruesa vestida con colores chillones, muy acicalada, no muy joven ni bonita. Sostenía un pañuelo en la manga.

–¿Qué hay, madona Dionisia? ¿Se ha puesto mala? –preguntó Ermelina con malicioso interés.

Dionisia explicó que durante el baile había empezado a sangrar por la nariz, sin duda a causa de la sofocación y de la fatiga.

–He aquí un accidente que difícilmente inspiraría versos amorosos, incluso a meser Único –apuntó un cortesano.

Único se levantó bruscamente, estiró las piernas pasándose con aire soñador la mano por los cabellos; luego echó la cabeza hacia atrás y elevó los ojos al techo.

–¡Silencio! ¡Silencio! –murmuraron las damas–. Meser Único está componiendo. Vuestra Alteza oirá mejor desde este lado.

Ermelina, tomando un laúd, rozó suavemente las cuerdas, y el poeta con voz desfallecida, solemne y profunda de ventrílocuo, recitó un soneto cuyo tema era éste:

Amor, enternecido por las plegarias de un amante, lanzó una flecha al corazón de la cruel, pero el dios de los vendados ojos al errar el golpe, en lugar del corazón:

> La flecha traspasó la linda naricilla
> y en el pañuelo blanco como la misma nieve
> en rosas escarlata, se vio correr la sangre.

Las damas aplaudieron.

–¡Delicioso, delicioso, inimitable! ¡Qué agilidad! ¡Qué inspiración! Ah, esto es otra cosa que Bellincioni, que suda durante días enteros para hacer un soneto. ¿Lo creeréis, querida? En cuanto ha elevado los ojos al cielo, he sentido como un efluvio sobre mi rostro, algo sobrenatural. Hasta me he sobrecogido...

–Meser Único, ¿quiere vino del Rin? –preguntaba una dama obsequiosa.

–Meser Único, ¿pastillas de menta? –preguntaba otra.

Le instalaron en una butaca; le dieron aire con los abanicos.

Él dejaba hacer: cerraba los ojos como un gato voluptuoso. Luego leyó otro soneto en honor de la duquesa, en el que decía que la nieve, humillada por la blancura de su piel, había concebido una pérfida venganza transformándose en hielo; era por lo que la duquesa al salir poco antes al patio del castillo, resbaló y casi cae. Hubo también unos versos dedicados a una bella a quien le faltaba un diente: «astucia de Amor, que residía en su boca y utilizaba esta malla como una tronera para lanzar sus flechas».

–¡Un genio! –cacareó una dama–. ¡El nombre de Único vivirá en la posteridad al lado del de Dante!

–¡Más alto que Dante! –dijo otra–. ¿Se encuentran en Dante delicadezas amorosas como las de nuestro Único?

–Señoras –replicó modestamente el poeta–, exageran. Dante también tiene grandes cualidades. Además, a cada uno lo suyo. En cuanto a mí, daría por vuestros aplausos toda la gloria del Dante.

–¡Único, Único! –suspiraban sus adoratrices, pasmadas de admiración.

Cuando Serafín recitó un nuevo soneto en el que decía que en el incendio de la casa de su amada no se pudo extinguir el fuego porque los que iban a apagarlo se abrasaban con las miradas de la bella, Beatriz, no pudiendo más, se fue.

Volvió al gran salón y ordenó a su paje, Ricciardetto, muchacho abnegado (a quien a veces, creía enamorado de ella), que subiese a esperarla con una antorcha a la puerta de su dormitorio. Atravesando después varias salas repletas de gente y brillantes de luz, llegó a una galería remota y desierta, en la que los alabarderos dormitaban apoyados en sus picas. Abrió una puertecilla de hierro y por una oscura escalera de caracol subió a la alcoba del duque, enorme sala abovedada en la torre norte del castillo. Con una bujía en la mano se acercó a un cofrecillo de madera, disimulado en el espesor del muro, en el que el duque conservaba cartas y papeles importantes. Introduciendo en la cerradura la llave que había quitado a su marido, quiso darle la vuelta, pero notó que la cerradura estaba rota; forzó entonces la tapa forrada de cobre. El cofre estaba vacío. Era lógico pensar que Moro, al apercibirse de la desaparición de la llave, había escondido las cartas en otro lugar.

Se detuvo desconcertada.

A través de los cristales revoloteaban los copos de nieve como blancos fantasmas. El viento soplaba, tan pronto furioso como gemebundo. Y estas voces del viento nocturno la hacían evocar algo ancestral, terrible y eternamente desconocido.

Las miradas de la duquesa cayeron sobre el tapón de hierro que cerraba la abertura de la oreja de Dionisio, el tubo acústico instalado por Leonardo, que unía los departamentos del piso bajo con la alcoba ducal. Se aproximó a la oreja y levantando el pesado tapón escuchó: ondas sonoras llegaban hasta ella, parecidas a ese ruido de mar lejano que se oye en las caracolas. Las voces, el rumor de la gente en fiesta, los suspiros de la música, se confundían con los aullidos y silbidos del viento nocturno.

De pronto, le pareció que alguien, no lejos sino a su mismo oído, cuchicheaba:

–¡Bellincioni! ¡Bellincioni!

Lanzó un grito y palideció.

«Bellincioni, ¿cómo no lo he pensado? –se dijo a sí misma–. ¡Sí, sí! ¡Seguramente! He aquí por quién voy a saberlo todo... ¡Vamos a su casa! Con tal de que no se aperciban... Me buscarán... ¡No importa! Quiero saber. ¡No puedo soportar esta mentira!»

Y recordó que Bellincioni, pretextando una enfermedad, no había venido al baile; a aquella hora era casi seguro que estaría solo en su casa; llamó, pues, al paje Ricciardetto, que estaba en la puerta:

–Ve a decir a los lacayos que me esperen abajo, con una litera, en el parque, en el portillo secreto. Si quieres tenerme contenta, cuida de que nadie sepa nada, ¿comprendes? Nadie.

Le dio a besar su mano. El mancebo corrió a ejecutar sus órdenes.

Beatriz entró en su habitación y se echó una capa sobre los hombros después de cubrirse el rostro con un antifaz de seda negra. Minutos más tarde, sentada en su palanquín, marchaba hacia la puerta de Ticino, donde vivía Bellincioni.

VII

El poeta llamaba a su casa, medio en ruinas, «albergue de la rana». Recibía numerosos regalos, pero su vida era desarreglada. No hacía más que beber y perder en el juego. La pobreza, según la misma expresión de Bernardo, le seguía «como una mujer importuna, pero fiel».

Bellincioni se hallaba acostado sobre un mísero colchón. La cama, desvencijada, tenía una pata rota en lugar de la cual se veía un encaje de madera. Entre trago y trago de un vino malísimo, componía un epitafio para el perro favorito de madona Cecilia. El poeta, que vio apagarse en la chimenea las últimas brasas, trataba en vano de calentarse echándose sobre las piernas una colcha raída y llena de agujeros. Oyendo el fragor de la borrasca pensaba en el frío terrible de la noche.

Si no fue al baile de la corte en la que se iba a representar una alegoría, «El Paraíso», escrita por él en honor de la duquesa, no era por estar enfermo, si bien hacía largo tiempo que se encontraba bastante mal, y se estaba quedando tan delgado que, según su propia frase, «se hubiera podido estudiar en su desnudo la anatomía de todos los músculos, venas y huesos humanos». Pero, aunque fuera con el último aliento, se hubiera arrastrado a la fiesta. La verdadera causa de su ausencia eran los celos; hubiera preferido morir de frío en su madriguera que asistir al triunfo de su rival, ese desvergonzado fullero, ese charlatán de Único, que había sabido con sus versos estúpidos enloquecer las necias cabezas de las damas de la corte.

Al solo pensamiento de Único el cuerpo de Bellincioni se llenaba de bilis. Apretó los puños y se tiró de la cama. Pero el frío era tan cruel, que enseguida volvió a acostarse prudentemente, tiritando y tosiendo, y se tapó como mejor pudo.

–¡Canallas! –gruñía–. Cuatro sonetos «al bosque», y ¡con qué rimas!... ¡Y yo no tengo ni un leño! Si la tinta se hiela no va a haber manera de escribir. ¿Si quemase el tramo de escalera? Las gentes honradas no vienen a mi casa y si ese judío usurero se rompe la cabeza, mejor.

Pero tuvo piedad de la escalera. Sus miradas se volvieron hacia el grueso tronco que servía de pata a su cama coja. Todavía dudó un segundo: ¿no sería mejor tiritar de frío toda la noche a dormir en una cama torcida?

La borrasca silbaba por las rendijas de la ventana, bramaba y reía, como una bruja por el tubo de la chimenea. Bernardo, tomando una resolución desesperada, sacó el madero de debajo de la cama y cortándolo en astillas, lo echó a la chimenea. Las llamas vinieron a iluminar la triste vivienda. Se acurrucó y tendió sus moradas manos hacia el fuego, ese último amigo de los poetas solitarios.

«¡Qué vida de perro! –pensó Bellincioni–. Y, sin embargo, ¿es que soy peor que los otros? ¿No fue a propósito de mi abuelo, en tiempos en que ni siquiera se hablaba de la casa de los Sforza, cuando el divino Dante compuso estos versos:

Bellincioni Berti vind'io andar cinto
Di cuajo e d'osso?

En Milán, cuando yo llegué, los picaplatos de la corte no sabían distinguir un estrambote de un soneto. ¿Quién, pues, sino yo les ha enseñado las elegancias de la nueva poesía? ¿No fue gracias a mi mano ligera que la fuente de Hipocrene se convirtió en un verdadero mar que ya amenaza inundación? Y las aguas de la fuente Castalia, ¿no parecen llegar hasta el gran Canal? Y ésta es mi recompensa. Nadie reconoce al poeta caído en la miseria, como si su rostro se hallase oculto por una careta o desfigurado por la viruela.»

Leyó los versos de su epístola al duque Moro.

No he escuchado otra respuesta en mi vida
Que «Sigue tu camino, no hay nada para ti».
¿Qué haces? He acabado mis cánticos a ti
Y no me das siquiera un gorro de bufón.
Pero al menos permíteme, magnánimo príncipe,
Uncirme a tu carro como animal de tiro.

Después, sonriendo con amargura, inclinó su cabeza calva. Flaco, largo, acurrucado ante el fuego, con su nariz roja y puntiaguda, parecía un pájaro enfermo y mojado.

En esto llamaron abajo a la puerta de la casa. Oyó los adormecidos gruñidos de su único sirviente, una vieja adusta, hinchada por la hidropesía, y el chancleteo de sus alpargatas sobre los ladrillos.

–¿Quién diablo será? –dijo Bernardo extrañado–. ¿Será el judío que viene a buscar sus intereses? ¡Oh, malditos infieles! Ni de noche le dejan a uno en paz.

Las escaleras crujieron, abrióse la puerta y una mujer cubierta con una máscara de seda negra y capa de marta, entró en la habitación.

Bernardo se levantó bruscamente. Ella tomó silenciosamente una silla.

–Cuidado, señora –advirtió–, está roto el respaldo. –Y luego, cortés–: ¿A qué genio soy deudor de la felicidad de ver a la ilustrísima signora en mi humilde vivienda?

«Probablemente una cliente que quiere algún pequeño madrigal –pensó–. Tendré para comer, o al menos para pagar la leña. Pero es extraño que venga sola a semejantes horas... Mi nombre, pues, debe valer algo. Tengo muchas admiradoras desconocidas.»

Regocijado, corrió a la chimenea, a echar generosamente el último leño.

La dama levantó entonces su antifaz.

–Soy yo, Bernardo.

Éste lanzó un grito, retrocedió y para no caer tuvo que apoyarse en la puerta.

–¡Jesús! ¡Virgen Santísima! –balbució abriendo mucho los ojos–. ¡Vuestra Alteza!... ¡Serenísima duquesa!...

–Bernardo, puedes hacerme un gran servicio. –Después, dijo, mirando a su alrededor–: ¿No nos oirá nadie?

–Estad tranquila, Alteza: nadie, aparte los ratones y las ratas.

–Escucha –continuó lentamente Beatriz, mirándole penetrantemente–. Sé que has escrito, para madona Lucrecia, versos amorosos. Debes tener cartas del duque encargándotelo.

Palideciendo y estupefacto, la miró en silencio abriendo desmesuradamente los ojos.

–No tengas miedo –añadió–. Nadie lo sabrá. Te doy mi palabra. Te recompensaré si haces lo que te digo. Te colmaré de oro, Bernardo.

–Alteza –dijo con voz alterada–, no lo creáis. Es una calumnia. No tengo cartas... Ante Dios... juro...

Los ojos de Beatriz brillaron de cólera, frunció sus finas cejas. Se levantó rápidamente y sin cambiar su mirada pesada y fija, se aproximó a él.

–¡No mientas! Lo sé todo. Dame las cartas del duque, si estimas tu vida, ¿entiendes? ¡Dámelas! Ten cuidado, Bernardo. Mis hombres esperan abajo. No he venido aquí para bromear.

El poeta se puso de rodillas ante ella.

–¡Como gustéis! Pero no tengo ninguna carta.

–¿No las tienes? –repitió inclinándose y mirándole a los ojos–. ¿No las tienes, di?

–No...

–¡Espera, pues, maldito alcahuete! Te obligaré a decir la verdad. Te voy a estrangular con mis propias manos, miserable –gritaba furiosa.

Y en verdad, sus dedos delicados le apretaban la garganta con tanta fuerza, que se sintió asfixiar y las venas de la frente se le hinchaban. Él se dejaba hacer sin oponer resistencia y, con aquellos ojos parpadeantes y angustiados, parecía más todavía un pobre pájaro enfermo.

«Me va a matar, tan cierto como que Dios existe que me va a matar –pensaba Bernardo–. ¡Pues bien, sea!... ¡Pero no traicionaré al duque!...»

Bellincioni había sido toda su vida un adulador de la corte, un vagabundo, un versificador asalariado, pero jamás un traidor.

En sus venas corría sangre más pura que la de los romañolos Sforza, y estaba dispuesto a demostrarlo.

> *Bellincioni Berti vin d'io andar cinto*
> *Di cuojo e d'osso.*

La duquesa se recobró: soltó con repugnancia la garganta del poeta, y rechazándole se acercó a la mesa y cogiendo una lamparilla de estaño abollada, con la mecha ennegrecida, se dirigió a la habitación vecina. Ya se había fijado en ella y adivinó que era el cuarto de trabajo del poeta.

Bernardo se levantó rápidamente y, poniéndose ante la puerta, quiso impedirle la entrada.

Pero la duquesa le midió silenciosamente con tal mirada, que se libró muy bien de interponerse.

La dama entró en el cuarto de trabajo del miserable poeta.

Recibió una tufarada de libros enmohecidos.

Manchas de humedad ennegrecían las desnudas paredes de yeso desconchado. Los rotos cristales de la ventana, cubierta de escarcha, estaban tapados con trapos. Unos papeles –borradores de poemas, sin duda– yacían tirados sobre un pupitre manchado de tinta, al lado de plumas de ganso recortadas y carcomidas.

Beatriz colocó la lamparilla sobre una tabla y, sin volver a preocuparse de Bellincioni, empezó a ojear entre los papeles.

Había allí una multitud de sonetos dirigidos al tesorero de la corte, a los mayordomos y a los cortesanos, llenos de adulaciones, de demandas de dinero, de leña, de vino, de ropas de abrigo y de vituallas. En uno de estos sonetos el poeta solicitaba de meser Palavicini, para la fiesta de Todos los Santos, un ganso asado, relleno de membrillos. En otro intitulado «de Moro a Cecilia», el poeta comparaba al duque con Júpiter y a la duquesa con Juno; contaba que un día, yendo Moro a una cita con su amante, fue sorprendido por la tempestad y forzado a volver a casa, por lo que Juno, celosa, adivinando la traición de su esposo, se quitó su diadema y desde lo alto de los cielos hizo caer las perlas como una lluvia de granizo.

De pronto, bajo una fila de papeles, descubrió un elegante cofrecillo de ébano, lo abrió y vio un paquete de cartas cuidadosamente atado.

Bernardo, que lo observaba todo, levantó los brazos aterrorizado. La duquesa se quedó mirándole, después de lanzar una ojeada sobre las cartas. Allí estaba el nombre de Lucrecia y reconoció la letra de Moro.

Eso era, ¡por fin!, lo que buscaba: las cartas del duque y los borradores de los versos de amor que había encargado para Lucrecia. Cogiendo el paquete y ocultándolo bajo sus ropas en el pecho, salió de la estancia después de haber arrojado al poeta, silenciosamente, como un hueso a un perro, una bolsa llena de ducados.

La oyó bajar la escalera y cerrar la puerta. Largo rato estuvo inmóvil en medio de la habitación como herido por el rayo. Le parecía que el suelo vacilaba bajo sus plantas, como el puente de un navío, en un mar tempestuoso. Por fin, extenuado, arrojóse sobre su lecho y se durmió con un sueño de muerte.

VIII

La duquesa volvió al castillo.

Los invitados, que habían notado su ausencia, cuchicheaban preguntándose qué le habría pasado. El duque estaba inquieto.

Al entrar en el salón se acercó a él, con el rostro un poco pálido y le dijo que habiendo sentido, después del festín, un poco de fatiga se había retirado a sus habitaciones particulares para reponerse.

–Bice –dijo el duque, cogiendo una mano fría a su mujer, que temblaba imperceptiblemente entre las suyas–. Si no te encuentras bien, dímelo, por favor. No olvides que estás encinta. ¿Quieres que dejemos para mañana la segunda parte de la fiesta? La he organizado para ti, querida...

–No, no –respondió la duquesa–. Te lo ruego, no te inquietes, Vito. Hacía tiempo que no me encontraba tan bien como hoy, tan alegre... Quiero ver «El Paraíso» y hasta voy a bailar.

–Y bien, ¡alabado sea Dios, querida mía, alabado sea Dios! –dijo Moro confiado y besó con respetuosa ternura la mano de su mujer.

Los invitados pasaron de nuevo al «salón del juego de pelota» en donde habían instalado para la representación de «El Paraíso» de Bellincioni una máquina inventada por Leonardo da Vinci, ingeniero de la corte.

Cuando todos se hubieron colocado y las luces fueron apagadas, se oyó la voz de Leonardo.

–¡Listos!

Un cordón de pólvora se inflamó y en la oscuridad brillaron, como soles de hielo, transparentes globos de cristal dispuestos en círculo, llenos de agua e iluminados interiormente por una multitud de luces varias y cambiantes como el arco iris.

–Mirad –dijo Ermelina, mostrando el artista a su vecina–. Mirad qué rostro: un verdadero mago. Sería capaz de levantar todo el castillo en el aire, como en los cuentos de magia.

–¡No se debe jugar con fuego! El incendio acecha –dijo la vecina.

Detrás de los globos de cristal había ocultas dos cajas redondas y negras. De una de ellas salió un ángel con alas blancas, anunciando la representación.

Al decir uno de los versos del prólogo: «El poderoso monarca rige las esferas», señaló al duque, haciendo comprender así que Moro conducía y gobernaba sus asuntos con la sabiduría de Dios dirigiendo las esferas celestes.

Al mismo tiempo los globos se pusieron en movimiento, girando alrededor del eje de la máquina con ruidos extraños, pero suaves y rítmicos, como si las esferas de cristal, chocando unas con otras, resonaran con esa música de la que hablan los pitagóricos. Tales sonidos se producían en campanas de cristal por percusión de unos macillos. El artilugio era invento de Leonardo.

Los planetas se detuvieron y, sobre cada uno de ellos, fueron apareciendo los dioses correspondientes: Júpiter, Apolo, Mercurio, Venus, Marte, Diana y Saturno que dirigían un cumplido a Beatriz.

Mercurio dijo:

¡Oh, tú, que haces palidecer a todos los astros!
¡Oh, tú, Sol, espejo de los cielos
cuya belleza seduce al padre de los dioses!
¡Luz de las luces, maravilla de las maravillas!

Venus dobló la rodilla ante la duquesa:

Todos mis encantos son siervos de los tuyos,
Ya al nombre de Venus no aspiro inocente;
Vencida para siempre por tu noble belleza,
Palidezco de envidia, ¡oh, sol resplandeciente!

Diana implora a Júpiter:

De la duquesa de Milán,
De la diosa de las diosas
Hazme, Padre mío, esclava.

Saturno, rompiendo su cetro, exclamaba:

En tus días felices, se alzará el alba de Oro
Como en lejanos tiempos el siglo de Saturno.

Al final, Júpiter presentaba a su Alteza las tres gracias de la Hélade y las siete virtudes cristianas. Y todo ello –Olimpo y Paraíso– empezó a girar a la sombra de las alas angélicas de la cruz, adornada con lamparillas de llama verde, símbolo de la esperanza. Mientras, todos los dioses y diosas, acompañados por la música de las esferas, entonaron, entre los aplausos de los espectadores, un himno a la gloria de Beatriz.

–Escuchad –dijo la duquesa al señor Gaspar Visconti, sentado a su lado–. ¿Por qué no vemos aquí a Juno, la celosa esposa de Júpiter que «arrancando su diadema dejó caer las perlas sobre la tierra semejantes a una lluvia de granizo»?

El duque, al oír sus palabras, se volvió rápidamente y la miró. Ella se echó a reír con una risa forzada y tan singular, que Moro sintió helársele la sangre en el corazón. Pero ella, dominándose enseguida, habló de otra cosa, apretando solamente más fuerte contra su pecho el paquete de cartas escondido en su justillo.

La venganza que pensaba saborear la embriagaba, y la hacía fuerte, serena y casi alegre.

Los invitados pasaron a otra sala en la que se exhibía un nuevo espectáculo. Tirados por negros, leopardos, grifos, centauros y dragones, los carros triunfales de Numa, Pompilio, César, Augusto y Trajano, se mostraban ornados de inscripciones alegóricas. Estos héroes eran los precursores de Moro. Por fin, apareció un carro, arrastrado por unicornios llevando un globo enorme que representaba la esfera celeste, sobre la que se reclinaba un guerrero con coraza de hierro. Un niño desnudo pintado de púrpura, llevando en la mano una rama de moral –moro en italiano–, salía por una abertura de la coraza del guerrero, lo que significaba el fin del siglo de hierro y el nacimiento, gracias al sabio gobierno de Moro, de un nuevo Siglo de Oro. Advirtieron, con general sorpresa, que la estatua de oro era un niño vivo. El pequeño, bajo la costra de oro que cubría su cuerpo, se encontraba molesto y las lágrimas brotaban de sus ojos.

El niño comenzó con quejumbrosa voz a recitar al duque una loa en la que el estribillo se repetía constantemente, monótono, casi siniestro:

¡Pronto, oh, mortales, pronto,
Sabedlo; más bello todavía
Renacerá, gracias a Moro,
El Siglo de Oro!

Alrededor del carro del Siglo de Oro, comenzó el baile.

El interminable agasajo cansó a todo el mundo. Dejaron de escucharle, pero, de pie, sobre el carro, el niño, cuyos labios dorados se estremecían, balbucía constantemente con aire dócil y resignado:

¡Renacerá, gracias a Moro,
El Siglo de Oro!

Beatriz bailaba con Gaspar Visconti. A veces un espasmo de risas y sollozos le subía a la garganta con intolerable dolor; la sangre golpeaba sus sienes y sus ojos se oscurecían, pero su rostro, indiferente, no dejaba de sonreír.

Cuando acabó de bailar salió de la fiesta y se alejó de nuevo inadvertida y sigilosa.

IX

La duquesa se dirigió a la torre del Tesoro. Nadie más que ella y el duque entraba en esta torre.

Tomó la antorcha de manos del paje Ricciardetto, a quien ordenó esperar a la entrada, y se introdujo en la enorme sala, oscura y fría como una cueva.

Acomodada en un sillón y sacando de su seno el paquete de cartas se disponía a leerlas, cuando el viento con un aullido siniestro, embudado por el tubo de la chimenea invadió la sala y la torre entera y apagó la bujía. Después, instantáneamente, se hizo el silencio. Se oían a lo lejos los sonidos de la música y del baile y más cerca un ruido, apenas perceptible, de cadenas de hierro. Este ruido procedía del subterráneo donde se encontraban los prisioneros.

En el mismo momento tuvo la sensación de que había alguien detrás de su sitial. Se apoderó de ella un espanto que ya conocía. Sabía que lo mejor era no mirar, pero no pudo resistir un impulso y se volvió. Allí en un rincón, de pie, se hallaba aquella figura que ya había visto una vez; una figura alta, negra, más negra que las tinieblas, con la cabeza inclinada y un capuchón de monje tan caído que le tapaba la cara. Quiso gritar, llamar a Ricciardetto, pero su voz se extinguió. Se levantó para huir; pero sus rodillas se doblaron y cayó de hinojos al tiempo que balbucía:

–¡Tú! ¡Todavía tú! ¿Por qué?

El fantasma levantó la cabeza.

La duquesa pudo ver entonces el rostro, vivo y nada espantoso, del difunto duque Gian Galeazzo que le decía:

–¡Desgraciada! ¡Desgraciada!

Dio un paso hacia ella, envolviéndola el rostro un frío de ultratumba.

Lanzó un grito penetrante, extrahumano y cayó desvanecida.

Ricciardetto, al oír el grito, se precipitó en la sala y al ver a su ama tendida en tierra sin conocimiento, echó a correr a través de las oscuras galerías, iluminadas de trecho en trecho por las pálidas linternas de los centinelas, luego a través de salones brillantes y llenos de gente, hasta que encontró al duque:

–¡Socorro! ¡Socorro! –gritó el paje, demudado.

Era medianoche. Una alegría inmensa animaba el baile. La danza de moda había dado comienzo y damas y caballeros pasaban en fila bajo el arco de los «amantes fieles». Encima del arco, un hombre, armado de larga trompeta, representaba el genio del Amor; abajo estaban los jurados. Al aproximarse los amantes fieles, el genio les saludaba con una música dulce y suave y los jurados los acogían con alborozo. En cuanto a los infieles, trataban en vano de pasar bajo el arco encantado. La trompeta les perseguía atronando sus oídos; los jurados los castigaban con una tempestad de confeti y los infelices tenían que huir bajo una granizada de serpentinas.

El duque acababa de pasar bajo el arco acompañado, como el más fiel de los amantes fieles, por los sones más dulces y tiernos de la música, semejantes al son del caramillo de los pastores o al arrullo de las tórtolas.

En este momento fue cuando la muchedumbre tuvo que abrir paso a Ricciardetto, que entró en la sala corriendo y gritando desatinado:

–¡Socorro, socorro!

Apenas divisó al duque se lanzó hacia él:

–Alteza, la duquesa se ha puesto muy enferma. ¡Pronto! Hay que auxiliarla.

–¿Cómo? ¿Enferma?

El duque se cogió la cabeza con las manos.

–¿Dónde? ¿Dónde? Pero ¡explícate!

–En la torre del Tesoro.

Moro corría tan deprisa que su cadena de oro sonaba sobre el pecho y su voluminosa cacera –peinado parecido a una peluca– se movía extrañamente sobre su cabeza.

Encima del arco, el genio de los amantes fieles continuaba

tocando su trompeta; pero dándose cuenta, de pronto, de que pasaba algo anormal, se calló.

Mucha gente echó a correr tras el duque, y enseguida toda la brillante concurrencia fue desplazándose hacia las puertas agitada y confusa como un rebaño de corderos atemorizados.

El arco yacía caído en el suelo. El heraldo apenas tuvo tiempo de saltar, lastimándose un pie.

Alguien gritó:

–¡Fuego!

–¡Ya decía yo que no se debía jugar con fuego! –exclamaba levantando los brazos al cielo la dama que había censurado los globos de cristal de Leonardo.

Otras chillaban y alborotaban próximas a desmayarse.

–Cálmense, que no hay fuego –decían unos.

–Pero ¿qué pasa? –preguntaban otros.

–La duquesa está enferma.

–¡Se muere! La han envenenado –decretó, súbitamente inspirado, un cortesano, que se apercibió enseguida de lo peligroso de su propia invención.

–No es posible. La duquesa estaba aquí hace un instante... Bailaba...

–¿No habéis oído nada? La viuda del duque Gian Galeazzo, Isabel de Aragón... para vengar a su marido... con un veneno lento.

–¡Dios nos proteja!

En la vecina sala seguía sonando la música.

Todavía no sabían nada. Las damas que ejecutaban la pantomima «Venus y Marte» conducían a sus caballeros atados con cadenillas de oro como cautivos y, cuando ellos lanzando lánguidos suspiros caían al suelo, ellas posaban victoriosamente el pie sobre su espalda.

Un chambelán acudió, agitando los brazos, para gritar a los músicos:

–Basta de música. La duquesa está enferma.

Al oír esto todos se volvieron. La música dejó de oírse. Sólo una viola que tocaba un viejecillo de oído tardo y mirada distraída continuó un rato vertiendo en el silencio sus notas agudas y lastimeras. Unos criados pasaron precipitadamente, llevando una cama estrecha y larga acolchada con un resalte para la cabeza y dos apoyos para los brazos. Era el lecho que se usaba en el palacio desde tiempo inmemorial para colocar en él a las soberanas de la casa Sforza en el momento de dar a luz. En medio del baile, en el esplendor de la fiesta, entre las innumerables damas lujosamente ataviadas, esta cama de parturienta parecía extraña y siniestra.

Todos se miraron y comprendieron.

–Si es un susto o una caída –apuntó una señora anciana–, debía tomar enseguida una clara de huevo crudo con trocitos de seda escarlata.

Otra aseguraba que la seda roja no hacía nada; que lo que tenía que comer era el germen de siete huevos de gallina en la yema de un octavo.

Mientras tanto Ricciardetto, entrando en una de las salas de arriba, oyó a través de la puerta de la habitación vecina un grito tan espantoso que se detuvo sobrecogido; luego quiso interrogar a una de las mujeres que pasaban llevando castillos con ropas, braserillos y palanganas con agua caliente:

–¿Qué ocurre? –preguntó el muchacho.

Pero ella no le respondió.

Otra vieja, una comadrona sin duda, mirándole severamente, dijo:

–¡Vete, déjame en paz! No haces más que estorbar. No es sitio éste para chiquillos.

Al entreabrirse un instante la puerta, Ricciardetto pudo ver en el fondo de la habitación, entre desorden de vestidos y ropas de cama, el rostro de la mujer que amaba con un amor infantil y desesperanzado. Una faz roja, sudorosa, con mechones de cabellos caídos sobre la frente, y la boca torcida y como atormentada por un alarido constante. El muchachito palideció, y ocultó su rostro entre las manos.

Al lado de la doliente, comadres, doncellas y curanderas hablaban en voz baja. Cada una tenía su remedio. Una proponía envolver el pie derecho de la parida en piel de serpiente. Otra hacerla sentar sobre una cazuela de hierro llena de agua hirviendo; una tercera, atarle sobre el vientre el sombrero de su marido; otra, todavía, hacerla beber aguardiente en el que se hubieran echado puntas de cuernos de ciervo.

–Una piedra de alumbre bajo el sobaco derecho o una piedra magnética bajo el sobaco izquierdo, aconsejaba sin tregua una viejecilla vivaracha y llena de arrugas.

El duque salió de la habitación, apretándose la cabeza entre las manos y sollozando como un niño.

–¡Señor! ¡Señor! ¡No puedo más! ¡No puedo más! Bice, Bice… Y es por mi culpa, ¡soy un miserable!…

Recordaba que la duquesa en cuanto le vio entrar fue presa de un furor indescriptible: «¡Vete! ¡Vete! ¡Ve con tu Lucrecia!», le dijo iracunda.

La viejecilla, afanosa, se acercó a él con un plato de estaño.

–Dignaos probar esto, Alteza.

–¿Qué es eso?

–Carne de lobo. Dicen que cuando el marido come carne de lobo la parturienta se siente aliviada. La carne de lobo es una de las primeras cosas que…

El duque, con aire dócil e inconsciente, trató de tomar un pedacito de aquella carne negra y dura que no pudo masticar. Inclinada hacia él, la vieja rezaba fervorosa:

Padre nuestro, Padre nuestro
–Siete lobos con una loba–
En los cielos y la tierra.
Levántate, viento, y lleva
Nuestros males a los desiertos.

Y luego repetía:

«Santo, santo, santo, en nombre de la Trinidad; Una y Eterna, nuestra palabra valga, amén.»

Luigi Marliani, primer médico de la corte, salió de la habitación de la enferma, acompañado de otros dos médicos.

El duque fue hacia él:

–¿Y bien?

Los médicos callaron.

–Alteza –dijo por fin Luigi Marliani–, se han aplicado todos los remedios. Esperemos que el Señor, en su misericordia…

El duque le cogió una mano.

–¡No, no! Debe haber algún recurso… ¡Es imposible!… Por Dios… ¡Haced algo!

Los médicos se miraban como augures, comprendiendo que era necesario consolarle.

Marliani, frunciendo severamente las cejas, dijo en latín al más joven de los médicos, de rostro sonrosado y descarado:

–Tres onzas de baba de caracol de río, con nuez moscada y coral molido.

–¿Tal vez una sangría? –dijo el otro doctor, un viejecito de rostro tímido y bondadoso.

–¿Sangría? Ya había pensado en ello –continuó Marliani–. Pero, desgraciadamente Marte se halla en la constelación del Cangrejo, cuarto cuadrante del sol. Además la influencia del día impar...

El viejecillo suspiró humildemente y se calló.

–¿Qué pensáis, maestro? –dijo a Marliani el médico de las mejillas sonrosadas y aspecto descarado, con ojos indiferentes y equívoca sonrisa–, ¿si se le añadiese al caldo de caracol, estiércol de vaca recogido en marzo?

–Sí –concedió Luigi, pensando y frotándose la nariz–, estiércol de vaca, sí, sí, ciertamente.

–¡Oh, Señor! –gimió el duque.

–Alteza, tenga conformidad –le dijo Marliani–. Puedo asegurarle que todo lo que prescribe la ciencia...

–¡Al diablo la ciencia!

De pronto, no pudiendo contenerse, el duque se abalanzó a él apretando furiosamente los puños.

–Ella va a morir... ¿Lo oís? Y estáis ahí con vuestro caldo de caracol y vuestro estiércol de vaca. ¡Canallas!... ¡Merecéis que os cuelguen a todos!...

Y presa de una angustia mortal recorría la habitación escuchando el interminable lamento.

De pronto, su mirada recayó sobre Leonardo. Entonces, llamándole aparte, le dijo:

–Escucha –murmuró el duque que parecía delirar y que, visiblemente, apenas tenía conciencia de lo que decía–. Escucha, Leonardo, tú solo sabes más que todos ellos juntos. Sé que conoces grandes secretos... No, no protestes... ¡Ah, Dios mío, Dios mío, esos gritos!... ¿Qué quería decir? Sí, sí... Ayúdame, amigo mío, haz algo... daría mi alma para aliviarla, aunque sólo fuera un poco. ¡Por no oír esos chillidos!

Leonardo quiso responder, pero el duque olvidado ya de él, se precipitó al encuentro de un capellán y unos monjes que entraban en la habitación.

–¡En fin, alabado sea Dios! ¿Qué traéis?

–Reliquias de san Ambrosio, el cinturón de santa Margarita, el diente de san Cristóbal y un cabello de la Virgen María.

–¡Bien, bien, acudid enseguida!

Moro quiso entrar con ellos en la alcoba de la enferma, pero en ese momento el grito se convirtió en un aullido tan espantoso que huyó tapándose los oídos.

Después de haber atravesado varias salas oscuras, se detuvo en la capilla y cayó de hinojos ante la Santa Imagen.

–He pecado, Santa Madre de Dios, he pecado, ¡maldito sea! He hecho matar a un hombre joven, inocente, Gian Galeazzo, mi soberano legítimo. Pero Tú, Virgen misericordiosa, mi única protectora, ¡escucha mi plegaria y ten piedad de mí! ¡Daré todo, expiaré mis culpas, pero sálvala, toma mi alma por ella!

Un torbellino de absurdos pensamientos, precipitándose en su cerebro, le impedían rezar; recordaba una anécdota que le contaron y que le había hecho mucha gracia. El patrón de un navío, sorprendido por una tempestad, prometía a la Santísima Virgen un cirio tan gordo como el mástil del barco y, como su camarada le preguntase dónde encontraría bastante cera para semejante cirio, respondió: «¡Cállate! Cuando estemos a salvo tendremos tiempo de reflexionar. Además, confío en que la Madona se contentará con un cirio más pequeño».

–Dios mío, ¿en qué estoy pensando? –se dijo el duque volviendo en sí–. ¿Es que me voy a volver loco?

Hizo un esfuerzo para reanudar sus pensamientos y seguir rezando.

Pero los deslumbrantes globos de cristal, como transparentes soles de hielo, pasaron ante sus ojos dando vueltas y oyó una suave música acompañando al estribillo que cantaba el purpúreo niño:

Volverá gracias a Moro
el dichoso Siglo de Oro.

Cuando el duque despertó, le pareció que apenas habían transcurrido dos o tres minutos, pero al salir de la capilla vio a través de las ventanas invadidas por la nieve, la grisácea luz de una mañana de invierno.

X

Moro volvió a la sala de la Rochetta. A su lado pasó una mujer con un castillo donde iban pañales y mantillas. Se aproximó a él y le dijo:

–Su Alteza ha dado a luz.

–¿Vive? –balbució él palideciendo.

–¡Gracias a Dios! Pero el pequeño ha muerto. La duquesa está muy débil. Desea veros. Venid.

Al entrar en la alcoba vio a su mujer, que parecía una niña, con los ojos profundamente hundidos y como cubiertos de telarañas. Este sereno rostro le era extrañamente familiar y desconocido a la vez. Se acercó, inclinándose hacia ella.

–Manda buscar a Isabel... Deprisa –dijo muy bajo la duquesa.

El duque dio una orden. Minutos después entraba en la alcoba una mujer alta, delgada, de rostro austero y triste. Era la duquesa Isabel de Aragón, viuda de Gian Galeazzo, que se aproximó a la moribunda. Todos se retiraron, salvo el confesor y Moro que permanecieron en un lugar apartado.

Durante algunos instantes las dos mujeres hablaron en voz baja. Después Isabel besó a Beatriz dirigiéndole palabras de supremo adiós y, arrodillándose con el rostro oculto entre las manos, empezó a rezar.

Nuevamente Beatriz llamó a su marido.

–Vico, perdóname. No llores. No lo olvides: siempre estaré a tu lado... Sé que es a mí sola a quien tú...

No acabó. Pero comprendió que ella quería decir: Es a mí sola a quien tú has amado.

Beatriz le miró con una mirada serena, como infinitamente lejana.

–Bésame –dijo con voz débil.

Moro tocó con sus labios la frente de Beatriz. Ella quiso decir algo, pero no pudo más que suspirar con voz apenas perceptible:

–En los labios.

El confesor empezó a leer la plegaria de los agonizantes. Los familiares entraron en la alcoba.

El duque, sin separar los labios de los labios ya fríos de Beatriz, recibió el último suspiro de su esposa.

–Ha muerto –dijo Marliani.

Todos se persignaron y se pusieron de rodillas. Moro se incorporó lentamente. Su rostro inmóvil no expresaba dolor, sino una terrible e increíble tensión de espíritu: respiraba penosa y rápidamente, como si ascendiese con esfuerzo a una montaña. De repente agitó convulsos los dos brazos a la vez, gritando:

–¡Beatriz!

Y cayó sobre el cuerpo de la muerta.

De todos los asistentes, sólo Leonardo supo conservar la calma. Examinaba al duque con mirada profunda y escrutadora.

En tales momentos la curiosidad era en él más fuerte que todo. Observaba la expresión del dolor en los rostros humanos y en la actitud de los cuerpos, como una experiencia, como la manifestación más o menos enigmática de un fenómeno natural. Nada se le escapaba del gesto o de la actitud; ni la más mínima contracción muscular. Ardía en deseos de fijar lo más pronto posible, en su cuaderno, el rostro de Moro desfigurado por la desesperación. Marchó hacia las salas bajas de palacio, que solían estar desiertas.

Las altas bujías habían esparcido al consumirse gotas de cera por el pavimento. En una de las salas el artista tropezó con el arco de los «amantes fieles» medio destrozado en el suelo. A la fina luz matinal las pomposas alegorías glorificando a Moro y Beatriz, los carros triunfales de Numa, Pompilio, Augusto y Trajano, del viejo Siglo de Oro, aparecían apolillados y siniestros.

Leonardo se aproximó a la apagada chimenea, miró a su alrededor y, seguro de que nadie podía verle, sacó lápiz y cuaderno y se puso a dibujar. De pronto apercibió en un rincón de la chimenea al niñito pintado de púrpura que dormía entumecido por el frío, hecho un ovillo, con la cabeza sobre las rodillas que rodeaba con sus brazos.

Leonardo le tocó suavemente en un hombro. El niño, sin levantar la cabeza, gimió sordamente. El artista tomándole en brazos, lo apretó contra su pecho.

El niño, con el rostro morado de frío, entreabriendo los ojos no pudo contener los sollozos.

–¡Llévame a casa, a casa!

–¿Dónde vives? ¿Cómo te llamas? –le preguntó Leonardo.

–Lippi –dijo el chiquillo–. ¡Oh! ¡Me duele el corazón! Tengo frío... ¡Llévame a casa!

Sus párpados se cerraron y, delirando con voz cantarina, brotaron en sus labios las palabras del himno:

¡Volverá, gracias a Moro,
el dichoso Siglo de Oro!

Leonardo, quitándose la capa, envolvió al niño con ella, dejándole sobre una butaca. Pasó al vestíbulo para despertar a los criados que roncaban tendidos en el suelo; la noche anterior se habían emborrachado aprovechándose de la fiesta. Uno de ellos le dijo que Lippi era hijo de un pobre panadero de la calle de Broletto. Había alquilado a su hijo por veinte escudos, para la representación de la alegoría, aunque algunas buenas gentes le habían advertido que el niño podía morir por intoxicación con la untura de púrpura.

El artista envolvió cuidadosamente a Lippi en su capa. Una vez fuera de palacio, dio un rodeo para entrar en una botica y comprar los ingredientes necesarios para quitar la dorada costra del cuerpo del chiquillo y llevarle a su casa.

De repente se acordó de su comenzado dibujo y de la curiosa mueca de desesperación de Moro. «No importa –pensó– no lo olvidaré. Lo esencial son las arrugas de encima de las cejas, muy altas y la sonrisa estática de los labios. Es la misma sonrisa con que expresa el rostro humano dos estados absolutamente contrarios del espíritu: la desesperación y la felicidad. Según Platón, ambos estados se funden al llegar a su grado máximo.»

El niño tiritaba de fiebre.

«¡Nuestro Siglo de Oro!», pensó el artista sonriendo tristemente.

–¡Pobre pajarillo! –murmuró observando al pequeño con infinita piedad.

Y puso tanta emoción y ternura al apretarle contra su pecho, que el niño enfermo tuvo la sensación de que su madre muerta le acariciaba y mecía.

XI

La duquesa Beatriz murió el 2 de enero de 1497 a las seis de la mañana. El duque, durante más de veinticuatro horas no se movió del lado del cuerpo de su mujer, sin atender ningún consuelo ni aceptar ningún alimento y sin querer dormir. Sus familiares temían que se volviese loco.

El jueves por la mañana pidió papel y tinta para escribir a Isabel de Este, hermana de la difunta duquesa, una carta anunciándole la muerte de Beatriz. La decía entre otras cosas:

«Hubiéramos preferido morir. Os rogamos nos evitéis todo consuelo. Sería aumentar nuestro dolor.»

El mismo día, a la hora de comer, cediendo a las instancias de sus parientes, consintió en tomar algún alimento, pero no quiso sentarse a la mesa: comió sobre una tabla desnuda que Ricciardetto sostenía ante él.

Al principio, el duque dejó al primer secretario Bartolomeo Calco el cuidado de preparar los funerales. Pero cuando hubo que organizar el orden del cortejo, lo que nadie más que él podía disponer, se dejó conducir poco a poco, y se entregó a la organización de las exequias con el mismo celo con que antes se entregaba a la de la magnífica fiesta del Siglo de Oro. Se agitaba, se ocupaba de todos los detalles, determinando con precisión el peso de los enormes cirios de cera blanca y amarilla, el número de metros de brocado de oro, de terciopelo negro y carmesí de cada uno de los paños del altar; la cantidad de dinero, de judías y tocino que serían distribuidos a los pobres para que rogasen por el reposo del alma de la difunta. Al elegir el paño para los uniformes de duelo de los servidores de la corte, no dejó de tocar la tela y acercarla a la luz para asegurarse de su buena calidad; él se encargó un traje de gran luto, de paño tosco, acuchillado intencionadamente, para dar la impresión de un traje desgarrado por sus manos en un acceso de desesperación.

La fecha del funeral fue fijada para el viernes siguiente por la noche. Abrían la marcha del fúnebre cortejo, correos, maceros, heraldos tocando largas trompetas de plata ornadas de oriflamas de seda negra; tambores batiendo una marcha fúnebre, caballeros con la visera calada llevando banderas de duelo y montados en caballos con gualdrapas de terciopelo negro con cruces blancas; monjes de todos los conventos y monasterios de Milán, en cuyas manos brillaban los cirios de seis libras y, en fin, el arzobispo de Milán al frente del clero. Detrás, el catafalco de brocado de plata con cuatro ángeles de oro y la corona ducal. Moro iba acompañado de su hermano, el cardenal Ascanio y los embajadores de Su Majestad Imperial de España, de Nápoles, Venecia y Florencia; después venían los miembros del Consejo Secreto, los cortesanos, doctores y catedráticos de la Universidad de Pavía, mercaderes notables y doce delegados de cada una de las puertas de Milán. Luego seguía la multitud, el pueblo.

Tan largo era el cortejo, que su cola estaba todavía en la fortaleza cuando la cabeza entraba ya en la iglesia de Santa Maria delle Grazie.

Una semana más tarde, el duque hizo grabar en la tumba de León, el niño nacido muerto, una magnífica inscripción. La había compuesto él mismo en italiano y Merula la tradujo al latín:

«Niño infortunado, murió antes de ver la luz; privó al morir, a su madre de la vida y a su padre de esposa. En tan amargo destino, no tuvo otro consuelo que el ser hijo de padres casi divinos: Ludovico y Beatriz, duque y duquesa de Milán. El año 1497, tercer día de enero.»

Moro admiró largamente esta inscripción grabada en letras de oro sobre una losa de mármol negro, colocada encima de la pequeña tumba de León, erigida en ese mismo convento de Santa Maria delle Grazie donde reposaba Beatriz.

Compartía la ingenua admiración del albañil que al terminar el trabajo retrocede algunos pasos, contempla su obra con la cabeza inclinada y, cerrando un ojo, declara con aire satisfecho:

–No es ninguna chapuza.

La mañana era fría y soleada. Sobre los tejados de las casas la nieve resplandecía de blancura entre el cielo azul. En el aire translúcido se respiraba una brisa perfumada oliendo a lirio.

Al salir del frío y el sol, Leonardo penetró, como en una cueva, en una habitación oscura, lóbrega, tapizada de tafetán negro. Los postigos estaban cerrados, y unos cirios ardían fúnebremente. Durante los primeros días siguientes al entierro, el duque no abandonó esta catacumba sombría.

El duque pidió al artista de la Sagrada Cena que hiciese célebre por su belleza el lugar en que Beatriz reposaba eternamente. Después le dijo:

–He oído, Leonardo, que te encargaste del niño que, durante aquella desgraciada fiesta, representó el nacimiento del Siglo de Oro. ¿Cómo está?

–Alteza: ha muerto el mismo día del entierro de Su Serenidad.

–¡Muerto! –exclamó el duque con una sorpresa mezclada de satisfacción–. Muerto... ¡qué extraño!...

Bajó la cabeza suspirando profundamente. Luego, de pronto, se encaró con Leonardo.

–Sí, sí. ¡Así debe ser! Sí, nuestro Siglo de Oro ha muerto, muerto con mi bien amada. Lo hemos enterrado al mismo tiempo que a Beatriz, porque no era posible su grandeza sin ella. ¿No es verdad, amigo mío? Es una coincidencia profética, un hecho misterioso.

XII

Transcurrió un año de duelo profundo. El duque no dejaba sus trajes desgarrados a propósito y no quiso volver a sentarse a la mesa del gran comedor. Comía en una mesita modesta. «Desde la muerte de la duquesa –escribía en sus informes Minuto Sanuto, embajador de Venecia–, Moro se ha vuelto devoto; asiste a todos los oficios, observa los ayunos, vive castamente –eso se dice al menos– y manifiesta un gran temor de Dios.»

Durante el día, Moro estaba distraído con los negocios de Estado, aunque echaba de menos la intervención de Beatriz en sus trabajos. Pero por la noche se sentía muy deprimido imaginándola en sus sueños tal como era a los dieciséis años cuando se casaron: una chiquilla caprichosa, delgada y morena, viva como una colegiala, de genio varonil y tan salvaje que llegaba a esconderse en los armarios de la ropa para no asistir a las ceremonias cortesanas. Recordaba Moro que todavía tres meses después de la boda se defendía con uñas y dientes, como una amazona, contra sus amorosos ataques. Una noche, poco antes del aniversario de la muerte de Beatriz, se le apareció en sueños tal como la vio una vez durante una partida de pesca, al borde del estanque de Cusnago. La pesca había sido fructífera. Las redes se llenaban de peces. Ella imaginó esta diversión: Arremangada, cogía los peces en las húmedas redes y los lanzaba a manos llenas otra vez al agua, para contemplar la alegría de los animalillos y el fugitivo resplandor de sus escamas en el agua transparente. Los peces se escurrían entre sus manos, las gotas de agua salpicaban como chispas de diamantes su rostro moreno y las morenas mejillas y sus lindos ojos de adolescente reían luminosos.

El duque, al despertarse, sintió su almohada mojada de lágrimas.

Por la mañana fue al convento de Santa Maria delle Grazie, para orar ante la tumba de su mujer. Luego comió con el prior, y charló largo rato con él acerca de la cuestión que en aquellos días preocupaba a todos los teólogos de Italia: el dogma de la concepción de la Virgen María. Cuando salió del convento a la caída del día, se dirigió rectamente a casa de madama Lucrecia.

Aun cuando lloraba a su mujer y temía a Dios, no sólo no prescindía de sus amantes, sino que las frecuentaba más. En los últimos tiempos madama Lucrecia y la condesa Cecilia se aproximaron. A pesar de su reputación de «nueva Safo», Cecilia sólo era una sencilla y buena mujer, aunque un poco exaltada. La muerte de Beatriz fue para ella un suceso propicio para realizar uno de sus sacrificios de amor, leídos en los libros de caballerías, con los que soñaba hacía tiempo. Resolvió unir su amor al de su joven rival para consolar al duque.

Lucrecia al principio se mostraba arisca y celosa, pero la «docta dama» la desarmó con su generosidad. De buen o mal grado, Lucrecia se vio obligada a sostener esta inevitable amistad.

En el verano de 1497, tuvo un hijo de Moro. La condesa quiso ser la madrina, y aun cuando ella tenía también hijos del duque, quiso ocuparse con abnegación y ternura del que llamaba «su nieto». Así se realizó un ideal de Moro: sus dos amantes unidas por la amistad. Encomendó al poeta de la corte un soneto en el que Cecilia y Lucrecia fueran comparadas al crepúsculo y la aurora; y entre ellas, diosas radiantes, él, viudo inconsolable, sería la noche tenebrosa privada por siempre del sol: Beatriz.

Al entrar en el gabinete más grato y hogareño del palacio Crivelli, vio a las dos mujeres sentadas juntas cerca de la chimenea; vestían de luto como todas las damas de la corte.

–¿Cómo se encuentra Vuestra Alteza? –preguntó Cecilia, el «crepúsculo» que no se parecía en nada a la «aurora», aunque no fuese menos hermosa con su piel blanca, sus rojos cabellos color de fuego y sus dulces ojos negros, límpidos como la superficie de un lago tranquilo.

El duque tomó la costumbre, en los últimos tiempos, de quejarse de su salud. Esa tarde no se sentía peor que de ordinario. Pero, como siempre, adoptó una actitud lánguida y suspirando profundamente, dijo:

–¡Juzgad vos misma, madona, cómo puede estar mi salud! No pienso más que en bajar cuanto antes a la tumba, al lado de mi paloma…

–¡Oh, no! No diga eso Vuestra Serenidad –exclamó Cecilia elevando los brazos al cielo–. Es un gran pecado. ¿Es posible? ¡Si madona Beatriz os oyera! Toda desgracia nos viene de Dios y debemos aceptarla con gratitud.

–¡Cierto! –concedió Moro–. Dios se ocupa de nosotros mejor que nosotros mismos. Ya lo dijo Él mismo: «bienaventurados los que lloran, porque ellos serán consolados». Pero…

Y, apretando fuertemente entre sus manos las manos de sus dos amantes, elevó los ojos al cielo y añadió:

–El Señor os recompense, queridas mías, el no haber abandonado a este viudo desdichadísimo.

Se enjugó los ojos con el pañuelo mientras sacaba del bolsillo de su traje de luto dos papeles. Uno el acta por la cual hacía donación al convento de las Gracias de una gran parcela de tierras en la ciudad.

–Alteza –dijo extrañada la condesa–, yo creía que vuestro amor por el territorio de la ciudad era muy grande.

–¡La ciudad! –Y Moro sonrió amargamente–. ¡Ay, madona, no es solamente a la ciudad a quien he dejado de amar! Por otra parte, el hombre no necesita de tantas propiedades.

Adivinando que iba a hablar todavía de la muerta, la condesa con un gesto de afectuoso reproche, le puso sobre los labios su mano rosada.

–¿Y de qué trata el otro papel? –preguntó con curiosidad.

A esta pregunta, el rostro del duque se iluminó. La tierna y maliciosa sonrisa de antaño flotaba en sus labios. Les leyó la otra acta que enumeraba las tierras, bosques, pueblos, cotos de caza, viveros, edificios y otras dependencias de que hacía donación a madona Lucrecia Crivelli y a su hijo natural Gian Paolo. También se mencionaba la villa de Cuamargo, predilecta de Beatriz, famosa por sus melocotoneros.

Con voz temblorosa de emoción, leyó Moro las últimas frases del acta:

«Esta dama maravillosa en artes de amor nos ha mostrado una devoción tan perfecta y manifestado sentimientos tan elevados en el agradable trato que con ella mantuvimos, que hubo de aliviarnos siempre nuestras graves preocupaciones.»

Cecilia palmoteando alegremente, se echó al cuello de su amiga con lágrimas de maternal ternura:

–Ya lo ves, hermanita: ya te decía yo que tenía un corazón de oro. ¡Paulo, mi nietecillo, es ahora el más rico heredero de Milán!

–¿A cuántos estamos? –preguntó Moro.

–Veintiocho de diciembre, Alteza Serenísima –respondió Cecilia.

–A veintiocho –repitió pensativo.

En este mismo día y a esta misma hora, un año antes exactamente, la difunta duquesa vino al palacio Crivelli para sorprender a su marido con su amante.

Lanzó una mirada en derredor. Todo, en esta habitación,

estaba igual entonces; la misma luz e intimidad, el mismo viento invernal soplando en la chimenea, el mismo fuego alegre en el hogar y, encima, la misma alegoría de los niños desnudos danzando y jugando con los símbolos de la Pasión de Nuestro Señor. Sobre el velador, cubierto con un tapete verde, el mismo frasco de agua milagrosa, de cristal tallado; la misma bandurria y los mismos rollos de música. Como entonces, las puertas de la alcoba estaban abiertas y más lejos, en el tocador, se veía aquel mismo armario ropero en el que el duque se escondiera una noche.

¿Qué no hubiera dado porque en ese instante se volviese a oír el terrible ruido del llamador golpeando la puerta, porque la criada asustada acudiera exclamando: «¡Es madona Beatriz!» y por fin, aunque sólo fuera un minuto, por volver a temblar en el guardarropa como un ladrón cogido *in fraganti*. ¡Por volver a escuchar la voz enojada de su dulce amada! ¡Ay! ¡Jamás, jamás se repetiría la escena!

Moro inclinó la cabeza sobre el pecho y lágrimas ardientes corrieron por sus mejillas.

–¡Ah, Dios mío! ¡Todavía llora! –exclamó la condesa solícita–. Anda, bésale, acaríciale, consuela su pena. No te dé vergüenza.

Y al decir esto empujó suavemente a su rival a los brazos de su amante.

Desde hacía tiempo la extraña amistad de la condesa inspiraba a Lucrecia una especie de náusea como los perfumes malos. Sintió el impulso de levantarse para irse. Bajó los ojos, ruborizándose. Sin embargo, retuvo entre las suyas la mano del duque. Él sonrió a través de sus lágrimas y apretó contra su corazón la mano de la joven.

Cecilia se dispuso a tocar la mandolina con la misma actitud con que Leonardo, doce años antes, la reprodujo en su célebre cuadro, *Nueva Safo*. Cecilia entonó la canción de Petrarca a Laura, cándida y celeste:

Mis pensamientos me llevan hacia aquella
Que busco en el mundo sin encontrarla nunca;
Aquella que sólo soñé en el paraíso
Sin adornos más bella, sin altivez más pura,

Me cogió de la mano, y dijo: «Aquí estaremos
Los dos, si tu amor es constante;
Soy la misma que has amado en la tierra,
La que acabó su día y te dejó en la noche».

El duque sacó un pañuelo y entornó los ojos con soñadora languidez, repitiendo entre sollozos el último verso mientras tendía los brazos como para retener una visión fugitiva.

¡La que acabó su día y te dejó en la noche!

–¡Oh, sí, sí! ¡Me dejó en la noche! ¿Sabéis, señoras, que me parece que ella nos mira desde el cielo y nos bendice a los tres?... ¡Oh, Bice, Bice!...

Se inclinó suavemente sobre el hombro de Lucrecia, sin dejar de sollozar y al mismo tiempo enlazándola por el talle quiso atraerla. Ella resistía pudorosa. Él la besó en el cuello. Cecilia se levantó discretamente haciendo una seña a Lucrecia, indicándole a Moro como una hermana que confía a una amiga su hermano enfermo o enamorado. Luego salió de puntillas para dirigirse no a la alcoba, sino a otra habitación del lado opuesto, y cerró la puerta tras ella. El crepúsculo no tuvo celos de la aurora. Sabía por larga experiencia que «llegaría su vez» y que después de los cabellos negros, el duque encontraba más encanto aún en los cabellos rojos.

Moro miró a su alrededor antes de abrazar a Lucrecia con un impulso ardiente casi brutal, y la hizo sentar sobre sus rodillas. Las lágrimas vertidas por su esposa no se habían secado todavía cuando una burlona sonrisa se dibujó sobre los finos y sinuosos labios del duque.

–Pareces una verdadera monja, toda de negro –dijo, riendo y cubriendo de besos el cuello de Lucrecia–. ¡Qué traje más sencillo y, sin embargo, qué bien te sienta! ¿Es el negro tal vez lo que hace tan blanco este divino cuello?

Luego desabrochó los botones de ágata de la blusa de Lucrecia. Entre los pliegues abiertos del traje de luto, la desnudez de la joven resplandecía mórbidamente. Ella ocultó el rostro entre sus manos.

En la chimenea ardía alegremente el fuego. Los amores y

angelitos desnudos de los bajorrelieves de Caradosso continuaban su eterna danza jugando con los instrumentos de tortura de la Pasión de Nuestro Señor –clavos, martillo, tenazas, lanza– y al reflejo rosado y tembloroso de la llama parecían mirarse maliciosamente, cuchichear y observar desde lo alto de la viña de Baco, a Moro y Lucrecia. Se hubiera dicho que sus mofletes redondos iban a estallar de risa.

A lo lejos se oían los lánguidos gemidos de la mandolina y el canto de la condesa:

> Soy la misma que has amado en la tierra;
> La que acabó su día y te dejó en la noche.

Al oír estos versos de Petrarca –impregnados de idealismo– los diosecillos paganos reían como locos.

Capítulo IX

El doble

I

¿No veis ahí en el mapa del océano Índico, al oeste de la isla Trapobana, una inscripción que habla de las sirenas? Cristóbal Colón me dijo que le había extrañado mucho no encontrar sirenas en ese lugar... ¿Por qué sonreís?

–Pero, no, Guido, continuad, os escucho.

–Sí, ya sé, ya sé... pensáis, meser Leonardo, que las sirenas no existen. ¿Pues qué diríais de los sciópodes que se tapan el sol con la sombra de sus propios pies como bajo un quitasol? ¿O de los pigmeos, cuyas orejas son tan amplias que una les sirve de colchón y otra de manta? ¿O también de ese árbol que en vez de frutos da huevos de los que salen pájaros amarillos, semejantes a las ardillas, cuya carne sabe a pescado hasta el punto de que puede comerse los días de ayuno? ¿O de aquella isla adonde unos navegantes saltaron, encendieron fuego y cenaron? Luego se vio que no era una isla sino una ballena. Esto me lo ha contado un viejo marino de Lisboa, hombre sabio, que me juró por el cuerpo y la sangre de Cristo que su relato era cierto.

Era en Florencia, no lejos del Mercado Viejo, en la calle de los Peleteros, donde se desarrollaba esta conversación, cinco años después del descubrimiento del Nuevo Mundo, durante la Semana Santa, el 6 de abril de 1498, en una habitación situada encima de la tienda del mercader Pompeyo Berardi, el cual era también negociante y armador en Sevilla. Algunos barcos construidos por él navegaban rumbo a las tierras descubiertas por Colón. Meser Guido Berardi, que desde su infancia sentía por la navegación una pasión verdadera, iba a tomar parte en el viaje de Vasco de Gama cuando fue atacado por una nueva y terrible enfermedad que los italianos llamaban el mal francés; los franceses, el mal italiano; los polacos, el mal alemán; los moscovitas, el mal polaco; y los turcos el mal cristiano. En vano le trataron todos los médicos y en vano ofrendó príapos de cera a todas las imágenes milagrosas; vencido por la parálisis, condenado a eterna inmovilidad, conservaba plena lucidez de espíritu y, oyendo relatos de marinos y pasando las noches inclinado sobre libros y mapas, atravesó en sueños los océanos y supo descubrir tierras ignotas.

Aparatos náuticos –ecuatoriales, astrolabios, cuadrantes, sextantes, mapamundis– daban a la estancia el aspecto de una cámara de navío. Por el balcón abierto –una *loggia* florentina– se veían caer las primeras sombras del crepúsculo sobre la tarde de abril. De vez en cuando la llama de la lámpara oscilaba al viento. De los almacenes subía un olor de exóticas especias –pimienta de las Indias, jengibre, canela, nuez moscada, clavos.

–Vea, meser Leonardo –continuó Guido frotándose sus piernas casi paralíticas–. No en vano se ha dicho: la fe mueve las montañas. Si Colón hubiera dudado no habría hecho nada. Y confesad que vale la pena tener a los treinta años los cabellos blancos a causa de increíbles sufrimientos, con tal de poder descubrir lo que él ha descubierto: el Paraíso terrenal.

–¿El Paraíso? –dijo Leonardo asombrado–. ¿Qué queréis decir, Guido?

–¡Cómo! ¿También ignoráis esto? ¿No sabéis que las observaciones de meser Colón sobre la estrella polar con relación a la situación de las islas Azores demuestran que la Tierra no tiene forma de bola o de manzana, como se suponía hasta ahora, sino la de una pera con una excrecencia, una prominencia semejante al pezón de un seno femenino? Sobre este pezón –una montaña tan alta que su cima toca a la esfera lunar– es donde se encuentra el Paraíso...

–Pero, Guido, esto contradice todas las teorías científicas.

–¡La ciencia! –interrumpió éste encogiéndose de hombros con desprecio–. ¿Sabéis, meser, lo que Colón dice de la ciencia? Os voy a citar sus propias palabras: «No han sido, en manera alguna, las matemáticas, ni las cartas geográficas, ni los razonamientos de la inteligencia lo que me ha ayudado a hacer lo que he hecho, sino únicamente lo que afirma Isaías sobre el cielo y la tierra en el libro de las profecías».

Guido se calló. Empezaba a sentir el dolor terrible de las articulaciones. Leonardo llamó a los criados para que llevaran al enfermo a su alcoba.

Al quedar solo, el artista se puso a verificar los cálculos de Colón relativos a la observación de la estrella polar con relación a las islas Azores: encontró errores tan groseros que no podía dar crédito a sus ojos.

«¡Qué ignorancia! –pensó asombrado–. Se diría que ha tropezado a oscuras por casualidad con un nuevo mundo. No sabe lo que ha descubierto. Cree que es la China, el ophir de Salomón o el Paraíso terrestre.»

Releyó aquella primera carta de 29 de abril de 1493 en la que Colón anuncia a Europa su descubrimiento. «Carta de Cristóbal Colón, a quien tanto debe nuestro siglo, sobre las islas de las Indias, más allá del Ganges, recientemente descubiertas.»

Leonardo pasó toda la noche inclinado sobre cálculos y mapas. De vez en cuando salía a la *loggia* abierta y, contemplando las estrellas, pensaba en el descubridor de los nuevos cielos y de las nuevas tierras, soñador misterioso de corazón ingenuo y cerebro infantil. Involuntariamente comparaba su suerte con la de Colón.

«¡Qué poco sabe y cuánto ha hecho! Y yo, con todos mis conocimientos, sigo tan inútil como este Berardi deshecho por la parálisis. Toda mi vida aspiré a descubrir y nada he logrado. La fe, dicen. ¿Pero la fe y la ciencia en el fondo no son una misma cosa? Mis ojos han visto menos que los ojos de Colón, ojos de visionario. ¿Cuál es el destino humano que obliga a ser vidente para obrar y ciego para saber?»

II

Leonardo no se daba cuenta de que transcurría la noche. Las estrellas se extinguieron. Una luz rosada iluminó los aleros de los tejados y las fachadas de las viejas casas de ladrillo. En la calle los transeúntes producían un rumor confuso.

Llamaron a la puerta. Leonardo abrió. Era Giovanni que venía a recordar al maestro que aquel día –Sábado Santo– se celebraba el «juicio del fuego».

–¿Qué juicio es ése? –preguntó el artista.

–Fray Domenico en representación del hermano Girolamo Savonarola y fray Giuliano Rondinelli en la de los adversarios de éste cruzarán las llamas de la pira, y el que quede sano y salvo habrá probado que es el elegido a los ojos de Dios –explicó Beltraffio.

–Bien; ve, Giovanni. Me alegraré de que te diviertas.

–¿Y vos no iréis?

–No. Ya ves, estoy ocupado.

El discípulo quiso retirarse, pero, haciendo un esfuerzo sobre sí mismo, dijo:

–Cuando venía para acá me he encontrado con meser Paolo Somensi. Me ha dicho que vendrá a buscarnos para colocarnos en el mejor sitio desde donde lo veremos muy bien todo. Es una lástima que no podáis venir. Había pensado que quizá... ¿Sabéis, maestro? El juicio se celebrará a mediodía. Si para entonces hubieseis acabado la tarea, todavía podríamos llegar a tiempo.

Leonardo sonrió.

–¿Tanto te interesa que yo vea el milagro?

Giovanni bajó los ojos.

–En fin, como quieras. Iré.

A la hora fijada, Beltraffio volvió a casa de su maestro con Paolo Somensi, un hombre inquieto que parecía hecho de azogue. Era el principal espía del duque Moro en Florencia y el peor enemigo de Savonarola.

–¡Cómo, meser Leonardo! ¿Es verdad que queríais acompañarnos? –dijo Paolo con una voz aguda y desagradable y gestos y remilgos de bufón–. Veamos, ¿quién mejor que vos, tan amante de la ciencia, podría aprovechar las enseñanzas de esta experiencia física?

–¿Es posible que se les permita semejante cosa? –preguntó Leonardo.

–¿Qué queréis que os diga? Ciertamente que si las cosas llegan hasta ahí, fray Domenico no retrocederá ni siquiera ante el fuego. Y no es él solo. Más de dos mil personas, ricos y pobres, sabios e ignorantes, mujeres y niños se han ofrecido ayer en el convento de San Marco para realizar la prueba. Con semejante necedad hasta las gentes de buen sentido han perdido la cabeza. Hasta nuestros incrédulos y filósofos tienen cierto miedo. ¿Y si por casualidad uno de los monjes no se quemase? No, meser. ¡Qué cara pondrán los beatos cuando vean que los dos se queman!

–No es posible que Savonarola lo crea –dijo Leonardo pensativo, como hablando consigo mismo.

–Él no lo creerá quizá –replicó Somensi–, o, por lo menos, completamente. Seguramente preferiría volverse atrás, pero ya es demasiado tarde. Se les hace a todos la boca agua. Quieren un milagro, sea como sea. En realidad se trata de obtener una prueba para la fe, para que nadie pueda decir como vos: si Dios existe, ¿por qué no hace el milagro de que dos y dos sumen cinco y no cuatro, para confesión de ateos e impíos como usted y como yo?

–Bueno, si hemos de ir, creo que ya es hora –dijo Leonardo, mirando a Paolo con cierta repugnancia.

–Sí es hora, ya es hora –exclamó Somensi impaciente–. Y habéis de saber que he sido yo quien ha tramado la farsa de la prueba y de los milagros. Es por lo que quiero, meser Leonardo, que vos asistáis. ¿Quién podría enjuiciar mejor que vos?

–¿Por qué yo, precisamente? –preguntó el artista con desagrado.

–¡Como si no lo comprendieseis! Soy hombre sencillo, vos lo veis; pero tengo un alma francesa y soy también un poco filósofo. Sé lo que valen las patrañas con que los frailes tratan de asustarnos. Usted y yo, meser Leonardo, somos cómplices en este asunto. ¡Viva la razón! ¡Viva la ciencia! ¡Porque exista Dios o no, dos y dos serán siempre cuatro!

Salieron los tres. Las calles se hallaban llenas de gente. Los rostros mostraban esa expresión de espera alegre y de curiosidad que ya Leonardo había advertido en el de Giovanni.

En la calle de Boneteros, delante del *Or San Michele*, en el lugar donde se encuentra, en un hueco del muro, la estatua en bronce de Tomás Apóstol tocando las llagas del Señor –obra de Verrocchio–, la muchedumbre era inmensa. Unos leían y comentaban: otros escuchaban a los anteriores las ocho proposiciones teológicas fijadas en el muro con caracteres rojos que el juicio del fuego debía confirmar o refutar.

I. La Iglesia del Señor se salvará.
II. Dios castigará.
III. Dios la salvará.
IV. Después del castigo, Florencia podrá salvarse y dominar a todos los pueblos.
V. Se convertirán los infieles.
VI. Todo se realizará sin dilación.
VII. La excomunión de Savonarola por el papa Alejandro VII no es válida.
VIII. Los que no admitan esta excomunión no cometerán pecado.

Apretujados por el gentío, Leonardo, Giovanni y Paolo se detuvieron y escucharon las conversaciones.

–Evidentemente... Es seguro... Pero, sin embargo, se tiene miedo –decía un viejo artesano–. ¡Con tal que no sea pecado!

–¿Qué pecado, Filippo? –replicó un joven de sonrisa aturdida y suficiente–. Yo creo que no puede haber en ello ningún pecado...

–Es tentar a Dios, amigo mío –insistió Filippo–. Pedimos un milagro, pero ¿somos dignos de él? Se ha dicho: «No tientes al Señor que es tu Dios»...

–¿Qué graznas, viejo? ¡Cállate! El que tenga fe, aunque sea como un grano de mostaza, podrá mover las montañas. Dios hará el milagro, puesto que nosotros tenemos fe.

–¡No lo hará! ¡No lo hará! –repitieron varias voces entre la muchedumbre–. ¿Quién entrará primero en el fuego: fray Domenico o fray Girolamo?

–Los dos a la vez.

–No, fray Girolamo no hará más que rezar; pero no entrará...

–¿Cómo que no entrará él? ¿Quién va a entrar entonces, si no es él? Domenico, primero; después Girolamo, y tras ellos nosotros, todos los pecadores, los que nos hemos inscrito en el convento de San Marcos.

–¿Es verdad que Girolamo va a resucitar a un muerto?

–Es verdad. El milagro del fuego primero y enseguida la resurrección del muerto. He visto con mis ojos la carta de Girolamo al Papa. «Que me designe un adversario –dice–. Nos acercamos los dos a la tumba, primero uno y luego el otro, y diremos: "¡Levántate!". Aquel a cuya voz el muerto se levante, será el santo, el otro el impostor».

–¡Esperad, amigos míos, y veremos muchas cosas! Tened fe y veréis al hijo del hombre en carne y hueso descender de las nubes. Se realizarán tales milagros como no se han visto jamás, ni en tiempos remotos.

–¡Amén! ¡Amén! –gritaba la muchedumbre.

Muchos rostros palidecían intensamente, muchos ojos se encendían con una llama de demencia.

La multitud los arrastraba en su avance. Giovanni contempló una última vez la estatua de Verrocchio y le pareció que la sonrisa, irónica y curiosa de *Tomás, el Incrédulo,* al poner el dedo en las llagas del Señor, se parecía a la sonrisa de Leonardo.

III

Al llegar a la plaza de la Señoría, se encontraron apretujados de tal modo entre la concurrencia, que Paolo tuvo que rogar a un jinete de la Milicia, que pasaba en ese momento, que los condujese a la Ringhiera, estrado de piedra delante del Ayuntamiento, donde se habían reservado sitios a los embajadores y a los grandes personajes. A Giovanni le pareció que jamás había visto tal aglomeración de gente. No sólo la plaza, sino las *loggias*, las terrazas, las ventanas, los tejados, estaban llenos de público. Asidos a los adornos de hierro de puertas y muros, a las rejas, a los canalones, a los saledizos de los tejados, millares de personas coronaban las alturas. Se pegaban unos a otros por encontrar un sitio. Y algunos se cayeron quedando mal heridos o muertos.

Cerrados los accesos a la plaza con cadenas, salvo tres en los que una guardia controlaba uno a uno a los que querían entrar (y habían de hacerlo sin armas), nadie podía llegar a los lugares previamente acotados.

Paolo mostraba a sus compañeros la pira explicándoles su construcción. Desde el comienzo de la Ringhiera donde se alzaba Marzocco, el heráldico león de bronce de la ciudad de Florencia, la pira se extendía a todo lo largo de la acera de los Pisanos. En el acceso a la pira se había preparado un paso para los protagonistas de la prueba: una faja de piedras, arcilla y arena, entre dos vallas de madera embreada y cubierta de salitre.

Los franciscanos, enemigos de Savonarola, rompían la marcha; después iban los dominicos. Fray Girolamo vestía sotana de seda blanca y llevaba en la mano un cáliz reluciente al sol. Fray Domenico lucía sotana de terciopelo rojo-fuego, entre un grupo de eclesiásticos que cerraba la marcha.

«¡Gloria a Dios! –rugían los dominicos–. ¡Su poder se eleva sobre la tierra y las nubes! ¡Oh, terrible, Señor adorado en tu templo!»

Y la muchedumbre respondía al cántico de los monjes con un griterío formidable.

–¡Hosanna! ¡Hosanna! ¡Bendito sea aquel que será el elegido del Señor!

La *loggia* Orcagni se había dividido en dos compartimientos por medio de un tabique de tablas: la parte vecina del Ayuntamiento se hallaba ocupada por los adversarios de Savonarola; la otra, por sus discípulos. Todo estaba ya dispuesto: no faltaba más que encender la hoguera y realizar la prueba.

Cada vez que los comisarios organizadores del juicio salían del Palacio Viejo, los asistentes contenían la respiración. En esto se vio que algunos de aquellos se acercaron a fray Domenico, le hablaron al oído y volvieron al palacio. ¡Fray Giuliano Rondinelli había desaparecido!

La incertidumbre, la espera, se hacían insoportables. Unos se empinaban sobre la punta de los pies, estirando el cuello para ver mejor; otros se persignaban rezando el rosario y en una ingenua y pueril plegaria todos repetían siempre la misma frase: «¡Milagro, milagro, Señor! ¡Queremos milagro!».

La atmósfera plomiza, densa y asfixiante se tornaba tempestuosa. Los truenos que desde por la mañana se oían, se aproximaban cada vez más. El aire era abrasador.

En la Ringhiera aparecieron algunos hombres del Consejo, que salían del Palacio Viejo, vestidos con sus largos mantos de paño rojo oscuro, semejantes a las togas de los antiguos romanos.

Un bullicioso viejecillo, con gafas redondas y una pluma de ganso detrás de la oreja (el secretario del Consejo, sin duda), corrió tras ellos advirtiéndoles que no se había terminado la sesión.

–¡Señores, señores! ¡Venid! Falta el recuento de votos.

–¡Que se vayan al diablo con sus votos! –exclamó iracundo uno de los consejeros–. Ya estoy harto. Son demasiadas tonterías.

–¿Qué esperan? –dijo otro–. ¡Que se quemen de una vez y no se burlen de nosotros!

Una voz dijo:

–¡Bagatela! ¡Imaginaos!

–¡Vaya una pérdida! Dos frailes imbéciles. ¡Qué desgracia!

–Señor –contestó un espectador–. Se quemaron. Pero según las leyes de la Iglesia, según los cánones. Esto es lo esencial. Es un asunto delicado, teológico...

–¡Pues bien, si es teológico que lo resuelva el Papa!

–No se trata del Papa ni de los frailes, sino del orden y del prestigio de la ciudad –exclamó un caballero–. Por lograr esto bien podría arrojarse no solamente al fuego, sino al aire, al agua y bajo tierra, a todos los frailes y curas de Florencia.

–Con el agua sería suficiente. Echar a los frailes en un tonel de agua. El que salga seco tendrá la razón. Al menos así no habría peligro.

–¿Habéis oído? –preguntó con servil sonrisa Paolo dirigiéndose a uno de los consejeros–. Nuestro pobre fray Giuliano Rondinelli ha tenido tanto miedo que ha preferido huir. Antes se puso enfermo y le tuvieron que sangrar para que no muriese de espanto.

–Bromeas siempre, meser –dijo un anciano grave, de rostro inteligente y triste–, pero yo, cuando oigo hablar así a los principales ciudadanos de mi patria, no sé qué es mejor: vivir o morir. Porque, en verdad, los brazos se les habrían caído a nuestros antepasados, los que fundaron esta ciudad, si hubieran podido prever que sus nietos llegarían a tanta vileza...

Los comisarios continuaban yendo y viniendo del Ayuntamiento a la *loggia* y viceversa. Las conferencias parecían interminables.

Los franciscanos afirmaban que Savonarola había embrujado la sotana de Domenico. Éste se la quitó. Pero el sortilegio podía estar también en la ropa interior. Domenico entró en el palacio para desnudarse completamente y vestir los hábitos de otro fraile. Se le prohibió acercarse a Girolamo, por temor de que éste no le embrujase de nuevo. También se le exigió que dejara la cruz que llevaba entre sus manos. Domenico no se opuso, pero hizo la advertencia de que no entraría en la hoguera sino llevando la sagrada Forma. Entonces los franciscanos pretendieron que los discípulos de Savonarola querían quemar la carne y la sangre de Cristo. En vano alegaban Domenico y Girolamo que la santa Forma no podía quemarse, que el fuego no destruía más que el cuerpo perecedero, pero no la substancia eterna. Con ello sobrevino una discusión escolástica.

La gente empezaba a impacientarse y protestar.

Al mismo tiempo el cielo iba cubriéndose de grandes nubarrones.

De pronto, detrás del Palacio Viejo, en la calle de los Leones, donde, en un amplio foso de piedra, se hallaban algunas de esas fieras –animales heráldicos de Florencia–, resonó un prolongado rugido motivado seguramente por el hambre. Con la prisa de los preparativos, los guardianes se habían olvidado de dar de comer a los leones.

Parecía que el Marzocco de bronce, sublevado por la infamia de su pueblo, se enfurecía ruidosamente.

Al rugido de los leones, la muchedumbre respondió con un rugido humano, más desesperado y más terrible todavía:

–¡Vamos, vamos! ¡Al fuego, fray Girolamo! ¡El milagro! ¡El milagro! ¡A ver el milagro!

Savonarola, que oraba ante el cáliz y la divina Hostia, parecía despertar.

Acercándose a la balaustrada de la *loggia* y con el gesto autoritario que le era habitual, extendió la mano para imponer silencio al pueblo.

Pero el pueblo no quería callarse.

Allá, a lo lejos, un fanático de los que no estaban dispuestos a conformarse, gritó:

–¡Tiene miedo!

Este grito inmenso recorrió la muchedumbre.

Muchos caballeros no menos fanáticos, ostentando su coraza de hierro, pugnaban por abrirse paso hacia la *loggia*, caer sobre Savonarola y matarle inmediatamente.

Voces furiosas se oían por todas partes.

–¡A ellos, malditos hipócritas!

Ante Giovanni pasaron grupos turbulentos. Cerró los ojos para no ver lo que iba a ocurrir, pues creyó que se apoderarían del padre Girolamo para descuartizarle. En este momento se desencadenó una terrible tempestad de truenos y relámpagos y empezó a caer una lluvia torrencial, como hacía mucho tiempo no se había visto en Florencia.

No duró mucho, pero cuando pasó no había que pensar en el juicio del fuego. El agua corría impetuosa por todas partes y la pira estaba empapada.

–¡Buen milagro para los frailes! –exclamaba el pueblo–. ¡En vez de fuego, Dios les envía agua!

Un destacamento de guardias acompañó a Savonarola por entre la muchedumbre colérica y despechada.

La calma sucedió a la tempestad.

A Beltraffio se le oprimió el corazón al contemplar bajo la lenta lluvia gris al hermano Girolamo, que marchaba con paso incierto y rápido, encorvado, con el capuchón sobre los ojos. Su hábito blanco estaba lleno de salpicaduras de barro de la calle.

Leonardo vio el pálido rostro de Beltraffio y, tomándole por el brazo, le sacó de entre el populacho, como hiciera en otra lejana ocasión.

IV

Al día siguiente, en esta misma estancia de la casa de Berardi, parecida a la cámara de un barco, el artista explicaba a meser Guido lo absurdo de las ideas de Colón, al situar el Paraíso sobre el puntiagudo pezón de una tierra piriforme.

Guido, que al principio escuchaba con atención, hizo algunas objeciones, pero luego, súbitamente, se calló con cierta irritación como si guardase rencor a Leonardo por haberle descubierto la verdad.

Poco después, Guido se quejó de dolor en las piernas y se hizo conducir a su alcoba.

«¿Por qué le habré hecho sufrir? –pensó el artista–. No es la verdad lo que él necesitaba, sino, como los entusiastas de Savonarola, el milagro.»

Hojeando uno de sus cuadernos de notas, volvió a leer las líneas que escribiera el memorable día en que el populacho, forzando las puertas de su casa, reclamaba el clavo sagrado.

«¡Oh, cuán admirable es tu justicia, Supremo Hacedor! No has querido privar a ninguna fuerza natural del orden y la ley de sus efectos necesarios. Por eso has creado la compensación física en el choque de los cuerpos, y el movimiento que liga las causas con los efectos, y los elementos que concurren por diversos medios a un fin común. ¡Éste es el milagro!»

Y, acordándose de la Sagrada Cena y del rostro de Cristo, que siempre buscaba sin poderlo encontrar, el artista sintió que debía haber en él la expresión de un vínculo divino entre la ley natural y la sabiduría perfecta. Aquel que dijo: «Uno de vosotros me traicionará», bien podía ser representado con aquella expresión.

Por la noche, Giovanni vino a verle y le contó los acontecimientos del día.

La señoría había ordenado salir de la ciudad a los frailes Girolamo y Domenico. Al ver que tardaban en irse, el pueblo con armas y piezas de artillería cercó el convento de San Marcos e invadió la iglesia en el momento en que los frailes rezaban las vísperas. Los frailes se defendieron a golpes, empuñando los cirios encendidos, candelabros y crucifijos de bronce o madera. Entre la humareda de la pólvora y el resplandor del incendio, resultaban grotescos estos humildes siervos de Dios, y terribles como demonios. Uno de ellos, encaramado en la cúpula de la iglesia, arrojaba piedras sobre los asaltantes; otro subido a un altar, de pie bajo el crucifijo, disparaba su arcabuz, gritando después de cada disparo: «¡Gloria al Señor!».

El convento fue tomado por asalto. Los otros frailes suplicaban a Savonarola que huyese, pero él se entregó con Domenico a sus enemigos. Inmediatamente se le redujo a prisión.

Las turbas le maltrataron durante el trayecto. Unos abofeteaban al hermano Girolamo mientras decían con voz nasal, imitando el canto llano de los clérigos:

–Adivina, adivina, hombre de Dios: ¿quién te ha dado? ¡Adivina!

Otros, deslizándose a sus pies como si buscasen algo entre el barro, gruñían: «¡Mi llavecita! ¿Alguien ha visto la llavecita de Girolamo?». Haciendo alusión a la llavecita de que Savonarola hablaba con frecuencia en sus sermones y con la cual amenazaba abrir el cofre donde se hallaban guardadas las pruebas de las abominaciones de Roma.

Los chicos, aquellos mismos niños inquisidores que formaban un verdadero y pequeño ejército religioso, le tiraban manzanas y huevos podridos.

Los que no habían logrado abrirse paso a través de la multitud, gritaban desde lejos, repitiendo sin cesar las mismas injurias, como si no pudieran hartarse:

–¡Farsante! ¡Traidor! ¡Sodomita! ¡Brujo! ¡Anticristo!

Giovanni acompañó al fraile hasta las mismas puertas del Palacio Viejo. Cuando al fin el bendito Girolamo franqueó el umbral de la prisión, de la que no debía salir sino para morir, un bromista le dio un puntapié en el trasero, exclamando:

–¡Mira de dónde salen tus profecías!

A la mañana siguiente Leonardo y Giovanni abandonaron Florencia.

Desde su llegada a Milán, el artista se absorbió en un trabajo que hacía ocho años que venía aplazando: pintar el rostro de Cristo de la Sagrada Cena.

V

El mismo día en que fracasó el juicio del fuego, el 7 de abril de 1498, víspera del domingo de Ramos, el rey de Francia Carlos VIII murió repentinamente.

La nueva de su muerte asustó a Moro, porque bajo el nombre de Luis XII debía subir al trono el peor enemigo de la Casa Sforza, el duque de Orleans. Nieto de Valentina Visconti, hija del primer duque de Milán, se consideraba como el único heredero legítimo al trono de Lombardía y se proponía reconquistarlo aniquilando «el nido de aquellos bandoleros llamados Sforza».

Antes de la muerte de Carlos VIII, tuvo lugar en Milán, en la corte de Moro, un torneo intelectual; al duque le causó tanto placer, que se decidió a fijar para dos meses más tarde un nuevo torneo.

Muchos creyeron que por razón de la inminente guerra suprimiría esta discusión, pero se equivocaron, porque Moro, maestro consumado en el arte del disimulo, juzgó más ventajoso para él demostrar a sus enemigos que hacía de ellos caso omiso. Así daba a entender que bajo la dulce dominación de los Sforza, florecían más que nunca en Lombardía las ciencias y las artes, «esos frutos de la paz de oro», y que su trono se hallaba defendido no solamente por las armas, sino también por su gloria o sea la del más preclaro príncipe de Italia, protector de las Musas.

El torneo se celebró solemnemente en la Rochetta, en la «sala grande del juego de pelota». Allí se reunieron doctores, filósofos, catedráticos de la Universidad de Pavía con sus cuadrados birretes rojos, mucetas de seda de color forradas de armiño, y sus guantes de piel azul y, a la cintura, bolsas bordadas de oro. Las damas de la corte aparecieron ataviadas con espléndidas toaletas de baile. Madona Lucrecia y la condesa Cecilia se sentaron a cada lado del trono a los pies de Moro.

Se abrió la sesión con un discurso de Giorgio Merula en el que, comparando al duque con Pericles, Epaminondas, Escipión, Catón, Augusto, Mecenas, Trajano, Tito y muchos otros grandes hombres demostró que Milán, nueva Atenas, sobrepasaba a la antigua.

Enseguida se comenzó un debate teológico sobre la Concepción de la Purísima Virgen María. Luego una controversia médica sobre los siguientes puntos:

«Las mujeres bonitas, ¿son más fecundas que las feas? La curación de Tobías con la hiel de pescado, ¿fue natural? ¿Es la mujer una creación imperfecta de la naturaleza? ¿En qué órgano interno se formó el agua que manó de la llaga del Señor, cuando, en la Cruz, fue traspasado por la lanza? ¿Es la mujer más voluptuosa que el hombre?»

Después siguió una discusión filosófica sobre la unidad o la pluralidad de la materia fundamental.

–¿Qué significa este postulado? –preguntó un viejecillo sin dientes, de sonrisa sarcástica y ojos traviesos e infantiles, gran doctor ex escolástico, que derrotaba a sus adversarios estableciendo entre *quidditas y habitus* una distinción tan sutil que nadie la podía comprender.

–La materia fundamental –explicaba otro– no es ni la substancia, ni el accidente. Así, como todo acto supone accidente o substancia, la materia fundamental no puede ser acto.

–Yo afirmo –exclamó un tercero– que toda substancia creada, espiritual o corporal, participa de la materia.

El viejo doctor ex escolástico se limitó a mover la cabeza irónicamente como si supiera de antemano todo lo que iban a replicar sus adversarios y pudiese de un soplo destruir, como telas de araña, todos los sofismas.

–Tenemos lo siguiente –manifestaba un cuarto filósofo–: El universo es un árbol; las raíces constituyen la materia fundamental; las hojas, los accidentes; las ramas, las substancias; la flor, el alma racional; los frutos, la naturaleza de los ángeles, y Dios el jardinero.

–La naturaleza primaria es una –gritaba otro que no escuchaba a nadie–, la segunda doble, la tercera múltiple, y todas tienden a la unidad: *omnia unitatem appetunt*.

Leonardo escuchaba silencioso y solitario. A veces, una fina sonrisa erraba por sus labios. Después de un descanso, un matemático, Luc Pacioli, monje franciscano, fue enseñando unas figuras de cristal poliédricas con las que pretendía demostrar las doctrinas de Pitágoras sobre los cinco cuerpos primitivamente creados de donde nació el universo. Terminó leyendo unos versos, en los cuales los cinco cuerpos básicos se glorificaban a sí mismos.

La ciencia, cuyo sabor exquisito se da en sus frutos, ha incitado a todos los sabios de todos los tiempos.

A buscar nuestro origen.
… … … … … …
Iluminados de esplendor
Como principio de los mundos,
Por nuestra armonía hemos
Deslumbrado a Platón,

Euclides y Pitágoras y
Formado la esfera primitiva.
Tan fijas son nuestras normas
Que todo en el universo
Nos obedece.

VI

La condesa Cecilia, señalando a Leonardo, dijo algo al oído del duque. Éste hizo aproximar al artista y le pidió que tomase parte en el torneo.

–Meser –suplicó la condesa–, tened la amabilidad...

–Ya ves, las damas te lo ruegan –dijo el duque–. No te hagas el modesto. ¿Qué te cuesta complacernos? Cuéntanos algo divertido. Yo sé que tu cerebro está siempre lleno de maravillosas quimeras...

–¡Perdonad, Alteza! Me agradaría complaceros, madona Cecilia... pero, verdaderamente, no sé...

No era falsa modestia. De hecho, no sabía ni le gustaba hablar en público. Una barrera casi infranqueable separaba su pensamiento de su palabra. Le parecía que cada palabra era exagerada o insuficiente, desnaturalizaba o mentía. Al anotar sus observaciones en su diario, todo eran cambios, y supresiones. Incluso en el curso de la conversación, vacilaba, se perdía buscando sus frases y palabras sin lograr encontrarlas. Decía que los oradores y escritores eran unos charlatanes y unos retóricos y sin embargo, en secreto, los envidiaba. El giro elegante que las gentes, a veces las más vulgares, daban a sus discursos, le producía un despecho mezclado con la admiración. «¡Pensar que hay hombres a quienes Dios da un talento semejante!», se decía ingenuamente.

Pero cuanto más se excusaba Leonardo, más insistían las damas.

–Meser –le decían a coro rodeando al artista–, os lo rogamos, os lo suplicamos todas. Contadnos algo divertido.

–Habladnos de cómo los hombres van a volar por los aires –propuso la señorita Fiordelisa.

–No, mejor de la magia –repuso la señorita Ermelina–. ¡De

la magia negra! ¡Es tan interesante! La nigromancia... Cómo se evoca a los muertos...

–Bueno, o sobre cualquier otro asunto. Pero algo emocionante sin matemáticas...

Leonardo no sabía rehusar nada a nadie.

–Verdaderamente no sé, madona... –empezó confuso.

–¡Acepta, acepta! –exclamó Ermelina batiendo palmas–. ¡Meser Leonardo va a hablar! ¡Escuchémosle!

–¿Qué? ¿Eh? ¿Quién? –preguntó el decano de la Facultad de Teología, duro de oído y atontado por la vejez.

–¡Leonardo! –le gritó un joven profesor de medicina.

–¿Leonardo Pizarri el matemático?

–No. Leonardo da Vinci, en persona.

–¿Da Vinci? ¿Doctor o licenciado?

–Ni doctor, ni licenciado, ni siquiera bachiller; sencillamente el artista Leonardo, el que está pintando la Sagrada Cena.

–¿Artista? ¿Va a hablar de pintura?

–No. De ciencias naturales, creo...

–¿De ciencias naturales? ¿Es que ahora los artistas se convierten en sabios? ¿Leonardo?... Nunca he oído hablar de él... ¿Cuáles son sus obras?

–Ninguna. No publica.

–¿No publica?

–Dicen que escribe todo con la mano izquierda –intervino obro personaje–, y en caracteres secretos a fin de que no se pueda descifrar.

–¿Que no se pueda descifrar? ¿Con la mano izquierda? –repetía el decano con creciente extrañeza–. Pues creo que va a resultar muy divertido. Mejor, así nos distraeremos y pasarán el rato el duque y las damas de la corte.

–Quizá resulte algo bufo. Veremos...

–¿Eh? ¡Claro que lo será! No hace falta que me lo digan. Evidentemente, la gente de la corte no se puede pasar sin gozar con algo. Además, estos artistas son gente tan graciosa... Dicen que Buffalmaco, el bufón, era también un buen artista. Vamos, escuchemos lo que nos dice ese Leonardo.

Y limpió sus antiparras para ver mejor el esperado espectáculo.

Leonardo dirigió al duque una mirada de suprema súplica.

Éste frunció las cejas sin dejar de sonreír. La condesa Cecilia agitaba su dedo índice amenazando al artista.

«A lo mejor se enfadan –pensó Leonardo–. Pronto me hará falta bronce para modelar el *Caballo*. Bien... Les contaré lo primero que se me pase por la imaginación... Para salir del paso.»

Entonces, tomando una resolución desesperada, subió a la tribuna y, dirigiéndose a la ilustre asamblea:

–Debo prevenir a vuestras gracias... –comenzó tartamudeando y enrojeciendo como un colegial–. Yo no me esperaba... Únicamente por la insistencia del duque... Es decir... Me parece... En fin, en una palabra, os voy a hablar de las conchas marinas.

Empezó hablando de los animales marinos petrificados, de las huellas de las algas y del coral que se encuentran en las cavernas y sobre las montañas, lejos del mar. Todo ello indicaba que desde tiempo inmemorial había ido cambiando la faz del globo y que, allí donde en la actualidad existían llanuras y montañas, se hallaba antes el fondo del océano. El agua, motor de la naturaleza, es lo que crea y destruye las montañas. Los ríos al corroer las tierras por las que pasan se extienden y crean los mares interiores; pero estos mares o mares mediterráneos descubren progresivamente su fondo, agotando su caudal por filtración y por perderse en los océanos. Por eso el Po, habiendo desecado la Lombardía, terminará lo mismo, por consiguiente, desapareciendo en el Adriático. El Nilo, tras haber transformado el Mediterráneo en colinas y llanuras arenosas, como las de Egipto y Libia, irá a perecer andando los siglos, en el mar, más allá de Gibraltar.

–Estoy convencido –concluyó Leonardo–, que el estudio de las plantas y los animales petrificados, descuidado hasta ahora por los sabios, dará origen a una nueva ciencia acerca de la tierra, su pasado y su porvenir.

Sus ideas eran tan claras, tan precisas y a pesar de su aparente modestia, tan llenas de inquebrantable fe en el valor de la ciencia; se parecían tan poco a las brumosas divagaciones pitagóricas de Pacioli y a la seca escolástica de los doctores de la época que, cuando se calló, se veía dibujada en todos los rostros una expresión de perplejidad. ¿Qué actitud tomar?

¿Qué hacer? ¿Aprobar o reír? ¿Se trataba de un nuevo criterio científico o sólo era el presuntuoso balbuceo de un ignorante?

–Desearíamos de todo corazón, querido Leonardo –dijo el duque, con la indulgente sonrisa de una persona mayor al hablar con un niño–, que tus predicciones se cumplan, que el mar Adriático se deseque y que nuestros enemigos los venecianos perezcan aprisionados en sus lagunas, como cangrejos en la arena.

Todos los asistentes rieron respetuosa y exageradamente. El duque había dado la pauta y las veletas de la corte giraron según el viento. El rector de la Universidad de Pavía, Gabriele Pirovani, un bello anciano de plateada cabellera y rostro insignificante, intervino reflejando en su sonrisa vulgar, cortés y prudente, la misma actitud del duque.

–Los descubrimientos que nos habéis comunicado son muy curiosos, meser Leonardo. Pero me permito haceros una observación: ¿no sería más sencillo explicar el origen de esas conchas marinas como un accidente de la naturaleza, bello y casual, sin valor suficiente para basar en él, como vos pretendéis, toda una ciencia? ¿No sería más sencillo, digo, explicarnos su origen, como se ha hecho hasta ahora, por el diluvio universal?

–¡Ah, sí, sí, el diluvio! –repuso Leonardo ya sin timidez, sino con una desenvoltura que muchos estimaron demasiado libre, e incluso impertinente–. Ya sé todas las cosas que se atribuyen al diluvio; pero esta explicación no vale nada. Juzgadla vos mismo: el nivel del agua durante el diluvio fue, al decir de aquel que pudo medirlo, de diez codos por encima de las más altas montañas; así pues, las formaciones calcáreas arrastradas por las corrientes impetuosas de las olas debieron quedar necesariamente en las cimas y de ningún modo en la pendiente o al pie de las montañas y menos aún en las grutas subterráneas. Además, deberían encontrarse al azar, según el capricho de las corrientes y no al mismo nivel, en capas sucesivas como las observamos. Y fijaos en esto, que es curioso: los animales que viven en colonias, los moluscos, los estéridos, etc., tienen caracteres comunes de que carecen los que viven dispersos tal como podemos verlos hoy en la orilla del mar. Yo mismo he comprobado varias veces la presencia de conchas petrificadas en Toscana, en Lombardía, en el Piamonte. Si no fueron traídas por el agua del diluvio, sino que ellas mismas vinieron poco a poco a medida que ascendía el agua, el absurdo salta a la vista. El molusco, animal lento, no nada nunca; no puede hacer otra cosa que arrastrarse sobre la arena y las rocas gracias a los movimientos de sus valvas y el más largo recorrido que pueden hacer en un día es de tres o cuatro codos. ¿Cómo, pues, dígamelo, por favor, cómo quiere usted, meser Gabriel, que en el curso de los cuarenta días que duró el diluvio, según el testimonio de Moisés, hubieran recorrido, arrastrándose, las cincuenta millas que separan las alturas de Montferrato de las orillas del Adriático? Sólo se atrevería a afirmar esto quien descuidando los métodos de la observación juzgase a la naturaleza según la retórica de los libros, según las invenciones de los charlatanes que jamás tuvieron la curiosidad, siquiera una sola vez, de mirar con criterio científico aquello de que hablan.

Hubo un silencio embarazoso. Se advertía que la réplica del señor rector era débil. En un momento quedaron trocados los papeles, pareciendo más bien Leonardo el maestro y el rector el profano entrometido.

Por fin, el astrólogo de la corte, favorito de Moro, meser Ambrogio de Royati, propuso, refiriéndose a Plinio, el naturalista, otra explicación: los fósiles que no tienen de animales más que el aspecto, han sido formados en las profundidades de la tierra, bajo la mágica acción de las estrellas.

A la palabra «mágica», una sonrisa de resignación y aburrimiento se dibujó en los labios de Leonardo.

–Entonces, meser Ambrosio –respondió–, ¿cómo explicaríais que la influencia de las mismas estrellas haya podido formar en el mismo lugar animales diferentes no solamente de especie sino de edad? Ya he descubierto que seccionando un fósil se puede, como al cortar los árboles o los cuernos de los bueyes o carneros, determinar con precisión el número de años, e incluso de meses que han vivido. ¿Cómo explicaríais que algunas conchas marinas estén enteras, otras rotas, que otras contengan arena, légamo, uñas de crustáceos, espinas y dientes de peces y se encuentren mezcladas a guijarros pulimentados por el agua, como los que se encuentran en las playas? ¿Y las huellas vegetales sobre los peñascos de las más altas montañas? ¿Y las algas fosilizadas adheridas a las conchas y formando bloque con ellas? ¿De dónde procede todo eso? ¿De la influencia de los astros? Pero si se razona así, meser, creo que en la naturaleza no hay un solo fenómeno que no se pueda explicar por la influencia mágica de los astros –y entonces todas las ciencias, salvo la astrología, son vanas.

El viejo doctor escolástico pidió la palabra y cuando le fue concedida hizo observar que la controversia no se desarrollaba correctamente, porque, una de dos: o la cuestión de los fósiles era un problema secundario, «mecánico», extraño a la metafísica, y entonces no merecía la pena hablar de ello, ya que no se habían reunido allí para discutir temas que no interesasen a la filosofía; o bien tal problema pertenecía al orden de los conocimientos verdaderamente superiores, dignos de la dialéctica, y entonces era indispensable, según las reglas de ésta, situarlo en el plano superior de la pura especulación.

–Ya sé –repuso Leonardo, adquiriendo un aspecto más resignado y aburrido todavía–. Ya sé, meser, lo que queréis decir. Yo también he reflexionado mucho sobre ello. Pero nada de eso de los conocimientos superiores tiene sentido.

–¿Que no tiene sentido? –dijo el anciano con irónica sonrisa, plena de veneno y resentimiento–. Pues bien, si eso no tiene sentido, meser, ilumínenos, tenga la bondad de enseñarnos lo que lo tiene, según vos.

–¡Oh, no, no he querido en absoluto decir!... Os aseguro... No hablaba más que de los fósiles... Vea usted, yo creo... En una palabra: no hay conocimientos inferiores o superiores; no hay más que fenómenos naturales y conocimiento experimental.

–¿Experimental? ¡Ah! Pero entonces permitidme que os dirija una pregunta: la metafísica de Aristóteles, de Platón, de Plotino, de todos los filósofos antiguos que raciocinaron sobre la existencia de Dios, sobre el infinito, sobre la substancia, es posible que todo esto...

–Todo eso no es ciencia –replicó Leonardo flemáticamente–. Reconozco la grandeza de esos filósofos; pero no en materia científica. Para la ciencia han equivocado el camino. Quisieron conocer lo que es inaccesible a la observación y han despreciado lo accesible. Erraron durante largos siglos y han hecho errar a los demás. Sobre problemas indemostrables no se puede llegar a la verdad. Cuando no hay argumentos auténticos se los reemplaza por afirmaciones. Pero el que sabe no tiene necesidad de gritar. La palabra de la verdad es única y cuando ha sido pronunciada todas las vociferaciones resultan baldías. Si los forcejeos dialécticos continúan, es que la verdad no existe todavía. ¿Acaso se discute en matemáticas si dos veces tres son dos o cinco? ¿Si la suma de los ángulos de un triángulo es igual o no a dos rectos? Toda contradicción desaparece ante la verdad, de modo que todo el mundo puede disfrutarla en paz, lo que nunca ocurre en las falsas elucubraciones de los sofistas...

Quiso añadir algo más, pero la expresión del rostro de su adversario le dio que pensar y se calló.

–Lleguemos a un acuerdo, meser Leonardo –dijo el doctor escolástico, con una sonrisa más sarcástica todavía–. Por lo demás, ya sabía que nos entenderíamos. Una sola cosa no comprendo, excusad mi vejez. ¿Es posible que todos nuestros conocimientos referentes al alma, a Dios, a la vida del más allá, no siendo susceptibles de ninguna experiencia y por tanto siendo indemostrables, como vos mismo decís, sean falsos? Entonces el testimonio de las Santas Escrituras...

–No hablo de eso –interrumpió Leonardo frunciendo las cejas–. Dejo fuera de discusión los libros de inspiración divina, porque ellos contienen la verdad suprema...

No le dejaron acabar. Se produjo un gran tumulto. Unos gritaban, otros reían, algunos levantándose repentinamente, volvían hacia Leonardo sus rostros airados. Otros se encogían de hombros con desprecio y cólera irrefrenable.

–Pero, señores, déjenme que aclare...

–¡No hay nada que aclarar!

–¡Absurdo!

–¡Pido la palabra!

–¡Platón y Aristóteles!

–Todo esto es perder el tiempo y algo peor...

–¿Cómo se puede tolerar?...

–¡Las verdades de nuestra Santa Madre Iglesia!

–¡Herejía! ¡Herejía! ¡Impiedad! ¡Sacrilegio!

Leonardo guardaba silencio envuelto en una melancolía dulce y triste. Se sentía solo entre todos estos hombres que se consideraban como los verdaderos paladines de la ciencia. Era infranqueable el abismo que los separaba. Le invadió un sentimiento de despecho, no contra sus adversarios, sino contra sí mismo porque no había sabido callarse a tiempo, esquivar la discusión, y una vez más, a pesar de sus numerosos escarmientos, se dejó tentar por la esperanza de que tal vez bastase exponer unas cuantas verdades elementales para que fuesen aceptadas.

El duque, los caballeros y las damas de la corte en realidad no comprendían nada, pero, sin embargo, seguían la discusión con el mayor placer. El duque se frotaba las manos con satisfacción.

–¡Perfecto! –decía–. Es una magnífica batalla. Mirad, madona Cecilia, van a pegarse. Fijaos, allí, aquel vejete está fuera de sí. Tiembla de pies a cabeza, amenaza con el puño, se quita el sombrero, lo agita... Pues, ¿y el negrito? El negrito de detrás de él. Echa espumarajos por la boca. Y ¿por qué? ¿Por qué todo esto? Por unas vulgares conchas viejas y podridas. ¡Qué gente más rara son los sabios! Y nuestro Leonardo, ¿eh? ¡Y se hacía el tímido!...

Todos rieron al contemplar el duelo terrible de aquellos intelectuales como ante una pelea de gallos.

–Voy a salvar a mi Leonardo, porque si no los birretes rojos acabarán devorándole.

El duque, abriéndose paso entre la concurrencia, que se separaba respetuosamente a un lado y a otro, llegó al lado de Leonardo. El mar encrespado calmóse al instante. Bastó una sonrisa de Moro para reconciliar la física y la metafísica.

Luego convidó a cenar a todos los presentes, diciendo con afabilidad:

–Y bien, señores, habéis discutido mucho, estáis ofuscados: ya está bien. Es hora de que restauremos nuestras fuerzas. ¡Sed bien venidos! Yo creo que los pescados del Adriático, que afortunadamente no se ha desecado todavía, excitarán menos discusiones, bien condimentados en el plato, que los animales fósiles de meser Leonardo.

VII

Durante la cena, fray Luc Pacioli sentado al lado de Leonardo, le dijo al oído:

–No os enfadéis, amigo mío, porque yo me callara cuando arremetieron contra vos; os han interpretado mal, pero en el fondo podían llegar a entenderos, porque lo uno no impide lo otro. Sólo que no hay que llevar las cosas hasta el extremo. Todo se puede conciliar aún...

–Estoy de acuerdo con vos –dijo Leonardo.

–Vaya, vaya. Más vale así. ¡Paz y concordia! Yo me digo, ¿por qué vamos a disputar? La metafísica tiene cosas buenas y las matemáticas también. Hay lugar para todos. Hagámonos concesiones. ¿No es verdad, querido?

–Es muy cierto, fray Luc.

–¡Naturalmente! No puede haber, pues, entre nosotros ningún malentendido.

«Un buen ternero mama a dos madres», pensó el artista contemplando el rostro inteligente y astuto y los movibles ojillos de ratón del monje matemático que sabía conciliar a Pitágoras y a santo Tomás de Aquino.

–A vuestra salud, maestro –dijo a Leonardo, dirigiéndole una mirada de inteligencia otro vecino de mesa, el alquimista Galeotto Sacrobosco, levantando su copa e inclinándose hacia el artista–. ¡Qué bien los habéis hecho picar en el anzuelo! La alegoría...

–¿Cómo? ¿Qué alegoría?

–¿Cómo? ¡Eso no está bien, meser! Yo creo que conmigo es inútil fingir. Nosotros estamos en el secreto. No os hagáis el desentendido.

El hombre guiñó el ojo maliciosamente.

–¿Qué alegoría va a ser? La que vos habéis formulado: la tierra es el azufre; el sol, la sal; las aguas del océano que antaño cubrieron las cimas de las montañas, el mercurio. ¿No es eso?

–¡Exacto, meser Galeotto, exactamente eso! –dijo Leonardo riendo–. ¡Habéis comprendido mi truco extraordinariamente bien!

–¿Lo veis? Claro que lo he comprendido. Así pues, también nosotros entendemos algo. Y vuestras conchas fósiles son la piedra filosofal: el enigma de los alquimistas, el cuerpo derivado de la conjunción del sol, el azufre, el agua y el mercurio. ¡La divina transmutación de los metales!

Levantando el índice y alzando las peladas cejas, quemadas por el fuego de los hornos alquimistas, el viejo soltó su risa cándida y pueril.

–Nuestros sabios, nuestros birretes rojos, no lo han comprendido. Bebamos, pues, a vuestra salud, meser Leonardo, y a la prosperidad de nuestra madre, la alquimia.

–Con mucho gusto, meser Galeotto. Ahora veo que, en efecto, es imposible ocultaros nada y os doy mi palabra de que, en lo sucesivo, no fingiré más con vos.

Después de la cena se retiraron de palacio los invitados. Sólo retuvo el duque a un pequeño y elegido grupo en una sala fresca y agradable, en la que sirvieron vino y frutas.

–¡Oh, es encantador, encantador! –decía, extasiada, Ermelina–. Jamás hubiera creído que pudiera divertirme tanto. Creí, lo confieso, que resultaría aburrido. ¡Más divertido que cualquier baile! No me perderé ninguna fiesta de este género. Pero ¡cómo se han enfadado contra Leonardo! ¡Cómo gritaban! Lástima que no haya podido terminar. Me hubiera gustado oírle hablar de la magia, de la nigromancia...

–No sé si será verdad. Puede que sólo sean habladurías –dijo un señor viejo–. Es difícil saber si Leonardo habrá concebido pensamientos heréticos hasta el punto de no creer en Dios. Tal vez entregado a las ciencias naturales, estime que vale mucho más ser filósofo que cristiano...

–¡Tonterías! –dijo el duque–. Le conozco bien. Tiene un corazón de oro. Es audaz hablando, pero no haría daño ni a una pulga. Dicen que es un hombre peligroso. Los padres inquisidores pueden gritar cuanto les plazca, pero no permitiré que nadie toque a mi Leonardo.

–Y la posteridad –dijo inclinándose respetuosamente Baltasar de Castiglioni, un caballero elegante de la corte de Urbino, de paso en Milán–, la posteridad quedará reconocida a Vuestra Alteza por haber protegido a tan prodigioso artista, único en el mundo. Es, sin embargo, lamentable que descuide su arte distrayendo su espíritu con tan extraños sueños, con tan monstruosas quimeras.

–Tenéis razón, meser Baltasar –afirmó el duque–. ¡Cuántas veces se lo he dicho! Pero ya sabéis que los artistas son así. No se puede hacer nada con ellos. No se les puede exigir nada. ¡Son como se les antoja ser!

–Dice bien, Vuestra Alteza –replicó otro señor, el primer comisario de la Gabelle, que desde hacía tiempo ardía en deseos de contar una historia sobre Leonardo–. Verdaderamente, son originales. Se les ocurren a veces tales cosas que uno se queda aturdido. El otro día fui a su estudio porque necesitaba un dibujo alegórico para un estuche nupcial. Pregunté si estaba el maestro en casa. «No, ha salido –me respondieron–. Está muy ocupado y no admite encargos.» «Pues ¿qué hace?» «Ahora está midiendo el peso del aire.» Creí que se burlaban de mí. Pero luego me encontré con el mismo Leonardo. «¿Es verdad, meser, que medís el peso del aire?» «Es verdad», me dijo. Y era él quien me miraba como si yo fuese un majadero. ¡El peso del aire! ¿Qué os parece, madona? ¿Cuántas libras, cuántas onzas pesará el céfiro primaveral?

–¡Eso no es nada! –observó un joven chambelán con aire de suficiencia y estupidez al mismo tiempo–. He oído decir que ha inventado un bote que puede andar sin remos contra la corriente.

–¿Sin remos? ¿Completamente solo?

–Sí, con ruedas, por la fuerza del vapor.

–¡Un bote con ruedas! Eso es una ocurrencia vuestra…

–Puedo asegurarlo, por mi honor, madona Cecilia, que lo sé por fray Luc Pacioli. Él ha visto los diseños de la máquina. Leonardo cree que hay en el vapor una fuerza tal, que podría mover no solamente pequeños botes, sino grandes navíos.

–¿Lo ven ustedes? Ya lo decía yo. Esto es magia negra, nigromancia –exclamó la señorita Ermelina.

–Sí, es un hombre muy raro, muy raro. No es posible negarlo –concluyó el duque con una sonrisa de indulgencia–. Pero, de todos modos, le quiero, se divierte uno con él; es de los que jamás aburre.

VIII

Leonardo se dirigió a su casa por una calle solitaria de la Porta Vercellina. Las cabras pacían en la hierba al borde del camino. Un chicuelo tostado por el sol, vestido de harapos, conducía con una vara larga una manada de gansos. La atmósfera era límpida. Sólo al norte sobre los Alpes invisibles se amontonaban pesadas nubes como de piedra, con franjas de oro; entre ellas ardía en medio de un cielo pálido una estrella solitaria.

Recordando los dos torneos o más bien batallas a que había asistido –el religioso de Florencia y el científico de Milán– Leonardo pensó que siendo diferentes se parecían como hermanos.

Sobre una escalera de piedra unida a la fachada de una vetusta casuca, una niñita de seis años comía una galleta de centeno con una cebolla cocida.

Leonardo se detuvo y le hizo señas con la mano para que se aproximara. Ella le miró temerosa; después, confiada sin duda por su sonrisa, ella sonrió también y descendió, posando ligeramente sus piececitos desnudos y morenos sobre los escalones húmedos de agua grasienta con escurriduras de cáscaras de huevo y de cangrejos. Leonardo sacó del bolsillo una naranja en dulce cuidadosamente envuelta en papel dorado. Era una de esas confituras que servían en los banquetes de la corte; Leonardo solía echarse algunas al bolsillo para distribuirlas, durante sus paseos, a los niños de la calle.

–¡Es de oro! –murmuró la pequeña–. ¡Una pelota de oro!

–No es una pelota, es una naranja. Pruébala. Por dentro es de dulce.

No atreviéndose a probarla, la niña miraba con muda admiración el juguete que le ofrecían.

–¿Cómo te llamas?

–Maía.

–¿Tú sabes, Maía, cómo el gallo, la cabra y el burro fueron de pesca?

–No.

–¿Quieres que te lo cuente?

Con su larga mano, fina y delicada, como la de una muchacha, acarició los revueltos y suaves cabellos de la niña.

–Vamos a sentarnos. Espera. Tengo también pastillas de anís, porque veo que no comerás la naranja de oro.

Buscó en sus bolsillos. En el escalón de la entrada de la casita apareció una mujer joven. Miró a Leonardo y a Maía, hizo un gesto cordial y se sentó a hilar en su rueca.

Tras ella, salió de la casa una viejecilla encorvada que tenía los mismos ojos límpidos de Maía, sin duda su abuela.

También miró a Leonardo y de pronto, como si le reconociese, hizo grandes aspavientos e inclinándose hacia la hilandera, le habló al oído. La joven se levantó bruscamente y gritó:

–¡Maía! ¡Maía! ¡Ven enseguida!

La pequeña tardaba.

–¡Ven deprisa! Espera, que te voy a...

Maía, apurada, echó a correr hacia la casa. Su abuela le arrancó la naranja de la mano y la arrojó por encima del muro al patio vecino donde gruñían unos cerdos. La niña se puso a llorar. Pero la viejecilla, mostrándole a Leonardo con el dedo, le cuchicheó algo y Maía se calló enseguida mirando al artista con los ojos desmesuradamente abiertos por el espanto.

Leonardo, sin volverse, en silencio, con la cabeza inclinada sobre el pecho, echó a andar rápidamente.

Comprendió que la vieja le conocía de vista y había oído decir que era brujo; por eso quiso quitar de su lado a Maía.

Se alejó como un fugitivo lleno de tal turbación que todavía continuaba buscando en su bolsillo las pastillas de anís, ya inútiles, y sonriendo de una manera triste y confusa.

Ante los temerosos e inocentes ojos de la niña, se sintió más indefenso que ante el populacho que quiso matarle por impío, más solo que ante la asamblea de sabios que se reían de su verdad como de los delirios de un loco; se encontraba tan lejos de los hombres como la solitaria estrella de la tarde, brillando en la claridad desesperante del cielo.

Al llegar a su casa fue enseguida a su cuarto de trabajo. Y le pareció, con sus polvorientos libros y sus instrumentos científicos, sombrío como una prisión. Se sentó a su mesa y encendiendo una luz tomó uno de sus cuadernos para proseguir sus recientes estudios acerca de las leyes del movimiento de los cuerpos sobre un plano inclinado.

Las matemáticas, al igual que la música, tenían el don de calmarle. Y esta noche aportaron a su corazón el consabido consuelo.

Una vez los cálculos terminados, extrajo de un cajón secreto de su mesa el diario donde solía anotar, con la mano izquierda y en escritura al revés que sólo se leía en un espejo, las reflexiones que le inspirara su controversia con los sabios.

«Los letrados y eruditos, discípulos de Aristóteles, esos grajos adornados con plumas de pavo real, que no hacen más que repetir las obras de los otros, me desprecian a mí, inventor; pero hubiera podido responderles como Mario a los patricios romanos: "Imitadores de lo ajeno, carecéis de autoridad para juzgarme a mí que soy original".

»Entre los que investigan la naturaleza y los que imitan a los que la investigaron, hay la misma diferencia que entre un objeto y su proyección en el espejo.

»Estiman que no siendo un letrado oficial como ellos, no tengo derecho a escribir ni hablar de materias científicas. Carezco sí de su pedantería de vocabulario. Ellos no saben que mi fuerza no está en las palabras, sino en la experiencia, maestra de todos los que han pensado y escrito bien.»

La bujía brillaba con su luz fría y el gato, único amigo de sus noches sin sueño, fue a acurrucarse junto a él en la mesa frotándose contra su brazo. A través de los polvorientos vidrios de las ventanas, la estrella solitaria parecía aún más lejana y más triste. Al contemplarla se acordó de los ojos de Maía, fijos sobre él con un infinito terror. Mas no por ello dejó de sentirse firme y sereno en su soledad.

Sin embargo, en las profundidades de su corazón, que él mismo desconocía, brotaba el manantial cálido de una ternura recién fracasada. Sintió una inexplicable amargura, algo semejante a un remordimiento, como si realmente hubiese cometido algún pecado contra Maía. Trató de abstraerse, pero no pudo conseguirlo.

IX

Al día siguiente, Leonardo se levantó temprano para ir al convento de las Gracias con objeto de seguir pintando el rostro del Señor.

Astro, el herrero, le esperaba en la escalinata con los cuadernos, los pinceles y la caja de colores. El artista, al salir al patio, vio a Nastasio, el mozo de cuadra, que, de pie bajo el cobertizo, lavaba a una yegua torda.

–¿Cómo está *Giannino*?

Giannino era el nombre de uno de sus caballos preferidos.

–Está bien –respondió con desabrimiento el mozo–. En cambio el bayo cojea un poco.

–¿El bayo? –dijo Leonardo con disgusto–. ¿Hace mucho tiempo?

–Cuatro días.

Sin mirar a su amo, Nastasio, silencioso, continuó frotando la grupa del caballo con tanto vigor que el animal pateaba el suelo.

Leonardo quiso ver al otro caballo y Nastasio le condujo a la cuadra.

Cuando Giovanni Beltraffio salió al patio para lavarse con agua del pozo, hirió sus oídos la chillona voz, como la de una mujer, que se le ponía a Leonardo en los accesos de cólera, los cuales no asustaban a nadie.

–¿Quién? ¿Qué? ¡Imbécil, memo! ¿Quién te ha mandado llamar al veterinario para curar a los caballos?

–Pero, meser, hay que curar a un caballo enfermo.

–¡Curar! ¿Y tú crees, animal, que con esos potingues…?

–Lo de menos es el medicamento. Lo importante es el conjuro. Usted no sabe nada de esas cosas. Por eso se enfada.

–¡Vete al diablo con tus hechicerías! ¿Cómo quieres que un ignorante, un matarife, pueda curar si ignora hasta la más elemental anatomía?

Nastasio, levantando sus inexpresivos ojos hinchados de grasa, miró a su amo y dijo con un tono de infinito desprecio:

–¡La anatomía!

–¡Idiota! ¡Fuera de aquí, fuera de aquí! ¡Vete!

El criado ni siquiera movió las cejas. Sabía por experiencia que, una vez pasado el acceso de cólera, su amo no era capaz de despedirle. Sus servicios no podían sustituirse fácilmente.

–Ya había pensado yo pedirle la cuenta –dijo Nastasio–. Tres meses de atrasos... En cuanto al pienso, yo no tengo la culpa... Marco no me da dinero para comprar lo que se necesita.

–¿Cómo es eso? ¿Cómo se atreve a no dártelo cuando yo lo he ordenado?...

El mozo, como si no estuviese dispuesto a seguir la conversación, se puso a frotar la yegua, con muestras de resentimiento.

Giovanni escuchaba, y en su rostro enrojecido por el agua fría se dibujaba una curiosa y alegre sonrisa.

–Qué, maestro, ¿nos vamos? –preguntó Astro cansado de esperar.

–Espera –respondió Leonardo–. Tengo que preguntar a Marco sobre eso del pienso. ¿Será verdad lo que dice este bribón?

Entró en la casa seguido por Giovanni.

Marco trabajaba en el taller, ateniéndose como siempre a los preceptos del maestro con una exactitud matemática. Medía el color negro para las sombras ayudándose de una minúscula cucharilla de estaño. A su lado se veía un papel cubierto de cifras que consultaba a cada momento. Gotas de sudor cubrían su frente; las venas del cuello se le hinchaban. Su respiración era trabajosa como si acarrease una mole de piedra a la cima de una montaña. Los labios, apretados con fuerza; la espalda arqueada, su rojo tupé obstinadamente tieso, las manos con gruesos y rugosos dedos, todo parecía decir en él: con paciencia y trabajo todo se logra.

–¡Oh, meser Leonardo! Me alegro de que no os hayáis ido todavía. Por favor, ¿no podríais comprobar este cálculo? Me parece que me he hecho un lío...

–Bueno, Marco, luego. Ahora vengo a preguntarte esto: ¿es verdad que no das dinero para el pienso de los caballos?

–Es verdad.

–¡Cómo, amigo mío! Creo haberte dicho... –continuó el

artista, mirando a su discípulo y administrador cada vez con más timidez e indecisión–, haberte dicho Marco, que tenías que dar el dinero para comprar el pienso de los caballos. ¿No te acuerdas?

–Lo recuerdo. Pero no hay dinero.

–¡Siempre lo mismo! ¡Otra vez más dinero! Veamos, Marco, juzga tú mismo. ¿Crees que los caballos pueden pasar sin pienso?

Marco, sin responder, arrojó con enfado su pincel sobre la mesa.

Giovanni advirtió el cambio de expresión de sus rostros: ahora el maestro parecía el discípulo, y el discípulo el maestro.

–Oídme, maestro –empezó Marco–, vos me rogasteis que me ocupase de la administración de la casa y que no os molestara. No veo por qué venís con reclamaciones.

–¡Marco! –exclamó Leonardo en tono de reproche–. Marco, ¿no te he dado la semana pasada treinta florines...?

–¡Treinta florines! Descuente cuatro, debidos a Pacioli, dos entregados a ese pedigüeño de Galeotto Sacrobosco, cinco al verdugo que escamotea los cadáveres del patíbulo para vuestras prácticas anatómicas; tres en reparar los cristales y las estufas del invernadero donde conserváis reptiles y peces. Diez ducados de oro para ese bicho con rayas...

–¿Quieres decir la jirafa?

–¡Sí, la jirafa! No tenemos para comer nosotros y hay que alimentar a ese animalucho que, además, se va a morir.

–Si muere –respondió gravemente Leonardo–, la disecaré. Las vértebras del cuello son muy curiosas...

–¡Las vértebras del cuello! ¡Ah, maestro, maestro, sin todos esos caprichos: caballos, cadáveres, jirafas, peces y otros animales, viviríamos bien, sin deber nada a nadie. ¿No valdría más vivir sin apuros?

–¡Vivir sin apuros! Como si yo pidiese otra cosa que el pan cotidiano. Por lo demás, Marco, ya sé que te alegraría que prescindiese de todos esos animales que adquiero con tanto trabajo y dinero, y que me son necesarios hasta un punto que tú no puedes imaginar. A ti con tal de hacer lo que quieras, lo demás te tiene sin cuidado.

En la voz del maestro vibraba un acento de impotencia.

Marco se calló taciturno, con la cabeza baja.

–Veamos –continuó Leonardo–. ¿Qué haremos, Marco? No hay pienso para los caballos. A esto hemos llegado. Nunca nos había ocurrido semejante cosa.

–Siempre andamos con apuros –replicó Marco–. ¡Qué queréis! Hace ya más de un año que no recibimos la menor cantidad del duque. Ambrosio Vesali promete siempre para el día siguiente, pero sin duda se burla de vos.

–¡Que se burla de mí! –exclamó Leonardo–. Eso lo veremos. Me quejaré al duque. Le romperé la cabeza a ese miserable. ¡Que Dios le confunda, si es así!

Marco se limitó a hacer un gesto como queriendo decir que si uno de los dos tenía que proceder con violencia, no sería ciertamente Leonardo.

–Pero, dejadme a mí... –dijo Marco, y de pronto una expresión afectuosa y protectora se dibujó en su rostro de rasgos duros y angulosos–. Ya saldremos del conflicto. Yo creo que podré arreglar lo del pienso de los caballos.

Sabía que necesitaría emplear para ello una parte del dinero que enviaba a su anciana madre.

–Si sólo fuera el pienso –exclamó Leonardo dejándose caer, extenuado, en una silla.

El maestro parpadeaba y guiñaba los ojos como bajo el efecto de un viento frío que le azotara la cara.

–Escucha, Marco. Todavía no te lo he dicho todo. Para el mes próximo necesitaré imprescindiblemente ochenta ducados. Porque, sabes, los he pedido prestados. ¡Oh, no me mires así!

–Pedido prestados, ¿a quién?

–A Arnaldo, el usurero.

–Pero ¿no sabéis que ese animal es el peor de todos los judíos? Es un desalmado. ¡Ah, maestro, maestro!, ¿qué habéis hecho? ¿Por qué no me habéis advertido?

Leonardo bajó la cabeza.

–Tengo absoluta necesidad de dinero. No te enfades, amigo.

Y tras un breve silencio, añadió con aire melancólico y temeroso:

–Trae las cuentas, Marco, a ver si logramos el modo de arreglar algo.

Marco estaba convencido de que no podrían arreglar nada, pero no se podía tranquilizar al maestro más que complaciendo su súbita y fugitiva necesidad de orden. Fue, pues, a buscar el libro de cuentas.

Al verlo de lejos, Leonardo hizo un gesto doloroso, contemplando el grueso volumen de encuadernación verde con la expresión de un hombre que observa una herida abierta en su cuerpo.

Se hundieron en sus cálculos. El gran matemático que era Leonardo se equivocaba en las sumas y restas. A veces al comprobar la falta de varios miles de ducados buscaba en sus arquetas y cofres la cantidad perdida sin encontrar otra cosa que apuntaciones insignificantes, sin interés, copiadas de su puño y letra, por ejemplo la de la capa de Salaino:

Brocado de plata (15 libras).................................	4 escudos
Terciopelo escarlata para guarnición 9 l.	4 escudos
Trenzado..	9 escudos
Botones..	12 escudos

Entonces rasgaba furioso el papel, tirando los pedazos debajo de la mesa.

Giovanni observó en el rostro del maestro un gesto de cansancio. Se acordó, a propósito de ello, de las palabras de uno de los admiradores de Leonardo: «El nuevo Hermes Trimegisto se ha fundido en él al nuevo Prometeo», y pensó sonriendo:

«Hele aquí: ni dios, ni titán, sino un hombre como los otros. No sé por qué me inspiraba tanto miedo antes. ¡Pobre hombre!»

X

A los dos días aconteció lo que Marco había previsto. Leonardo se olvidó del dinero como si nunca hubiera pensado en ello. Al día siguiente tuvo que pedir tres florines para comprar un fósil antediluviano con tan despreocupado aspecto que Marco, no sintiéndose con valor para entristecerle con una repulsa, tomó los tres florines de la cantidad que había apartado para su madre.

El tesorero del Estado, a pesar de las instancias de Leonardo, no le había pagado todavía sus atrasos. Por entonces el mismo duque necesitaba dinero para los grandes preparativos de la guerra contra Francia. Leonardo pidió dinero a todos los que podían prestárselo, e incluso a sus propios discípulos.

El duque no le dejó acabar el monumento a los Sforza... El boceto en barro, el horno, el crisol, todo estaba preparado pero cuando el artista presentó un presupuesto para el bronce el duque ni siquiera quiso recibirle.

Hacia el 20 de noviembre de 1498, reducido por la miseria al último extremo, escribió una carta al duque. Entre los papeles de Leonardo se conserva el borrador de esta carta, confusa, incoherente, semejante al balbuceo del hombre que tiene vergüenza y no sabe pedir.

«Señor: Aun sabiendo que el espíritu de Vuestra Alteza se halla enfrascado en graves negocios, pero con temor a la vez que mi silencio no enfade a mi bienhechor, me atrevo a recordarle mis humildes necesidades y mi arte condenado a la inercia...

»Hace ya dos años que no he recibido en absoluto sueldo alguno...

»Algunas personas al servicio de Vuestra Alteza pueden esperar, porque tienen otras rentas, pero yo con mi arte, que hace tiempo debí abandonar por otro oficio más lucrativo...

»Mi vida está al servicio de Vuestra Alteza, que me encontrará pronto a obedecerle constantemente.

»No le hablo del monumento, pues no ignoro que el rigor de los tiempos...

»Me alarma la idea de que la necesidad de ganar mi vida me obligue a interrumpir mis trabajos consagrándome a bajos menesteres. He tenido que alimentar a seis personas, durante cincuenta y seis meses, con cincuenta ducados.

»No sé en qué podría emplear mi actividad...

»¿Debo pensar en la gloria o en el pan cotidiano?»

XI

Una noche de noviembre, tras una jornada abrumadora, perdida en gestiones cerca del generoso señor Gaspar Visconti, del mercader Arnoldo, del sórdido usurero que exigía el precio de los cadáveres de dos mujeres encintas y amenazaba con denunciarle a la Santa Inquisición si no le pagaba, Leonardo, fatigado, volvió a su casa y entró primero en la cocina para secar sus ropas. Después se dirigió al cuarto de trabajo. Pero, al acercarse, pudo oír del otro lado de la puerta una conversación.

«La puerta está cerrada –pensó–. ¿Qué quiere decir esto? ¿No serán ladrones?»

Escuchó y pudo reconocer las voces de sus discípulos Giovanni y César y comprendió que estaban revisando sus papeles secretos, que jamás enseñó a nadie. Estuvo a punto de abrir la puerta, pero imaginando los espantados ojos con que le mirarían, sintió vergüenza por ellos. Se deslizó de puntillas ruborizado y mirando a su alrededor como un culpable, hasta alejarse de la puerta. Ya en el estudio, gritó con una voz exageradamente ruidosa a fin de que no pudieran dejar de oírle:

–¡Astro, Astro! Tráeme una vela. ¿Dónde os habéis metido? ¡Andrea, Marco, Giovanni, César!

En su cuarto de trabajo se apagaron las voces, y se oyó un ruido como de cristales rotos.

Continuó escuchando, sin atreverse a entrar. No había en su alma ni irritación ni cólera, sino tedio y disgusto.

No se había equivocado. Giovanni y César, que habían entrado en su gabinete por la ventana del patio, registraban sus cajones y vieron sus papeles secretos, sus dibujos, sus notas.

Beltraffio, muy pálido, sostenía un espejo. César, inclinado, leía reflejada en el cristal la escritura inversa de Leonardo:

«*Laude del Sole*. ¡Gloria al Sol!

»Aunque se ofenda a Epicuro, tengo que afirmar que la magnitud del Sol es realmente tal como aparece; me extraña que Sócrates haya rebajado la importancia del astro rey al decir que no era más que una piedra calentada al rojo blanco. No hay reproche bastante fuerte para condenar a los que prefieren la deificación del Hombre a la del Sol...»

–¿Vamos a dejarlo? –preguntó César.

–No, te lo ruego –dijo Giovanni–, lee todo hasta el final.

–«Los que adoran a los dioses bajo la forma humana –continuó César– cometen un gran error porque el hombre, aunque fuese del tamaño del globo terrestre, nunca sería más que un punto apenas perceptible en el universo. Por otra parte, todos los hombres se convertirán en polvo...»

–¡Es extraño! –dijo César, asombrado–. ¿Qué quiere decir esto? Adora al Sol. En cuanto a Aquel que venció a la muerte por la muerte, es como si jamás hubiera existido.

»Mira esto, escucha... "En todos los lugares de Europa se llora la muerte de un hombre muerto en Asia..." ¿Comprendes?

–No –murmuró Giovanni.

–Alude a la muerte de Cristo –explicó César.

»"Oh, sabios verdaderos –leyó más allá–, haced, por fin la luz sobre tanto absurdo.

»El espíritu no puede existir sin cuerpo, y allí donde no hay ni carne, ni huesos, ni lengua, ni músculos, no puede haber ni movimiento ni voz."

»No se puede entender más –dijo César–, está tachado. Escucha el final: "En cuanto a todas las otras definiciones del espíritu, las dejo a los santos padres que quieren saber por medio de la superstición los misterios de la naturaleza, y así embaucan al pueblo."

»Caramba, mal le iría a meser Leonardo si estos papeles cayesen en las manos de los inquisidores... Mira, todavía una máxima: "Los que no hacen nada y desdeñan el trabajo saben vivir confortablemente en edificios semejantes a palacios; gozan un bienestar palpable en nombre de los bienes imaginarios que prometen a los demás; y afirman que éste es el mejor medio de ser agradable a Dios...

»Los que murieron hace miles de años mantendrán sin trabajar a los vivos..." No lo comprendo. Es demasiado profundo... Pero sí, sí, seguramente. Los que murieron hace miles de años son los mártires y los santos en nombre de los cuales los curas y frailes viven hoy. "Hablarán a aquellos que no tienen oído para oír, encenderán cirios delante de los que no tienen ojos para ver..." ¡Son las santas imágenes!... "Las mujeres confesarán a los hombres su concupiscencia y sus faltas secretas." ¿Qué te parece, Giovanni? ¡Qué hombre más extraño! Pero ¿por qué se preocupa de todas estas cosas? Y, sin embargo, no hay en ello verdadera maldad. Es un juego. ¡Se divierte blasfemando!

Siguió repasando las últimas hojas:

–«Se comercia con falsos milagros, se engaña a la gente estúpida y se condena a muerte a los que denuncian tanta superchería.»

»Esto debe de referirse a la prueba del fuego del hermano Girolamo y a la ciencia que desmiente la realidad de los milagros.

Dejó el cuaderno y miró a Giovanni.

–¿Es suficiente con esto? ¿Qué otras pruebas necesitas? Está claro como la luz del día.

Beltraffio movía la cabeza.

–No, César, no es eso... ¡Oh, si se pudiese encontrar un párrafo donde dijera abiertamente!...

–¿Abiertamente? No, amigo mío, no esperes eso. Tal es su naturaleza; siempre ambiguo, siempre sagaz y escurridizo como una mujer. Por algo le gustan los enigmas. Ve, cógele si puedes. Pero no se conoce ni él mismo. Es, para sí mismo, el más grande de los enigmas.

«César tiene razón –pensaba Giovanni–. Más vale la negación y las blasfemias francas que esas chanzas, que esa sonrisa de Tomás, el Incrédulo poniendo sus dedos en las llagas del Señor.»

César le mostró un pequeño dibujo a lápiz sobre papel azul, extraviado entre los planos de máquinas y los papeles con cálculos. Representaba a la Virgen María y al Niño Jesús en el desierto. La Virgen, sentada sobre una piedra, trazaba con el dedo en la arena triángulos, círculos y otras figuras; era que enseñaba a su hijo la geometría, fuente de todo conocimiento.

Giovanni contempló largo rato el extraño dibujo. Quiso leer la inscripción que había debajo. Acercó el espejo. César lanzó una mirada al texto, pero apenas tuvo tiempo de descifrar las primeras palabras: «La necesidad, eterna maestra...», cuando, desde el estudio llegó la voz de Leonardo.

–¡Astro! ¡Astro! ¡Tráeme una vela! ¿Dónde estáis metidos? ¡Andrea, Marco, Giovanni, César!

Giovanni se sobresaltó y palideciendo dejó caer el espejo, que se hizo pedazos.

–¡Mal presagio! –dijo César, burlándose.

Apresuradamente, como ladrones sorprendidos, ocultaron los papeles en el cajón, recogieron los pedazos del espejo, abrieron la ventana, saltaron por ella y descendieron al patio agarrándose al canalón y a las fuertes ramas de una parra que cubría parte de la pared de la casa. César resbaló y al caer se hirió en un pie.

XII

Aquella noche, Leonardo no encontró en las matemáticas el acostumbrado olvido. Tan pronto se levantaba y recorría la habitación, como se sentaba para comenzar un dibujo que abandonaba enseguida. Sentía en el alma una confusa inquietud, como si debiera tomar una decisión y no pudiese. Sus pensamientos volvían siempre al mismo punto.

Pensaba en Giovanni que, después de haberse escapado al convento de Savonarola y haber vuelto al estudio, pareció calmado en medio del arte hasta ahora en que al poco tiempo del juicio del fuego y sobre todo desde que se supo en Milán la muerte del fraile visionario, recaía en sus estados de tristeza y preocupación.

El maestro veía cuánto sufría Giovanni y cómo queriendo huir no lograba decidirse. Adivinaba la lucha en que se debatía el alma de su discípulo, demasiado profunda para no sentir sus propias contradicciones y demasiado débil para vencerlas.

Leonardo, a veces, pensaba que había que rechazar a Giovanni y castigarle en beneficio suyo, pero no tenía valor.

«Si supiera cómo ayudarle», se decía el artista.

Sonrió amargamente.

–Pero la suerte está echada: jugué y perdí. La gente, sin duda, dice verdad: tengo jetatura.

Subió los gastados escalones de la oscura escalera, llamó a la puerta y, al no obtener respuesta, la entreabrió:

La alcoba, estrecha, se hallaba en penumbra. Se oía la lluvia tamborilear sobre el techo y zumbar al viento de otoño. Una lamparilla vacilante ardía en un rincón ante una Madona. Del blanco muro pendía un crucifijo negro. Beltraffio estaba echado sobre el pecho, completamente vestido, en una postura incómoda de niño enfermo, con las piernas encogidas y la cara oculta en la almohada.

–Giovanni, ¿duermes? –preguntó el maestro.

Beltraffio, incorporándose bruscamente, lanzó un débil grito y miró a Leonardo con los ojos muy abiertos y las manos extendidas, con esa misma expresión de infinito espanto que había visto en los ojos de Maía.

–¿Qué te pasa, Giovanni? Soy yo.

Beltraffio, ya vuelto en sí, se pasó la mano por los ojos.

–Ah, ¿sois vos, meser Leonardo?... Me había parecido... He tenido un sueño espantoso... Entonces, sois vos...

Le miraba fijamente como si todavía no le reconociese.

El maestro se sentó al borde de la cama, y puso la mano sobre la frente de su discípulo.

–Tienes fiebre. Estás enfermo. ¿Por qué no me has dicho nada?

Giovanni se fue a echar otra vez, pero de pronto se quedó inmóvil, mirando de nuevo al maestro. Las comisuras de sus labios se bajaron temblando, mientras juntaba las manos como para orar.

–¡Maestro, arrójeme de su casa! ¿Por qué no tendré el valor de irme? No puedo seguir aquí. Porque soy... sí... sí... un villano... un traidor...

Leonardo le atrajo hacia sí.

–¡Vamos, niño mío! ¡Dios te proteja! ¿Crees que no veo lo que sufres? En lo que seas culpable para conmigo, te perdono; puede que un día también tú me perdones...

Giovanni levantó lentamente hasta él sus ojos asombrados y, de repente, con un impulso irresistible, se abrazó a Leonardo y escondió su rostro en el pecho del artista, entre su barba, suave como la seda.

–¡Jamás –balbucía entre sollozos que estremecían todo su

cuerpo–, jamás le abandonaré, maestro, no crea que no le amo! ¡Yo mismo no sé lo que me pasa! Tengo pensamientos terribles, como si me volviese loco... ¡Pero siempre, creedme, os amo más que a todo el mundo, más que a mi padre, fray Benedetto! ¡Nadie puede amaros más que yo!

Leonardo, con una dulce sonrisa, acariciaba los cabellos de su discípulo y sus mejillas humedecidas por las lágrimas mientras le consolaba como a un niño.

–¡Vaya, vaya!... ¿Acaso no sé que me amas? ¡Pobre niño! Sin duda es que has escuchado otra vez a César. ¿Por qué le haces caso? Es inteligente y desgraciado también él. Me quiere también aun cuando él crea odiarme. Hay muchas cosas que no comprende.

De pronto, calmado Giovanni, con los ojos secos fijos en los del maestro, con extraña y penetrante mirada y moviendo la cabeza:

–No –dijo lentamente, como si le costase trabajo pronunciar las palabras–, no, no es César. Soy yo mismo o más bien él...

–¿Quién él? –preguntó el maestro.

Giovanni se apretó más fuertemente contra Leonardo y de nuevo el espanto se reflejó en sus ojos.

–No se debe hablar de él –dijo con voz apenas perceptible–. Se lo suplico, no se debe hablar de él.

Leonardo le sintió estremecerse entre sus brazos.

–Escucha, niño mío –prosiguió con esa voz serena, afectuosa y un poco afectada que emplean los médicos para hablar con sus enfermos–, veo que algo te pesa en el alma. Tienes que decírmelo todo. Quiero saberlo, ¿me oyes, Giovanni? Luego, tú mismo te sentirás aliviado.

Y tras un instante de reflexión, añadió:

–Dime, ¿a quién te referías hace un momento?

Giovanni miró temeroso a su alrededor, y luego acercando sus labios al oído de Leonardo murmuró con voz entrecortada:

–A vuestro doble.

–¿A mi doble? ¿Qué quieres decir? ¿Lo has visto en sueños?

–No, en la realidad...

Leonardo le miró con fijeza, creyendo por un momento que deliraba.

–¿No es cierto, maestro, que vinisteis a mi cuarto anteayer martes por la noche?

–No.

–Sí, me acuerdo perfectamente. Pues bien, maestro, tenéis un doble, eso es todo.

–Pero ¿de dónde has sacado que tengo un doble? ¿Cómo se te ha ocurrido pensar eso?

Leonardo comprendió que Giovanni tenía deseos de expansionarse. Seguramente la confesión aliviaría a su discípulo.

–¿Cómo me ha ocurrido pensar eso? He aquí cómo. Vino a mi cuarto, como vos esta noche, a la misma hora; se sentó en el borde de mi cama, como estáis vos sentado ahora; hablaba como vos, y tenía vuestros mismos gestos. Su rostro era vuestro rostro, pero visto en el espejo. No era zurdo. Enseguida pensé que acaso no fuerais vos. Pero al irse dijo, volviéndose hacia mí: «¿No has visto nunca mi doble, Giovanni? Si le ves, no te asustes». Entonces comprendí todo...

–¿Y lo crees todavía, Giovanni?

–¿Cómo no creerlo, cuando lo he visto como os veo a vos en este momento? Y me habló...

–¿De qué?

Giovanni ocultó el rostro en las manos.

–Vale más que lo digas –dijo Leonardo–, porque si no seguirás atormentándote.

–De cosas malas –continuó Beltraffio. Y miró al maestro con una súplica desesperada–, de cosas terribles. Me decía que todo en el mundo no es más que materia, que todo se parece a esa espantosa araña de patas giratorias que él tiene, o mejor que vos habéis inventado.

–¿Qué araña? ¡Ah, sí! Es que has visto el diseño de mi máquina de guerra.

–También decía –continuó Giovanni–, que lo que los hombres llaman Dios es la fuerza eterna que hace mover la terrible araña de patas de hierro ensangrentadas y que él es indiferente a la verdad o a la mentira, al bien o al mal, a la vida o a la muerte; que no se deja doblegar porque es como las matemáticas: dos y dos no pueden hacer cinco.

–¡Bueno! ¡Bueno! No te atormentes. Ahora ya...

–No, meser Leonardo, esperad; todavía no lo sabéis todo.

Escuchad aún, maestro: decía que Cristo no era Dios, que murió y no resucitó, que no había vencido a la muerte y que se convirtió en polvo en el sepulcro. Cuando dijo eso, me puse a llorar. Tuvo piedad de mí y quiso consolarme. «No llores –me dijo–, mi pobre niño, no existe Cristo, pero existe el amor, el gran amor, hijo de la verdad y de la razón. El que todo lo sabe, todo lo ama.» Ya lo veis. Decía vuestras palabras, nada más que vuestras palabras. «Antes –decía– el amor nacía de la debilidad, de los milagros, de la ignorancia y ahora nace de la fuerza y de la verdad, del conocimiento, porque la Serpiente no ha mentido; probad del árbol de la Ciencia y seréis como dioses.» Después que hubo hablado así, comprendí que era enviado por el diablo y le maldije. Se fue, pero dijo que volvería...

Leonardo le escuchaba con curiosidad, como si ya no fuese el delirio de un enfermo. Sintió que la mirada acusadora de Giovanni, ahora casi serena, penetraba en las profundidades más secretas de su corazón.

–Y lo más terrible –murmuró el discípulo, alejándose lentamente de su maestro y sosteniendo su mirada fija y escudriñadora–, lo más odioso es que sonreía diciéndome todo esto, que sonreía, sí, sí, exactamente como vos en este momento, como vos.

Giovanni se puso de pronto lívido, su rostro se contrajo y rechazando a Leonardo lanzó un grito salvaje, demente:

–¡Tú! ¡Tú! ¡Has mentido! ¡En nombre de Dios, atrás, atrás; vete, maldito!

El maestro se levantó y dijo, clavando sobre él una mirada autoritaria:

–¡Que Dios te proteja, Giovanni! Veo que, en efecto, es mejor para ti que te marches. Acuérdate que se ha dicho en las Escrituras: «Aquel que teme no conoce el amor perfecto». Si me amases con verdadero amor, no tendrías miedo, hubieras comprendido que todo eso no era más que delirio o locura, que no soy tal como me creen las gentes, que no tengo doble y que quizá creo más en Dios que los que me llaman servidor del Anticristo. ¡Adiós, Giovanni, que Dios vele por ti! No temas nada. El doble de Leonardo no volverá jamás a ti...

Una infinita tristeza, sin cólera, temblaba en su voz. Se

levantó para irse. «¿Está bien así? ¿Le he dicho la verdad?», pensaba, y enseguida comprendió que si la mentira fuese necesaria para salvar a Giovanni, estaba dispuesto a mentir.

Beltraffio cayó de rodillas, besando las manos del maestro.

–¡No, no, no lo haré más! Ya sé que esto es locura. ¡Le creo! ¡Desecharé mis terribles pensamientos! Pero, perdonadme, perdonadme, maestro, no me abandonéis.

Leonardo le miró con una piedad infinita e inclinándose le besó los cabellos.

–¡Acuérdate, Giovanni, de lo que me has prometido!... Y ahora –añadió tomando su voz el tranquilo tono habitual–, bajemos enseguida. Aquí hace mucho frío. No te dejaré volver hasta que no estés completamente restablecido. A propósito, tengo que hacer un trabajo urgente: me vas a ayudar.

XIII

Condujo a Giovanni a su alcoba, al lado del estudio y después de reavivar el fuego y cuando la llama crepitante caldeaba ya la habitación y la iluminaba con su resplandor, le invitó a preparar una tabla para un cuadro.

Leonardo confiaba en que el trabajo calmaría al enfermo.

Y así fue. Poco a poco, Giovanni se absorbió en su tarea. Con recogimiento, como si se tratase de un asunto de gravedad e importancia capitales, ayudó al maestro a barnizar la tabla con una solución venenosa –aguardiente mezclado con arsénico sulfuroso y sublimado–, para preservarla de los gusanos. Después extendieron una primera capa de barniz, tapando ranuras y agujeros con alabastro, laca de ciprés y almáciga. Limaron e igualaron las asperezas con una espátula. Como siempre ocurría, el trabajo avanzaba rápido y parecía un juego entre los dedos de Leonardo. Éste, al mismo tiempo, daba consejos al discípulo, diciéndole cómo debían fabricarse los pinceles, desde los más gruesos y duros hechos de cerdas de puerco, con montura de plomo, hasta los más finos y suaves hechos de pelo de ardilla, sujetos a una pluma de gancho. También le enseñó a añadir verde, gris y ocre ferruginosos al barniz para que secase más pronto.

La habitación se fue oreando con un fresco y sutil olor a almáciga y trementina. Giovanni, con un pedazo de gamuza empapada en aceite de lino caliente, frotaba con todas sus fuerzas la tabla. Tenía calor. Los escalofríos de la fiebre desaparecieron por completo. Deteniéndose un instante para tomar aliento, se volvió hacia el maestro con el rostro enrojecido.

–¡Deprisa, deprisa, no te pares! –le conminó Leonardo–. Si se enfría, no entrará bien.

Con la espalda encorvada, separadas las piernas y los labios fuertemente apretados, Giovanni reanudó el trabajo.

–¿Cómo te encuentras? –preguntó Leonardo.

–Bien –respondió Giovanni, con alegre sonrisa.

Los otros discípulos acudieron también a reunirse al rincón luminoso y caldeado, bajo la enorme chimenea lombarda de ladrillos, cubierta de hollín negro, desde donde resultaba agradable oír el aullido del viento y el ruido de la lluvia. Allí se reunieron Andrea Salaino, tímido y despreocupado como siempre; el herrero Zoroastro de Peretola, el cíclope Jacopo y Marco d'Oggione. Como de costumbre, sólo faltaba en el amistoso círculo César de Sesta.

Leonardo, dejando a un lado la tabla para que se secase, les enseñó el medio de obtener aceite puro para los colores. Trajeron una gran vasija de barro, donde había una pasta de nuez remojada en seis aguas: había salido un jugo blanco sobre el que nadaba una espesa capa de aceite ambarino. Leonardo, tomando un algodón que dilató en largas torcidas semejantes a las mechas de los candiles, metió en la vasija una extremidad de una de estas torcidas, sumergiendo la otra en un embudo de hierro colocado en el gollete de una redoma de cristal. El aceite absorbido por el algodón caía en la redoma en gotas transparentes y doradas.

–¡Mirad, mirad –decía Marco entusiasmado–, mirad qué puro! Y a mí, por más que lo filtro, siempre me sale turbio.

–Es, sin duda, porque no quitas la cascarilla de las nueces –le hizo observar Leonardo–. Por eso vuelve a salir en la tabla y ennegrece los colores.

–Ya lo veis –exclamó Marco triunfalmente–. Esa porquería de cascarilla de nuez puede ser causa de la pérdida de la más bella obra de arte. No hay más remedio que observar las reglas con una exactitud matemática...

Mientras seguían atentamente la preparación del aceite, los discípulos charlaban y se divertían. A pesar de lo avanzado de la noche, nadie tenía ganas de dormir y echaban sin cesar leña al fuego, sin preocuparse de las quejas de Marco a cada leño arrojado en el hogar. Como sucedía a veces en estas inopinadas reuniones, todos se hallaban inexplicablemente alegres.

Salaino se puso a contar la historia del cura, que, en su visita domiciliaria del sábado de Pasión, entró en el estudio de un pintor y roció de agua bendita los cuadros. «¿Por qué hacéis eso?», preguntó el pintor. «Porque quiero vuestro bien. Ya sabéis que una buena obra os será devuelta de lo alto centuplicada.» El pintor nada respondió, pero cuando el cura salía por la puerta de la calle, el artista, que le acechaba, le tiró por la ventana un cubo de agua fría, gritándole: «¡Eh, desde lo alto te devuelven centuplicado el bien que has hecho remojando mis cuadros!».

Las historietas y las fábulas se sucedieron a cuál más inverosímil. Todos se divertían mucho, pero Leonardo más que ninguno.

A Giovanni le gustaba verle reír: entonces sus ojos disminuían hasta quedar reducidos a dos rayitas casi imperceptibles; su rostro presentaba una expresión sencilla e ingenua y las lágrimas brotaban de sus párpados. Cuando reía de una manera convulsa, se escapaban de su garganta las mismas notas agudas y femeninas que en sus crisis de cólera, gritos que hacían fuerte contraste con su físico arrogante y fornido.

A medianoche sintieron hambre. No podían irse a acostar sin haber restaurado sus fuerzas, tanto más cuanto que habiéndoles puesto Marco d'Oggione a media ración, habían cenado medianamente.

Astro trajo lo que encontró en la despensa: algunos restos de jamón, queso, unas aceitunas y pan duro. No había vino.

–¿Has inclinado bien el tonel? –le preguntaron sus camaradas.

–Ya lo creo que lo he inclinado. Lo he vuelto de todos lados. No queda ni gota.

–¡Ah, Marco, Marco, cómo nos tratas! ¿Qué vamos a hacer sin vino?

–No sabéis más que repetir: Marco, Marco. ¿Es mía la culpa si no hay dinero?

–¡Hay dinero y habrá vino! –exclamó Jacopo haciendo saltar una moneda de oro en la palma de la mano.

–¿De dónde has sacado eso, demonio? ¿Has robado otra vez? Espera, que ahora te diré yo... –le dijo Leonardo amenazándole con la mano.

–Pero no, maestro, no lo he robado, Dios es testigo. ¡Que me quede en el sitio, que se seque mi lengua, si no lo gané a los dados!

–Mucho cuidado con que nos des vino de ladrón...

Jacopo corrió a la próxima taberna –al Águila Verde– que todavía no estaba cerrada, porque los soldados suizos solían andar de francachela toda la noche. Volvió con dos cantarillos llenos.

El vino les puso todavía más alegres. Como Ganimedes, el muchacho lo vertía desde lo alto; el vino rojo caía en espuma rosa y el blanco en dorada. Encantado con la idea de convidar a los otros con su dinero, el chicuelo hacía mil tonterías, saltaba, y con una ronquera exagerada cantaba imitando a los borrachos, unas veces la canción del monje exclaustrado:

¡Al diablo el rosario,
hábito y capucha!
¡Hi, hi, hi, ha, ha, ha!
¡Con vosotras, hermosas muchachas,
queremos pecar!

Otras el solemne himno de la misa bufa de Baco, compuesta en latín por los estudiantes hampones:

A los que echan agua en el vino
Satán los empapará
Y solamente en la hoguera
Les permitirá secar.

A Giovanni le pareció que nunca había comido y bebido tan bien y tan a gusto como en esta miserable comida compuesta de queso duro como piedra, pan seco y vino de taberna. Bebieron a la salud del maestro y a su gloria, en honor del estudio y por la desaparición de la pobreza. En suma, brindaron por todo.

Para acabar, Leonardo, mirando a sus discípulos, dijo sonriendo:

–He oído decir, amigos míos, que san Francisco de Asís llamaba a la tristeza el peor de los vicios, y afirmaba que el que quiere ser agradable a los ojos de Dios debe estar siempre alegre. ¡Bebamos, pues, por la sabiduría de san Francisco de Asís y por la eterna alegría en Dios!

Todos quedaron un poco sorprendidos, pero Giovanni comprendió lo que el maestro había querido decir...

–¡Ah, maestro! –dijo Astro sacudiendo la cabeza–. Habláis de alegría, pero ¿cómo podemos estar alegres mientras reptemos por el suelo como gusanos de sepulcro? ¡Que los demás beban por lo que les plazca, pero yo bebo por las alas humanas, por la máquina voladora! Cuando los hombres hoy ligados a la tierra se eleven hasta las nubes, entonces solamente comenzará la gran alegría. ¡Que el diablo se lleve a todo lo que impida realizar nuestros deseos! ¡Que el diablo se lleve también la mecánica!

–¡Pero, no, no, muchacho! Sin mecánica no volarás nunca –interrumpió el maestro riendo.

Cuando todos se fueron, Leonardo no quiso que Giovanni volviese arriba; le ayudó a improvisar una cama en su propia alcoba, cerca de la chimenea, donde se consumían los últimos leños; después buscó un dibujo trazado con lápices de colores y se lo tendió a su discípulo.

El dibujo representaba un rostro de adolescente. Tan familiar pareció a Giovanni que lo tomó por un retrato. Este rostro se parecía al del hermano Girolamo Savonarola, pero en su primera juventud, y al del hijo del viejo judío Baruco, rico usurero de Milán detestado por todos –un joven de dieciséis años, enfermizo y soñador, sumido en la ciencia secreta de la cábala, discípulo de los rabinos de la Sinagoga que veían en él la futura luz de Israel.

Pero mirando con más atención a este joven judío, su abundante cabellera rojiza, de frente baja y labios gruesos, reconoció a Cristo. Pero no al Cristo de las estampas sagradas, sino a otro que alguna vez vio y que ahora recordaba de repente.

En este rostro inclinado como una flor de tallo demasiado débil, en la mirada de sus ojos humildes, llenos de infantil inocencia, había el presentimiento de ese dolor supremo; el que halló en el Monte de los Olivos, cuando colmado de espanto y aflicción, dijo a sus discípulos: «Mi alma siente una tristeza de muerte». (Entonces se alejó de ellos unos pasos y apoyando su rostro contra la tierra, dijo: «Padre mío, aparta de mí este cáliz de amargura y hágase Tu voluntad». Y estando en la agonía suplicó más encarecidamente y tuvo un sudor como de gotas de sangre que caían hasta el suelo.)

«¿Cómo pediría Cristo eso? –pensó, Giovanni–. ¿Cómo pedía que lo que no podía dejar de ser no se produjera, que lo que constituía su propia voluntad, aquello por lo que había venido al mundo no se realizase? ¿Es posible que a Él también le faltasen las fuerzas, como a mí, que Él también se debatiera hasta sudar sangre, víctima de los mismos pensamientos de terrible duda?»

–¿Qué tal? –preguntó Leonardo volviendo a entrar en la estancia de la que había salido por algunos instantes–. Pero me parece que vuelve a empezar...

–No, no, maestro. ¡Oh, si supiera qué bien y qué tranquilo me siento! Ahora ya todo ha pasado...

–¡Alabado sea Dios, Giovanni! ¿No te lo decía yo? No tiene que volver jamás.

–Eso ya no volverá nunca, no tema, maestro. Ahora veo –y le indicó el dibujo– que usted le ama, como nadie sabe amarle entre los hombres. Y si –añadió– si vuestro doble vuelve, ya sé cómo echarle: le recordaré este hermoso diseño.

XIV

Giovanni sabía por César que Leonardo había terminado el rostro del Cristo de la Sagrada Cena y tenía ganas de verlo.

Se lo pidió muchas veces al maestro y éste se lo prometía, pero lo retardaba siempre.

Por fin una mañana llevó a su discípulo al refectorio de Maria delle Grazie. Allí en el sitio del cuadro que durante dieciséis años estuvo vacío, entre Juan y Jacobo el Zebedeo, sobre el fondo de la ventana abierta que dejaba ver la suave perspectiva del cielo crepuscular y las colinas de Sion, Giovanni contempló el rostro del Señor.

Algunos días más tarde, por la noche, atravesando los desiertos parajes que bordeaban el canal Cantarana, Giovanni volvía de casa del alquimista Galeotto Sacrobosco. El maestro le había enviado a buscar un libro raro, un tratado de matemáticas.

El viento y el deshielo apaciguaron el tiempo que continuaba siendo muy frío. Los fresnos de las orillas del canal se cubrían de frágiles agujas de hielo.

Las nubes bajas parecían engancharse a las copas desnudas y violáceas de los árboles y en los ásperos nidos de las cornejas. El día se alejaba veloz. Ya no quedaba en el horizonte más que el resplandor amarillo y débil de un melancólico crepúsculo. El canal no estaba helado y sus aguas inmóviles, pesadas y negras, parecían no tener fondo.

Aun cuando él mismo no quería confesarse sus propios pensamientos y que hacía para desecharlos un supremo esfuerzo de razón, Giovanni pensaba en los dos aspectos que había dado Leonardo al rostro del Señor. No tenía más que cerrar los ojos y las dos imágenes se presentaban ante él como seres vivos. La una era familiar, llena de humana flaqueza –era el rostro de Aquel que en el Monte de los Olivos se afligía hasta sudar sangre y cuya plegaria infantil imploraba un milagro–, la otra era sobrehumanamente serena, extraña, impresionante.

Y Giovanni reflexionaba que, en su aparente contradicción, ambos rostros podían ser complementarios.

Las ideas se le extraviaban como en un delirio. La cabeza le abrasaba. Se sentó sobre una piedra encima del canal estrecho y negro; y se inclinó, abrumado, con la cabeza entre las manos.

–¿Qué haces ahí como la sombra de un enamorado en las orillas del Aquerón? –dijo una voz sarcástica.

Sintió que una mano se posaba en su hombro y estremecido, al volverse, vio a César.

En el crepúsculo invernal, polvoriento como una tela de araña, bajo las ramas esqueléticas de un árbol sombrío y poblado de nidos de cornejas, el alto y flaco César, envuelto en una capa gris, parecía, con su rostro enfermizo y sesudo, un fantasma siniestro.

Giovanni se levantó y emprendieron silenciosamente su camino; sólo se oía el ruido de las hojas secas bajo sus pies.

–¿Sabe que el otro día registramos los papeles? –preguntó por fin Cesar.

–Sí –respondió Giovanni.

–Y, claro está, no se ha enfadado. Estoy seguro. ¡Es magnánimo! –dijo César con maligna y fingida sonrisa.

Se callaron de nuevo. Un cuervo, lanzando su ronco graznido, pasó sobre el canal.

–César –preguntó Giovanni en voz baja–, ¿has visto el rostro del Señor en la Sagrada Cena?

–Sí.

–Y ¿qué opinas?

César se volvió violentamente hacia Giovanni.

–Y tú ¿qué opinas?

–No sé. Ya ves, me parece que...

–Habla francamente: ¿no te gusta?

–Sí, pero no sé. Se me ocurre que acaso no sea Cristo...

–¿Que no sea Cristo? ¿Y quién es, entonces?

Giovanni sin responder y con la cabeza baja acortó el paso.

–Escucha –repuso ensimismado profundamente–. ¿Has visto otro dibujo hecho también para la cabeza de Cristo, un dibujo en color, donde aparece casi niño?

–Ya sé: un muchacho judío, de cabellos rojos, labios gruesos, frente baja, parecido al hijo del viejo Barucio. Y qué ¿ése te gusta más?

–No. Pienso solamente en lo poco que esos dos Cristos se parecen.

–¿Que no se parecen? –dijo César extrañado–. Pero, vamos, si es el mismo rostro. Sólo que el de la Sagrada Cena es mayor en una quincena de años. En lo demás, quizá tengas razón. Desde luego, son dos Cristos, aunque se parecen como un doble.

–¿Doble? –replicó Giovanni estremeciéndose y se detuvo–. ¿Cómo has dicho, César? ¿Doble?

–Pues, sí. ¿Qué es lo que te asusta tanto? ¿No lo has percibido tú mismo?

Reanudaron la marcha en silencio.

–¡César! –exclamó de pronto Beltraffio, en un impulso irresistible–. ¿Cómo, no lo ves? ¿Es posible que Aquel que ha representado el maestro en la Sagrada Cena, omnipotente y omnisciente, sea el mismo que en el Monte de los Olivos se aflige hasta sudar sangre e implorar un milagro, como nosotros rogamos, como ruegan los niños? Y ruega que aquello para lo que ha venido al mundo no se cumpla. Todo se revela en su plegaria, todo, ¿entiendes, César? Sin ella no hay Cristo. Yo no la cambiaría por la mejor ciencia. Quien pronunció aquellas palabras fue más que hombre y no ha muerto como moriremos nosotros.

–¡Ah! ¿Es eso lo que quieres decir? –dijo lentamente César–. Pero, en efecto... sí, sí. Te comprendo. Ciertamente, el otro Cristo, el de la Sagrada Cena, no puede tener esa expresión.

Había oscurecido por completo. Giovanni apenas pudo distinguir el rostro de su compañero; le pareció, sin embargo, que cambiaba extrañamente.

De pronto, César se detuvo, levantó el brazo y dijo con voz sorda y solemne:

–¿Quieres saber a quién ha representado, ya que no es a Aquel que lloraba en el Monte de los Olivos? Escucha: «Al principio era el Verbo y el Verbo estaba en Dios y el Verbo era Dios. Todas las cosas han sido hechas por Él y nada de lo que ha sido hecho ha sido hecho sin Él. Y el Verbo se hizo carne». ¿Comprendes? La razón de Dios, que es el Verbo, se hizo carne. Sus discípulos, que al oírle decir «uno de vosotros me traicionará», se afligen, se indignan, se asustan. Pero Él está tranquilo. A todos les es íntimo y extraño; a todos, a Juan recostado en su pecho y a Judas que le traicionó. Porque ya no existe para Él el bien ni el mal; ni vida, ni muerte; ni amor, ni odio, ya no existe más que la voluntad del Padre, la necesidad eterna. «Hágase tu voluntad y no la mía.» Esto dice y al mismo tiempo es el Cristo que sollozaba en el Monte de los Olivos, implorando un milagro imposible. ¿Cómo semejante contradicción? Yo te lo diré: por el doble; por la duplicidad del ser. Leonardo lo ha dicho, ¿recuerdas? «La razón no tiene nada que ver con el sentimiento.» En los rostros y actitudes de los apóstoles de su cuadro ha expresado todos los sentimientos humanos, pero Aquel que ha dicho: «He vencido al mundo», «Yo y mi padre somos Uno», permanece impasible. ¿Recuerdas también aquellas otras palabras de Leonardo sobre las leyes de la mecánica? «El Primer Motor del Universo se halla inmóvil, siendo él principio y centro de todo movimiento.» El Cristo suyo, el que ha pintado, es el que representa la voluntad del Padre. El que afirma que el amor emana del conocimiento. «El gran Amor es hijo del gran conocimiento.» Leonardo es el único hombre que ha comprendido esta naturaleza profunda del Señor y la ha encarnado en su Cristo «que si ama todo, es porque todo lo sabe».

César se calló. Ambos marcharon largo rato silenciosos en la calma inmóvil del crepúsculo invernal.

–¿Te acuerdas, César? –dijo al fin Giovanni–. Hace tres años íbamos juntos como hoy, por el barrio de la Porta Vercellina y discutíamos sobre la Sagrada Cena. Entonces tú te burlabas del maestro, decías que jamás acabaría la faz del Señor y yo protestaba. Hoy estás con él y contra mí. Nunca hubiera creído que tú fueras capaz de hablar así de él... con tanta admiración, con tanto amor.

Giovanni quiso ver el rostro de su compañero, pero éste se volvió precipitadamente.

–Estoy muy contento –prosiguió Beltraffio– de que le quieras, sí, César, que le quieras quizá más de lo que yo le quiero. ¡Preferirías odiarle y le amas!

Su camarada se volvió hacia él con el rostro pálido y contraído.

–¿Cómo podías creer otra cosa? Le quiero, sí. Quiero odiarle, pero he de amarle a la fuerza porque lo que él ha hecho en esta Cena, nadie –ni él quizá– lo comprende tan bien como yo; yo, su peor enemigo.

Y volvió a reír con la misma risa forzada.

–El corazón humano está hecho de una manera extraña. Puesto que hablamos de ello, voy a decirte la verdad, Giovanni. A pesar de todo, no me parece amarle. Y, aún, en otra dirección, le odio.

–¿Por qué?

–Porque yo quiero ser yo mismo, ¿comprendes? El último entre los últimos, pero por lo menos no ser ni su oreja, ni su ojo, ni el dedo de su pie. Los discípulos de Leonardo parecemos polluelos en un nido de águilas. Las reglas científicas, las cucharas para medir los colores, el mensurador de narices y bocas, sólo pueden satisfacer a Marco. ¡Me gustaría ver al mismo Leonardo crear con todos esos preceptos el rostro de Cristo! Él quiere enseñarnos de buena fe a nosotros, los polluelos, a volar como águilas. Y nos compadece con ternura como a sus crías. Somos para él una experiencia como lo es el criminal que acompaña al suplicio para observar las contracciones de los músculos de su cara cuando lo ejecutan y la cigarra que se estremece con el frío del invierno. ¡A todos llegan los beneficios de su grandeza como el sol! Pero, ya ves, amigo mío, cada uno tiene sus gustos: a uno le gusta ser el insecto, el gusano, que el maestro, a semejanza de san Francisco, recoge del camino y coloca sobre una hoja verde para que no le aplasten. A otro... ¿Sabes, Giovanni, que hubiera hecho mejor aplastándome buenamente?...

–Si crees que es así, César –preguntó Giovanni–, ¿por qué no le dejas?

–Y tú, ¿por qué no te vas? Te has quemado las alas en la llama como una mariposa, pero continúas dando vueltas a su alrededor y lanzándote a la luz. Pues bien, quizá quiero también yo quemarme en esa misma llama. Además, ¿quién sabe? Tengo todavía una esperanza...

–¿Cuál?

–¡Oh, la más vana, la más loca! Sin embargo, de vez en cuando me digo: ¿y si surgiese un rival? Si alguien, distinto a él, fuese tan grande como él. No un Peruggio, ni un Borgomone, ni Boticelli, ni incluso el gran Mantegna –sé lo que vale el maestro y que no tiene que temer a ninguno de éstos– sino un desconocido. Quisiera aplaudir la gloria de otro y hacer ver a meser Leonardo que hasta los insectos como yo, que él desdeña aplastar, son aptos para comprender el arte y la gloria y para desdeñarle a él. Leonardo, a pesar de su apariencia de cordero, su piedad y su magnanimidad, tiene un orgullo diabólico...

César no acabó. Interrumpiéndose bruscamente, asió con la mano la de Giovanni.

–Giovanni –dijo César cambiando el tono de la voz, casi tímido y suplicante–, sé que jamás hubieras pensado por ti mismo que le amo. ¿Quién te lo ha dicho?

–Él mismo –respondió Beltraffio.

–¡Él mismo! ¿De veras? –dijo César, presa de inexplicable confusión–. Así pues, él piensa...

Le faltó la voz.

Se miraron a los ojos y los dos comprendieron de pronto que no tenían ya nada que decirse y que cada uno de ellos se hallaba absorto en sus propios pensamientos y amarguras.

Silenciosamente, sin despedirse, se separaron.

Giovanni continuó su camino con paso incierto, la cabeza baja, sin ver nada, y sin saber por dónde iba, a través de aquella naturaleza desnuda, a lo largo del canal de aguas inmóviles y pesadas, negras, como colada de fundición, en las que no se reflejaba ni una sola estrella. Su mirada extraviada le daba aspecto de visionario.

–¡El doble, el doble! –repetía.

XV

A principios del mes de marzo de 1499, Leonardo recibió inesperadamente de la Tesorería ducal los honorarios que desde hacía dos años le adeudaban.

Por entonces corrían rumores de que Moro, temeroso por la noticia de la triple alianza efectuada contra él entre Venecia, el Papa y el rey de Francia, tenía la intención de refugiarse en Alemania, cerca del Emperador, en cuanto apareciese el ejército francés en Lombardía. Queriendo asegurar durante su ausencia la fidelidad de sus súbditos, el duque aligeró los impuestos y contribuciones, pagó a sus acreedores y colmó de presentes a sus familiares.

Poco tiempo después, Leonardo obtuvo una nueva prueba del favor del duque: «Ludovico Maria Sforza, duque de Milán, hace donación a Leonardo el florentino, ilustrísimo artista, de un viñedo de dieciséis hileras, adjunto al convento de San Vittorio, cerca de la Porta Vercellina». En estos términos se hallaba concebida el acta de donación.

Leonardo fue a dar las gracias al duque. Se fijó la audiencia para la tarde, pero Moro tenía tal cúmulo de asuntos, que tuvo que esperar hasta ya entrada la noche. Había pasado todo el día ocupado con sus tesoreros y secretarios comprobando cuentas de bastimentos de guerra, balas, pólvora y bombardas, atando y desatando los nudos de una maraña de trapacerías y mixtificaciones en la que era consumado maestro; pero en esta tela de araña urdida por él, se sentía ahora prisionero como una mosca.

Terminado su despacho, pasó a la galería de Bramante, situada sobre uno de los fosos del castillo de Milán.

La noche era tranquila. Sólo de cuando en cuando sonaba una corneta, los prolongados alertas de los centinelas y el metálico rechinar de las enmohecidas cadenas de los puentes levadizos.

Ricciardetto, el paje, entró con las antorchas, las colocó en los brazos de hierro cincelado adosados al muro y presentó al duque una salvilla de oro conteniendo migas de pan. En el foso, sobre el negro espejo de las aguas, aparecieron blancos cisnes, atraídos por la luz de las antorchas. El duque, acodado en la balaustrada, echaba al agua migas de pan contemplando el ir y venir de los cisnes que se deslizaban sin el menor ruido por el líquido espejo.

Regalo de la marquesa Isabel de Este, hermana de la difunta Beatriz, estos cisnes, enviados de Mantua, venían de los tranquilos estanques del Micio, de riberas apacibles en las que abundan sauces y cañas, antiguo refugio de aquellas aves.

Moro tuvo siempre predilección por estos animales, pero en los últimos tiempos, se sentía más atraído hacia ellos. Todas las noches iba a echarles de comer con sus propias manos.

Era el único momento en que reposaba de sus meditaciones sobre asuntos de Estado; la guerra, la política, sus propias traiciones y las de los otros. Los cisnes le recordaban su infancia, cuando echaba también de comer a otros cisnes, en los soñolientos estanques de Vidgevanco, cubiertos de algas verdinegras.

Pero aquí, en los fosos de la ciudadela de Milán, entre las murallas, las torres, los polvorines, las pirámides de balas y los cañones, las silenciosas aves, puras y blancas a la luz de la luna, parecían más bellas todavía. La sábana de agua que, bajo ellos, reflejaba el cielo quedaba casi invisible. Los cisnes parecían así más misteriosos, rodeados de estrellas, entre dos cielos –el de arriba y el de abajo–, a la vez próximos y lejanos.

Detrás de Moro rechinó una puertecilla y apareció por ella Puscerla, el chambelán. Se inclinó respetuosamente y se aproximó a Moro tendiéndole un papel.

–¿Qué es esto? –preguntó el duque.

–Lo envía el Tesorero, meser Borgomio Botto. Es la factura de las municiones, la pólvora y las balas. Presenta sus excusas por verse obligado a molestaros. Pero el convoy para Mortara parte al amanecer.

Moro cogió el papel, y después de estrujarlo, lo tiró al suelo.

–¿Cuántas veces te he dicho que no me molestes con ningún asunto después de cenar? Va a llegar el día en que me despiertes de noche cuando estoy en la cama.

El chambelán, sin dejar de hacer reverencias, retrocedió hacia la puerta y dijo en voz baja, para que el duque pudiera no oírle si le parecía bien:

–Meser Leonardo...

–¡Oh, sí, Leonardo! ¿Por qué no le has hecho pasar? Hazle entrar.

Y volviéndose hacia los cisnes, pensó: «Leonardo no me inquieta».

Su rostro amarillento y fláccido, de finos labios, astutos y ávidos, se distendió con una sonrisa de bondad.

Cuando el artista entró en la galería, el duque, sin dejar de echar sus migas de pan, se volvió hacia él con la misma sonrisa con que contemplaba a los cisnes.

Leonardo quiso doblar la rodilla, pero el duque le detuvo y le besó en la frente.

–Hace tiempo que no nos hemos visto. ¿Cómo estás, amigo mío?

–Vengo a dar las gracias a Vuestra Alteza...

–Bien, bien, no sigas. Tú mereces mucho más. Pero espera algún tiempo, ya sabré recompensarte...

En el curso de su conversación con el artista, se informó de sus recientes trabajos, de sus inventos y proyectos; hablando sobre todo de los que le parecían más irrealizables y más fantásticos: la campana submarina, las paletas para andar sobre el agua, las alas humanas. Y cuando Leonardo quiso hablar de los trabajos en curso –las fortificaciones de la ciudadela, el canal Martezana, la fundición del monumento– el duque cambió de conversación con aire aburrido y lejano.

De pronto, abismándose en sus pensamientos, como solía ocurrirle en los últimos tiempos, bajó la cabeza con una expresión tan absorta y ensimismada, que parecía haber olvidado la presencia del artista.

Leonardo se despidió.

–¡Que Dios te acompañe! –le dijo el duque con gesto indiferente.

Pero cuando Leonardo se hallaba ya en el umbral de la puerta, le hizo venir hasta él y posando ambas manos sobre sus hombros, le miró de frente, con una larga y triste mirada.

–¡Adiós! –dijo y su voz temblaba–. ¡Adiós, mi Leonardo! Quién sabe si nos volveremos a ver...

–¿Vuestra Alteza se va?

Moro suspiró profundamente sin responder una palabra.

–Mira, amigo –prosiguió tras un momento de silencio–. Hemos vivido dieciséis años juntos y sólo favores he recibido de ti. Creo, desde luego, que tú tampoco has recibido de mí ningún mal. Las gentes pueden decir lo que quieran pero, en los siglos venideros, aquel que hable de Leonardo da Vinci ensalzará al duque Moro.

El artista, a quien desagradaba toda exteriorización sentimental, pronunció las únicas palabras cortesanas que sabía para circunstancias como aquélla.

–¡Señor, desearía tener varias vidas para consagrarlas al servicio de Vuestra Alteza!

–Te creo –dijo Moro–. Llegará un día en que al acordarte de mí me tendrás lástima.

No pudo acabar y, entre verdaderos sollozos, abrazóse fuertemente a Leonardo besándole en la frente.

–¡Que Dios te proteja! ¡Que Dios te proteja!

Después que Leonardo se fue, quedó el duque largo tiempo sentado en la galería de Bramante, contemplando los cisnes. Un sentimiento que no podía explicar con palabras inundaba su alma. Le parecía que en su vida sombría y acaso criminal, Leonardo era como esos cisnes blancos, que flotaban sobre el agua negra en el foso de la ciudadela, entre las murallas, las torres, los polvorines, las pirámides de balas y los cañones; algo inútil, bello, virginal.

En el silencio nocturno, no se oía más que el ruido de las gotas de resina cayendo lentamente de las antorchas al suelo. A su resplandor rosáceo que se confundía con el tono azul de la luna, balanceándose armoniosamente entre dos cielos –el cielo de arriba y el cielo de abajo– próximos y lejanos a la vez, dormitaban como fantasmas misteriosos, rodeados de estrellas, los cisnes. Sus dobles se reflejaban en el espejo de las aguas.

XVI

Al salir del castillo ducal, Leonardo, a pesar de lo avanzado de la hora, se fue al convento de San Francisco en donde se encontraba enfermo su discípulo Giovanni Beltraffio. Poco después de su conversación con César, cuatro meses antes, acerca del enigma del rostro de Cristo, había sido atacado de una fiebre abrasadora.

Era el 20 de diciembre de 1498. Un día que Giovanni fue a ver a su antiguo maestro, fray Benedetto, encontró en su casa a un recién llegado de Florencia, el dominico fray Pagolo. Éste, a petición de Giovanni y de fray Benedetto, les contó la muerte de Savonarola.

El suplicio, fijado para el 23 de mayo, a las nueve de la mañana, tuvo lugar en la plaza de la Señoría, ante el Palacio Viejo, en el mismo sitio que se había efectuado el auto de fe de las vanidades y el juicio del fuego. Sobre la pira se dispuso el patíbulo, que era un poste clavado en el suelo atravesado por una viga con tres nudos de cuerda y cadenas. El patíbulo tenía la forma de una cruz.

Lo mismo que el día del juicio del fuego, una inmensa muchedumbre hormigueaba en la plaza, en las ventanas, en las *loggias* y los tejados de las casas. Por la puerta del palacio salieron los condenados: Girolamo Savonarola, Domenico Buonvicini y Silvestre Maruffi.

Dieron algunos pasos sobre el estrado y se detuvieron ante la tribuna del Nuncio del papa Alejandro VI. El obispo se levantó, tomó a fray Girolamo por la mano y pronunció con voz insegura la fórmula de excomunión, sin atreverse a levantar la vista hasta Savonarola que le miraba de frente. Se equivocó en las últimas palabras: «*Separote ab Ecclesia militante atque triunphante*».

–*Militante, non triunphante, hoc enim tuum non est.* (De la Iglesia militante, pero no triunfante, porque no está en tu poder hacerlo) –corrigió Savonarola.

Arrancaron a los excomulgados sus vestiduras. Medio desnudos, en camisa, continuaron su camino. Aún se detuvieron dos veces más, ante la tribuna de los delegados apostólicos que leyeron la sentencia del Tribunal eclesiástico, y ante la tribuna de los Ocho de la República florentina, que proclamaron en nombre del pueblo, la sentencia de muerte.

Durante el último trayecto, fray Silvestre dio un paso en falso y casi se cayó. Domenico y Savonarola tropezaron igualmente. Por lo que se supo después, ello fue debido a que unos chicuelos, antiguos soldados del ejército de la fe, se habían introducido bajo el cadalso para poner pinchos entre las tablas y herir los pies de los que marchaban al suplicio.

Fray Silvestre Maruffi, el inocente, debía subir el primero al suplicio. Conservaba su aire estúpido, como si no comprendiese lo que le iba a pasar, y escaló las gradas; pero cuando el verdugo le echó la cuerda al cuello, exclamó, elevando los ojos al cielo:

–¡Señor, en tus manos pongo mi espíritu!

Después, solo, sin la ayuda del verdugo, con un movimiento consciente e intrépido, subió los peldaños del cadalso.

Fray Domenico esperaba con alegre impaciencia a que llegase su turno, y, cuando le llamaron, fue al patíbulo con tal sonrisa, que podría creerse que iba derecho al paraíso.

En uno de los extremos de la viga pendía el cadáver de Silvestre; al otro, el de Domenico.

El centro esperaba a Savonarola. Ya en lo alto de la plataforma se detuvo para contemplar a la muchedumbre.

Se hizo un silencio semejante al que, antes de sus sermones, se hacía antaño, en la catedral de Santa Maria del Fiore. Cuando le echaron la soga al cuello, alguien gritó:

–¡Haz un milagro, profeta!

Nadie pudo comprender si se trataba de una burla o si era el grito de una fe insensata. El verdugo empujó a Savonarola fuera del retablo.

Cuando colgaron a Girolamo, un viejo artesano de rostro dulce y piadoso que desde hacía varias horas aguardaba al lado de la pira, se persignó rápidamente y acercó a la leña una tea encendida, pronunciando las mismas palabras que Savonarola cuando prendía la hoguera de las vanidades y anatemas:

–¡En el nombre del Padre, del Hijo y del Espíritu Santo!...

La llama prendió enseguida. Pero el viento la arrastraba. La muchedumbre se mostraba nerviosa. Las gentes, apretujándose, huían espantadas oyéndose exclamaciones de:

–¡Milagro! ¡Milagro! ¡Milagro! ¡La leña no arde!

El viento se apaciguó y la llama, elevándose de nuevo, envolvió a los cadáveres de los ahorcados. La cuerda que ataba las manos de Savonarola, al quemarse, dejó a los brazos desatados, que al caer a lo largo del cuerpo, parecían moverse entre el fuego. Muchos creyeron que, por última vez, Girolamo bendecía al pueblo.

Cuando la hoguera se extinguió y no quedaron más que huesos carbonizados y jirones de carne, los discípulos de Savonarola se abrieron paso hasta el patíbulo deseosos de recoger los restos de los mártires. Los guardias lo impidieron y después, amontonando las cenizas sobre una canasta, fueron a arrojarlas al río desde el Puente Viejo. Pero por el camino los discípulos del fraile lograron sustraer algunas cenizas y trozos del corazón de Savonarola que, según decían, no se había quemado.

Fray Pagolo, al terminar su relato, mostró a los auditores un pequeño recipiente que contenía unas cenizas. Fray Benedetto lo besó largo rato, llorando.

Los dos monjes marcharon a vísperas y Giovanni quedó solo. Cuando volvieron le encontraron caído en el suelo sin conocimiento ante el crucifijo. Tenía el amuleto de las cenizas entre sus manos heladas.

Giovanni estuvo tres meses entre la vida y la muerte. Fray Benedetto no le abandonó un instante. A menudo, en el silencio de la noche, sentado a la cabecera del enfermo, le oía delirar.

Deliraba con Savonarola, Leonardo da Vinci y la Madre de Dios, que, trazando en la arena figuras geométricas, enseñaba al Niño Jesús las leyes de la eterna necesidad.

«¿Qué haces? –repetía el enfermo con indescriptible angustia–. ¿No sabes que el milagro no existe y que es tan fatal tu sufrimiento como lo es el que una recta sea la distancia más corta entre dos puntos?»

Todavía le atormentaba más otra visión: los dos rostros del Señor, opuestos y semejantes, como un doble; el uno lleno de sufrimiento y humana debilidad –el rostro de Aquel que, alejándose de los apóstoles en el huerto pedía un milagro–, el otro, el rostro del Verbo, hecho carne; terrible, remoto, omnipotente, omnisciente –la Fuerza Inicial. Se enfrentaban los dos rostros como dos eternos adversarios. Y, mientras Giovanni los contemplaba, el rostro, el rostro humilde y doloroso, se ensombrecía, se contraía, se transformaba en esa faz demoníaca que Leonardo dibujó en la caricatura de Savonarola. Entonces esta efigie llamaba a la otra Anticristo.

Fray Benedetto salvó la vida de Beltraffio. Cuando a fines del mes de junio de 1499 Giovanni se encontró bastante restablecido, a pesar de todas las súplicas y exhortaciones del fraile, volvió al taller de Leonardo.

A fines de julio de ese mismo año, los ejércitos del rey de Francia, Luis XII, al mando de los señores D'Aubigné, Luis de Luxemburgo y Gian Giacomo Tribulzio, franquearon los Alpes y entraron en Lombardía.

Capítulo x

Las tranquilas ondas

I

En la torre noroeste de la Rochetta una puertecilla de hierro conducía a un subterráneo lleno de cofres de roble: era la tesorería del duque Moro. Encima de esta puerta, un fresco sin terminar, de Leonardo, representaba al dios Mercurio, semejante a un ángel formidable. La noche del primero de septiembre de 1499, el tesorero de la corte, Ambrosio de Ferrara, y Borgonzio Botta, intendente del duque, acompañado de sus ayudantes, recogían a paletadas el dinero y las perlas como si fuese trigo. Esto y otros tesoros los metían en sacos de cuero que cerraban después. Estos sacos se cargaron en los mulos que esperaban en el jardín. Se cargaron treinta mulos con doscientos cuarenta sacos y, sin embargo, al resplandor de las humeantes teas brillaban todavía los ducados amontonados en el fondo de los cofres.

Moro se hallaba sentado a la entrada de la tesorería, ante un pupitre, sin prestar atención a las operaciones de sus servidores, fija su mirada embrutecida en la luz de las velas.

Desde el día que supo que el general de sus tropas, Galeazzo Sanvenerino, había huido y que los franceses se acercaban a Milán, se hallaba sumido en un estado de semiinconsciencia.

Cuando hubieron sacado del sótano todas las riquezas, el tesorero le preguntó si quería llevarse la vajilla de oro y plata. Frunciendo las cejas, Moro le miró como si tuviese que hacer un gran esfuerzo cerebral para comprender de lo que se le hablaba, pero enseguida, volviéndose, hizo un ademán indiferente y de nuevo fijó en las luces su mirada inmóvil. Cuando meser Ambrosio repitió la pregunta, el duque ni siquiera le oyó. Los servidores se fueron sin haber obtenido respuesta. Moro quedó solo.

El viejo camarero Marcolo Pusterla anunció a Bernardino

de Corte, nuevo comandante de la fortaleza. Moro, pasándose la mano por la frente, se levantó y dijo:

–Sí, sí, desde luego, que pase.

Como los descendientes de las familias nobles no le inspiraban confianza, solía elevar a los hombres salidos de la nada y convertir a los primeros en los últimos y a los últimos en los primeros.

Entre sus nuevos dignatarios se encontraban los hijos de herreros, jardineros, cocineros y lacayos. Bernardino, hijo de un gañán ascendido más tarde a pinche de cocina, vistió en su juventud la librea de criado. Moro le encumbró a los primeros puestos, manifestándole entonces una gran confianza al encargarle de la defensa del castillo de Milán, último reducto de su poder en Lombardía.

El duque recibió con agrado al nuevo gobernador, le hizo sentar, desplegando ante él el plano de la fortaleza. Luego estuvo explicándole las señas y consignas por las cuales la guarnición de la ciudadela podía comunicar con los habitantes de la ciudad. La petición de socorros rápidos se anunciaba durante el día por una hoz de jardinero; por la noche, con tres antorchas encendidas sobre la torre principal del castillo; la traición de los soldados, por una bandera blanca suspendida en la torre de Bone de Savoia; la falta de vino, con una falda de mujer; la escasez de pan, con un pantalón de hombre de fustán negro; la falta de un médico, con un orinal de barro.

El mismo Moro había inventado estas señales y experimentaba un ingenuo consuelo como si toda esperanza de salvación residiese en esto.

–Fíjate, Bernardino –concluyó–, que todo está previsto: tienes de todo en abundancia; dinero, pólvora, víveres, arcabuces y cañones; tienes a tus órdenes tres mil mercenarios pagados con antelación y mandas una fortaleza que podría resistir tres años de sitio. Pero yo solamente te pido resistir tres meses; si no vengo en tu socorro, haz lo que te parezca. Y esto es todo. Adiós; que Dios te guarde, hijo mío.

Le dio un abrazo de despedida.

Cuando se fue el gobernador, Moro dijo a su paje que le preparase la cama de campaña; pero no pudo dormir. Volvió a encender la bujía para sacar de una maleta un paquete de cartas y de entre ellas los versos del rival de Bellincioni, un tal Camelli de Pistoia, que, traicionando al duque, su bienhechor, se había pasado a los franceses. Sus versos relataban la guerra de Moro contra el rey de Francia, bajo el aspecto de la lucha de la serpiente alada de los Sforza contra el antiguo gallo francés.

Veo luchar furiosos al Gallo y la Serpiente,
Salta el ojo de la sierpe mientras
El espolón del Gallo la desgarra.
El monstruo herido se retuerce
Para sucumbir, pues será el Gallo.
El triunfador que tan alto vimos
Caerá infamado por los hombres y las bestias,
Incluso del cuervo que acudirá a su cadáver.
¡Fue siempre un cobarde a quien sólo nuestra debilidad
Hizo parecer valiente!
Te vendiste al enemigo, usurpaste el poder,
Sacrificaste a tu sobrino
¡Oh, Moro! y Dios te castiga.
Sólo tu muerte aplacará sus iras.
Cuando recuerdes tu pasada dicha,
Ludovico Moro, sabrás bien
Cuán grande es el dolor de aquel
Que dice: ¡antaño fui feliz!

Un sentimiento doloroso y al mismo tiempo dulce llenaba el corazón de Moro. Recordó los versos serviles que este mismo Camelli de Pistoia le había dirigido recientemente:

La gloria de Moro inspira a quien la ve.
Y también el terror de Gorgona.
Pues dueño de la paz y de la guerra
Perteneces por una parte al cielo
Y por otra a la tierra.
Basta, duque, que eleves el dedo
Para dominar el universo
Pues después de Dios, tú
Riges la rueda de la Fortuna.

Era pasada medianoche. La llama de la vela vacilaba al apagarse, y el duque seguía yendo y viniendo por la lúgubre torre. Pensaba en sus disgustos, en las injusticias de la suerte, en la ingratitud de los hombres.

«¿Qué les he hecho? ¿Por qué me odian? Dicen que soy un malvado, un asesino. Pero entonces también Rómulo, que hizo matar a su hermano, y César y Alejandro, todos los héroes de la antigüedad son asesinos y malvados. Quise darles un nuevo Siglo de Oro como el mundo no ha conocido desde los tiempos de Augusto, Trajano y Antonio. Un poco más y bajo mi cetro, en la Italia unida, hubieran reverdecido los antiguos laureles de Apolo y los olivos de Palas. ¡Yo hubiera instaurado el reino de la paz y de las Musas! Soy un príncipe que no ha perseguido la gloria sangrienta de las batallas, sino la paz fecunda, las ciencias y las artes: Bramante, Pacioli, Casadorso, Leonardo... La posteridad, cuando haya cesado el vano ruido de las armas honrará sus nombres a la vez que el de Sforza. Y, más todavía: nuevo Pericles, hubiese creado la nueva Atenas, a no ser por esta horda salvaje de bárbaros del Norte... ¿Por qué, por qué, Señor?»

E inclinando la cabeza sobre el pecho, repitió los versos:

Ludovico Moro; hoy conocerás
Cuán terrible es el dolor de aquel
Que dice suspirando: ¡antaño fui feliz!

La bujía, con un último resplandor, iluminó las bóvedas de la torre y al dios Mercurio de la puerta de la Tesorería, antes de apagarse. El duque se estremeció, pues la extinción de la luz era un mal presagio. A tientas en la oscuridad, para no despertar a Ricciardetto, se acercó a la cama y apenas acostado, se quedó dormido.

Soñó que se hallaba arrodillado ante madona Beatriz que acababa de enterarse de una cita amorosa con Lucrecia; Beatriz le reñía y hasta le golpeaba colérica; pero él no se sentía ofendido, sino feliz por volver a encontrarla viva. Ofreciendo dócilmente su rostro a las bofetadas, quería atrapar sus manitas morenas para posar sus labios en ellas, lloraba de amor y de piedad por ella. Mas he aquí que, de pronto, desaparecía Beatriz, presentándose en su lugar el dios Mercurio, el mismo que el fresco de Leonardo, sobre la puerta de hierro, representaba como un ángel inmenso. El dios le cogía por los cabellos gritando: «¡Imbécil! ¡Imbécil! ¿Qué esperas? ¿Crees que tu astucia te salvará del castigo del Señor? ¡Asesino!».

Cuando se despertó, penetraba por las ventanas el primer resplandor del día. Los caballeros, los señores, las gentes de armas, los mercenarios germanos que debían acompañarle a Alemania esperaban la salida del duque en la gran Avenida del Parque y en la carretera del Norte, hacia los Alpes.

Moro montó a caballo dirigiéndose al convento de las Gracias donde, por última vez, oraría ante la tumba de su esposa.

A los primeros rayos del sol, el triste cortejo se puso en marcha.

II

La intemperie del otoño había estropeado los caminos y el viaje duró más de quince días.

Al anochecer del 18 de septiembre, en una de las últimas etapas, el duque, enfermo y agotado, decidió pasar la noche en una especie de gruta labrada en la montaña, que servía de refugio a los pastores. Hubiera podido fácilmente encontrar un asilo más tranquilo y cómodo, pero prefería este lugar salvaje para encontrarse en él con el emisario del emperador Maximiliano.

Una hoguera iluminaba las estalactitas que pendían de las bóvedas bajas de la caverna. Los faisanes destinados a la cena se iban asando en un asador de campaña. El duque, abrigado en pieles y con un calentador a los pies, se hallaba sentado en una silla de cuero. A su lado, serena, apacible, como de costumbre, con su aspecto de buena ama de casa, madona Lucrecia preparaba para el duque una pócima de su invención, compuesta de vino, pimienta, clavos y otras especies porque le dolían las muelas.

–De modo que, meser Odoardo –decía al enviado del emperador, complaciéndose en su fuero interno de encontrar algún consuelo en la grandeza de su infortunio–, podéis decir a vuestro soberano en qué lugares y en qué estado habéis encontrado al legítimo duque de Lombardía.

Se hallaba en uno de esos accesos de súbita locuacidad que, a veces, le dominaban tras un período de silencio y embotamiento.

–Los lobos tienen sus guaridas, los pájaros sus nidos, pero yo no tengo donde reposar.

Y dirigiéndose al cronista de la corte, dijo:

–Corio, cuando escribas la crónica menciona esta noche pasada en el antro de los pastores, último refugio del descendiente del gran Sforza, de la raza de Anglus, el héroe troyano, compañero de Eneas.

–Señor –contestó Odoardo–, nuestros infortunios son dignos de la pluma de un nuevo Tácito.

Lucrecia tendió al duque el medicamento.

Él la contempló admirándola. Pálida, fresca, al rosado resplandor de la llama, los cabellos peinados en dos bandós, negros y lisos, ceñidos por el delicado hilo de la fenoñé, de donde caía al centro de la frente un brillante, ella le miró con una sonrisa de ternura maternal, con sus ojos atentos, severos y graves, inocentes como los de un niño.

«¡Oh, mi dulce amiga! –pensó el duque–. He aquí una que no me traicionará.»

Terminó de enjuagarse y dijo:

–Escribe, Corio: «La amistad se reconoce en el crisol de los grandes dolores, como el oro en el fuego».

Janachi, el bufón enano, se acercó a Moro:

–¡Compadre, eh, compadre! –dijo sentándose a los pies de Moro y golpeándolo amistosamente en las rodillas–. ¿Por qué frunces la nariz, como un ratón hocicando en la harina? ¡Vamos, basta! Todos los males, menos la muerte, tienen remedio. Además, un burro vivo vale más que un príncipe muerto. ¡Albardas! –exclamó de pronto, mostrando unas que había amontonadas en el suelo–. ¡Mira, compadre, albardas!

–¿Y qué ocurre por eso? –preguntó el duque.

–¡Es una vieja fábula, Moro! ¿Quieres que te la cuente?

–Cuenta lo que quieras.

El enano saltó de tal forma, que todos los cascabeles de su

traje sonaron, al tiempo que sacudía su cetro grotesco al final del cual colgaba una vejiga llena de garbanzos.

–En el palacio de Alfonso, rey de Nápoles, vivía hace muchos años el pintor Giotto. El príncipe le ordenó que pintase una alegoría de su reinado en uno de los muros del palacio. Giotto pintó un asno que llevaba sobre sus lomos una albarda marcada con las armas del reino –una corona de oro y un cetro– y olfateaba otra albarda nueva que había en el suelo marcada exactamente con las mismas armas. «¿Qué representa esto?», preguntó el rey. «Es nuestro pueblo, Señor, que cada día pide otro amo», respondió el artista. Ésta es mi historia, compadre. Digo la verdad, aunque sea un tonto. La albarda francesa que hoy olfatean los milaneses pronto les desollará las espaldas. Dejad al burrito divertirse un poco y lo viejo le parecerá nuevo y lo nuevo le parecerá viejo.

–*Stulli aliquanto sapienta*. A veces los tontos son sabios –dijo el duque con triste sonrisa–. Anota, Corio...

Pero estaba escrito que este príncipe no acertase en nada. Se oyó a la entrada de la gruta el relincho de un caballo, ruido de zuecos y voces apagadas. El camarero Mariolo Pustala acudió, con expresión trastornada y murmuró algunas palabras al oído del primer secretario, Bartolomeo Calco.

–¿Qué ocurre? –preguntó Moro.

Todos guardaron silencio.

–Alteza... –comenzó el secretario, pero su voz temblaba, y sin acabar volvió la cabeza.

–Monseñor –prorrumpió Marliani aproximándose a Moro–. ¡El Señor proteja a Vuestra Serenidad! Estad preparado para todo. ¡Malas noticias!...

–Di, di, enseguida –exclamó Moro, palideciendo.

A la entrada de la caverna entre los soldados y los cortesanos, apareció un hombre con altas botas de cuero, cubiertas de lodo. Todos se separaron silenciosamente. El duque, empujando a meser Lingi, arrancó la carta de las manos del mensajero y al enterarse rápidamente de su contenido, lanzó un grito y cayó de espaldas. Pustala y Marliani apenas tuvieron tiempo de sostenerle.

Borgonzio Botta informaba al duque que el 17 de septiembre, día de San Satone, el traidor Bernardino de Corte había entregado la ciudadela de Milán al mariscal del rey de Francia, Gian Giacomo Tribulzio.

El duque había caído sin sentido. A veces empleaba este recurso como astucia diplomática. Pero, esta vez, el desmayo no era fingido.

Durante bastante tiempo no se logró hacerle volver en sí. Por fin, abrió los ojos, suspiró, se levantó y, persignándose con devoción, exclamó:

–Desde Judas hasta nuestros días no ha habido un traidor más grande que Bernardino de Corte.

Y en todo el día no volvió a pronunciar palabra.

Algunos días más tarde, en la ciudad de Innsbruck, donde el emperador Maximiliano le había acogido generosamente, Moro, solo con su primer secretario Bartolomeo Calco, recorría a altas horas de la noche una de las salas del palacio de César. Dictaba a meser Bartolomeo las cartas credenciales destinadas a los dos embajadores que secretamente enviaba al sultán de Constantinopla.

El rostro del viejo secretario no expresaba más que atención. La pluma, deslizándose dócilmente sobre el papel, seguía a duras penas las palabras del duque. «Siempre firmes y constantes en nuestras buenas disposiciones e intenciones hacia Vuestra Majestad y particularmente hoy en que esperamos que el señor del Imperio otomano nos prestará su generosa ayuda para recobrar nuestro Estado, hemos decidido enviarle tres correos por tres caminos distintos, a fin de que uno de ellos por lo menos, cumpla su misión.»

Más abajo el duque se quejaba al sultán del papa Alejandro VI.

«El Papa, cuyo natural es pérfido y malo...»

La pluma impasible del secretario se detuvo. Levantó los ojos, arrugó la frente creyendo haber entendido mal:

–¿El Papa?

–Sí. Escribe deprisa.

La cabeza del secretario se inclinó más cerca todavía del papel y la pluma rechinó de nuevo.

«El Papa que, como Vuestra Majestad sabe, es de natural pérfido y malo, ha incitado al rey de Francia a empuñar las armas contra Lombardía...»

Enumeraba después las victorias francesas.

«Al conocerlas, quedamos espantados –confesaba Moro– y decidimos retirarnos a tierras del emperador Maximiliano en espera de los socorros de Vuestra Majestad. Hemos sido traicionados y abandonados por todos, pero sobre todo por Bernardino...»

Al pronunciar este nombre, su voz temblaba... «Bernardino de Corte, la serpiente criada en nuestro seno, el esclavo colmado de favores que nos ha vendido, como Judas...»

–Pero no, espera; no debemos –corrigió Moro al recordar que escribía al turco infiel.

Tras de describir sus desdichas, suplicaba al sultán que atacase a Venecia por mar y tierra, y le prometía una segura victoria y el aniquilamiento de la República de San Marcos, enemiga secular del Imperio otomano.

«Y sabed... –escribía para terminar–, que en esta guerra como en cualquier otra empresa, todo lo que poseemos pertenece a Vuestra Majestad, que no encontraría jamás en Europa un aliado más leal...»

Todavía quiso añadir alguna otra cosa, pero haciendo una indicación con la mano, se dejó caer en una butaca.

Bartolomeo espolvoreó de arenilla la última página, que aún no se había secado. De pronto levantó los ojos y miró a su soberano. El duque, con el rostro oculto entre las manos, sollozaba. Su espalda, sus hombros, su papada, sus mejillas azules y bien afeitadas, sus cabellos lisos, todo temblaba lastimosamente.

–¿Por qué, por qué? ¿Dónde está tu justicia, Señor?

Volviendo hacia su secretario su arrugado rostro, que en estos momentos recordaba el de una vieja lacrimosa, balbuceó:

–Bartolomeo, tengo confianza en ti. Dime, con arreglo a tu conciencia, ¿tengo razón o no?

–¿Vuestra Alteza se refiere a la embajada en Turquía...?

Moro asintió con la cabeza. El viejo diplomático, pensativo, alzó las cejas, frunciendo los labios y la frente.

–Evidentemente, por un lado, quien vive entre lobos debe aullar como ellos, pero, por otra parte... Yo diría a Vuestra Alteza, ¿no sería mejor esperar un poco?...

–¡Por nada del mundo! –exclamó Moro–. Ya he esperado

bastante. Les demostraré que no se puede jugar con el duque de Milán. Un hombre que ha sufrido como yo tantas iniquidades, tiene derecho a pedir ayuda no solamente al Gran Turco, sino al diablo mismo.

–Alteza –insinuó el secretario–, ¿no teméis que la invasión de los turcos en Europa tenga consecuencias lamentables... para la Iglesia católica, por ejemplo?

–Bartolomeo, ¿acaso crees que no lo he previsto? Preferiría morir mil veces que causar el menor perjuicio a nuestra Santa Madre la Iglesia. ¡Dios me libre! Todavía no conoces todos mis proyectos –añadió con su habitual sonrisa, astuta y rapaz–. Espera, enredaremos tan bien la madeja, envolveremos a nuestros enemigos en tan sutiles redes que nunca verán claro. Escucha bien esto: el Gran Turco es sólo un arma en mis manos. Día llegará en que le aniquilemos, en que exterminemos la secta impura de Mahoma y libertemos el Santo Sepulcro del yugo de los infieles.

Bartolomeo no respondió y bajó los ojos con tristeza.

«Esto va mal –pensó–, muy mal. El duque delira. No hace política...»

Aquella noche, creyendo y esperando ardientemente la ayuda del Gran Turco, el duque oró largo rato ante la imagen de su Madona preferida, la que el pincel de Leonardo da Vinci había representado bajo los rasgos de la condesa Cecilia Bergamini, la hermosa amante de Moro.

III

Unos días antes de la rendición del castillo de Milán, el mariscal Trivulzio, entre las aclamaciones del pueblo que gritaba: ¡Francia! ¡Francia!, y el voltear de todas las campanas, entró en Milán como en una ciudad conquistada.

La entrada del rey había sido fijada para el 6 de octubre y los ciudadanos preparaban una solemne recepción.

Para embellecer el cortejo, los síndicos de la ciudad sacaron de la sala del Tesoro de la catedral los dos ángeles que, cincuenta años antes, en tiempo de la República ambrosiana, representaban los genios protectores de la libertad del pueblo.

Los resortes que ponían en movimiento sus alas doradas estaban estropeados. Los síndicos se los dieron para que los arreglase el antiguo ingeniero del duque, Leonardo da Vinci.

Leonardo se hallaba por entonces absorto en la invención de una nueva máquina para volar. Una mañana, muy temprano –apenas había amanecido–, el artista estaba sentado delante de sus dibujos y cálculos. El frágil esqueleto de las alas, hecho de cañas y cubierto de tafetán, no parecía ya un murciélago, como el aparato anterior, sino una gigantesca golondrina. Una de las alas, ya terminada, se elevaba desde el suelo al techo, fina, puntiaguda, maravillosamente bella. A su sombra, Astro procuraba componer los resortes de los dos ángeles de madera que les llevaron por orden del municipio de Milán.

Leonardo había resuelto esta vez imitar lo más exactamente posible la estructura de las aves en las que la naturaleza ha dado al hombre el modelo de las máquinas voladoras. Creía poder reducir a leyes mecánicas el milagro del vuelo; todo lo tenía estudiado. Y, sin embargo, sospechaba en el vuelo un misterio que no podía explicar ninguna de las leyes de la mecánica. Como en anteriores tentativas se daba cuenta de la diferencia que existe entre las creaciones de la naturaleza y las que pueden realizar las manos humanas; la diferencia entre la estructura de un cuerpo vivo y de una máquina inerte, sintiendo que aspiraba a lo imposible.

–¡Por fin, se acabó gracias a Dios! –exclamó Astro haciendo funcionar los resortes.

Los ángeles agitaron sus pesadas alas. Un soplo de viento cruzó el taller y el ala fina y ligera de la golondrina gigantesca se estremeció, con un zumbido vital. El herrero la miró con indecible ternura.

–¡Cuánto tiempo perdido con estos monigotes! –gruñó, señalando a los ángeles–. Ahora, maestro, haréis lo que queráis, pero yo no saldré de aquí hasta que no estén terminadas las alas. Dadme el diseño de la cola.

–No está terminado todavía, Astro. Espera, tengo que reflexionar sobre ello.

–Pero ¿cómo es eso, meser? Anteayer me lo prometisteis...

–¡Qué vamos a hacerle, amigo mío! Ya sabéis que la cola de

nuestro pájaro sirve de timón. Si hay el menor error, todo está perdido.

–Bueno, bueno, vos sabéis de eso más que yo. Tendré paciencia. Mientras espero me pondré con la segunda ala…

–Astro –dijo el maestro–, sería mejor que esperases. Puede que nos veamos obligados a modificar algo.

El herrero no respondió. Hizo girar el armazón de caña tendida entre una red de cuerdas y nervios de buey. Volviéndose luego bruscamente hacia Leonardo, exclamó con voz sorda y temblorosa:

–Maestro, ¡oh, maestro!, no os enfadéis conmigo; pero si a pesar de vuestros cálculos, ocurriera que con esta máquina no se puede volar, yo volaré de todas maneras; a pesar de todo, yo volaré. Sí, sí. No puedo esperar más. No puedo resistir más. Porque si esta vez tampoco…

Leonardo contempló atentamente aquel rostro de anchos pómulos, obtuso y obstinado, dominado por una idea fija, un pensamiento único, loco y absorbente.

–Señor –concluyó Astro–, más vale que habléis con franqueza; ¿volaremos o no volaremos?

Había en sus palabras tanto temor y tanta esperanza, que Leonardo no tuvo el valor de decirle la verdad.

–Ciertamente –dijo desviando la mirada–, no se puede saber hasta que se hagan algunas experiencias; pero creo, Astro, que volaremos.

–Bien, con esto me conformo –dijo el herrero radiante, agitando los brazos–. No necesito saber más. Si vos decís que volaremos, es que volaremos.

Se veía que trataba de contenerse, pero no pudo más, y estalló en una alegre carcajada infantil.

–¿Qué te pasa? –preguntó Leonardo extrañado.

–Perdonadme, maestro, siempre os interrumpo, pero esta será la última vez. No lo haré más… ¿Creeréis que cuando pienso en los milaneses y en los franceses, en el duque Moro y en el rey, me da risa? Eso me hace reír y me da lástima. Esos pobres se agitan, luchan, y sin duda, piensan también que hacen grandes cosas. ¡Pobres gusanos, pobres animalejos sin alas! Ninguno de ellos sospecha el prodigio que se prepara. ¡Imaginaos, maestro, sus ojos desorbitados y sus bocas abiertas cuando vean hombres volar por los aires! Algo bien distinto de los ángeles de madera que mueven las alas para divertir al pueblo. Lo verán y no podrán creerlo. Pensarán que son dioses. Me tomarán probablemente no por un Dios, sino por el diablo. Pero vos, con alas, pareceréis realmente un Dios. Puede que digan que sois el Anticristo y atemorizados, hundirán sus frentes en el polvo y os adorarán. Podréis hacer todo lo que queráis. Creo, maestro, que cuando los hombres vuelen no habrá más guerras, ni tiranías, ni señores, ni esclavos. Todo cambiará hasta un punto que no podemos ni imaginar. Los pueblos fraternizarán y volando con sus alas, semejantes a coros angélicos, entonarán el gran Hosanna... ¡Oh, meser Leonardo! ¡Señor, Señor! ¿Será posible?...

Parecía delirar.

«Pobre –pensó Leonardo–, se va a volver loco. ¿Cómo desengañarle?»

En este momento llamaron con fuerza a la puerta de la casa, se oycron voces, ruido de pasos; después llamaron a la puerta del taller, que se hallaba cerrada.

–¿A quién nos enviará el diablo todavía? ¡Que revienten todos! –gruñó Astro rabioso–. ¿Quién es? No se puede ver al maestro. ¡No está en Milán!

–Soy yo, Astro, Luc Pacioli. Abre por el amor de Dios.

El herrero abrió la puerta y dejó pasar al monje.

–¿Qué le pasa, fray Luis? –preguntó Leonardo mirando el rostro espantado del religioso.

–No se trata de mí, meser Leonardo, o mejor dicho, sí de mí también; pero ya hablaremos de ello más tarde... Pero de momento... ¡Oh, meser Leonardo!... Vuestro Coloso... Los ballesteros gascones... Vengo de la ciudadela... Lo he visto con mis propios ojos... ¡Los franceses destruyen vuestro caballo! ¡Corramos, corramos pronto!...

–¿Para qué? –respondió Leonardo con calma, aunque su rostro palideció ligeramente–. ¿Qué podemos hacer?

–¿Cómo? Por favor, ¿vais a quedaros aquí, de brazos cruzados, mientras vuestra mejor obra está a punto de perecer? Puedo hablar al señor de la Tremouille. Hay que verle...

–Es igual; no llegaremos a tiempo –dijo el artista.

–¡Sí, sí, todavía hay tiempo! Iremos directamente; pasaremos por los huertos, saltaremos los setos. ¡Pero, pronto!

Leonardo, arrastrado por el fraile, salió de la casa y se dirigió precipitadamente, corriendo casi, hacia la ciudadela de Milán. De camino, fray Luc le contó sus propias desventuras. En la noche última, los soldados germanos habían saqueado las bodegas del canónigo de San Sulpicio, en cuya casa vivía Pacioli; se habían emborrachado promoviendo fuerte escándalo. En una de las celdas encontraron poliedros geométricos de cristal que tomaron por invenciones diabólicas de la magia negra, por «cristales mágicos» y los redujeron a polvo.

–¿Qué les habrán hecho –gemía Pacioli–, qué les habrán hecho mis pobres cristales?

Al llegar a la plaza del Castillo, en la gran puerta del Sur, sobre el puente levadizo, vieron a un joven francés, rodeado de su séquito.

–¡Es el gran Gilles! –exclamó fray Luc.

Y explicó a Leonardo que Gilles era una especie de domesticador que enseñaba a cantar, a hablar, y otras gracias a los canarios, urracas, mirlos y loros de su cristianísima Majestad. Era un personaje importante en la corte. Se decía que en Francia, la flauta del gran Gilles hacía bailar a alguien más que a los pájaros. Pacioli tenía intención de obsequiarle con sus libros *De divina proporción* y la *Somma aritmética*, magníficamente encuadernados.

–Os lo ruego, fray Luc, no os inquietéis por mí –dijo Leonardo–. Id a ver a Gilles; haré yo solo lo que sea necesario.

–No, iré a verle luego –respondió Pacioli confuso–. O, mirad, mejor iré ahora a ver al maestro Gilles, le preguntaré adónde va y vuelvo enseguida. Mientras, id vos en dirección al palacio del señor de la Tremouille...

Y, remangándose las faldas de su hábito oscuro, mientras sus pies desnudos hacían chancletear las sandalias, corrió rápidamente tras el encantador de los reales pajarracos.

Leonardo, atravesando el puente levadizo, llegó al campo de Marte, patio interior del castillo.

IV

La mañana era brumosa. La plaza, llena de cañones, bombas, pirámides de balas, bagajes, fardos de arena, haces de paja y montones de estiércol, se había convertido en un inmenso cuartel, con algo de cuadra y de taberna. Barricas llenas y toneles vacíos vueltos boca abajo servían de mesas de juego. Resonaban gritos, risas, juramentos e imprecaciones en todas las lenguas; blasfemias y canciones de borrachos. A veces, pasaba algún jefe, y todos enmudecían. Se oía el batir del tambor, el sonar de las trompetas de cobre de los soldados del Rin y de Suabia y los cuernos alpinos de los mercenarios de los cantones de Unterwald y de Uri. Las canciones melancólicas de los pastores se reproducían aquí.

El artista, al llegar al centro de la plaza, se apercibió de que su Coloso se hallaba casi intacto.

El conquistador de Lombardía, el ilustre duque Francisco Attendolo, Sforza, con su cabeza calva de emperador romano, en la que se leía la audacia del león y la astucia del zorro, se encontraba, como antes, montado en su caballo encabritado hollando bajo sus pezuñas el abatido guerrero.

Los arcabuceros de Suabia, los tiradores de los grisones, los lanceros picardos, los ballesteros gascones, se apretujaban con grandes gritos alrededor de la estatua y apenas se oían los unos a los otros completando sus palabras con gestos. Leonardo comprendió que se trataba de un concurso entre los tiradores, uno francés y otro alemán. Debían cada uno a su turno tirar a una distancia de cincuenta pasos, después de haber bebido cuatro jarros de vino fuerte cada uno. Un lunar gracioso que ostentaba la mejilla del coloso, servía de blanco.

Se midieron los pasos y la suerte designó al que debía tirar primero. La cantinera sirvió el vino. El alemán sin tomar aliento, bebió uno tras otro los cuatro jarros convenidos, apuntó despacio y erró el blanco. La flecha rozó la mejilla llevándose el lóbulo de la oreja izquierda, pero no tocó el lunar.

El francés tenía ya preparada su ballesta, cuando se hizo un movimiento en la muchedumbre. Los soldados se apartaron para dar paso a un cortejo de heraldos fastuosos que acompañaban a un caballero. Éste pasó sin parar mientes en las diversiones de los tiradores.

–¿Quién es? –preguntó Leonardo a un soldado que había a su lado.

–El señor de la Tremouille.

«Todavía no es tarde –pensó el artista–. Debo correr tras él, suplicarle...»

Pero se quedó inmóvil, incapaz de movimiento, cediendo a su estupor tan indominable, a una tal debilitación de la voluntad, que le pareció que si en este momento hubiera tenido que salvar su propia vida, no había podido mover ni un solo dedo.

Sintió miedo, asco y vergüenza ante la sola idea de tener que abrirse camino entre esta multitud de criados y soldadesca para correr tras aquel gran señor, como había hecho Luc Pacioli.

El gascón tiró. La flecha silbando fue a hundirse en el lunar.

–¡Bravo! ¡Bravo! ¡Por san Dionisio! –gritaban los soldados agitando sus gorros–. ¡Francia ha vencido!

Los tiradores rodearon al Coloso y el concurso continuó.

Leonardo quiso huir, pero inmóvil, como en un sueño absurdo y terrible, miraba dócilmente aniquilarse bajo sus ojos la obra de los dieciséis mejores años de su vida; la más grande obra escultórica tal vez desde los tiempos de Fidias y Praxiteles.

Bajo la granizada de balas, flechas y piedras, la materia se desmenuzaba en fragmentos, en arenillas, volaba en polvo, dejando la armadura al descubierto, semejante a un esqueleto de hierro.

El sol rasgó las nubes. Y a esta súbita y radiante luz aparecieron más lamentables todavía las ruinas del Coloso, del héroe decapitado, cabalgando sobre un caballo sin patas, y conservando en su mano, que había quedado intacta, un trozo de cetro, mientras que abajo, en el pedestal, se leía todavía: *Ecce deus!*

En este momento pasó por la plaza el general en jefe de los ejércitos del rey de Francia, el viejo mariscal Gian Giacomo Trivulzio. Miró al Coloso y se detuvo perplejo. Volvió a mirar haciéndose pantalla con la mano sobre los ojos, luego, volviéndose hacia los que le acompañaban, preguntó:

–¿Qué ha pasado?

–Señor –respondió humildemente uno de los tenientes–, el capitán Georges Coquebourne ha autorizado a los soldados gascones…

–¡El monumento a Sforza! –exclamó el mariscal–. ¡La obra de Leonardo da Vinci sirviendo de blanco a los tiradores gascones!

Y aproximándose a los soldados, tan absortos en el juego que no veían nada, asió por el cuello a un arcabucero picardo y le tiró al suelo, estallando en violentas imprecaciones.

El rostro del viejo mariscal se tornó escarlata, las venas del cuello parecía que iban a reventar.

–¡Señor! –balbucía el soldado arrodillado y tembloroso–. ¡Señor, nosotros no sabíamos!… El capitán Coquebourne…

–¡Espera, hijo de perro! –gritaba Trivulzio–. Ya os daré yo, capitán Coquebourne. ¡Os haré colgar a todos por los pies!

Levantando la espada hubiera golpeado con ella al soldado, si Leonardo con la mano izquierda no le hubiera cogido por el brazo un poco más arriba de la muñeca, con tal fuerza que la manopla de cobre que cubría el brazo del guerrero se rompió.

El mariscal, tratando en vano de desasirse, miró a Leonardo estupefacto.

–¿Quién eres? –preguntó.

–Leonardo da Vinci –respondió el artista con calma.

–¿Y te atreves?… –respondió el viejo furioso; pero al cruzar su vista con la serena mirada del artista, se calló.

–Entonces, eres tú Leonardo –continuó examinando el rostro del pintor–. Suéltame. Me has roto la manopla. Tienes fuerza… Eres un hombre atrevido.

–Señor –dijo respetuosamente el artista–, no os enojéis, os lo ruego; perdonadlos.

El mariscal le miró con más atención todavía y sonriendo movió la cabeza.

–Eres incomprensible. Han destruido tu mejor obra e intercedes por ellos.

–Si los mandáis colgar a todos, Excelencia, ¿qué provecho podría resultar ya para mi obra? No saben lo que hacen.

El anciano, pensativo, mostraba una expresión radiante; un sentimiento de bondad brilló en sus ojos escrutadores.

–Escucha, meser Leonardo; hay una cosa que no comprendo. ¿Cómo has podido contemplarlo con calma? ¿Por qué no me has avisado? ¿Por qué no te has dirigido a mí o al señor de la Tremouille? Precisamente acaba de pasar por aquí.

Leonardo bajó los ojos y dijo, tartamudeando y enrojeciendo como un culpable:

–No he tenido tiempo. No conocía al señor de la Tremouille.

–¡Qué lástima! –concluyó el anciano volviéndose hacia las ruinas–. Hubiera dado por tu Coloso cien de mis mejores hombres.

Volviendo hacia su casa Leonardo atravesó el puente con la elegante *loggia* de Bramante, donde tuvo lugar su última entrevista con Moro. Vio a los pajes y palafreneros franceses entreteniéndose en cazar los cisnes que tanto amaba el duque de Milán. Los pilluelos tiraban con arco. En el estrecho foso, cerrado por todos lados por las altas murallas, las aves se debatían espantadas. Entre su plumón blanco, los cuerpos ensangrentados nadaban balanceándose sobre las negras aguas. Lanzando un agudo grito, como un lamento, un cisne que acababa de ser herido tendió su largo cuello y agitó sus alas, como intentando volar antes de morir.

Leonardo volvió la vista y apretó el paso. Se sentía muy semejante a aquel cisne.

V

El domingo, 6 de octubre, el rey de Francia Luis XII hizo su entrada en Milán por la puerta de Ticino. Entre los que formaban su cortejo se encontraba César Borgia, duque de Valentino, hijo del Papa. Durante el trayecto de la plaza de la Catedral al castillo, los ángeles mecánicos del municipio de Milán batieron correctamente sus alas.

Desde que el Coloso fue destruido, Leonardo no había vuelto a trabajar en la máquina volante. Astro terminaba solo el aparato. El artista no tuvo el valor de decirle que aquellas alas tampoco servían. El herrero, por su parte, evitaba encontrarse con el maestro y no hablaba del ensayo de vuelo, pero a veces, con expresión de mudo reproche, miraba a Leonardo con su único ojo, en el que brillaba un fulgor triste y demencial.

Alrededor del 20 de octubre, una mañana, Pacioli acudió a casa de Leonardo anunciándole que el rey le llamaba a palacio. El artista fue de mala gana. Se hallaba inquieto porque las alas habían desaparecido y temía que Astro se hubiera empeñado en volar fuese como fuese.

Leonardo entró en los memorables salones de la Rochetta en el momento en que Luis XII recibía a los notables y síndicos de Milán.

El artista miró a su futuro señor, el rey de Francia.

No había en su aspecto nada majestuoso; un cuerpo enclenque, estrecho de hombros y el pecho hundido. El rostro surcado de arrugas tenía una expresión de sufrimiento sin que éste le ennobleciese; una expresión de virtud burguesa se reflejaba en su fisonomía vulgar. Sobre la última grada del trono se hallaba un joven de unos veinte años, vestido con un sencillísimo traje negro, sin más adorno que algunas perlas en la vuelta de su gorra y las insignias de oro de la Orden de San Miguel. Tenía largos cabellos blondos y barba corta de un rubio oscuro ligeramente partida en dos. Su rostro era de una palidez mate y la mirada de unos ojos azul oscuro, afable e inteligente.

–Dime, fray Luc –cuchicheó el artista al oído de su acompañante–, ¿quién es ese caballero?

–El hijo del Papa –respondió el monje–. César Borgia, duque de Valentino.

Leonardo había oído hablar de los crímenes de César. Aunque no existían pruebas materiales, nadie dudaba de que hubiese matado a su hermano mayor Juan Borgia, deseoso de obtener la púrpura cardenalicia para heredar el título de gonfaloniero de la Iglesia. Además, circulaban rumores más increíbles. Se decía que la causa de este fratricidio era también la rivalidad de los dos hermanos, que no solamente se disputaban los favores de su padre, sino que habían concebido una pasión incestuosa por su propia hermana, Lucrecia.

«No es posible», pensaba Leonardo examinando atentamente aquel rostro sereno y de ojos inocentes.

Sintiendo, sin duda, pesar sobre él la mirada fija del artista, César se volvió e inclinándose hacia un anciano venerable, de larga vestidura sombría, que se hallaba a su lado, su secretario probablemente, murmuró algunas palabras indicando a Leonardo. Al saber su nombre no dejó de asaetear con los ojos al artista. Una imperceptible sonrisa vagaba por los labios de Valentino. Y, enseguida, Leonardo pensó: «Sí, es posible, todo es posible, e incluso todavía más de lo que se dice de él».

El decano de los síndicos, una vez acabada su monótona lectura, se aproximó al trono y arrodillándose tendió al rey una súplica. Luis, por descuido, dejó caer el rollo de pergamino. El decano fue a recogerlo, pero César, aventajándole con un movimiento vivo y ágil, lo tomó en sus manos y se lo tendió al rey, inclinándose.

–¡Lacayo! ¡Miserable! ¡Granuja! –murmuró alguien detrás de Leonardo, entre el grupo de caballeros franceses–. ¡Cómo le gusta que se fijen en él!

–Es verdad –encareció otro–. El hijo del Papa es hombre ducho en papeles serviles. Si le vierais por la mañana, cuando el rey se viste, cómo le sirve y le calienta él mismo la camisa. No le repugnaría ni siquiera limpiar la cuadra.

El artista había advertido el ademán servil de César, pero más bien le pareció terrible que vil. Algo así como el pérfido movimiento de una hiena.

Entretanto, Pacioli, inquieto, agitándose, daba a su compañero con el codo, pero viendo que Leonardo, con su timidez habitual, iba a quedarse todo el día perdido entre la muchedumbre, sin encontrar la ocasión de atraer la atención del rey, tomó una resolución. Cogió al artista por el brazo e inclinado profundamente, con un rápido e ininterrumpido silbido de superlativos –*stupendissimo, prestantissimo, imvicissimo*– presentó a Leonardo

Luis le habló de la *Sagrada Cena*, y alabó las figuras de los apóstoles, pero admiró sobre todo la perspectiva del techo.

Fray Luc esperaba que Su Majestad invitaría a Leonardo a entrar a su servicio, pero interrumpió la escena la llegada de un paje que tendió al rey una carta que acababa de recibirse de Francia.

El rey reconoció la letra de su mujer, Ana de Bretaña, su bien amada. Le anunciaban el alumbramiento de la reina.

Los señores se apresuraron a felicitar al rey, separando a Leonardo y a Pacioli. Luis los miró y quiso decirles algo, pero olvidándose de todo, invitó graciosamente a las damas a beber a la salud de la recién nacida y pasó a otro salón.

Pacioli, cogiendo a su compañero del brazo, le arrastró tras él:

–¡Ven, ven!

–No, fray Luc –replicó tranquilamente Leonardo–. Agradezco sus atenciones, pero no quiero molestar a Su Majestad. Tiene otras cosas que hacer.

Y salió de palacio.

En el puente levadizo de la puerta del sur fue alcanzado por el secretario de César Borgia, meser Agapito. Éste le ofreció en nombre del duque el mismo empleo de primer arquitecto que Leonardo había ocupado con Moro.

El artista prometió darle su respuesta dentro de algunos días.

Al acercarse a su casa pudo observar de lejos un enorme gentío y apresuró el paso. Sobre un ala rota, destrozada, de la máquina volante, parecida al ala de una gigantesca golondrina y sirviéndose de ella como parihuela, Giovanni, Salaino, Marco y César llevaban a su camarada, el herrero Astro de Peretola, todo ensangrentado, con las ropas desgarradas y el rostro mortalmente pálido.

Había sucedido lo que el maestro temía. El herrero, decidido a probar las alas, se lanzó al espacio desde una altura y tras dos o tres aleteos cayó al suelo y se hubiera matado si una de las alas de la máquina no se hubiera enganchado en la rama de un árbol.

Leonardo ayudó a conducir al herido a casa. Luego le puso cuidadosamente en el lecho. Cuando se inclinaba sobre él para examinar sus heridas, Astro volvió en sí y viendo a Leonardo le dijo con infinita expresión de súplica:

–¡Perdón, maestro!

VI

En los primeros días de noviembre, después de las magníficas fiestas dadas en honor de la recién nacida, Luis XII, una vez recibido el juramento de los milaneses y confiando el gobierno de Lombardía al mariscal Trivulzio, partió para Francia.

En la catedral se celebró una misa de acción de gracias al Espíritu Santo. En la ciudad se había restablecido la calma, pero sólo en apariencia. El pueblo odiaba a Trivulzio por su perfidia y crueldad. Los partidarios de Moro excitaban al populacho y repartían libelos. Los que muy recientemente le acompañaron a su exilio con burlas e injurias, le recordaban ahora como el mejor de los soberanos.

Un día, finalizando enero, cerca de la puerta de Ticino, la muchedumbre saqueó la caja de los recaudadores de impuestos franceses. El mismo día en la ciudad de Lardirago, próxima a Pavía, un soldado francés atentó al honor de una joven aldeana lombarda. Para defenderse, ella golpeó al agresor en la cara con una escoba. El soldado la amenazó con su hacha. A los gritos de la muchacha acudió su padre con un bastón y el francés mató al viejo. La gente amotinada mató al soldado. Los franceses entonces atacaron a los habitantes, mataron a muchos y entraron en la ciudad a sangre y fuego. Esta noticia hizo en Milán el efecto de una chispa en un barril de pólvora. El pueblo invadió las plazas, las calles y los mercados, lanzando furiosos aullidos:

–¡Abajo el rey! ¡Muera el gobernador! ¡Fuera los franceses! ¡Viva Moro!

Trivulzio apenas tenía hombres para defenderse contra el pueblo de una ciudad de trescientos mil habitantes. Hizo colocar cañones en la torre que servía de campanario provisional de la catedral. Los enfrentó hacia la muchedumbre y ordenó disparar a la primera señal, pero deseoso de ensayar una última tentativa de conciliación, se mostró al pueblo. Por poco le mata el populacho, que le persiguió hasta el Ayuntamiento, donde lo habría pasado mal si desde la fortaleza no hubiera acudido en su socorro un destacamento de mercenarios suizos, mandado por el capitán Coursinge.

Entonces comenzaron los incendios, las matanzas, los robos; se asesinaba a los franceses que caían en manos de los sediciosos, y a los ciudadanos sospechosos de simpatizar con el rey de Francia.

En la noche del 1 de febrero, Trivulzio salió secretamente de la fortaleza, que dejó al mando de los capitanes D'Espy y Codebecquart. Esa misma noche, Moro, recién venido de Alemania, fue recibido con grandes demostraciones de júbilo por los habitantes de Como. Los ciudadanos de Milán le esperaban como a un libertador.

Durante los últimos días de revolución, Leonardo, temiendo los efectos del bombardeo que ya había destruido varias casas próximas a la suya, se instaló en los sótanos de ésta, donde improvisó servicios, dispuso chimeneas y arregló habitaciones. Allí se llevó todo lo que había en la casa de más valor: cuadros, dibujos, manuscritos, libros, instrumentos. Leonardo tomó entonces la decisión definitiva de entrar al servicio de César Borgia. Pero antes de partir para la Romaña donde, según las cláusulas del contrato con meser Agapito, debía estar para el verano de 1500 lo más tarde, tenía intención de pasar algún tiempo en casa de su viejo amigo Girolamo Melzi, y permanecer en aquella solitaria villa de Vapri, próxima a Milán, los peligrosos y molestos tiempos de la guerra.

El 2 de febrero por la mañana, día de la Candelaria, fray Pacioli acudió a casa del artista a decirle que la ciudadela estaba inundada. El milanés Luigi de Porto, al servicio de los franceses, se había pasado a los rebeldes, y, durante la noche, abrió las esclusas de los canales y se llenaron los fosos de la ciudadela. El agua, extendiéndose, invadió el molino del parque cercano al muro de la Rochetta y penetró en los sótanos donde se guardaba la pólvora, el aceite, el pan, el vino y demás provisiones. Si los franceses no hubieran acudido a salvar a duras penas parte del depósito, se habrían visto obligados a rendir la ciudadela por hambre, según decía meser Luigi. Durante la inundación, los canales próximos a la fortaleza, en los barrios populares de Porta Vercellina, rebasaron su cauce e inundaron el terreno pantanoso donde se encontraba el convento de las Gracias. Fray Luc temía que el agua alcanzase a la *Sagrada Cena,* dio cuenta de sus temores al artista y le propuso ir a ver si el cuadro se hallaba intacto.

Con fingida indiferencia, Leonardo respondió que no tenía en ese momento tiempo para ocuparse de esas cosas y que además no temía nada por la *Sagrada Cena*. El cuadro se hallaba –pretendía– a tal altura que el agua no podía perjudicarle. Pero en cuanto Pacioli se marchó, corrió al convento.

En cuanto entró en el refectorio vio en el suelo grandes manchones que testimoniaban la inundación. Todo olía a humedad. Uno de los monjes le advirtió que el agua había ascendido un cuarto de codo.

Leonardo se acercó al muro donde se hallaba pintado el cuadro de la *Sagrada Cena*.

Los colores parecían todavía limpios, transparentes, delicados, preparados, no al temple como era costumbre para las pinturas murales, sino al óleo. Los colores eran de su invención. También había preparado el muro de una manera especial, cubriéndolo con una capa de arcilla con barniz de enebro y aceite hervido; sobre este primer fondo reposaba una capa de almáciga de yeso y brea. Los maestros experimentados habían predicho que sobre un muro húmedo construido en una hondonada cenagosa, los colores al óleo no resistirían. Pero Leonardo, con su pasión por las nuevas experiencias y procedimientos desconocidos del arte, se obstinó, sin prestar atención a los consejos y advertencias. No le gustaba la pintura mural al temple porque para trabajar sobre la cal fresca, recientemente extendida, hacía falta rapidez y decisión, precisamente las cualidades que le eran extrañas. «El artista que no duda no puede hacer una obra grande», solía decir. Y las dudas, las vacilaciones, las correcciones, los tanteos, la infinita lentitud que necesitaba para sus trabajos no eran posibles más que en la pintura al óleo.

Inclinado sobre el muro inspeccionaba con un cristal de aumento la superficie del cuadro. De pronto, a la izquierda, en el ángulo inferior, debajo del mantel de la mesa de los apóstoles, apercibió a los pies de Bartolomé una pequeña grieta; al lado, sobre los colores apenas deslucidos vio un poco de moho, afelpado y blanco como la escarcha.

Palideció, pero dominándose enseguida continuó su examen con más atención todavía. A consecuencia de la humedad, la primera capa de arcilla se había resquebrajado y desprendido del muro, levantando el barniz exterior y la fina capa de color. Se habían formado grietas imperceptibles a la vista, a través de las cuales sudaba la humedad nitrosa de los ladrillos porosos.

La suerte de la *Sagrada Cena* le había sido revelada; el mismo artista no vería quizá marchitarse los colores que podrían conservarse durante cuarenta años; pero no cabía la menor duda de la terrible verdad: la más grandiosa de sus obras se hallaba destinada a perecer.

Antes de salir del refectorio, lanzó sobre el rostro de Cristo una última mirada, y, como si lo viese entonces por primera vez, comprendió de pronto cuánto amaba esta obra.

La pérdida de la *Sagrada Cena* y del *Coloso* rompió los últimos hilos que le unían a los hombres, si no a los del presente, al menos a los del porvenir. Y su soledad se hizo aún más irremediable.

El polvo de alabastro del *Coloso* se esparció al viento. En la pared donde había pintado la faz de Cristo, los colores resquebrajados y deslucidos se cubrían de moho. Todo lo que constituyó el fin de su vida iba a desaparecer como una sombra.

Ya en su casa, bajó al sótano y se detuvo un instante en el cuarto donde se hallaba acostado Astro. Beltraffio ponía al enfermo compresas de agua fría.

–¿Fiebre? –preguntó el maestro.

–Sí, delira.

Leonardo se inclinó para examinar la compresa y oyó el balbuceo rápido e incoherente del enfermo.

–¡Más arriba, más arriba! ¡Hacia el sol! ¡Con tal de que las alas no se quemen! Dime, dime, ¿cuál es tu nombre? ¿Mecánica? Jamás he oído decir que al diablo se le llame Mecánica. ¡Vamos! ¡Deja eso! ¡Basta de bromas! No puedo más. Espera. Déjame respirar... ¡Oh, me muero!... –Un grito de espanto salió de su pecho. Le pareció que se hundía en un abismo. Después empezó de nuevo a murmurar incoherentemente–: ¡No, no, no os burléis de él! Es mía la culpa. Me había dicho que las alas no estaban terminadas. ¡Se acabó! ¡He cubierto de vergüenza a mi maestro!... ¿Oís?... ¿Qué es?... Ya sé: se trata siempre de eso, del más pequeño, del más pesado de los demonios... de la Mecánica. Y el demonio le condujo a Jerusalén –continuó el enfermo en tono de salmodia–. «Y poniéndole sobre una cornisa del templo le dijo: si tú eres el Hijo de Dios, tírate. Porque está escrito: Él ordenará a sus ángeles que te protejan y te conducirán en sus brazos a fin de que tu pie no tropiece ni en una piedra.» No recuerdo lo que Él respondió al demonio. ¿No lo recuerdas, Giovanni?

Volvió hacia Beltraffio una mirada casi consciente.

Este último calló, creyendo que el herrero continuaba delirando.

–¿No lo recuerdas? –insistió Astro.

Para calmarle, Giovanni recitó el versículo XII del capítulo IV del Evangelio según San Lucas.

–«Jesús le respondió: está escrito: no tentarás al Señor tu Dios.»

–¡No tentarás al Señor tu Dios! –repitió el enfermo con indecible sentimiento. –Pero enseguida volvió a delirar–: ¡Azul, azul, ni una nube!... No hay sol y no lo volverá a haber... Arriba y abajo no hay más que cielo azul. Ni siquiera hacen falta alas. ¡Ah, si el maestro supiera qué bueno es, qué suave es caer en el suelo!...

Leonardo, contemplándole, pensaba:

«Por mi causa se ha perdido. ¡Él también, por mi culpa!»

Pasó su mano sobre la frente de Astro. Poco a poco el enfermo se calmó y se adormeció.

Leonardo entró en su habitación subterránea, encendió una bujía y se enfrascó en sus cálculos.

Para evitar nuevos errores en la construcción de las alas, estudiaba la acción física del viento y las corrientes del aire, basándose en la mecánica de las ondas y las corrientes del agua.

«Si se lanzan a un agua tranquila, a cierta distancia una de otra, dos piedras de igual tamaño –escribía en su diario– dos círculos crecientes se forman en la superficie. La cuestión es ésta: cuando un círculo, al ensancharse gradualmente, encuentre al otro círculo correspondiente, ¿le penetra y le rompe o las ondas, al chocar, se repelen en sus puntos de contacto formando dos ángulos iguales?»

La sencillez con que la naturaleza había resuelto este problema de mecánica le maravilló a tal punto, que añadió al margen:

«¡Qué bella y exquisita pregunta!

»La experiencia científica me revela que los dos círculos se cortan sin confundirse ni mezclarse, conservando por centros constantes los dos puntos donde cayeron las piedras.

»Afirmo que las matemáticas, por las leyes de la necesidad interna de la razón, justifican la necesidad natural de la mecánica.»

Hora tras hora, se deslizaba el tiempo insensiblemente. Llegó la noche.

Después de cenar y conversar un rato con sus discípulos, Leonardo volvió al trabajo. La agudeza y lucidez de sus pensamientos le dejaban presentir que un gran hallazgo se aproximaba.

«Cuando el viento azota un campo de espigas, éstas se curvan una tras otra, mientras los tallos, inclinándose, permanecen en su sitio. Así las ondas sobre el agua inmóvil. Esas ondulaciones propagadas por el viento son menos impulso que vibración, cosa de que puede uno convencerse echando una brizna de paja en los círculos concéntricos: se la verá oscilar pero no avanzar.»

El experimento de la brizna de paja le recordó otro análogo que hizo estudiando las leyes de la propagación de las ondas sonoras. Volvió algunas páginas y leyó en su diario.

«Si se golpea o toca una campana, otra campana próxima responde con una vibración o con un sonido. La cuerda que vibra en un laúd hace vibrar en un laúd inmediato la misma nota en la cuerda análoga y si se coloca sobre esta última una brizna de paja a ella se transmite la vibración.»

Con alegría indescriptible adivinó la ley que une estos dos fenómenos tan diferentes. ¡Todo un mundo de conocimientos!

De pronto, una idea resplandeciente, rápida como el relámpago, iluminó su espíritu.

«Se trata de una misma ley mecánica. Lo mismo que sobre el agua se propagan las ondas nacidas de la piedra lanzada sobre la superficie, así se dilatan en el aire las ondas sonoras que se cruzan sin mezclarse y conservan por centro el punto donde el sonido se produjo. Y la luz... Lo mismo que el eco es el reflejo del sonido, el reflejo en un espejo es el eco de la luz. Una ley única rige todos estos fenómenos. Ellos son hijos de la Voluntad Suprema. El ángulo de reflexión es igual al ángulo de incidencia.»

Tenía el rostro pálido, los ojos brillantes. Sintió que de nuevo, y esta vez más cerca que nunca, sondeaba con la mirada el abismo donde antes que él ningún mortal había puesto sus ojos. Sabía que tal descubrimiento, si se confirmaba experimentalmente, sería el más importante para la mecánica desde los tiempos de Arquímedes.

Dos meses antes, supo por una carta de meser Guido Berardi que se acababa de recibir en Europa la noticia de que Vasco de Gama, después de atravesar dos océanos y doblado el cabo sur de África, había descubierto una nueva ruta de las Indias. Leonardo tuvo envidia. Pero ahora tenía derecho a decir que su descubrimiento era más grandioso que los de Colón y Vasco de Gama juntos y que el cielo y la tierra le ofrecían su secreto más fecundo.

Del otro lado de la pared llegaba el gemido del enfermo. El artista escuchó y, de repente, se acordó de todos sus fracasos: la imbécil destrucción del *Coloso;* la ruina estúpida de la *Sagrada Cena*, la absurda y terrible caída de Astro.

«¿Será posible –se decía– que este hallazgo esté también condenado, como todo lo que hago, a perecer sin gloria y sin dejar huella? ¿Es posible que nadie, jamás, oiga mi voz y quede eternamente solo como ahora en las tinieblas, bajo tierra, enterrado en vida, con alas sólo en el espíritu?»

Pero estos pensamientos no anegaron su alegría.

«Si me quedo solo... no importa. No importan las tinieblas, el olvido, el silencio. Aunque nadie se entere, yo lo sé.»

Un sentimiento de fuerza y de victoria llenaba su alma como si esas alas que toda su vida deseara estuviesen por fin logradas y le elevasen a las alturas del cielo.

Sintió una gran asfixia en el subterráneo; tenía ansias de cielo y de espacio.

Salió de la casa para dirigirse a la plaza de la Catedral.

VII

La noche era clara, inundada de luna. Los tejados se iluminaban con el resplandor rojizo y humoso de los incendios. Cuanto más se aproximaba uno al centro de la ciudad, a la plaza Broletto, la muchedumbre era más densa. A la azulada luz de la luna, o a la luz roja de las antorchas, se veían rostros contraídos por el furor; pasaban los estandartes blancos con la cruz escarlata del municipio de Milán, palos con linternas, arcabuces, mosquetes, hondas, picas, chuzos guadañas, horquillas, mazas. Parecía un hormiguero; la gente ayudaba a los bueyes a arrastrar una enorme y vieja bombarda hecha de tablas de tonel unidas por aros de hierro. Las campanas sonaban a rebato, los cañones retumbaban. Los mercenarios franceses, atrincherados en la ciudadela, barrían a cañonazos las calles de Milán. Los sitiados decían que antes de rendirse no quedaría piedra sobre piedra en la ciudad. Y el interminable clamor del pueblo se mezclaba con el ruido de las campanas y el estruendo del cañón.

–¡Abajo los franceses! ¡Muera el rey! ¡Viva Moro!

Todo este espectáculo le parecía a Leonardo un sueño terrible y absurdo.

En Broletto, en el Mercado, cerca de la puerta del Este, se disponían a ahorcar a un tambor picardo, un muchacho de unos quince años que acababan de hacer prisionero. Se le veía de pie en lo alto de una escalera apoyado contra el muro. Mascarello, el bordador en oro, hombre chistoso, hacía de verdugo. Pasó la cuerda alrededor del cuello del muchacho y golpeándole ligeramente en la cabeza, dijo con aire grotesco y solemne:

–¡Siervo de Dios, soldado de Francia, saltamontes insigne! Yo te hago caballero del Collar de la Soga. ¡En el nombre del Padre, del Hijo y del Espíritu Santo!

–¡Amén! –respondía la muchedumbre.

El tambor no comprendía bien lo que iban a hacerle; guiñaba los ojos rápidamente, como los niños cuando van a llorar, se contraía, y moviendo su fino cuello, se dejaba ajustar el nudo. No desaparecía de sus labios una extraña sonrisa. En el último momento, saliendo de pronto de su estupor, miró al pueblo con su lindo rostro espantado, horriblemente pálido. Quiso decir algo, alguna súplica. Pero la muchedumbre aullaba. El chiquillo hizo un gesto débil y resignado y sacando del pecho una pequeña cruz de plata, pendiente de una cinta azul, recuerdo de su madre o de su hermana, la besó apresuradamente persignándose. Mascarello dio un empujón a la escalera mientras gritaba burlón:

–¡Y bien, caballero del Collar de la Soga: muéstranos ahora cómo se baila el trenzado francés!

En medio de una risotada general, el cuerpo del niño al final de una cuerda pendiente de un garfio de colocar hachones se agitó entre las convulsiones de la muerte como si realmente danzara.

Unos pasos más allá Leonardo vio a una vieja vestida de harapos ante una casucha que acababa de hundirse de un cañonazo. Entre un montón de cacharros, colchones y almohadas, tendía sus desnudos y huesudos brazos gritando:

–¡Oh, oh, oh, socorro!

–Eh, abuela, ¿qué te pasa? –le preguntó el zapatero Corbolo.

–Mi pequeño, mi nieto. Estaba en su cuna... El techo se ha hundido. Puede que todavía viva... ¡Socorro, socorro!

Silbando y desgarrando el aire, una bomba vino a estrellarse contra el techo a medio derrumbar. Las vigas crujieron y entre una nube de polvo acabó de desplomarse la casuca.

Leonardo llegó al Ayuntamiento. Frente a la *Loggia degli Osii*, próxima a la lonja de los Cambios, un escolar, estudiante, sin duda, de la Universidad de Pavía, de pie sobre un banco que le servía de púlpito, discurseaba sobre la grandeza del pueblo, la igualdad entre pobres y ricos y el exterminio de los tiranos. El pueblo le oía incrédulo.

–¡Ciudadanos! –gritaba el estudiante agitando un cuchillo que él llamaba «el puñal de Némesis» pero que, generalmente, le servía para pacíficas tareas, tales como tallar plumas de oca, cortar salchichón, grabar sobre la corteza de los olmos del bosque que rodeaba la ciudad corazones traspasados por flechas en honor de alguna ninfa de taberna–. ¡Ciudadanos, la vida por la libertad! ¡Tíñase con la sangre de los tiranos el puñal de Némesis! ¡Viva la República!

–¿Cómo? –sonaron algunas voces–. ¡Ya sabemos la libertad que quieres! ¡Traidor! ¡Espía! ¡Fuera la República! ¡Viva el duque! ¡Muera el traidor!

Cuando el orador trató de ilustrar su pensamiento con ejemplos clásicos, invocando a Cicerón, Tácito y Tito Livio, le derribaron del banco y ya en el suelo, le molieron a golpes, diciéndole:

–¡Toma, libertad! ¡Toma, República! ¡Vamos, dadle todos! ¡Así, así! ¡Ya no volverás a engañarnos! Esto te enseñará a excitar al pueblo contra su legítimo duque.

Al llegar a la plaza Arrengo, Leonardo descubrió el conjunto de las torres blancas de las altas agujas de la catedral, iluminadas a la vez por la azulada luz de la luna y por el reflejo de los incendios.

Ante el palacio del arzobispo, surgió un clamor de la muchedumbre que parecía un montón de cuerpos.

–¿Qué ocurre? –preguntó el artista a un viejo artesano de rostro asustado, triste y bondadoso.

–¿Quién puede saberlo? Probablemente ni ellos mismos lo saben. Pretenden que el vicario de la parroquia es un espía al servicio de los franceses. Dicen que ha dado al pueblo alimentos envenenados. Pero seguramente no es cierto. Maltratan al primero que encuentran. ¡Qué cosa más terrible! ¡Oh, Dios mío! ¡Ten piedad de nosotros!

En este momento surgió entre la multitud el soplador de vidrio Gorgolio, agitando como un trofeo una cabeza ensangrentada, clavada en la punta de una pértiga.

Farfaniccio, un golfillo de la calle, le seguía saltando y brincando. El chicuelo vociferaba:

–¡Mueran los perros como perros! ¡Mueran los traidores!

El viejo se persignó devotamente murmurando las palabras de la letanía tradicional.

–De furore populi libera nos Domine!

Del lado de la ciudadela llegaban ruido de trompetas, redoblar de tambores, el crepitar de los arcabuces y los gritos de los soldados entrando al asalto. Al mismo tiempo, en los bastiones de la ciudadela sonó una detonación tal que tembló la tierra, dando la impresión de que toda la ciudad se había hundido. Era un cañonazo disparado por aquel gigantesco cañón, aquel monstruo de cobre que los franceses apodaban «la loca Margot» y los alemanes «Die Tolle Grete».

La bomba cayó detrás de Borgonovo, en una casa incendiada; un torbellino de fuego ascendió hacia el cielo de la noche. La plaza se iluminó con un resplandor rojizo y la suave claridad de la luna desapareció.

Como sombras negras, las gentes corrían de aquí para allá aterrorizadas.

Leonardo contemplaba a estos espectros humanos.

Entre el resplandor de los incendios, el clamor de la muchedumbre, el tumulto del toque a rebato y el rugir de la artillería, le parecía percibir las suaves ondas sonoras y luminosas que, como los círculos concéntricos engendrados sobre el agua por la caída de una piedra, se propagan en el aire, se cruzan sin confundirse y conservan como centro el punto del cual han nacido. Una alegría infinita llenaba su alma al pensar que jamás estos hombres podrían turbar ese juego sin fin, esta armonía de ondas invisibles e infinitas, esta ley mecánica que reina en el universo, como única voluntad del Creador esta ley inexorable: el ángulo de reflexión es igual al ángulo de incidencia.

En su espíritu resonaban las palabras que antes escribiera en su diario y que había repetido tanto.

«¡Oh, admirable justicia del Creador! Toda fuerza obedece a una ley y produce efectos determinados. Todo efecto deriva de su causa necesaria y se cumple de la manera más directa posible.»

Entre este pueblo en demencia, la eterna paz de la contemplación reinaba en el corazón del artista como el claro de luna sobre el resplandor de los incendios. En la mañana del 4 de febrero del año 1500, Moro hizo su entrada en Milán por la puerta Nueva.

La víspera había partido Leonardo hacia la villa de su amigo Melzi, en Vaprio.

VIII

Girolamo Melzi había servido en la corte de los Sforza. Pero al morir su esposa en plena juventud, hacía diez años, dejó la corte y se retiró a una solitaria villa al pie de los Alpes a cinco horas de camino de Milán, vivía como un filósofo, lejos de las agitaciones del mundo, cultivando su jardín, entregado al estudio de las ciencias ocultas y de la música, que amaba con pasión. Se decía que meser Girolamo se había dedicado a la magia negra para evocar el espíritu de su difunta esposa.

El alquimista Galeotto Sacrobosco y fray Luc Pacioli le hacían frecuentes visitas; pasaban noches enteras discutiendo sobre filosofía platónica y sobre las leyes de los pitagóricos que rigen la armonía de las esferas. Pero lo que más le agradaba era la visita de Leonardo.

El artista, que trabajaba entonces en la construcción del canal de la Mastesana, iba con frecuencia a la comarca y a la villa de la que gustaba extremadamente. Vaprio se alzaba a la izquierda de Adda en una eminencia sobre el río. El canal pasaba entre el río y el jardín de la villa. El rápido curso del Adda se detenía formando una catarata en este lugar. El ruido incesante del agua recordaba el rumor de las olas del mar. Entre sus escarpadas riberas de amarillenta y porosa arcilla, el Adda se precipitaba en un torrente verde y frío; a su lado el canal, liso como un espejo, con aguas verdes como las del Adda, pero pacíficas, soñolientas y pesadas, se deslizaban sin ruido entre sus lindes rectilíneos. Este contraste tenía para el artista un sentido profundo. En efecto, no sabría decir lo que era más bello: si el genio de la razón y de la voluntad humana, esto es el canal Mastezana, o el impulso sin normas ni reglas, el Adda indomable. Su corazón amaba y comprendía por igual ambas manifestaciones de la naturaleza.

Desde la terraza superior del jardín, se divisaba la verde llanura de Lombardía, entre Bérgamo, Trevilio, Cremona y Brescia. En verano las inmensas praderas húmedas exhalaban el olor de los henos. En los fértiles campos, el trigo candeal y el centeno, lujuriantes, ocultaban hasta la cima los árboles frutales, unidos por viñas de tal manera, que las espigas se continuaban con las manzanas, las peras, las cerezas y los ciruelos: toda la llanura semejaba un inmenso vergel.

Al norte se veía la masa negra de las montañas de Como; por encima de ellas se elevaban en semicírculo los primeros contrafuertes de los Alpes y más alto todavía, brillaban en las nubes las cimas nevadas de color rosa dorado.

Entre la riente llanura de Lombardía, donde cada pedazo de tierra se halla cultivado por la mano del hombre, y las masas silvestres y desérticas de los Alpes, Leonardo sintió el mismo contraste lleno de armonía que entre el tranquilo Martezana y el Adda mugiente e impetuoso.

Fray Luc Pacioli y el alquimista Sacrobosco –cuya casa de la Porta Vercellina había sido destruida por los franceses– residían en la villa al mismo tiempo que Leonardo. Éste procuraba mantenerse apartado, prefiriendo la soledad, pero enseguida trabó amistad con el pequeño Francesco, hijo de su huésped.

El niño, tímido, pudibundo como una chiquilla, se mostró arisco durante algún tiempo. Pero un día, su padre le envió al cuarto de Leonardo y vio los «cristales multicolores» de los cuales se servía el artista para el estudio de las leyes de los colores complementarios.

Leonardo invitó al niño a que mirase a través de ellos. Quedó entusiasmado. Los objetos familiares tomaban un aspecto fantástico: triste, alegre, hostil, amistoso, según los mirase, a través de un cristal amarillo, azul, rojo, violeta o verde.

Otro invento de Leonardo le maravilló también: la cámara oscura; cuando sobre una hoja de papel aparecieron los cuadros animados en los que se podía ver girar las ruedas de un molino, revolotear por encima de la iglesia un enjambre de cornejas, trotar por la carretera al borriquillo de Peppo, e inclinarse bajo el viento las cimas de los álamos, el pequeño Francesco, no pudo contenerse más y aplaudió de alegría.

Pero lo que más le gustaba era el higrómetro compuesto de un círculo de cobre graduado y una barra, como las de una balanza, de la que se hallaban suspendidas dos bolas pequeñas, una cubierta de cera, la otra de algodón; cuando el aire estaba saturado de humedad, el algodón la absorbía, la bola se hacía más pesada y al bajar inclinaba la balanza varios grados, lo que permitía determinar con precisión la humedad; la bola cubierta de cera quedaba como antes, ligera e impermeable. Así los movimientos de la balanza anunciaban el tiempo con un día o dos de antelación. El niño quiso construirse un higrómetro para él y se ponía loco de contento, cuando con gran asombro de su familia sus predicciones se realizaban. En la escuela del pueblo, dirigida por el viejo abad, don Lorenzo, Francesco era mal estudiante. Aprendía sin gusto gramática latina, y a la vista del libro de aritmética, de lomo verdoso y manchado de tinta, se le ponía la cara larga. En cambio las enseñanzas de Leonardo le parecían tan divertidas como un cuento. Los instrumentos de mecánica, de óptica, de acústica y de hidráulica le fascinaban como juguetes vivos y mágicos. No se cansaba de escuchar a Leonardo. Entre personas mayores, el artista solía mostrarse reservado; cada palabra imprudente podía atraerle sospechas o burlas. Con Francesco hablaba con toda confianza y sencillez. No solamente le instruía, sino que al contacto del niño se instruía él mismo. Recordando las palabras del Señor: «En verdad, en verdad os digo: si no os convertís en niños, no entraréis en el reino de los cielos. –Él añadía–: Tampoco entraréis en el reino de la ciencia».

Por este tiempo estaba escribiendo un tratado sobre las estrellas.

En las noches de marzo, en cuanto el primer soplo de primavera se dejó sentir en el aire todavía frío, de pie sobre el tejado de la casa al lado de Francesco observaba el movimiento de las estrellas y dibujaba las manchas de la luna, a fin de poder observar más tarde, por comparación, si sus contornos cambiaban. Un día el niño le preguntó si era verdad, como decía fray Pacioli, que las estrellas fueron incrustadas por Dios, como diamantes, en las esferas de cristal del cielo que al girar, las arrastraban en su movimiento produciendo música. El maestro le explicó que, en razón de las leyes del frotamiento, las esferas girando durante miles de años con una rapidez increíble hubieran sido destruidas, sus bordes de cristal se habrían gastado, y cesado la música y el movimiento de tan «infatigables bailarinas».

Hizo un agujero con un alfiler en una hoja de papel e invitó al niño a mirar por él. Francesco vio las estrellas sin rayos como bolas o puntos infinitamente pequeños, redondos y claros.

–Esos puntos –dijo Leonardo– son mundos inmensos muchos de ellos ciento, mil veces más grandes que el nuestro, el cual no es por esto más insignificante que los demás. Las leyes de la mecánica que rigen nuestro mundo y que la razón humana ha descubierto gobiernan igualmente los otros mundos y los soles.

–A los habitantes de los otros planetas –decía el maestro–, nuestra tierra les parecerá también como una estrella inextinguible, como un grano de polvo luminoso, semejante a esos mundos que nosotros vemos.

Había en estas palabras muchas cosas que Francisco no comprendía. Pero cuando al volver la cabeza, miró al cielo estrellado, tuvo miedo.

–Y ¿qué hay allí, detrás de las estrellas? –preguntó.

–Otros mundos, Francesco, otras estrellas que no vemos.

–¿Y detrás de ésos?

–Otros más.

–Pero ¿al final, al final de todo?

–No hay final.

–¿No hay final? –repitió el niño.

Y Leonardo sintió la mano de Francisco temblar entre la suya. Al resplandor de la llama inmóvil de la vela que ardía en una mesita en medio de algunos instrumentos astronómicos, vio el rostro del niño cubrirse de súbita palidez.

–Y ¿dónde está entonces –dijo despacio con perplejidad creciente–, dónde está el paraíso, meser Leonardo, dónde están los ángeles, los santos, la Madona, y Dios Padre sentado sobre su trono, y el Hijo y el Espíritu Santo?

El maestro iba a responder que Dios se halla en todas partes, en todos los granos de arena de la tierra, lo mismo que en las estrellas y en los universos, pero tuvo piedad de esta fe infantil y no dijo nada.

IX

Cuando comenzaron a verdear los árboles, Leonardo y Francesco pasaban los días enteros en el jardín y bosque vecinos, observando la renaciente vida de las plantas. A veces, el artista dibujaba una flor o un árbol, esforzándose por aprehender, como en un retrato, el parecido vivo, ese carácter único de un rostro que jamás se repite en ningún otro.

Explicaba a Francesco cómo se reconoce la edad de un tronco de árbol contado por el número de capas de espesor y cómo cada una de esas capas determina el grado de humedad de la época correspondiente y en qué dirección crecían las ramas; y cómo las capas en la parte enfrentada al norte son más espesas y en la parte enfrentada al sur calentada por el sol más jugosas.

Le decía cómo la savia, acumulándose entre la película verde del interior del tronco y la corteza exterior, se detiene y espera, formando en las fisuras del año precedente, nuevas fisuras más profundas para aumentar así el volumen de la planta. Si se corta una rama o se arranca la corteza, la fuerza reparadora de la vida hace afluir hacia el sitio dañado más abundancia de savia que a cualquier otro sitio, de manera que la corteza se hace más áspera en la llaga curada. Y tan potente es este aflujo de savia que, llegando a la herida, no puede detenerse por la fuerza de su impulso y sube más, brotando en yemas y en excrecencias.

Leonardo hablaba de la naturaleza con una reserva, una frialdad y sequedad aparentes, no preocupándose más que de exponer con exactitud. Definía los delicados detalles de la vida primaveral con impasible precisión, como si se tratase de algo mecánico: «el ángulo de la rama y el tronco es tanto más agudo cuanto la rama es más joven y delgada». Las leyes abstractas de las matemáticas regían según él la disposición cónica perfectamente regular de las agujas de los pinos y abetos. Sin embargo, bajo la impasibilidad y frialdad aparentes de las explicaciones Francesco adivina su amor por todo lo que vive; por la nueva hojita fresca, semejante al rostro de un recién nacido, que la naturaleza cuida de colocar bajo otra hoja superior para que reciba la luz, y que nada retenga la gota de agua que escurre hacia ella a lo largo del tallo; ternura para las ramas venerables y potentes que se tienden hacia el sol como brazos suplicantes; y por el vigor de la savia, que se lanza en socorro de la parte enferma como sangre vivificadora.

A veces, en las profundidades del bosque se paraba a contemplar largo rato, sonriendo, cómo un tallito verde iba abriéndose paso a través de las hojas secas, o cómo una abeja, todavía débil por el sueño del invierno, se deslizaba trabajosamente por la corola de una campánula blanca cerrada todavía. Todo respiraba tal serenidad a su alrededor, que Francesco sentía los latidos de su corazón. Tímidamente miraba al maestro: el sol, penetrando por entre las ramas medio transparentes, iluminaba sus rubios cabellos, su larga barba, las pestañas espesas y largas rodeando su cabeza con una aureola. Su rostro era apacible y bello. En tales instantes se parecía al dios Pan que oía crecer la hierba, balbucir a los manantiales subterráneos y el despertar de las fuerzas misteriosas de la vida.

Y todo era vida para él. El universo y el hombre, que venía a ser un pequeño universo.

En una gota de agua veía la imagen de la esfera líquida que rodea a la tierra. Cerca de las esclusas, en la aldea de Trezzo, no lejos de Vaprio, donde comienza el canal Martezana, estudiaba las cascadas y los remolinos del río, que solía comparar a la ondulación de los bucles femeninos.

–Observa –decía–, cómo los cabellos siguen dos corrientes, una recta, que determina su propio peso; la otra, inversa, hace ondular los cabellos en bucles ensortijados. Lo mismo ocurre en el movimiento de las aguas: una parte se precipita hacia abajo; la otra forma remolinos, ondulaciones, ondas parecidas a las de los bucles femeninos.

El artista se sentía atraído por estas analogías misteriosas, por esas correspondencias entre los fenómenos de la naturaleza que hacían pensar en voces que se interpelan, viniendo de mundos diferentes.

Estudiando el origen del arco iris, advertía que las mismas disposiciones de colores se volvían a encontrar en el plumaje de las aves, en las aguas estancadas alrededor de los troncos podridos, en las piedras preciosas, en las algas nadando en la superficie del agua y en los viejos vidrios empañados. En los dibujos que formaba la escarcha sobre los árboles descubría semejanzas con las hojas, las flores y las plantas como si en el mundo frío de los cristales la naturaleza hubiera ya soñado con la vida vegetal. Y a veces le parecía aproximarse a una grande y nueva región de la ciencia que acaso no fuese revelada sino en siglos futuros. Por eso escribe en su diario a propósito de la fuerza del imán y del ámbar frotados con un paño: «No comprendo cómo la razón humana podrá explicar este fenómeno. Yo creo que la fuerza del imán es una de las numerosas fuerzas desconocidas del hombre. El mundo está lleno de posibilidades que todavía no han sido realizadas».

Un día, el poeta Giudotto Prestinari, que vivía en Bérgamo, cerca de Vaprio, fue a visitarle. Durante la cena, molesto porque Leonardo no había alabado suficientemente sus versos, entabló una discusión acerca de la superioridad de la poesía sobre la pintura. El artista callaba, pero al final, la obstinación del poeta le hizo reír y medio en broma le respondió:

–La pintura es superior a la poesía; representa las obras de Dios y no las ocurrencias de los hombres con que se contentan los poetas, al menos los de nuestros días. Éstos no crean, sino que describen solamente, toman prestado lo ajeno traficando con ello o bien se limitan a especular con los residuos de la ciencia; se parecen a los que compran y venden objetos robados...

Fray Luc, Melzi y Galeotto replicaron, pero Leonardo, apasionándose poco a poco, continuó en tono serio:

–El ojo proporciona al hombre un conocimiento de la naturaleza más perfecto que el oído. Lo que se ve es más exacto que lo que se oye. He aquí por qué la pintura, poesía muda, se halla más próxima a la ciencia que la poesía, pintura ciega. En la descripción verbal, sólo hay una sucesión de imágenes separadas que se siguen unas a otras, mientras que en un cuadro, todas las imágenes, todos los colores aparecen juntos y se confunden en un todo, como los diversos sonidos en un acorde. Se puede, pues, en pintura, lo mismo que en la música, alcanzar un grado de armonía más alto que en poesía. Y allí donde hay armonía suprema hay suprema belleza. Preguntad a un amante qué prefiere: el retrato de su amada o su descripción, aunque sea hecha por el más grande de los poetas.

Todos sonrieron, a su pesar, a este argumento.

–En una ocasión me ocurrió lo siguiente –continuó Leonardo–. Un joven de Florencia quedó tan seducido por un rostro de mujer de uno de mis cuadros, que lo compró y quiso, para poder besar sin temor la adorada imagen, suprimir sus atributos sagrados, pues se trataba de un asunto religioso. La conciencia se sobrepuso a sus deseos amorosos. No logró recobrar la calma hasta que alejó el cuadro de su casa. ¿Qué poeta, describiendo el encanto de una mujer, podría excitar una pasión tan violenta en un hombre? No hablo de mí; conozco todo lo que me falta; sino del artista que logre la perfección. Éste en realidad, es más que un hombre. Y tanto si se embriaga con la belleza ultraterrena como si le seduce el mundo triste, espantoso y grotesco, crea y lo abarca todo, como Dios.

Fray Luc reprochó al maestro el no redactar e imprimir sus pensamientos. El fraile se ofreció a buscarle un editor, pero Leonardo se obstinaba siempre en la negativa.

Era fiel a sí mismo. Mientras vivió, no quiso que se publicase nada suyo, a pesar de que escribía sus notas como si las dedicase a posibles lectores. Al final de uno de sus diarios, se excusa del desorden de sus notas y de las frecuentes repeticiones: «No me lo censures, lector, porque los temas son innumerables y mi memoria no podría retenerlos ni acordarse de cuáles he hablado o no en notas precedentes. Siempre escribí de una manera caprichosa y discontinua».

Una vez, queriendo representar la evolución del espíritu humano, dibujó una hilera de cubos; el primero, al caer, tiraba al segundo, el segundo tiraba al tercero, y así sucesivamente. Debajo se leía esta inscripción: «uno arrastra al otro». Leonardo quiso simbolizar con ello las generaciones y los conocimientos humanos.

Tenía fe en que llegaría un tiempo en que los hombres comprenderían sus argumentos.

Leonardo era como un hombre que se despierta demasiado temprano, cuando todavía no ha amanecido y todo el mundo duerme. Escribía para el porvenir, para algún remoto espíritu gemelo. Para él solo madrugaba con el alba y labraba el surco en la tierra donde había de fructificar la semilla.

X

Hacia fines de marzo, las noticias que llegaban a Melzi eran cada vez más inquietantes. Los ejércitos de Luis XII, al mando del señor de la Tremouille, habían franqueado los Alpes. Moro, temiendo ser traicionado por sus soldados, evitaba la batalla y, torturado por supersticiosos presentimientos, se había vuelto «más cobarde que una mujer».

Los ecos de la guerra y de la política llegaban a la villa Melzi como un débil rumor del mundo.

Sin preocuparse del rey de Francia ni del duque, Leonardo y Francesco erraban por las colinas, valles y bosques de los alrededores. A veces, remontando la corriente del río, llegaban hasta las montañas. Allí el artista, al frente de un equipo de trabajadores, hacía excavaciones, buscando conchas antediluvianas, animales marinos y algas petrificadas.

Un día, al regreso del paseo, se sentaron a descansar a la sombra de un árbol vetusto en la escarpada ribera del Adda, junto al torrente. La inmensa llanura, con sus carreteras bordeadas de olmos y álamos, se extendía a sus pies. A la luz del crepúsculo se veían las casitas de Bérgamo, blancas y acogedoras. Las masas nevadas de los Alpes parecían planear en el aire. Se respiraba una profunda calma. Sólo en la lejanía, confundiéndose con el cielo, entre Treniglio, Castel Rozzne y Brignanino, se elevaba una ligera nube de humo.

–¿Qué es aquello? –preguntó Francesco.

–No lo sé –respondió Leonardo–. Acaso una batalla... ¿Ves allá unos relámpagos de vez en cuando? Parecen cañonazos. ¿Será un combate entre los nuestros y los franceses?

En los últimos tiempos, los encuentros bélicos se sucedían cada vez con más frecuencia en la llanura lombarda.

Quedaron silenciosos unos momentos contemplando la nubecilla de humo. Después, olvidándose de ella, empezaron a examinar el botín de las últimas excavaciones. El maestro tomó un hueso largo y puntiagudo como una aguja, todavía cubierto de tierra, que sin duda provenía de la aleta de algún pez antediluviano.

–¡Cuántos pueblos –dijo, pensativo, como hablando consigo mismo y su rostro se iluminó con una dulce sonrisa– el tiempo ha aniquilado desde el día en que este pez, maravillosamente formado, se durmió en las profundidades de la caverna en que nosotros lo hemos encontrado hoy! ¡Cuántos siglos han pasado sobre el mundo, cuántas revoluciones han tenido lugar, mientras él permanecía acostado en su impenetrable escondite, sosteniendo moles de tierra con los desnudos huesos de un esqueleto que el tiempo, pacientemente, ha destruido!

Luego dijo, señalando la llanura que se extendía ante ellos:

–Todo lo que ves aquí, Francesco, fue en tiempos el fondo de un océano que cubría la mayor parte de Europa, África y Asia. Estos animales marinos que encontramos sobre las montañas son testigos de que en otra época las cimas de los Apeninos eran islas de un mar inmenso, época en que los peces nadaban sobre las llanuras de Italia, en los espacios donde hoy vuelan los pájaros.

Observaron de nuevo la lejanía, la ligera humareda y los fogonazos de los cañonazos.

Entonces les pareció esta humareda tan minúscula en medio del espacio infinito, tan insignificante bajo el resplandor atenuado del sol vesperal, que les costaba trabajo creer que allí abajo se reñía una batalla en la que los hombres morían y mataban.

Una bandada de pájaros cruzó el cielo. Francesco los siguió con la mirada, tratando de representarse los peces que antaño nadaban allí entre las olas de un gran mar tan profundo y tan desierto como ahora lo era el cielo. Guardaron silencio. Pero en este instante los dos sentían lo mismo: ¿no era indiferente que la victoria fuese de los franceses o de los lombardos, del duque o del rey, de sus compatriotas o de los extranjeros? Patria, política, gloria, guerra, caída de tronos, sublevaciones de pueblos, todo lo que parecía a los hombres grande y terrible, ¿no era semejante a esa nubecilla perdida en la luz de la tarde, en medio de la eterna serenidad de la naturaleza?

XI

En la villa de Vaprio, Leonardo terminó un cuadro que varios años antes comenzara en Florencia.

La Madre de Dios, en una gruta, entre rocas, rodeaba con el brazo derecho al Bautista niño y con la mano izquierda bendecía a su hijo, como si quisiera unir en un mismo amor al hombre y a Dios. Juan, con las dos manos piadosamente juntas, oraba de rodillas ante Jesús que le bendecía. La actitud del niño Dios, sentado desnudo en la desnuda tierra, apoyándose sobre su manita con los dedos separados y una de sus piernas gordezuelas doblada sobre la otra, dejaba adivinar que no sabía todavía andar, sino solamente arrastrarse por el suelo. Sin embargo, ya resplandecía en su rostro la sabiduría perfecta mezclada con la sencillez infantil. Un ángel, de rodillas, sosteniendo con una mano al Salvador y designando con la otra al Precursor, miraba con la cabeza vuelta mostrando su rostro suave, de extraña sonrisa ensombrecida por un doloroso presentimiento. A lo lejos, entre las rocas, un sol húmedo brillaba a través de un velo de lluvia sobre las montañas azules, finas y puntiagudas, como estalagmitas de tonos irreales. Estos peñascos parecían corroídos, desmenuzados por las olas en el fondo ya desecado del océano. En la gruta reinaba una sombra profunda y submarina. Apenas se podía distinguir una fuente subterránea y las hojas redondas de unas plantas acuáticas y sus frágiles corolas de pálido iris. La humedad de la bóveda se filtraba entre los peñascos negros posando sus lentas gotas entre las raíces de las plantas oceánicas, asperillas y licopodios.

Sólo el rostro de la Madona, infantil y virginal, brillaba en la oscuridad como un fino alabastro iluminado en su interior. Por primera vez, la reina de los Cielos aparecía ante los hombres en el crepúsculo misterioso de una gruta, refugio también del antiguo dios Pan y de las ninfas, en el corazón mismo de la naturaleza; misterio de todos los misterios; la madre de Dios hecho hombre en las profundidades de nuestra madre tierra.

Era a la vez la creación de un gran artista y de un sabio. El juego de luz y sombra, las leyes de la vida vegetal, la estructura de la tierra y de los cuerpos humanos, los pliegues de las ropas, la ondulación de los bucles femeninos, todo lo que el sabio estudiaba rigurosamente, ensayaba y medía con fría exactitud; lo que observaba, muerto, en el cadáver, el artista lo transformaba en una belleza viva, en una música muda, en un himno místico a la Virgen Purísima. Con tanto amor y técnica había pintado las venas delicadas de los pétalos de una flor, como los hoyuelos de los brazos del niño, y la grieta milenaria de una roca o la expresión de tristeza profunda de la sonrisa del ángel.

Todo lo sabía y todo lo amaba, porque el gran amor es hijo del gran conocimiento.

XII

El alquimista Galeotto Sacrobosco proyectó hacer una experiencia con la vara de Mercurio. Se llamaba así a unas varitas de mirto, almendro, tamarindo, o cualquier otra madera «astrológica» que, según se afirmaba, tenían afinidad con los metales. Estas varitas servían para descubrir en las montañas los filones de cobre, plata y oro.

Con este fin partió con meser Girolamo hacia la ribera oriental del lago de Lecco, abundante en minas. Leonardo les acompañó, bien que no creyese en la vara de Mercurio y se burlara de ello como de todas las invenciones de los alquimistas.

No lejos de Mandello, al pie del monte Campione, había una mina de hierro. Los habitantes de los alrededores contaban que algunos años antes un desprendimiento de tierras había sepultado a gran número de obreros. Se abrió entonces un abismo del que salían vapores sulfurosos. Las piedras que tiraban allí caían con un ruido que se iba debilitando poco a poco sin alcanzar el fondo, porque el abismo, sin duda, no lo tenía.

Estos cuentos picaron la curiosidad del artista. Resolvió, pues, mientras sus compañeros se hallaban ocupados experimentando la vara de Mercurio, explorar la mina abandonada. Los aldeanos, convencidos de que el demonio habitaba allí, rehusaron acompañarle. Al fin un viejo minero consintió en ello.

Una galería subterránea, corroída, oscura como un pozo, con escalones escurridizos y medio en ruinas, descendía hacia el lago y llegaba a la mina. El guía marchaba delante con una linterna en la mano. Leonardo le seguía llevando en sus brazos a Francesco. El chiquillo, a pesar de los temores de su padre y aun cuando el maestro quiso disuadirle, consiguió que le consintiesen ir.

La galería subterránea, según bajaban, iba haciéndose cada vez más estrecha y oscura. Ya habían contado más de doscientos escalones, pero el descenso continuaba siempre, como si no tuviera fin. Del fondo emergía una humedad sofocante. Leonardo golpeaba con el azadón las paredes, escuchando el sonido y examinaba las piedras, las estratificaciones del suelo, los paneles de mica que relucían en las vetas del granito.

–¿Tienes miedo? –preguntó con afectuosa sonrisa, sintiendo que Francesco se apretaba contra él.

–No, con vos no tengo miedo.

Y tras un silencio, el niño añadió en voz baja:

–¿Es verdad, meser Leonardo? Mi padre dice que os vais a marchar pronto...

–Sí, Francesco.

–¿Dónde?

–A la Romaña, al servicio de César, duque de Valentino.

–¿La Romaña? ¿Está lejos?

–A varias jornadas de aquí.

–Varias jornadas... –repitió Francesco–. Entonces, ¿no nos volveremos a ver?

–Sí. ¿Por qué no? Vendré a veros en cuanto pueda.

El niño se quedó pensativo; luego de pronto, en un impulso de ternura rodeó con sus brazos el cuello de Leonardo, apretándose contra él más fuertemente todavía y murmuró:

–¡Oh, meser Leonardo, llevadme con vos!

–Vamos, vamos, pequeño mío. No es posible. Allí hay guerra...

–No me importa. Ya os he dicho que con vos no tengo miedo de nada. Esta mina es horrible, ¿verdad? Pues aunque fuera más horrible todavía, no tendría miedo... Allí seré vuestro criado, cepillaré vuestros trajes, barreré las habitaciones, daré de comer a los caballos. Ya sabéis que me doy maña, además, para encontrar conchas y calcar plantas en papel con carboncillo. El otro día vos mismo dijisteis que calcaba bien. Haré todo lo que me mandéis como si fuera mayor. ¡Oh, llevadme con vos, meser Leonardo, no me abandonéis!

–¿Y crees que meser Girolamo te dejará ir conmigo?

–¡Sí, me dejará! Le convenceré. Es muy bueno. Consentirá si me ve llorar. Y si no me deja, me escaparé... Decidme que me llevaréis.

–No, Francesco; sé que dices eso, pero no dejarás a tu padre... Es viejo, desgraciado y te da lástima.

–Me da lástima, es verdad, me da lástima. Pero de vos también. ¡Oh, meser Leonardo! Creéis que soy un niño... Pero yo lo sé todo. Tía Bona dice que sois un brujo y el maestro de escuela, don Lorenzo, afirma que sois un malvado y que a vuestro lado voy a perder mi alma. Una vez que hablaba mal de vos le respondí tan bien, que me pegó. Y todos os tienen miedo. Pero yo no os tengo miedo porque sé que sois mejor que todos ellos y quiero estar siempre con vos...

Leonardo le acarició los cabellos en silencio, y sin explicarse por qué, se acordó que años antes había llevado también en sus brazos al niño que representaba el ángel del Siglo de Oro en las fiestas de Moro.

De pronto, los límpidos ojos de Francesco se empañaron, temblaron las comisuras de sus labios y murmuró:

–¡Ah, ya sé por qué no queréis llevarme con vos! Es que no me amáis, y yo...

Y se echó a llorar amargamente.

–¡Cálmate, chiquillo! ¿No te da vergüenza? Escucha lo que voy a decirte: Cuando seas mayor serás mi alumno, viviremos juntos y no nos separaremos más.

Francesco levantó hacia él sus ojos, donde todavía brillaban lágrimas bajo las largas pestañas y le miró escrutadoramente.

–¿Es cierto eso? Acaso lo digáis sólo para consolarme; luego os olvidaréis.

–No, Francesco; te lo prometo.

–¿Me lo prometéis? ¿Dentro de cuántos años?

–Pues dentro de ocho o nueve, cuando tengas quince.

–¿Nueve años? –Francesco contó con los dedos–. ¿Y entonces ya no nos separaremos nunca?

–Nunca, hasta la muerte.

–Bueno, si es seguro... Pero... ¿dentro de ocho años?

–Sí, no lo dudes.

Francesco le dirigió una sonrisa feliz y, como un gatito frotó su rostro contra la mejilla del maestro, caricia particular que el niño había inventado.

–Si vieseis, meser Leonardo, qué raro es. Una vez soñé que bajaba en la oscuridad por una escalera larga, larga exactamente como ahora, y que siempre había sido así, y que sería siempre lo mismo y que esas escaleras no tenían fin. Y alguien me llevaba en sus brazos. No veía su cara, pero sabía que era mamá. No recuerdo a mi madre. Murió cuando yo era muy pequeño. Fijaos cómo este sueño se ha realizado. Solamente que sois vos y no mamá. Pero con vos estoy tan bien como con ella. Y no tengo miedo.

Leonardo le miró con ternura infinita. En la oscuridad, los ojos del niño brillaban de una manera misteriosa. Como si efectivamente el artista fuese su madre, tendió hacia él sus labios confiados. El maestro le besó y sintió que en ese beso Francesco le daba su alma.

Sintiendo latir cerca de su corazón el del niño, Leonardo, empujado por una implacable curiosidad, descendía por la escalera de la mina de hierro que cada vez se hacía más profunda en las tinieblas subterráneas.

XIII

De vuelta a casa encontraron a los habitantes de Vaprio muy alarmados con la noticia de que los franceses se acercaban.

El rey, enfurecido, para vengarse de la traición de la ciudad, entregó Milán al pillaje de los mercenarios. Los que podían se refugiaban en las montañas. Se veían carretas por todos los caminos, cargadas de bagajes, niños llorando y mujeres. Por la noche, desde las ventanas de la villa se divisaban en la llanura las llamas de los incendios. Todo el mundo esperaba de un momento a otro la batalla que iba a decidir la suerte de Lombardía.

Una tarde llegó fray Pacioli de la ciudad contando los recientes y terribles sucesos.

La batalla se había fijado para el 10 de abril. Por la mañana, cuando el duque salió de Novara, dispuso sus tropas frente al enemigo. Los mercenarios suizos, que constituían la fuerza principal, estaban sobornados por el mariscal Trivulzio, y rehusaron entrar en combate. El duque, con lágrimas en los ojos, les suplicaba que no le perdieran y prometió darles, si quedaba victorioso, una parte de sus estados. Pero fueron inflexibles. Moro quiso huir disfrazado de monje, pero un suizo de Lucerna, llamado Chattenkhallo, le descubrió a los franceses. El duque fue apresado y conducido ante el mariscal, que entregó a los suizos treinta mil ducados: «los treinta dineros de Judas».

Luis XII encargó al señor de la Tremouille la conducción del prisionero a Francia. Aquel que según la expresión de los poetas de la corte «dirigía el primero después de Dios la rueda de la Fortuna, timón del Universo», fue metido en una jaula como una fiera. Se cuenta que el duque pidió a sus carceleros, como una gracia especial, que le dejasen llevar con él, a Francia, la *Divina Comedia* de Dante.

La permanencia en aquella casa de campo se hacía cada vez más peligrosa. Los franceses devastaban Lamellino, los mercenarios alemanes Ceprio, y los venecianos la región de Martezana. Bandas de forajidos merodeaban por los alrededores de Vaprio. Meser Girolamo dispuso la marcha a Chiavenna con Francesco y tía Bona.

Fue la última noche que Leonardo pasó en la villa Melzi. Según su costumbre, anotó en su diario todo lo ocurrido durante el día: «Cuando el pájaro de cola corta y alas largas las despliega bruscamente, se vuelve para que el viento soplando directamente bajo ellas, le eleve. Pude observarlo en el vuelo de un halcón sobre el monasterio de Vaprio, a la izquierda de la carretera de Bérgamo, en la mañana del 14 de abril de 1500».

Y, al lado, en la misma página: «Moro ha perdido sus estados, sus bienes y la libertad. Su ambición ha terminado por aniquilarle».

Ni una palabra más, como si la pérdida del hombre cerca del cual había pasado dieciséis años y la caída de la poderosa casa de los Sforza tuvieran para él menos importancia que el vuelo solitario de un pájaro de presa.

Capítulo XI

¡Las alas triunfarán!

I

En Toscana, entre Pisa y Florencia, no lejos de la ciudad de Empoli, en la vertiente occidental del monte Albano, se encontraba el pueblo de Vinci, patria de Leonardo.

Antes de partir para la Romaña, para ponerse a disposición de César Borgia, y habiendo arreglado sus asuntos en Florencia, el artista tuvo deseos de visitar este pueblo donde vivía su tío el viejo Francesco da Vinci, hermano de su padre, que se había enriquecido con la industria de la seda. Era el único de la familia que le quería. El artista deseaba volverle a ver, y, si era posible, instalar en casa de Francesco a su discípulo, el mecánico Zoroastro de Peretola, que no estaba todavía repuesto de su terrible caída. Se hallaba amenazado de quedar enfermo toda su vida. El maestro esperaba que el aire de la montaña, la tranquilidad y silencio del campo curarían al enfermo mejor que todos los medicamentos.

Leonardo, cabalgando sobre una mula, salió solo de Florencia por la puerta Alprato, y bajó luego por el curso del Arno. Cerca de la ciudad de Empoli dejó el valle y la carretera de Pisa para tomar un estrecho camino que serpentea a través de colinas bajas y monótonas.

El día estaba fresco y nublado. El sol, de un blanco turbio, ocultando la niebla, vertía una luz extraña y difusa anunciando el viento del Norte.

A los dos lados del camino parecía abrirse el horizonte. Las colinas se elevaban imperceptible y regularmente como en oleaje. Tras ellas se alzaban las montañas. En los claros, crecía una hierba temprana, fina y tierna. Todo envuelto en un tono suave, de un verde agrisado, sencillo y casi pobre, que recordaba los países del Norte. Los campos de pálidas espigas; las viñas, interminables, con cercas de piedra, y, a igual distancia unos de otros, los olivos de troncos firmes y nudosos que proyectaban en el suelo la confusión de sus sombras. De cuando en cuando, ante una capilla solitaria, o una casa de campo desierta, de paredes lisas y amarillentas, con rejas irregularmente dispuestas y cobertizos bajo los que se veían aperos de labranza, sobre el fondo tranquilo de las montañas grises, se perfilaban limpios y esbeltos los cipreses en largas hileras, negros, con la copa puntiaguda como los que vemos en los cuadros de los viejos maestros florentinos.

Las montañas iban elevándose. Se tenía la impresión de una ascensión lenta, pero ininterrumpida. Se respiraba mejor. El viajero pasó San Aovazano, Calestri, Lucardi y la ermita de San Giovanni.

Atardecía. Las nubes se habían disipado. Las estrellas empezaban a encenderse. El viento era más fresco, comienzo de la tramontana, vendaval del norte, frío, sonoro y penetrante. Detrás de una brusca revuelta del camino, el pueblo de Vinci apareció de pronto, enclavado en un terreno abrupto. Las montañas sustituían a las colinas y éstas a la llanura. Al abrigo de una colina pequeña y puntiaguda, se hallaba el pueblo. La torre de la antigua ciudadela se lanzaba, fría, ligera y oscura, hacia el cielo crepuscular. Las ventanas de las casas estaban iluminadas.

Al pie de la montaña, en el cruce de dos caminos, una lamparilla ardía en una hornacina del muro ante una imagen en barro de la Virgen, que el artista conocía desde su infancia. Ante la Madona, de rodillas, inclinada y con el rostro oculto entre las manos, se hallaba una mujer pobremente vestida de oscuro; una campesina, sin duda.

«Catalina», murmuró Leonardo, recordando el nombre de su madre, sencilla labradora, también del pueblo de Vinci.

Atravesó un puente sobre un pequeño torrente que descendía de las montañas y tomó a la derecha un estrecho sendero entre los setos de los huertos. Allí era completamente de noche. Una rama de rosal que salía de una cerca le rozó en el rostro como para besarle en la oscuridad enviándole un soplo de brisa perfumada.

Delante de una vieja puerta de madera, echó pie a tierra y golpeó vigorosamente con la aldaba de hierro. Era la casa que había pertenecido a su abuelo, Antonio da Vinci, y ahora a su tío Francesco; Leonardo pasó en ella su infancia.

Nadie respondió. En el silencio se oía el torrente del molino de Gatte rugir en el fondo del barranco. Arriba, en el pueblo, los perros, despertados por el ruido, empezaron a ladrar. Desde el patio llegaba el ladrido ronco y cascado de un perro, muy viejo sin duda.

Por fin un viejo encorvado y con el pelo blanco salió con una linterna. El viejo, un poco sordo, tardó largo rato en enterarse de que era Leonardo. Al reconocerle se echó a llorar de alegría, y dejó caer la linterna mientras pugnaba por besar las manos de su señor a quien cuarenta años antes había llevado en sus brazos; a través de sus lágrimas no cesaba de repetir:

–*Oh, signore, signore, mio Leonardo!*

Perezosamente y sólo, sin duda, por dar gusto a su antiguo amo, el perro guardián movía la cola caída. Jian Battista –así se llamaba el viejo jardinero–, le dijo que ser Francesco había partido para su viña próxima a la Madona del Este; de allí pensaba ir a Masciliana, donde un monje que conocía le curaba sus dolores de riñones con ayuda de una infusión. Regresaría dentro de unos dos días. Leonardo resolvió esperarle, tanto más cuanto al día siguiente debían llegar de Florencia Zoroastro y Giovanni Beltraffio.

El anciano le condujo a la casa donde, a la sazón, no había nadie –los hijos de Francesco vivían en Florencia–; solícito, llamó a su nieta, una bonita rubia de dieciséis años, y quiso encargar cena. Pero Leonardo pidió solamente vino de Vinci, pan y agua de una fuente por la cual era renombrada la propiedad de su tío. Ser Francesco, como sus padres, abuelo y bisabuelo, vivía, a pesar de su bienestar, con una sencillez que un hombre acostumbrado a las comodidades de las grandes ciudades podría tomar por pobreza.

El artista entró en la habitación que tan bien conocía. Servía a la vez de sala de recibir y de cocina. Se veían algunas sillas ordinarias, bancos y cofres de madera negra tallada, pulidos por los años; una enorme chimenea y un aparador para la pesada vajilla de estaño. Ramilletes de hierbas medicinales secas colgaban de las vigas ahumadas del techo. Las blancas paredes se hallaban desnudas y el suelo era de ladrillos.

No había más novedad que los espesos vidrios, de un verde turbio, de las ventanas. Leonardo recordaba que en su niñez las ventanas, como las de todas las casas de campo toscanas, estaban tapizadas con tela encerada, de manera que, incluso en pleno día, el crepúsculo reinaba siempre en las habitaciones. En cuanto a las habitaciones de arriba que servían de dormitorios, no se cerraban más que con las maderas y a menudo, por las mañanas, durante los fríos del invierno, que en este país son rigurosos, el agua amanecía helada en los lebrillos.

El jardinero hizo un fuego de brezos y enebros olorosos, y encendió la lamparilla de barro colgada por una cadenita de cobre del interior de la chimenea, que con su manga y su largo gollete estrecho se parecía a las lamparillas que se ven en los antiguos cuadros etruscos. En esta sala sencilla y pobre los contornos elegantes y delicados resultaban todavía más encantadores. Aquí, en un rincón medio salvaje de Toscana, se conservaban en la sangre, en la lengua, los objetos domésticos y las costumbres populares, las huellas de la inmemorable antigüedad, los vestigios de la raza etrusca.

Mientras, se apresuraba la muchacha colocando sobre la mesa un pan sin levadura, redondo y plano como galleta, ensalada de lechuga con vinagre, un cubilete, vino e higos secos. Leonardo subió la crujiente escalera que conducía a las habitaciones altas. También allí estaba todo como antes. En el centro de una amplia habitación, baja de techo, había la misma cama cuadrada, en donde podía dormir toda una familia: antiguamente la buena abuela Lucía, mujer de Antonio da Vinci, durmió con el pequeño Leonardo. Ahora, el lecho familiar, piadosamente conservado, pertenecía por herencia al tío Francesco. Y en la cabecera de la cama se encontraban como antes, pendientes de la pared, el crucifijo, la imagen de la Madona, la concha llena de agua bendita, el ramillete gris de hierba seca llamada *nebbia-breza* y la antigua hoja con una plegaria en latín.

Bajó, se sentó cerca del fuego y bebió agua y vino en una escudilla de madera redonda: tenía un fresco olor de olivo que le recordaba también su más lejana infancia. Leonardo quedó solo cuando Jian Battista y su nieta se fueron a acostar, y se absorbió en una serena y apacible meditación.

II

Pensaba en su padre, ser Piero da Vinci, notario de la comuna florentina; le había visto últimamente en la casa que compró en Florencia, en la radiante calle Ghibellina: era un septuagenario vivo, de tez rojiza y cabellos blancos y rizados. En toda su vida había encontrado Leonardo un hombre que amase la vida tan ingenuamente como ser Piero. Al principio el notario sentía una ternura paternal por su primer hijo, nacido ilegítimamente. Pero cuando Antonio y Juliano, sus hijos menores y legítimos, fueron mayores, temiendo que ser Piero reservara una parte de su herencia a su primogénito, se esforzaron por enemistar a Leonardo con su padre. Desde su último encuentro, Leonardo se sintió como un extraño entre su familia. Los rumores que por entonces corrieron sobre su impiedad afligieron sobre todo a su hermano Lorenzo, pues, pese a su edad, casi un niño, era ya muy serio; este «llorón» discípulo de Savonarola, virtuoso y avaricioso, era dependiente de la corporación florentina de mercaderes de lana. A menudo, en presencia de su padre, entablaba con el artista discusiones sobre la fe cristiana, la necesidad de arrepentirse, la humildad y sobre las opiniones heréticas de ciertos filósofos del día. Al separarse, le regaló un librito religioso compuesto por él.

Sentado al lado de la chimenea, en la antigua sala familiar, Leonardo sacó de su bolsillo este libro cubierto de una fina escritura de tendero aplicado.

«Libro confesionario, escrito por mí, Lorenzo de ser Piero da Vinci, florentino, y enviado a Nanna, mi cuñada, obra muy útil para los que quieran confesar sus pecados. Coge este libro y lee: cuando veas en la numeración figurar uno de tus pecados, anótalo, y deja pasar aquellos que no cometiste; otros encontrarán en él utilidad, ya que se puede asegurar que en esta materia, mil lenguas distintas no podrían enumerarlos todos.»

Seguía la nomenclatura detallada de los pecados, hecha por el joven pañero con una minucia verdaderamente comercial, y ocho reflexiones piadosas «que cada cristiano debía llevar en su alma al acercarse a los Santos Sacramentos».

Con una gravedad de teólogo, discutía si era o no pecado

llevar paño u otras telas de lana por las cuales no se hubiera pagado aduana. «Con respecto al alma –decía–, llevar telas extranjeras no puede causar ningún mal si la tara de la aduana es injusta. Por consecuencia, que nuestra conciencia esté tranquila, hermanas y hermanos bien amados; ¡no os alarméis! Y si alguien me dice: Lorenzo, ¿en qué te fundas para exponer esta opinión sobre los paños extranjeros? Yo responderé: el año pasado, en la iglesia de San Miguel, he oído el sermón de un cierto hermano Zanobi, monje de la orden de San Dominico que, con abundancia sorprendente y casi increíble de sabios argumentos, probaba acerca de los paños extranjeros lo que yo afirmo hoy.»

Para terminar, con la misma verbosidad monótona y fastidiosa contaba que, durante largo tiempo, el diablo le había impedido escribir este saludable libro, bajo pretexto, particularmente, de que él, Lorenzo, no poseía la ciencia y la elocuencia necesarias, en tanto que, buen pañero, le convenía mejor ocuparse de los negocios de la tienda que escribir libros espirituales; pero, habiendo vencido las tentaciones del demonio y diciendo que, en esta obra, los conocimientos científicos y la elocuencia eran menos necesarios que la prudencia y piedad cristiana, había acabado con la ayuda del Señor y de la Santa Virgen, este libro dedicado a su cuñada Nanna, al igual que a todos sus hermanos y hermanas en Jesucristo.

Leonardo observó la imagen de las cuatro virtudes cristianas que Lorenzo –pensando quizá secretamente en su hermano, el ilustre artista– aconsejaba a los pintores representar así: «La Prudencia con tres rostros, para significar que contempla el presente, el pasado y el porvenir; la Justicia con la espada y la balanza; la Fuerza apoyada en una columna: la Moderación teniendo en una mano un compás y en la otra unas tijeras, con las cuales corta y destaca todo exceso».

Volvió a encontrar en este libro ese espíritu corriente de piedad burguesa que había rodeado sus años de la infancia y que reinaba en su familia, transmitiéndose de una a otra generación.

Cien años antes de su nacimiento, sus antepasados eran ya, como su padre ser Piero, probos funcionarios parsimoniosos y temerosos de Dios, al servicio de la comuna de Florencia.

En 1339 se menciona por primera vez en las actas al abuelo del artista, notario de la Signoría, un tal ser Guido de ser Michele da Vinci.

El artista creyó ver alzarse ante sus ojos a su abuelo Antonio. Su concepto de la vida era exactamente igual al de su nieto Lorenzo. Enseñaba a sus hijos a no aspirar a nada elevado: ni a la gloria, ni a los honores, ni a los cargos de Estado, ni a los empleos militares, ni a la gran riqueza, ni a la ciencia excesiva.

«Conservad en todo el justo medio –les decía–, es el camino más seguro.» Leonardo tenía presente en la memoria esa grave y tranquila voz del anciano con la que enseñaba esta regla fundamental de la vida *–el justo medio en todo–*. «Oh, hijos míos, tomad ejemplo de las hormigas, que hoy se preocupan de las necesidades de mañana. Sed económicos, sed sobrios. ¿A quién compararía un buen dueño de casa, padre de familia? Le compararé a la araña en el centro de su ancha tela y que, notando que un hilo se debilita –tan fino es–, se apresura a socorrerle.»

Exigía que por las tardes se reuniesen todos los miembros de la familia cuando la campana tocase el avemaría. Él mismo daba la vuelta a la casa, cerraba las puertas, se llevaba las llaves a su dormitorio y las escondía debajo de su almohada. Ningún detalle doméstico escapaba a su vigilante ojo: no se había dado bastante heno a los bueyes, la criada había sacado mucho la mecha de la lamparilla, así se gastaba mucho aceite –todo lo notaba, se ocupaba de todo–. Pero no era avaro. Empleaba y aconsejaba a sus hijos que así lo hiciesen, el mejor paño para sus trajes, sin escatimar el dinero; los trajes serían mejores y no necesitarían reemplazarlos con tanta frecuencia. Así los vestidos de buen paño, no solamente tienen mejor aspecto, sino que resultan más baratos.

El abuelo era de opinión que la familia debía vivir sin separarse, bajo el mismo techo, «porque –decía–, cuando todos comen en una misma mesa, un solo mantel y una sola bujía bastan; pero si hay dos mesas hacen falta dos manteles y dos luces; cuando todos se calientan en la misma chimenea, un leño es suficiente; para dos chimeneas son necesarios dos y así con todo».

Miraba a las mujeres desde su altura. «Les conviene ocuparse de la cocina y de los niños, sin mezclarse en los asuntos del marido. Es un tonto quien crea en la razón de las mujeres.»

La sabiduría de ser Antonio no estaba exenta de malicia.

–Hijos míos –repetía–, sed caritativos como manda nuestra santa madre la Iglesia; pero, sin embargo, preferid los amigos dichosos a los desgraciados, los ricos a los pobres. El arte supremo de la vida consiste en, siendo siempre virtuoso, ser más astuto que los astutos.

Les enseñaba a plantar los árboles frutales en la linde de los campos, de manera que la sombra cayese sobre el campo vecino. Les enseñaba a deshacerse de los que venían a pedir con palabras amables.

–Hay en ello doble ventaja –añadía–, conserváis vuestro dinero y os dais el gusto de burlaros del que quería mantearos. Si el solicitante es un hombre inteligente, os comprenderá y os estimará más aún por haber sabido rehusar con cortesía. Fullero el que pide prestado, tonto el que presta. En cuanto a tus parientes y allegados, ayúdales no solamente con tu dinero, sino también con tu sudor, con tu sangre, con tu honor, y con todo lo que poseas, sin incluso economizar tu vida por la prosperidad de tu raza. Porque, acordaos, mis bien amados, que hay más gloria y provecho para el hombre que hace bien a los suyos que a los extraños.

Sentado, después de trece años de ausencia, bajo el techo de la casa paterna, escuchando el aullar del viento y viendo apagarse los últimos tizones, el artista pensaba que toda su vida había sido la violación de esta sabiduría económica y vieja como el mundo, de esta sabiduría de araña y de hormiga; toda su vida estaba hecha de esa exuberancia impetuosa, de esos excesos ilegítimos que, creer a su hermano Lorenzo, la diosa de la Moderación debía cortar con sus tijeras de hierro.

III

Al día siguiente, muy temprano, salió de la casa sin despertar al jardinero y, después de haber atravesado el pobre pueblo de Vinci, cuyas pequeñas casas altas se apretaban estrechamente sobre la pendiente de la colina alrededor de la ciudadela, empezó a subir hacia Anciano, la aldea vecina, por un camino rudo y escarpado constantemente. Lo mismo que la víspera, brillaba un triste sol blanco, invernal. El cielo sin nubes y frío estaba, incluso a estas horas de la mañana, bordeado de violeta turbio. La tramontana había aumentado durante la noche. El viento, sin embargo, no era más fuerte, pero soplaba igual, viniendo directo del norte, como si cayese del cielo, y, monótono, silbaba en los oídos. De nuevo los mismos campos tranquilos y pálidos de ralas espigas, sobre estas alturas, que recordaban aún más a los países del norte, de pobres viñas escalonadas en semicírculos, o colgando de la colina hierbas secas y descoloridas, adormideras que se deshojaban, olivos de un gris polvoriento cuyas negras ramas impulsadas por el vendaval se agitaban con un breve y doloroso estremecimiento.

Al llegar a la aldea de Anciano, Leonardo se detuvo, no pudiendo reconocer el lugar. Recordaba que antes estaban allí las ruinas del castillo Adimasi, y, en una torre que se conservaba intacta, una pequeña posada de campo. Ahora en este mismo sitio, que se llamaba Campo della Tonacia, había en medio de una viña una casa nueva de paredes cuidadosamente blanqueadas.

Al otro lado de una cerca baja de piedra, un campesino removía la tierra alrededor de las cepas. Explicó al artista que el propietario de la posada había muerto y que sus herederos habían vendido la tierra a un rico ganadero de borregos de Urbiniano que había roturado la cima de la colina, plantando viñas y un bosque de olivos.

Tenía sus motivos para interesarse por la posada de Anciano: había nacido en ella.

Cincuenta años antes, allí, a la entrada misma del pobre caserío montañés, sobre la carretera que, franqueando al monte Albano, conduce del valle de Niévole a Prato y a Pistoya, una posada campesina se cobijaba alegremente a la sombra de la ruinosa torre del caballero Adimasi. En la puerta se leía esta inscripción «Bottigliaria», rechinando sobre sus goznes enmohecidos. La puerta abierta dejaba ver una hilera de toneles, de cubiletes de estaño, de ventrudos cántaros de barro; bajo un fresco emparrado que dejaba pasar el sol, se veían las ventanas enrejadas, sin cristales, con las contraventanas ennegrecidas, que parecían guiñar maliciosamente los ojos, y los escalones de las terrazas pulidos por los pasos de los clientes. Los habitantes de los pueblos vecinos, de paso para la feria de San Miniato o de Fucchio; los cazadores de gamuzas, los arrieros, los carabineros que vigilaban la frontera florentina y otras gentes poco exigentes, entraban allí para charlar un poco, beber un frasco de áspero vino y jugar a las damas, dados o cartas.

La criada era una pobre campesina, una huérfana de dieciocho años, Caterina de nombre, y originaria de Vinci.

Una vez, en la primavera de 1451, el joven notario florentino Piero de ser Antonio da Vinci llegó de Florencia, donde sus negocios le retenían la mayor parte del tiempo, a descansar a la villa de su padre. Le rogaron que fuese a Anciano a redactar un contrato para el arriendo a largo plazo de la sexta parte de la prensa de aceitunas. Cuando los campesinos firmaron las cláusulas en la forma legal, invitaron al notario a mojar el contrato en la taberna vecina del Campo della Tonacia. Ser Piero, hombre sencillo y afable hasta con las gentes humildes, accedió de buen grado. Caterina los sirvió. El joven notario, como luego confesó, se prendó de ella a la primera mirada. Con pretexto de cazar codornices, prolongó su marcha hasta el otoño y, haciéndose asiduo concurrente de la taberna, empezó a hacer la corte a Caterina, a la que encontró menos accesible de lo que creía. Pero no en vano pasaba ser Piero por ladrón de corazones. Tenía veinticuatro años y vestía elegantemente; era hermoso, sagaz, vigoroso y se hallaba dotado de esa elocuencia amorosa que seduce a las mujeres sencillas. Caterina resistió largo tiempo, llamando en su auxilio a la Virgen María pero al fin cedió. En el tiempo en que las codornices, cebadas con las uvas jugosas del otoño, emigran del valle de Niévole, Caterina quedó encinta.

El rumor de las relaciones de ser Piero con una pobre huérfana, criada de la posada de Anciano, llegó hasta ser Antonio da Vinci. Amenazó a su hijo con la maldición paterna y le envió enseguida a Florencia. El mismo invierno, para según su propia expresión «colocar al atrevido», le hizo casar con madona Albiera di ser Giovanni Amadori; una muchacha ni joven ni bella, pero de familia honorable y provista de una buena dote. En cuanto a Caterina, la casó con su jardinero, pobre campesino de Vinci, un tal Acattabriga, di Piero del Vacca, hombre de edad, taciturno, de carácter difícil, que según se decía, había enterrado a su mujer por haberla golpeado demasiado cuando estaba borracho. Seducido por la promesa de treinta florines y un pequeño pedazo de olivar, Acattabriga no tuvo inconveniente en cubrir con su honor el pecado de otro. Caterina se prometió sin protestas; pero cayó enferma de pesar y faltó poco para que muriese de parto. No tenía leche. Para criar al pequeño Leonardo –así llamaron al pequeño– se tomó una cabra del monte Albano. Piero, a pesar de su amor y su pena por haber perdido a Caterina, se resignó también, pero consiguió que su padre llevase a Leonardo a su casa para educarlo. En aquellos tiempos no se avergonzaban de los bastardos; se los educaba casi siempre lo mismo que a los hijos legítimos y, a menudo, hasta se les demostraba preferencia. El abuelo consintió en ello con tanto más gusto cuanto que el primer matrimonio de su hijo fue estéril y confió los cuidados del niño a su mujer, una anciana y buena abuela, monna Lucía di Piero Soni de Barcanetto.

Fue así como Leonardo, nacido de los amores ilegítimos de un notario florentino de veinticuatro años y de una criada seducida de la posada de Anciano, entró en la virtuosa y piadosa familia de Vinci.

En los archivos de la ciudad de Florencia se conserva, en el registro del año 1457, esta nota escrita de puño y letra del abuelo Antonio da Vinci:

«Leonardo, hijo del susodicho Piero, ilegítimamente nacido de él, y de Caterina, hoy esposa de Acattabriga di Piero del Vacca da Vinci, de cinco años de edad.»

Leonardo recordaba a su madre como a través de un sueño. Se acordaba particularmente de su sonrisa tierna, inaccesible, llena de misterio, un poco maliciosa, extraña en ese bello y sencillo rostro, austero y casi severo. Un día, en Florencia, en el museo del jardín de Médicis, vio una estatua encontrada en Arezzo, antigua ciudad de Etruria, una pequeña Cibeles de cobre, la diosa de la Tierra inmemorablemente vieja: tenía la misma extraña sonrisa que la joven campesina de Vinci: su madre.

Era en Caterina en quien pensaba el artista cuando escribía en su tratado sobre la pintura:

«¿No has notado que las mujeres de las montañas, vestidas con telas groseras y pobres, sobrepasan en belleza a las bien ataviadas?»

Los que conocieron a su madre cuando era joven aseguraban que Leonardo se le parecía. Sus largas y finas manos sobre todo; sus bucles dorados, suaves como la seda, y su sonrisa recordaban a Caterina. De su padre había heredado la anchura de hombros, una robusta salud, el amor a la vida, y de su madre, ese encanto femenino del que se hallaba impregnada toda su persona.

La casita donde Caterina vivía con su marido no estaba lejos de la villa de ser Antonio. A mediodía, cuando el abuelo dormía la siesta y Acattabriga se marchaba con los bueyes a trabajar en el campo, el chiquillo se escapaba a través de las viñas, trepaba por el muro y corría a casa de su madre. Ella le esperaba sentada en el umbral, el huso entre las manos y, al verle de lejos, le tendía los brazos. Se abrazaban y la madre cubría de besos su cara, sus ojos, sus labios, sus cabellos.

Les gustaban mucho más todavía las citas nocturnas. Los días de fiesta por la noche, el viejo Acattabriga se iba a jugar a los dados a la taberna o a casa de algún compadre; Leonardo dejaba furtivamente el amplio lecho familiar donde dormía al lado de la abuela Lucía; a medio vestir separaba sin ruido las maderas, abría la ventana, descendía al suelo por las ramas de una espesa higuera y corría a casa de Caterina.

Encontraba agradable el frío de la hierba cubierta de rocío, las aves nocturnas, las picaduras de las ortigas, las piedras puntiagudas que herían sus pies desnudos, el resplandor de las lejanas estrellas, el temor de que su abuela se despertara y le buscase; dulces también los besos misteriosos y casi criminales cuando, deslizándose en la oscuridad bajo las sábanas en la cama de Caterina, se apretaba contra ella con todo su cuerpo.

Lucía quería y mimaba a su nieto. Recordaba su vestido marrón oscuro, siempre el mismo; la toquilla blanca que rodeaba su rostro bondadoso, cubierto de pequeñas arrugas; las suaves mecedoras y el atrayente olor de los dulces pueblerinos que preparaba ella misma.

Pero no se avenía con su abuelo. Al principio ser Antonio enseñaba él mismo a su nieto. El niño escuchaba las lecciones de mala gana. Cuando tuvo siete años lo llevaron a la escuela próxima de la iglesieta de Santa Petronila, no lejos de Vinci. Tampoco sacaba gran provecho de las enseñanzas de latín.

Con frecuencia, al salir por la mañana de casa, en lugar de irse a la escuela, se iba a un barranco salvaje invadido de cañas, se acostaba de espaldas y boca arriba, seguía durante horas con dolorosa envidia el vuelo de las grullas que pasaban. O bien, sin arrancar las flores pero separando con precaución sus pétalos para que no cayeran, admiraba su delicada estructura, sus aterciopelados pistilos, los estambres y antenas húmedos de miel. Cuando ser Antonio se iba a la ciudad para negocios, el pequeño Nardo, aprovechando la indulgencia de la abuela, se escapaba durante días enteros a las montañas y, a través de peñascos, sobre precipicios, por senderos desconocidos de todos, que sólo las cabras escalaban, trepaba a las desnudas cimas de monte Albano, desde donde se divisaban inmensas praderas, bosques, campos, el lago cenagoso de Fucchio, las ciudades de Pistoya, Prato, Florencia; los nevados Alpes y, cuando el tiempo era claro, la banda azul y brumosa del Mediterráneo. Regresaba a casa cubierto de desolladuras, polvoriento, curtido, pero tan contento, que mamá Lucía no tenía valor para regañarle, ni para decírselo al abuelo.

El niño vivía solitario. En cuanto a su buen tío Francesco y a su padre, que le traían chucherías de la ciudad, no los veía más que muy raramente: los dos pasaban en Florencia la mayor parte del año. Tampoco pudo hacerse amigo de sus condiscípulos. Sus juegos le eran ajenos. Cuando después de arrancar las alas a una mariposa se entretenían en verla arrastrarse, el rostro del pequeño Leonardo se contraía dolorosamente; palidecía y se alejaba. Una vez, con ocasión de una fiesta, vio a la vieja criada matar un lechoncillo que se debatía y lanzaba agudos gritos. Mucho tiempo después, con gran indignación de ser Antonio, rehusó obstinadamente comer carne, sin explicar por qué.

Otra vez, los colegiales, capitaneados por un tal Rosso, osado granujilla, inteligente y cruel, cogieron un topo; después de haberse recreado atormentándolo, medio muerto ya, lo ataron por una pata para que lo destrozasen los perros del pastor. Leonardo se arrojó en medio de la horda de chicos e hizo rodar por tierra a tres de ellos –era diestro y fuerte–, y aprovechándose de la estupefacción de los muchachos que, del siempre dulce Leonardo no esperaban semejante agresión, cogió el topo y salió corriendo por el campo hasta quedar sin aliento. Cuando se rehicieron, sus camaradas se lanzaron en su persecución, con gritos, risas, silbidos, e injuriándole le tiraban piedras. El desmadejado Rosso, que tenía cinco años más que Leonardo, le alcanzó agarrándole por los cabellos y empezó la lucha. Sin la oportuna intervención de Jian Battista, el jardinero del abuelo, Leonardo lo hubiera pasado mal. Pero el chiquillo había logrado su fin. En la confusión el topo se escapó. Leonardo, defendiéndose de su agresor Rosso, en el ardor de la lucha le señaló en un ojo. El padre del golfillo, cocinero de un señor que habitaba una villa vecina, se quejó al abuelo. Ser Antonio se enfadó tanto que quiso dar con el látigo a su nieto, pero la intervención de la abuela desvió el castigo. Nardo fue encerrado durante varios días en un cuartito, bajo la escalera.

Más tarde, acordándose de esta injusticia, la primera de la infinita serie que el destino le reservaba, se preguntaba en su diario:

«Si ya en tu infancia te encerraban por haberte portado bien, ¿qué harán contigo ahora que eres mayor?»

Sentado en el cuartito oscuro, el muchacho contemplaba a una araña chupando a una mosca en el centro de su tela, que a los rayos del sol tomaba los reflejos del arco iris.

La víctima se debatía entre las patas de la araña con un ligero zumbido que poco a poco se debilitó. Nardo hubiera podido salvarla como salvó al topo, pero se hallaba detenido por un sentimiento confuso e invencible. Dejando a la araña devorar su presa, se aplicaba a observar la voracidad del monstruoso insecto con la misma impasible e inocente curiosidad que a estudiar el misterio de la delicada estructura de las flores.

IV

No lejos de Vinci, el arquitecto florentino Biagio de Ravenna, discípulo del gran Alberti, construía una gran villa para el señor Pandolfo Rucellari. Leonardo se iba con frecuencia a las obras y veía a los obreros elevar los muros, medir con el goniómetro el alineamiento de las piedras y los bloques por medio de máquinas. Un día que Biagio dirigió la palabra al niño quedó sorprendido de su claro espíritu. Al principio, para distraerse, después, con placer creciente, empezó a enseñarle los rudimentos de aritmética, álgebra, geometría y mecánica. El maestro encontraba increíble, casi milagrosa, la facilidad con que el discípulo cogía todo al vuelo, como si no hiciera más que recordar lo que ya había aprendido solo.

El abuelo veía con malos ojos las fantasías de su nieto. El hecho de que éste fuera zurdo no le gustaba nada tampoco: eso era un mal síntoma. Se creía que las gentes que tenían pacto con el diablo, las brujas y nigromantes, nacían zurdas. El sentimiento de hostilidad hacia el niño se afirmó en el espíritu de ser Antonio cuando una experimentada comadre de Portuniano le aseguró que la vieja mujer del pueblecillo perdido de Fornello sobre el monte Albano a quien pertenecía la cabra negra que había criado a Nardo, era bruja. Pudiera muy bien haber sido que ella, para complacer al diablo, embrujase la leche de la cabra de Nardo.

«Por ser verdad es conveniente –pensaba el abuelo–. Es inútil criar al lobo, tirará siempre al bosque. Pero sin duda es la voluntad del Señor. Toda familia tiene sus monstruos.»

El viejo esperaba con impaciencia que Piero, su hijo mayor, le anunciase el feliz acontecimiento de un nieto legítimo que sería su digno heredero. Nardo le hacía el efecto de un niño encontrado; en realidad había bien «ilegítimamente nacido» en esta familia.

Los habitantes del monte Albano contaban que allí había una particularidad que no se encontraba en ninguna otra parte: el color blanco de algunas plantas y animales. El que no lo haya visto con sus propios ojos no cree en estos cuentos, pero los viajeros que han errado por los bosques y praderas de monte Albano saben bien que allí se encuentran a menudo violetas blancas, fresas blancas, gorriones blancos y hasta pajarillos blancos en los nidos de los mirlos negros. Es por lo que, aseguran los habitantes de Vinci, esta montaña, desde tiempo inmemorial ha recibido el nombre de blanca: monte Albano.

El pequeño Nardo era uno de los prodigios de la montaña Blanca, un monstruo en la familia virtuosa y gris de notarios florentinos, un pajarillo blanco en el nido de los negros mirlos.

V

Cuando Leonardo cumplió trece años, su padre le llevó a una casa de Florencia. A partir de entonces, rara vez volvió a su pueblo.

En 1494, estando al servicio del duque de Milán, escribió, en uno de sus cuadernos, esta nota breve y, como siempre, enigmática:

«Caterina ha llegado el 16 de julio de 1493.»

Se podría pensar que se trata de una sirvienta contratada para las tareas domésticas. En realidad se trataba de la madre de Leonardo.

Después de la muerte de su marido Acattabriga di Piero del Vacca, Caterina, sintiendo que a ella tampoco le quedaba mucho tiempo de vida, quiso, antes de morir, volver a ver a su hijo.

Se unió a los peregrinos que iban de Toscana a Lombardía para venerar las reliquias de san Ambrosio y el clavo sagrado del Señor, y así llegó a Milán. Leonardo la acogió con piadosa ternura.

Se sentía a su lado como aquel pequeño Nardo de antaño que, por la noche, corría hacia ella en secreto, con los piececitos desnudos y, saltando a la cama, se apretaba contra ella bajo las sábanas.

Una vez que vio a su hijo, la anciana quiso volver a su pueblo; pero él la retuvo, y alquiló y amuebló con cariño, para ella, una apacible celda en el convento de mujeres de Santa Clara, próximo a las puertas Vercellinas. Cayó enferma y tuvo que guardar cama, pero se negó a ir a casa de Leonardo para no causarle ningún trastorno. Él la instaló en el mejor hospital de Milán, magnífico palacio construido por el duque Francisco Sforza. Iba a verla todos los días. En los últimos de su enfermedad, no se separó de ella. Y, sin embargo, nadie entre sus amigos, ni incluso entre sus discípulos, sabía que Caterina estaba en Milán. En sus diarios apenas habla de ella. Sólo una vez la nombra, y aún de pasada, a propósito del rostro singular y, como él dice, «fantástico», de una joven consumida por grave enfermedad que observaba por entonces en el mismo hospital donde su madre se moría.

«*Giovannina viso fantastico, sta, asca, Caterine all'ospedale*», pregunta Caterina en el hospital.

Cuando por última vez tocó con sus labios la mano fría de su madre, le pareció que a esta pobre campesina de Vinci, humilde habitante de las montañas, debía todo lo que poseía. Le hizo magníficas exequias como si Caterina en vez de haber sido una modesta criada de la posada de Anciano, hubiese sido una noble dama. Anotó el coste de los funerales con esa misma exactitud que había heredado de su padre, el notario, y que le hacía apuntar el precio de los botones, del galón de plata y del raso rosa destinados al nuevo traje de Andrea Salaino.

Seis años más tarde, en el año 1500, después de la caída de Moro, arreglando sus cosas antes de partir para Florencia, encontró en uno de los armarios un paquetito cuidadosamente atado. Era un rústico regalo que Caterina le había traído de Vinci: dos camisas de gruesa tela gris y tres pares de medias de pelo de cabra, tejido todo por sus propias manos. No lo usó porque estaba acostumbrado a telas finas. Pero entonces, al encontrar de pronto el paquetito olvidado entre los libros de ciencia, los instrumentos matemáticos y los aparatos, sintió llenársele el corazón de ternura.

Desde entonces, en sus largas, solitarias y tristes peregrinaciones de país en país y de ciudad en ciudad, jamás dejó de llevar con él el pobre paquetito inútil, y cada vez, ocultándolo a las miradas de los demás, lo colocaba púdicamente y con cuidado entre los objetos que le eran más queridos.

VI

Estos recuerdos cruzaban la mente de Leonardo mientras trepaba por el monte Albano por un escarpado sendero que conocía desde su infancia.

Bajo un saliente de la roca, donde soplaba menos el viento, se sentó sobre una piedra para descansar y contempló a su alrededor las pequeñas encinas rugosas, cuyo follaje databa del año anterior; las olorosas florecillas de brezo de un verde opaco, llamadas por los campesinos «escobillas» y las pálidas violetas silvestres. Dominaba un olor de ajenjo, primavera o cualquiera otro de alguna desconocida hierba de las montañas. El horizonte descendía hacia el valle del Arno. A la derecha se elevaban las montañas pedregosas y desnudas, de sombras sinuosas, hendiduras serpenteantes y precipicios de un gris violeta. Justamente a sus pies, resplandecía al sol Anciano. Más abajo, en el valle, incrustado en una colina redondeada como un nido de avispas, el pueblecillo de Vinci y su ciudadela con una torre tan negra y puntiaguda como los cipreses de la carretera de Anciano.

Nada había cambiado. Le pareció que todavía ayer escalaba estos senderos. Hoy, como hacía cuarenta años, crecían allí abundantes brezos y violetas blanquecinas; se escuchaba el seco rumor de las hojas ocres y rizadas de las encinas; el azulado monte Albano lo dominaba todo y, como antaño, todo era sencillo, tranquilo, pobre, pálido y recordaba al norte. Sin embargo, el delicado encanto, apenas perceptible, de la más bella tierra del mundo –antes la antigua Etruria y hoy Toscana–, tierra eternamente primaveral del Renacimiento, aparecía a veces a través de esta quietud y de esta palidez como la extraña y tierna sonrisa que iluminaba el rostro austero y de una belleza casi severa de la joven campesina de Vinci madre de Leonardo.

Se levantó y fue más lejos, por un sendero que ascendía rápidamente. Cuanto más subía, más violento y frío era el viento.

De nuevo le asaltaron los recuerdos; ahora eran los años de juventud los que rememoraba.

VII

Los negocios del notario ser Piero da Vinci eran florecientes. Era uno de esos hombres hábiles, afables y alegres, que logran todo en la vida y que viven dichosos sin molestar a nadie. Sabía estar en buena armonía con todo el mundo, pero principalmente con el clero. Se hizo el hombre de confianza del rico convento de la Santisima Annunciata, y de numerosas fundaciones pías. Ser Piero redondeaba sus bienes, adquiría nuevas tierras alrededor de Vinci, casas, viñas, sin modificar en nada su modesto tren de vida; seguía también la sabiduría de ser Antonio. Sin embargo, hacía gustoso donativos para el embellecimiento de la iglesia y, celoso del honor de su raza, hizo colocar una lápida sobre la sepultura familiar de Vinci en Badia Fiorentina.

Se consoló pronto de la muerte de su primera mujer Albiere Amadoni. A los treinta y ocho años se volvió a casar con una joven encantadora, casi una niña, Francesca de ser Giovanni Lampedini. Tampoco su segunda mujer le dio hijos. Por entonces Leonardo vivía en Florencia con su padre, en una casa alquilada a un tal Brandolini, en la plaza San Firenze, no lejos del Palacio Viejo. Ser Piero tenía intención de dar una buena instrucción a su primer hijo ilegítimo, sin escatimar el dinero; quizás a falta de hijos legítimos, sería él su heredero que, desde luego, también sería notario florentino, como todos los hijos mayores de la familia Vinci.

Vivía por entonces en Florencia un célebre naturalista, matemático, físico y astrónomo, Paolo del Pozzo Toscanelli, el cual dirigió a Cristóbal Colón una carta donde le demostraba con cálculos que la ruta marítima de las Indias por las antípodas era menos larga de lo que se suponía; le alentó al viaje y le predijo el éxito. Sin la ayuda y alientos de Toscanelli, Colón no hubiera hecho su descubrimiento. El célebre navegante no fue más que un dócil instrumento en las manos del inmóvil contemplativo; él realizó lo que fue concebido y calculado en el solitario estudio del sabio florentino. Se mantenía alejado de la brillante corte de Lorenzo de Médicis y de la charlatanería de los neoplatónicos, elegantes y estériles imitadores de la antigüedad. Toscanelli, empleando la expresión de sus contemporáneos, «vivía como un santo», taciturno, desinteresado; ayunaba, jamás comía carne y observaba una rigurosa castidad. Su rostro era de una fealdad casi repugnante; sólo sus ojos, claros, dulces y de una sencillez infantil, eran bellos.

Una noche de 1470, un joven desconocido, casi un niño, llamó a la puerta de su casa, próxima al Palazzo Pitti. Toscanelli le recibió con fría severidad, sospechando en el visitante esa curiosidad ingenua a la cual estaba habituado, pero después de hablar con Leonardo, como antes Biagio de Ravenna, asombrado de su genio matemático, ser Paolo lo tomó como discípulo. En las claras noches de verano subían a la colina de Paggio del Pino, cerca de Florencia, cubierta de brezos, olorosos enebros y negros pinos resinosos. Una vieja cabaña, medio en ruinas, servía de observatorio al gran astrónomo. Enseñaba a su discípulo todo lo que él sabía de las leyes de la naturaleza.

En estas conversaciones creció la fe de Leonardo en el poder de la ciencia, poder nuevo, desconocido todavía de los hombres.

Su padre no le contrariaba, solamente le aconsejaba que eligiese una ocupación lucrativa. Y viendo que no cesaba de dibujar o esculpir, ser Piero llevó algunos de sus trabajos a su viejo amigo, el orfebre, pintor y escultor Andrea Verrocchio.

Poco después entraba Leonardo en el taller de este último para hacer su aprendizaje.

VIII

Verrocchio, hijo de un pobre ladrillero, era diecisiete años mayor que Leonardo.

Sentado detrás de su mostrador, con una lupa en las manos y espejuelos sobre la nariz; en el taller medio oscuro, situado cerca del Puente Viejo, en una casucha inclinada, apuntalada con vigas podridas, y cuyos muros se bañaban en las aguas verde-turbio del Arno, ser Andrea parecía más un vulgar tendero florentino que un gran artista. Tenía el rostro inmóvil, chato, blanco, redondo y abotargado, con papada; sólo sus finos labios apretados y sus ojillos grises de mirada escrutadora y punzante como una aguja revelaban un espíritu frío, preciso e intrépidamente curioso.

Andrea reconocía por maestro al viejo Paolo Ucella. Se contaba, que dado al estudio de las matemáticas abstractas, que aplicaba al arte y a difíciles problemas de perspectiva, despreciado y abandonado por todos, se quedó en la miseria y casi perdió la razón. Pasaba días enteros sin comer y noches sin sueño; a veces, acostado, en su cama, con los ojos completamente abiertos en la oscuridad despertaba a su mujer exclamando:

–¡Qué dulce cosa es la perspectiva!

Murió incomprendido y despreciado.

Como Ucello, Verrocchio creía que las matemáticas son la base común del arte y de la ciencia; decía que siendo la geometría una parte de las matemáticas, «madre de todas las ciencias», era también la «madre del dibujo, padre de todas las artes». La ciencia perfecta y el goce perfecto de la belleza era para él una sola cosa y la misma. Cuando veía algún rostro o cualquier otra parte del cuerpo humano de una fealdad o de un encanto extraños, no se volvía con disgusto o se sumergía, como ciertos artistas al estilo de Sandro Botticelli, en una voluptuosidad soñadora, sino que estudiaba y hacía bocetos anatómicos en yeso, lo que ningún maestro hizo antes que él. Con paciencia infinita medía, comparaba, experimentaba, presentando en las leyes de la belleza las leyes de la necesidad matemática. Más infatigable que Sandro, buscaba una belleza nueva; pero no como Sandro, en el milagro ni en la fábula, ni el atractivo crepúsculo donde se funden el Olimpo y el Gólgota, sino en una penetración de los misterios de la naturaleza, de un modo que nadie antes que él lo había intentado, ya que para Verrocchio el milagro no era la verdad, sino la verdad un milagro.

El día en que ser Piero llevó al estudio a su hijo de dieciocho años, la suerte de ambos se decidió. Andrea no solamente fue el maestro, sino también el discípulo de su discípulo Leonardo.

En el cuadro que los monjes de Vallombroso encargaron a Verrocchio y que representaba el bautismo del Señor, Leonardo pintó el ángel arrodillado. Todo lo que Verrocchio presentía confusamente; todo lo que, a tientas como un ciego, buscaba, Leonardo lo vio, lo encontró y lo encarnó en esta figura. Dicen que el maestro, desesperado por haber sido superado por un joven, quiso renunciar a la pintura. En realidad no hubo enemistad entre ellos. Se complementaban el uno al otro; el discípulo poseía esa facilidad que la naturaleza había negado a Verrocchio y el maestro la tenacidad concentrada que faltaba al inconstante y diverso Leonardo. Sin envidiarse y sin rivalizar, ellos mismos no sabían a veces quién imitaba a quién.

Verrocchio por entonces vaciaba en bronce un Cristo con santo Tomás, destinado a Orsanmichele.

En lugar de las paradisíacas visiones de fra Beato y de las divagaciones fantásticas de Botticelli, acometió por primera vez la audacia, todavía desconocida, del hombre ante Dios; de la razón escrutadora ante el milagro, de representar a Tomás metiendo los dedos en las llagas del Señor.

IX

La primera obra de Leonardo fue un cartón para un tapiz de seda, tejido en oro, oferta de los ciudadanos florentinos al rey de Portugal. Representaba la caída de Adán y Eva. El tronco nudoso de una de las palmeras del paraíso se hallaba representado con tal perfección, que, según la expresión de un testigo ocular, la razón se ofuscaba ante la idea de que un hombre pudiera tener tanta paciencia. El femenino rostro de la diabólica serpiente respiraba un fascinador encanto y parecían oírse sus palabras.

«No, no moriréis; pero Dios sabe que el día que los probéis, se abrirán vuestros ojos, y seréis como dioses conociendo el bien y el mal.»

Y la mujer, tendiendo la mano hacia el árbol de la Ciencia, tenía la misma sonrisa de curiosidad audaz que, en la estatua de Verrocchio, *Tomás el Incrédulo*, metiendo los dedos en las llagas del Señor.

Un día, ser Piero, por medio de uno de sus vecinos, cuyos

servicios utilizaba cuando iba de caza o pesca, rogó a Leonardo que pintase algo sobre uno de esos escudos redondos de madera que se llaman «rotolla». Estos escudos, ornados de pinturas e inscripciones alegóricas, servían para adornar las casas.

El artista tuvo la idea de representar un monstruo que, como la cabeza de Medusa, atemorizara al espectador.

En un cuarto donde nadie entraba más que él, reunió lagartos, serpientes, grillos, arañas, cucarachas, mariposas de noche, escorpiones, murciélagos y muchos otros animales asquerosos. Eligiendo, uniendo, agrandando diversas partes de sus cuerpos, formó un ser monstruoso inexistente y real.

De lo que existía deducía progresivamente lo que no existía, tan claramente como Euclides o Pitágoras deducían un teorema de otro.

Se veía el monstruo salir por la rendija de un peñasco y se creía oír reptar sobre el suelo su vientre anillado, viscoso, negro y brillante. Su babeante hocico exhalaba un fétido aliento, sus ojos lanzaban llamas y su nariz humo. Pero lo más sorprendente era que, al igual que la belleza, la fealdad de este monstruo atraía y cautivaba.

Leonardo pasó encerrado en el cuarto días y noches enteras, donde el olor de los animales muertos infectaba el aire hasta el punto de hacerlo irrespirable. Pero él, que antes era extremadamente sensible al mal olor, ni siquiera lo notaba. Por fin anunció a su padre que el cuadro estaba terminado y podía llevárselo. Cuando ser Piero llegó, le rogó que esperase en otro cuarto; luego volvió a su taller, colocó el cuadro sobre un caballete, lo cubrió con una tela negra, entreabrió las maderas de manera que un solo rayo de sol cayera de lleno sobre la «rotolla» y llamó a ser Piero. Éste entró, lanzó una mirada y dando un grito reculó asustado: creyó tener ante él un monstruo vivo. Mirando más atentamente el miedo se convirtió en sorpresa en el rostro de ser Piero, y el artista dijo sonriente:

–El cuadro está terminado, ha resultado exactamente como yo quería. Lleváoslo; está listo.

En 1481 los monjes de San Donato Scopeto encargaron a Leonardo que pintase la Adoración de los Magos para el altar mayor.

En la ejecución de este cuadro demostró una ciencia de la anatomía y de la expresión de los sentimientos humanos por las actitudes de los cuerpos, como nunca hasta entonces se había visto en ningún otro maestro.

En el fondo del cuadro se veían –imágenes del antiguo Olimpo–, juegos, combates de jinetes, bellos cuerpos de adolescentes desnudos, desiertas ruinas de un templo con columnatas y escaleras medio en ruinas. A la sombra de los olivos se hallaba sentada sobre una piedra la Madre de Dios con el Niño Jesús y sonreía con infantil sonrisa, como extrañada de ver a los viajeros reales, llegados de desconocidos países, a traer tesoros –incienso, mirra y oro, todos los dones de la grandeza terrestre–, al pesebre del recién nacido. Cansados, curvados bajo el peso de una sabiduría milenaria, inclinaban las cabezas y protegían con sus manos sus ojos medio ciegos, para contemplar el más grande de todos los milagros, la llegada de Dios en el hombre. Y se prosternaban ante Aquel que diría: «En verdad, en verdad os digo, si no os convertís y os volvéis como niños, no entraréis en el reino de los Cielos».

Leonardo parecía haber trazado en estas dos creaciones todo el círculo de sus meditaciones: el primer pecado mostrando la sabiduría de la serpiente en la osadía de la razón; la Adoración de los Magos, la sencillez de la paloma en la humildad de la fe.

Desde luego no terminó este cuadro, como más tarde no debía acabar casi ninguna de sus obras. Persiguiendo la inaccesible perfección, se creaba dificultades que el pincel no podía vencer. Siguiendo la expresión de Petrarca: «La excesiva grandeza de sus deseos eran obstáculos para su satisfacción».

La segunda mujer de ser Piero, madona Francesca, murió joven. Aquél se casó por tercera vez con Margarita, hija de ser Francesco Guglielmo, que le aportó una dote de trescientos sesenta y cinco florines. Leonardo no fue amado por su madrastra, sobre todo después que nacieron sus dos hijos: Antonio y Juliano.

Leonardo era pródigo. Ser Piero le mantenía, poco generosamente, desde luego; monna Margarita atormentaba a su marido porque disminuía el patrimonio de sus herederos legítimos para «dárselo al bastardo alimentado con la cabra de una bruja» –era así como llamaba a Leonardo.

Entre sus camaradas, lo mismo en la tienda de Verrocchio que en los otros talleres, tenía también muchos enemigos. Uno de ellos, apoyándose en la gran amistad que unía a maestro y discípulo, escribió una denuncia anónima en la que los acusaba de sodomía. Esta calumnia tuvo apariencia de verdad, porque el joven Leonardo, que era el más bello adolescente de toda Florencia, evitaba a las mujeres.

Según un contemporáneo, había en su exterior una belleza tan resplandeciente que, a su vista, un alma triste se serenaba.

El mismo año dejó el taller de Verrocchio y se instaló solo. Entonces ya circulaban rumores sobre las «opiniones heréticas», sobre la «impiedad de Leonardo». Su estancia en Florencia se hacía cada vez más difícil.

Ser Piero había conseguido para su hijo un lucrativo encargo de Lorenzo de Médicis, pero Leonardo no supo agradarle. Lorenzo exigía de sus familiares ante todo, la adulación, ciertamente superior y refinada, pero, no obstante, servil. No le gustaban nada las gentes demasiado osadas y libres.

Leonardo se aburría en la inacción, y por intermedio del embajador del sultán de Egipto, Kaitbey, recién llegado a Florencia, sostuvo secretas conversaciones con el *diodario* de Siria para entrar a su servicio en calidad de primer arquitecto: sabía, por lo tanto, que debía abjurar de Cristo, y convertirse a la religión musulmana.

Le era indiferente ir a cualquier parte con tal de dejar Florencia. Sentía que, si se quedaba allí, perecería.

La casualidad le salvó. Inventó un laúd multicolor, de plata, que tenía la forma de un cráneo de caballo. El aspecto extraordinario y la sonoridad de este laúd satisficieron a Lorenzo el Magnífico, gran amante de la música. Propuso al inventor que fuese a Milán a ofrecérselo en presente al duque de Lombardía Ludovico Sforza Moro.

En 1482, Leonardo, a los treinta años, dejó Florencia por Milán, no en calidad de pintor o de sabio, sino solamente de músico de la corte. Antes de partir escribió al duque Moro:

«Habiendo estudiado y juzgado, ilustrísimo señor, obras de los modernos inventores en máquinas de guerra, he comprobado que no hay ninguna que se distinga de las comúnmente en uso. Me decido, pues, a dirigirme a Vuestra Serenidad a fin de descubrirle los secretos de mi arte», y seguidamente enumeraba sus invenciones: puentes ininflamables y ligerísimos, nuevos medios de destruir, sin acudir a las bombas, todos los castillos y fortalezas con tal de que sus cimientos no estuviesen tallados en la roca; subterráneos y minas cavadas rápidas y sin ruido bajo los barracones y ríos, carretas cubiertas penetrando en las filas enemigas de una manera tan potente que ninguna fuerza podría resistirlas; bombardas, cañones, morteros, para-volantes de un sistema estupendo y eficaz, arietes de asedio, proyectiles gigantes y otros instrumentos, «de un maravilloso efecto», sin enumerar las nuevas máquinas inventadas para cada caso particular; lo mismo que para los combates navales, toda clase de armas ofensivas y defensivas, barcos cuyo casco resiste a las bombas de piedra y fundición, composiciones explosivas desconocidas.

«En tiempos de paz –escribía para terminar– espero satisfacer a Vuestra Serenidad, en lo que respecta a la arquitectura, con la construcción de edificios privados y públicos, canales y acueductos.»

«En el arte de la pintura y de la escultura en mármol, cobre y arcilla, puedo ejecutar toda clase de encargos tan bien como cualquiera.

»Y también puedo encargarme de fundir en bronce el caballo que debe eternizar la gloria del Señor, vuestro padre de santa memoria, y de toda la ilustre casa de Sforza.

»Y si alguna de las invenciones más arriba indicadas puede parecer increíble, me ofrezco a hacer la experiencia en el parque de vuestro castillo, o en cualquier otro lugar que quiera designar Vuestra Serenidad, a la bienhechora atención de quien se recomienda el más fiel servidor de Vuestra Alteza, *Leonardo da Vinci*.»

Cuando desde la vasta llanura de Lombardía divisó por primera vez las cimas nevadas de los Alpes, sintió que empezaba una nueva vida y que esta tierra extraña sería algún día su patria.

X

Era así, trepando sobre el monte Albano, como Leonardo iba rememorando su medio siglo de vida.

Ya estaba próximo a la cima de la montaña Blanca. Ahora el sendero ascendía recto, sin vueltas, entre los brezos secos y las encinas mezquinas y rugosas, cuyo follaje databa del año anterior. Las montañas, de un violeta turbio, bajo el hálito del viento parecían salvajes, espantosas y desiertas, como si en vez de pertenecer a la tierra fueran de otro planeta. El viento le golpeaba el rostro, le cegaba, le traspasaba como heladas agujas. A veces una piedra, desprendida por sus pies, rodaba con estrépito al fondo de un abismo.

Ascendía más y más y el esfuerzo de la ascensión le daba una extraña alegría que desde su infancia experimentaba. Le parecía vencer a las rudas montañas azotadas por el viento; su mirada alcanzaba más extensión, más agudeza, más amplitud, porque a cada paso el horizonte se mostraba más ancho. Aquí ya no había primavera, ni un brote en los árboles; la misma hierba casi no era verde. No se respiraba más el penetrante olor del musgo húmedo. Y más arriba, allí donde se dirigía Leonardo, ya no había más que piedras y el pálido cielo. No se podía ver el valle opuesto donde se hallaba Florencia; pero todo el inmenso espacio hasta Empoli se extendía ante sus ojos: primero las frías montañas color violeta pálido, con anchas sombras, protuberancias y depresiones; después las ondas infinitas de las colinas del Livorno a San Gimignano, pasando por Castellina Marítima y Volterano. Y por todas partes el espacio, el vacío, el azul, como si el estrecho sendero hubiera desaparecido bajo sus pies, y, Leonardo, sostenido por alas gigantes, planeara con vuelo lento e igual sobre los lejanos valles. Aquí las alas parecían naturales, necesarias, y su ausencia engendraba en el alma la extrañeza y el temor que pudiera sentir un hombre privado de pronto de sus pies.

El artista recordaba que siendo niño seguía el vuelo de las grullas y cuando su grito apenas perceptible llegaba hasta él como una llamada: ¡volemos!, ¡volemos!, lloraba de ansia. Recordaba que abría a escondidas la jaula de los estorninos y demás animalillos de su abuelo y admiraba la alegría de los prisioneros libertados. Recordaba también que un día el maestro de su escuela le contó la historia del hijo de Dédalo, que creyendo poder volar con alas de cera, cayó y pereció a consecuencia de la caída; habiéndole preguntado el maestro quién fue el más grande héroe de la antigüedad, Leonardo respondió sin vacilación: «Ícaro, hijo de Dédalo». Todavía recordaba su extrañeza y alegría cuando, en el campanario de la catedral florentina de Maria del Fiore, vio por vez primera entre los bajo relieves de Giotto, que representaban todas las artes y todas las ciencias, un hombre torpe y ridículo, el maquinista volante, Dédalo, cubierto de plumas de la cabeza a los pies. Había guardado también de su primera infancia uno de esos recuerdos que parecen absurdos a los demás; pero que aquel que los conserva en su alma encuentra llenos de misterio como los sueños proféticos.

«Es probablemente mi destino escribir detalladamente sobre el milano –decía en uno de sus diarios, a propósito de este recuerdo– porque recuerdo que un día, en mi primera infancia, soñé que, estando acostado en mi cuna, un milano voló hasta mí, entreabrió mis labios y los acarició largo rato con sus plumas, como para anunciar que yo, durante toda mi vida, hablaría de las alas.»

Esta profecía se cumplió: las alas humanas se convirtieron en el supremo final de su vida.

Y ahora, sobre esta misma vertiente de la montaña Blanca, le pareció, como en su infancia cuarenta años antes, que era imposible e intolerablemente ofensivo que los hombres estuvieran privados de alas.

«Quien todo lo sabe, todo lo puede, pensaba; necesitamos saber y tendremos alas.»

XI

En una de las últimas vueltas del sendero, sintió que alguien, por detrás, le agarraba por la capa. Se volvió y vio a su discípulo Giovanni Beltraffio.

Con los ojos cerrados, la cabeza baja, sujetando con la

mano su sombrero, Giovanni luchaba contra el viento. Se notaba que había gritado y llamado desde hacía largo rato, pero el viento se llevaba su voz. Y cuando sobre esta altura desierta y sin vida, su maestro se volvió, con los largos cabellos flotantes, la larga barba que el viento echaba hacia atrás sobre los hombros, la expresión de voluntad y pensamiento inflexible, implacable, que se leía en sus ojos, en los profundos pliegues de su frente y en las cejas severamente fruncidas, este rostro pareció al discípulo tan extraño, tan pavoroso, que apenas le reconoció. Los largos pliegues de su capa rojo oscuro agitada por el viento, semejaban las alas de un gigantesco pájaro.

–He llegado de Florencia –gritaba Giovanni, pero sus gritos con el ruido del viento parecían un murmullo que no era posible entender, más que alguna palabra suelta–; una carta... importante... orden de llevarla inmediatamente.

Leonardo comprendió que había llegado una carta de César Borgia.

Giovanni la entregó al maestro. El artista reconoció la escritura de meser Agapito, secretario del duque.

–Baja –gritó, viendo el rostro amoratado de frío de Giovanni–. Te sigo.

Beltraffio empezó a bajar la pendiente escarpada, agarrándose a las ramas de los brezos, escurriéndose sobre las piedras, curvado, encogido, tan enclenque, tan débil que parecía que la tormenta iba a levantarle y llevárselo como una brizna de hierba.

Leonardo le seguía con la vista, y el aspecto lastimoso de su discípulo le recordó su propia debilidad: la maldición, la impotencia que pesaba sobre toda su vida, la interminable serie de sus fracasos, la pérdida estúpida del *Coloso,* de la *Sagrada Cena,* la caída del mecánico Astro, las desdichas de todos los que le amaban, el odio de César, la enfermedad de Beltraffio, el terror supersticioso de los ojos de María y la espantosa, la eterna soledad.

«Las alas –pensó–. ¿Es posible que esto también perezca como todo lo que he hecho?»

Y le vinieron a la memoria las palabras que Astro balbució en su delirio, la respuesta del Hijo del Hombre a aquel que le tentaba con el horror del abismo y el éxtasis del vuelo. «No tentarás al Señor tu Dios.»

Levantó la cabeza, apretó más severamente todavía sus finos labios, frunció las cejas y empezó a subir, triunfando del viento y de la montaña.

El sendero había desaparecido: ahora caminaba fuera de todo camino, sobre la desnuda piedra, allí donde nadie quizás antes que él había pisado.

Todavía un esfuerzo, un último paso y se detuvo al borde del precipicio. No se podía ir más lejos; no se podía más que volar. El peñasco se terminaba y más allá se abría el abismo, invisible desde aquí. Se abría aéreo, brumoso, de un violeta turbio, como si ya, bajo sus pies, no hubiera tierra, sino cielo, el mismo vacío, el mismo infinito que arriba, por encima de su cabeza.

El viento se transformó en huracán; aullaba y rugía en los oídos como el trueno ensordecedor: parecía que vuelos sucesivos de pájaros malhechores pasaban rápidamente haciendo restallar y silbar alas gigantescas.

Leonardo se inclinó y miró a la sima; de nuevo se apoderó de él, con más fuerza que nunca, el sentimiento de la necesidad natural, de lo inevitable del vuelo, que desde su infancia le era familiar.

–¡Tendremos, tendremos alas! Si no soy yo, será otro; pero el hombre volará. El espíritu no ha mentido: los que sabrán, los que tendrán alas, serán como dioses.

Y se representaba al rey del aire, vencedor de todos los espacios y de todas las fuerzas, el hijo del hombre en su gloria y su fuerza, el gran cisne, volando sobre gigantescas alas blancas, resplandecientes como la nieve en el azul del cielo.

Y su alma se llenó de una dicha que se asemejaba al temor.

XII

Cuando bajó del monte Albano, el sol se hallaba próximo a su ocaso. A sus espesos rayos amarillos, los cipreses parecían negros como el carbón, las montañas se alejaban suaves y transparentes como amatistas, el viento se debilitaba.

Se aproximaba a Anciano. De pronto, en una revuelta, en un valle recogido y profundo que parecía una cuna, descubrió el pueblecillo de Vinci, el nido de avispas con su ciudadela cuya torre era puntiaguda como los negros cipreses.

Se paró, sacó su cuaderno y escribió:

«De la montaña que ha recibido su nombre del vencedor (*Vinci, vincere,* quiere decir vencer), el Gran Pájaro, el hombre cabalgando el Gran Cisne, emprenderá su vuelo, colmando al mundo de asombro y llenando todos los libros con su nombre inmortal. ¡Gloria eterna al nido donde ha nacido!»

Contempló su pueblo al pie de la montaña Blanca y repitió:

–¡Gloria eterna al nido donde ha nacido el Gran Cisne!

La carta de Agapito invitaba al nuevo mecánico del duque a ir inmediatamente al campo de César, a fin de construir máquinas de artillería para el próximo asalto a Faenza.

Dos días más tarde, Leonardo partió de Florencia para ir a encontrar a César Borgia en Romaña.

Capítulo XII

¡César o nada!

I

«Nos, César Borgia de Francia por la gracia de Dios, duque de Romaña, conde de Andría, señor de Piombino y otros lugares, gonfaloniero de la Santa Iglesia y capitán general.

»A todos nuestros lugartenientes, gobernadores, capitanes, condotieros, oficiales y súbditos, ordenamos acoger amistosamente y dejar pasar sin exigir ningún impuesto al portador de las presentes, nuestro muy ilustre y muy amado arquitecto, primer ingeniero, ligado a nuestra persona, Leonardo da Vinci, y a todos aquellos que le acompañen; dejarle medir, examinar, inspeccionar según su deseo todos los objetos que se encuentren en nuestras fortalezas y castillos; proveerse inmediatamente de los hombres necesarios, prestarle con celo ayuda y asistencia, y ordenamos a todos nuestros otros arquitectos de ponerse de acuerdo en todo con el susodicho Leonardo, al que confiamos la vigilancia de las fortalezas y castillos de nuestras posesiones.

»Dado en Pavía, a dieciocho de agosto del año mil quinientos dos del nacimiento de Cristo, el segundo de nuestro reinado en Romaña. *César*, duque romañol.»

Tal era el salvoconducto remitido a Leonardo, en vista de una próxima visita a las fortalezas.

En esta época, gracias a sus trapacerías y crímenes, cometidos bajo la alta protección del pontífice romano y del cristianismo, César había conquistado los antiguos estados de la Iglesia, que los papas pretendían haber recibido como presente del emperador Constantino, igual a los Apóstoles. Habiendo arrebatado la ciudad de Faenza a su legítimo soberano, Astone Manfredi, de dieciocho años, y la ciudad de Forli a Catalina Sforza, César hizo encerrar en la prisión de Sant'Angelo, de Roma, a la mujer y al niño que habían confiado en su honor de caballero. Hizo una alianza con el duque de Urbino, a fin de, después de desarmarle, poder atacarle traidoramente y despojarle a la manera de los salteadores de caminos.

En el otoño de 1502, proyectó hacer la guerra a Bentivoglio, señor de Bolonia, para, una vez conquistada esta ciudad, hacer de ella la capital de su nuevo estado. El terror se apoderó de los príncipes vecinos. Habían comprendido que tarde o temprano, cada uno de ellos sería a su vez la víctima de César y que éste pensaba despojar a sus rivales y proclamarse el único soberano de Italia.

El 28 de septiembre, los enemigos del duque Valentino, el cardenal Pagolo, el duque Gravina Orsini, Vitellozzo Vitelli; Oliveretto de Fenno; Gran Paolo Baglioni, señor de Perugia, y Antonio Giordani de Venafno, embajador de Pandolfo Petrucci, señor de Siena, se reunieron en Magione, sobre la meseta de Carpio, y concertaron una alianza secreta contra César. En esta reunión, Vitellozzo juró, como Aníbal, que el año no acabaría sin que hubiese matado, aprisionado o arrojado de Italia al enemigo común. Cuando empezó a conocerse la conspiración de Magione, numerosos príncipes ofendidos por César se unieron a él. El ducado de Urbino se sublevó y se separó de César. Éste había sido traicionado por sus propias tropas y el rey de Francia tardaba en venir en su auxilio. César iba a perder. Pero traicionado, abandonado, casi desarmado, todavía era temible. Sus enemigos dejaron pasar en discusiones y pusilánimes vacilaciones el momento propicio de aniquilarle: parlamentaron con él y consintieron una tregua. Con astucias, amenazas y promesas los atrajo, engañó y desunió. Gracias a su profunda ciencia de la hipocresía, sedujo con sus amabilidades a sus nuevos amigos, los invitó a que fueran a la ciudad de Sinigaglia, que acababa de capitular, para –decía– probarles su lealtad no sólo con palabras sino con hechos. Leonardo era uno de los íntimos de César Borgia. El duque le había encargado adornar las ciudades conquistadas con magníficos edificios, escuelas, bibliotecas; construir para sus ejércitos amplios cuarteles sobre el emplazamiento de la derruida fortaleza de Castel Bolognese; profundizar el abra del puerto Cesenático, el mejor de toda la costa occidental del Adriático y unirla por un canal con Cesena. Echaba los cimientos de la poderosa fortaleza de Piombino, construía máquinas de guerra, dibujaba mapas militares y acompañaba al duque a todas partes donde se llevaban a cabo las sangrientas hazañas de César –Urbina, Pesano, Imola, Faenza, Cesena, Gorli–, y llevaba, según su costumbre, un diario exacto y breve; pero apenas hacía mención de César, como si no viera o no quisiera ver lo que pasaba a su alrededor. Anotaba hasta en sus menores detalles lo que encontraba en el camino: cómo los labradores de Cesena unían con viñas los árboles frutales; cómo estaban construidas las palancas que ponían en movimiento las campanas de las cátedras de Siena, con qué extraña y dulce música vertía sus aguas la fuente de Rimini. Describía el palomar y la torre del castillo de Urbino con su escalera de caracol, de donde el infortunado duque Guidohaldo, despojado por César, acababa, según la expresión de sus contemporáneos, de escaparse «en camisa de dormir». Observaba que en Romaña, al pie de los Apeninos, los pastores, para aumentar la sonoridad de los cuernos, introducían el pabellón en la estrecha abertura de una caverna profunda; el sonido, parecido al del trueno, llenaba el aire y, repetido por el eco, se hacía tan fuerte que los rebaños que pacían en las más lejanas montañas podían oírlo. Solo, en la desierta playa de Piombino, contemplaba durante días enteros la sucesión de olas que tan pronto lanzaban como engullían la arena, trozos de madera, piedras y algas. «Así combaten las olas por su presa que queda en poder del vencedor», escribía Leonardo y, a pesar de que a su alrededor, todas las leyes de la justicia humana habían sido violadas, sin condenar ni justificar, él contemplaba en el movimiento de las olas, accidental y caprichoso en apariencia, pero en realidad inmutable y regular, las leyes inviolables de la justicia divina, de la mecánica establecida por el Primer Motor.

El 9 de junio de 1502, fueron hallados en el Tíber, cerca de Roma, los cuerpos del joven señor de Faenza, Astone, y de su hermano, estrangulados, atadas piedras al cuello y lanzados al río desde lo alto de la prisión de Sant'Angelo. Estos cuerpos, que al decir de los contemporáneos eran tan bellos que «no se hubiera podido encontrar otros semejantes entre mil», mostraban aún las señales de vergonzosas violencias. El rumor público acusó a César de este crimen.

Por esta época, Leonardo anotaba en su diario: «En Romaña se emplean carretas de cuatro ruedas; las dos de delante son pequeñas, las de atrás más grandes. Construcción absurda, porque siguiendo las leyes de la física (ver el párrafo V de mis *Elementos*), todo el peso reposa sobre las ruedas delanteras».

Así, silenciando las violaciones de las leyes del equilibrio espiritual, se indignaba de ver violar en la construcción de los vehículos de la Romaña las leyes de la mecánica.

II

En la segunda mitad del año 1502, el duque Valentino con toda su corte y su ejército se trasladó a Fano, pequeña ciudad al borde del Adriático y del río Arcilla, a unas veinte millas de Sinigaglia, donde había fijado una entrevista con los antiguos conspiradores Cliveretto da Fermo, Orsini y Vitelli. A fines del mismo mes, Leonardo dejó Pésaro para unirse a César.

Habiendo salido por la mañana, pensó llegar al crepúsculo, pero se desencadenó una tempestad. Las montañas se hallaban cubiertas de infranqueables nieves. Las mulas se obstinaban. Los cascos resbalaban en las piedras cubiertas de hielo. Abajo, a la izquierda del estrecho sendero que flanqueaba el precipicio, las olas negras del Adriático se rompían contra la blanca ribera nevada. Con gran temor del guía, la mula dio un respingo: había olido el cadáver de un ahorcado que se balanceaba de la rama de un álamo.

Llegó la noche. Marchaban al azar, con los riñones doloridos, confiándose al instinto de los animales. A lo lejos brilló una luz. El muletero reconoció una gran posada que había cerca de Novilara, pequeña ciudad que se encontraba justo a mitad de camino de Fano y Pésaro.

Fue necesario llamar repetidas veces a la enorme puerta guarnecida de clavos, como las de una fortaleza. Por fin salió un palafrenero soñoliento, con la linterna en la mano y seguido del dueño de la posada. Éste rehusó recibir a los viajeros, diciendo que todas las habitaciones, incluso las cuadras, estaban llenas y que no había ni una sola cama en la que no durmieran aquella noche tres o cuatro personas, gentes todas de calidad, militares o veteranos del séquito del duque.

Leonardo dio su nombre y mostró el salvoconducto con el sello y firma del duque; entonces el posadero se deshizo en excusas y le ofreció su propio dormitorio que se hallaba precisamente ocupado por tres capitanes del destacamento francés mandado por Ives d'Allegre que, habiéndose embriagado, dormían como muertos. En cuanto al posadero, iría con su mujer a acostarse en un cuartucho al lado de la fragua.

Leonardo entró en la pieza que servía de comedor y de cocina. Era, como las de todas las posadas de Romaña, una sala ahumada y sucia, con las decrépitas paredes manchadas de humedad; gallinas y pintadas dormían sobre una estacada, los cerdos gruñían tras una reja, y dorados rosarios de cebollas, morcillas de sangre y jamones colgaban del techo. El fuego flameaba en el enorme hogar de una chimenea de ladrillos, donde un cochinillo ensartado chisporroteaba. Al rojo reflejo de la llama, los huéspedes sentados a largas mesas comían, bebían, gritaban, discutían y jugaban a los dados, a los peones y a las cartas. Leonardo se sentó cerca del fuego, mientras le servían la cena encargada. En la mesa vecina, donde el artista reconoció al mejor capitán de lanceros del duque, Baldassare Scipione; al primer tesorero de la corte, Alejandro Spanocchia, y al embajador de Ferrara, Pandolfo Collenuccio, un hombre desconocido, agitando los brazos con una animación extraordinaria, decía con voz aguda y penetrante:

–Puedo, signore, demostrároslo con una exactitud matemática, con ejemplos de la historia antigua y moderna. Recordad solamente los pueblos que han conquistado la gloria militar: los romanos, los lacedemonios, los atenienses, los etolios, los aqueos y muchos otros pueblos de más allá de los Alpes. Todos los grandes conquistadores han reclutado sus ejércitos entre los ciudadanos de su propio país: Nino, entre los asirios; Ciro, entre los persas; Alejandro, entre los macedonios; Pina, es verdad, y Aníbal, consiguieron victorias con mercenarios, pero allí todo residía en el talento extraordinario de los jefes, que habían sabido inspirar a soldados extranjeros el valor y la bravura de las tropas nacionales. No olvidéis, además, que el principio esencial, la piedra angular del arte militar, es la infantería, lo sostengo, y sólo en la infantería reside la fuerza decisiva de los ejércitos y no en la caballería y en las armas de fuego, ni en la pólvora, esta invención absurda de los tiempos modernos...

–Vais muy lejos, meser Nicolás –replicó con sonrisa cortés el capitán de lanceros–, las armas de fuego cada día adquieren más importancia. A pesar de lo que decís de espartanos y romaños, me atrevo a creer que las tropas de nuestros días están mucho mejor armadas que aquellas de entonces. Dicho sea sin ofender a Vuestra Gracia, pero un escuadrón de caballería francés o de artillería con treinta hombres derribarán no solamente a un destacamento de nuestra infantería romana, sino a un verdadero peñasco.

–¡Sofismas! ¡Sofismas! –exclamó meser Nicolás con vivacidad–. Reconozco en vuestras palabras el funesto error con que los mejores hombres de guerra de nuestros tiempos desfiguran la verdad. Ya veréis: un día las hordas de los bárbaros del norte abrirán los ojos a los italianos y éstos verán la importancia lamentable de los mercenarios y podrán convencerse que ante la solidez de la infantería regular, la artillería y la caballería no valen un cascarón de huevo, pero será demasiado tarde. ¿Cómo es posible discutir ante la evidencia? Debieran al menos recordar que con un ínfimo destacamento de infantería Lúculo batió a los ciento cincuenta mil jinetes de Tigiano, entre los que había cohortes exactamente iguales a los escuadrones actuales de caballería francesa.

Leonardo miraba con curiosidad a este hombre que hablaba de las victorias de Lúculo como si las hubiera visto con sus propios ojos.

El desconocido vestía un largo ropaje de paño rojo, con pliegues rectos, de corte majestuoso, como lo llevaban los hombres de Estado notables de la República florentina y especialmente los secretarios de embajada. Pero este traje parecía muy usado; tenía algunas manchas, en los sitios menos visibles, es cierto; las mangas con brillo. A juzgar por el borde de su camisa, que, según la moda, sobresalía ligeramente por el cuello completamente cerrado, las ropas de este hombre eran de una dudosa limpieza. Sus grandes manos nudosas, con una callosidad en el dedo corazón, como les ocurre a las gentes que escriben mucho, estaban manchadas de tinta. Nada había de imponente ni que inspirase respeto en el exterior de este hombre de unos cuarenta años, delgado, estrecho de hombros, cuyos rasgos animados, pronunciados y angulosos eran extraños hasta lo extraordinario. A veces, en el curso de la conversación, levantaba la nariz, larga y aplastada como la de un pato; echaba hacia atrás su pequeña cabeza y, con los ojos medio cerrados, avanzando su labio inferior colgante, daba la sensación de mirar a lo lejos, por encima de la cabeza de su interlocutor; se parecía entonces a un pájaro atento que, mirando con circunspección un objeto muy alejado, alargase un cuello largo y fino. Sus movimientos inquietos, la aureola febril de sus anchos pómulos, sobresaliendo de sus mejillas hundidas, morenas y rasuradas, y sobre todo sus grandes ojos grises de mirada fija y lenta, dejaban adivinar un fuego interior; estos ojos querían ser malos, pero a veces a través de su expresión de fría amargura y de burla cáustica, pasaba algo tímido y lastimero.

Meser Nicolás continuaba desarrollando su pensamiento sobre el poder militar de la infantería y Leonardo quedó sorprendido de encontrar en las palabras de este hombre esa mezcla de verdad y de mentira, de infinita audacia y de imitación servil de los antiguos. Demostrando la ineficacia de las armas de fuego, entre otras cosas, señalaba lo difícil que era la puntería en los cañones de gran calibre cuyas bombas pasaban o demasiado alto, por encima de las cabezas del enemigo, o demasiado bajo sin llegar hasta él. El artista apreció la justeza de esta observación, conociendo, como conocía por experiencia, las imperfecciones de las bombas entonces en uso. Pero inmediatamente después, y habiendo emitido la opinión de que las fortalezas no podían defender a los estados, Nicolás hizo referencia a los romanos, que no construían ciudadelas, y a los habitantes de Lacedemonia, que no permitían fortificar su ciudad, a fin de no tener otra protección que el valor de sus ciudadanos y, como si todo lo que hicieron y pensaron los antiguos fuese una verdad irrefutable, citó la sentencia del espartano sobre las murallas de Atenas, sentencia célebre en las escuelas: «Habrían sido útiles si la ciudad hubiese estado habitada sólo por mujeres».

Leonardo no oyó el final de la discusión, porque el posadero le condujo a un cuarto del piso superior que le habían preparado para pasar la noche.

III

A la mañana siguiente redobló la tempestad. El guía rehusó subir, asegurando que con semejante tiempo un hombre honrado no haría salir ni a un perro. El artista tuvo que quedarse en la posada otro día.

Para entretenerse, trató de adaptar al hogar de la cocina un asador de su invención que giraba solo: se trataba de una gran rueda de radios oblicuos que ponía en movimiento el aire caliente de la chimenea que, a su vez, hacía girar el asador.

–Con este aparato –explicaba Leonardo a los asombrados espectadores–, el cocinero no tiene que temer que se le queme el asado, porque el calor le da por igual; si éste aumenta, el asador gira más deprisa; si disminuye, el asador va más despacio.

El artista colocaba este asador perfecto con tanto cuidado y amor como las alas humanas.

En la misma sala, meser Nicolás explicaba a los jóvenes sargentos de la artillería francesa, jugadores empedernidos, una regla que pretendía haber encontrado en las matemáticas abstractas y que permitía ganar a los dados con seguridad, triunfando, según su expresión, de los caprichos de «esta pícara fortuna». Exponía esta regla con inteligencia y elocuencia, pero cada vez que trataba de ponerla en práctica, perdía, con gran sorpresa por su parte y pérfida satisfacción de los espectadores; se consolaba siempre pensando que había cometido alguna falta en la aplicación de una regla justa. El juego terminó con un desenlace desagradable para meser Nicolás: cuando llegó el momento de pagar, encontró que su bolsa estaba vacía, y jugaba sobre palabra.

Ya había anochecido cuando, acompañada de gran cantidad de paquetes y cajas, seguida de numerosos servidores, pajes, palafreneros, bufones, negras y de diversos animales grotescos, se presentó la noble cortesana veneciana, la «magnífica prostituta», Lena Griffa, aquella misma que faltó poco para que, en Florencia, fuera atacada por el ejército sagrado de los pequeños inquisidores de fra Girolamo Savonarola.

Dos años después de este incidente, siguiendo el ejemplo de muchas de sus amigas, monna Lena se retiró del mundo y se transformó en Magdalena arrepentida. Se hizo religiosa a fin de poder, como consecuencia, aumentar su precio en la célebre «Tarifa de cortesanos o reflexiones de un noble extranjero donde están indicados los precios y cualidades de todas las cortesanas de Venecia con los nombres de sus mediadores». De un oscuro capullo religioso, salió una brillante mariposa; Lena Griffa se elevó rápidamente al uso de las cortesanas de alto vuelo, la «mammola» de las calles de Venecia se compuso un pomposo árbol genealógico, según el cual descendía ni más ni menos que del hermano del duque de Milán, por rama ilegítima, el cardenal Ascanio Sforza. Al mismo tiempo se convirtió en la amante oficial de un viejo cardenal, inmensamente rico y casi infantil. Era precisamente para reunirse con él por lo que Lena Griffa iba de Venecia a Fano, donde monseñor la esperaba en la corte de César Borgia.

El posadero se encontraba en un aprieto: no se atrevía a negar alojamiento a una persona tan ilustre como «Su Reverencia», la amante del cardenal, pero no tenía ninguna habitación libre. Al fin consiguió llegar a un acuerdo con los mercaderes de Ancona que, con la promesa de una reducción en la factura, accedieron a pasar la noche en la fragua, cediendo su habitación al séquito de la noble cortesana. Para ésta reclamaba la alcoba de meser Nicolás y sus compañeros, los caballeros franceses D'Ivres y D'Allegre, y les ofreció que fuesen también a acostarse en la fragua como los mercaderes.

Nicolás se enfadó e irritado preguntó al posadero si sabía a quién se lo iba a ceder, y si tenía razón para permitirse, a causa de la primera «arrastrada» que llegase, semejantes impertinencias con gentes honradas. Pero entonces intervino la patrona: era una mujer locuaz y bulliciosa que no tenía pelos en la lengua. Advirtió a meser Nicolás que en lugar de jurar y hacer tanto ruido, sería mejor que pagase su comida, la de su criado y la de los tres caballos y además, devolver los cuatro ducados que su marido le había prestado de buena gana el viernes último. Y como hablando consigo misma, pero con voz lo suficientemente alta para que los asistentes pudieran oírla, deseó malas Pascuas a estos fulleros, a estos bergantes que andan errantes por los caminos, echándoselas de personajes de importancia, pero que vienen sin pagar un sueldo y se atreven todavía a levantar la nariz a las gentes decentes.

En las palabras de esta mujer había, sin duda, algo de verdad, por lo menos meser Nicolás se calmó enseguida, bajó los ojos ante la acusadora mirada de la patrona, buscando visiblemente cómo batirse con decoro en retirada.

Ya los criados sacaban del cuarto su equipaje, cuando el horrible mono, favorito de monna Lena, que venía helado del viaje, hacía gestos lastimeros, saltó sobre la mesa de meser Nicolás, cargada de papeles, plumas y libros entre los que se encontraban las *Décadas*, de Tito Livio y las *Vidas de hombres ilustres*, de Plutarco.

–Meser –dijo Leonardo, dirigiéndose a él con graciosa sonrisa–, si os agradara compartir mi albergue, sería para mí un honor prestar a Vuestra Gracia tan insignificante servicio.

Nicolás se volvió hacia él con alguna extrañeza, turbándose más todavía; pero enseguida se repuso y agradeció con dignidad.

Pasaron al cuarto de Leonardo, donde el artista tuvo cuidado de reservar al nuevo compañero el mejor sitio.

Cuanto más observaba a este hombre, más curioso y atrayente le encontraba.

Éste dio su nombre y títulos: Nicolás Maquiavelo. Secretario del Consejo de los Diez de la República florentina.

Hacía unos tres meses, la astuta y prudente Señoría había despachado a Maquiavelo para conferenciar con César Borgia, a quien esperaba que sobrepasaría en trapacería, respondiendo a todas sus proposiciones de alianza defensiva contra sus enemigos comunes, Bentivoglio, Orsini y Vitelli, con protestas de amistad, platónicas y ambiguas. En realidad, la República temía al duque y no deseaba tenerle por amigo ni por enemigo. Meser Nicolás Maquiavelo, privado de todo mandato real, no estaba encargado más que de obtener para los mercaderes florentinos libre acceso al mar Adriático a través de las posesiones del duque –asunto que no dejaba de tener importancia para el comercio, «esta nodriza de la República», según la expresión empleada en la carta de la Señoría.

Leonardo se presentó también y le dio cuenta del oficio que cumplía en la corte del duque Valentino. Charlaron con esa soltura y confianza de las gentes solitarias y meditativas, aunque de carácter opuesto.

–Meser –confesó enseguida Nicolás y esta franqueza gustó al artista–; evidentemente he oído decir que es usted un gran maestro. Pero debo prevenirle que no entiendo nada de pinturas y que, incluso, no me gustan; bien es verdad que este arte podría responderme lo mismo que Dante a un patoso bufón que en la calle le enseñaba un higo: «No daría uno de los míos por cien de los tuyos». Pero también he oído decir que el duque Valentino os considera como profundamente versado en las ciencias militares, y por esto tenía ganas de hablar un día con Vuestra Gracia. Siempre me ha parecido que este asunto es tanto más importante y digno de atención por cuanto la grandeza civil de los pueblos reposa sobre su poderío militar, sobre la cantidad y calidad de sus ejércitos permanentes, como lo demostraré en mi libro acerca de las monarquías y repúblicas, donde las leyes naturales que rigen la vida, el crecimiento, decadencia y muerte de todo Estado estarán determinados con la misma precisión con que las matemáticas precisan las leyes de los números y los naturalistas las leyes de la física y la mecánica. Ya que debo deciros que todos los que hasta aquí han escrito sobre el Estado...

Pero se detuvo e interrumpió con una sonrisa:

–Perdón, meser. Me parece que abuso de vuestra amabilidad: quizá la política os interese tan poco como a mí la pintura.

–No, no, al contrario –dijo el artista–. O, más bien, os hablaré tan francamente como vos lo habéis hecho, meser Nicolás. En efecto, no me gustan los comentarios habituales sobre la guerra y los asuntos de Estado, porque esas conversaciones son, generalmente, vanas y engañosas. Pero vuestras opiniones son tan distintas de la opinión general, son tan nuevas y tan poco corrientes que os escucho, creedlo, con gran placer.

–Vamos, cuidado, meser Leonardo –dijo Nicolás, riendo

más bonachonamente todavía–, tened cuidado, no vayáis a arrepentiros. No me conocéis todavía: es mi tema de conversación favorita. Si me embalo, no me detendré hasta que no me ordenéis callar. Me quedaría sin comer por poder hablar de política con un hombre inteligente. Pero ésa es mi desgracia. ¿Dónde encontrar las gentes inteligentes? Nuestros magníficos señores no quieren saber más que de la circulación de la lana y de la seda, y –añadió con orgullosa y amarga sonrisa– la voluntad del destino ha querido, sin duda, que yo, no sabiendo disertar sobre pérdidas o ganancias, ni de la industria de la lana ni de la de la seda, haya tenido que elegir entre estos dos partidos o callarme o hablar de asuntos de Estado.

El artista le aseguró una vez más, y para reanudar la conversación, que realmente le parecía interesante y preguntó:

–Acabáis de decirme, meser, que la política debe ser una ciencia exacta, lo mismo que las ciencias naturales basadas sobre las matemáticas y que su veracidad deriva de la experiencia y de la observación de la naturaleza. ¿He comprendido bien?

–Eso, eso es –dijo Maquiavelo, mirando por encima de la cabeza de Leonardo, las cejas fruncidas, los ojos medio cerrados y atentos, parecido a un pájaro vigilante que mira con circunspección un objeto muy alzado, estirando el cuello largo y delgado–. Acaso no sea ya capaz de ello –continuó–, pero quiero decir a los hombres lo que nadie todavía jamás les ha dicho sobre los asuntos humanos. Platón, en su *República*; Aristóteles, en su *Política*; san Agustín, en su *Ciudad de Dios*; ninguno de los que han hablado sobre el Estado han visto lo principal: las leyes naturales que rigen la vida de todo pueblo y que se encuentran fuera de la voluntad humana, más allá del bien y del mal. Todos han hablado de lo que parece ser bueno o malo, noble o vil, imaginando los gobiernos tales y como debían ser y como en la realidad no existen ni pueden existir. Pero yo no me conformo con lo que debe existir, ni con lo que parece existir, yo quiero solamente lo que existe en realidad. Quiero estudiar la naturaleza de esos grandes cuerpos que llaman repúblicas y monarquías, sin amor y sin odio, sin alabanza ni censura, como el matemático estudia la naturaleza de los números y el anatomista la estructura del cuerpo. Ya sé que es difícil y peligroso, pues en nada tanto como en la política los hombres temen la verdad, y se vengan de ella; pero, sin embargo, diré la verdad, aun cuando me quemen en la hoguera como al hermano Girolamo.

Con involuntaria sonrisa, Leonardo observaba el rostro de Maquiavelo y en sus ojos, que brillaban con extraño fulgor casi demente, advirtió una expresión de resolución profética y al mismo tiempo de travesura infantil, y pensó:

«¡Con qué emoción habla de calma y con qué pasión de impasibilidad!»

–Meser Nicolás –dijo el artista–, si lográis poner vuestro proyecto en ejecución, vuestros descubrimientos tendrán una importancia no menos grande que la geometría de Euclides y las indagaciones de Arquímedes sobre mecánica.

Leonardo estaba realmente sorprendido de la novedad de lo que decía meser Nicolás. Recordaba que, trece años antes, al terminar un álbum de dibujos que representaban los órganos del cuerpo humano, había añadido al margen:

«Que el Altísimo me ayude a estudiar la naturaleza de los hombres, de sus costumbres y hábitos como estudio la estructura interna del cuerpo humano.»

IV

Hablaron largamente. Leonardo preguntó, entre otras cosas, cómo Nicolás había podido la víspera, en el curso de su conversación con el capitán de lanceros, negar toda eficacia combativa a las fortalezas, la pólvora, las armas de fuego; ¿no era una simple humorada?

–Los espartanos y los antiguos romanos –replicó Nicolás–, los maestros infalibles del arte militar, no conocían la pólvora.

–¿Pero la experiencia y el conocimiento de la naturaleza nos han revelado y nos revelan cada día cosas que los antiguos no se atrevían siquiera a pensar?

Maquiavelo se obstinaba.

–Yo creo –repetía–, que en los asuntos militares y políticos, los pueblos modernos caen en el error de apartarse de la imitación de los antiguos.

–¿Es posible semejante imitación, meser Nicolás?

–¿Por qué no? ¿Los hombres, los elementos celestes y el sol han cambiado sus movimientos, su orden, sus fuerzas; se han convertido en otros distintos de los antiguos?

Y ningún argumento podía disuadirle. Leonardo veía que, osado en todo hasta la temeridad, en cuanto se trataba de la antigüedad, se hacía de pronto supersticioso y tímido como un pedante escolar.

«Piensa grandes cosas –pensaba el artista–. Pero ¿cómo las realizará?» Leonardo se acordaba, a su pesar, de la partida de dados durante la cual Maquiavelo exponía tan espiritualmente las reglas abstractas, pero perdía cada vez que intentaba ponerlas en práctica.

–¿Sabéis, meser –exclamó Nicolás en medio de la discusión, con una chispa de irresistible alegría en los ojos–, que cuánto más os escucho más me asombro? ¡No puedo creer en lo que oigo! ¡Imaginad qué extraña conjunción de estrellas ha sido necesaria para que nos encontremos! Los espíritus humanos son, os lo aseguro, de tres especies: los primeros ven y adivinan todo por ellos mismos; los segundos ven lo que les enseñan, los terceros no ven nada por ellos mismos ni comprenden lo que se les enseña. Los primeros son los mejores y los más raros; los segundos son buenos, medianos; los últimos son comunes y nada valen. Entre la primera especie de hombres coloco a Vuestra Gracia, y yo mismo, acaso, para no ser sospechoso de una excesiva modestia. ¿Por qué os reís? ¿No es, pues, la verdad? Pensad lo que gustéis; pero yo estoy seguro que no ha sido por puro azar por lo que nos hemos encontrado, ha sido el cumplimiento de la voluntad de superiores destinos, y que no se repetirá para mí tan pronto un encuentro como el de hoy, ya que sé bien que hay pocos hombres inteligentes por el mundo. Y para coronar dignamente nuestra entrevista, permitidme leeros un bello pasaje de Tito Livio y dignaros escuchar mis comentarios.

Cogió un libro de la mesa, aproximó la bujía, se puso las gafas de grandes cristales redondos y patillas de hierro rotas y cuidadosamente arregladas con hilo, y dio a su rostro una expresión de austeridad y piedad, como para una oración u oficio divino.

Alzó las cejas y levantó el índice, buscando el capítulo de donde se deduce que las victorias y las conquistas conducen a los Estados mal organizados a su pérdida más bien que a su grandeza, pero apenas hubo pronunciado las primeras palabras, sonoras como el cobre, del solemne Tito Livio, cuando la puerta se abrió suavemente y una viejecilla curvada y arrugada se deslizó en la habitación.

–Señores –mascullaba saludando–, perdónenme que les moleste. El animalito preferido de mi ama, la reverendísima madona Lena Griffa –un conejo blanco con un lazo azul al cuello–, se ha escapado. Le buscamos, le buscamos por todas partes; hemos registrado toda la casa. Tenemos las piernas rotas y nos preguntamos dónde ha podido esconderse.

–¡Aquí no hay conejo! –interrumpió Nicolás irritado–. ¡Vete!

Y se levantó a echar a la vieja, pero de pronto la miró atentamente a través de sus gafas, después las bajó hasta la punta de la nariz, y la miró una vez más por encima de los cristales, levantó los brazos y exclamó:

–¡Monna Alvigia! ¡Eres tú, vieja bruja! Y yo que creía que desde hacía mucho tiempo los ganchos del diablo habían echado tus cañones al fuego.

La vieja guiñó sus ojillos maliciosos, respondiendo a estas afectuosas imprecaciones con una sonrisa que puso al descubierto su desdentada boca, haciéndose más horrible todavía.

–¡Meser Nicolás, cuántos años y qué de inviernos! ¡Verdaderamente no esperaba encontraros!

Maquiavelo, excusándose con Leonardo, invitó a monna Alvigia a bajar a la cocina a charlar un poco y evocar los recuerdos de antiguos tiempos mejores. Pero el artista, asegurándole que no le molestaba, tomó un libro y se sentó un poco separado. Nicolás llamó al criado y le encargó vino con tal tono, que se le hubiera tomado por el huésped más considerado de la casa.

–Ve a decir, amigo mío, a ese pícaro posadero que se guarde bien de traerme de ese vino agrio que me sirvió el otro día, porque a monna Alvigia y a mí nos gusta el buen vino, como al padre Arletto que, según cuenta, no se hubiera arrodillado por nada del mundo ante un cáliz de vino malo, estimando que tal bebida no podía transformarse en sangre del Señor.

Monna Alvigia y Nicolás se olvidaron la una del conejo y el otro de Tito Livio y ante un cubilete de vino se pusieron a charlar como viejos amigos.

Por lo que oyó de esta conversación, Leonardo comprendió que la vieja había sido cortesana, después dueña de una casa de tolerancia, en Florencia, alcahueta en Venecia y que ahora era la principal intendente de madona Lena Griffa y cuidaba el guardarropa. Maquiavelo le preguntaba por sus amistades comunes: por Atalante, una muchacha de quince años, de ojos azules, que hablando un día del pecado de amor, exclamó con una sonrisa inocente: «¿Es una ofensa al Espíritu Santo? Monjes y frailes pueden predicar cuanto quieran. Nunca podré creer que dar gusto a los pobres mortales sea un pecado mortal»; por la deliciosa madona Ricia, cuyo marido hacía observar con la indiferencia de un filósofo, cuando le hablaban de las infidelidades de su esposa: «La mujer en la casa es como el fuego en el hogar. Dádselo a los vecinos tanto como queráis, siempre quedará lo mismo». Recordaron también a la gorda y rojiza Marmilia que, cada vez que se rendía a las plegarias de sus adoradores, corría devotamente la cortina ante la Santa Imagen «a fin de que la Madona no la viera».

Era evidente que Nicolás se complacía en estas obscenidades como el pez en el agua. Leonardo estaba sorprendido de ver a su tranquilo y sabio interlocutor, el secretario de la República florentina, transformarse en un libertino desvergonzado, acostumbrado a los lugares pecaminosos. Por lo demás, no volvió a advertir en Maquiavelo verdadera alegría y en su risa cínica el artista adivinó una secreta amargura.

–Así es, meser; el joven crece, los viejos envejecen –concluyó Alvigia, que se ponía sensible y movía la cabeza como una vieja Parca del amor–. Ahora los tiempos cambian...

–Mientes, vieja bruja, servidora del diablo –dijo Nicolás, guiñando maliciosamente el ojo–. No irrites a Dios, comadre. Otros pueden quejarse; pero para ti son los buenos tiempos. Hoy las mujeres bonitas no tienen maridos pobres y celosos, y amistándose con granujas de tu laya viven a gusto. Las más orgullosas señoras se dan de buen grado por dinero, y en toda

Italia no se hace más que sobornar y fornicar. No se distingue a una mujer de mala vida de otra honrada más que por la señal amarilla.

Esta señal consistía en un tocado especial de color azafrán que la ley imponía a las cortesanas para que no se las confundiera entre la muchedumbre con las mujeres honradas.

–¡Oh, no digáis eso, meser! –suspiró tristemente la vieja–. Nuestro siglo no puede compararse al pasado. Aunque no sea más que por el mal francés: no hace mucho tiempo todavía, nadie en Italia había oído hablar de eso y vivían como en el regazo de Cristo. Y esta señal amarilla es también una verdadera calamidad. ¿Creeréis que en el último carnaval casi encarcelan a mi ama? Vamos, juzgad vos, si madona Lena debía llevar la señal amarilla.

–¿Y por qué no ha de llevarla?

–Pero, vamos, ¿es posible? ¿La serenísima madona es, acaso, una de esas chicas de la calle que se arrastran con no importa qué canalla? ¿Vuestra Gracia no sabe que la colcha de su cama es más magnífica que los hábitos del Papa el día de la Santa Pascua? Y por lo que respecta a su espíritu y erudición, creo que sobrepasa a los mismos doctores de la Universidad de Bolonia. Si la hubierais oído disertar sobre Petrarca, sobre Laura, sobre lo infinito del amor celeste...

–Seguramente –dijo Nicolás sonriendo–, ¿quién, pues, sino ella conocerá lo infinito del amor?

–¡Reíd, reíd, meser! Pero pongo a Dios por testigo: ella leía el otro día una epístola en verso a un pobre joven a quien aconsejaba que volviese a la práctica de la virtud; yo escuchaba y de pronto me eché a llorar. Aquello os llegaba al corazón, lo mismo que, en tiempos, los sermones en Santa Maria del Fiore, los sermones de fra Girolamo, que Dios tenga su alma. En verdad, ella es un nuevo Cicerón. También debo decir que los más ilustres señores le pagan por una sola conversación sobre los misterios del amor platónico, casi tanto como los otros por una noche entera. ¡Y queréis hablar de señales amarillas!

Para terminar, monna Alvigia contó su propia juventud: ella también fue bella y cortejada; se ejecutaban todos sus caprichos. ¡Qué no habría ella hecho! Una vez, en la sacristía de la catedral de Padua, quitó la mitra al obispo y se la puso a su esclava. Pero con los años su belleza se había marchitado, sus adoradores se dispersaron y para vivir tuvo necesidad de alquilar habitaciones y planchar ropa. Y he aquí que cayó enferma y quedó reducida a una tal miseria, que pensó en ir a mendigar a la puerta de una iglesia para poder comprarse veneno y suicidarse. Sólo la Santa Virgen la salvó de la muerte. Gracias a la mano ligera de un viejo abate enamorado de la mujer del herrero, su vecina, monna Alvigia se dedicó a la buena vida consagrándose a un oficio más lucrativo que el lavado de la ropa.

El relato de la milagrosa intervención de la Madre de Dios, su particular protectora, fue interrumpido por una criada de madona Lena, que, de parte de su señora, venía a pedir a la intendente un pote de ungüento para el mono de la pata helada y el *Decamerón*, de Boccaccio, que la noble cortesana leía antes de dormirse y guardaba bajo su almohada al lado de su misal.

Cuando la mujer se fue, Nicolás cogió papel y se puso a redactar un informe a los magníficos señores de Florencia sobre los hechos y proyectos del duque Valentino, informe lleno de sabiduría política, a pesar de su estilo ligero y bromista.

–Meser –dijo de pronto, levantando los ojos de su trabajo y mirando al artista–, confesad que os habéis sorprendido de verme pasar tan bruscamente de una conversación sobre los asuntos más elevados y graves, sobre la virtud de los espartanos y antiguos romanos, a comadreos sobre muchachas en compañía de una alcahueta. Sin embargo, me juzga demasiado severamente y acordaos que la misma naturaleza nos enseña esta diversidad en sus metamorfosis y continuos contrastes. ¿Y lo esencial no es seguir intrépidamente a la naturaleza? Y además, ¿por qué fingir? Todos somos hombres. Usted conoce la vieja fábula del filósofo Aristóteles, que en presencia de su discípulo Alejandro el Grande se puso a cuatro patas para satisfacer el capricho de una mujer de mala vida de la cual se hallaba perdidamente enamorado, la puso sobre su espalda, mientras que impúdica y desnuda ella se paseaba a horcajadas encima del filósofo como si fuera una mula. Seguramente que no es más que una fábula, pero su sentido es bien profundo. Si el mismo Aristóteles se atreve a semejante tontería por una hermosa joven, ¿cómo, nosotros pecadores, podremos resistir?

Ya era tarde. Todo el mundo dormía hacía largo rato. Sólo un grillo cantaba en un rincón, y tras el tabique de madera se oía en la pieza contigua a monna Alvigia farfullar y murmurar algo mientras friccionaba con un ungüento medicinal la pata helada del mono.

Leonardo se acostó, pero en mucho rato no pudo dormir. Miraba a Maquiavelo inclinado con aplicación sobre su trabajo, con una pluma de ganso roída entre sus dedos. La llama de la bujía proyectaba en la blanca pared la sombra enorme de una cabeza de contornos angulosos y cortantes, el labio inferior saliente, un cuello desmesuradamente largo y delgado y nariz de pájaro. Cuando terminó su informe sobre la política de César, selló el pliego con cera e inscribió encima la mención particular a los envíos urgentes: *citó, citissime, celerrime*, abrió el libro de Tito Livio y se hundió en su obra favorita en la que trabajaba desde hacía varios años: la redacción de los comentarios a las *Décadas*.

«Junnius Brutus, haciéndose pasar por tonto –escribía– ha adquirido más gloria que las gentes inteligentes. Examinando toda su vida llegó a esta conclusión: que se portaba así para evitar las sospechas y poder, de este modo, derribar más fácilmente al tirano, ejemplo digno de imitación por todos los regicidas. Una rebelión franca es, evidentemente, más noble. Pero cuando no se es suficientemente fuerte para luchar cara a cara, conviene proceder secretamente, introduciéndose en el favor del príncipe; no repugnando a nadie por el mérito, compartiendo los vicios del monarca y haciéndose cómplice de sus desenfrenos, porque tal aproximación salvará, primero, la vida del rebelde, y después le permitirá buscar la ocasión propicia para perder al monarca. Así pues, digo que es necesario hacerse el tonto, como Junnius Brutus; alabar, censurar y decir lo contrario de lo que se piensa, a fin de arrastrar al tirano a su pérdida y devolver la libertad a su patria.»

Leonardo contemplaba, al resplandor de la bujía que se apagaba, la extraña sombra negra bailar sobre el blanco muro, con horribles gestos, en tanto que el rostro del secretario de la República florentina conservaba una calma solemne, como un reflejo de la grandeza de la antigua Roma. A veces, sin embargo, muy en el fondo de sus ojos y en las comisuras de sus labios sinuosos aparecía una expresión ambigua, maliciosa y amargamente burlona, casi tan cínica como en el curso de la conversación con la alcahueta, sobre mujeres.

V

La tempestad se apaciguó a la mañana siguiente. El sol brillaba en los empañados vidrios, cubiertos de escarcha, de las ventanitas de la posada, como en pálidas esmeraldas. Las colinas y campos nevados resplandecían suaves como el plumón, bajo el cielo azul su blancura deslumbraba.

Cuando Leonardo despertó, su compañero ya no estaba en el cuarto. Bajó a la cocina. Un gran fuego flameaba en la chimenea y el asado cantaba en el nuevo asador automático. El posadero no podía dejar de admirar el aparato de Leonardo, y una mujer muy vieja, llegada de una choza perdida en las montañas, miraba, con los ojos desorbitados en los que se advertía un supersticioso terror, el cordero que se doraba solo, moviéndose como si estuviera vivo y cambiando de lado para no quemarse.

Leonardo ordenó al guía que ensillara las mulas y se sentó a desayunar. A su lado, meser Nicolás hablaba agitadamente con dos recién llegados. Uno de ellos era un emisario enviado de Florencia, el otro un joven de aspecto irreprochable y rostro banal; ni tonto ni inteligente, ni malo ni bueno; cuyos rasgos no quedaban en la memoria. Leonardo sacó en consecuencia que era un tal meser Lucio, sobrino de Francesco Vettori, notable ciudadano, que tenía grandes amistades con Nicolás y parentesco con el gonfaloniero Piero Soderini. Iba a Ancona para asuntos familiares, Lucio tenía el encargo de encontrar a Nicolás en Romaña y entregarle las cartas de sus amigos florentinos. Había llegado al mismo tiempo que el mensajero.

–Os inquietáis sin motivo, meser Nicolás –decía Lucio–. Mi tío Francesco asegura que enviarán el dinero enseguida. Las señorías se lo han vuelto a prometer el jueves último...

–Meser –interrumpió Nicolás furioso–, tengo dos criados y tres caballos que no se alimentan con las promesas de nuestras magníficas señorías. Recibí en Imola sesenta ducados y he pagado setenta que debía. Sin la caridad de las buenas gentes, el secretario de la República florentina se hubiera muerto de hambre. En verdad que nuestras señorías demuestran preocuparse mucho por el prestigio de la ciudad, obligando a su hombre de confianza a pedir en una corte extranjera limosnas de tres o cuatro ducados.

Sabía que sus quejas eran vanas. Pero le importaba poco con tal de poder desahogar su rebosante amargura. Como en la cocina casi no había nadie, podían hablar libremente.

–Nuestro compatriota, meser Leonardo da Vinci (el gonfaloniero debía conocerle) –continuó Maquiavelo designando al artista a quien Lucio saludó cortésmente–, meser Leonardo fue ayer todavía testigo de las afrentas que tuve que sufrir... Exijo, entendéis bien; no pido, exijo que se acepte mi dimisión –encarnando ostensiblemente en la figura del joven florentino a todas las magníficas señorías.

»Soy un hombre pobre, mis asuntos están descuidados. Además estoy enfermo y, si esto continúa, me sacarán de mi casa en un ataúd. Desde luego, todo lo que podía hacerse con los poderes que me han dado, lo he hecho. En cuanto a prolongar las negociaciones, a darle vueltas al asunto, a dar un paso atrás y otro adelante... ¡Siervo! Tengo al duque por un hombre demasiado inteligente para una política tan pueril. Además, he escrito a vuestro tío.

–Mi tío –respondió Lucio– hará ciertamente por vos todo lo que pueda. Pero lo desgraciado es que el Consejo de los Diez estima vuestros informes tan necesarios para el bien de la República; asesoran tan bien respecto a lo que aquí pasa, que nadie quiere ni oír hablar de vuestra dimisión.

»“Consentiríamos en ello –dicen– pero no tenemos a nadie para reemplazarle. Es un hombre único, un hombre de oro, ojos y oídos de nuestra República.” Puedo asegurar, meser Nicolás, que vuestras cartas en Florencia tienen un éxito que sobrepasa incluso a lo que vos mismo pudierais desear. Todos admiran la inimitable elegancia y la ligereza de vuestro estilo. Mi tío me contaba que, el otro día, en la sala del Consejo de los Diez, donde se leía una de vuestras burlescas cartas, nuestros señores reventaban de risa...

–¡Ah! ¿Es, pues, eso? –exclamó Maquiavelo, y de pronto su rostro se contrajo–. Ahora lo comprendo todo. Mis cartas son del gusto de nuestras señorías... Gracias a Dios, meser Nicolás es bueno para algo. Está bien esto: ellos revientan de risa allá y aprecian la elegancia de mi estilo, mientras yo vivo aquí como un perro, helado, hambriento, estremecido por la fiebre, vejado y humillado, debatiéndome como un pez aprisionado en el hielo y todo para el bien de la República. ¡Que el diablo se lleve, con su gonfaloniero, a esta vieja lacrimosa!

Estalló en groseras imprecaciones. Estaba lleno de su acostumbrada e impotente indignación, al pensar en estos conductores de pueblos que él despreciaba, pero de los cuales era el hombre para todo imprescindible. Lucio, deseoso de cambiar de conversación, tendió a Nicolás una carta de su joven esposa, monna Marietta. Maquiavelo recorrió algunas líneas de una escritura grande, infantil, garrapateada sobre un papel gris:

«He oído decir –escribía entre otras cosas monna Marietta–, que en los países donde os encontráis hacen estragos las fiebres y otras enfermedades. Ya podéis imaginaros lo que lo siento. Pienso en vos noche y día. Gracias a Dios, nuestro pequeño está bien. Empieza a parecérseos enormemente. Su carita es blanca como la nieve y tiene, lo mismo que Vuestra Gracia, el pelo abundante y muy negro. Me parece bello porque se os parece. Y es tan alegre, tan vivo, como si tuviera ya un año. Podéis creer que nació con los ojos abiertos y sus gritos se oían en toda la casa. No nos olvidéis, y os suplico encarecidamente que volváis pronto, porque ya no puedo tener más paciencia y no la tendré. Por favor, venid. Y mientras tanto, que Nuestro Señor, la Santísima Virgen María y el poderosísimo san Antonio, a quien ruego sin cesar por la salud de Vuestra Gracia, os protejan.»

Leonardo observó que durante esta lectura, una bonachona e inesperada sonrisa iluminó los rasgos duros y angulosos de Maquiavelo, como si el rostro de otro hombre se transparentase bajo el suyo. Pero esta sonrisa desapareció enseguida. Levantando los hombros con desprecio, Nicolás estrujó la carta, la guardó en su bolsillo y murmuró malhumorado:

–¿Quién ha tenido necesidad de hacer comentarios sobre mi enfermedad?

–Era imposible ocultarlo –replicó Lucio–. Todos los días monna Marietta viene a ver a alguno de nuestros amigos o a un miembro del Consejo de los Diez; interroga, pregunta dónde estáis...

–Sí, sí, ya sé, no me habléis más de ello.

Hizo con la mano un gesto de impaciencia y añadió:

–No se debían confiar los negocios de Estado más que a célibes. Una de dos: la mujer o la política.

Se volvió un poco y continuó con voz brusca y aguda:

–¿No tenéis la intención de casaros, joven?

–Hasta ahora, no, meser Nicolás –respondió Lucio.

–Jamás, me oís, ¡jamás hagáis esa tontería! Que Dios os preserve de ella. Casarse, meser, es buscar una anguila en un saco de serpientes. La vida conyugal es un fardo bueno para las espaldas de Atlas y no para las de un hombre viviente. ¿No es verdad, meser Leonardo?

Leonardo le miró y adivinó que Maquiavelo amaba a monna Marietta con profunda ternura; pero disimulaba bajo una máscara de cinismo este amor, del que se avergonzaba.

La posada quedó vacía. Los viajeros se habían levantado temprano y partieron. Leonardo se preparaba también a continuar su camino. Invitó a Maquiavelo a hacer el viaje con él. Pero éste movió tristemente la cabeza y respondió que se hallaba obligado a esperar dinero de Florencia para poder pagar la fonda y alquilar caballos. Su reciente y fingida desenvoltura había desaparecido; bruscamente abatido, abrumado, parecía desgraciado y enfermo. El aburrimiento de la inmovilidad de una estancia demasiado larga, le era mortal. No sin motivo, en una carta, los miembros del Consejo de los Diez le reprochaban sus recientes viajes inútiles que embrollaban los asuntos: «Ya ves, Nicolás, dónde nos arrastra tu espíritu demasiado inquieto, tan ávido de cambios...».

Leonardo, cogiéndole por la mano, le condujo aparte, y le ofreció prestarle el dinero. Nicolás rehusó.

–No me hagáis esta afrenta, amigo mío –dijo el artista–. Recordad lo que vos mismo me decíais ayer: ¿qué rara conjunción de las estrellas ha sido necesaria para que se encuentren dos hombres como nosotros? ¿Por qué, pues, privarme y privaros vos mismo de este beneficio de la suerte? ¿Y no comprendéis que sois vos quien me hacéis un servicio, y no yo?

Tanta bondad había en el rostro y en los ojos del artista, que Nicolás no tuvo el valor de apenarle, y aceptó treinta ducados que prometió devolverle cuando recibiese el dinero de Florencia. Inmediatamente pagó al posadero con la generosidad de un gran señor.

VI

Partieron. La mañana era suave y apacible; al sol, se sentía una tibieza húmeda y casi primaveral, y a la sombra un fresco donde persistía el perfume del invierno. Bajo los cascos crujía la nieve profunda de sombras azules. Por entre las colinas brillaba un mar invernal, de un verde pálido, en el que, como alas de doradas mariposas, se inclinaban de trecho en trecho velas amarillas.

Nicolás charlaba, bromeaba y reía. Cada detalle provocaba en él inesperadas reflexiones divertidas o tristes.

Atravesando un pueblo pobre de pescadores, al borde del mar y del Arcilla, río montañoso, los viajeros vieron, en una placita, delante de la iglesia, unos monjes gordos y plácidos entre una muchedumbre de aldeanos que les compraban crucecitas, rosarios, trozos de reliquias, piedrecitas de la casa de Nuestra Señora de Loreto y plumas de las alas del arcángel san Miguel.

–¿Qué miráis? –gritó Nicolás a los maridos y hermanos que estaban también en la plaza–. No dejéis que los monjes se acerquen a vuestras mujeres. ¿No sabéis qué pronto prende el fuego en la grasa y cuánto les gusta a los santos padres que las bellas no sólo los llamen sino que los hagan padres?

Hablando a su compañero de la Iglesia romana, quiso demostrar que ella había perdido a Italia.

–Juro por Baco –exclamó, y sus ojos brillaban de indignación–, que amaría como a mí mismo al que obligara a toda esta canalla de monjes y frailes a renunciar al poder o al libertinaje.

Leonardo le preguntó qué pensaba de Savonarola. Nicolás confesó que durante algún tiempo fue ardiente partidario suyo y había esperado que salvaría a Italia, pero que enseguida comprendió la impotencia del profeta.

–Todas esas locuras de mojigatos me dan náuseas. No quiero ni acordarme de ellas. ¡Que el diablo se los lleve! –concluyó con desagrado.

VII

Al mediodía llegaron al puerto de la ciudad de Fano. Todas las casas estaban atestadas de soldados, de capitanes y de gentes del séquito de César. A Leonardo, en su calidad de arquitecto de la corte, se apresuraron a darle dos habitaciones en la plaza, cerca de palacio. Ofreció una de ellas a su compañero, porque era difícil encontrar otro alojamiento.

Maquiavelo fue a palacio, y volvió portador de una importante nueva: el principal lugarteniente de César, don Ramiro de Lorgia, había sido ejecutado. Al amanecer del día de Nochebuena, el pueblo vio en la Piazzeta, entre el castillo y la Rocca Césana, su cadáver decapitado; yacía en un mar de sangre al lado de un hacha, y la cabeza cortada de Ramiro clavada en una pica que habían hundido en el suelo.

–Nadie sabe el motivo de la ejecución –dijo Nicolás–. Pero ahora no se habla de otra cosa en la ciudad. Y las opiniones son muy curiosas. He venido expresamente a buscaros. Vámonos a la plaza y escuchemos. Verdaderamente sería un pecado el desperdiciar tan bella ocasión de estudiar en vivo las leyes naturales de la política.

Ante la vieja catedral de San Fortunato la muchedumbre esperaba la salida del duque. Tenía que ir al campo a pasar revista a sus tropas. Se hablaba de la ejecución del gobernador. Leonardo y Maquiavelo se mezclaron al gentío.

–¿Cómo es posible, amigos míos? Yo no puedo comprender –preguntaba un joven artesano de rostro ingenuo y un poco tonto–; decían que quería y favorecía al gobernador más que a los otros señores.

–Es porque le ama por lo que le castiga –declaró sentenciosamente un herrero con pelliza de ardilla y aspecto respetable–. Don Ramiro engañaba al duque. En su nombre oprimía al pueblo, le hacía morir encarcelado, le torturaba y le arrebataba el dinero. Y ante el príncipe pasaba por un cordero. «Si no lo ve, no lo cree», pensaba él. Pero nada de eso. Llegó su hora, la paciencia del soberano tocó a su fin y, para bien del pueblo, no ha regateado al primero de sus señores. Sin esperar a detenerle, le ha cortado la cabeza sobre un tajo como al último de los traidores, para servir de ejemplo a los otros. Seguramente que ahora todos los que tienen el hocico en el plumón estarán con el rabo entre piernas; ya ven que su cólera es terrible y su juicio justiciero. ¡Tiene piedad del humilde y aniquila al orgulloso!

–*Regas eos in virga ferrea* –dijo un monje citando las palabras de la Revelación: los llevarás a pacer con una vara de hierro–. Sí, sí, había que llevarlos a todos a pacer con una vara de hierro, esos hijos de perra, esos torturadores del pueblo.

–Sabe castigar, sabe agradecer.

–No se encontraría mejor soberano.

–Es verdad –dijo otro aldeano–. El Señor tiene, sin duda, piedad de la Romaña. Antes desollaban al vivo y al muerto. Os arruinaban a impuestos. Ya no se tenía con qué comer y os quitaban vuestra última pareja de bueyes para pagar los diezmos. No se ha podido respirar más que con el duque Valentino que Dios conserve.

–¿Y los tribunales? –continuaba un mercader–. Antiguamente devoraban, devoraban, hasta hacerle a uno perder la razón. Ahora deciden en un instante. Es imposible ir más deprisa.

–Ha amparado al huérfano, consolado a la viuda –añadió el monje.

–Tiene piedad del pueblo, no hay más que decir.

–No permite a nadie que lo maltrate.

–¡Oh, Señor –balbucía una vieja mendiga, sollozando de enternecimiento–; eres nuestro padre, que Nuestra Madre la reina celeste te conserve para nuestro bien!

–¿Oís, oís? –murmuraba Maquiavelo al oído de su compañero–. La voz del pueblo es la voz de Dios. Siempre lo he dicho; hay que estar en el valle para ver la montaña, hay que estar entre el pueblo para conocer al soberano. Aquí hubiera querido traer a los que consideran al duque como un monstruo. Lo que ha ocultado a los sabios, lo ha revelado a los pobres de espíritu.

La muchedumbre se agitó.

–Él... es él... Viene... Mirad...

Se empinaban sobre las puntas de los pies; alargaban el cuello. Curiosas cabezas aparecían en las ventanas. Jóvenes y mujeres con amorosos ojos acudían a los balcones y a las *loggias* para ver al héroe –el rubio y bello César, «*Cesare blondo e bello*»–. Era una rara dicha, porque el duque casi nunca se mostraba en público.

Primero avanzaban los músicos con un resonar ensordecedor de agudos címbalos que acompañaba el pesado paso de los soldados. Detrás venía la guardia romañola del duque, compuesta de bellos jóvenes armados de alabardas de tres codos, cascos y corazas, con uniformes de dos colores, amarillos por la derecha y rojos por la izquierda. Nicolás no cesaba de admirar el alineamiento digno de los antiguos romanos de este ejército creado por César. Enseguida venían los pajes y lacayos vestidos con un lujo desconocido de jubones de brocado de oro, capas de terciopelo color amapola, con hojas de helecho bordadas en oro; las vainas de las espadas eran de piel de serpiente, igual que los cinturones, en cuyo broche figuraban siete cabezas de víboras lanzando su veneno al cielo –las armas de los Borgias–. En el pecho, bordado en plata sobre fondo de seda negro, la palabra «César». Luego formaban los guardias de corps, los estradiotas albanos con sus turbantes verdes, armados de curvos yataganes; el maestro de campo Bartolomeo Capranica, llevando la espada desnuda del gonfaloniero de la Iglesia romana y, tras él, cabalgando una yegua negra de Berbería adornado el frontal de un sol de diamantes, el señor de la romaña, el mismo César Borgia, duque del Valentinado, con una capa de seda azul pálido con el lis de Francia bordado en perlas; sobre su coraza de bronce, pulida como un cristal, una boca abierta de león; su casco representaba un monstruo marino o dragón con alas y agallas puntiagudas hechas de cobre finamente cincelado que a cada movimiento se estremecían y sonaban.

El rostro de Valentino –tenía ventiséis años– había adelgazado desde el día en que Leonardo vio al duque por primera vez en la corte de Luis XII, de Milán. Sus rasgos estaban más acusados; sus ojos, de un brillo azul oscuro como el del acero bruñido, eran más duros y más impenetrables. Sus rubios cabellos, todavía espesos y su perilla partida en dos habían adquirido un tono más oscuro. La nariz se le había alargado, recordando el pico de un ave de presa. Pero, como entonces, una perfecta severidad reinaba en ese rostro impasible; sólo se advertía más osadía emprendedora y también el filo horrible de una espada desnuda y afilada.

El duque era seguido por su artillería, la mejor de toda Italia: finas culebrinas de cobre, falconetes, cerbatanas, grandes morteros de fundición que lanzaban bombas de piedra. Enganchados a bueyes, rodaban con un estrépito ensordecedor que se mezclaba al de trompetas y címbalos. Bajo los rayos escarlata del sol poniente, los cañones, las corazas, los cascos, las picas, lanzaban resplandores y César, en la púrpura real de un sol de invierno, parecía ir directamente, triunfador, hacia ese enorme sol bajo sangrante.

Con una devoción que se parecía al espanto, la muchedumbre contemplaba al héroe silenciosamente, reteniendo el aliento, queriendo pero sin atreverse a aclamarle. Las lágrimas corrían por el rostro de la vieja mendiga.

–¡Santos protectores! ¡Santa Virgen! –balbucía persignándose–. ¡El Señor me ha permitido ver tu claro rostro, oh nuestro glorioso sol!

Y la resplandeciente espada enviada a César por el Papa, para la defensa de la Iglesia del Señor, les parecía la espada de fuego del mismo arcángel san Miguel.

Leonardo sonrió sin querer, observando en el rostro de Nicolás y en el de la vieja pordiosera medio loca la misma expresión de ingenuo entusiasmo.

VIII

Al volver a su casa, Leonardo encontró una orden firmada por Agapito, primer secretario, en la que le ordenaba que al día siguiente se presentase ante Su Alteza.

Lucio, que en su ruta a Ancona se había detenido a descansar en Fano y debía partir al día siguiente, fue a despedirse. Nicolás habló de la ejecución de Ramiro de Lorgia. Lucio le preguntó qué pensaba de la verdadera causa de esta ejecución.

–Es difícil, si no imposible, adivinar los motivos que impulsan a un príncipe como César –respondió Maquiavelo–, pero si tenéis interés en saber lo que yo pienso, helo aquí: antes de ser conquistada por el duque, la Romaña se hallaba, como vos no lo ignoráis, sometida al yugo de una multitud de pequeños tiranos; era presa de mil violencias, desórdenes y rapiñas. César, para poner fin a todo ello de un golpe, nombró como principal gobernador a su fiel e inteligente servidor don Ramiro de Lorgia. Por medio de crueles castigos que despertaron en el pueblo un saludable terror a la ley hizo, en poco tiempo, cesar los desórdenes y restableció en el país un orden perfecto. Pero cuando el príncipe vio que había logrado su fin, resolvió suprimir el instrumento de su crueldad y mandó detener al gobernador so pretexto de malversación de fondos públicos. Le hizo ejecutar y exponer su cadáver en la plaza pública, espectáculo horrible, con el que el pueblo fue a la vez satisfecho y consternado. De esta acción, llena de profunda sabiduría y digna de imitación, el duque sacó tres ventajas: primero, arrancó de raíz la cizaña de discordias que los débiles tiranos anteriores habían sembrado en Romaña; después, haciendo creer al pueblo que esas crueldades habían sido cometidas sin que él lo supiera, se lavó las manos e hizo pesar la responsabilidad sobre la cabeza del gobernador aprovechándose de los beneficiosos frutos de su ferocidad; y, por fin, sacrificando al pueblo su servidor favorito, dio pruebas de una alta e íntegra justicia.

Hablaba con voz tranquila y suave, conservando en su rostro una inmovilidad impasible, como si estuviera exponiendo deducciones abstractas de matemáticas. Pero en el fondo de sus ojos, temblaba, se apagaba y volvía a encenderse sucesivamente, una chispa de loca alegría, rara y casi traviesa.

–¡Bella justicia, por cierto! –exclamó Lucio–. Pero de vuestras palabras, meser Nicolás, resulta que esa pretendida justicia es la peor de las abominaciones.

El secretario de la República florentina bajó los ojos, intentando apagar la llama cínica.

–Es posible –añadió fríamente–, es muy posible, pero ¿qué importa?

–¿Cómo que qué importa? ¿Es posible que consideréis una abominación como digna de ser imitada y que la tengáis por una prueba de sabiduría política?

Maquiavelo se encogió de hombros.

–Joven, cuando hayáis adquirido en política cierta experiencia, veréis vos mismo que entre la manera como se conducen los hombres y como deben proceder hay tanta diferencia que olvidarlo es condenarse a una pérdida cierta, ya que los hombres son de natural malo y vicioso si el temor o el interés no los inclina a la virtud. Ved por lo que digo que para no perecer, un príncipe debe aprender antes que nada el arte de parecer virtuoso. Pero debe, según las necesidades, practicar o fingir las leyes de la virtud, sin temor de que su conciencia le inspire remordimientos por haber cometido esos crímenes secretos sin los cuales no se podría conservar el poder. Porque, si se estudia en detalle la naturaleza del mal y del bien, se llega a esta conclusión: que muchas cosas que parecen virtuosas arruinan la autoridad del príncipe y que muchas otras que parecen culpables le engrandecen.

–Por favor, meser Nicolás –exclamó al fin Lucio sublevado–; pero si se razona así, todo está permitido; no hay crimen ni bajeza que no se pueda justificar...

–Sí, todo está permitido –dijo Nicolás con tono más tranquilo y suave todavía.

Y como para aumentar la importancia de sus palabras, levantó la mano y repitió:

–Todo está permitido a quien quiere y puede reinar. Así –continuó–, volviendo por donde hemos empezado, yo opino que el duque Valentino, que con el concurso de don Ramiro unificó la Romaña e hizo cesar las violencias y el pillaje, es, no solamente más hábil, sino también más clemente en su crueldad que los florentinos, por ejemplo, que toleran en los países que les están sometidos revueltas y desórdenes continuos, pues la crueldad que golpea a algunos es mejor que la clemencia que hace perecer a los pueblos en la discordia.

–Pero, permitid –continuó Lucio visiblemente espantado y estupefacto–, ¿qué queréis decir? ¿No ha habido grandes príncipes extranjeros sin crueldad? ¿Por ejemplo, el emperador Antonino, o Marco Aurelio y muchos otros aún en los anales de los pueblos antiguos y modernos?

–No olvidéis, meser, que, de momento –replicó Nicolás–, se trata menos de monarquías hereditarias que de monarquías conquistadas, menos de la conservación del poder que de su establecimiento. Ciertamente, el emperador Antonino y Marco Aurelio podían ser clementes sin demasiado peligro para el Estado, porque en los pasados siglos se habían cometido suficientes actos crueles y sangrientos. Recordad solamente que para la fundación de Roma, uno de los hermanos criados por la loba hizo morir al otro –¡crimen espantoso!–. Pero si este fratricidio, necesario para el establecimiento de la monarquía, no se hubiera cometido, ¿Roma habría existido en las discordias inevitables de un doble poder? Quién lo sabe y quién podría decidir de qué lado caería la balanza si en un platillo se coloca el pratricidio y en el otro todas las sabidurías y virtudes de la Ciudad Eterna. Cierto, se debe preferir la suerte más oscura a la grandeza de los reyes que se funda sobre tales crímenes. Pero aquel que por una vez ha acallado la voz de la virtud, si no quiere perecer, debe entrar sin idea de retorno en el camino fatal, porque los hombres no se vengan más que de las injurias pequeñas o mediocres, mientras que las ofensas graves les quitan toda fuerza para vengarse. Es por lo que un príncipe no puede infligir a sus súbditos más que ofensas extremas, evitando las pequeñas y mediocres. Pero la mayor parte de los hombres elige ese camino intermedio entre el bien y el mal, que es el más peligroso, no atreviéndose a ser ni buenos ni malos por completo. Cuando el crimen exige grandeza de alma, retroceden y con una natural facilidad no cometen más que vulgares villanías.

–Eso que usted dice, meser Nicolás, pone los pelos de punta –dijo Lucio, irritado.

Las costumbres mundanas le aconsejaban responder con una broma, y añadió intentando sonreír:

–Además, es fácil decirlo, no puedo, sin embargo, imaginar que vos pensáis así verdaderamente; me parece increíble...

–La verdad perfecta parece casi siempre increíble –interrumpió secamente Maquiavelo.

Leonardo, que escuchaba atentamente, notó desde hacía ya largo rato que Nicolás, fingiendo indiferencia, lanzaba a hurtadillas sobre su interlocutor miradas evocadoras como si quisiese medir la fuerza de la impresión que producían sus ideas; su novedad y rareza extrañaban, espantaban. Había vanidad en esas miradas oblicuas y poco seguras. El artista comprendió que Maquiavelo no era dueño de sí y que su espíritu, a pesar de toda su fineza y penetración, no tenía toda la tranquila fuerza que conquista. El afán de no pensar como el mundo, el odio a los lugares comunes, le lanzaban al exceso contrario, hacia la hipérbole, a la persecución de esas verdades raras, si bien incompletas, que impresionan a toda costa. Se hizo un juego de esas extrañas asociaciones de palabras contradictorias como virtud y ferocidad a la manera de un equilibrista hábil e intrépido que juega con espadas desnudas. Tenía todo un arsenal de medias verdades, afiladas, brillantes, seductoras y terribles, que lanzaba como flechas envenenadas a sus enemigos que, como meser Lucio, eran hombres vulgares, sometidos a las conveniencias burguesas. Para vengar su desconocida superioridad y castigarlos de su triunfante vulgaridad, hostigaba, punzaba, pero no mataba ni siquiera hería.

Y el artista recordó, de pronto, el monstruo que él mismo pintara sobre el escudo de madera, encargado por ser Piero da Vinci; el monstruo que creó reuniendo miembros de odiosos reptiles. Meser Nicolás, ¿no componía también, con la misma imitabilidad y el mismo desinterés, su monstruo casi divino, el príncipe inexistente e imposible, monstruo contra natura y seductor, la faz de Medusa para asustar a la gente?

Pero, al mismo tiempo, bajo el capricho indiferente y la fantasía de la imaginación, bajo la impasibilidad del artista, Leonardo adivinó un sufrimiento realmente grande, como si el equilibrista jugando con las espadas se hubiera herido a propósito hasta hacerse sangre: en la glorificación de la crueldad de otro había crueldad para él.

«¿No sería uno de esos pobres enfermos que tratan de aplacar su dolor ahondando en su llaga?», pensaba Leonardo.

Y, sin embargo, todavía no conocía el último secreto de este corazón complejo y sombrío, tan próximo y tan ajeno.

Mientras el artista contemplaba a Maquiavelo con profunda curiosidad, meser Lucio, abandonado, luchaba, como en un sueño absurdo, contra la imaginaria cabeza de Medusa.

–Bien, no discuto –dijo refugiándose en la última ciudadela del buen sentido–, puede ser que haya una cierta parte de verdad en lo que vos decís de la necesaria crueldad de los monarcas, si se aplica a los grandes hombres de pasados siglos. Les será perdonado mucho porque sus virtudes y sus hazañas están por encima de toda medida. Pero, por favor, meser Nicolás, ¿qué viene a hacer aquí el duque de Romaña? *Quod licet yovi non licet bovi.* Lo que estaba permitido a Alejandro el Grande o a Julio César, está permitido a Alejandro VI o a César Borgia, del que no se sabe hasta ahora si es César o nada. En cuanto a mí, yo creo y todo el mundo estará de acuerdo conmigo...

–¡Oh!, seguramente todo el mundo estará de acuerdo con vos –interrumpió meser Nicolás, manifiestamente fuera de sí–. Pero esto no es todavía una prueba, meser Lucio. La verdad no se encuentra en las carreteras por donde todo el mundo pasa, y para terminar esta discusión, he aquí mi última palabra: cuando observo las acciones de César las encuentro perfectas y creo que pueden mostrarse a los que adquieren el poder por los abusos y el éxito como el mejor modelo a imitar. Tanta virtud y tanta crueldad se unen en él, sabe tan bien adular y destruir a los hombres, los fundamentos del poder que él ha asido en un tiempo tan corto son tan sólidos que, desde ahora, es un monarca único en Italia y quizás en Europa. En cuanto a lo que le reserve el porvenir, es difícil, incluso, de imaginar.

Su voz temblaba. Sobre sus hundidas mejillas aparecieron unas manchas rojas. Sus ojos tenían un resplandor febril. Parecía un visionario. Bajo la astuta máscara del cínico transparecía el rostro del antiguo discípulo de Savonarola.

Pero cuando Lucio, cansado de discutir, ofreció para sellar la paz, ir a beber unos vasos a la taberna vecina, el visionario desapareció.

–Vamos mejor a otro sitio –propuso Nicolás–. Tengo para

estas cosas un olfato de perro pachón. Creo que en estos momentos debe haber allí bastantes chicas guapas...

–¿Qué guapas chicas puede haber en este poblacho? –respondió Lucio en tono de duda.

–Escuchad, joven –interrumpió gravemente el secretario de la República de Florencia–, no desdeñéis los poblachos. ¡Dios os libre de ello! En estos sucios arrabales, en estas callejuelas oscuras, se puede a veces encontrar un tesoro como para chuparse los dedos.

Lucio le cogió por el hombro con desenvoltura, tratándole de granuja.

–Está muy oscuro –añadió, tratando de esquivarle–, y hace mucho frío; vamos a helarnos.

–Llevaremos linternas –insistió Nicolás–. Nos pondremos pellizas y nos taparemos la cara con un capuchón. Así nadie nos reconocerá. Cuanto más misterio haya en estas aventuras, más agradables son. ¿Venís vos, meser Leonardo?

El artista rehusó. Los propósitos groseros que los hombres tenían de ordinario para con las mujeres no le agradaban y los evitaba con un sentimiento de invencible pudor. Este hombre de cincuenta años, intrépido investigador de la naturaleza, que acompañaba a los condenados al suplicio para observar en sus rostros la impresión del supremo terror, se dejaba a veces desconcertar por una broma libertina; no sabía dónde mirar y se ruborizaba como un chiquillo.

Nicolás arrastró a meser Lucio.

IX

Al día siguiente, vino un camarero de palacio a enterarse de si el primer arquitecto del duque estaba satisfecho en su alojamiento, si no le faltaba nada en esta ciudad atestada de forasteros y le remitía, con los saludos del duque, un presente que, según la costumbre de aquellos sitios, consistía en provisiones: un saco de harina, un tonelito de vino, un cordero, ocho pares de capones y gallinas, dos grandes antorchas, tres paquetes de velas de cera y dos cajas de confites. Testigo de las atenciones de César hacia Leonardo, Nicolás rogó al artista que intercediese con el duque en su favor y le obtuviese una audiencia.

A las once de la noche, hora habitual de las audiencias de César, fueron a palacio.

El duque llevaba una vida singular. Los embajadores de Ferrara se quejaron un día al Papa de que no podían obtener una audiencia de César. Su santidad les respondió que él también estaba descontento de la conducta de su hijo, que transformaba los días en noches y retrasaba durante dos o tres meses conversaciones importantes.

Dividía así su tiempo: tanto en invierno como en verano, se acostaba alrededor de las cinco de la mañana. El día no comenzaba para él hasta las tres de la tarde. Su sol salía a las cuatro; el duque se vestía a las cinco, desayunaba enseguida y, a veces, en la cama; después se ocupaba de los asuntos de Estado. Rodeaba toda su vida de un misterio impenetrable, no solamente a causa de su carácter retraído, sino también por cálculo. Salía raramente de palacio y, casi siempre, enmascarado. No se mostraba al pueblo más que en las grandes solemnidades y a sus soldados en las batallas en los momentos de extremo peligro. Pero cada una de sus apariciones era emocionante como la de un semidiós; le gustaba y sabía hacerse admirar.

Sobre su generosidad circulaban increíbles rumores. El oro, que de todos los puntos del mundo cristiano afluía al tesoro de San Pedro, no bastaba para mantener el boato del capitán general de la Iglesia. Los embajadores aseguraban a sus soberanos que no gastaba menos de mil ochocientos ducados por día. Cuando César pasaba por las calles de las ciudades, la muchedumbre corría tras él, pues sabían que hacía herrar sus caballos con herraduras de plata que, apenas sostenidas, se perdían a propósito en el camino para regalárselas al pueblo.

Se contaban maravillas también de su fuerza física. Un día, en Roma, durante una lucha de toros, el joven César, entonces cardenal de Valencia, hundió de un sablazo el cráneo de un toro. En los últimos años, el mal francés había quebrantado su salud, sin destruirla. Los dedos de su bella mano, fina y femenina, doblaban las herraduras; torcían barrotes de hierro y rompían los cables de los navíos. Inaccesible a sus propios dignatarios y a los embajadores de grandes potencias, se le podía ver en las montañas de los alrededores de Césara, asistía a los pugilatos de los pastores medio salvajes de las montañas de la Romaña; a veces, él mismo tomaba parte en sus juegos.

Al mismo tiempo era un cumplido caballero y árbitro de la moda mundana. El día de la boda de su hermana madona Lucrecia abandonó de noche el sitio de una fortaleza y llegando directamente del campo de batalla acudió a casa del novio Alfonso d'Este, duque de Ferrara, completamente vestido de terciopelo negro, y con un antifaz negro también, atravesó sin que nadie le reconociese por entre los invitados, saludó y, como todos se apartaban a su paso, solo, a los sones de la música, comenzó a bailar y dio unas vueltas en la sala con tal elegancia, que enseguida todos le reconocieron. «César, César, César el único», decía la gente extasiada. Sin prestar la menor atención a los invitados ni a su anfitrión, condujo aparte a la novia, e inclinándose hacia ella le dijo algunas palabras al oído. Lucrecia bajó los ojos, se ruborizó, luego se puso pálida como el lienzo, lo que la hacía más bella todavía. Tierna, pálida como una perla, quizás era inocente, pero débil, infinitamente débil a la terrible voluntad de su hermano, dócil, aseguran, hasta el incesto.

Él sólo se preocupaba de una cosa: que no hubiese pruebas manifiestas. Acaso la murmuración exagerase los crímenes del duque, quizá la realidad fuese más espantosa todavía que lo que se cuenta. En todo caso, sabía ocultar su juego.

X

En el antiguo Ayuntamiento gótico se hallaba el palacio de Su Alteza. Después de atravesar un gran salón triste y frío, donde se recibía a los visitantes de menos importancia, Leonardo y Maquiavelo entraron en una pequeña pieza interior, antigua capilla sin duda, con ventanas ojivales, vitrales de colores y altas sillas de coro, cuyas finas esculturas representaban a los doce apóstoles y los Padres de los primeros siglos. En los descoloridos frescos del techo, la paloma del Espíritu Santo planeaba entre nubes y ángeles. Allí se encontraban los familiares. Se hablaba a media voz, la proximidad del príncipe se sentía a través de los muros.

Un viejecillo calvo, el infortunado embajador de Rímini, que desde hacía tres meses esperaba una audiencia del duque, fatigado sin duda de tantas noches sin sueño, se había adormecido en un rincón, sentado en una silla de coro.

De vez en cuando se oía la puerta; el secretario Agapito, con aspecto receloso, las gafas sobre la nariz y una pluma detrás de la oreja, sacaba la cabeza e invitaba a alguno de los presentes a pasar a la cámara de Su Alteza.

A cada aparición de Agapito, el embajador de Rímini se sobresaltaba dolorosamente, se levantaba; pero viendo que no había llegado su vez, volvía a caer en su somnolencia con un profundo suspiro y el mismo ruido que cuando en un almirez de cobre cae su mano.

A falta de otra pieza más conveniente, habían transformado la capilla en farmacia de campaña. Delante de la ventana, en el sitio del altar, el obispo de Santa Justa, Gaspare Torella, primer médico –archiartos– de su santidad el Papa y de César, preparaba sobre una mesa repleta de frascos, retortas y potes, una medicina recientemente descubierta, contra el mal francés. Era la infusión de una planta que se llamaba el árbol santo, guayaco, traído de las islas meridionales recientemente descubiertas por Colón. Mientras deshacía con sus bellas manos la medula amarillo-azafrán del guayaco, de olor penetrante que se aglomeraba en bolas grasientas, el médico-obispo explicaba con amable sonrisa la naturaleza y propiedades del saludable árbol.

Todos escuchaban con curiosidad; muchos de los presentes conocían por experiencia el terrible mal.

–¿Y de dónde ha venido esta enfermedad? –preguntaba el cardenal Santa Balbina, moviendo la cabeza con aspecto apenado y perplejo.

–Se dice que son los judíos españoles y los moros quienes la han traído –dijo el obispo de Elva– . Ahora que se han dictado leyes contra los infieles, gracias a Dios se ha atenuado un poco. Pero hace cinco o seis años no sólo atacaba a los hombres, sino también a los animales: a los caballos, cerdos, perros y hasta los árboles y los trigos.

El médico manifestó su duda de que el maíz y el trigo pudieran ser atacados del mal francés.

–Dios nos ha castigado –dijo con aire contrito el obispo de Trami–. Es una plaga que Dios nos envía por nuestros pecados.

Callaron todos. Sólo se oía el ruido cadencioso de la maza machacando en el mortero, y los padres de los primeros siglos del cristianismo representados en las tablas de las paredes parecían escuchar con asombro la extraña conversación de los nuevos pastores de la Iglesia del Señor. En la capilla, iluminada por el vacilante resplandor de una lamparita de farmacia, donde el fuerte olor alcanforado del árbol medicinal se mezclaba al perfume apenas perceptible del antiguo incienso, la asamblea de prelados romanos parecía celebrar algún oficio secreto.

–Monseñor –preguntaba al médico el astrólogo del duque Valgoulio–, ¿es verdad que esta enfermedad se transmite por el aire?

El médico se encogió de hombros dubitativo.

–Seguramente, por el aire –confirmó Maquiavelo con maliciosa sonrisa–. Si no, ¿cómo hubiera podido extenderse no sólo en los conventos de hombres, sino también en los de mujeres?

Todos rieron.

Uno de los poetas de la corte, Battista Orfino, leyó solemnemente, como una plegaria, la dedicatoria del nuevo libro sobre el mal francés, del obispo de Tonella al duque, diciendo que César eclipsaba por sus virtudes a los grandes hombres de la antigüedad: Bruto, por la justicia; Decio, por la constancia; Escipión, por la continencia; Régulo, por la lealtad, y Pablo Emilio, por la magnanimidad, glorificaba en el gonfaloniero de la Iglesia romana al fundador del tratamiento mercurial.

Durante esta conversación, el secretario de la República florentina se apartaba de vez en cuando con alguno de los familiares del duque, preguntándoles hábilmente sobre los proyectos políticos de César; se informaba, deducía, andaba a la husma como un perro al acecho. Se acercó también a Leonardo y, con la cabeza caída sobre el pecho, el índice sobre los labios, mirando desde abajo, dijo varias veces, hundido en profunda meditación:

–Comeré la alcachofa... Comeré la alcachofa...

–¿Qué alcachofa? –preguntó el artista sorprendido.

–Ésa es precisamente la cuestión: ¿qué alcachofa? El duque acaba de proponer un enigma al embajador de Ferrara, Pandolfo Collenuccio: «Comeré –ha dicho– la alcachofa hoja por hoja». Eso significa quizá, la alianza, la alianza de sus enemigos, que él aniquilará dividiéndolos, pero puede también ser cualquier otra cosa. Hace una hora que me rompo la cabeza. –E inclinándose al oído de Leonardo, murmuró–: Aquí todo es trampa y enigma. Charlan a tontas y a locas, pero en cuanto se les quiere hablar seriamente, se vuelven mudos como peces o como frailes en la mesa. Pero yo no me dejo coger. Huelo que se prepara algo. Pero ¿qué exactamente?, ¿qué? Podéis creer, meser, que daría mi alma al diablo por saber exactamente de qué se trata–.

Y sus ojos brillaron como los de un jugador resuelto.

La cabeza de Agapito asomó por la puerta entreabierta. El secretario hizo una señal al artista.

Después de haber andado por un corredor medio oscuro ocupado por guardias de corps estradiotas y albanos, Leonardo entró en el dormitorio del duque, agradable habitación adornadas las paredes con tapices de seda cuyo tejido representaba la caza del unicornio, las esculturas del techo los fabulosos amores de la reina Pasifae y el toro. Este toro escarlata o dorado, animal heráldico de la casa Borgia, se repetía en todos los ornamentos de la habitación, al lado de la tiara papal y de las llaves de San Pedro.

En la alcoba hacía mucho calor. Los médicos aconsejaban a los enfermos prevenirse contra las corrientes de aire, después de haberse friccionado con mercurio exponiéndose al sol o cerca del fuego.

En la chimenea de mármol ardían leños de oloroso enebro y un aceite mezclado con esencia de violetas ardía en los pebeteros. César amaba los perfumes.

Según su costumbre, el duque se hallaba completamente

vestido, echado sobre su cama baja, sin cortinas, en medio de la habitación. Sólo dos actitudes le eran propias: echado en una cama o a caballo. Inmóvil, impasible, recostado sobre cojines, miraba a dos cortesanos que cerca de su cama jugaban al ajedrez sobre una mesita de jaspe y escuchaba las noticias de sus secretarios. Podía dedicar su atención a varios asuntos a la vez. Meditabundo, rodaba de una mano a otra con monótono y lento movimiento una bola de oro aromatizada de la que nunca se separaba lo mismo que de su puñal de Damasco.

XI

Recibió a Leonardo con la encantadora amabilidad que le era peculiar. Sin permitir que el artista doblara la rodilla, apretó amistosamente su mano y le hizo sentar en una butaca.

Le había llamado con intención de consultarle acerca de los planes de Bramante para la construcción en la ciudad de Imola, que también se llamaba Valentina, de un nuevo convento con una rica capilla, un hospital y un asilo. César quería hacer de estos benéficos establecimientos el monumento de su caridad cristiana.

Tras los dibujos de Bramante, le mostró los nuevos modelos, acabados de recortar, de las cartas para la prensa de Jerónimo Soncino de la ciudad de Fano, que él protegía, habiéndose preocupado del florecimiento en Romaña de las letras y las artes.

Agapito presentó al príncipe la recopilación de las alabanzas del poeta de la corte, Francesco Uberti. Su Alteza las aceptó con benevolencia y ordenó recompensar generosamente al poeta.

Después exigió que le enseñasen no sólo los himnos de alabanza, sino también las sátiras. El secretario le tendió un epigrama del poeta napolitano Mancioni, detenido en Roma y encarcelado en la prisión de Sant'Angelo: era un soneto lleno de groseros insultos, donde se calificaba a César de mulo, de vástago de una prostituta y al Papa sentado sobre el trono donde antes reinó Cristo y ahora reinaba Satán, de turco, de circunciso, de cardenal exclaustrado, de incestuoso, fratricida y apóstata.

«¿A qué esperar, Dios clemente? –exclamaba el poeta–, ¿no ves que ha transformado la Santa Iglesia en un establo de mulos y un lugar malo?»

–¿Qué ordenáis que se haga con este miserable? –preguntó Agapito.

–Dejemos esto hasta mi vuelta –dijo el duque en voz baja–. Le ajustaré yo mismo las cuentas.

Después añadió, más bajo todavía:

–Sabré enseñarles educación a los escritores.

Ya se sabía por qué medios César «enseñaba educación a los escritores»; por ofensas menos graves les había cortado las manos y atravesado la lengua con un hierro ardiendo.

Una vez acabada la lectura de su informe, el secretario se alzó.

Valgulio, el primer astrólogo de la corte, se acercó con un nuevo horóscopo. El duque le escuchó con atención, casi devotamente, porque creía en el inevitable destino, en el poder de las estrellas. Valgulio explicó particularmente que el último acceso de mal francés que el duque había sufrido era debido a la influencia perniciosa de Marte, el planeta seco, al entrar en el signo húmedo de Escorpión; pero cuando Marte se uniera con Venus en Tauro, la enfermedad pasaría sola. Luego le aconsejó que, en caso de que Su Alteza tuviera intención de emprender algo importante, eligiera el 31 de diciembre después de mediodía, porque ese día la conjunción de los astros se anunciaba como favorable a César. Y, levantando el índice, se inclinó al oído del duque y repitió tres veces, con místico murmurio:

–¡Hágase así! ¡Hágase así! ¡Hágase así!

César bajó los ojos y no respondió.

Pero el artista creyó ver pasar una sombra sobre su rostro. Con un gesto de la mano despidió al astrólogo y se dirigió de nuevo al arquitecto de la corte.

Leonardo desplegó ante él los dibujos de sus cartas militares. No sólo eran los estudios de un sabio explicando la naturaleza del suelo, el curso de las aguas, los obstáculos formados por las cadenas de montañas, las salidas abiertas a los ríos por los valles, sino también las obras de un gran artista, cuadros que parecían tomados a vista de pájaro. El mar se indicaba en azul, las montañas en marrón, los ríos en azul claro, los pueblos en rojo oscuro, las praderas en verde pálido y todos los detalles de las ciudades; playas, calles, campanarios, estaban hechos con infinita perfección, tan bien que podía reconocérseles al primer golpe de vista sin leer los nombres escritos al lado. Se creería volar sobre la tierra y abarcar con la mirada desde vertiginosa altura, inmensos espacios. César examinó con particular atención el mapa de la región limitada al sur por el lago de Bolsena, al norte por el valle del río Valdema que afluye al Arno, al oeste por Arezzo y Perugia, al este por Siena y el litoral. Era el corazón de Italia, la patria de Leonardo, la tierra de Florencia, con la que el duque soñaba desde hacía largo tiempo como la más tentadora de las presas.

Absorto en su contemplación, César gozaba con ese sentimiento de vuelo. Y no hubiera podido explicar con palabras lo que sentía; pero le pareció que él y Leonardo se entendían, que eran cómplices. Adivinaba confusamente qué grande y nuevo poder podía dar la ciencia a los hombres y deseó para él ese poder, esas alas para el vuelo victorioso. Por fin miró al artista y le apretó la mano con una sonrisa llena de encantadora afabilidad.

–Te estoy muy agradecido, mi Leonardo; sírveme como lo has hecho hasta aquí y sabré recompensarte. –Luego preguntó con solicitud–: ¿Te encuentras bien? ¿Estás satisfecho de tu sueldo? ¿Acaso deseas algo? Ya sabes que estaré muy contento de satisfacer todas tus peticiones.

Leonardo, aprovechando la ocasión, habló en favor de Nicolás, rogando al duque que le concediera una audiencia.

César se encogió de hombros con bondadosa sonrisa.

–¡Singular personaje este meser Nicolás! Solicita audiencias y cuando le recibo no tenemos nada que decirnos. Pero ¿por qué me han enviado este original?

Tras un silencio, preguntó a Leonardo su opinión sobre Maquiavelo.

–Yo creo, Alteza, que es uno de los hombres más inteligentes que he encontrado en mi vida.

–Sí, es inteligente –asintió el duque–. Puede que entienda algo de negocios. Pero a pesar de eso, no se puede en nada descansar en él. Por otra parte, siempre le he deseado el bien y se lo deseo, tanto más hoy que sé que es amigo tuyo. Es un hombre honrado. No tiene ninguna malicia, aunque él se imagine ser el más pérfido de los hombres y se esfuerce en engañarme como si yo fuese el enemigo de vuestra República. Además no me enfado: comprendo que si obra así es porque ama a su patria más que a su alma. Bien, que venga a verme si tanto lo desea. Dile que me alegraré de recibirle. A propósito, ¿quién me ha dicho que Nicolás prepara un libro sobre política o sobre ciencia militar?

De nuevo apareció en César su tranquila sonrisa como si recordase algo divertido.

–¿Te ha hablado de su falange macedonia? ¿No? Entonces, escucha. Un día, a propósito de ese libro sobre el arte militar, Nicolás explicaba a mi jefe de campaña Bartolomeo Capranico y a otros capitanes, las reglas a seguir para disponer las tropas en el mismo orden que la antigua falange macedonia. Habló con tanta elocuencia, que todos quisieron hacerle hacer la experiencia. Salieron al campo y Nicolás tomó el mando. Se agitaba, se agitaba con dos mil soldados; los tuvo tres horas al frío, bajo el viento y la nieve, pero formaba la famosa falange. Por fin, Bartolomeo perdiendo la paciencia apareció también ante las tropas y aunque en su vida leyó la menor obra sobre el arte militar, en un cerrar de ojos, al son de los tambores, dispuso la infantería en buen orden de batalla y todos se convencieron una vez más de la gran diferencia que hay entre la acción y la palabra. Pero, sobre todo, Leonardo, no hables de ello a Nicolás: le gusta que le recuerden la falange macedonia.

Era tarde, cerca de las tres de la madrugada. Trajeron al duque un ligero refrigerio; un plato de verdura, una trucha, un poco de vino blanco. Verdadero español, era de una sobriedad notable.

El artista se despidió. El duque, con su encantadora amabilidad, le agradeció una vez más sus mapas militares y dio orden de que tres pajes le precediesen con antorchas encendidas en testimonio de particular honor.

Leonardo contó a Maquiavelo su entrevista con el duque. Cuando oyó hablar de los mapas de los alrededores de Florencia, planeados por César, Nicolás quedó espantado.

–¿Cómo? ¿Usted, ciudadano de la República, para su peor enemigo?....

–Yo creí –respondió el artista–, que el duque era considerado como nuestro aliado...

–¡Considerado! –gritó el secretario cuyos ojos brillaban de indignación–. Pero ¿sabéis, meser, que si esto llega a conocimento de nuestras magníficas señorías, podrían acusaros de traición?

–¿Es posible? –dijo Leonardo ingenuamente asombrado–. Además, Nicolás, no vayáis a creer... Realmente no sé nada de política, soy un verdadero ciego...

Se miraron silenciosamente a los ojos y, de pronto, comprendieron ambos que, sobre este punto, eran extraños hasta lo más profundo de sus corazones, diferentes uno de otro y que jamás llegarían a entenderse. Para uno no parecía existir la patria; el otro la amaba, como había dicho César, «más que a su alma».

XII

Esa noche salió Nicolás sin decir dónde ni con qué objeto. Volvió al día siguiente, pasado el mediodía; fatigado, transido, entró en la alcoba de Leonardo, cerró casi cuidadosamente la puerta y le dijo que hacía ya tiempo quería hablarle de un asunto que reclamaba el más profundo secreto y comenzó su relato.

Hacía tres años, a la hora del crepúsculo, en un lugar desierto de Romaña entre las ciudades de Césara y Porto Cesenatico, unos jinetes armados y enmascarados asaltaron a un destacamento que escoltaba a madona Dorotea, mujer de Battista Cannacciolo, capitán de infantería de la Serenísima República. Se apoderaron de Dorotea y de su prima María, una joven de quince años, novicia del convento de mujeres de Urbino, que viajaba con ella; echaron a las mujeres sobre sus caballos y partieron al galope. Desde entonces no volvieron a saber nada de ellas.

El Consejo y el Senado de Venecia consideraron a la República ofendida en la persona de su capitán y dirigieron a Luis XII, al rey de España y al Papa una reclamación contra César, duque de Romaña, a quien acusaban del rapto de Dorotea. Pero no había pruebas y César respondió con ironía que, no faltando mujeres, no necesitaba ir a buscarlas en los caminos.

Corrió el rumor de que Dorotea se consoló pronto y acompañaba al duque en todas sus campañas, sin sentir nada la pérdida de su marido.

María tenía un hermano, meser Dionigio, joven capitán al servicio de Florencia en el campo de los pisanos. Cuando todas las diligencias de los señores florentinos tuvieron tan poco éxito como las reclamaciones de la Serenísima República, Dionigio resolvió probar suerte él mismo. Llegó a Romaña con otro nombre, se presentó al duque, ganó su confianza, penetró en la torre de la fortaleza de Césara y huyó con María disfrazada de hombre. Pero se les persiguió y fueron alcanzados en la fortaleza de Perugia. El hermano fue muerto y María vuelta a la fortaleza.

Maquiavelo, en su calidad de secretario de la República florentina, había participado en este asunto. Meser Dionigio se hizo amigo suyo, le confió el secreto de su audaz proyecto y le contó todo lo que pudo saber acerca de su hermana por los carceleros, que la consideraban como una santa, afirmando que profetizaba, hacía curaciones y tenía en las manos y en los pies las llagas de la Cruz, semejantes a las de santa Catalina de Siena.

Cuando César se cansó de Dorotea, empezó a pensar en María. El célebre seductor de mujeres, consciente de su encanto, al que las más puras no podían resistir, estaba seguro de que más pronto o más tarde María sería tan dócil como todas las otras. Pero se equivocó. Su voluntad encontró en el corazón de esta niña una resistencia invencible. Corrieron rumores de que, en los últimos tiempos, el duque iba a verla con frecuencia a su celda y quedaba largo rato conversando con ella. Pero lo que pasaba en esas entrevistas era un misterio para todo el mundo.

Al terminar, Nicolás declaró que tenía intención de salvar a María.

–Si consintieseis en ayudarme, meser Leonardo, yo llevaría este asunto de manera que nadie pudiera saber nada de nuestra participación. Además, solamente os pediré algunos informes sobre la disposición interior y la construcción de la ciudadela San Michele donde se encuentra María. En vuestra calidad de arquitecto de la corte tenéis toda clase de facilidades para penetrar en ella e informaros.

Leonardo le miró en silencio, con sorpresa, y bajo su mirada penetrante, Nicolás estalló bruscamente en una risa forzada, aguda, casi maligna.

–Me atrevo a esperar –exclamó–, que no me creeréis un sensiblero de generosidad caballeresca; que el duque seduzca o no a esta muchacha, eso, desde luego, me es absolutamente igual. Entonces, ¿por qué me inquieto?, preguntaréis. Pues bien, no es más que para probar a nuestras magníficas señorías que sirvo para hacer otra cosa que el payaso y además, hace falta buscarse alguna diversión. La vida humana es de tal modo, que si uno no se permite de vez en cuando alguna tontería, reventaría de aburrimiento. Ya estoy cansado de charlar, de jugar a los dados, de frecuentar casas de mala fama y de escribir informes inútiles a los boneteros florentinos. Por eso he pensado esto: ya no son palabras, sino un hecho. Sería lástima dejar pasar la ocasión. Todo está planeado, con astucia maravillosa…

Hablaba precipitadamente, como si quisiera justificarse. Pero Leonardo ya había comprendido que Nicolás estaba dolorosamente avergonzado de su bondad y la ocultaba, según su costumbre, bajo la máscara del cinismo.

–Meser –interrumpió el artista–, os he comprendido; contad conmigo en este asunto como con vos mismo, con una sola condición: que en caso de fracasar, yo respondo de ello como vos.

Nicolás, visiblemente emocionado, respondió a su apretón de manos y le expuso enseguida su plan.

Leonardo no hizo ninguna objeción, aunque en el fondo de su alma dudase de que ese plan fuese tan fácil de ejecutar como de exponer: tenía algo de demasiado sutil y demasiado astuto que no se parecía a la realidad.

El rescate de María fue fijado para el 30 de diciembre, día que el duque debía abandonar Fano.

Dos días antes, uno de los carceleros que ellos habían sobornado fue a su casa por la noche, muy tarde, para advertirles que una denuncia los amenazaba. Nicolás no estaba en casa. Leonardo salió a buscarle.

Después de mucho buscar, acabó por encontrar al secretario de la República florentina en una casa de juego, donde una banda de facciosos, la mayor parte españoles al servicio de César, despojaba a los jugadores inexpertos. En medio de un círculo de jóvenes depravados y libertinos, Maquiavelo explicaba el célebre soneto de Petrarca:

Ferito in mezzo di cure di Laure
Herido por Laura en pleno corazón.

Descubriendo en cada palabra un sentido escabroso y demostrando que Laura había contagiado a Petrarca el mal francés, el auditorio reía hasta llorar.

De la casa vecina llegaban gritos de hombres, chillidos de mujeres, un estrépito de mesas volcadas, sonar de espadas, botellas rotas, dinero caído: habían cogido a un tramposo. Al ruido, los interlocutores de Nicolás acudieron. Leonardo cuchicheó a Maquiavelo que tenía que comunicarle acerca del asunto de María una noticia importante. Salieron.

La noche era tranquila y estrellada, la nieve virginal que acababa de caer crujía bajo sus pies. Después de haber respirado la atmósfera asfixiante del garito, Leonardo respiró con placer el aire puro que le pareció perfumado.

Cuando se enteró de la denuncia, Nicolás decidió con una despreocupación inesperada que todavía no había lugar para inquietarse.

–Estaréis vos extrañado de haberme encontrado en esa pocilga –dijo a su compañero–. El secretario de la República florentina haciendo casi el bufón entre esa canalla de la corte. Pero ¿qué hacer? La miseria salta, baila y canta. Aunque son granujas, son más generosos que nuestros magníficos señores...

Nicolás ponía en sus palabras tanta crueldad para él mismo, que Leonardo no pudiendo más, le detuvo.

–Eso no es verdad. ¿Por qué habláis así de vos, Nicolás?

¿No sabéis que soy vuestro amigo y que os juzgo de otra manera que a los otros?

Maquiavelo se volvió y después de un silencio prosiguió en voz baja y cambiada:

–Lo sé, no os enfadéis conmigo, Leonardo; a veces, cuando tengo el corazón demasiado oprimido, bromeo y río para no llorar.

Su voz se quebró y, bajando la cabeza, dijo más bajo todavía:

–Tal es mi suerte. He nacido bajo una desgraciada estrella. Mientras los hombres de mi edad, las gentes más nulas, prosperan, viven con bienestar y honores, adquieren dinero y poder, yo me quedo solo detrás, eclipsado por los tontos. Me tienen por un hombre frívolo. Puede que tengan razón. Sí, yo no temo los grandes trabajos, las privaciones, los peligros, pero sufrir toda la vida pequeñas y viles ofensas, juntar los dos extremos, temblar por cada sueldo, no lo sé verdaderamente. ¿Para qué hablar de ello? –Hizo un gesto desesperado y en su voz temblaron lágrimas–. ¡Maldita vida! Si Dios no se apiada de mí, creo que pronto lo abandonaré todo: los negocios, monna Marietta, mi pequeño. No soy para ellos más que una carga. Creerán que me he muerto. Huiré al fin del mundo, me esconderé en un agujero donde nadie me conozca; actuaré como secretario de cualquier podestá, o bien enseñaré el abecedario a los niños de alguna escuela de pueblo para no perecer de hambre, hasta que me idiotice y pierda la conciencia; porque lo más temible, amigo mío, es tener conciencia de sus fuerzas, saber que se podría hacer algo y que jamás se hará nada y se perecerá estúpidamente.

XIII

El tiempo pasaba y a medida que se aproximaba el momento de libertar a María, Leonardo notaba que Nicolás, a pesar de sus seguridades, flaqueaba, perdía su sangre fría, tan pronto tardando imprudentemente, como agitándose sin resultados. El artista, por propia experiencia, adivinaba lo que pasaba en el alma de Maquiavelo. No era pusilanimidad, sino esa debilidad incomprensible, esa indecisión de los hombres que no están hechos para la acción, esa súbita traición de la voluntad que falta en el último momento, cuando hace falta tomar una resolución sin vacilación ni duda; debilidad que el mismo Leonardo conocía tan bien.

La víspera del día fatal, Nicolás se fue a un pueblecito vecino a la torre de San Miguel a fin de preparar definitivamente la fuga de María. Leonardo debía ir allí por la mañana.

Cuando se quedó solo, esperaba de un momento a otro malas noticias, sin dudar que la empresa acabaría con un fracaso, como la farsa de un colegial.

A través de las ventanas entraba la claridad grisácea de una mañana de invierno. Llamaron a la puerta. El artista abrió. Entró Nicolás, pálido y desfallecido.

–¡Hemos acabado! –dijo, dejándose caer extenuado sobre una silla.

–Ya lo sabía yo –dijo Leonardo, sin sorpresa–. Se lo decía, Nicolo, que nos cogerían.

Maquiavelo le miró distraídamente.

–No, no es eso –continuó–; no estamos cogidos, pero el pajarillo ha volado... Hemos llegado demasiado tarde.

–¡Cómo! ¿Ha volado?...

–De este modo... Esta mañana, al amanecer, han encontrado a María, tumbada en el suelo de la prisión, degollada.

–¿Quién es el asesino? –preguntó el artista.

–No se sabe, pero a juzgar por las heridas, es poco probable que haya sido el duque. Para eso César y sus verdugos son unos artistas, hubieran sabido cortar la garganta de la niña. Dicen que ha muerto virgen. Ha sido ella misma, creo yo...

–¡No es posible! Una muchacha como María, que la tenían por una santa...

–Todo puede ser –continuó Nicolás–. Usted no le conoce todavía. Ese monstruo...

Se detuvo y palideció, pero acabó con un impulso irresistible:

–¡Ese monstruo es capaz de todo! Sin duda han conducido a una santa hasta el suicidio...

»Antes –añadió–, cuando no la vigilaban todavía así, la vi dos veces. Era delgadita, muy fina, como una brizna de hierba. Una carita de niña. Los cabellos lisos, claros como el lino, parecidos a los de la madona de Filippino Lippi que se apareció a san Bernardo en la abadía de Florencia. No era ni siquiera muy bella. ¿Qué pudo seducir al duque? ¡Oh, meser Leonardo, si supierais qué infeliz y encantadora niña era!

Nicolás se volvió y le pareció al artista que las lágrimas brillaban en sus pestañas.

Pero, rehaciéndose enseguida, terminó con voz ruda y aguda:

–Siempre lo he dicho: un hombre honrado en la corte es un pez en la sartén. Ya tengo bastante. No estoy hecho para servir a tiranos. Conseguiré, por fin, que la señoría me envíe a otra embajada, no importa dónde, con tal que sea lejos de aquí.

Leonardo sentía piedad por María y pensó que no hubiera retrocedido ante ningún sacrificio para salvarla; pero, al mismo tiempo, en lo más profundo de su corazón tuvo una sensación de alivio y libertad a la idea de que ya no había nada que hacer. Y adivinaba que Nicolás sentía lo mismo.

XIV

Al despuntar la aurora del 30 de diciembre, el grueso de las fuerzas del duque Valentino, cerca de diez mil hombres de infantería y dos mil jinetes, salió de la ciudad de Fano y acampó en la carretera de Sinigaglia, al borde del río Metauna, para esperar al duque que debía partir al día siguiente, 31 de diciembre, día fijado por el astrólogo Valgulio.

Los conspiradores de Magione, concertada la paz con el duque, emprendieron, de acuerdo con él, una acción en común contra Sinigaglia. La ciudad se rindió pero el comandante de la ciudadela declaró que no abriría las puertas más que al duque en persona. En el último momento, los antiguos enemigos de César, sus aliados de hoy, presintiendo alguna desgracia, querían evitar el encuentro. Pero éste los engañó una vez más y los tranquilizó, como dijo Maquiavelo, «encantándoles con caricias, semejante al basilisco que seduce a su víctima con armoniosos cantos».

Nicolás, que ardía de curiosidad, no quiso esperar a Leonardo y partió inmediatamente, a continuación del duque.

Horas más tarde, el artista partió solo.

La carretera se dirigía hacia el sur y, como la de Pésaro, bordeaba el mar. La derecha estaba cercada por montañas. Sus pendientes llegaban a veces tan cerca del río, que el camino era apenas un estrecho sendero.

El día era gris y tranquilo y el mar también gris e igual que el cielo. El aire había quedado inmóvil y como adormecido. El graznido de las cornejas presagiaba el deshielo. Un crepúsculo prematuro caía a la vez que gotas de escarcha o nieve fundida. Las torres de ladrillos rojos oscuros de Sinigaglia aparecieron. La ciudad, aprisionada entre dos obstáculos, el agua y la montaña, como en una verdadera trampa, se encontraba a una milla del mar y a un tiro de ballesta de los Apeninos. Al llegar al riachuelo Missa, la carretera hacía un brusco recodo hacia la derecha. Allí un puente atravesaba sobre el río y, enfrente, las puertas de la ciudad. Delante de las puertas, una placita con casuchas bajas, la mayor parte almacenes de mercaderes venecianos.

En esta época, Sinigaglia era un vasto mercado medio asiático, donde los mercaderes italianos cambiaban sus mercancías con los turcos, armenios, griegos, persas, eslavos de Montenegro y Albania. Pero en este día las calles, hasta las más populosas –las de Cripre, Zante, Candía, Cefalonia–, se hallaban desiertas. Leonardo no encontró otras personas que soldados. De trecho en trecho, bajo la monótona hilera de arcadas que bordean los dos lados de la calle, en almacenes y comercios, notó las huellas del pillaje –ventanas y vidrios rotos, cerrojos y cerraduras arrancados, puertas hundidas, paquetes de mercancías despanzurrados. Olía a quemado. Edificios medio quemados humeaban todavía y de los rincones del antiguo palacio de ladrillos pendían cadáveres de los anillos de las antorchas.

Era ya completamente de noche cuando en la plaza mayor de Sinigaglia, sita ante el palacio ducal y la mole de la ciudadela baja, de amenazantes almenas, rodeada de un profundo foso, Leonardo, al resplandor de las antorchas, vio a César en medio de sus tropas.

El duque presidía la ejecución de los soldados culpables del pillaje. Meser Agapito leía la sentencia.

A una señal de César, se conducía a los condenados a la horca.

Buscando con la vista entre las gentes de la corte a alguien que pudiera contarle lo sucedido, Leonardo divisó al secretario de la República de Florencia.

–¿Sabéis?... ¿Os han contado?... –le dijo Nicolás.

–No, no sé nada y me alegro de haberos encontrado. Decidme.

Maquiavelo le llevó a la calle próxima; después, por varias callejuelas estrechas y oscuras llenas de montañas de nieve le condujo a un barrio perdido, al borde del mar, cerca de las canteras. Por la mañana, después de grandes rebuscas, había conseguido encontrar en una casucha aislada y vacilante, donde vivía la viuda de un carpintero, el único alojamiento libre de la ciudad: dos habitaciones pequeñas, una para él y otra para Leonardo.

Sin decir palabra, Nicolás encendió rápidamente una bujía, sacó de una alhacena una botella de vino, avivó el fuego, y se sentó frente a su compañero, fijando en él su ardiente mirada.

–Entonces, ¿todavía no sabéis nada? –le dijo solemne–. Escuchad: un acontecimiento extraordinario, memorable: César se ha vengado de sus enemigos. Los conspiradores están detenidos. Oliveretto, Orsini y Vitelli, esperan la muerte.

Se echó sobre el respaldo de la silla y miró silenciosamente a Leonardo, gozando de su estupefacción. Después, haciendo un esfuerzo sobre sí mismo para aparecer tranquilo e impasible como un historiador que expone acontecimientos de tiempos lejanos, o como un sabio que describe un fenómeno natural, habló de la «célebre trampa de Sinigaglia».

Llegando muy de mañana al campo del río Metaura, César había enviado por delante doscientos jinetes, luego hizo avanzar su infantería que seguía él mismo con el resto de la caballería. Sabía que sus aliados salían a su encuentro y que el grueso de sus fuerzas había sido enviado a las fortalezas próximas a la ciudad a fin de dejar sitio a las nuevas tropas.

Cerca de las puertas de Sinigaglia, allí donde el camino se dirigía hacia la izquierda siguiendo la orilla del Missa, detuvo la caballería y la dispuso en dos filas, una de espaldas al río y la otra de espaldas a los campos, dejando entre ellas un espacio para la infantería que, sin detenerse, atravesó el puente y franqueó las puertas de Sinigaglia.

Los aliados de César, Vitelozzo, Vitelli, Gravina y Pagolo Orsini, fueron a su encuentro montados sobre mulos y acompañados de numerosos caballeros.

Como si presintiese su perdición, Vitelozzo estaba tan triste, que todos los que conocían su dicha pasada y su bravura se extrañaban. Luego se contó que antes de partir para Sinigaglia se despidió de sus familiares como si previese que iba a la muerte.

Los aliados echaron pie a tierra, se quitaron sus sombreros y saludaron al duque. Éste descendió del caballo y los besó llamándoles sus queridos hermanos.

Mientras tanto, los capitanes de César, tal como estaba convenido de antemano, rodearon a Orsini y a Vitelli; de manera que cada uno de ellos se encontró entre dos familiares del duque. Éste, notando la ausencia de Oliveretto, hizo señas al capitán don Miguel Corella, que partió al galope. Encontró a Borga Oliveretto, que se unió al cortejo y, todos juntos, charlaron amistosamente de asuntos militares dirigiéndose al palacio, ante la ciudadela.

En el vestíbulo, los aliados quisieron despedirse, pero el duque, con la misma sonrisa encantadora, los retuvo y los invitó a entrar en el palacio. Apenas habían entrado en la sala de recepción, cuando se cerraron las puertas y ocho hombres se echaron sobre los cuatro aliados, los sujetaron, desarmaron y ataron. Fue tal la sorpresa de los desgraciados que casi no prestaron resistencia.

Corría el rumor de que el duque tenía intención de terminar aquella misma noche con sus enemigos haciéndoles estrangular en los calabozos de palacio.

–¡Oh, meser Leonardo –concluyó Maquiavelo–, si hubierais visto cómo los estrechaba, cómo los besaba! Una sola mirada, un solo gesto falso podía perderle. Pero había en su voz, en su rostro, tal sinceridad, que creeréis que hasta el último momento yo mismo no he sospechado nada; me hubiera dejado cortar las manos a que iba de buena fe. Yo creo que de todas las maquinaciones perpetradas desde que la política existe, ésta es la mejor.

Leonardo sonrió.

–Evidentemente –dijo–, no se puede negar al duque ni audacia ni astucia, pero, sin embargo, Nicolás, estoy, os lo confieso, tan poco iniciado en la política que no comprendo lo que os maravilla particularmente en esta traición.

–¿Traición? –interrumpió Maquiavelo–. Cuando se trata, meser, de la salud de la patria, no es cuestión de traición o lealtad; de mal ni de bien, de clemencia o de crueldad. Todos los medios son buenos para conseguir el fin.

–¿Qué tiene que ver aquí la salud de la patria, Nicolás? Me parece que el duque no piensa más que en su propio interés...

–¿Cómo? ¿Tampoco vos comprendéis? Pues es claro como el día. César es el futuro unificador y soberano absoluto de Italia. ¿No lo veis? No ha habido jamás momento más propicio para la llegada de un héroe. Como ha sido necesario que Israel languidezca en la esclavitud para que surgiera Moisés, que los persas fuesen curvados bajo el yugo de los medos para engrandecer a Ciro, que los atenienses perecieran en las guerras civiles para glorificar a Teseo, lo mismo que en nuestros días ha sido necesario que Italia cayese en la infamia en que se encuentra hoy, soportase una esclavitud peor que la de los judíos, sufriera un yugo más pesado que el de los persas, discordias más grandes que las de los atenienses, que se encontrase sin jefe, sin guía, sin gobierno, devastada, pateada por los bárbaros, colmada de todas las calamidades que un pueblo puede sufrir, para que apareciese un día un héroe, salvador de la patria. A veces, en tiempos pasados, ha parecido que podía poner su esperanza en hombres que parecían ser los elegidos de Dios, pero cada vez la suerte los traicionaba, o, incluso, hacía su grandeza antes de que ellos hubieran podido lograrla. Y, medio muerta, casi inanimada, esperaba siempre al que había de cerrar sus heridas, al que hiciera cesar las violaciones en Lombardía, el pillaje y la exacción en Toscana y Nápoles, y curase sus llagas fétidas y purulentas. Noche y día suplicaba a Dios y le pedía un libertador...

Su voz resonó como una cuerda demasiado tensa, y se rompió. Estaba pálido, tembloroso; sus ojos llameaban. Pero al mismo tiempo había en ese súbito arrebato algo de convulsivo e impotente. Leonardo recordó que, a propósito de la muerte de María, unos días antes había calificado a César de «monstruo».

El artista no hizo notar esta contradicción, sabiendo que Nicolás negaría ahora, como una vergonzosa debilidad, la piedad que le había inspirado María.

–¡Quien viva verá, Nicolás! –dijo Leonardo–. Pero yo quisiera preguntaros, ¿por qué es hoy precisamente cuando estáis definitivamente persuadido de que César es el elegido divino? ¿La trampa de Sinigaglia os ha convencido con más claridad que todas sus otras acciones, de que es un héroe?

–Sí –respondió Nicolás dueño de sí y afectando nueva impasibilidad–. La perfección de esta astucia muestra en César, más que sus otras acciones, una reunión de cualidades grandes y contradictorias muy raras entre los hombres. Advierta que ni censuro ni alabo: no hago más que estudiar. Y yo pienso: para alcanzar cualquier fin, no hay más que dos medios: la legalidad o la violencia. El que quiera reinar, debe poseer estos dos modos, la ciencia de ser a su antojo un hombre o una bestia. Tal es el sentido de la antigua fábula del rey Archilla y otros héroes que fueron educados por el centauro Quirón, medio dioses, medio bestias. Los príncipes criados por el centauro reunían en ellos las dos naturalezas: divina y animal. Los hombres corrientes no soportan la libertad, la temen más que a la muerte y cuando han cometido un crimen sucumben bajo el peso del remordimiento. Sólo el héroe, elegido del destino, tiene la fuerza de soportar la libertad, viola la ley sin temor y sin remordimientos, permaneciendo inocente en el mal, como los dioses y las bestias. Hoy, por primera vez, he visto en César esta suprema libertad, sello de elección.

–Sí, ahora os comprendo, Nicolás –dijo el artista profundamente meditabundo–. Pero me parece que es libre no aquel que como César se atreve a todo porque ni ama ni conoce nada, sino aquel que se atreve porque sabe y ama. Es sólo por esta libertad que los hombres vencerán el mal y el bien, las cimas y el abismo, todos los obstáculos, todos los límites terrestres, todas las gravedades, se harán dioses y volarán.

–¿Volarán? –preguntó Maquiavelo, asombrado.

–Cuando logren el conocimiento perfecto –explicó Leonardo–, crearán las alas, inventarán una máquina para volar. He reflexionado mucho sobre esto. Probablemente no llegaré a nada. ¡Qué importa! Si no soy yo, será otro, pero los hombres volarán.

–Bien, os felicito –dijo Nicolás riendo–. Hemos llegado a los hombres alados. Estará bien, mi príncipe, semidiós, semibestia, con alas de pájaro. ¡Una verdadera quimera!

Al oír el reloj de una torre vecina, se levantó bruscamente y se apresuró a salir. Tenía que ir a palacio para informarse sobre la próxima ejecución de los conjurados.

XV

Los príncipes italianos felicitaban a César por «la mejor de las astucias»... Luis XII, cuando supo la trampa de Sinigaglia, la calificó de «hazaña digna de un antiguo romano». La marquesa de Mantua, Isabel Gonzaga, regaló a César, con ocasión del siguiente carnaval, cien antifaces de seda de distintos colores.

«Ilustrísima señora, venerada amiga y hermana –le respondió el duque–; hemos recibido los cien antifaces que Vuestra Serenidad nos ha ofrecido. Nos son muy agradables por su extrema elegancia y diversidad, pero sobre todo porque nos han llegado en un tiempo y en una ocasión que era imposible elegir nada mejor: Vuestra Señoría parece haber previsto la significación y el orden de nuestros actos ya que, por la gracia de Dios, nos hemos apoderado en una sola jornada de la ciudad y país de Sinigaglia con todas sus fortalezas, hemos infligido un justo castigo a nuestros enemigos, esos traidores pérfidos, y librado de un yugo tiránico a Castella, Fermo, Citerna, Montone y Perugia, que hemos devuelto a la obediencia al santo padre, vicario de Cristo. Pero más que todo, esas máscaras son agradables a nuestro corazón como sincero testimonio de la fraternal benevolencia de Vuestra Serenidad hacia Nos.»

Nicolás aseguró, riendo, que no se podía imaginar mejor presente del zorro Gonzaga al zorro Borgia, maestro en todos los fingimientos y en toda clase de máscaras.

XVI

Al comenzar marzo de 1503, César volvió a Roma.

El Papa propuso a los cardenales recompensar al héroe concediéndole la más alta distinción que la Iglesia otorga a sus defensores: la Rosa de Oro. Los cardenales aprobaron, y la ceremonia fue fijada para pasados dos días.

En el primer piso del Vaticano, en la sala de Pontífices, cuyas ventanas dan al patio del Belvedere, se reunieron la Curia romana y los embajadores de los grandes Estados.

Resplandeciente de pedrería bajo el pluvial, tocado con la triple tiara, abanicado con abanicos de plumas de pavo real, un viejo septuagenario, grueso, pero vivo, de rostro benévolo, majestuoso y grave, subió las gradas del trono. Era el papa Alejandro VI.

Resonaron las trompetas de los heraldos y, a una señal del alemán Johann Burkhardt, primer maestro de ceremonias, entraron en la sala escuderos, pajes, mensajeros, guardias de corps del duque y el maestre de campo Bartolomeo Capranico que llevaba la espada desnuda del gonfaloniero de la Iglesia romana.

El tercio inferior de la espada era de oro, con finos dibujos grabados. Representaban la diosa de la Fidelidad sentada en un trono, con esta inscripción: «La Fidelidad es más fuerte hacia nos que las armas». Julio César triunfador, sobre un carro, con esta inscripción: «La suerte está echada», y, en fin, el sacrificio del buey Apis de la familia Borgia, con jóvenes sacerdotisas desnudas, quemando incienso sobre una víctima humana que acababan de inmolar; sobre el altar se leía esta inscripción:

«*Deo Optimo Maximo Hostia*» (Sacrificio al Dios clementísimo y todopoderoso) y debajo: «*In numine Cesaris omen*». El sacrificio humano al dios-bestia tomaba un sentido tanto más temible por cuanto que esos dibujos e inscripciones habían sido encargados en el momento que César meditaba la muerte de su hermano Giovanni para heredar la espada de capitán y gonfaloniero de la Iglesia católica.

Detrás de la espada venía el héroe tocado con el alto birrete ducal coronado con la paloma del Espíritu Santo, de perlas finas. Se acercó al Papa quitándose el birrete, se arrodilló y besó la cruz de rubíes de la sandalia del pontífice.

El cardenal Monreale tendió a su santidad la Rosa de Oro, maravilla del arte joyero: en el cáliz de la flor, entre los pétalos de oro, se hallaba oculto un pomito de donde se filtraba el Santo Crisma y exhalaba como el aliento de innumerables rosas.

El Papa se levantó y dijo con voz que temblaba de enternecimiento:

–Recibe, hijo mío amantísimo, esta Rosa que simboliza la alegría de las dos Jerusalén, terrestre y celeste, de la Iglesia militante y triunfante, flor inefable, felicidad del justo, ornamento de las coronas imperecederas, a fin de que tu virtud florezca también en Cristo, como la Rosa que florece a orillas de numerosas aguas. Amén.

César tomó, de manos de su padre, la Rosa mística. El Papa no pudo contenerse y, según la expresión de un testigo ocular, «la carne recobró sus fuerzas»; con gran escándalo del comedido Burkhardt, violando el orden de la ceremonia, el pontífice se inclinó, tendió hacia su hijo sus temblorosos brazos, su rostro se cubrió de arrugas, todo su obeso cuerpo se agitó, y avanzando sus gruesos labios, balbució:

–¡Hijo mío!... ¡César!... ¡César!

El duque se vio obligado a dar la Rosa al cardenal Clemente, que se hallaba a su lado. El Papa estrechó a su hijo con frenesí, riendo y llorando.

Y de nuevo resonaron las trompetas de los heraldos y retombó la campana de San Pedro; las campanas de todas las iglesias de Roma y el estrépito de los cañones de la fortaleza de Sant'Angelo le respondieron.

–¡Viva César! –gritaban los guardias romanos en el patio del Belvedere.

El duque salió al balcón para mostrarse a las tropas.

Bajo el azul del cielo, al resplandor del sol matinal, con la púrpura y el oro de las reales vestiduras, la paloma de perlas sobre su cabeza y llevando en las manos la Rosa mística, alegría de las dos Jerusalén, César apareció ante la muchedumbre, no como un hombre, sino como un dios.

XVII

Por la tarde se organizó un magnífico cortejo de disfraces de acuerdo con el triunfo de Julio César grabado en la espada del duque Valentino. Con la cabeza coronada de laureles, una rama de palma entre las manos y sobre un carro con esta inscripción: «El divino César», marchaba el duque de Romaña.

El carro iba rodeado de soldados vestidos de legionarios romanos, con águilas y haces. Todo copiado exactamente de libros, monumentos, bajo relieves y medallas.

Delante del carro marchaba un hombre con larga túnica blanca de hierofante egipcio, llevando la bandera sagrada donde estaba pintado sobre oro rojizo el toro escarlata, emblema heráldico de la casa Borgia; el buey Apis, dios protector del papa Alejandro VI. Adolescentes con túnica de plata cantaban acompañados, de tímpanos.

> *Vive diu Bos! Vive diu Bos! Borgia vive!*
> ¡Viva el dios buey! ¡Viva el dios buey! ¡Viva Borgia!

Y muy alto, por encima de la muchedumbre, en el cielo estrellado, iluminado por el temblor de las antorchas, se agitaba el ídolo de la bestia llameante y rojo como el sol naciente.

Entre la muchedumbre se encontraba el discípulo de Leonardo Giovanni Beltraffio, que acababa de llegar de Florencia para reunirse con el maestro en Roma. Contemplaba la bestia escarlata y recordaba las palabras del Apocalipsis.

«Y se adoró a la bestia diciendo: ¿quién es semejante a la bestia escarlata?

»Y vi a una mujer sentada sobre una bestia color escarlata, llena de nombres de blasfemia, que tenía siete cabezas y diez cuernos.

»Y sobre su frente estaba escrito este nombre misterioso: la Gran Babilonia, madre de las impudicicias y de las abominaciones de la tierra.»

Y, lo mismo que antaño aquel que escribió estas palabras, Giovanni, mirando a la bestia, «se asombró con gran extrañeza».

Capítulo XIII

La Bestia purpúrea

I

Leonardo poseía una viña cerca de Florencia, en la colina de Fiésole. Uno de sus vecinos, queriendo quitarle parte de ella, comenzó un proceso contra él. El artista, a la sazón en Roma, confió este asunto a Giovanni Beltraffio, pero a fines de marzo de 1503 hizo venir a éste a Roma.

Al pasar por Orvietto, Giovanni se detuvo a ver los frescos de la catedral que Luc Signorelli acababa de pintar.

El rostro del Anticristo interesó a Giovanni. Al principio le pareció perverso. Pero mirándolo con más atención, reconoció que no era perversa su expresión, sino infinitamente dolorosa. En sus ojos claros, de mirada grave y dulce, se reflejaba la suprema desesperación de la sabiduría que ha renunciado a Dios. A pesar de sus horribles orejas puntiagudas de sátiro y sus dedos retorcidos como garras, era bello. Y en los ojos de Giovanni, como antaño en el delirio de la fiebre, se transparentaba, bajo esta faz, otro rostro que se parecía a la divina faz que quería y no se atrevía a reconocer.

En el mismo cuadro, a la izquierda, se mostraba el fin del Anticristo. Habiéndose elevado hasta el cielo, sobre alas invisibles, para demostrar a los hombres que era el Hijo del Hombre, venido sobre las nubes a juzgar a los vivos y a los muertos, el enemigo del Señor, agredido por un ángel, se precipitó en el abismo. Este vuelo, estas alas humanas, despertaron en Giovanni sus equívocos pensamientos sobre Leonardo. Un fraile muy gordo, de unos cincuenta años y su compañero, un muchacho alto, de edad indefinida, rostro famélico y alegre, vestido de novicio, contemplaban los frescos al mismo tiempo que Beltraffio.

Trabaron conocimiento con Giovanni e hicieron el camino juntos. El monje, un alemán de Nuremberg, era el sabio bibliotecario de un convento de agustinos, llamado Tomás

Schweinitz. Iba a Roma a ocuparse de unas prebendas y beneficios en litigio.

Su compañero, Hans Plates, también alemán, de Salzburgo, le servía de secretario, cuando no de bufón o palafrenero.

Durante el camino hablaron de asuntos eclesiásticos.

Reposadamente, con claridad científica, el fraile demostraba lo absurdo del dogma de la infalibilidad del Papa, asegurando que antes de veinticinco años toda Alemania se levantaría y sacudiría el yugo de la Iglesia romana.

«Éste no morirá por la fe –pensaba Giovanni, mirando la cara gruesa y redonda del monje de Nuremberg–, no arderá en el fuego como Savonarola, pero ¿quién sabe?, acaso sea más peligroso para la Iglesia.»

Poco después de su llegada a Roma, Giovanni encontró un día en la plaza de San Pedro a Hans Plates. El novicio le llevó no lejos de allí, a la calle Sinibaldi, donde había numerosas posadas alemanas para los peregrinos extranjeros. Entraron en una taberna llamada El Erizo de Plata, que pertenecía al checo husita Iván el Cojo, que recibía con gusto y regalaba con sus mejores vinos a los enemigos secretos del Papa; los librepensadores que, de día en día, eran más numerosos y deseaban la transformación de la Iglesia.

En la trastienda había una habitación reservada donde no entraban más que los clientes elegidos. Tomás Schweinitz estaba sentado a la cabecera de la mesa, en el sitio de honor, con la espalda apoyada contra un tonel y las manos cruzadas sobre el vientre. Su mofletudo rostro permanecía inmóvil, sus ojillos turbios se cerraban; sin duda, había bebido demasiado. De vez en cuando levantaba su vaso a la altura de la bujía contemplando el oro pálido del vino del Rin en el cristal tallado.

Fray Martín, un fraile de paso en Roma, se quejaba con violencia contra las exacciones de la Curia romana.

–Todo tiene su límite; si no, ¿dónde iríamos a parar? Más vale caer en manos de bandidos que en las de estos cardenales. ¡Es el pillaje a plena luz! Hay que gratificar al cura y al protonotario, y al limosnero y al portero, y al palafrenero, y al cocinero y hasta al que tira las aguas sucias de su reverencia la amante del cardenal. ¡Dios me perdone! Como dice la canción:

Venden a Cristo como nuevos Judas...

Hans Plates se levantó con aire solemne, y cuando se hizo silencio y todos dirigieron sus miradas hacia él, declamó en tono litúrgico, con voz nasal:

–Los discípulos del Papa, los cardenales, se acercaron a él y le preguntaron: ¿Qué debemos hacer para salvarnos? Y Alejandro les dijo: ¿Por qué me lo preguntáis? Está escrito en la ley y os digo: Ama el oro y la plata con todo tu corazón y al rico como a ti mismo. Hacedlo así y gozaréis de la vida. Una vez dicho esto, el Papa se sentó en su trono y exclamó: ¡Dichosos aquellos que poseen, porque ellos me verán! ¡Dichosos aquellos que aportan su dinero, porque ellos serán llamados a mí! ¡Dichosos aquellos que llegan en nombre del oro y de la plata, porque la Curia papal les pertenece! ¡Malhaya el pobre que viene con las manos vacías! ¡Más le hubiera valido que le atasen una piedra al cuello y le arrojasen al fondo del mar! Los cardenales respondieron: ¡Así lo haremos! Y el Papa terminó diciendo: ¡Hijos míos, yo os doy el ejemplo a fin de que despojéis al vivo y al muerto como yo lo hago!

Todos rieron. El maestro organista, Otto Marburg, anciano de cabellos blancos y aspecto venerable, de sonrisa infantil, sacó de su bolsillo unas cuartillas cuidadosamente dobladas y propuso leer aquella sátira sobre Alejandro VI que se acababa de recibir en Roma; circulaban de ella gran número de copias, en forma de carta dirigida al caballero Paolo Savelli, que huyendo de las persecuciones del Papa, se había puesto bajo la protección del emperador Maximiliano. Se denunciaban en una larga enumeración los crímenes y abominaciones cometidos en el Vaticano, comenzando por la simonía para terminar por el fratricidio de César, los incestuosos amores del Papa y de Lucrecia, su propia hija. La epístola terminaba por una exhortación a todos los soberanos y príncipes de Europa, para que se unieran a fin de aniquilar a «esos monstruos, esas bestias con rostro humano».

–¡Ha llegado el Anticristo, porque en verdad la fe y la Iglesia jamás tuvieron enemigos como el papa Alejandro VI y su hijo César! –gritó.

Después de esta lectura todos se pusieron a discutir si el Papa era realmente el Anticristo.

Manifestaron diversas opiniones. El organista Otto Malburg confesó que desde hacía bastante tiempo estos pensamientos no le dejaban punto de reposo; él creía que el verdadero Anticristo no era el Papa, sino su hijo César quien, según la opinión de muchos, sería Papa después de la muerte de su padre.

Fray Martín opinaba, refiriéndose a un pasaje del libro *La Ascensión de Elías* que, aun teniendo forma humana, el Anticristo no sería en realidad un hombre, sino solamente un fantasma inmaterial, porque según las palabras de san Cirilo de Alejandría: «El hijo de Perdición engendro de las tinieblas, llamado Anticristo, no es otro que el mismo Satán, la gran Serpiente, el ángel Belial, el príncipe de este mundo, venido al mundo».

Tomás Schweinitz movió la cabeza:

–Os equivocáis fray Martín, Juan Crisóstomo, dijo netamente: «¿Quién es éste? ¿No es Satán? De ningún modo, sino un hombre que posee toda su fuerza, porque hay en él dos naturalezas: una diabólica y otra humana». Además, ni el Papa, ni César pueden ser el Anticristo, porque tiene que ser hijo de una virgen...

Schweinitz citó un pasaje del libro de Hipólito sobre el fin del mundo y las palabras de Efren el Sirio: «El diablo descenderá sobre una virgen de la raza de Dab y la serpiente cúbica penetrará en su vientre y concebirá y engendrará».

Todos asaltaron a preguntas a Schweinitz. Invocando a san Jerónimo, a san Cipriano, a santa Irene y a muchos otros padres de la Iglesia, el monje les contó cómo acontecería el advenimiento del Anticristo.

–Unos afirman que nacerá en Galilea como Cristo; otros en una gran ciudad como las antiguas Babilonia o Sodoma o Gomorra. Su rostro será como el del lobo y muchos creerán ver en él el rostro de Cristo. Y hará grandes prodigios. Hablará al mar y se apaciguará, hablará al sol y se oscurecerá y las montañas se desplazarán y las piedras se convertirán en panes, y hartará a los que padezcan hambre y curará a los enfermos, los mudos, los ciegos y los paralíticos. ¿Resucitará a los muertos? En el Tercer Libro de la Sibila se afirma que los resucitará, pero los padres de la Iglesia lo dudan: «No tiene poder sobre los espíritus, dice san Efraim, *non habet potestatem in spiritus*». Hacia él irán todas las tribus y todos los pueblos y la tierra se volverá blanca de campamentos y el mar blanco de velas. Los reunirá y se entronizará en Jerusalén en el Templo del Altísimo y dirá: *Yo soy Aquel que Es, soy el Padre y el Hijo*.

–¡Ah, perro maldito! –exclamó fray Martín, no pudiéndose contener y golpeando la mesa con el puño–. ¿Quién le creerá? Creo verdaderamente que no engañará ni a los niños inocentes.

Schweinitz movió la cabeza.

–Se le creerá. Muchos creerán en él, fray Martín, y serán engañados por su máscara de santidad, porque será casto y no probará carne, mostrándose benéfico no sólo para el hombre sino también para todo lo creado.

»Como la perdiz en el bosque, llamará con canto falaz a las crías de las otras: "Venid a mí –dirá–, todos los tristes y afligidos y seréis consolados...".

–Si es así –dijo Giovanni–, ¿quién podrá reconocerle? ¿Quién podrá desenmascararle?

El monje lanzó una mirada profunda y penetrante y respondió:

–Eso no es posible al hombre, sino solamente a Dios. Incluso los poseídos por la gracia no le reconocerán, porque su razón se oscurecerá y sus pensamientos se desdoblarán y no verán dónde se hallan las tinieblas y dónde la luz. Y habrá sobre la tierra una tristeza y una incertidumbre tales, como jamás las ha habido desde el principio del mundo. Y los hombres dirán a las montañas: desplomaos y ocultadnos. Y morirán de temor ante las calamidades que amenazarán al universo, porque las fuerzas celestes vacilarán. Y entonces una voz semejante a la de aquel que está sentado sobre el trono en el templo del Altísimo dirá: «¿Por qué os turbáis y qué queréis? ¿No ha reconocido el rebaño la voz del pastor? ¡Oh, raza infiel y pérfida! Queréis prodigios y los tendréis. Ved al Hijo del Hombre». Y desplegará unas grandes alas hechas por un diabólico artificio y ascenderá al cielo entre truenos y relámpagos, rodeado de discípulos con apariencia de ángeles y volará...

Giovanni escuchaba pálido, con los ojos inmóviles por el espanto. Recordaba los amplios pliegues de las vestiduras del Anticristo precipitado al fondo del abismo por un ángel, del cuadro de Signorelli, y los pliegues, exactamente iguales, que se agitaban al viento como las alas de un gigantesco pájaro, a la espalda de Leonardo da Vinci, de pie al borde del precipicio sobre la cima desierta del monte Albano.

En este momento, se oyó al otro lado de la puerta, por donde había desaparecido el escolar, poco amigo de controversias filosóficas, ruido de gritos, risas, pasos y sillas derribadas y un vaso al romperse: Hans, ebrio, perseguía a la criada de la taberna, que era muy linda.

De pronto, todo quedó en silencio. Sin duda había alcanzado a la muchacha y ya la tenía sentada sobre sus rodillas.

Al compás de la música se oyó la vieja canción:

¡Madona de la taberna,
Oh, ardiente Rosa!
Señora del deleite: ¡Salve, salve!
¡Oh, Virgo Soberano!
Aunque sea un granuja
El tabernero,
Su taberna se llena
Más que la Iglesia.
¡Oh, Cipria de tus redes.
Oh, Amor, de tus heridas
No preservan rosarios,
Reliquias ni oraciones!
¡Por un beso tuyo
Acepto la horca!
¡Venga vino, linda niña,
Que soy fraile y gusto de ello!
No creas que temo al Papa.
Él sabe bien lo que es esto.
Mientras haya oro en Roma,
Todo lo demás no importa.
Roma es una hermosa cueva

De bandidos, y el pontífice
Jefe de la Santa Iglesia
Es quien manda la cuadrilla.
Bésame, pues, hija mía.
El dum vinum potamus!
Celebremos al dios Baco.
O Te Deum laudamus!

Tomás Schweinitz escuchaba atento y reflejando su cara una satisfacción beatífica. Levantó su vaso donde centelleaba el oro pálido del vino del Rin y con voz aguda y temblorosa entonó también la vieja canción que los escolares solían arrojar contra la Iglesia romana:

Celebremos al dios Baco.
O Te Deum laudamus!

II

Leonardo estudiaba anatomía en el hospital del Santo Spirito, Beltraffio le ayudaba. El maestro había notado la persistente tristeza de Giovanni y queriéndole distraer, un día le propuso que le acompañase al palacio del Papa.

Españoles y portugueses acababan de pedir a Alejandro VI que resolviese ciertos litigios relativos a la posesión de las tierras e islas recientemente descubiertas por Cristóbal Colón. El Papa debía consagrar definitivamente la frontera, dividiendo el globo terrestre que había trazado diez años antes, cuando la primera noticia del descubrimiento de América. Leonardo fue invitado con otros sabios a quienes el Papa deseaba consultar.

Al principio Giovanni rehusó, luego se sobrepuso la curiosidad: quiso ver a aquel del que tanto había oído hablar.

Al día siguiente fueron al Vaticano y después de atravesar la gran sala de Pontífices, la misma en que Alejandro VI hizo entrega a César de la Rosa de Oro, penetraron en los departamentos más pequeños: primero en una sala de recepciones, llamada sala de Cristo y de la Madona; después en el gabinete de trabajo del Papa. Las bóvedas y los muros de entre los arcos estaban adornados con frescos del Pinturiccio, tomados del Nuevo Testamento y de la Vida de los Santos.

En las mismas bóvedas el artista había representado los misterios paganos. El hijo de Júpiter, Osiris, dios del Sol, descendía del cielo para celebrar sus esponsales con Isis, la diosa de la Tierra. Enseñaba a los hombres a cultivar el suelo, a recolectar los frutos, a plantar la vid. Los hombres le mataban. Resucitaba, salía de la tierra y reaparecía bajo la forma de un toro blanco. El Apis inmaculado.

Por extraño que parezca, en las habitaciones del pontífice romano la vecindad de las escenas del Nuevo Testamento y de la divinización del toro de oro y de la familia Borgia, bajo el aspecto del buey Apis, la penetrante alegría de vivir reconciliaba los dos misterios –el del hijo de Jehová y el del hijo de Júpiter–, jóvenes y esbeltos cipreses se curvaban bajo el viento entre las suaves colinas parecidas a las de la solitaria Umbría; en el cielo se cernían las aves entregadas al primaveral juego del amor; al lado de santa Isabel, besando y saludando a la Madre de Dios («¡Que el fruto de tus entrañas sea bendito!»)... un minúsculo paje enseñaba a un perrito a sostenerse sobre las patas traseras. En los esponsales de Osiris e Isis, el mismo niño travieso cabalgaba desnudo sobre una oca sagrada. Todo respiraba la misma alegría. Entre las guirnaldas de flores, entre los monjes portadores de cruces y custodias, entre los faunos de pies de cabra danzando con tirsos y castillos de frutas, aparecía el toro místico, la Bestia purpúrea, y era de ella de la que parecía emanar la alegría como la luz del sol.

«¿Qué es esto? –pensaba Giovanni–. ¿Sacrilegio o inocencia? ¿No expresaba lo mismo el rostro de la Madre de Dios sintiendo al Niño en su seno, que el rostro de Isis llorando entre los despojos del dios Osiris? ¿No existe el mismo éxtasis ferviente en el rostro de Alejandro VI, de rodillas ante el Señor saliendo de la tumba, que en el de los sacerdotes egipcios recibiendo al dios del Sol muerto por los hombres y resucitado bajo el aspecto de Apis?»

Ese dios ante el cual los hombres se prosternan, al que entonan cánticos, para quien queman incienso en los altares, el toro heráldico de la familia Borgia, es el mismo pontífice romano divinizado por los poetas:

> *Cesare magna fuit nime Roma est maxima*
> *Sextus regnat Alexandre, ille vis, isto deus.*

(Roma fue grande bajo César; hoy es más grande:
Alejandro Sexto reina; aquél fue un hombre, éste es un dios!)

Y esta despreocupada reconciliación de Dios y de la Bestia le pareció a Giovanni lo más espantoso de todo.

Mientras miraba las pinturas, oía las conversaciones de los cortesanos y prelados que llenaban la sala en espera del Papa.

–¿De dónde venís, Beltraffio? –preguntaba el cardenal Asbona al embajador del duque de Ferrara.

–De la catedral, monseñor.

–Y, ¿cómo se encuentra su santidad? ¿No está cansado?

–De ningún modo. Ha dicho la misa de una manera insuperable. Una grandeza, una santidad, una magnificencia angélicas. Yo creí no estar sobre la tierra, sino en el cielo entre los santos. Y no era yo el único: muchos lloraban cuando el Papa elevaba el cáliz...

–¿De qué enfermedad ha muerto el cardenal Michieli? –preguntó el embajador de Francia que acababa de llegar.

–De manjares o bebidas que no sentaban bien a su estómago –respondió a media voz el datario don Juan López que, como la mayor parte de los familiares de Alejandro VI, era español.

–Se dice –dijo Beltraffio–, que el viernes, al día siguiente de la muerte de Michieli su santidad no quiso recibir al embajador de España que esperaba con tanta impaciencia, pretextando las penas y preocupaciones causadas por la muerte del cardenal.

Esta conversación tenía un sentido oculto. La pérdida de tiempo y las preocupaciones causadas al Papa por la muerte del cardenal Michieli, consistían en que se había pasado toda la noche contando el dinero del difunto. El alimento perjudicial al estómago de Su Eminencia no era otro que el famoso veneno de los Borgia: unos polvos blancos y azucarados que mataban a plazo fijo, o una infusión de ciertas moscas españolas, secas y pasadas por un tamiz. El Papa había inventado este medio fácil y rápido de procurarse dinero: calculaba con exactitud las rentas de todos los cardenales y, en caso de necesidad, eliminaba al que le parecía más rico y se declaraba su heredero. Primero los iba cebando como a cerdos para la matanza. La muerte de tal o cual prelado era anotada en el diario del maestro de ceremonias Johann Burkhardt, entre las descripciones de solemnidades religiosas, con una concisión imperturbable: *Bibera calicem.*

–¿Es cierto, señores –preguntó el camarero Pedro Carranza, también español–, que esta noche el cardenal Monreale ha caído enfermo?

–¿Sí? –exclamó Asborea–. ¿Qué tiene?

–No lo sé exactamente. Se dice que mal del corazón, vómitos...

–¡Oh, Señor, Señor! –suspiró Asborea.

Y contó con los dedos: los cardenales Orsini, Ferrari, Michieli, Monreale...

–¿El aire de aquí o las aguas del Tíber no serán perniciosas para la salud de Vuestras Reverencias? –preguntó maliciosamente Beltraffio.

–Uno tras otro. Uno tras otro –murmuró Asborea palideciendo–. Hoy está vivo y mañana...

Todos callaron.

Una muchedumbre de señores, caballeros, guardias de corps al mando del sobrino-nieto del Papa, don Rodrigo de Borgia; camareros secretos, datarios y otras dignidades de la Curia romana, llegando de las próximas y amplias salas, invadieron las habitaciones.

De pronto se elevó un murmullo respetuoso, que poco a poco fue extinguiéndose: «¡El Santo Padre, el Santo Padre!», se oía decir por todas partes.

Las puertas de un salón se habían abierto de par en par y el papa Borgia, Alejandro VI, entraba en la amplia antecámara.

III

En su juventud había sido hermoso. Decía que le bastaba mirar a una mujer para abrasarla de pasión, como si en los ojos tuviese para ellas una fuerza magnética como el imán para el hierro. Sus rasgos, aunque borrosos por una excesiva obesidad, conservaban majestuosa belleza. Era moreno, de cabeza calva con algunos cabellos blancos sobre la nuca, gran nariz aguileña, mentón caído y ojos pequeños y vivos, dotados de extraña movilidad. Los labios, blandos y carnosos, avanzaban entreabiertos, con una expresión lasciva, maliciosa y al mismo tiempo, infantil.

Giovanni buscaba en vano, en el exterior de este hombre, algo terrible o cruel. Alejandro Borgia poseía en el más alto grado el don de las conveniencias mundanas y una elegancia innata.

«El Papa tiene setenta años –escribía un embajador–, pero rejuvenece cada día. Sus más profundos pesares no duran más de veinticuatro horas; es de natural alegre; todo lo que emprende tiende a su provecho: por lo demás, no tiene otro pensamiento que la felicidad y la gloria de sus hijos.»

Los Borgia se decían descendientes de los moros, originarios de África. En efecto, a juzgar por el color oscuro de su tez, sus labios gruesos y sus ojos ardientes, por las venas de Alejandro VI corría sangre africana.

«No se puede imaginar nada más propio de él –pensaba Giovanni–, que esos frescos de Pinturiccio, que exaltan la gloria del antiguo Apis, del toro, hijo del Sol.»

El viejo Borgia, a pesar de sus setenta años, de aspecto enérgico y poderoso como un toro, parecía ser el símbolo de su Bestia heráldica, del toro, dios del Sol, de la alegría, del placer y de la fecundidad.

Alejandro VI entró en la sala hablando con el joyero judío Salomón Zecco, el mismo que había grabado en la espada de Valentino el triunfo de César. Se ganó el favor particular de su santidad por haber esculpido sobre una gran esmeralda, a imitación de los antiguos camafeos, una Venus Calpigia. Tanto había complacido la figura al Papa, que ordenó incrustar la piedra en la cruz que mostraba al pueblo en los oficios solemnes de la catedral de San Pedro. Así, al besar al Crucifijo, besaba a la diosa desnuda.

No era, desde luego, un impío. No solamente cumplía todos los ritos exteriores de la Iglesia, sino que en el fondo de su corazón era piadoso. Honraba particularmente a la Santísima Virgen María y la consideraba como su intercesora cerca de Dios.

La lámpara que en aquel momento encargaba al judío Salomón era una ofrenda a Maria del Popolo para que curase a madona Lucrecia.

Sentado cerca de la ventana, el Papa examinaba las piedras preciosas. Las amaba apasionadamente. Con su bella mano de largos y finos dedos las tocaba, cogía una después de otra, y sus blandos labios temblaban con expresión golosa y voluptuosa.

Una de ellas le gustó sobre todo: era más oscura que una esmeralda, con misteriosos centelleos de oro y púrpura.

Hizo traer el cofre de perlas de su tesoro personal. Cada vez que lo abría, le recordaba a Lucrecia, su amadísima hija, que era pálida como una perla. Buscó con la mirada, entre la muchedumbre, al embajador del duque de Ferrara, Alfonso de Este, su yerno, y le dijo que se aproximara.

–Sobre todo, Beltrando, no olvides el regalito para madona Lucrecia. No debe verte volver de casa de su «buen tío» con las manos vacías.

Se titulaba a sí mismo «buen tío» porque madona Lucrecia estaba inscrita en el registro civil no como hija sino como sobrina de su santidad: el pontífice romano no podía tener hijos legítimos.

Revolvió en el cofrecillo y sacó una perla rosa de las Indias, larga, enorme, gruesa como una avellana, magnífica, la levantó a la luz y la admiró. Se la figuró sobre el blanco pecho de Lucrecia, en el escote profundo de un traje negro, sintiéndose indeciso; ¿se la daría a la duquesa de Ferrara o a la Virgen Santísima? Pero enseguida, pensando que sería un pecado escamotear a la Reina Celeste la ofrenda prometida, tendió la perla al judío y ordenó que la engastase en el lampadario, en el lugar más visible, entre la gran esmeralda y un carbúnculo regalo del sultán.

–Beltrando –dijo de nuevo al embajador–. Cuando veas a la duquesa dile de mi parte que se conserve bien y que rece a la Virgen. En cuanto a Nos, como ves, nos encontramos en perfecta salud por la gracia del Señor y de la Virgen María, nuestra protectora. Transmítele nuestra bendición apostólica. Respecto al regalo, se lo enviaré esta misma noche.

El embajador de España, acercándose al cofrecillo, exclamó respetuosamente:

–Jamás he visto tanta perla. Hay por lo menos siete medidas de trigo.

–Ocho y media –rectificó el Papa con orgullo–. Sí, se puede asegurar. ¡Son perlas! Hace veinte años que las atesoro. Tengo una hija a quien le gustan las perlas...

Y guiñando el ojo izquierdo, rió con una risa extraña.

–La muy pícara sabe lo que sienta bien. Quiero –añadió solemne– que después de mi muerte, Lucrecia luzca las más bellas perlas de Italia.

Y hundiendo ambas manos en el cofrecillo, cogía las hermosas perlas que se deslizaban entre sus dedos con un sonido sordo.

–Todas, todas para ella, para nuestra hija bien amada –repetía casi babeando.

Y de repente, por sus ojos ardientes pasó una expresión que hizo estremecer de espanto el corazón de Giovanni: recordó los rumores que corrían acerca de la pasión monstruosa del viejo Borgia por su propia hija.

IV

Anunciaron a César a su santidad.

El Papa le había llamado para un asunto grave: el rey de Francia, por medio de su embajador, había expresado su descontento por los proyectos hostiles del duque del Valentino contra la República florentina que se hallaba bajo su alta protección. El rey acusaba a Alejandro VI de favorecer los designios de su hijo.

Cuando le anunciaron la llegada de César, el Papa cogió del brazo al embajador de Francia, y hablándole al oído le condujo como por casualidad cerca de la sala donde esperaba César. Después entró en la sala y dejó, también por descuido, sin duda, la puerta entreabierta, de modo que las personas que se hallasen junto a la puerta, y expresamente el embajador de Francia, pudieran oír lo que se decía en la estancia.

Pronto se oyeron los gritos furiosos del Papa.

César empezó primero a responderle en tono respetuoso y tranquilo. Pero el pontífice, pateando de rabia, gritaba:

–¡Lejos de mi vista! ¡Miserable! ¡Hijo de perro! ¡Hijo de mala madre!

–¡Oh, Dios mío! ¿Oís? –murmuró el embajador de Francia a su vecino, el *aratore* veneciano Antonio Justiniani–. Van a pegarse, le va a agredir.

Justiniani se encogió de hombros. Sabía que si uno de los dos agredía al otro, sería más bien el hijo que el padre; desde el asesinato del duque de Candia, hermano de César, el Papa temblaba ante éste aun cuando le amaba con una pasión en la que el terror supersticioso se mezclaba al orgullo. Todos recordaban que César había matado sobre el mismo pecho de su padre al joven camarero Perotto que, huyendo de él, se había refugiado en los brazos del Papa; la sangre salpicó el rostro de Alejandro VI.

Justiniani comprendió que la disputa era una superchería; querían engañar al embajador de Francia probándole que si el duque abrigaba proyectos contra la República, el Papa no intervenía para nada. Justiniani sabía que ambos se ayudaban siempre. El padre no hacía jamás lo que decía y el hijo no revelaba jamás lo que pensaba hacer.

Después de marcharse el duque, maldito por su padre y con la excomunión de la Iglesia, el Papa volvió a la sala de Recepciones, temblando de furor, sofocado y enjugando el sudor de su rostro amoratado. Pero en el fondo de sus ojos brillaba una chispa de alegría.

Acercándose al embajador de Francia, le llevó de nuevo aparte, conduciéndole esta vez al umbral de la puerta que daba al patio de Belvedere.

–Santidad –se excusó primero el francés–, no quisiera ser la causa de vuestra cólera...

–¿Habéis, pues, oído? –preguntó el Papa con fingida extrañeza.

Y sin darle tiempo a reponerse, con gesto afectuoso y paternal, le cogió el mentón con los dedos, signo de especial favor, y rápidamente, con elocuencia irresistible, empezó a hablar de su adhesión al rey de Francia y de la pureza de las intenciones del duque.

El embajador escuchaba aturdido, y aun cuando tenía las pruebas casi irrefutables de los manejos del Papa, estuvo a punto de creer en la sinceridad de Alejandro.

El viejo Borgia mentía con naturalidad. Jamás premeditaba la mentira; nacía ella misma al salir de sus labios, con inocencia, casi inconscientemente, como les ocurre a las mujeres enamoradas. Toda su vida se ejercitó en el desarrollo de este talento, y logró al fin tal perfección, que todos sucumbían a ella. Según la expresión de Maquiavelo, «cuanto menos desea el Papa hacer una cosa, más jura que la hará». El secreto de su farsa se hallaba en que Alejandro VI mismo creía lo que decía, como un artista arrastrado por su imaginación.

V

Cuando acabó de hablar con el embajador de Francia, Alejandro VI se dirigió a su primer secretario, Francesco Remolieno de Ilerda, cardenal de Perugia, que en otro tiempo asistió al juicio y ejecución de Girolamo Savonarola. Esperaba con una bula, dispuesta para la firma, bula que el mismo Papa había redactado:

«Reconociendo –decía el documento–, la utilidad de la prensa de imprimir, invención que hace eterna a la verdad y accesible a todos, pero deseando prevenir el mal que de ello puede resultar para la Iglesia, en razón de las obras impías y escandalosas, prohibimos imprimir un libro, cualquiera que sea, sin la autorización de las autoridades espirituales...»

Después de escuchar la lectura de la bula, el Papa consultó sucesivamente a los cardenales, haciéndoles la pregunta de costumbre:

–*Quod vedetus?* (¿Qué opina de ello?)

–Además de los libros impresos –objetó Asborea–, ¿no se deben igualmente tomar medidas contra las obras manuscritas, tales como la carta dirigida a Paolo Savelli?

–Ya sé –interrumpió el Papa–. Ilerda me la ha leído.

–Vuestra Santidad sabe ya...

El Papa miró al cardenal rectamente a los ojos. Éste se turbó.

–¿Queréis decir que cómo no he tratado de desenmascarar al culpable? ¡Oh, hijo mío! ¿Por qué había de perseguir a mi acusador cuando en sus palabras no hay otra cosa que verdad?

–¡Santo Padre! –exclamó Asborea espantado.

–Sí –continuó Alejandro con voz solemne y penetrante–, mi acusador tiene razón. Soy el último de los pecadores, ladrón, concusionario, adúltero y homicida. Tiemblo y no sé dónde esconder mi rostro ante el juicio de los hombres. ¿Qué haré ante el juicio de Cristo, cuando hasta el mismo justo apenas podrá justificarse? Pero también por mí, mi Dios fue coronado de espinas, crucificado y muerto en la cruz. Basta una gota de su sangre para volver más blanco que la nieve a un pecador, aunque sea como yo. ¿Cuál, cuál de vosotros, hermanos míos que me acusáis, ha sondeado las profundidades de la misericordia divina hasta el punto de decir de un pecador: «está condenado»? Que los justos se salven por su santidad; pero nosotros, pecadores, no nos salvaremos más que por la humildad y el arrepentimiento, porque sabemos que no hay arrepentimiento sin pecado, ni salvación sin arrepentimiento. Y pecaré y me arrepentiré, y pecaré aún más y lloraré mis pecados como el homicida y la prostituta. ¡Sí, Señor, como el ladrón en la cruz, yo alabo tu nombre! Y si no ya los hombres que quizás han pecado tanto como yo, sino también las potencias angélicas y Cristo mismo me rechazan, no me resignaré y acudiré a implorar a mi protectora, la Santa Virgen y ella me absolverá. Estoy seguro.

Con un sordo sollozo que sacudió todo su cuerpo, tendió los brazos hacia la Madona pintada por Pinturiccio encima de la puerta de la sala. Se cree generalmente que por deseo del Papa, el artista había pintado en este fresco a la Madona tomando por modelo a la bella Julia Farnesio, amante de su santidad y madre de César y Lucrecia.

Giovanni escuchaba y miraba sin comprender. ¿Era una farsa o un acto de fe? ¿Las dos cosas a la vez, quizá?

–Os diré más aún –continuó el Papa–, no para justificarme, sino para glorificar al Señor. El que ha escrito esa epístola a Paolo Savelli me llama hereje. Pongo por testigo a Dios vivo que de eso soy inocente. Vosotros mismos... o mejor dicho no, vosotros no me diréis la verdad. Sólo tú, Ilerda, que me amas y ves mi corazón y no eres adulador, dime, Francesco, dime como si hablases ante Dios: ¿soy culpable de herejía?

–Santo padre –dijo el cardenal con profundo sentimiento–, ¿me toca a mí juzgaros? Si vuestros peores enemigos han leído vuestra obra *El Escudo de la Santa Iglesia Romana*, deben reconocer que no sois culpable de herejía.

–¿Oís, oís? –exclamó el Papa gozoso como un niño y mirando a Ilerda–. Si él me absuelve, Dios también me absolverá. He pecado, pero jamás fui impío ni hereje. Ni un solo pensamiento ni una sola duda impía han mancillado mi alma. Pura e inquebrantable es nuestra fe. Que esta bula sobre la censura espiritual sea para la Iglesia del Señor un nuevo escudo de diamante.

Cogió la pluma y con trazo tosco y torcido, infantil, pero majestuoso, trazó sobre el pergamino:

«Fiat. Alexander sextus, episcopus servus servorum Dei.»

Dos monjes cistercienses del Colegio Apostólico colgaron a un cordón de seda pasado a través del pergamino una bola de plomo y con una tenaza de hierro la aplastaron formando un sello liso donde quedaron grabados el nombre del Papa y la cruz.

–¡Hoy absuelves a tu esclavo! –murmuró Ilerda levantando hacia el cielo sus ojos hundidos, iluminados por el fuego de un fervor insensato.

Creía realmente que si se ponían en un platillo de la balanza todos los crímenes del Borgia y en el otro esta bula sobre la censura espiritual, la balanza se inclinaría a este lado.

VI

El cubiculario secreto se aproximó al Papa y le habló al oído. Borgia pasó con aire preocupado a la habitación próxima y de allí entró por una puertecilla disimulada por un tapiz, a un estrecho comedor abovedado, iluminado por una linterna. El cocinero de Monreale, el cardenal envenenado le esperaba allí. Venía a advertir a Alejandro VI que la dosis de veneno era insuficiente y que el enfermo se restablecía.

El Papa interrogó minuciosamente al cocinero y quedó convencido de que, a pesar de una mejoría pasajera, el cardenal moriría dentro de dos o tres meses, lo que era mejor aún para alejar sospechas.

«Es lástima –pensaba–, siento la muerte de este anciano. Era un hombre alegre, afable, buen hijo de la Iglesia.»

Suspiró tristemente bajando la cabeza y avanzó en un gesto bonachón sus gruesos labios blandos. El Papa no mentía; sentía realmente afecto por el cardenal y hubiera sido feliz robándole su dinero sin hacerle ningún mal.

Volviendo a la sala de Recepción, vio en la de Artes Libres, que a veces servía de comedor para las comidas íntimas, una mesa puesta. Sintió apetito.

El reparto del globo terrestre quedaría para después de comer. Su santidad rogó a sus huéspedes que le siguiesen al refectorio.

La mesa estaba adornada con azucenas blancas en floreros de cristal. Al Papa le gustaban especialmente estas flores de la Anunciación, porque su encanto virginal le recordaba a Lucrecia.

La comida no era gran cosa. Alejandro VI era sobrio en la mesa.

El datario don Juan López habló de la reciente disputa de su santidad con César y como si no sospechase que fue fingida, se puso a justificar al duque con ardor.

Todos se unieron a él para exaltar las virtudes de César.

–¡Ah, no, no, no me digáis eso! –respondió el Papa moviendo la cabeza–. No sabéis, amigos míos, qué hombre es. Yo me pregunto a cada momento qué nuevo disparate va a cometer. Recordad lo que os digo, nos llevará a la perdición y él se romperá la cabeza también...

Sus ojos brillaban de orgullo paternal.

–Verdaderamente, ¿a quién se parece? Vosotros me conocéis, soy un hombre sencillo y franco. Lo que tengo en la cabeza lo llevo a la lengua. Pero a César, Dios sólo le conoce. Calla siempre, se esconde siempre. ¿Lo creeréis, señores? A veces le tengo miedo. Sí, sí, tengo miedo de mi propio hijo: es amable, incluso demasiado, pero, de pronto, os mira y se siente frío en la espalda...

Los convidados defendieron al duque con más ardor todavía.

–Sí, sí, ya sé –dijo el Papa con irónica sonrisa–, le amáis mucho y no queréis que le hagamos mal...

Todos callaron, sin comprender qué lisonjas serían todavía precisas y oportunas.

–Todos vosotros pensáis «¿es así o de esta manera?» –continuó el viejo cuyos ojos brillaban con irresistible admiración–. Y yo os diré simplemente: ninguno de vosotros imagina siquiera cómo es César. ¡Oh, hijos míos! Escuchad: os descubriré el secreto de mi corazón. No es a mí a quien glorifico en él, sino a una Providencia superior. Hay dos Romas. La primera ha unido las tribus y los pueblos bajo el poder de la espada. Pero quien ha ensangrentado su espada perecerá por la espada. Y Roma ha perecido. Terminó con ella en el mundo el poder unitario y los pueblos se dispersaron como ovejas sin pastor. Sin embargo, es necesario una Roma en el mundo. La nueva Roma quiso reunir a los pueblos bajo la dominación del espíritu y no se sometieron a ella, porque se ha dicho: «tú los conducirás a pacer con cetro de hierro». El cetro espiritual por sí solo no tiene un poder universal. Yo soy el primer Papa que ha dado a la Iglesia esa espada, ese cetro de hierro bajo el cual viven los pueblos y se los unifica en un solo rebaño. César es mi espada. Y ved: las dos Romas, las dos espadas se unen a fin de que el Papa sea César y que César sea Papa. El reino del espíritu se apoyará sobre el reino de la espada en la Roma eterna y definitiva.

El anciano calló, levantando los ojos a la alta bóveda donde, lanzando rayos de oro como el sol, brillaba la Bestia purpúrea.

–¡Amén, amén! –repitieron los dignatarios y cardenales de la Iglesia romana.

La atmósfera de la sala se iba haciendo sofocante. El Papa sentía vértigos, menos a causa de las libaciones que de sus sueños enervantes sobre la grandeza de su hijo.

Pasaron al balcón que dominaba el patio de Belvedere.

Abajo, los palafreneros del Papa sacaban de las cuadras las yeguas y los potros.

–Alonso, déjalos sueltos –gritó el Papa al jefe de los palafreneros.

Éste comprendió y dio una orden: el acoplamiento sexual de potros y yeguas era una de las distracciones preferidas de su santidad.

Las puertas de las cuadras se abrieron de par en par, restallaron los látigos, oyéronse repetidos relinchos y todo un tropel de caballos se esparció por el patio. Los potros perseguían y montaban briosamente a las yeguas.

Rodeado de sus cardenales y altos dignatarios de la Iglesia, el Papa contempló largo rato este espectáculo.

Pero, poco a poco, su rostro se fue ensombreciendo: recordaba que años antes asistía a esta distracción con madona Lucrecia. La imagen de su hija se alzó viva ante sus ojos: rubia, de ojos azules, los labios un poco gruesos y sensuales, se parecía a su padre; fresca, delicada como una perla, infinitamente dócil, dulcísima en el mal e ignorante del mal, era sensible y pura hasta en el supremo horror del pecado. Se acordó también, con indignación y odio, de su actual marido, Alfonso de Este, duque de Ferrara. ¿Por qué se la dio? ¿Por qué consintió en esta boda?

Suspirando profundamente, bajó la cabeza como si sintiese en sus espaldas el peso de la vejez. Luego entró en la sala de Recepciones.

VII

Se hallaban ya preparados los mapamundis, los mapas, el compás, las brújulas para el trazado del gran meridiano que debía pasar a trescientas setenta millas portuguesas al oeste de las Azores y de Cabo Verde. Se había elegido este punto, porque era precisamente allí donde se encontraba, según Colón, «el ombligo de la tierra», la excrecencia piriforme del globo, semejante al pezón de un seno de mujer; la montaña que alcanzaba a las esferas lunares: Colón se hallaba convencido de su existencia desde su primer viaje en que pudo medir las desviaciones de la aguja imantada. Desde la punta occidental de Portugal, por una parte, y desde las costas del Brasil por otra, se tomaron distancias iguales hasta el meridiano. Los navegantes y astrónomos debían, en consecuencia, determinar estas distancias con la mayor exactitud según las jornadas de su ruta.

El Papa recitó una plegaria, bendijo la esfera terrestre con aquella cruz donde se hallaba engastada la Venus Calpigia; luego, mojando un pincel en tinta roja, marcó sobre el océano Atlántico, desde el polo Norte al polo Sur, la gran frontera divisoria: todas las islas y tierras descubiertas o por descubrir a la izquierda de esta línea pertenecían a España, las de la derecha a Portugal.

Con un solo gesto de su mano, partió así el globo terrestre en dos, como una manzana y lo repartió entre dos pueblos cristianos.

En este instante Alejandro VI, magnífico y solemne, consciente de su poder, se le figuró a Giovanni semejante al César, Papa omnipotente que acababa de unificar el reino terrestre con el reino de los cielos; los reinos de este mundo con los que no son de este mundo.

La noche del mismo día, en sus habitaciones del Vaticano, César ofreció a su santidad y a los cardenales un festín al cual asistieron cincuenta nobles cortesanas romanas –*meretrices honeste*– elegidas entre las más bellas.

Después de la cena se cerraron las maderas de las ventanas, las puertas, se quitaron las mesas y los enormes candelabros de plata que colocaron en el suelo. César, el Papa y los convidados tiraban al suelo castañas asadas y las prostitutas las recogían corriendo «a cuatro patas» completamente desnudas, entre las velas de cera. Las mujeres reían, gritaban, se caían sobre el pavimento y pronto a los pies de Su Santidad se agrupó un tropel de cuerpos morenos y blancos, bajo el resplandor vivo de las bujías que iban consumiéndose.

El Papa septuagenario se divertía como un niño, arrojaba las castañas a puñados y batía palmas, llamando a las cortesanas «pastorcillos».

Pero, poco a poco, como le había ocurrido después del desayuno en el balcón del Belvedere, su rostro se ensombreció: se acordó de que en 1501, la víspera de Todos los Santos, en compañía de madona Lucrecia, su hija bien amada, asistió a este mismo juego.

Al final de la fiesta los invitados descendieron a las habitaciones de su santidad, a la sala del Señor y de la Santísima Virgen. Allí tuvo lugar un lúbrico torneo amoroso entre las cortesanas y los más vigorosos guardias romanos del duque. Se distribuyeron recompensas a los vencedores.

Es así como se celebró en el Vaticano esta jornada memorable para la Iglesia romana en que tuvieron lugar dos grandes sucesos: el reparto del globo terrestre y el establecimiento del arbitraje papal.

Leonardo asistió a la cena y lo había presenciado todo. Una invitación a estos regocijos era considerada como un insigne favor ineludible.

La misma noche, al volver a su casa, escribía en su diario:

«Séneca dijo la verdad: en cada hombre viven juntos una bestia y un dios.»

Y más allá, al lado de un dibujo anatómico: «Los hombres de alma baja y pasiones viles no son dignos de una estructura tan bella y complicada como los hombres de gran inteligencia entregados a la meditación. Les bastaría con un saco con dos aberturas, una para recibir y otra para expulsar el alimento, porque no son, en realidad, otra cosa que un pozo de inmundicia. No tienen de hombres más que el rostro y la voz; por lo demás, son peor que los animales».

Al día siguiente, por la mañana, Giovanni encontró al maestro en el taller. Trabajaba en su *San Jerónimo*.

En una caverna parecida al antro de un león, un ermitaño arrodillado y con los ojos vueltos hacia el crucifijo se golpea el pecho con una piedra tan violentamente, que un león sumiso y a sus pies parece mirarle asombrado, con las fauces abiertas y rugir con tristeza, como si la bestia tuviese piedad del hombre.

Beltraffio recordó otro cuadro de Leonardo: la blanca Leda con el blanco cisne; la diosa de la voluptuosidad, que devoraron las llamas de la pira de Savonarola. Y, de nuevo, como tantas veces, Giovanni se preguntó: ¿cuál de esos dos términos se halla más próximo al corazón del maestro? o ¿se encuentran ambos a igual distancia?

VIII

Llegó el verano. La ciudad se hallaba bajo el azote de las fiebres perniciosas de las marismas pontinas: la malaria. A finales de julio y principios de agosto no pasaba un día sin que muriese alguien de la camarilla del Papa.

Éste, en los últimos tiempos, parecía inquieto y triste. No era, sin embargo, el temor de la muerte lo que le corroía, sino una antigua pena: el sentimiento por la ausencia de madona Lucrecia. Sufría con frecuencia estos accesos de deseo frenético, sordo, ciego, semejante a la locura. Le obsesionaban, persuadido de que si no los satisfacía iban a ahogarle.

Suplicaba a Lucrecia que fuera, aunque sólo fuese por algunos días, con la esperanza de retenerla luego por la fuerza. Ella respondía que su marido no la dejaba ir. El viejo Borgia no hubiera retrocedido ante ningún crimen para suprimir al esposo, el más detestado de sus yernos, como ya había eliminado a los anteriores maridos de Lucrecia. Pero no era posible jugar con el duque de Ferrara; tenía la mejor artillería de toda Italia.

El 5 de agosto marchó el Papa a la quinta de recreo del cardenal Adriani. En la cena, a pesar de las advertencias de los médicos, comió manjares especiados que le gustaban, bebió vino de Sicilia y disfrutó largo rato del peligroso frescor de la noche romana.

Al día siguiente se sintió indispuesto. Luego se dijo que habiéndose asomado el Papa a una ventana abierta, vio a la vez dos entierros, el de uno de sus camarlengos y el de meser Guglielmo Raimundo. Los dos difuntos eran de fuerte complexión.

–Mala estación es ésta para nosotros los hombres sanguíneos –había dicho el Borgia.

Y apenas acababa de pronunciar estas palabras, cuando una tórtola entró por la ventana, tropezó con las paredes y cayó aturdida a los pies de su santidad.

–¡Mal presagio, mal presagio! –murmuró con angustia.

Y enseguida se retiró a su alcoba.

Por la noche le acometieron náuseas y vómitos.

Los diagnósticos médicos diferían. Unos dijeron que eran fiebres tercianas; otros que un derrame de bilis; otros, que una congestión cerebral. En la ciudad corrió el rumor de que el Papa había sido envenenado.

Se debilitaba por momentos. El 16 de agosto se decidió recurrir al supremo remedio: una pócima compuesta con goma y piedras preciosas machacadas. El enfermo empeoró.

Una noche que recobró el conocimiento, empezó a buscarse en el pecho, debajo de la camisa. Desde hacía muchos años, Alejandro llevaba siempre consigo un pequeño relicario de oro; un cáliz en forma de bola, que contenía restos del cuerpo y de la sangre del Señor. Los astrólogos aseguraban que no moriría en tanto lo llevase sobre él. ¿Lo había perdido él mismo, o alguno de su camarilla se lo había robado, deseándole la muerte? Esto quedó en el misterio. Sabiendo que no llegaría a encontrarlo, cerró los ojos con una resignación sin esperanza, y dijo:

–Entonces, voy a morir; he terminado.

La mañana del 17 de agosto sintió una debilidad mortal. Hizo salir a todo el mundo y llamó a su lado a su médico preferido, el obispo Vanosa, para recordarle el tratamiento inventado por un judío, médico de Inocencio III, que según fama había transfundido en las venas del Papa moribundo la sangre de tres niños.

–Vuestra santidad –objetó el obispo– sabe cómo terminó la experiencia...

–Ya sé, ya sé –balbució el Papa–. Pero acaso no tuvo éxito porque los niños tenían siete u ocho años y dicen que hacen falta niños pequeños, niños de pecho...

El obispo no respondió. Los ojos del enfermo se empañaron. Deliraba ya.

–Sí... sí... pequeñitos... blancos... Tienen la sangre pura, roja... Amo a los niños... *Sinite parvulos ad me venire*... Dejad que los niños se acerquen a mí.

Estas divagaciones en boca del Vicario de Cristo asombraban hasta al impasible obispo, acostumbrado a todo.

Con un gesto monótono, impotente, convulsivo, como un ahogado, el Papa continuaba todavía explorando, tanteando, buscando sobre su pecho el cáliz en forma de bola.

Durante su enfermedad no se acordó ni una sola vez de sus hijos; sabía que César estaba también muriéndose. Cuando se le preguntó si no deseaba que su última voluntad fuera transmitida a sus hijos, guardó silencio, como si no existiesen para él aquellos que durante toda su vida parecía haber amado con tan violento amor.

El 18 de agosto, después de confesarse con el obispo de Cericola, Piero Gamboa, tomó la comunión.

Por la tarde le leyeron la letanía de los agonizantes. Varias veces el moribundo quiso decir alguna cosa e hizo diversas señales con la mano. El cardenal Ilerda se inclinó hacia él y por los débiles sonidos que salían de su boca comprendió lo que el Papa quería:

–Pronto... pronto... lee la plegaria a la Virgen...

Aun cuando no se conformase con el ritual de la Iglesia, leer esta plegaria a un moribundo, Ilerda cumplió la última voluntad de su amigo y leyó el *«Stabat Mater»*.

Un sentimiento inexpresable brilló en los ojos de Alejandro VI, como si viese ya ante él a la divina Señora. En un supremo esfuerzo tendió los brazos y estremeciéndose violentamente dijo con dificultad: «¡No me rechaces, oh Virgen Santa!». Y cayó sobre la almohada. Estaba muerto.

IX

En este momento, César se hallaba también entre la vida y la muerte.

Su médico, el obispo Gaspare Torella, le sometió a un tratamiento extraordinario: aplicó al enfermo las entrañas ensangrentadas de un mulo y luego le hizo entrar en un baño de agua helada. Gracias a este tratamiento, y por un increíble esfuerzo de su voluntad, César triunfó de la enfermedad.

Conservó en el transcurso de esos terribles días una perfecta calma. Se hallaba al corriente de los acontecimientos, escuchaba los informes, dictaba cartas, daba órdenes. Cuando supo la muerte del Papa, ordenó que se le transportase del Vaticano a la fortaleza de Sant'Angelo por un pasaje secreto.

Circularon por la ciudad verdaderas leyendas sobre la muerte de Alejandro VI. El embajador de Venecia, Mario Sanuto, escribía a la República que el moribundo había visto saltar en su cuarto un mono gesticulante, y cuando un cardenal se ofreció a cogerlo, gritó espantado: «Déjale, déjale, es el diablo». Otros contaban que repetía: «¡Ya voy, ya voy, espera un poco más!». A estas palabras se les daba el siguiente significado: estando el Cónclave reunido para elegir al sucesor de Inocencio VIII, Rodrigo Borgia, futuro Alejandro VI, había hecho un pacto con el diablo vendiéndole su alma a cambio de doce años de papado. Se aseguraba igualmente que un minuto antes de su muerte habían aparecido siete demonios a la cabecera de su cama; que cuando murió, su cuerpo descompuesto empezó a hervir, echando espuma por la boca como una olla al fuego; que se volvió más ancho que largo; que se hinchó como una montaña; que había perdido toda apariencia humana; que se volvió negro «como el carbón» y que su cara se parecía a la de un etíope.

Era costumbre que, antes de la inhumación del pontífice romano, se dijeran misas durante nueve días en la catedral de San Pedro por su eterno reposo. Pero fue tal el terror inspirado por los restos del Papa que nadie quería oficiar. No custodiaron el cuerpo ni cirios, ni incienso, ni diáconos, ni guardianes, ni fieles. Durante mucho tiempo no se pudo encontrar a nadie que hiciera un ataúd. Por fin se hallaron seis granujas dispuestos a todo por un vaso de vino. El ataúd resultó muy pequeño. Entonces quitaron de la cabeza del Papa la tiara, le pusieron como mortaja una arpillera vieja y empujándole con el pie hicieron entrar el cadáver en una caja demasiado corta y estrecha. Otros aseguraban que sin haberle concedido siquiera el honor de un ataúd, lo habían arrastrado hasta una fosa con una cuerda atada a los pies, como a la carroña de un apestado.

Pero ni enterrado logró el reposo. El terror del pueblo crecía. Parecía que hasta en el aire de Romaña se añadió al soplo letal de la malaria una hediondez desconocida aun más repugnante y siniestra. En la catedral de San Pedro apareció un perro negro que corría con prodigiosa rapidez en círculos regulares que iban ensanchándose. Los habitantes de Borgo no se atrevían a salir de sus casas después del crepúsculo. Y muchos estaban firmemente convencidos de que el papa Alejandro VI no había muerto; que iba a resucitar, a sentarse de nuevo en el trono y que entonces comenzaría el reinado del Anticristo.

Giovanni se enteró con detalle de todos estos acontecimientos y rumores en la taberna de la calleja Sinibaldi, del checo husita Iván el Cojo.

X

Por este tiempo Leonardo, alejado de todo, trabajaba con serenidad en un cuadro, hacía tiempo comenzado, que unos frailes le habían encargado para la iglesia de Santa Maria della Annunziata, de Florencia. A causa de su servicio a César, trabajó con lentitud en este cuadro que representaba a santa Ana y la Virgen María.

En medio de una pradera, sobre una colina desde donde se divisaban las cimas azules de lejanos montes y apacibles lagos, la Virgen María, sentada sobre las rodillas de su madre, sostenía al Niño Jesús que atrapando a un cordero por las orejas le inclinaba hacia el suelo y, con traviesa vivacidad, levantaba la piernecita para montar sobre él. Santa Ana parecía la sibila, eternamente joven. La sonrisa de sus ojos bajos y de sus finos y sinuosos labios se deslizaba, inaprehensible, llena de misterio y seducción, como un agua límpida y profunda. Esta sonrisa recordó a Giovanni la sonrisa del mismo Leonardo. A su lado, el rostro de María, de una serenidad infantil, mostraba la candidez de la paloma. María era el amor perfecto, Ana la perfecta ciencia. María sabía por qué amaba; Ana amaba porque sabía. Mirando este cuadro, Giovanni creyó comprender por primera vez las palabras del maestro: «el gran amor es hijo del conocimiento».

Al mismo tiempo Leonardo dibujaba máquinas, grúas, hombres, instrumentos para estirar el alambre, aserrar la piedra, fabricar barrotes de hierro, tejer y hacer maromas o alfarería.

Y Giovanni se extrañaba de ver al maestro trabajar en estas cosas tan diversas a un tiempo: las máquinas y el cuadro de santa Ana; pero esta unión no era fortuita.

«Yo afirmo –escribía Leonardo en sus *Principios de Mecánica*– que la fuerza es algo espiritual, invisible: espiritual, porque hay en ella una vida incorpórea, invisible, puesto que el cuerpo de donde nace la fuerza no cambia ni de peso ni de aspecto.»

Veía con el mismo goce la fuerza desarrollada por las máquinas, ruedas, palancas, resortes, correas, tornillos, vástagos, cilindros de hierro, engranajes y ranuras que la fuerza del espíritu, el amor, por la cual se mueven los mundos. El amor que va del cielo a la tierra, de la madre a la hija, de la hija al nieto, y de aquí al místico cordero, para volver a su origen después de haber realizado el ciclo eterno.

La suerte de César decidía la de Leonardo. A pesar de la calma y bravura que conservaba César, «el gran domador del destino» según la expresión de Maquiavelo, comprendió que la suerte le abandonaba. Al saber la muerte del Papa y la enfermedad del duque, sus enemigos se unieron y se apoderaron de tierras de la campiña romana. Próspero Colonna, cerca ya de las puertas de la ciudad, marchaba sobre Città di Castello; Gian Paolo Baglioni iba sobre Perugia; Urbino, se rebeló; Camerino Calia, Piombino se sublevaron uno tras otro; el Cónclave abierto para la elección del nuevo Papa pedía que se alejase al duque de Roma. Todos le traicionaban. Todo se hundía.

Y los que recientemente temblaban ante él, se burlaban ahora, regocijándose de su perdición. Lanzaban al león moribundo la coz del asno. Los poetas componían epigramas:

César o nada dijiste
Y pues que fuiste César,
pronto serás lo otro.

Un día, en el palacio del Vaticano, hablando con el embajador de Venecia Antonio Justiniani, el mismo que en los tiempos de esplendor del duque había predicho: «se quemará como la paja al fuego», Leonardo llevó la conversación sobre Nicolás Maquiavelo.

–¿Os ha hablado de su obra sobre ciencia política?

–¡Cómo! Hemos hablado de ello más de una vez. Meser Nicolás se burla evidentemente. ¿Se puede escribir sobre semejantes asuntos? Dar consejos a los príncipes, descorrer ante el pueblo el velo de los secretos del poder, demostrar que todo gobierno no es otra cosa que una usurpación cubierta con la máscara de la justicia, es lo mismo que enseñar a las gallinas las astucias del zorro y poner a las ovejas los dientes del lobo. ¡Que Dios nos preserve de tal libro!

–¿Estimáis que meser Nicolás se equivoca y cambiará de ideas?

–De ningún modo. Estoy perfectamente de acuerdo con él. Se debe proceder como él dice, pero no se debe decir. Gracias a Dios las gallinas y las ovejas creerán, como hasta ahora, que sus verdugos legítimos son los lobos y los zorros y acusarán a Nicolás de practicar una política diabólica excitando la astucia del zorro y la ferocidad del lobo. Todo quedará como antes, al menos mientras nosotros vivamos.

XI

En el otoño del año 1503, Piero Soderini, gonfaloniero de la República florentina, invitó a Leonardo a entrar a su servicio; se proponía enviarle, en calidad de mecánico militar, al campo de Pisa para construir máquinas de sitio.

Al artista no le quedaban más que algunos días de estancia en Roma. Un día erraba por el monte Palatino. Allí donde se elevó antaño el palacio de los emperadores Augusto, Calígula, Septimio Severo, ahora reinaba la soledad y el viento que soplaba entre las ruinas y entre los plateados olivares. No se oía más que el balido de las ovejas y el cri-cri de los grillos. Numerosos fragmentos de mármol, estatuas de dioses de una antigua belleza yacían en tierra como difuntos esperando la resurrección.

La atmósfera era límpida. La armadura de ladrillo de los arcos, de las bóvedas y los muros iluminados por el sol, tomaban en el cielo azul oscuro un color de rojo ardiente. Y más reales que la púrpura y el oro que antiguamente adornaban los palacios imperiales eran la púrpura y el oro de las hojas del otoño.

En la pendiente norte de la colina, no lejos de los jardines de Caprónico, Leonardo, de rodillas, separaba la hierba y examinaba atentamente un trozo de mármol antiguo de forma delicada.

Un hombre salió de entre unos setos, por un estrecho sendero. Leonardo, echando una ojeada sobre él, se levantó, le miró una vez más y exclamó:

–¿Es usted, meser Nicolás?

Y sin esperar respuesta, le abrazó cordialmente.

El traje del secretario de la República florentina parecía aún más viejo y miserable que nunca. Era visible que los gobernantes de la República continuaban sin hacerle caso. Había adelgazado, sus rasuradas mejillas estaban hundidas; su cuello, delgado, se había hecho más largo; su nariz de pato era todavía más puntiaguda y el resplandor febril de sus ojos más vivo.

Leonardo le preguntó si iba a Roma por mucho tiempo y de qué misión estaba encargado. Cuando el artista le habló de César, Nicolás se volvió evitando sus miradas y encogiéndose de hombros.

–El destino ha querido que haya sido en mi vida testigo de tales acontecimientos, que desde hace tiempo no me extraño de nada.

Y, manifiestamente deseoso de cambiar de conversación, preguntó a su vez a Leonardo qué hacía. Al saber que el artista se hallaba al servicio de la República florentina, Maquiavelo hizo un gesto:

–No os regocijéis. Quién sabe qué es mejor: los crímenes de un héroe como César o las virtudes de un hormiguero como nuestra República. Por lo demás, vale tanto lo uno como lo otro; preguntádmelo a mí; conozco las bellezas de un gobierno popular.

Sonrió con amarga sonrisa.

Leonardo le repitió lo que Antonio Justiniani había dicho de las astucias del zorro que él, Maquiavelo, se proponía enseñar a las gallinas y los dientes de lobo que quería poner a las ovejas.

–Es bien cierto –dijo Nicolás riendo con bondad–. Voy a poner a los gansos fuera de sí. Veo desde aquí a las honradas gentes dispuestas a lanzarme a la hoguera por haber hablado el primero de lo que hace todo el mundo. Los tiranos me acusarán de sublevar al pueblo, el pueblo me proclamará el consejero de los tiranos, los mojigatos me declararán impío, los buenos me llamarán malo y los malos me odiarán más que a nadie porque les pareceré peor que ellos mismos. –Y añadió con suave tristeza–: ¿Os acordáis de nuestras charlas en Roma, meser Leonardo? Pienso a menudo en ellas y a veces me parece que los dos tenemos el mismo destino. El descubrimiento de nuevas verdades ha sido y será siempre tan peligroso como el descubrimiento de nuevas tierras. Para los tiranos y para las muchedumbres, para los pequeños y para los grandes, somos usted y yo extranjeros, intrusos, vagabundos sin hogar, eternos desterrados. El que no es igual a los demás, está solo contra todos, porque el mundo está hecho para el vulgo y no admite nada fuera de lo vulgar. Es así, amigo mío –continuó más pensativo todavía–, la vida es aburrida y lo que acaso haya en ella de peor no es ni las preocupaciones, ni las enfermedades, ni la miseria, ni las penas, sino el aburrimiento...

Silenciosamente descendieron la abrupta pendiente del Palatino y por una calle estrecha y sucia desembocaron al pie del Capitolio, ante las ruinas del templo de Saturno. Allí estuvo en otro tiempo el foro romano.

XII

A ambos lados de la antigua Via Sacra, desde el arco de Septimio Severo hasta el anfiteatro de Flavio, se apretujaban miserables casuchas. Decían que para construir los cimientos habían empleado trozos de estatuas preciosas, miembros de dioses olímpicos. Durante siglos el foro sirvió de cantera. Sobre las ruinas de los templos paganos se resguardaban tímida y tristemente las iglesias cristianas. Las capas sucesivas de inmundicias, polvo y estiércol habían elevado en más de diez codos el nivel del suelo. Pero de trecho en trecho se alzaban todavía antiguas columnas ruinosas.

Nicolás designó a su compañero el emplazamiento del Senado romano, de la Curia y de la Asamblea del Pueblo, lugar donde a la sazón se mercaba el ganado. Parejas de búfalos negros y bueyes blancos de curvos cuernos se hallaban echados en el suelo. Los cerdos gruñían en los charcos, y chapoteaban. Y un lodo negro y líquido manchaba las columnas de mármol caídas y las lápidas con las inscripciones medio borradas, cubiertas de estiércol. Una vieja torre feudal, antigua fortaleza de los barones Frangipani, se apoyaba en el arco triunfal de Tito. Y delante de este mismo arco se encontraba también una taberna para los labradores que acudían al mercado de ganado. De las ventanas salían gritos de mujeres, y un olor a aceite rancio y pescado frito. Los harapos se secaban en una cuerda. Sentado sobre una piedra, un viejo mendigo de rostro extenuado por la fiebre envolvía con un pingajo su pie enfermo e hinchado.

En el interior del arco de la Victoria había a cada lado un bajo relieve: uno representaba el cortejo triunfal de Tito Vespasiano conquistando Jerusalén, montado sobre un carro tirado por cuatro caballos; el otro, prisioneros judíos encadenados y los trofeos del vencedor: la comida propiciatoria de Jehová, los panes bíblicos y los candelabros de siete brazos del águila de Salomón. En lo alto, en el centro de la bóveda, un águila de amplias alas conducía al Olimpo a César divinizado. En el frontón, Nicolás leyó esta inscripción que todavía se conservaba: *Senatus populusque romanus divo Tito Vespasiani filio Vespasiani Augusto.*

El sol que llegaba del lado del Capitolio penetró bajo el arco e iluminó el triunfo del emperador con sus últimos rayos purpúreos que atravesaron como una nube de incienso el tufo maloliente de las cocinas.

Nicolás no pudo menos que emocionarse cuando, volviéndose por última vez al foro, vio el reflejo rosado de la luz de la tarde sobre las tres columnas de mármol blanco que se alzaban solitarias ante la iglesia de María Liberadora. El sonido triste, el balbuceo senil de la campana del avemaría, parecía esparcir sobre el foro romano un lamento fúnebre.

Entraron en el Coliseo.

–Sí –dijo Nicolás mirando los bloques enormes de los muros del anfiteatro–, los que sabían construir tales edificios eran más grandes que nosotros. Solamente aquí en Roma, se puede sentir la diferencia que hay entre nosotros y los antiguos. ¿Cómo rivalizar con ellos? No podemos siquiera imaginarnos qué hombres eran.

–Me parece –respondió lentamente Leonardo como alejándose con pena de su meditación–, Nicolás, que no tiene usted razón. En los hombres actuales hay una potencia no menor que en los antiguos; pero distinta...

–¿La humildad cristiana, acaso?

–Sí, entre otras cosas, la humildad también...

–Quizá –dijo Maquiavelo con frialdad.

Se sentaron a descansar en una grada del anfiteatro.

–Yo creo –continuó Nicolás en un súbito arrebato– que los hombres hemos debido aceptar o desechar a Cristo. Pero no hemos hecho ni lo uno ni lo otro. No somos cristianos ni paganos. No tenemos la fuerza de ser buenos y tenemos miedo de ser malos. No somos ni blancos ni negros, sino grises: ni fríos ni calientes, sino tibios. Hemos mentido tanto, mostrado tanta cobardía, dado tantos rodeos, hemos dudado tanto entre Cristo y Belial, que hoy no sabemos nosotros mismos lo que queremos ni adónde vamos. Los antiguos al menos sabían y hacían todo hasta el final; no eran hipócritas, no mostraban la mejilla derecha a quien les había golpeado en la izquierda. Pero desde el día en que los hombres creyeron que para ser felices en el cielo tenían que sufrir en la tierra todos los agravios, los malvados tuvieron campo ancho y seguro. ¿No es esta doctrina la que ha vuelto al mundo impotente y ha dado el triunfo a los canallas?

Su voz temblaba; un odio casi delirante ardía en sus ojos; su rostro parecía contraerse por un dolor intolerable.

Leonardo callaba. Por su alma pasaban ideas claras, infantiles, tan sencillas, que no hubiera podido explicarlas con palabras; miraba al cielo azul brillar a través de las grietas de los muros del Coliseo y pensaba que en ninguna parte el azul celeste parece tan eternamente joven y alegre como a través de las rendijas de los monumentos ruinosos.

Los antiguos conquistadores de Roma, los bárbaros del Norte que no sabían extraer el mineral de la tierra, quitaron las grapas de hierro que unían las piedras del Coliseo para forjar nuevas espadas con el hierro romano. Los pájaros ponían sus nidos en los agujeros que quedaron al quitar los garfios. Leonardo seguía con la mirada a unas cornejas que, con alegres graznidos, volvían para pasar la noche en los nidos, y pensaba que ni los Césares todopoderosos que habían levantado esos monumentos, ni los bárbaros que los habían destruido, sospecharon que trabajaban para aquellos que «ni siembran, ni recogen, ni amontonan en los graneros porque el Padre de las criaturas los alimenta».

No respondió a Maquiavelo, sintiendo que éste no comprendería porque todo lo que para él era alborozo, para Nicolás constituía un dolor. Lo que era su miel, era hiel para Nicolás. Para éste el odio era hijo de la ciencia.

–Meser Leonardo –continuó Maquiavelo, que siguiendo su costumbre quería terminar su conversación con una broma–, ahora veo hasta qué punto se equivocan aquellos que consideran como un hereje al impío. Acuérdese de lo que le digo: el día del Juicio final, cuando seamos divididos en buenos y malos, usted se encontrará entre las humildes ovejas de Cristo; irá usted al paraíso con los justos.

–Y con usted también, meser Nicolás –replicó el artista riendo–. Si yo voy al paraíso, tampoco se escapará usted.

–¡Oh, no! Yo cedo por anticipado mi puesto a cualquiera que lo acepte. Tengo bastante con el aburrimiento terrestre...

Y, de pronto, una bondadosa sonrisa iluminó su rostro.

–Escuche amigo mío; mire qué sueño profético tuve un día: me habían llevado a una reunión de mendigos hambrientos y sucios, monjes, prostitutas, esclavos, enfermos, idiotas, y me dijeron que eran precisamente aquellos de quienes se ha dicho: «Dichosos los pobres de espíritu, porque de ellos es el reino de los cielos». Después me condujeron a otro lugar donde vi una asamblea de hombres magníficos, semejante al antiguo Senado, emperadores, papas, legisladores, filósofos –Homero, Alejandro el Grande, Platón, Marco Aurelio–. Hablaban de ciencia, de arte, de política. Y me dijeron que aquello era el infierno con las almas de los condenados por amar la ciencia humana, que es locura ante el Señor. Entonces me preguntaron dónde quería ir: si al infierno o al paraíso. ¡Al infierno, desde luego! –exclamé–. ¡Con los sabios y los héroes!

–Si eso fuese así –respondió Leonardo–, yo también haría lo mismo.

–No, no, ya es demasiado tarde. Usted no escapará. Irá a la fuerza, por sus virtudes cristianas, al paraíso.

Cuando salieron del Coliseo, anochecía. Una enorme luna amarilla salía de detrás de la cúpula de la basílica de Constantino. Las nubes eran translúcidas como el nácar. En la bruma vaporosa y azul que se extendía desde el arco de Tito hasta el Capitolio, tres columnas pálidas y solitarias, semejantes a fantasmas, ante la iglesia de Santa Maria, se mostraban, al claro de luna, más bellas todavía.

La campana del ángelus desgranaba su fúnebre lamento sobre el foro romano.

Capítulo XIV

Monna Lisa, *la Gioconda*

I

Leonardo escribía en su *Tratado de la Pintura:*

«Ten, para hacer retratos, un estudio especial: un patio rectangular de diez codos de ancho y veinte de largo, con las paredes pintadas de negro, con una repisa a lo largo de la pared y un toldo dispuesto de manera que, plegado o desplegado según las necesidades, pueda graduar la luz del sol. No pintes sin extender el toldo más que en tiempo nublado y brumoso o en el crepúsculo. Entonces la luz es perfecta.»

Leonardo había arreglado un patio de éstos en la casa de su propietario, noble ciudadano florentino, comisario de la señoría, un cierto ser Piero Basto-Martelli, entusiasta de las matemáticas, hombre inteligente y bien dispuesto hacia Leonardo. Era la segunda casa a la izquierda de la calle Martelli, yendo desde la plaza San Giovanni al palacio de los Médicis.

A fines de la primavera del año 1505, en una tranquila tarde tibia y brumosa, el sol vertía a través del húmedo velo de las nubes una luz tenue, casi submarina, con sombras prendidas que se disolvían como el humo. Era la luz que Leonardo prefería, porque daba, según él, un encanto particular a los rostros femeninos.

«¿Vendrá?», se decía, pensando en aquella cuyo retrato pintaba desde hacía tres años, con una constancia y un ardor desacostumbrados. Preparó el estudio para recibirla. Giovanni, que le observaba a hurtadillas, se extrañaba de su inquietud –casi impaciencia– tan poco natural en el maestro, siempre tranquilo.

Leonardo colocó sobre una mesa los pinceles, la paleta, los recipientes de pintura, que al enfriarse se habían cubierto con una ligera capa de cola; levantó la cortinilla que ocultaba el retrato colocado sobre un caballete movible de tres patas; hizo correr la fuente que había hecho construir en medio del patio, y cuyo surtidor, al golpear en unos hemisferios de cristal los hacía girar produciendo una música suave y extraña. Alrededor de la fuente crecían lirios, sus flores predilectas, plantadas por Leonardo y cuidadas por él. Arregló la blanda alfombra que había delante del sillón, de roble oscuro, con respaldo y brazos esculpidos. Sobre esta alfombra –su sitio habitual–, se acostó hecho una bola y ronroneando, un gato de extraña raza traído de Asia, que había adquirido para distraerse; los ojos de este gato eran de diferente color: el derecho, amarillo como un topacio; el izquierdo, azul como un zafiro.

Andrea Salaino se puso a templar la viola. También llegó otro músico, llamado Atalante. Leonardo le conoció en Milán, en la corte de Moro. Sobresalía tocando un laúd de plata, inventado por el artista, que tenía la forma de un cráneo de caballo.

Leonardo invitaba a su estudio a los mejores músicos, cantantes y poetas, para distraer y evitar el aburrimiento de las personas que posaban para sus cuadros.

Estudiaba en su rostro el reflejo de los sentimientos e ideas que producían en ellas las conversaciones, las poesías y la música.

Estas reuniones se hicieron cada vez más raras; sabía que no eran necesarias para ella. Sólo siguió la música porque les ayudaba a los dos a trabajar, ya que ella también tomaba parte en la obra de su retrato.

Todo estaba listo, pero ella no venía.

«¿No vendrá? –pensaba–. Hoy la luz y las sombras parecen hechas para su rostro. ¿Y si la enviase a buscar? Pero sabe que la espero. Tiene que venir.»

Giovanni observaba su inquietud creciente.

De pronto, un ligero soplo de viento inclinó el surtidor de la fuente y los pétalos de los blancos lirios se estremecieron salpicados por el agua. El galgo, de oído finísimo, estiró el cuello y enderezó las orejas. Leonardo escuchó. Y Giovanni, aun cuando no oía nada todavía, comprendió, por la expresión de su maestro, que era ella.

Primero entró, saludando humildemente, la hermana Camila, una religiosa que vivía en su casa y la acompañaba a cada una de las visitas al estudio del artista. La hermana Camila tenía el don de desvanecerse y hacerse invisible: modestamente sentada en un rincón, con un libro de rezo entre las manos, no levantaba los ojos ni pronunciaba una palabra, hasta tal punto, que en los tres años que visitó el estudio, Leonardo apenas supo del sonido de su voz.

Detrás de Camila entró la que todos esperaban: una mujer de unos treinta años, vestida con un traje sencillo y oscuro; un ligero velo, también oscuro y transparente, bajaba hasta la mitad de su frente. Era monna Lisa, *la Gioconda.*

Beltraffio sabía que esta mujer pertenecía a una antigua familia napolitana. Hija de Antonio Gerardini, señor antiguamente rico, pero arruinado por la invasión de los franceses en 1495, estaba casada con el ciudadano florentino Francesco di Giocondo. Éste se casó en 1481 con la hija de Mariano Rucellan. Dos años más tarde enviudó. Se volvió a casar con Tomasa Villani, y cuando ésta murió también, se casó, por tercera vez, con monna Lisa. En la época que el artista pintaba su retrato, Leonardo había pasado la cincuentena y el esposo de monna Lisa, meser Giocondo, tenía cuarenta y cinco años. Era un hombre vulgar como se encuentran muchos en todas las épocas y lugares, ni bueno ni malo, sesudo, económico, absorbido por los asuntos del Estado y por sus explotaciones agrícolas. Una mujer joven y elegante le pareció el mejor adorno de una casa. Pero el encanto de monna Lisa le emocionaba menos que la calidad de la nueva raza de toros sicilianos o las tasas aduaneras sobre las pieles de cordero en bruto. Se decía que monna Lisa no se había casado por amor, sino por la voluntad de su padre y que su primer novio había muerto en la guerra. Se hablaba también y acaso sólo eran habladurías, de otros adoradores apasionados, tenaces, pero sin esperanza. Por lo demás las malas lenguas, y había muchas en Florencia, no podían murmurar de *la Gioconda*. Dulce, modesta, piadosa, observaba puntualmente los ritos de la Iglesia. Era caritativa con los pobres. Una buena ama de casa, una mujer fiel y más bien tierna madre que madrastra para Dinora, su hija adoptiva, de doce años de edad.

Esto era todo lo que Giovanni sabía de ella. Pero la monna Lisa que venía al estudio de Leonardo le parecía, en todo, otra mujer.

Desde hacía tres años, y el tiempo no lo atenuaba –sino al contrario, intensificaba este extraño sentimiento–, sentía a cada una de sus apariciones un asombro parecido al del espanto, como en presencia de un fantasma. Se explicaba a veces esta impresión por el hecho de que se había acostumbrado a ver su retrato; tan grande era el arte del maestro, que la viviente monna Lisa le parecía menos real que la representada en el lienzo. Pero había en éste algo distinto y más misterioso. Sabía que Leonardo no tenía ocasión de verla más que durante el trabajo, en presencia de otras gentes, unas veces de numerosos invitados, otras solamente de la inseparable hermana Camila. No la veía nunca a solas y, sin embargo, Giovanni comprendía que había entre ellos algo que los atraía y los separaba. Sabía igualmente que no era el enigma del amor, o al menos de lo que los hombres llaman amor.

Había oído decir a Leonardo que todos los artistas tienen la tendencia a representar en los rostros y cuerpos que pintan su propio cuerpo y su propio rostro. La causa era, según el maestro, que el alma humana se inclina, cada vez que tiene que crear un ser nuevo, a repetir lo ya creado por sí mismo. Y esta inclinación es tan fuerte, que a veces, incluso en los retratos, a través de su parecido externo con el modelo, aparece, si no el rostro, al menos el alma del artista. Lo que pasaba ante los ojos de Leonardo era más sorprendente todavía; le parecía que no era solamente la monna Lisa del retrato, sino la viviente monna Lisa misma la que se parecía cada vez más a Leonardo, como ocurre con frecuencia entre personas que viven juntas largos años. Desde luego lo esencial de este creciente parecido residía menos en los rasgos del rostro –aunque en los últimos años este parecido se había acentuado– que en la expresión de los ojos y en la sonrisa. Recordó, con estupor, que había visto esta misma sonrisa en Tomás el Incrédulo metiendo sus dedos en la llaga del Señor, en aquella estatua de Verrocchio para la que Leonardo joven había servido de modelo. Recordó también a Eva, al pie del árbol de la Ciencia, en el primer cuadro del maestro, y al ángel de la Virgen de las Rocas y a Leda y el cisne y a muchos otros rostros femeninos que el maestro había pintado, dibujado o esculpido cuando no conocía todavía a monna Lisa, como si toda su vida, en todas sus creaciones, hubiera buscado el reflejo de su propio encanto y lo hubiese encontrado al fin en el rostro de *la Gioconda.*

A veces Giovanni, cuando contemplaba mucho tiempo aquella sonrisa que les era común, experimentaba el espanto que inspira el demonio. La realidad le parecía sueño y el sueño realidad, como si monna Lisa no fuera un ser viviente, la esposa del ciudadano florentino meser Giocondo, el más vulgar de todos los hombres, sino un ser fantástico creado por la voluntad de Leonardo. Su doble femenino.

La Gioconda acariciaba la gatita blanca, que había saltado sobre sus rodillas. Bajo sus dedos finos y delicados se electrizaba la piel del animal con imperceptible crepitación. Leonardo comenzó a trabajar, pero de pronto dejó los pinceles y miró atentamente a monna Lisa: el menor cambio, la menor sombra en su rostro no escapaban a sus miradas.

–Madona –dijo–, hoy estáis inquieta.

Giovanni pensaba también que se parecía menos a su retrato que los otros días.

Lisa posó en Leonardo una tranquila mirada.

–Sí, un poco –respondió–. Dinora está enferma. No he dormido esta noche.

–¿Estáis cansada? ¿No preferís dejar por hoy vuestro retrato?

–No, no es nada. ¿No lamentaréis perder un día como éste? Mirad qué sombras, qué sol tibio. Es un día como hecho para mí. Sé –añadió, después de un silencio– que me esperabais. Hubiera venido antes, pero me han entretenido. Madona Sofonisba...

–¿Quién es? Ah, sí; ya sé... Tiene la voz como una vendedora de la calle y todo el olor de una droguería.

La Gioconda sonrió.

–Quería contarme la fiesta de ayer en el palacio de la serenísima signora Argentina, esposa del gonfaloniero; me ha detallado lo que sirvieron de cena y cómo eran los vestidos de las damas, y me ha hablado de las intrigas amorosas...

–Estaba seguro. No es la indisposición de Dinora sino la necia charla de esa mujer la que os transforma. ¡Es extraño! ¿No habéis notado, madona, que a veces la tontería o la trivialidad de la gente oscurece el alma y nos duele más que una gran pena?

Ella inclinó silenciosamente la cabeza: era visible que estaban acostumbrados desde hacía tiempo a comprenderse casi sin hablar, por simples alusiones.

Él intentó volver a su tarea.

–Contadme algo –pidió monna Lisa.

–¿Qué?

Después de reflexionar un poco, dijo:

–Habladme del reino de Venus.

Leonardo sabía varios relatos que le gustaban, historias sacadas la mayor parte de su fantasía o de los relatos de viajes, observaciones sobre la naturaleza, proyectos de cuadros. Los contaba casi siempre con los mismos términos, sencillos, casi infantiles, mientras sonaba la música suavemente.

Leonardo hizo una seña. Y cuando Andrea Salaino en la viola y Atalante en el laúd de plata comenzaron a tocar una tonada especial que era la que acompañaba invariablemente al cuento del reino de Venus, el maestro, con su aguda voz femenina comenzó, como un bardo legendario, su fábula:

–Los navegantes que viven en el litoral de Sicilia afirman que los que están destinados a perecer entre las olas ven durante la tempestad la isla de Chipre, el reino de la diosa del amor. Alrededor braman las olas, los remolinos, los tifones y muchos marinos seducidos por la belleza de la isla lanzan sus barcos contra los arrecifes. ¡Oh, cuántos novios se han destrozado, cuántos han desaparecido! Allí, en la playa, se ven todavía sus pobres esqueletos, medio cubiertos de arena, musgo y hierbas marinas; unos muestran su proa, otros su popa, otros las tablas de su carena, semejantes a las costillas de un cadáver; otros los restos del timón. Y son tan numerosos que se creería estar en el día de la Resurrección, cuando el mar devuelve todos los navíos que ha engullido.

»Sobre la isla, el cielo está eternamente azul, los rayos del sol resplandecen sobre las colinas cubiertas de flores y el aire es tan suave, que las altas llamas de las antorchas arden sobre las gradas del templo y ascienden al cielo tan rectos e inmóviles como columnas muertas los negros cipreses reflejados en el espejo del lago. El chorro de los surtidores, al caer en vasos de pórfido, canta melodiosamente. Los náufragos se afanan por llegar a este lago tranquilo. El viento les acaricia cargado del aroma de los bosques de mirto y cuanto más terrible es la tempestad, más profunda es la calma en el reino de Chipre.

Leonardo calló. Las cuerdas de la viola y del laúd se extinguieron y se hizo ese silencio más bello entre todos los sonidos: el silencio que sigue a la música. Sólo la fuente murmuraba golpeando las esferas de cristal.

Y, como mecida por la música, separada por el silencio de la vida real, serena, extraña a todo, salvo a la voluntad del artista, monna Lisa le miraba directamente a los ojos con una sonrisa llena de misterio, semejante a un agua tranquila y transparente. Pero su mirada, a pesar de su escrutación profunda, no pudo ver el fondo de la sonrisa de Leonardo.

Giovanni creyó entonces que Leonardo y monna Lisa eran como dos espejos que reflejándose mutuamente se reproducían hasta el infinito.

II

Al día siguiente por la mañana, el artista trabajaba en el Palacio Viejo, en la Batalla de Anghiari.

Cuando en 1503 vino de Florencia a Roma, Piero Soderini, gonfaloniero vitalicio, jefe supremo de la República, le había pedido que representara una batalla célebre sobre una de las paredes de la nueva sala del Consejo, del palacio de la Señoría. El artista había elegido la famosa victoria ganada por los florentinos en 1440 a Nicolo Picinino, general del duque de Lombardía Filipo Maria Visconti.

En la pared de la sala del Consejo había ya pintado un fragmento del cuadro: cuatro caballeros luchaban por una bandera. Un harapo se agitaba en la punta de un palo largo, el asta rota. Cinco manos la empuñaban tirando con rabia en sentidos opuestos. Los sables se cruzaban en el aire. Las bocas, abiertas, indicaban la furia de los gritos. Los rostros humanos, convulsos, no eran menos terribles que las fauces de los monstruos míticos de las corazas de cobre. Los hombres habían contagiado la furia a los caballos. Encabritados, con las patas delanteras en alto, las orejas pegadas, las pupilas centelleantes, enseñando los dientes, se mordían unos a otros como fieras.

Entre el barro sanguinolento, bajo las patas de los caballos, un hombre mataba a otro cogiéndole por los cabellos y golpeándole la cabeza contra el suelo, sin darse cuenta de que los dos iban a ser aplastados.

Era la guerra en todo su horror, el asesinato estúpido, «la más trágica de todas las tonterías –según la expresión de Leonardo–, la que no ha dejado sobre la tierra un solo lugar donde no haya huellas de sangre».

Apenas había empezado a trabajar, cuando unos pasos resonaron en las baldosas de la desierta sala. Reconoció los pasos y, sin volverse, hizo una mueca.

Era Piero Soderini, uno de esos hombre de los que Maquiavelo decía que no son ni calientes ni fríos, sino tibios; ni negros ni blancos, sino grises. Los ciudadanos florentinos descendientes de ricos mercaderes ennoblecidos le habían elegido para jefe de la República, considerándolo como uno de los suyos por su perfecta mediocridad, en la esperanza de que fuese un dócil instrumento en sus manos. Pero se equivocaron. Soderini se mostró amigo de los pobres y defensor del pueblo. Por lo demás, nadie le concedía importancia. Era verdaderamente insignificante: en vez del talento del hombre de Estado, poseía un celo de buen funcionario; sentido común en vez de inteligencia; hombría de bien en lugar de virtud. Todo el mundo sabía que su esposa, la altiva e inaccesible Argentina, que no ocultaba su desdén por su marido, le llamaba «ratoncito». Y, en efecto, Piero parecía una comadreja de sótano de oficina. Ni siquiera tenía ese tacto, esa habilidad innata tan necesaria a los dirigentes como la grasa a las máquinas. En su misma honradez resultaba seco, duro, recto, liso como una tabla, tan íntegro y tan limpio que, según expresión de Maquiavelo, «olía a jabón como la ropa bien lavada». Queriendo reconciliar a todo el mundo, sólo causaba irritación. Desagradaba a los ricos sin ayudar a los pobres. Se sentaba continuamente entre dos sillas, caía entre dos fuegos. Era el mártir del justo medio. Un día Maquiavelo, a quien Soderini protegía, le hizo un epigrama en forma de epitafio:

Tu puesto está en el límite de los niños.
Cuando murió Piero Soderini
Su alma a los infiernos descendió.
¿Adónde vas? gritó Plutón al verle.
En los infiernos, no.

Leonardo, al aceptar el encargo del cuadro, tuvo que firmar un contrato bastante molesto, estipulando como un delito el menor retraso. Los Magníficos Señores defendían sus intereses como tenderos. Soderini, amigo de papelotes, importunaba al artista pidiéndole cuentas hasta el último céntimo enviado por la Tesorería para la construcción de andamios, compra de barniz, sosa, cal, colores, aceite de lino y otros ingredientes. Como la mayoría de los hombres incapaces e ignorantes de las cosas de arte, meser Piero tenía la manía de dar consejos a los artistas.

Soderini interrogaba a Leonardo acerca de una suma de dinero destinada a la compra de treinta y cinco libras de blanco de Alejandría que no figuraban en las cuentas. El artista confesó que no había comprado el blanco y que no recordaba cómo había gastado este dinero; se ofreció a reembolsárselo al Tesoro.

–¡No, no! ¡Vamos, meser Leonardo! No le hablo de eso más que para la exactitud y el buen orden. No nos lo reproche. Ya sabéis que somos gente modesta. En comparación con la generosidad de príncipes como Sforza y Borgia, nuestro espíritu de economía quizás os parezca avaricia. Pero ¡qué vamos a hacerle! Hay que vivir según los recursos que se tengan. Nosotros no somos tiranos sino servidores del pueblo y debemos rendirle cuentas. El dinero del Tesoro es una cosa sagrada. Representa el óbolo del contribuyente, el sudor del trabajador, la sangre del soldado. El príncipe manda solo, nosotros, no. Todos somos iguales ante la ley. Ya ve, meser Leonardo. Los tiranos le pagaban en oro y nosotros le pagamos en cobre; pero el cobre de la libertad, ¿no vale más que el oro de la esclavitud? Una conciencia tranquila, ¿no es la mejor recompensa?...

El artista escuchaba en silencio y fingía ser de su parecer. Esperaba el final del discurso de Soderini como un viajero sorprendido en el camino por un torbellino de polvo: con la cabeza baja y los ojos cerrados. En estos fútiles pensamientos de hombre banal, Leonardo sintió una fuerza ciega, ruda, inexplicable, como las fuerzas de la naturaleza, con las cuales no se puede discutir. A primera vista estos pensamientos sólo le parecían vulgaridad, pero reflexionando en ellos más profundamente sintió la impresión de hundir sus miradas en un espantoso vacío, en un abismo vertiginoso.

Soderini le animaba. Quería incitar al adversario a la discusión. Para llegarle a lo vivo, habló de pintura.

Calándose las redondas antiparras de armadura de plata, comenzó a examinar con aire grave, de entendido, la parte terminada del cuadro.

–¡Perfecto! ¡Asombroso! ¡Qué bello de forma, qué ciencia en la perspectiva! Los caballos parecen vivir…

Después, mirando por encima de las gafas al artista con la condescendencia del maestro al dirigirse a un discípulo bien dotado, pero poco trabajador:

–Y, sin embargo, meser Leonardo, le repetiré lo que tantas veces le he dicho: si lo termina usted como lo ha comenzado, el efecto del cuadro será demasiado abrumador, demasiado penoso… No me reproche, querido, mi franqueza, pues yo digo siempre la verdad: no era esto lo que nosotros esperábamos.

–¿Qué esperaban ustedes? –preguntó el artista con tímida curiosidad.

–Pues que inmortalizaseis en la posteridad la obra militar de la República, que representaseis las hazañas memorables de nuestros héroes, en fin, que hubieseis hecho algo que elevando el alma de los hombres pudiera darles un ejemplo del amor a la patria y las virtudes cívicas. Que la guerra sea en realidad tal como la habéis representado, admitámoslo. Pero ¿por qué, meser Leonardo, por qué no ennoblecerla, embellecerla, o al menos no paliar ciertos excesos? Puedo equivocarme, pero me parece que el verdadero destino del artista consiste en ser útil al pueblo instruyéndolo y formando su gusto.

Poniéndose a hablar del pueblo, era imposible detenerle. Sus ojos brillaban bajo la inspiración del buen sentido; en el monótono soniquete de sus palabras había la tenacidad de la gota de agua que horada la piedra.

El artista escuchaba silenciosamente, en una especie de sopor, pero por momentos, mientras volvía en sí trataba de imaginar lo que este hombre virtuoso pensaba del arte. Sintió miedo como si entrase en una cámara oscura, llena de gente, con una atmósfera tan asfixiante que no se podía estar allí un momento sin sentirse enfermo.

–El arte que no es útil al pueblo –decía meser Piero– es distracción de ociosos, capricho vano de los ricos o el lujo de los déspotas. ¿No es verdad, querido?

–Cierto, es verdad –asintió Leonardo. Y añadió con una imperceptible ironía en la mirada–: ¿Sabe usted, señor, lo que debemos hacer para decidir sobre mi obra? Reunir en esta sala una asamblea de todos los ciudadanos de la República florentina, y que resuelvan con bolas blancas y negras y por mayoría si mi cuadro puede ser o no útil al pueblo. Habría en ello doble ventaja: primero una certeza matemática, puesto que basta contar los votos para saber la verdad; por otra parte, todo hombre, aunque sea instruido e inteligente, puede equivocarse, mientras que diez o veinte mil tontos reunidos no pueden equivocarse porque la voz del pueblo es la voz de Dios.

De momento Soderini no comprendió; sentía tal veneración por el rito de las bolas blancas y negras, que ni siquiera se le ocurrió que nadie pudiera bromear con ello. Y cuando por fin se dio cuenta, miró al artista estupefacto, casi con espanto; sus ojillos redondos y legañosos saltaban y rodaban como los de una rata oliendo al gato.

Pronto se rehízo. El gonfaloniero, por natural inclinación, tenía a todos los artistas por hombres desprovistos de buen sentido. No se ofendió, pues, por la burla de Leonardo.

Meser Piero, sin embargo, se sentía algo triste. Se consideraba como el bienhechor de ese hombre, ya que a pesar de los rumores que acusaban a Leonardo de alta traición por haber divulgado los planos militares de los alrededores de Florencia para uso de César Borgia, el enemigo de la patria, Soderini magnánimamente le había admitido al servicio de la República, contando con su influencia y su arrepentimiento.

Cambiando la conversación, meser Piero, con tono grave y superior, anunció a Leonardo que Miguel Ángel Buonarotti había sido encargado de pintar un cuadro de batalla sobre el muro opuesto de esta misma Sala del Consejo. Después, el gonfaloniero, despidiéndose fríamente, se fue.

El artista le siguió con la mirada; grisáceo, canoso, con las piernas torcidas, la espalda jorobada, Soderini, de lejos, se parecía todavía más a una rata.

III

Cuando salió de palacio, Leonardo se detuvo en la plaza, ante el *David* de Miguel Ángel.

A la puerta del Ayuntamiento de Florencia, como un centinela, se mostraba este gigante de mármol blanco destacando sobre la piedra oscura de la torre esbelta y severa.

El cuerpo juvenil era delgado. El brazo derecho, armado de una honda y con las venas visibles, pendía a lo largo del cuerpo; la mano izquierda, levantada a la altura del pecho, sostenía una piedra. Las cejas fruncidas y la mirada fija en la lejanía como la de un hombre que apunta. Bajo la frente, los bucles formaban una corona.

Y Leonardo recordó las palabras del Libro de los Reyes:

«David dijo a Saúl: "Cuando tu siervo apacentaba las ovejas de su padre, llegaban un león o un oso con una oveja del rebaño; entonces yo corría a ellos, los atacaba, les arrancaba la presa de entre los dientes y cuando se arrojaban sobre mí, los cogía por la garganta, los estrangulaba y los mataba.

»"Es así como tu servidor ha matado al león y al oso y haré otro tanto con ese filisteo sin circuncidar."

»Cogió un palo en la mano; eligió cinco piedras pulidas del torrente y las guardó en la cestilla que llevaba; y tomando en la mano su honda, marchó contra el filisteo.

»Y el filisteo le dijo: "Eres un perro que viene a mí con un palo y unas piedras".

»Y David dijo: "No, sino peor que un perro. El Señor hoy te entregará a mis manos; te mataré y cortaré tu cabeza y daré tu cuerpo filisteo a los pájaros del cielo y a las alimañas de la tierra, a fin de que toda la tierra sepa que hay un Dios en Israel".»

En la plaza donde fue quemado Savonarola, el *David* de Miguel Ángel pareció ser el profeta a quien en vano llamaba Girolamo. Más parecía el héroe que esperaba Maquiavelo.

En esta creación de su rival, Leonardo advirtió un alma que acaso era igual a la suya, pero que siempre le sería opuesta como la actividad es opuesta a la contemplación, la pasión a la impasibilidad, la tormenta a la calma. Pero esta fuerza extraña le atraía, excitaba en él la curiosidad y el deseo de acercársele para conocerla hasta lo último.

En un patio de la catedral de Florencia había un enorme bloque blanco, destrozado por un escultor inhábil. Los mejores maestros lo habían dejado, estimando que no podía servir para nada.

Cuando Leonardo llegó de Roma, se lo ofrecieron. Pero mientras con su acostumbrada lentitud reflexionaba, medía y calculaba, otro artista más joven, de veintitrés años, Miguel Ángel Buonarotti, aceptó el encargo y, con rapidez increíble, trabajando no sólo de día, sino de noche, con luz artificial, acabó su obra en veinticinco meses. Leonardo trabajó durante dieciséis años en su coloso de arcilla, y no se atrevió siquiera a imaginar el tiempo que hubiera necesitado para acabar un mármol del tamaño del *David*.

Los florentinos declararon que Miguel Ángel era en la escultura el rival de Leonardo y Buonarotti aceptó el desafío sin vacilar.

Empezó entonces en la Sala del Consejo un cuadro de batalla y aunque hasta entonces casi no había tocado los pinceles, lo emprendió con una audacia que podría parecer insensata, rivalizando con Leonardo en el arte de la pintura.

Cuanta más benevolencia encontraba Buonarotti en su rival, más implacable se hacía su odio. La calma de Leonardo le parecía desprecio. Llevado de una susceptibilidad enfermiza, prestaba oídos a los comadreos, buscaba pretextos para disputar, aprovechando toda ocasión de herir a su enemigo.

Cuando el *David* fue terminado se reunieron en consulta los mejores pintores y escultores de Florencia para decidir dónde debían colocarlo. Leonardo fue de la misma opinión que el arquitecto Giuliano de San Jallo, el cual aconsejaba colocar la estatua en la plaza de la Señoría, bajo el arco central de la *loggia* Orcani. Cuando Miguel Ángel lo supo, declaró que Leonardo, llevado de la envidia, quería ocultar su *David* en el rincón más oscuro para que el sol jamás iluminara el mármol y nadie pudiera verlo.

Un día, en el curso de una de esas reuniones que se celebraban habitualmente en el patio de paredes negras donde Leonardo pintaba el retrato de la Gioconda, reunión a la que asistían muchos artistas como los hermanos Pollaili, el viejo Sandro Boticelli, Filipo Lippi; Lorenzo di Cridi, discípulo de Penizino, se discutía qué arte era más elevado, si la pintura o la escultura. Era entonces el problema favorito de los artistas.

Leonardo escuchaba silenciosamente. Abrumado a preguntas, dijo:

–A mi parecer el artista es tanto más perfecto cuanto más se aleja del oficio.

Y con su sonrisa aguda y huidiza en la que difícilmente se podría adivinar si hablaba en serio o en broma, añadió:

–Estas dos artes difieren sobre todo en que la pintura exige un mayor esfuerzo de espíritu y la escultura mayor esfuerzo físico. La estatua encerrada en la piedra dura y grosera obliga al escultor a extraerla lentamente tallando el mármol a golpe de cincel y martillo; emplea todas sus fuerzas corporales, se esfuerza como un jornalero, se inunda de sudor. Su rostro, sucio como el de un panadero, cubierto con el polvo blanco del mármol, sus ropas como si nevara, manchadas de copos blancos, su taller lleno de piedras y de polvo, forman un conjunto desagradable. El pintor, por el contrario, en medio de una calma perfecta, vestido con elegancia, sentado ante su cuadro, desliza por el lienzo un ligero pincel de agradables colores. Su casa es clara, limpia, llena de bellos cuadros; la paz reina siempre en ella, y su trabajo puede amenizarse con música, conversaciones o lecturas que el choque de los martillos o cualquier otro ruido inoportuno no impidan escuchar.

Estas palabras de Leonardo fueron repetidas a Miguel Ángel, que las tomó como dichas para él. Pero sofocando su rabia, se encogió de hombros y replicó con sonrisa venenosa:

–¡Parece mentira que meser Da Vinci, hijo ilegítimo de una criada de mesón, se haga el delicado! Yo, descendiente de una antigua familia, no me avergüenzo de mi trabajo, soporto como un jornalero el sudor y el lodo. En cuanto a la superioridad de la pintura o la escultura, es una disputa absurda: todas las artes son iguales; manan de la misma fuente y tienden al mismo fin. Y si el que afirma que la pintura es más noble que la escultura es tan sabio en todas las otras cosas que juzga, entonces entiende tanto de ello como mi lavandera.

Miguel Ángel se puso a trabajar con una actividad febril en el cuadro de la Sala del Consejo; quería alcanzar a su rival, lo que, desde luego, era fácil.

Eligió un episodio de la guerra pisana. Un cálido día de verano los soldados florentinos se bañan en el Arno. Tocan alerta, enemigos a la vista. Los soldados salen del agua donde sus fatigados cuerpos reposaban en el frescor y, esclavos del deber, se visten sus trajes polvorientos y sudorosos, y cubren sus cuerpos con armaduras y corazas recalentadas por el sol.

Así, replicando al cuadro de Leonardo, Miguel Ángel representa la guerra no como una matanza absurda, «la más bestial de las tonterías», sino como un acto de valor, el cumplimiento del deber eterno, la lucha de los héroes por la gloria y la grandeza de la patria.

Los florentinos seguían el duelo de Leonardo y Miguel Ángel con esa curiosidad que experimenta la muchedumbre ante los espectáculos divertidos, y como todo aquello en donde no hay política les parece soso lo mismo que un alimento sin sal ni pimienta, se apresuraron a declarar a Miguel Ángel partidario de la República contra los Médicis, y a Leonardo de los Médicis contra la República. La querella, cuyo sentido se hacía así comprensible a todos, se reanimó con una fuerza nueva: de las casas salió a la calle, a la plaza pública, e incluso los que no se interesaban en absoluto por el arte tomaron parte en la disputa. Las obras de Leonardo y Miguel Ángel se convirtieron en los estandartes de los dos partidos enemigos.

Las cosas llegaron a tal punto que por las noches algunos desconocidos tiraban piedras al *David*. Los nobles culpaban al pueblo, los instigadores del pueblo incriminaban a los nobles, los artistas acusaban a los discípulos de Perugino, que, recientemente, había abierto un estudio en Florencia. En cuanto a Buonarotti, declaró en presencia del gonfaloniero que los facinerosos que arrojaron las piedras al *David* estaban pagados por Leonardo. Muchos lo creían o fingieron creerlo.

Un día estaban Giovanni y Salaino en el estudio donde Leonardo trabajaba en el retrato de la Gioconda, cuando la conversación recayó sobre Miguel Ángel. El artista dijo a monna Lisa:

–A veces creo que si pudiera hablar a solas con él, todo se explicaría, y terminaría esta estúpida querella. Comprendería que no soy su enemigo y que ningún hombre es capaz de admirarle como yo...

Monna Lisa movió la cabeza:

–¿Lo creéis así, meser Leonardo?

–Lo comprendería –exclamó el artista–, es imposible que semejante hombre no comprenda. Todo el desastre viene de que es demasiado tímido y está poco seguro de sí mismo. Es un delirio, una locura. Yo le hablaría y quedaría convencido. ¿Es él quién me teme? Sabed, madona, que cuando el otro día vi sus dibujos de unos soldados bañándose no podía dar crédito a mis ojos. Nadie puede imaginar lo que es y lo que será. Ahora, ya es no solamente mi igual, sino que es mejor que yo. Sí, sí; lo siento más potente que yo...

Ella volvió hacia él su mirada, que a Giovanni le pareció reflejar como un espejo la mirada de Leonardo sonriendo con dulce y extraña sonrisa.

–Meser –dijo ella–, recordad aquel pasaje de las Escrituras donde el Señor dice al profeta Elías refugiado en el desierto sobre el monte Horeb para escapar al impío Acab: «Sal y quédate en la montaña delante del Señor». Al mismo tiempo que el Señor pasó y se oyó un viento impetuoso, capaz de volcar las montañas y romper los peñascos y el Señor no estaba en ese viento; después del viento hubo un temblor de tierra y el Señor no estaba en ese temblor. Después del temblor de tierra se produjo un incendio y el Señor no estaba en ese incendio. Después del incendio se oyó el soplo de un viento ligero y el Señor estaba allí. Puede que meser Buonarotti sea fuerte como el viento que vuelca las montañas y rompe los peñascos delante del Señor; pero no hay en él la calma donde está el Señor. Lo sabe y os odia porque sois más fuerte que él, como la calma es más fuerte que la tempestad.

En la capilla Brancaci de la antigua iglesia Maria del Carmine, donde se hallaban los célebres frescos de Tomás Masaccio, modelo de todos los grandes maestros de Italia y que Leonardo también había estudiado, el artista vio un día a un joven desconocido, casi un niño, que estudiaba y copiaba estos frescos. Llevaba un raído traje negro manchado de colores y ropa limpia pero grosera, de corte casero. Era delgado, esbelto; su cuello fino, muy blanco. Era delicado y largo como las muchachas anémicas; su rostro ovalado tenía una palidez transparente, un encanto un poco amanerado y travieso y sus grandes ojos negros, como los de los campesinos de Umbría, que servían de modelo a Perugino para sus madonas, no reflejaban muchas ideas. Eran profundos y vacíos como el cielo.

Algún tiempo después, Leonardo encontró de nuevo a este joven en el convento de Maria Novella, donde se hallaban expuestos en la sala de los Papas los cartones de la Batalla de Anghiari. Los estudiaba con tanto celo como los frescos de Masaccio. El adolescente, que sin duda conocía a Leonardo, le devoraba con la mirada; se le notaba deseoso de dirigirle la palabra, pero no se atrevía.

Al advertir esta actitud, Leonardo le abordó.

Hablando deprisa y con una insistencia un poco importuna, pero infantil y cándida, el adolescente, emocionado y ruborizándose, declaró al artista que le consideraba como su maestro, como el más grande de los artistas de Italia, y que Miguel Ángel no era digno de desatar los cordones de los zapatos del creador de la *Sagrada Cena*.

Leonardo se encontró varias veces con aquel joven; habló largamente con él; vio sus dibujos y comprendió que sería un gran maestro.

Sensible, respondiendo como un eco a todas las voces, accesible a todas las influencias lo mismo que una mujer, imitaba a Perugino y el Pinturiccio, con el cual había trabajado recientemente en la librería de Siena, y sobre todo, a Leonardo. Pero bajo esa falta de madurez, el maestro adivinó en él una nobleza de sentimientos que todavía no había encontrado en nadie. Sobre todo le maravillaba ver cómo este niño penetraba como por casualidad y casi sin pensar en los secretos más profundos de la vida y del arte, y vencía con facilidad, como jugando, las más grandes dificultades. Todo lo lograba sin esfuerzo: se diría que el arte no presentaba para él ninguno de esos infinitos tanteos, esas penas, esos esfuerzos, vacilaciones y perplejidades que fueron el tormento y maldición de toda la vida de Leonardo. Y, cuando el maestro le hablaba de la necesidad de estudiar larga y pacientemente la naturaleza y de la precisión matemática de las leyes de la pintura, el adolescente fijaba en él sus grandes ojos extraños y aburridos y sólo escuchaba con atención por respeto al maestro.

Un día se le escapó una frase que por su acierto sorprendió a Leonardo y casi le espantó.

–He notado que cuando se pinta, no se debe pensar; se saca más fruto.

Este niño parecía decirle con todo su ser, que esa unidad, esa armonía perfecta del sentimiento y la razón, del amor y el conocimiento que buscaba Leonardo, no existían, no podían existir.

Y ante esa serenidad dulce, apacible, exenta de crítica, Leonardo sentía más dudas, más temor por los destinos futuros del arte y por la obra de toda su vida, que ante la rebelión y el odio de Buonarotti.

–¿De dónde eres, hijo mío? –le preguntó en uno de sus primeros encuentros–. ¿Quién es tu padre y cuál es tu nombre?

–He nacido en Urbino –respondió el adolescente con su sonrisa tierna y un poco dulzona–, mi padre es el pintor Giovanni Sanzio. Mi nombre es Rafael.

IV

En esta época, Leonardo se vio obligado a abandonar Florencia por un asunto importante.

Desde tiempo inmemorial la República estaba en guerra contra Pisa, la ciudad vecina; guerra implacable, interminable, agotadora para las dos ciudades.

Un día, en una conversación con Maquiavelo, el artista le expuso un plan militar que consistía en desviar las aguas del Arno de su antiguo lecho en un nuevo cauce, desviándolo de Pisa hacia los pantanos de Livorna por medio de canales, a fin de cortar la comunicación de la ciudad sitiada con el mar e impidiendo la llegada de las provisiones de boca. Con su entusiasmo acostumbrado por todo lo que se salía de lo corriente, Nicolás quedó encantado por este plan y lo expuso al gonfaloniero. La elocuencia arrebatadora de Maquiavelo convenció a éste, pues supo hábilmente tocar el amor propio de meser Piero, a cuya incapacidad muchos atribuían entonces los fracasos de la guerra pisana. Nicolás disimuló, desde luego, los gastos reales y las dificultades del plan de Leonardo. Cuando el gonfaloniero habló de ello al Consejo de los Diez, llegaron a reírse de él. Soderini, contrariado, resolvió probar que tenía tan buen sentido como cualquiera y procedió con tanta perseverancia, que logró sus fines, gracias al concurso solícito de sus enemigos, los cuales, para perder a meser Piero, sostuvieron su proposición. Maquiavelo ocultó momentáneamente a Leonardo su subterfugio, descontando que cuando hubiera comprometido al gonfaloniero por completo en este asunto, le haría girar como un trompo y obtendría todo lo necesario.

Al principio los trabajos parecían lograrse; el nivel del agua del río bajaba. Pero pronto surgieron dificultades que exigían gastos crecientes y entonces los señores fueron regateando cada sueldo.

En el verano de 1505, al desbordarse el río después de una fuerte borrasca, demolió una parte de las empalizadas. Leonardo fue enviado al lugar donde se efectuaban los trabajos.

La víspera de su marcha, al volver Leonardo a su casa desde la de Maquiavelo, donde había ido a hablar de este asunto y había quedado espantado de lo que aquél le dijo, tuvo que atravesar el puente Santa Trisanta en dirección a Tornabuoni. Era tarde. Los transeúntes, escasos. El silencio apenas se turbaba por el ruido del agua y la presa del molino de Ponte alla Casale. Durante el día había hecho calor, pero el chaparrón que cayó por la tarde refrescó el aire. Sobre el puente se respiraba el tibio olor de la humedad. La luna se elevaba tras la negra colina de San Miniato. A la derecha, en el puente del muelle del Ponte Vecchio las decrépitas casuchas de desiguales aleros sostenidas por torcidos pilares de madera se reflejaban como en un espejo en las turbias aguas verdes del dique. Sobre las suaves pendientes malva del monte Alleano brillaba una estrella solitaria.

La silueta de Florencia se recortaba sobre el cielo puro como un frontispicio sobre el oro mate de un viejo libro, silueta única en el mundo, familiar para Leonardo como el rostro de un ser vivo: en primer término, hacia el norte, el antiguo campanario de Santa Croce; después la torre del Palacio, recta, vieja, esbelta y severa; el pequeño campanario de Giotto en mármol blanco y la cúpula de ladrillos rojos de Maria del Fiore, como flor inmensa de un antiguo lis heráldico. Florencia entera aparecía, a la doble luz vesperal y lunar, como una enorme flor de plata oscura.

Leonardo había observado que cada ciudad, lo mismo que cada persona, tiene su perfume peculiar. Florencia olía a polvo húmedo, como los lirios, mezclado al perfume, apenas perceptible, del barniz y los colores de los antiquísimos cuadros.

Leonardo pensaba en la Gioconda.

No sabía de su vida apenas más que Giovanni. La idea de que tenía un marido, meser Francesco, hombre largo y flaco, con una verruga en la mejilla izquierda y espesas cejas, personaje sesudo, que le gustaba disertar sobre las ventajas de los toros sicilianos y la nueva tasa aduanera sobre las pieles de cordero. En ciertos momentos el encanto espectral de la Gioconda, extraño y como inexistente y, sin embargo, más real que todo lo que existía, le hacía soñar. En otros momentos era sensible a su belleza física.

Monna Lisa no fue una de esas mujeres que ya entonces se llamaban «intelectuales». Jamás hizo gala de sus conocimientos. Leonardo se enteró incidentalmente de que ella sabía latín y griego. Su actitud y lenguaje eran tan sencillos, que muchos la creían poco inteligente. En rigor, poseía lo que es más profundo que la inteligencia y, sobre todo, que la inteligencia femenina: la intuición, la sensibilidad. Decía cosas que de pronto la compenetraban con él, palabras que la convertían en su única y auténtica amiga y hermana. Se sentía tentado, en estos momentos, de franquear el círculo encantado que separa lo ideal de lo real, pero enseguida sofocaba este deseo y, al alejar la apetencia sensual, monna Lisa surgía de nuevo como en su retrato plena de misterio y de vida.

Tal vez ella, dándose cuenta, corría en ayuda del artista sacrificándose a su propio fantasma, entregando su alma con íntimo placer.

Lo que los unía, ¿era amor?

Las bagatelas platónicas en moda, los lánguidos suspiros de los amantes románticos, los sonetos al gusto de Petrarca, no provocaban en él más que aburrimiento o risa. Lo que las gentes llaman amor no le era menos extraño. De la misma manera que no comía carne, no porque la creyese prohibida, sino por repugnancia, tampoco se acercaba a las mujeres porque toda posesión física, en el matrimonio como fuera de él, le parecía no culpable, sino grosera. «La cópula –escribía en sus notas anatómicas– y los miembros que la realizan se distinguen por una tal fealdad, que sin el encanto de los rostros, los adornos de que se reviste el amor y la fuerza del deseo, el género humano se extinguiría.» Él se alejó siempre de esta «fealdad» del combate voluptuoso entre machos y hembras, como de la sangrienta batalla de las especies que devoran o son devoradas. Sin censura ni aprobación reconocía en las luchas del amor y del hambre la ley de la necesidad natural, pero se abstenía de tomar parte en ellas, sometiéndose a otra ley: la del ideal y la castidad.

Pero si la amaba, ¿podía desear con su bienamada una unión más perfecta que esa profunda y mística de la creación de un ser que naciese de ellos? Ellos eran como el padre y la madre de una obra.

Y, sin embargo, sentía que hasta en esta unión tan pura había un peligro, más grande acaso, que en la unión del vulgar amor carnal. Marchaban ambos al borde de un abismo, por el que nadie había caminado todavía superando la tentación y la atracción de la sima. Cruzaban entre ellos palabras escurridizas y diáfanas a través de las cuales se transparentaba el misterio como el sol a través de la niebla. Y a veces él pensaba: ¿y si esta niebla se disipa, dejando brillar ese sol cegador donde mueren el misterio y los fantasmas? ¿Si él o ella no podían contenerse, y franqueaban el límite? ¿Si la contemplación se hacía vida? El alma viva, el alma de su eterna amiga y hermana, la única que estuvo cerca de la suya, ¿podía escrutarla con la misma impasible curiosidad que las leyes de la mecánica o las matemáticas, la vida de una planta envenenada por los tóxicos o la estructura de un cadáver? Monna Lisa no se rebelaría, no le rechazaría con odio y desprecio como le hubiera rechazado cualquiera otra mujer.

Otras veces llegó a creer que la hacía sufrir un lento y terrible suplicio. Y se espantaba de la sumisión de la Gioconda, tan ilimitada como su tierna y cruel curiosidad.

Sólo en los últimos tiempos tuvo conciencia de este límite y comprendió que tarde o temprano tendría que decidir lo que esta mujer era para él: un ser vivo o una simple visión, reflejo de su propia alma en el espejo del encanto femenino. Esperaba todavía que la separación retrasara por algún tiempo este trance inevitable. Casi se alegraba de dejar Florencia. Pero, ahora que el momento de la separación se aproximaba, comprendió que estaba equivocado y que el momento decisivo se hallaba más cerca que nunca.

Absorto en sus pensamientos, se perdió en una callejuela desierta, sin acertar a determinar dónde se encontraba. A juzgar por el campanario de mármol de Giotto que se veía en lo alto, debía hallarse no lejos de la catedral. Uno de los lados de la estrecha y larga calle se hallaba por completo hundido en la oscuridad; el otro, en un claro de luna vivo y casi blanco. A lo lejos se divisaba un resplandor rojizo. Allí, ante un balcón de esquina cobijado bajo un alero de tejas cuyos esbeltos pilares sostenían los arcos de bóveda –la *loggia* florentina–, dos enmascarados vestidos de negro con capa cantaban al son del laúd una serenata. Escuchó. Era una antigua canción de amor, compuesta por Lorenzo el Magnífico para acompañar, en otro tiempo, al cortejo de Baco y Ariadna, canción infinitamente alegre y triste a la par y que a Leonardo le gustaba por haberla oído mucho en su juventud:

La juventud es bella, ¡oh, cuán bella!
Pero pasa fugaz;
Aprovecha la dicha cuando llega,
Que es incierto el mañana...

El último verso resonó en su corazón como un sombrío presentimiento.

¿No le enviaba la suerte, en el umbral de la vejez, entre sus tinieblas y soledad, un alma gemela? ¿La rechazaría? ¿Como tantas veces renunciaría a la vida por la contemplación, sacrificando lo actual a lo remoto, lo real a lo inexistente? ¿Qué prefería? ¿La Gioconda de carne y hueso o la pintada? Sabía que al elegir a una perdía a la otra, y las dos le eran igualmente queridas. Era necesario elegir, no era posible prolongar este suplicio. Pero su voluntad era impotente.

Atravesó dos calles más, y se acercó a casa de su amigo Martelli.

Las puertas se hallaban cerradas; no había ya luz. Levantó la aldaba pendiente de una cadena, y golpeó en la placa de hierro. El portero no contestó: sin duda dormía o se habría ausentado. El ruido de los golpes repercutió en las bóvedas sonoras de la escalera y se apagó. Todo volvió a quedar en un silencio que el claro de luna parecía hacer más profundo.

De pronto resonaron pausados sonidos de bronce: el repique de las horas de la torre vecina. Sus voces hablaban del vuelo mudo y terrible del tiempo, de la vejez sombría y solitaria, de la huida irrevocable de la juventud.

Y largo tiempo todavía el último sonido fue debilitándose en el silencio lunar en ondas sonoras que iban ensanchándose, y parecían repetir:

«Que es incierto el mañana...»

V

Al día siguiente, monna Lisa llegó a su estudio a la hora de costumbre. Por primera vez iba sola, sin su eterna compañera la hermana Camila. La Gioconda sabía que era su último encuentro.

El día de sol lucía una cegadora claridad. Leonardo corrió el toldo y en el estudio de oscuras paredes reinó esa tierna luz crepuscular, esta sombra transparente y como submarina que daba al rostro de monna Lisa su mayor atractivo.

Estaban solos.

Leonardo trabajaba en silencio, atentamente, con una serenidad perfecta, olvidado de sus pensamientos de la víspera sobre la necesidad de una decisión, como si no existiese para él ni pasado ni porvenir, y el presente se hubiera detenido; como si ella hubiese estado siempre y debiera estar sin cesar sentada ante él con su dulce y extraña sonrisa. Y lo que no podía en la vida, lo hacía en la contemplación, confundiendo las dos imágenes en una sola, reuniendo la realidad y el reflejo, la mujer viva y la soñada e inmortal. Sintió la alegría de la liberación. Ni temor ni lástima. Estaba ya seguro de que le sería sumisa hasta el fin, que lo aceptaría todo y sufriría todo hasta la muerte, sin rebelarse. Y a veces la miraba con la misma curiosidad con que miraba a los condenados al suplicio, para observar en sus rostros las últimas contracciones del dolor.

De pronto creyó ver la sombra de un pensamiento extraño, impetuoso, no inspirado por él, pasar por el rostro de la Gioconda, como la superficie de un espejo empañada por el aliento. Para aislarla y arrastrarla de nuevo a su círculo imaginario y apartar esta sombra viva, empezó a contarle con voz imperiosa de brujo, uno de esos cuentos enigmáticos y misteriosos que a veces anotaba en su diario:

–No teniendo la fuerza de resistir al deseo, de ver nuevas formas desconocidas a los hombres, creadas por el arte de la naturaleza, caminé largo rato entre desnudas y siniestras rocas, llegué por fin a la caverna y en el umbral me detuve vacilante. Pero me decidí, y, bajando la cabeza, inclinando la espalda con la mano izquierda sobre mi rodilla derecha y con la mano derecha haciéndome pantalla sobre los ojos para acostumbrarme a la oscuridad, entré y di algunos pasos. Bajo las cejas fruncidas, la mirada alerta cambiaba a menudo de ruta y erraba a tientas en las tinieblas, tratando de ver a mi alrededor. Pero las tinieblas eran muy profundas. Y cuando llevaba algún tiempo, dos sentimientos se despertaron en mí, el miedo y la curiosidad, el temor de explorar la caverna oscura y la curiosidad de saber si habría allí algún maravilloso enigma.

Calló. Del rostro de la Gioconda la extraña sombra no se alejaba.

–¿Y cuál de esos dos sentimientos ha vencido? –dijo ella.

–La curiosidad.

–¿Y conocisteis el enigma de la caverna?

–Supe lo que se puede saber.

–¿Y lo diréis?

–No se puede decir todo, no sabría. Pero quisiera inspirar en todos los hombres una curiosidad tan fuerte, que venciese siempre en ellos el sentimiento del miedo.

–¿Y si la curiosidad sola no basta, meser Leonardo? –dijo ella, y su mirada se iluminó con inesperado resplandor–. ¿Si hace falta otra cosa, algo más grande para penetrar en los últimos y acaso los más maravillosos misterios de la caverna?

Y le miraba a los ojos con una sonrisa que él jamás había visto.

–¿Qué más es necesario? –preguntó ansioso.

Ella guardó silencio.

En este momento un rayo de sol, fino y agudo, atravesó una rendija del toldo, iluminando aquella especie de crepúsculo submarino. Y en el rostro de la Gioconda el encanto de la «luz oscura» y las tiernas y claras sombras, semejantes a una música lejana, desapareció.

–¿Os vais mañana? –dijo la Gioconda.

–No, esta noche.

–También yo me iré pronto.

Él la miró atentamente; quiso añadir alguna cosa, pero nada dijo, creyendo que ella se iba para no quedar sin él en Florencia.

–Meser Francesco –continuó monna Lisa– va a Calabria por tres meses, a sus negocios, hasta el otoño y tengo gusto en ir con él. Le he rogado que me lleve.

Leonardo se volvió y, despechado, entristecido, contempló el rayo de sol agudo, maligno y verídico. A la viva luz de este rayo de sol el surtidor de la fuente, hasta entonces blanco inanimado, irreal, brilló con los diversos y contrarios colores del arco iris; los colores de la vida.

Y de pronto se sintió volver a la realidad, tímido, débil, lamentable y compasivo.

–Seguid trabajando –dijo monna Lisa–. Corred la cortina. No es tarde. No estoy cansada todavía.

–No, es igual. Basta.

Y tiró el pincel lejos de sí.

–No acabaréis nunca este retrato.

–¿Por qué? –dijo él precipitadamente, como si sintiese miedo–. ¿No vendréis a mi casa cuando vuelva?

–Vendré. Pero quizás en tres meses seré ya otra y vos no me reconoceréis. ¿No habéis dicho vos mismo que el rostro de las personas y particularmente el de las mujeres cambia pronto?...

–Quisiera acabar –dijo lentamente como hablando consigo mismo–. Pero no sé. A veces me parece que es imposible hacer lo que quiero...

–¿Imposible? –dijo ella extrañada–. He oído decir que no acabáis jamás vuestras obras porque buscáis lo imposible...

En estas palabras advirtió o creyó ver un reproche infinitamente dulce y doliente.

«¡Así es!», pensó; y tuvo miedo.

Ella se levantó y, sencillamente, como todos los días, dijo:

–Bien, ya es hora. Adiós, meser Leonardo, buen viaje.

Él la miró creyendo ver todavía en su rostro una súplica, un último reproche sin esperanza.

Sabía que para los dos ese instante era irrevocable y eterno como la muerte.

Sabía que no debía callar. Pero cuanta más voluntad puso en tomar una decisión y manifestarla, más sintió su impotencia y la profundidad del abismo que se abría entre ellos. Monna Lisa volvió a lucir su sonrisa tranquila y serena. A Leonardo le dio la impresión de que esa tranquilidad y esa serenidad eran como las que se ven en la sonrisa de los muertos.

Sintió su corazón traspasado de una inmensa piedad, intolerable, promotora de una mayor impotencia.

Monna Lisa le tendió la mano. Por primera vez desde que se conocían, Leonardo besó en silencio esta mano, advirtiendo que al mismo tiempo, inclinándose rápidamente, ella con sus labios acarició sus cabellos.

–¡Dios os proteja! –dijo con la misma sencillez.

Cuando volvió en sí, la Gioconda ya no estaba. No había a su alrededor más que el silencio inmóvil del día de verano, más tremendo que el silencio de la más negra noche.

Y como en la noche, pero más solemnes y temibles, retumbaron los tañidos del bronce, el sonar de las horas en la torre vecina. Parecían expresar el vuelo espantoso y taciturno del tiempo, la vejez sombría y solitaria, la irrevocable huida de la juventud.

Tembló la última campanada largo rato como el eco de la sentencia:

«Que es incierto el mañana...»

VI

Al emprender la obra de desviar el Arno de Pisa, Leonardo estaba convencido de que esta tarea militar sería seguida pronto o tarde de otro encargo más pacífico e importante.

Desde su juventud soñaba con construir un canal que hiciese el Arno navegable desde Florencia hasta el mar de Pisa y que, regando los campos por medio de una red de canales y aumentando la fertilidad de estas tierras, transformase la Toscana en un jardín florido.

«Prato, Pistoya, Pisa, Lucca –escribía en sus notas–, al participar de esta empresa aumentarían sus riquezas en doscientos mil ducados al año. El que sepa conducir las aguas del Arno en profundidad y en la superficie, encontrará en cada pie de tierra un tesoro.»

Y pensó que en el umbral de la vejez la suerte le había reservado una última ocasión de realizar al servicio del pueblo lo que no había logrado al servicio de los príncipes: mostrar a los hombres el poder de la ciencia sobre la naturaleza.

Cuando Maquiavelo le confesó que había engañado a Soderini ocultando las verdaderas dificultades de la empresa asegurándole que bastaría con treinta o cuarenta mil jornadas de trabajo, Leonardo no quiso asumir la responsabilidad y resolvió decir al gonfaloniero toda la verdad. Le presentó un presupuesto donde hacía resaltar que para construir hasta los pantanos de Sidonia dos canales de derivación de siete pulgadas de profundidad y de veinte a treinta de anchura, lo que representaba una superficie de ochocientos mil codos cuadrados, no haría falta menos de doscientas mil jornadas de trabajo y acaso más, según la naturaleza del suelo. Los señores quedaron sorprendidos. Colmaban de reproches a Soderini, no comprendían que hubiera podido conseguir semejante absurdo.

Nicolás, sin embargo, esperaba todavía, iba de un lado a otro, intrigaba, escribía elocuentes misivas, aseguraba el éxito de los trabajos comenzados. Pero a pesar de los enormes gastos, crecientes cada día, el asunto iba de mal en peor.

Parecía que pesaba un sortilegio sobre meser Nicolás: todo en lo que se interesaba fracasaba, se fundía entre sus manos; se transformaba en palabras, en vanas ideas, en bromas que le herían más que a cualquiera. El artista se acordó de las constantes pérdidas en el juego en el que Maquiavelo daba las reglas para ganar con seguridad, la liberación frustrada de María, el fracaso de la falange macedónica.

En este hombre extraño, insaciablemente ávido de acción e incapaz de obrar, de poderoso intelecto, desarmado ante la vida, semejante a un cisne sobre la tierra, Leonardo se reconocía a sí mismo.

En su relación al gonfaloniero y a los señores aconsejaba renunciar a la empresa, o acabarla sin detenerse ante ningún gasto. Pero los dirigentes de la República eligieron, como de costumbre, el término medio. Decidieron utilizar los canales como zanjas para contrariar los movimientos de las tropas pisanas, y no inspirando a nadie confianza los planes demasiado atrevidos de Leonardo hicieron venir de Ferrara a otros ingenieros. Pero mientras en Florencia reñían y se acusaban mutuamente y en diversas oficinas, asambleas y consejos se discutía y se votaba con bolas blancas y negras, los pisanos, sin esperar, destruyeron a cañonazos lo ya construido.

El artista quedó tan harto de esta empresa que no podía oír hablar de ella sin repugnancia. Sus asuntos no le permitían volver a Florencia. Pero habiéndose enterado por casualidad de que meser Giocondo volvía de Calabria en los primeros días de octubre, Leonardo resolvió llegar pocos días más tarde para estar seguro de encontrar a monna Lisa a su vuelta.

Contaba los días. A la idea de que la separación pudiera prolongarse, su corazón se llenaba de tal angustia, de un temor tan supersticioso, que procuraba no pensarlo, no hablar de ello a nadie.

Por la mañana muy temprano, llegó a Florencia.

Otoñal, empañada, húmeda, la ciudad le pareció particularmente dulce y querida; le recordaba a la Gioconda. El día también era de los que le gustaban... brumoso, apacible, iluminado por un sol deslucido, húmedo, casi submarino, que daba a los rostros femeninos un gran encanto.

No se preguntaba cómo iba a proceder, qué le diría, cómo haría para jamás separarse de ella, para que la esposa de meser Giocondo fuese su única, su eterna compañera. Todo se arreglaría por sí mismo –pensaba–, lo imposible era posible solamente con volverse a ver.

«Lo principal es no pensar, todo entonces sale mejor –se decía, repitiendo las palabras de Rafael–. Le preguntaré y ella me dirá ahora lo que no tuvo tiempo de decirme; lo que hace falta además de curiosidad para penetrar en los últimos y quizá más extraños misterios de la caverna.»

Y su alma se llenaba de tal alborozo que sus cincuenta y cuatro años parecían dieciséis, como si se hallase a las puertas de la juventud. Sin embargo, en el fondo de su corazón, allí donde la razón no penetra, un siniestro presentimiento taladraba esta alegría.

Se dirigió a casa de Nicolás para entregarle unos papeles de negocios y los planos de los trabajos de nivelación. Pasó por casa de meser Nicolás al día siguiente por la mañana, pero no pudiendo con su impaciencia decidió ir a enterarse la misma tarde al regresar de casa de Maquiavelo, preguntando a las criadas de Giocondo si los señores habían vuelto y se encontraban bien.

Leonardo bajó por la calle de Tornabuoni, en dirección al puente de Santa Trinidad, siguiendo, en sentido contrario, el mismo camino que la noche que precedió a su marcha.

Por la tarde el tiempo cambió bruscamente, como ocurre con frecuencia en Florencia durante el otoño. De la sierra de Munioni llegaba un viento del norte tan penetrante como una aguja de hielo. De repente, las cimas de Mugello se pusieron blancas de escarcha como si hubiesen envejecido de súbito. Lloviznaba. Al poco rato, por debajo del velo de nubes que dejaba sobre el horizonte una estrecha banda de cielo puro, el sol surgió, iluminando las calles húmedas y sucias, los tejados brillantes y los rostros humanos con una luz amarilla, fría y brutal. La lluvia semejaba polvillo de cobre. De trecho en trecho las ventanas brillaban como carbones encendidos.

Frente a la iglesia de Santa Trinidad, cerca del puente, en el rincón formado por el muelle y la calle Tornabuoni, se elevaba el enorme palacio Spini, construido con piedra en bruto de un gris oscuro; sus ventanas enrejadas y sus almenas recordaban las fortalezas de la Edad Media. Adosados a las paredes, como en muchos viejos palacios florentinos, había anchos bancos de piedra, donde iban a sentarse ciudadanos de todas clases y edades para jugar a los dados y a las damas, escuchar las noticias y hablar de política, calentándose al sol en el invierno y descansando a la sombra en verano. Por la parte del palacio que daba sobre el Arno, habían construido encima de los bancos una especie de *loggia*, un sobradillo de tejas sostenido por pequeñas columnas.

Al pasar por delante de la casa, Leonardo divisó una reunión de gentes que no le eran desconocidas. Unos estaban sentados, otros de pie. La conversación era tan animada, que no hacían caso del fuerte viento mezclado con la lluvia.

–Meser, meser Leonardo –le gritaron–, venid aquí, decidnos algo.

Se detuvo.

Se discutía sobre algunos versos enigmáticos del trigésimo-cuarto canto del «Infierno», donde el poeta habla del gigante Dite hundido en el hielo hasta el pecho, en el fondo de los Pozos Malditos. Es el jefe de los ejércitos celestes precipitados al abismo, «el Emperador del Reino del Dolor»; sus tres rostros negro, rojo y amarillo son como el diabólico reflejo de los Hipostasis divinos de la Trinidad. En sus fauces hay un pecador a quien engulle eternamente; en la negra, Judas, el traidor; en la roja, Bruto; en la amarilla, Casio. Se discutía por qué razón Alighieri había castigado casi con igual suplicio al asesino de Julio César, que se rebeló contra el hombre-dios, y al más grande de los Apóstoles, que se rebeló contra el dios-hombre. La única diferencia consistía en que los pies de Bruto se hallaban en la boca de Dite y su cabeza fuera, mientras los pies de Judas estaban fuera y la cabeza dentro. Unos explicaban que Dante, ardiente gibelino, defensor del poder de los emperadores contra la dominación temporal de los papas, consideraba la monarquía casi tan sagrada y necesaria para la salvación del mundo como la Iglesia romana. Otros objetaban que esta explicación era herética y no respondía al espíritu del más piadoso de los poetas. Cuanto más se analizaba, más impenetrable se hacía el misterio del poeta.

Mientras un anciano y rico lanero exponía minuciosamente al artista el objeto de la discusión, Leonardo, con los ojos medio cerrados a causa del viento, miraba a lo lejos, en dirección al muelle Accialolli, por donde avanzaba con paso torpe y pesado como un oso un hombre descuidado y pobremente vestido, encorvado, huesudo, con una cabeza muy grande, de negros y rizados cabellos, una perilla rala y mal cuidada, orejas separadas y cara chata y juanetuda. Era Miguel Ángel Buonarotti. Lo que le hacía especialmente feo, casi repugnante, era la nariz rota, aplastada de un puñetazo, en su primera juventud, en una disputa con un escultor rival, a quien las maliciosas bromas de Miguel Ángel habían exasperado. Las pupilas de sus ojillos, de un negro amarillento, despedían a veces destellos purpúreos. Los párpados inflamados, casi desprovistos de pestañas, estaban enrojecidos, porque, no contentándose con el día trabajaba también por la noche, atándose a la frente una pequeña linterna redonda. Parecía entonces un cíclope con su ojo de fuego, agitándose en la oscuridad subterránea y luchando furiosamente contra la piedra con sordos gruñidos de oso, entre el estrépito del martillo de hierro.

–¿Qué pensáis de ello, meser? –preguntaron los que discutían, dirigiéndose a Leonardo.

Leonardo esperaba siempre que su enemistad con Miguel Ángel acabaría en una reconciliación. No se preocupó de ello durante su ausencia de Florencia y casi lo había olvidado.

Había tanta paz y serenidad en su corazón, en ese momento; se hallaba dispuesto a dirigirse a su rival con tan cordiales palabras, que le parecía que Miguel Ángel no podía dejar de comprender.

–Meser Buonarotti es un gran conocedor de Alighieri –dijo Leonardo con sonrisa tranquila y cortés, designando a Miguel Ángel–. Él os explicará mejor que yo ese pasaje.

Como de costumbre, Miguel Ángel andaba con la cabeza baja sin mirar a su alrededor; tropezó con la reunión sin darse cuenta. Oyendo a Leonardo pronunciar su nombre, se detuvo y levantó la vista.

Tímido e introvertido hasta el salvajismo, sufría con las miradas de los hombres, porque jamás se olvidaba de su fealdad y sentía vergüenza: se imaginaba que todos se burlaban de él.

Cogido por sorpresa, al principio se desconcertó, sus ojillos negroamarillentos lanzaban sobre todos los asistentes miradas suspicaces, guiñando sus inflamados párpados, doloridos por los rayos del sol.

Pero cuando vio la plácida sonrisa de su rival y la penetrante mirada que éste fijaba involuntariamente en él, de arriba abajo, puesto que Leonardo era más alto que Miguel Ángel, su timidez, como le ocurría con frecuencia, se transformó instantáneamente en furor. Su rostro pálido por momentos se cubrió de manchas rojas. Por fin, haciendo un esfuerzo, dijo con voz sorda y sofocada:

–¡Explícalo tú! Es cosa tuya, el más inteligente de los hombres, el alcahuete de los capones lombardos, el que ha trabajado dieciséis años en un coloso de arcilla sin poder vaciarle en bronce y que ha tenido que abandonarlo por impotencia.

Comprendía que decía todo lo que no debía decir y buscaba, sin lograr encontrarlas, palabras bastante injuriosas para humillar a su adversario.

Callaban todos, mirándolos con curiosidad.

Leonardo guardó silencio. Durante unos instantes se miraron los dos a los ojos, sin pronunciar palabra, el uno con la misma dulce sonrisa, entristecida; el otro, con un rictus de desprecio que, al contraer su rostro, le hacía más feo.

Ante la fuerza colérica de Buonarotti, el hechizo sereno y femenino de Leonardo parecía debilidad infinita.

Un dibujo de Leonardo representaba la lucha de dos monstruos, el dragón y el león; el reptil alado, rey del aire, triunfaba sobre el rey sin alas de la tierra.

Lo que entonces pasó entre ellos, inconscientemente y contra su voluntad, se parecía a esta lucha.

Leonardo comprendió que monna Lisa tenía razón: jamás su rival le perdonaría «la calma, que es más fuerte que la tempestad».

Miguel Ángel quiso añadir algo, pero no hizo más que un

gesto con la mano, se volvió rápidamente y se alejó con su pesado paso de oso, con un gruñido sordo e indistinto, con la cabeza baja, la espalda curvada, como si soportase un enorme peso sobre sus hombros. Pronto desapareció como si se hubiese fundido con el polvillo turbio y cobrizo de la lluvia y del sol.

Leonardo reemprendió también su camino.

Al llegar al puente fue alcanzado por uno de los que asistían a la reunión del palacio Spini, un hombre inquieto y mezquino que, aunque florentino de pura sangre, parecía judío. El artista no recordaba quién era ni cómo se llamaba, pero le sabía chismoso y malévolo.

Sobre el puente el viento era más violento: silbaba en las orejas y pinchaba la cara con agujas de hielo. Las olas del río que corrían a lo lejos hacia el sol lejano, bajo un cielo de piedra, por demás sombrío, parecían un torrente subterráneo de cobre fundido.

Leonardo siguió su camino sin prestar la menor atención a su compañero que se apresuraba tras él, adelantándose a veces como un perro. Le miraba a los ojos y le hablaba de Miguel Ángel. Buscaba manifiestamente un comentario de Leonardo para repetírselo a su rival y esparcirlo por toda la ciudad. Pero Leonardo callaba.

–Dígame, meser –insistía el molesto personaje–, ¿no ha acabado todavía el retrato de monna Lisa?

–No –respondió el artista frunciendo las cejas–. ¿Qué os importa eso?

–Oh, nada... pero... a veces piensa uno que después de tres años de llevar trabajando en el mismo cuadro es extraño que no lo haya acabado todavía. Nosotros, profanos, lo encontramos tan perfecto que no podemos imaginar que se pueda hacer nada mejor...

Y rió obsequiosamente.

Leonardo le miró con repugnancia. Sintió de pronto tanto odio por este hombrecillo miserable que le pareció que no iba a poder contener su deseo de agarrarle por el cuello y arrojarle al río.

–¿Qué algo misterioso ocurrirá con ese cuadro? –continuó el importuno. Y de repente–: ¿No sabe usted nada, meser Leonardo?

Se veía que tenía alguna noticia que decir.

De pronto, a través de su desagrado, el artista sintió por su interlocutor un miedo animal, como si viese el cuerpo viscoso y anillado de un insecto. El otro, olfateando también el daño que iba a hacer, tomó aún más el aspecto de un ser infrahumano. Sus manos temblaban, guiñaba los ojos.

–Ah, Dios mío, es verdad. Acabáis de llegar esta mañana y no sabéis todavía nada. ¡Imaginaos qué desgracia! ¡Pobre meser Giocondo! ¡Se ha quedado viudo por tercera vez! Hace un mes que monna Lisa ha muerto.

Los ojos de Leonardo se nublaron. Por un instante creyó que iba a caer. El hombrecillo hundió materialmente en él sus penetrantes ojos.

Pero el artista hizo un esfuerzo increíble. Su rostro, cubierto de una ligera palidez, se hizo impenetrable. Por lo menos su compañero no advirtió nada.

El chismoso, definitivamente chasqueado, chapoteando en el barro de la plaza Frescobaldi, le abandonó.

El primer pensamiento de Leonardo al volver en sí, fue que el charlatán había mentido: había inventado expresamente esta noticia para ver qué impresión le producía e ir a contarlo por todas partes para alimentar los rumores que, desde hacía largo tiempo, corrían sobre los amores de Leonardo y la Gioconda.

Como ocurre siempre en el primer momento, la realidad de la muerte le parecía inverosímil.

Pero aquella misma noche lo supo todo. Al regreso de Calabria, donde meser Francesco había hecho ventajosos negocios, especialmente en el aprovisionamiento a Florencia de pieles de cordero en bruto, monna Lisa murió en Lagonero, pequeña ciudad del camino, de fiebres malignas, según unos, de una enfermedad infecciosa de la garganta, según otros.

VII

La empresa del canal destinado a desviar de Pisa las aguas del Arno terminó en un vergonzoso fracaso.

Durante la crecida del otoño, las aguas inundaron los trabajos comenzados y transformaron la fértil llanura en un pútrido pantano donde morían los obreros a centenares. Trabajo inmenso, dinero, vidas humanas, todo fue inútilmente perdido.

Los ingenieros de Ferrara hicieron recaer toda la culpa sobre Soderini, Maquiavelo y Leonardo. Las gentes que los conocían se volvían cuando los encontraban en la calle para no saludarlos. Nicolás cayó enfermo de pena y de vergüenza.

Hacía unos dos años que el padre de Leonardo había muerto. «El miércoles, 9 de julio de 1504, a las siete de la tarde –anotó el artista con la acostumbrada concisión–, murió mi padre, ser Piero da Vinci, notario del Podesta. Tenía ochenta años y deja diez hijos varones y dos hembras.»

Varias veces, su padre había expresado ante testigos su intención de legar a Leonardo, hijo ilegítimo, la misma parte que a los otros hijos. ¿Cambió de opinión poco antes de morir, o sus hijos legítimos rehusaron ejecutar la voluntad de su padre? Siempre decían ellos que en su calidad de bastardo no participaría en el reparto. Pero un usurero, judío hábil, a quien el artista pedía prestado a menudo dándole como garantía la esperada herencia, le ofreció comprarle sus derechos en el litigio con sus hermanos. Aunque Leonardo tenía miedo a los asuntos de familia y a los procesos judiciales, su situación económica se hallaba a la sazón tan embrollada que consintió en ello. Entonces comenzó por trescientos florines un pleito que debía durar seis años. Aprovechando la general irritación contra Leonardo, sus hermanos atizaron el fuego acusándole de impío, de haber traicionado al Estado cuando estaba al servicio de César Borgia, de brujería, de profanar las tumbas cristianas haciendo desenterrar los cadáveres para sus disecciones anatómicas y también resucitaron las calumnias, hacía veinticinco años olvidadas, sobre sus vicios contra natura; incluso deshonraron la memoria de su madre, Caterina Acattabrige.

A todas estas molestias vino a añadirse el fracaso de su cuadro de la Sala del Consejo.

Leonardo estaba tan acostumbrado a la lentitud que admite la pintura mural al óleo y sentía tal repugnancia por la rapidez que exige la pintura al fresco que, a pesar de la experiencia de la *Sagrada Cena* resolvió pintar *La Batalla de Anghiari*» con colores al óleo que creía aptos. Cuando estaba en la mitad de su trabajo, encendió fuego ante el cuadro, en un brasero de hierro, para acelerar, según un nuevo procedimiento de su invención, la absorción de los colores por la cal. Pero pronto se apercibió de que el calor sólo actuaba en la parte inferior del cuadro, mientras que los colores y barniz de la parte superior no se secaban.

Tras numerosos y vanos esfuerzos, se dio definitivamente cuenta de que su segunda tentativa de pintura mural al óleo tuvo tan poco éxito como la primera. *La Batalla de Anghiari* perecería como la *Sagrada Cena,* y de nuevo tuvo, como dijo Buonarotti, «que abandonar su obra vergonzosamente».

El cuadro de la Sala del Consejo se le hizo más odioso todavía que la empresa del canal de Pisa y que su disgusto con sus hermanos.

Soderini le atormentaba exigiéndole en la ejecución del encargo una exactitud de oficinista; le apremiaba para que terminase en el plazo fijado, amenazándole con hacerle pagar una multa. Viendo que no conseguía nada, le acusó abiertamente de estafa contra los bienes del Estado. Pero cuando Leonardo, pidiendo prestado a sus amigos, quiso restituir el dinero recibido del Tesoro, meser Piero rehusó aceptar. Mientras tanto circulaba en Florencia, de mano en mano y repartida por los partidarios de Buonarotti, la carta que el gonfaloniero había dirigido al encargado de negocios de Florencia en Milán, que pedía que se permitiese a Leonardo volver junto a Carlos d'Amboise, lugarteniente del rey de Francia en Lombardía.

«Las actividades de Leonardo son sospechosas –se decía en esa carta–. Después de recibir grandes anticipos de dinero y haber comenzado la obra, ha abandonado todo, y en todo este asunto se ha conducido respecto a la República como un traidor.»

Una noche de invierno, Leonardo se hallaba solo en su despacho.

El viento aullaba en la chimenea. Las paredes temblaban por la borrasca; la bujía vacilaba; colgado de una viga el instrumento para el estudio del vuelo, el pájaro de paja con las alas comidas de polilla se balanceaba como dispuesto a emprender su vuelo y, en un rincón, sobre un estante con los libros de Plinio el Naturalista, la araña familiar trabajaba con inquietud a lo largo de su tela. Gotas de lluvia o de nieve fundida golpeaban en los cristales como si alguien llamase suavemente.

Tras una jornada ocupada en las cotidianas preocupaciones, Leonardo se sentía cansado, deshecho como después de una noche de delirio. Trató de continuar un antiguo trabajo –el cálculo del movimiento de los cuerpos sobre el plano inclinado. Después hizo la caricatura de un viejo de nariz respingada, pequeña, como una verruga, con ojos de cerdo y un enorme labio superior monstruosamente colgante. Quiso leer, pero todo se le caía de las manos. Sin embargo, no tenía sueño y tenía toda la noche ante él.

Echó una ojeada sobre las pilas de viejos libros polvorientos, sobre las retortas, crisoles y frascos (donde pálidos monstruos nadaban en alcohol), sobre los cuadrantes de cobre y globos e instrumentos de mecánica y su alma se llenó de inexplicable congoja.

¿No era él como la araña en su rincón oscuro, entre los libros mohosos, esqueletos humanos y miembros de máquinas muertas? ¿Qué le reservaba la vida y qué le separaba de la muerte más que las cuartillas que iba cubriendo con signos incomprensibles para todos?

Recordó cómo de niño en el monte Albano oía el canto de las aves, respiraba el olor de las hierbas resinosas, contemplaba Florencia, transparente y violeta como una amatista en la bruma, y tan pequeña que cabía toda entera entre dos ramas doradas de esos arbustos en flor que cubrían en primavera las pendientes de las montañas. Entonces era dichoso, no sabía nada, en nada pensaba.

Toda su vida no fue más que un fraude. El gran amor no era, pues, hijo de la gran sabiduría.

Oyó el aullido y el estruendo de la tempestad, y las palabras de Maquiavelo acudieron a su memoria. «Lo peor de la vida no son las preocupaciones, ni la miseria, ni las penas, ni las enfermedades, ni incluso la muerte, sino el aburrimiento.»

Las voces del viento nocturno hablaban de la suprema soledad en el seno del padre de todo lo que existe –el antiguo Caos–, hablaban del infinito aburrimiento del mundo.

Se levantó, tomó un candelabro, abrió la puerta de la habitación vecina. Entró en ella, se acercó a un cuadro colocado sobre un caballete y cubierto con una tela de pesados pliegues, como un sudario, y fue separándola.

Era el retrato de monna Lisa.

No lo había descubierto desde el día en que trabajara en él por última vez, cuando su última entrevista. Tuvo la impresión de verlo por vez primera. Y había en su rostro tal vida, que quedó asustado ante su propia creación. Se acordó de los cuentos supersticiosos de retratos embrujados que, traspasados por un alfiler, hacen morir a los que representan. Aquí, pensó, ha sucedido lo contrario. Ha tomado la vida del ser vivo para dárselo a la muerte.

Todo en ella era puro, exacto hasta el último pliegue de su vestido, hasta las puntadas del fino bordado que bordeaba el escote de su traje oscuro sobre el pálido pecho. Parecía que mirando con más atención se la iba a ver respirar, correr la sangre en un hoyuelo de la garganta, cambiar el rostro de expresión.

Y al mismo tiempo era irreal, lejana, extraña, más secular en su inmortal juventud que los primitivos bloques de los peñascos que se veían en el fondo del cuadro; montañas aéreas y azules en forma de estalagmitas, que parecían pertenecer a otro mundo. Los sinuosos torrentes entre las rocas recordaban sus labios sinuosos de eterna sonrisa. Y del velo transparente y oscuro, las ondas de sus cabellos caían como las ondas de las aguas, según las mismas leyes de la divina mecánica.

Solamente entonces, como si hubiera sido necesaria la muerte para que comprendiera, se dio cuenta de que el hechizo de monna Lisa era todo lo que había buscado en la naturaleza con una curiosidad insaciable. Comprendió que el misterio del mundo era el misterio de monna Lisa.

Ahora era ella, quien, a su vez, le escrutaba. ¿Qué significaba la mirada de esos ojos que reflejando el alma de Leonardo penetraban en ella como en un espejo, hasta el infinito?

Volvieron a decir lo que, desde su último encuentro, no habían dicho más que imperfectamente: que era necesario algo más que curiosidad para penetrar hasta los más profundos misterios del abismo.

¿Dónde estaba la sonrisa indiferente con que los muertos miran a los vivos?

Le pareció que nunca había mirado tan de cerca la faz de la muerta. Bajo la fría y acariciadora mirada de la Gioconda, un indefinible terror helaba su alma.

Y por primera vez en su vida retrocedió ante el abismo, no osando mirarlo, no queriendo saber.

Con apresurado y casi furtivo ademán, dejó caer sobre su rostro la cortina de pesados pliegues como los de un sudario.

En la primavera, a petición de Carlos d'Amboise, lugarteniente del rey de Francia, Leonardo fue autorizado para ausentarse de Florencia durante tres meses y partió para Milán.

Se sintió tan dichoso de abandonar su patria como veinticinco años antes y fue de nuevo desterrado sin fuego ni hogar como volvió a contemplar las nevadas cimas de los Alpes sobre la verde llanura de Lombardía.

Capítulo xv

La Santa Inquisición

I

Durante su primera estancia en Milán, cuando estaba al servicio de Moro, Leonardo estudió anatomía con un sabio de dieciocho años, célebre ya, a pesar de su gran juventud: Marco Antonio, de la antigua familia patricia de la Torre de Verona, cuyo amor a la ciencia era hereditario.

El padre de Marco Antonio ejercía la medicina en Padua y sus hermanos eran igualmente sabios. Él mismo, desde su más tierna infancia se había consagrado al servicio de la ciencia como antaño los descendientes de ilustres familias se consagraban a Dios y al servicio caballeresco de la dama de sus pensamientos. Ni los juegos de la infancia ni las pasiones de la juventud le desviaron de ese culto austero. Se prendó de una joven, pero decidiendo que no se podía servir a dos ideales a la vez –el amor y la ciencia–, abandonó a su novia y renunció definitivamente al mundo. No tardó en comprometer su salud por el excesivo trabajo. Su rostro, delgado y pálido como el de un asceta, pero aun así bello, recordaba el de Rafael, pero con una expresión profunda y triste.

Todavía adolescente, dos célebres universidades de la Italia del norte se lo disputaban: Padua y Pavía. Cuando Leonardo llegó a Milán, este joven de veinte años era considerado como uno de los primeros espíritus de Europa.

Aparentemente Leonardo y Marco Antonio, en el dominio de la ciencia, tenían aspiraciones comunes: los dos reemplazaban la anatomía escolástica de los intérpretes árabes de la Edad Media y la de Hipócrates y Galeno por la experiencia y la observación de la naturaleza y el estudio del cuerpo vivo; pero bajo esta semejanza se ocultaba una profunda diferencia.

En los supremos confines de la ciencia, el artista presentía ese misterio que a través de todos los fenómenos del universo le atraía como el imán atrae al acero, incluso a través de los tejidos. Describiendo los músculos del hombre, decía: «Los músculos sólo están sujetos por unos filamentos al borde exterior de los huesos; el Gran Hacedor los ha hecho así para que posean la facultad de ensancharse y encogerse, alargarse y acortarse libremente, según la necesidad». En las notas que acompañan al dibujo representando los ligamentos de los músculos de las caderas, escribía: «Mirad estos bellos músculos –a, b, c y d–, y si creéis que son demasiados, tratad de disminuirlos; si creéis que son pocos, intentad añadir; si juzgáis que el número de ellos es el justo, glorificad al Supremo Hacedor de tan maravillosa máquina». Al término de la sabiduría hallaba siempre la admiración por el enigma y la sumisión a la voluntad de Dios, el Supremo Hacedor en Mecánica y en Anatomía.

Marco Antonio presentía también un misterio oculto en los fenómenos de la naturaleza, pero no se resignaba, e impotente para eludirlo o vencerlo, luchaba contra él y lo temía. La ciencia de Leonardo iba hacia Dios, la de Marco Antonio contra Dios y quería reemplazar la fe perdida con una fe nueva en la razón humana.

Era caritativo. Rehusando a menudo sus servicios a los ricos iba a asistir a los pobres, cuidándoles gratuitamente, los ayudaba con su dinero y estaba dispuesto a darles todo lo que poseía. Tenía la bondad propia de los hombres absortos en la contemplación y que no parecen de este mundo. Pero en cuanto se hablaba de la ignorancia de los frailes y de los hombres de iglesia enemigos de la ciencia, su rostro se contraía, sus ojos brillaban con odio, y Leonardo advertía que este hombre caritativo, si hubiera tenido poder para ello, en nombre de la razón humana habría enviado a sus semejantes a la hoguera lo mismo que sus enemigos los clérigos los quemaban en nombre de Dios.

Leonardo estaba en la ciencia tan solitario como en el arte; Marco Antonio se hallaba rodeado de discípulos. Arrastraba a las muchedumbres, enardecía los corazones, hacía milagros, resucitando a los enfermos menos con su ciencia que con la fe. Sus discípulos llevaban hasta el extremo las ideas del maestro. Éstos negaban con despreocupación el misterio del mundo, pensando que de un día a otro la ciencia triunfaría sobre todo, resolvería todo y no dejaría piedra sobre piedra del viejo edificio de la fe. Se jactaban de su incredulidad como niños orgullosos de un juguete nuevo, con turbulencia de estudiantes y agitación de perros jóvenes.

A los ojos de Leonardo, el fanatismo de los falsos servidores de la ciencia era tan repugnante como el de los falsos servidores de Dios.

«Cuando la ciencia triunfe –pensaba–, la vulgaridad no la prostituirá con su estupidez como ha prostituido a la Iglesia; la ciencia de las muchedumbres será menos vulgar que la fe de las muchedumbres.»

Por este tiempo era difícil y peligroso obtener cadáveres para disecciones anatómicas, pues una bula del papa Bonifacio VIII lo prohibía. Doscientos años antes, Mendini del Lucci osó el primero entre los sabios disecar públicamente dos cadáveres en la Universidad de Bolonia, eligiendo cuerpos de mujeres como «más próximos a la naturaleza animal». Sin embargo, su conciencia le atormentaba de tal manera, según propia confesión, que no quiso disecar la cabeza, «mansión del espíritu».

Los tiempos habían cambiado. Los discípulos de Marco Antonio eran menos tímidos; sin detenerse ante ningún peligro, ni siquiera ante el crimen, se procuraban cadáveres recientes, que pagaban muy caros a los verdugos y enterradores de los hospitales, o bien los robaban por la fuerza, arrancándolos de las horcas, desenterrándolos de las sepulturas y, si el maestro lo hubiera permitido, habrían llegado a matar durante la noche a los transeúntes de los barrios desiertos.

La abundancia de cadáveres hacía los trabajos de la torre particularmente importantes y preciosos para el artista.

Preparaba toda una serie de dibujos anatómicos a pluma o lápiz rojo, acompañados de explicaciones y notas marginales. En los métodos de investigación se ponía todavía más de manifiesto el contraste entre los dos investigadores.

El uno era sólo un sabio, el otro un sabio y un artista a la vez. Marco Antonio sabía, Leonardo sabía y amaba y el amor proporcionaba a su ciencia más profundidad. Sus dibujos eran tan exactos y, al mismo tiempo, tan bellos que era difícil marcar dónde terminaba el arte y dónde comenzaba la ciencia;

uno penetraba en otro y los dos, confundiéndose, formaban un todo indivisible.

«Aquel que me objete –escribía en sus sonetos– que es mejor estudiar anatomía sobre los cadáveres que sobre mis dibujos, le responderé: eso sería cierto si pudieras ver en una sola dirección todo lo que representa mi dibujo, pero, cualquiera que sea tu perspicacia, sólo podrás ver y conocer una parte de él. En cuanto a mí, para lograr el conocimiento total, he disecado más de diez cadáveres humanos, sujetos de diferente edad, separando todos los miembros, levantando hasta la última partícula de carne, sin derramar sangre más que algunas gotas apenas perceptibles que brotaban de los vasos capilares. Cuando un cuerpo no me bastaba, porque se descomponía durante mis rebuscas, disecaba tantos cadáveres como exigía el perfecto conocimiento de la zona anatómica, repitiendo dos y tres veces las observaciones para darme cuenta de las diferencias. Mediante mis dibujos, reproduzco cada miembro y cada órgano de tal manera que puede estudiárselos por todos lados, por fuera y por dentro, por arriba y por abajo.»

La clarividencia del artista daba al ojo y a la mano del sabio la precisión de un instrumento matemático. Las redes venosas, hasta entonces desconocidas, ocultas en los tejidos o en las mucosas, los nervios ramificados en los músculos eran descubiertos por su escalpelo manejado con la mano izquierda, esta mano tan fuerte que doblaba una herradura, tan delicada, que palpaba el misterio de la sonrisa de la Gioconda. Marco Antonio, que no quería creer en nada, salvo en la razón, se sentía a veces tan turbado por estos prodigios como un místico ante un milagro.

A veces pensaba el artista: «Así tiene que ser porque así debe ser». Y cuando sus búsquedas le confirmaban que en realidad era así, la voluntad del creador parecía responder a la voluntad del contemplativo; la belleza proviene de la verdad, la verdad de la belleza.

Comprendiendo que Leonardo no se entregaba a la ciencia más que por algún tiempo, como hacía con todo sin comprometer su libertad, para nuevos entusiasmos, Marco Antonio veía qué paciencia infinita, qué «rigor obstinado» exigía ese trabajo que, entre las manos del maestro, daba la sensación de una diversión y de un juego.

«Si tienes amor por la ciencia –decía Leonardo en sus notas, dirigiéndose al lector–, ¿no te sentirás molesto por una sensación de repugnancia? Si te sobrepones a esa repugnancia, ¿el miedo no se apoderará de ti por la noche ante el recuerdo de los cuerpos destrozados y sangrientos? Y si supieras tu espanto, ¿tendrás ese concepto previo, perfectamente lúcido, que es indispensable para dibujar? Y si tienes esa lucidez, ¿posees la ciencia de la perspectiva? Y si la posees, ¿tienes nociones geométricas y mecánicas para medir la fuerza y tensión de los músculos? Y, en fin, ¿tendrás lo esencial, paciencia y precisión? Los ciento veinte libros de anatomía que he escrito indicarán si yo poseo esas cualidades. Si no he alcanzado con mi obra el fin deseado, no ha sido por razonar economías o negligencia, sino solamente por falta de tiempo.

»Lo mismo que antes que yo, Ptolomeo en su *Cosmografía* describió el mundo, he descrito yo el cuerpo humano, ese pequeño universo, ese mundo en el mundo.»

Presentía que sus trabajos operarían en las ciencias la más grande de las revoluciones; esperaba «adeptos», «sucesores», que pudieran apreciar en su obra «el beneficio que aportaba al género humano».

«La lectura del libro sobre los principios de la mecánica –escribía– debe preceder a tus estudios sobre los movimientos y las fuerzas del hombre y de los animales para que puedas demostrar todo dato anatómico con una claridad geométrica.»

Consideraba los miembros de los hombres y de los animales como palancas vivientes. Para él la raíz de toda ciencia se hallaba en la mecánica, que era la encarnación de la «justicia milagrosa de la Causa Primera» y la voluntad del Ser Supremo procedía de su propia voluntad, como misterio de todos los misterios.

Al mismo tiempo que la facultad matemática, poseía Leonardo intuiciones, presentimientos, visiones proféticas que asombraban a Marco Antonio por su atrevimiento y le parecían inverosímiles; así, a los ojos de un hombre que viese montañas por primera vez, las cimas deben parecerle lejanas nubes suspendidas en el aire y apenas podría creer que esos fantasmas tengan raíces de granito en el corazón de la tierra.

Estudiando en cadáveres de mujeres embarazadas las fases sucesivas del desarrollo del feto en la matriz, Leonardo quedó impresionado por la semejanza entre el cuerpo humano y el de los animales, y no solamente en los cuadrúpedos, «sino también en los peces y los pájaros».

«Compara –escribía– al hombre con el mono y otros muchos animales casi de la misma especie. Compara las entrañas del hombre con las del mono, del león, del buey, de los peces y de los pájaros. Compara los dedos de una mano humana con los dedos de una pata de oso, con los cartílagos de las aletas de los peces, con la estructura de las alas de los pájaros y de los murciélagos y te sorprenderá su semejanza.

»Es fácil para el que conoce la estructura del cuerpo humano comprender la anatomía general, porque los miembros de todos los animales se parecen.

»A través de la diversidad de sus estructuras, obedecen a la misma ley de unidad de la naturaleza.»

Marco Antonio discutía, se arrebataba, calificando estas intuiciones de charlatanería indigna de un sabio, contraria al espíritu de la ciencia; pero a veces, vencido y como fascinado, se callaba para escuchar. En estos momentos, su rostro, de una delicadeza infantil y de una espiritualidad mística, era muy bello. Al mirar sus ojos profundos, siempre tristes, Leonardo adivinaba que este anacoreta de la ciencia no era su sacerdote sino su víctima; para él el gran dolor era hijo «del gran conocimiento».

II

Por intervención de Carlos d'Amboise y del rey de Francia, la señoría florentina concedió al artista un permiso ilimitado; al año siguiente, en 1507, pasó definitivamente al servicio de Luis XII y se instaló en Milán, y ya no volvió más que raramente para algún asunto a Florencia.

Pasaron cuatro años.

A fines de 1511, Giovanni Beltraffio, considerado ya como hábil maestro, trabajaba en los frescos de la nueva iglesia de

San Mauricio, que pertenecía a un antiguo convento de mujeres, construido sobre los escombros de un circo romano y del templo de Júpiter. Al lado, tras una alta empalizada que daba a la calle de la Vincia, se hallaban un jardín abandonado y el palacio de la noble familia de Carmagnola, magnífica mansión hacía tiempo inhabitada y medio en ruinas.

Las religiosas habían alquilado esta casa al alquimista Galeotto Sacrobosco y a monna Casandra, hija de su hermano, meser Luigi, el célebre coleccionista de antigüedades, que acababa de llegar a Milán.

Poco después de la primera invasión de los franceses y el saqueo del albergue de monna Sidonia, situado cerca de la esclusa de Catarano, más allá de la Porta Vercellina, abandonaron la Lombardía y erraron, durante nueve años, por Oriente, Grecia, Asia Menor, Palestina y Siria. Extraños rumores circularon sobre ellos. Unos aseguraban que el alquimista había encontrado la piedra filosofal que transmutaba el estaño en oro; otros pretendían que habían recibido del devatsar de Siria enormes sumas para hacer experiencias y habían huido con el dinero; otros que monna Casandra con la ayuda del diablo logró apoderarse de un antiguo tesoro enterrado en el subsuelo de un templo fenicio de Astarté; otros, en fin, que había despojado en Constantinopla a un viejo mercader de Esmirna inmensamente rico, embrujándole con un filtro mágico. Como quiera que fuere, partieron pobres de Milán y volvían ricos.

Casandra, la antigua bruja, discípula de Demetre Khalkondila, discípula de la vieja Sidonia, se convirtió o fingió convertirse en una piadosa hija de la Iglesia. Observaba todos los ritos y ayunos, asistía a los oficios y, por medio de generosos donativos mereció la protección particular, no sólo de las religiosas del convento Maggiore, que la acogieron en su casa, sino del mismo arzobispo de Milán. Por lo demás, las malas lenguas (llevadas quizá por la envidia que inspira a los hombres un rápido enriquecimiento) afirmaban que había vuelto de sus peregrinaciones más pagana que nunca, que la bruja y el alquimista, perseguidos por la Santa Inquisición, se habían visto obligados a huir de Roma, y que antes o después no escaparían de la hoguera.

Meser Galeotto continuaba admirando a Leonardo y considerándole como su maestro, poseedor «de la ciencia de Hermes Trimegisto».

El alquimista trajo de sus viajes muchos libros raros sobre ciencias matemáticas, escritos la mayor parte por los sabios de Alejandría, de la época de Ptolomeo. El artista le pedía prestadas algunas obras y enviaba a buscarlas a Giovanni, que trabajaba en la vecina iglesia de San Mauricio. Al cabo de algún tiempo, Beltraffio empezó a ir más a menudo a casa del alquimista, con diversos pretextos, pero en realidad únicamente para ver a Casandra.

En los primeros encuentros la muchacha se mantenía en guardia, fingiéndose pecadora arrepentida, y hablaba de su deseo de hacerse religiosa. Pero, poco a poco, convencida de que no tenía nada que temer, se hizo más confiada.

Evocaban sus entrevistas cuando, diez años antes, siendo todavía casi niños, iban a sentarse en la pequeña colina desierta a orillas del Catasana, próxima a los muros del convento de Santa Radegunda; recordaron la noche de la tempestad; recordaron también que ella predijo la resurrección de los dioses y que invitó a Giovanni al aquelarre.

Ahora vivía recluida; estaba o fingía estar enferma y pasaba casi todo el tiempo que no estaba en la iglesia, sola en un cuarto donde no quería que entrase nadie –una de las pocas habitaciones que quedaban del viejo palacio–, sala lúgubre de ventanas ojivales que daban al jardín en el que los cipreses formaban una taciturna barrera y los vacíos troncos de las hayas se cubrían de un musgo húmedo y brillante. Este cuarto estaba amueblado como museo y biblioteca. Allí se veían las antigüedades que Casandra había traído de Oriente: trozos de estatuas helénicas, dioses egipcios con cabezas de perro en granito negro, piedras esculpidas de gnósticos con la palabra mágica «Abraxas», las alegorías de los trescientos sesenta y cinco cielos del Axyr, pergaminos bizantinos duros como el marfil, fragmentos de obras de poesías griegas, placas de arcilla con inscripciones cruciformes, libros de los magos persas guarnecidos de hierro, papiros de Menfis transparentes y finos como pétalos de flor.

Ella le contaba sus viajes, las maravillas que había visto, la grandeza solitaria de los templos de mármol blanco sobre las negras rocas. El mar Jónico, eternamente azul, cuyo olor salino evoca la fragancia del desnudo cuerpo de Afrodita. Le contaba sus penas, sus sufrimientos, sus peligros. Y un día, como él le preguntase qué buscaba en sus viajes y por qué amontonaba esas antigüedades a costa de tantos sacrificios, ella respondió con las palabras de su padre, meser Luigi Sacrobosco:

–¡Para resucitar a los muertos!

Y en el fuego que se encendió en sus ojos reconoció a Casandra, la antigua bruja.

Había cambiado poco. Tenía ese mismo rostro que no conocía la alegría ni la tristeza, inmóvil como el de las estatuas, frente ancha y baja, cejas finas y rectas, labios severamente apretados en los que era imposible imaginar una sonrisa y ojos de un amarillo transparente como el ámbar. Pero ahora, aguzado por la enfermedad o por una idea fija, el rostro estrecho y pequeño, en el que el labio inferior avanzaba ligeramente, expresaba más todavía que antes una gran calma severa a la vez que una fragilidad infantil. Los cabellos secos, vaporosos, vivos, más vivos que todo el rostro, parecían animados de una vida propia, como las serpientes de Medusa, rodeando su frente de una negra aureola que hacía más pálido e inmóvil el rostro, más vivo el carmín de sus labios, más transparentes los ojos amarillos. Y más irresistible aún que diez años antes, este encanto de la muchacha atraía a Giovanni, excitando en él la curiosidad, el temor y la compasión.

Durante su viaje a Grecia, Casandra visitó la patria de su madre, la triste y pequeña ciudad de Mistra, próxima a las minas de Lacedemonia, entre las colinas desiertas y ardientes del Peloponeso, donde medio siglo antes muriera el último representante de la sabiduría helénica, Hemistos Pleton. Ella recogió fragmentos inéditos de sus obras, sus cartas y las piadosas leyendas de sus discípulos, que creían que el alma de Platón, descendiendo todavía una vez del Olimpo, había encarnado en Pleton. Contando a Giovanni esta visita, le repitió la profecía que ya le había contado en una de sus noches de Catasano y en la que, desde entonces, había pensado con frecuencia: Pleton, el filósofo, pronunció estas palabras tres años antes de su muerte:

«Pocos años después de mi muerte, sobre todos los pueblos y todas las tribus brillará una verdad única y todos se convertirán a una sola fe.» Y cuando le preguntaron que si esta fe sería la de Cristo o la de Mahoma, respondió: «Ni la una ni la otra, sino una fe nueva que no diferirá del antiguo paganismo».

–Ha pasado más de medio siglo desde la muerte de Pleton –replicó Giovanni–, y esa profecía no se ha cumplido. ¿Es posible que sigáis creyendo en ella, monna Casandra?

–Pleton no poseía la verdad absoluta –respondió ella con calma–. Se equivocó en muchas cosas porque ignoraba algunas.

–¿Cuáles? –preguntó Giovanni.

Y de pronto, bajo la aguda y penetrante mirada de Casandra, sintió desfallecer su corazón.

En vez de responder, cogió de un estante un viejo pergamino. Era la tragedia de Esquilo *Prometeo encadenado*. Leyó algunos versos. Giovanni entendía un poco el griego y lo que no pudo entender se lo explicó ella.

Después de enumerar los dones que habían hecho a los hombres: el olvido de la muerte, la esperanza y el rayo del cielo, dones que tarde o temprano harían de ellos los iguales de los dioses, el Titán predecía la caída de Zeus:

> En ese terrible día se cumplirá
> La maldición paterna que hizo Cronos
> Pesar sobre su hijo.
> Sólo yo puedo, entre los dioses,
> Conjurar el maleficio.
> Yo conozco el misterio.

Hermes, el mensajero del Olimpo, decía a Prometeo:

> No esperes el fin de tu suplicio
> Hasta que un redentor
> Descienda a las tartáreas sombras,
> A las profundidades del Averno.

–¿Qué piensas, tú, Giovanni? –dijo Casandra cerrando el libro–, ¿quién es ese Dios que desciende al abismo?

Giovanni no respondió. Le pareció que iluminado por el súbito resplandor de un relámpago, aquel abismo se abrió ante sus ojos.

Monna Casandra continuó mirándole fijamente con sus ojos claros y transparentes. Entonces recordaba, en efecto, al prisionero de Agamenón, a la virgen profética, Casandra.

–Giovanni –añadió tras un corto silencio–, ¿has oído hablar de un hombre que hace más de diez siglos soñaba, como el filósofo Platón, con resucitar a los dioses muertos, al emperador Flavio Claudio Juliano?

–¿Juliano el Apóstata?

–Sí, de aquel que, a los ojos de los galileos, sus enemigos (¡ay!, ante ellos mismos pasaba por apóstata), prostituyó su misión porque en los odres nuevos sólo vertió vino viejo. Los helenos hubieran podido llamarle Apóstata lo mismo que los cristianos...

Giovanni le contó que vio una vez en Florencia un misterio de Lorenzo el Magnífico representando el martirio de san Giovanni y de Paolo, dos adolescentes cristianos enviados al suplicio por Juliano el Apóstata. Recordaba, incluso, algunos versos de ese misterio que le habían chocado particularmente, entre otros el último grito de Juliano, traspasado por la espada de Mercurio.

«O Christo Galileo, tu hai pur vinto!» ¡Venciste, galileo!

–Escucha, Giovanni –continuó Casandra–, en el extraño y desgraciado destino de este hombre hay un gran secreto. Te lo digo: ni el emperador Juliano ni el filósofo griego tenían razón, porque no poseían más que la mitad de la verdad que, sin la otra mitad, es falsa. Los dos olvidaron esta profecía del Titán, que los dioses no resucitarán más que cuando las tinieblas se unan a la luz, cuando el cielo de arriba se una con el cielo de abajo y cuando los que son Dos no sean más que Uno. No lo comprendieron y han dado sus almas vanamente por los dioses olímpicos...

Se detuvo como si no se atreviera a decirlo todo, después añadió con voz baja:

–Si tú supieras, Giovanni; si pudiera decirte todo... Pero, no, todavía es pronto... Sólo te diré una cosa: hay entre los dioses del Olimpo uno que más que todos los otros está próximo a sus hermanos subterráneos, un dios luminoso y oscuro como el crepúsculo de la mañana, despiadado como la muerte, que ha descendido a la tierra concediendo a los mortales el olvido de la muerte –fuego nuevo, nacido del fuego de Prometeo–. Y quien revelará a los hombres, amigo mío, que la sabiduría de Aquel que está coronado de pámpanos es semejante a la sabiduría de Aquel que está coronado de espinas. Él lo dijo: «Yo soy la verdadera viña». Él embriaga al mundo con sangre. ¿Has comprendido de quién hablo, Giovanni? Si no has comprendido, cállate, no me preguntes nada, porque hay ahí un misterio del que todavía no es posible hablar...

Durante los últimos tiempos se había manifestado en Giovanni una audacia de pensamiento desconocida hasta entonces. No temía nada porque no tenía nada que perder. Comprendía que ni la fe de fray Benedetto, ni el saber de Leonardo, calmarían sus tormentos ni resolverían la contradicción en que su alma se hallaba. Solamente en las oscuras profecías de Casandra presintió el terrible, pero quizás único camino que le conduciría al sosiego, y por este supremo camino la seguía con la temeridad de la desesperación.

Cada vez se aproximaban más.

Una vez él le preguntó por qué ocultaba a los hombres lo que ella creía ser la verdad.

–Todo no es para todos –respondió Casandra–. La confesión pública de los mártires, lo mismo que los milagros y los signos, es necesaria a la muchedumbre. Pero la fe absoluta es la ciencia absoluta. ¿Crees que la muerte de Pitágoras hubiera confirmado las verdades geométricas descubiertas por él? La fe perfecta es muda y su misterio repugna la publicidad. Como ha dicho el Maestro: «Vosotros debéis conocer el mundo; pero el mundo no debe conoceros a vosotros».

–¿Qué maestro? –preguntó Giovanni.

Y pensó: «Leonardo hubiera podido decir eso; él también conoce todo y nadie le conoce».

–El gnóstico egipcio Basílido –respondió Casandra, y le explicó que gnósticos, «los que saben», era el nombre que se daba a los grandes pensadores de los primeros siglos del cristianismo.

Enseguida le contó extrañas leyendas, a veces monstruosas como absurdas fantasmagorías.

Una de ellas, la doctrina de los ofites de Alejandría –adoradores de serpientes–, sobre la creación del mundo y del hombre, le extrañó muchísimo.

«Por encima de todos los cielos se halla la Tiniebla innominada, inmóvil, innata, más bella que toda luz, el Padre Ignorado, nada él, el Abismo y el Silencio. Su única hija, la Sabiduría Divina, al separarse del Padre, conoció la existencia y se hizo sombría y triste. Y el hijo de su dolor fue Jaldabaoth, el Dios creador. Quiso estar solo y, dejando a su Madre, se introdujo más profundamente que ella en la existencia y creó el mundo de la materia, imagen deformada del mundo espiritual, y en ese mundo creó al hombre que debía reflejar la grandeza del Creador y testimoniar su poder. Pero los servidores de Jaldabaoth, los espíritus elementales, no supieron amasar en la tierra más que una masa de carne sin razón, reptando como gusanos en el barro original. Y cuando le condujeron ante su señor Jaldabaoth para que le insuflase la vida, la Sabiduría Divina (compadeciéndose del hombre, y para castigar a su hijo por su libertad y el dolor de haberse separado de ella), por la boca de Jaldabaoth, al mismo tiempo que la vida carnal, insufló una chispa de la Divina Sabiduría. Y la pobre criatura, tierra de la tierra, polvo del polvo, en la cual el Creador quiso manifestar su inmenso poder, se hizo de pronto más grande que su Creador, siendo imagen no de Jaldabaoth, sino del Dios verdadero, del Dios ignoto. Y el hombre levantó el rostro del polvo. Y, a la vista de la criatura libertada de su poder, el Creador se llenó de cólera y espanto. Y clavó sus ojos ardientes de envidia en lo más profundo de la materia; en el negro lodo original. Allí su sombría llama y su rostro furioso se reflejó como en un espejo. Tal fue la imagen del Ángel de las tinieblas, el Ofiomorfo, pérfido Satán, la Sabiduría Maldita. Con ayuda, Jaldabaoth creó los tres reinos de la naturaleza y sus profundidades, como en calabozo hediondo, lanzó al hombre y le impuso su ley: haz esto, haz aquello, pero no hagas esto otro, y si infringes la ley "morirás de muerte". Porque esperaba siempre someter a la criatura al yugo de su ley por el temor del mal y de la muerte. Pero la Sabiduría Divina, la liberadora, no ha abandonado al hombre, y habiéndole amado, le ama hasta el infinito y le envió al Espíritu del Conocimiento, Serpentiforme, Alado, semejante a la estrella de la mañana, Ángel de la Aurora, aquel de quien se ha dicho:

»"Es prudente como las serpientes." Y descendió hasta los hombres y dijo: "Probad y sabréis, y vuestros ojos se abrirán y seréis como dioses..."»

–Los hombres, los hijos del mundo –concluyó Casandra–, son esclavos de Jaldabaoth y de la Serpiente Maligna. Pero los hijos de la luz, aquellos que saben, los gnósticos, huellan todas las leyes, traspasan todos los límites, son inaccesibles como espíritus, libres y alados como los dioses; el bien los devora y permanecen limpios en el mal como el oro en el cieno. El Ángel de la Aurora, semejante a la estrella que brilla en el crepúsculo de la mañana, los conduce a través de la vida y de la muerte, a través del mal y del bien, a través de todas las maldiciones y todos los horrores del mundo de Jaldabaoth hacia su Madre, la Sabiduría y, a través de ella, el seno de la Tiniebla innominada, que reina sobre los cielos y los abismos, inmóvil, innata, más bella que toda luz, en el seno del Padre ignoto.

Escuchando esta leyenda de los ofites, Giovanni comparaba a Jaldabaoth con Cronos, la chispa divina de Sophia al fuego de Prometeo; la Serpiente Maligna, el Ángel Lucifer, al titán encadenado.

Así en todos los siglos y en todos los pueblos, en la tragedia de Esquilo, en las leyendas de los gnósticos, en la vida del emperador Juliano el Apóstata, en la doctrina del filósofo Pleton encontraba los ecos lejanos y familiares del gran conflicto y de la lucha que llenaba su propio corazón. Su dolor se profundizaba y solía calmarse al considerar que diez siglos antes que él los hombres sufrían ya, luchaban contra los mismos pensamientos y morían por las mismas contradicciones y las mismas tentaciones que él.

Había momentos que huía de sus pensamientos como de una borrachera o un delirio febril. Y entonces le parecía que monna Casandra fingía ser fuerte y profética, pero que en realidad no sabía nada, y que, como él, se sentía más desgraciada, perdida e inerme que diez años antes, y que este nuevo Sábado de ciencias medio divinas, medio satánicas era todavía más delirante que el Sábado de las brujas al que ella le llevó entonces y que ahora despreciaba como una superstición del populacho. Sintió miedo y tuvo ganas de huir. Pero era demasiado tarde. La curiosidad, como una fascinación, le atraía. Sintió que no le era posible alejarse hasta que no lo supiese todo, hasta lo último, y que se salvaría o se perdería con ella.

Por entonces llegó a Milán un célebre doctor en teología, el inquisidor fray Giorgio de Casale. El papa Julio II, alarmado por los rumores acerca de los extraordinarios progresos de la brujería en Lombardía, le envió provisto de bulas terribles. Las hermanas del convento Maggiore y los protectores que monna Casandra se había procurado en el palacio del Arzobispo la advirtieron del peligro. Fray Giorgio era el mismo inquisidor del cual monna Casandra y meser Galeotto tuvieron el tiempo justo de escapar en Roma. Estaban seguros de perecer si de nuevo caían en sus manos. Resolvieron irse a ocultar en Francia y, si era necesario, más lejos todavía: a Inglaterra o a Escocia.

Una mañana, dos o tres días antes de su marcha, Giovanni y monna Casandra charlaban, como de costumbre, en una sala abandonada del palacio Carmagnola.

El sol, que atravesaba los negros ramajes de los cipreses, parecía pálido como un claro de luna. Este día se hallaba Casandra especialmente bella e inmóvil. Sólo entonces, en la víspera de su separación, Giovanni comprendió cuánto la amaba.

Le preguntó si la vería una vez más y si le revelaría ese supremo misterio del que hablaba con frecuencia.

Casandra le miró, y extrayendo en silencio de un cofre una piedra rectangular y lisa, de un verde transparente, le dijo que era la célebre Tábula Smaragdina, la esmeralda que, según Casandra, había sido encontrada en una gruta cerca de Menfis en la mano de la momia de un sacerdote de Hermes Trimegisto, el Horus egipcio, el Dios liminar, el Guía de los muertos en el reino de las Sombras. En una de las facetas de la esmeralda se hallaban grabados en caracteres coptos y en otra faceta en antiguos caracteres griegos, estos cuatro versos:

El cielo encima, el cielo debajo.
Las estrellas arriba, las estrellas abajo.
Todo lo que está en lo alto está también en lo bajo.
Serás dichoso si comprendes esto.

–¿Qué significa esto? –preguntó Giovanni.

–Ven esta noche a mi casa –dijo ella en voz baja y solemne–. Te diré todo lo que yo sé; todo. Y ahora, antes de separarnos, bebamos, siguiendo la costumbre, la última copa fraterna.

Tomó ella uno de esos vasitos redondos, de arcilla incrustada en cera, que se emplean en Extremo Oriente; lo llenó de un vino bermejo, espeso como aceite y extrañamente perfumado; una antigua crátera de crisolina, de bordes esculpidos representando a Dioniso y las bacantes; luego, aproximándose a la ventana, elevó la copa para una libación propicia. Al pasar los rayos de sol por las diáfanas paredes del vaso, el vino rosa animó, como sangre tibia, los desnudos cuerpos de las bacantes cuyas danzas glorificaban al dios coronado de pámpanos.

–Hubo un tiempo, Giovanni –dijo Casandra–, en que creí que tu maestro Leonardo poseía el supremo misterio, porque su rostro es tan bello como el del dios olímpico fundido al del Titán subterráneo. Pero hoy veo que aspira, pero no llega; busca, pero no encuentra; sabe, pero no comprende. Es el precursor del que vendrá, y que será más grande que él. ¡Bebamos, pues, esta copa juntos, hermano mío; esta copa de adiós en honor del Ignoto a quien los dos llamamos el Armonizador supremo!

Y, ceremoniosamente, como cumpliendo un rito, bebió en la copa hasta la mitad y se la ofreció a Giovanni.

–No temas –dijo–, no hay hechizos prohibidos. Este vino es puro y santo. Proviene de las viñas que crecen en las colinas de Nazaret, es la sangre más pura de Dioniso-Galileo.

Cuando hubo bebido, puso Casandra sus manos sobre los hombros de Giovanni, diciéndole con voz insinuante y rápida:

–Ven, si quieres saberlo todo. Ven, te diré el secreto que todavía no he dicho a nadie. Te revelaré el tormento y la dicha, la unión en que permaneceremos siempre como el hermano y la hermana, como el novio y la novia.

Y al rayo de sol pálido como la luna, que atravesaba la fronda de los cipreses, igual que antaño al resplandor de los pálidos relámpagos en aquella memorable noche cerca de la esclusa de Catarano, acercó a él su rostro, su inmóvil y terrible rostro blanco como el mármol de las estatuas, aureolado de negros y vaporosos cabellos, vivos como las serpientes de Medusa; su rostro de labios rojos como la sangre, y de ojos amarillos como el ámbar.

Un antiguo terror sobrecogió el corazón de Beltraffio mientras pensaba:

«¡La Diablesa blanca!»

III

A la hora convenida se encontraba ante la puertecilla de la desierta calleja de la Vinia, al lado del muro del jardín que rodeaba el palacio de Carmagnola.

La puerta estaba cerrada. Llamó largo rato. La puerta no se abría. Dio la vuelta por la calle San Arciese, y acercándose a las puertas del convento se enteró por la tornera de la terrible nueva: el inquisidor nombrado por el papa Julio II, fray Georgio de Casale, había llegado inopinadamente a Milán y hecho detener enseguida a Galeotto Sacrobosco, el alquimista, y su sobrina, monna Casandra, sospechosos de practicar la magia negra.

Galeotto logró escapar. Monna Casandra se hallaba presa en los calabozos de la Inquisición.

Enterado Leonardo, intercedió en favor de la desgraciada cerca de sus protectores, el primer tesorero de Luis XII, Florimond Roberti, y el lugarteniente del rey de Milán, Carlos d'Amboise.

Giovanni, por su parte, no paraba, corría, llevaba las cartas del maestro e iba a informarse al tribunal de la Inquisición sito cerca de la catedral, en el palacio del Arzobispo.

Hizo amistad con el primer secretario de fray Giorgio, el maestro en teología fra Michele da Valviseda, que había escrito una obra sobre la magia negra: *El Nuevo martillo de las brujas*. Demostraba claramente que al que llamaban cabrón nocturno –*Hyrcus Nocturnus*–, que presidía el Sábado, era una reminiscencia del macho cabrío que los helenos sacrificaban antiguamente al dios Dioniso, en medio de danzas y coros lúbricos, de donde provenía la tragedia. Fray Michele daba pruebas a Beltraffio de una amistad insidiosa. Se interesaba o afectaba interesarse vivamente por la suerte de Casandra, decía que creía en su inocencia y se mostraba admirador de Leonardo, a quien designó como «el más grande de los artistas cristianos»... Interrogaba al discípulo sobre la vida, las costumbres, los trabajos y los pensamientos del maestro. Pero al hablar de Leonardo, Giovanni iba con pies de plomo y se hubiera dejado matar antes que traicionar a su maestro con una sola palabra. Viendo que sus astucias eran vanas, fray Michele declaró un día a Beltraffio que, aunque hacía poco tiempo que le conocía, le amaba como a un hermano y creía un deber advertirle del peligro que corría la persona de meser Da Vinci, sospechoso de brujería y magia negra.

–¡Mentira! –exclamó Giovanni–. Jamás se ha interesado por la magia negra e incluso...

No terminó. El inquisidor le miró fijamente.

–¿Qué queréis decir, meser Giovanni?

–No, nada...

–No sois sincero, amigo mío. Pero sé lo que queréis decir; meser Leonardo no cree *ni siquiera* en la magia negra.

–No he querido decir eso –se excusó Giovanni–. Además, si ni siquiera cree, ¿sería ello una prueba de nada?

–El diablo –replicó el monje, con dulce e irónica sonrisa– es un excelente lógico que, a veces, desconcierta a sus enemigos más experimentados. Una bruja decía recientemente en el aquelarre: «Hijos míos, regocijaos, alegraos, porque con la ayuda de nuestros nuevos aliados, los sabios, que, negando el poder del diablo, embotan la espada de la Santa Inquisición, obtendremos dentro de poco una victoria completa y extenderemos nuestro reinado sobre todo el universo».

Fray Michele hablaba con seguridad y calma de los más increíbles actos de la Fuerza Impura; por ejemplo: de las señales que permiten reconocer a los hijos nacidos de demonios y brujos; aunque se quedan raquíticos, pesan más que los otros niños de ochenta a cien libras, y maman la leche de cinco o seis nodrizas.

Sabía con precisión matemática el nombre de los príncipes del Infierno –572– y los de sus súbditos, demonios inferiores de todas clases –7.405.926.

Pero a Giovanni le extrañó sobre todo la doctrina de los íncubos y súcubos, demonios de doble sexo, que toman a capricho el aspecto de hombre o de mujer, a fin de seducir a los mortales y sostener con ellos relaciones carnales. El monje explicaba que estos demonios, bien solidificando el aire, bien robando los cadáveres de los patíbulos, forman cuerpos que, por otra parte, permanecen fríos como muertos, en medio de los más ardientes transportes de amor. Citaba las palabras de san Agustín que negaba la existencia de los antípodas como una herejía, no dudando de los íncubos ni de los súcubos que antiguamente veneraban los paganos bajo el nombre de faunos, sátiros, ninfas, hamadriadas y otras divinidades habitantes de los bosques, de las aguas y del aire.

–Lo mismo que en la antigüedad –añadió de su cosecha fray Michele–, los dioses y diosas impuros descendían hasta los hombres para uniones culpables, lo mismo hoy, no solamente los demonios inferiores, sino los más poderosos, pueden aparecer en íncubos como Apolo y Baco, o en súcubos, como Diana y Venus.

Giovanni pudo deducir de estas palabras que la Diablesa blanca, que tanta atracción sentía por él, era súcubo venusina.

De vez en cuando fray Michele le invitaba a asistir a las sesiones del Tribunal: sin duda esperaba encontrar en él un cómplice o un denunciante, sabiendo por experiencia cómo fascinaban los hombres de la Inquisición. Dominando su miedo y su repugnancia, Giovanni no rehusaba asistir a los interrogatorios y a los suplicios, porque a su vez esperaba, si no aliviar la suerte de Casandra, al menos saber algo de ella.

Entre las sesiones del Tribunal y las conversaciones del inquisidor, Giovanni se enteró de cosas casi increíbles en que lo grotesco se unía a lo horrible.

Una bruja todavía muy joven, que se había arrepentido y vuelto al seno de la Iglesia, bendecía a sus torturadores porque la habían salvado de las garras de Satán; soportó todos los suplicios con dulzura y paciencia infinitas y fue a la muerte con serenidad, persuadida de que las llamas pasajeras la salvarían de las llamas eternas. Lo único que suplicaba a los jueces era que antes de morir le expulsasen el diablo del estómago que, decía, se le había introducido bajo la forma de un hueso puntiagudo. Los santos padres solicitaron un cirujano experimentado, pero a pesar de la importante suma que le ofrecieron, rehusó, temiendo que el demonio pasase a su cuerpo durante la operación.

A otra bruja, viuda de un panadero, mujer hermosa y arrogante, la acusaban de haber tenido en su unión con el diablo, durante dieciocho años, varios diablillos. Esta desgraciada pedía misericordia en el tormento o ladraba como un perro o, embotada por el dolor, permanecía muda e insensible hasta el punto de que era menester abrirle la boca con un instrumento de madera para forzarla a hablar; por fin, escapando de las manos de sus verdugos, se lanzó sobre sus jueces con un grito furioso: «He dado mi alma al diablo y le pertenezco por toda la eternidad». Y cayó exánime.

Después de largos sufrimientos, la tía adoptiva de Casandra, monna Sidonia, detenida también, para substraerse a las torturas, una noche prendió fuego a su jergón y se asfixió con el humo.

Hubo el caso de una trapera medio loca a quien acusaban de ir todas las noches de Sábado. Guiñando el ojo a los jueces con malicia, como si fueran sus cómplices en una broma preparada de antemano, asentía a todas las acusaciones.

Era muy friolera: «¡Fuego! ¡Fuego! –balbucía alegremente frotándose las manos y ahogándose de risa como los niños, cuando la llevaban para quemarla. Ante la hoguera, dijo–: ¡Que Dios os dé salud! ¡Por fin me voy a calentar!».

Una muchacha de diez años contaba a los jueces, sin vergüenza ni pudor, «que una noche, en el corral, su patrona, una vaquera, le había dado un pedazo de pan con manteca, espolvoreado de una cosa ácida, azucarada y muy buena. Era el diablo. Cuando hubo comido el pan, un gato negro de ojos llameantes como ascuas corrió a frotarse contra ella ronroneando y erizándosele el pelo. Entró con él en una granja y allí, sobre la paja, jugando, sin pensar que hacía mal, le permitió hacer todo lo que quiso. La vaquera le dijo: «¡Buen novio tienes!». Después dio a luz un enorme gusano blanco de cabeza negra y del tamaño de un niño de pecho. Lo enterró en un estercolero. Pero el gato volvió a verla, y le arañó todo el cuerpo, ordenándole con voz humana que nutriese al voraz gusano con leche fresca. La niña contaba todo esto con tanto detalle y precisión, mirando a los inquisidores con ojos tan inocentes, que era difícil saber si ella misma creía que era verdad.

Pero lo que aterró a Giovanni fue una bruja de dieciséis años, de extraordinaria belleza, que respondía a todas las preguntas y exhortaciones de los jueces con este grito obstinado y suplicante: «¡Quemadme! ¡Quemadme!», asegurando que el demonio se paseaba por su cuerpo como por su propia casa y cuando corría por su espalda «como una rata en una cueva», su corazón se llenaba de tal espanto y languidez que si no la hubiesen atado con cuerdas, se habría roto la cabeza contra la pared. No quería oír hablar de arrepentimiento, ni de perdón, porque se creía poseída por el diablo, perdida para siempre y condenada en el Juicio final. Suplicaba que la quemasen antes que el monstruo naciera. Era huérfana y muy rica. Después de morir, su fortuna debía pasar a manos de un viejo avaro, su pariente. Los católicos sacerdotes del Tribunal, sabiendo que si la acusada vivía donaría todas sus riquezas a la Inquisición, trataron de salvarla, pero en vano. La enviaron a un confesor muy hábil que le aseguró que el Señor perdonaba todos los pecados. «¡No me perdonará! ¡No me perdonará! ¡Lo sé! ¡Quemadme o me mataré yo misma!» Según la expresión de fray Michele, «su alma estaba sedienta de la santa hoguera como un ciervo herido del agua fresca de la fuente».

El inquisidor general, fray Giorgio de Casale, era un viejecillo, cargado de espaldas, cuyo rostro pálido, plácido y sencillo, recordaba al de san Francisco. Al decir de sus íntimos, era «el más dulce hombre de la tierra», de un desinterés absoluto, observador de ayunos, silencio y castidad. A veces, Giovanni, cuando miraba atentamente su rostro se convencía de que, en realidad, no había en él ni maldad ni astucia, que sufría más que sus víctimas y que los asesinaba en la hoguera por piedad, porque creía que no podían salvarse de otra manera de hundirse en el infierno.

Pero otras veces, y sobre todo durante los suplicios más refinados y las confesiones más monstruosas, pasaba de repente tal expresión por los ojos de fray Giorgio, que Giovanni no hubiera podido decir cuáles eran más espantosos y alocados, los del juez o los de los reos.

Un día, una vieja, bruja y celestina, contaba a los inquisidores que apretando con el pulgar hundía el esternón de los recién nacidos, habiendo matado así a más de doscientos niños y únicamente porque le gustaba oír chascar como una cáscara de huevo el esternón de los niños. Mientras describía estos crímenes se reía, con una risa que hizo estremecer a Giovanni. De pronto, le pareció que los ojos del viejo inquisidor ardían con el mismo fuego de la concupiscencia que los de la bruja, y aun cuando un momento después creyó haber soñado, en el alma de Beltraffio persistió esta impresión de indecible horror.

Otra vez con humilde compunción, fray Giorgio confesó que el mayor de los pecados de que su conciencia le acusaba era el no haber querido quemar «por mansedumbre criminal, inspirada por el demonio» a dos niños de siete años, sospechosos de comercio con íncubos y súcubos, sino solamente azotarlos en la plaza pública, ante las hogueras donde abrasaban a sus padres.

La demencia que reinaba en las cámaras de tortura de la Inquisición, entre las víctimas y los verdugos, se extendió por la ciudad. Las gentes de buen sentido creían lo que en tiempo normal les hubiera hecho reír como una fábula estúpida. Los criados denunciaban a sus amos, las mujeres a sus maridos, los hijos a sus padres. Una anciana fue a la hoguera únicamente por haber dicho: «Que Dios o el diablo me ayuden». Otra, acusada de brujería porque su vaca, al decir de los vecinos, daba tres veces más leche de la normal.

En el convento de monjas de Santa Maria de la Scala, el diablo tomó la costumbre de visitarlas todas las noches, después del ángelus, bajo la forma de un perro; fornicaba una tras otra con todas las religiosas desde la novicia de dieciséis años hasta la vieja superiora, y no solamente en las celdas, sino hasta en la iglesia, durante los oficios. Las hermanas estaban tan satisfechas con el diablo, que no sentían vergüenza ni miedo. Y esto duró ocho años.

En los pueblos de la montaña próximos a Bérgamo, encontraron cuarenta y una brujas que succionaban la sangre y devoraban a los niños aún sin bautizar. En Milán mismo se descubrieron treinta sacerdotes que bautizaban no «en el nombre del Padre, del Hijo y del Espíritu Santo», sino «en nombre del Demonio»; mujeres que consagraban sus hijos a Satán antes de nacer; niños y niñas de tres a seis años que, seducidos por el diablo, se entregaban entre ellos a todo género de indecencias; los inquisidores experimentados reconocían a estos niños por el brillo particular de sus ojos, su lánguida sonrisa y sus labios hinchados y muy rojos. Nada podía salvarlos más que el fuego.

Lo más terrible era que a la vez que crecía el celo de los inquisidores, aumentaban los demonios como si le hubieran tomado el gusto al oficio. No solamente no cesaban; antes al contrario, multiplicaban sus actividades.

En el laboratorio de meser Sacrobosco encontraron un diablo velludo y muy grueso. Según unos, acababa de subir al mundo; según otros, estaba encerrado en un lente de cristal. Después se vio que no era un diablo, sino una pulga que el alquimista estudiaba con un cristal de aumento. Sin embargo, muchas gentes quedaron convencidas de que era un verdadero demonio metamorfoseado en pulga entre las manos de los inquisidores para chasquearlos.

Todo parecía posible. El límite entre la realidad y el delirio quedaba borrado. Se decía que fray Giorgio había encontrado en Lombardía un lote de doce mil brujos y brujas que habían jurado traer, durante tres años, tan malas cosechas en toda Italia, que los hombres se verían obligados a devorarse entre ellos.

El mismo inquisidor general, el jefe más experimentado de los ejércitos de Cristo, que conocía a maravilla las emboscadas del enemigo, se hallaba confuso y espantado ante el inusitado aumento de las hordas de Satán.

–No sé cómo acabará esto –decía fray Michele un día que hablaba en confianza con Giovanni–, cuantos más quemamos, más renacen de sus cenizas.

Los suplicios ordinarios; los «zapatos españoles», botas de hierro apretadas gradualmente hasta hacer chascar los huesos de las víctimas, y el arrancar las uñas con pinzas al rojo blanco parecían un juego en su comparación con el refinamiento de nuevas torturas inventadas por Giorgio, «el más dulce de los hombres»; por ejemplo, el tormento del insomnio, que consistía en hacer correr día y noche a los acusados, sin dejarlos dormir, a través de los pasillos de la prisión hasta que sus pies se cubrían de llagas y se volvían locos. Pero el diablo se reía también de estos suplicios, porque, como el espíritu es más fuerte que la carne, también solía ser más fuerte que el insomnio, el hambre, la sed y el fuego.

Vanamente recurrían los jueces a subterfugios; los brujos eran conducidos de espaldas a la cámara de tortura, para que con sus miradas no embrujasen a los jueces inspirándoles una criminal piedad; antes del interrogatorio se desnudaba a las mujeres y se rasuraba todo su cuerpo para que fuera más fácil encontrar la marca del diablo *–stigma diabolicum–* que, oculto bajo la piel o en el pelo hacía a la bruja insensible al dolor; las obligaban a beber agua bendita y las rociaban con ella; se pasaba por el humo del incienso los instrumentos de tortura consagrándolos con vellones del cordero Eucarístico y con reliquias; ceñían la cintura de los reos con una tira de tela tan larga como la estatura de Cristo y la adornaban con trozos de papel donde se habían escrito las palabras que el Salvador pronunció en la cruz.

Nada consiguieron. El Enemigo triunfaba de todos los recursos sacrosantos.

Las monjas confesaban su comercio lúbrico con el diablo, y aseguraban que se introducía en ellas mientras oraban y que entonces, aunque tuvieran en la boca el Santo Sacramento, sentían a su maldito amante mancillarlas con las más infames caricias. Las infelices confesaban sollozando «que su cuerpo y su alma le pertenecían».

Hasta en el Tribunal, el Maligno, por boca de las brujas, se burlaba de los inquisidores, profería blasfemias que erizaban los cabellos de los más intrépidos y confundían a los doctores en teología con astutos sofismas y sutiles argumentos reveladores de un conocimiento tan profundo del corazón humano que los jueces se convertían en acusados y los acusados en jueces.

El desaliento de los ciudadanos llegó al colmo cuando se esparció el rumor de que el Papa había recibido una denuncia con la prueba irrefutable de que el lobo, oculto bajo la piel de cordero, había penetrado en el recinto del Pastor. Y este siervo del diablo que fingía ser su enemigo para mejor perder al rebaño de Cristo, este jefe de los ejércitos de Satán, no era otro que el gran inquisidor de Julio II, el mismo fray Giorgio de Casale.

Por las palabras y los actos de los jueces, Beltraffio pudo sacar esta conclusión: que el poder del demonio era igual al de Dios y que no se podía saber quién saldría vencedor en este duelo. Estaba asombrado de comprobar que las dos doctrinas, la del inquisidor fray Giorgio y la de la bruja Casandra, se encontraban en sus límites extremos, ya que para los dos el cielo de arriba valía tanto como el de abajo y el sentido de la vida humana residía en la lucha de dos abismos en el corazón del hombre, con la sola diferencia de que la bruja persistía en buscar una reconciliación, quizás imposible, mientras que el inquisidor fomentaba esta rivalidad haciéndola irremediable.

En la imagen del Demonio contra la cual fray Giorgio luchaba tan vanamente, en la imagen de la sierpe rampante, pérfida, Giovanni reconocía, como en un espejo turbio y deformador, la oscura figura del monstruo bienhechor, del Ser alado, del Ofiomorfo, del Hijo de la Sabiduría, del Portador de luz, semejante a la estrella de la mañana, de Lucifer o del titán Prometeo. El odio impotente de sus enemigos, los miserables servidores de Jaldabaoth, eran como un nuevo canto victorioso a la gloria del Invencible.

Por entonces fray Giorgio anunció al pueblo un magnífico espectáculo; dentro de algunos días tendría lugar en la plaza Broletta, para escarmiento de los enemigos y alegría de los fieles hijos de la Iglesia de Cristo, un auto de fe contra ciento treinta y nueve brujos y brujas.

Cuando fray Michele le dijo esto, Giovanni preguntó palideciendo:

–¿Y monna Casandra?

A pesar de la fingida y sospechosa amabilidad del monje, Giovanni no había podido saber nada de ella hasta ahora.

–Monna Casandra –respondió el dominico– está condenada como los otros, aunque merece mayor suplicio. Fray Giorgio estima que es la más terrible bruja que jamás ha visto. Los hechizos de insensibilidad que la protegen durante la tortura son tan poderosos que no sólo no ha habido confesión, ni arrepentimiento, sino que ni siquiera ha pronunciado una palabra ni exhalado un quejido. No sabemos cómo es el sonido de su voz.

Dicho lo cual, clavó en Giovanni una mirada profunda, como si esperase algo. Beltraffio tuvo la idea de acabar de una vez, denunciándose cómplice de monna Casandra para perecer con ella. No lo hizo, no por temor, sino por indiferencia, por un extraño embotamiento, que en los últimos días se había apoderado de él como si los «hechizos de insensibilidad» que protegían a la bruja le protegiesen también a él. Tenía la calma de los muertos.

Una tarde, la víspera del día elegido para el auto de fe, Beltraffio se hallaba en el estudio de su maestro. Leonardo concluía el dibujo de los tendones y músculos de la parte superior del brazo y del hombro. Le interesaban tanto más cuanto que eran los que ponían en movimiento las palancas de la máquina volante. Esta tarde le pareció a Giovanni que su rostro era particularmente bello. A pesar de las profundas arrugas que desde la muerte de monna Lisa surcaban su rostro, había en él la paz y la serenidad perfectas de la contemplación.

De vez en cuando levantaba los ojos de su trabajo para mirar a su discípulo. Los dos callaban. Giovanni hacía tiempo que no sentía necesidad de interrogar al maestro.

Era evidente que Leonardo, conocedor de los horrores de la Inquisición, sabía la próxima ejecución de monna Casandra y de otros desdichados e incluso el peligro que él, Giovanni, corría. Muchas veces se preguntó éste qué pensaría el maestro de la barbarie inquisitorial.

Cuando hubo acabado su dibujo, Leonardo escribió al margen de la hoja donde había trazado nervios y músculos:

«Y tú, hombre que contemplas en estos dibujos las maravillosas obras de la naturaleza, si crees criminal destruir mi obra, piensa cuánto más criminal será quitar la vida al hombre mismo. Esta estructura corporal que te parece tan perfecta no es nada en comparación del alma que la habita, porque el alma, sea lo que fuere, es algo divino. Y a juzgar por la repugnancia que siente a separarse del cuerpo, el llanto y el dolor son justificados. No la impidas, pues, morar en ese cuerpo creado para ella y tu perfidia o tu furor no destruyan una obra tan bella. Que en verdad, aquel que no la aprecie no es digno de poseerla.»

Mientras el maestro escribía, su discípulo contemplaba la serenidad de su rostro con esa alegría inútil con que un hombre perdido en el desierto, muerto de calor y sed, podría contemplar las montañas nevadas.

IV

Al día siguiente, Beltraffio no abandonó su habitación. Desde por la mañana se sintió indispuesto y con dolor de cabeza. Se quedó hasta la tarde acostado, en un semisueño, sin pensar en nada.

Cuando se hizo de noche se esparció por la ciudad un extraordinario ruido de campanas; toques de agonía o repique de fiesta. El aire olía débil, pero persistentemente, a quemado. Este olor acentuaba su dolor de cabeza y le daba náuseas.

Salió.

La atmósfera era sofocante; el aire húmedo y cálido; uno de esos días que suele haber en Lombardía, durante el siroco a fines del verano o principios de otoño. No llovía. Pero caían gotas de los tejados y los árboles. El pavimento de ladrillos brillaba y fuera, entre la neblina pegajosa y turbia, el fétido olor a quemado resultaba todavía más fuerte.

A pesar de lo avanzado de la hora, había mucha gente en las calles. Todos venían del mismo sitio: de la plaza Broletta. Los transeúntes parecían estar, como él, sumidos en un embotamiento, del que querían despertar, sin lograrlo.

El rumor de la muchedumbre era confuso y apagado.

De pronto oyó hablar de los ciento treinta y nueve brujos y brujas que acababan de quemar y de monna Casandra. Esto le hizo comprender el origen del terrible olor que le perseguía: era la pestilencia de aquellos cuerpos humanos carbonizados.

Apresuró el paso, corriendo casi, sin saber adónde iba, chocando con los transeúntes, vacilando como un borracho, estremecido de fiebre y sintiendo, entre la neblina turbia y pegajosa, cómo el fétido olor a carne quemada que le perseguía le envolvía, le sofocaba y penetraba en sus pulmones, golpeándole las sienes, produciéndole náuseas.

No hubiera sabido decir cómo llegó hasta el convento de San Francisco y entrado en la celda de fray Benedetto. Los monjes le dejaron pasar, pero fray Benedetto no estaba allí: había partido para Bérgamo.

Giovanni cerró la puerta, encendió la bujía y, extenuado, se dejó caer en la cama.

En esta humilde morada que le era tan familiar, todo se hallaba como antaño, lleno de calma y pureza. Giovanni respiró más libremente; allí no le atormentaba el terrible hedor, sino ese olor particular de los conventos a incienso, cera, libros viejos y humedad. También percibió la fragancia de barniz fresco y de esa pintura tierna y ligera que fray Benedetto, en la sencillez de su corazón, desdeñando la vana ciencia de la perspectiva y la anatomía, empleaba para pintar sus madonas de rostro infantil, con aureolas de gloria celeste y sus ángeles con alas polícromas y bucles dorados como el sol, vestidos con túnicas azules como el cielo. En la cabecera de la cama, en la pared blanca y desnuda, se veía un crucifijo negro y debajo, una corona seca, regalo de Giovanni, de amapolas rojas y oscuras violetas semejantes a aquellas que recogía antaño en el bosque de cipreses de Fiésole para arrojarlas a los pies de Savonarola, mientras los monjes de San Marcos cantaban y tocaban la viola y los niños bailaban alrededor del maestro vestidos de ángeles.

Levantó la vista hasta el crucifijo. El Salvador tenía siempre sus brazos abiertos para estrechar al mundo en un abrazo. *¡Venid a mí, todos los que sufrís!* «¿No es ésta la única verdad?», pensó Giovanni. Y estuvo a punto de caer a sus pies exclamando: «¡Sí, Señor, yo creo; socórreme en mi incredulidad!».

Pero la plegaria expiró en sus labios. Y sintió que, aunque

la eterna perdición le amenazase, no podría nunca desechar ni conciliar las dos verdades que luchaban en su alma.

Con muda desesperación desvió su mirada del crucifijo y, enseguida, le pareció que la fétida neblina, el terrible olor a carne humana quemada llegaba hasta allí, hasta este su último refugio.

Ocultó el rostro entre las manos, y su cerebro fue forjando todo el cuadro, sin poder decir si era sueño o realidad: la cámara del interrogatorio, el rojo reflejo de la llama y entre instrumentos de tortura, verdugos y miembros humanos ensangrentados, el cuerpo desnudo de Casandra, protegido por las artes de la Serpiente, del Liberador, insensible al suplicio, bajo el hierro, el fuego y las miradas de los inquisidores. Inmortal como el mármol virginal de las estatuas.

Al volver en sí pudo comprender por lo consumida que estaba la bujía y el número de campanadas en la torre del convento, que su desvanecimiento había durado varias horas y que era ya más de medianoche.

Todo estaba en calma. La bruma se había disipado, lo mismo que el olor fétido, pero hacía todavía más bochorno. Relámpagos azul pálido iluminaban la ventana... Y, como en la memorable noche de la tormenta, cerca de la esclusa de Catarano, se oyó retumbar el trueno. La cabeza le daba vueltas; tenía la boca seca y le torturaba la sed. Recordó que en un rincón había un cántaro de agua. Se levantó, y apoyándose en la pared, fue arrastrándose hasta allí, para beber largamente y mojarse la cabeza. Iba ya hacia la cama, cuando de pronto notó que había alguien dentro de la celda. Se volvió y vio que debajo del negro crucifijo, sobre la cama de fray Benedetto, estaba sentado alguien con un largo hábito oscuro que le llegaba hasta el suelo, cogulla de monje, el rostro oculto por uno de esos puntiagudos capuchones que llevan los hermanos «batutto». Giovanni quedó sorprendido porque sabía que había cerrado la puerta con llave, pero no tuvo miedo. Sintió un alivio como si acabase de despertar de un sueño. Su dolor de cabeza cesó súbitamente.

Se acercó al que estaba sentado y le miró. Al levantarse éste el capuchón cayó y Giovanni pudo ver un rostro inmóvil, blanco como el mármol de las estatuas; un rostro de labios rojos como la sangre, de ojos amarillos como el ámbar, aureolado de cabellos negros vivos, más vivos que el mismo rostro, animados de vida propia como las serpientes de Medusa.

Y, lentamente, solemnemente, como para realizar un conjuro, Casandra –pues era ella– levantó los brazos. El rugir del trueno llegaba en este momento a sus oídos y Giovanni creyó oír en el estruendo aquellas palabras:

> El cielo arriba, el cielo abajo;
> Las estrellas arriba, las estrellas abajo;
> Todo lo que hay arriba también está abajo.
> Feliz aquel que comprenda esto.

Las negras vestiduras, deslizándose, cayeron a los pies y vio la blancura resplandeciente de aquel cuerpo surgiendo como el de Afrodita de la espuma, de su tumba milenaria. Como el de la diosa de Sandro Botticelli, naciendo del mar, con los rasgos de la Purísima Virgen María, y unos ojos llenos de tristeza, como la de aquella voluptuosa Leda quemada en la hoguera de Savonarola.

Giovanni miró al crucifijo por última vez; un último pensamiento espantoso iluminó su espíritu: «¡La Diablesa blanca!», se dijo, y le pareció que el velo de la vida se rasgaba ante él descubriéndole el supremo misterio.

Ella se acercó a él y le estrechó entre sus brazos.

Un relámpago inmenso pareció confundir el cielo con la tierra. Ambos jóvenes se dejaron caer sobre la pobre cama del monje.

Y Giovanni sintió en todo su cuerpo el frío virginal del cuerpo de Casandra, terrible y dulce como la muerte.

V

Zoroastro de Peretola no murió, pero tampoco se restableció de las consecuencias de la caída en su desgraciado intento de vuelo. Quedó lisiado para toda su vida. Olvidó hablar y no podía más que balbucir palabras confusas que nadie, más que el maestro, comprendía. Solía andar por la casa cojeando sobre sus muletas, enorme, torpe, desgreñado como un ave desmesurada o bien escuchaba las conversaciones como si tratase de entender algo. A veces, sentado en un rincón, con las piernas dobladas, tallaba bastoncitos, aserraba tacos para los juegos de bolos, construía peones, o, durante horas enteras, en una especie de semisueño, con estúpida sonrisa, balanceándose y agitando los brazos como alas, tarareaba siempre la misma cancioncilla:

¡Curli, curli!
Vuelan las garzas y las águilas
Entre la bruma y el sol,
Donde la tierra no existe.
¡Curli, curli!

Luego, mirando al maestro con su único ojo, empezaba a llorar.

En estos momentos ofrecía un espectáculo tan lastimoso, que Leonardo se volvía bruscamente o se iba. Pero no quiso nunca abandonar al desvalido. No le olvidaba en sus viajes y peregrinaciones; se interesaba por él, le enviaba dinero y, cuando permanecía largo tiempo en algún sitio, lo llevaba con él.

Así pasaron los años; este inválido era como un vivo reproche, un perpetuo escarnio a los esfuerzos de toda su vida para crear alas humanas.

No lamentaba menos a su otro discípulo, el que le era quizá más querido: César de Cesto.

César, no limitándose a imitar al maestro, quiso ser él mismo. Pero el maestro le anonadaba, le absorbía. Ni bastante débil para someterse, ni bastante fuerte para vencer, César no hacía más que sufrir sin tregua. No era capaz de salvarse sin perecer por completo. Como Giovanni y como Astro, era un inválido, ni vivo ni muerto; uno de aquellos a quienes Leonardo había perdido, embrujado.

Andrea Salaino advirtió a Leonardo que César mantenía correspondencia secreta con los discípulos de Rafael Sanzio, que trabajaba entonces en Roma, por orden del papa Julio II, en los frescos de las salas del Vaticano. Muchos predecían que los rayos de este nuevo astro eclipsarían la gloria de Leonardo. El maestro tuvo el presentimiento de que César meditaba una traición.

Pero la fidelidad de sus amigos era muchas veces peor que su traición.

Con el título de Academia de Leonardo se había fundado en Milán una escuela de jóvenes pintores lombardos, antiguos alumnos del maestro, a los que se agregaron pronto otros, llegados de diversos lugares. Pero no siempre se inspiraban en la personalidad y enseñanzas del maestro. Él seguía de lejos la inquietud de estos muchachos a veces con una sensación de repugnancia al ver que todo lo que había de más puro en su vida y en su arte iba a parar a manos de la muchedumbre: el rostro del Señor de la *Sagrada Cena* se transmitía a la posteridad en malas copias muy del gusto de la mediocridad clerical; la sonrisa de *La Gioconda,* reproducida en malas estampas, se desvelaba impúdicamente y se hacía lasciva o, transformada por las aspiraciones del amor doméstico, se volvía bonachona.

Durante el invierno de 1512, en el pequeño burgo de Riva di Trento, al borde del lago Garda, Marco Antonio de la Torre murió a los treinta años de edad, víctima de unas fiebres perniciosas contraídas cuidando enfermos.

Leonardo perdió con él el último que le fue, sino íntimo, al menos un poco menos extraño que los otros, porque a medida que se extendían sobre su vida las sombras de la vejez, se rompían hilo por hilo los lazos que le unían al mundo de los vivos; un desierto y un silencio cada vez más grande le rodeaban, hasta el punto que le parecía, a veces, descender a las tinieblas subterráneas por una estrecha y oscura escalera, abriéndose camino con un pico de hierro entre bloques de piedra «con obstinado afán» y con la esperanza, acaso insensata, que había allí bajo la tierra un acceso a otro cielo.

Una noche de invierno se hallaba solo, sentado en su cuarto, escuchando el aullido de la tempestad, lo mismo que la noche del día que se enteró de la muerte de la Gioconda. Las voces sobrehumanas del viento nocturno hablaban de lo que es para el corazón humano comprensible, íntimo e inevitable: la suprema soledad oscura en el seno del antiguo caos, padre de todo lo existente, hacedor del inmenso tedio del mundo.

Pensaba en la muerte, y este pensamiento que cada vez acudía a él con más frecuencia, se confundía con el pensamiento de la Gioconda.

De pronto llamaron a la puerta; se levantó para abrir.

En el cuarto entró un joven desconocido, de ojos bondadosos y alegres; el frío había enrojecido su fresco rostro y estrellas de nieve se iban derritiendo entre sus cabellos, de un rubio oscuro.

–¡Meser Leonardo! –exclamó–. ¿No me reconoce?

Mirándole atentamente, Leonardo reconoció a su pequeño amigo, el niño de ocho años con el que había recorrido antiguamente los bosques primaverales de Vaprio: Francesco Melzi.

Le abrazó con paternal ternura.

Francesco le contó que llegaba de Bolonia, donde su padre se había retirado poco después de la invasión francesa en 1500, no queriendo presenciar la deshonra y las desgracias de su patria; cosas que le acarrearon una grave enfermedad que le duró largos años; acababa de morir y Melzi se apresuró a ir al encuentro de Leonardo, recordando su promesa.

–¿Qué promesa? –preguntó el maestro.

–¿Cómo? ¿Os habéis olvidado? Y yo, que esperaba... Pero ¿es posible que no os acordéis?... Fue un día antes de nuestra separación, en el pueblo de Mandello, sobre el lago Lecci, al pie de la montaña Campione. Descendimos al fondo de una mina abandonada, y vos me llevabais en vuestros brazos para que no me cayera; cuando me dijisteis que partíais para la Romaña al servicio de César Borgia me puse a llorar y quise dejar a mi padre para huir con vos. Entonces me prometisteis que diez años más tarde, cuando fuese mayor...

–Me acuerdo, me acuerdo –interrumpió alegremente el maestro.

–Pues bien, ya veis. Ya sé, meser Leonardo, que no me necesitáis. Pero no os molestaré; no me rechacéis. Claro que, de todos modos, no me iría aunque me echaseis. Haced de mí lo que queráis, maestro, pero no os dejaré jamás...

–¡Mi querido niño! –dijo Leonardo, cuya voz temblaba.

Le abrazó de nuevo, le besó los cabellos, mientras Francesco se apretaba contra su pecho con tanta confianza y afecto, como el niño que Leonardo condujera en sus brazos al fondo del subterráneo por la sombría escalera.

VI

Desde el día en que, en 1507, abandonó Florencia, el artista era, de nombre, el pintor de la corte del rey de Francia, Luis XII; pero no percibía sueldo y no debía contar más que con sus gratificaciones. Ocurría con frecuencia que le olvidaban por completo; luego, él no se hacía recordar por sus obras, porque con los años trabajaba cada vez menos y más lentamente. Como antes, tenía constantemente necesidad de dinero, sus asuntos iban cada vez más descuidados. Pedía a todo el que podía prestarle, hasta a sus propios discípulos, contrayendo nuevas deudas sin pagar las antiguas. Escribió al lugarteniente del rey de Francia, Carlos d'Amboise, y al tesorero Florimond Roberti; las mismas cartas molestas, embarazosas y humildes, que antaño escribiera al duque Moro.

«No queriendo importunar a Vuestra Gracia, pregunto por cuenta propia si recibiré sueldo. Más de una vez he escrito a este respecto a Vuestra Señoría, pero, hasta ahora, no he recibido respuesta.»

Esperaba humildemente su vez en las antecámaras de los señores, entre otros solicitantes, aunque con la vejez le parecía cada vez más amargo el pan del prójimo. Se sentía tan inútil al servicio del pueblo como al servicio de los príncipes: era siempre y en todos sitios un extranjero, un extraño.

Mientras Rafael, aprovechándose de la generosidad del Papa, de casi mendigo se había convertido en un rico patricio romano; mientras Miguel Ángel ahorraba dinero, Leonardo seguía como siempre, errante, sin fuego ni hogar, y sin saber dónde apoyaría su cabeza antes de morir.

Las guerras, las víctimas, y las derrotas de sus compatriotas o de los extranjeros, los cambios de leyes o de gobiernos, la opresión de los pueblos, la caída de los tiranos –todo lo que a ojos de los hombres es importante y eterno–, todo eso pasaba ante él como un torbellino de polvo ante el caminante. Con su constante indiferencia por la política, fortificaba el castillo de Milán para el rey de Francia contra los lombardos como antes lo fortificó contra los franceses para el duque de Lombardía. Para celebrar la victoria de Aniadello obtenida por Luis XII sobre los venecianos, erigió un arco de triunfo con los mismos ángeles de madera que, agitando sus alas doradas, habían saludado ante la República ambrosiana a Francisco Sforza y Ludovico Moro.

Tres años más tarde el Papa, el emperador y el rey de España, Fernando el Católico, concertaron, con el nombre de la Santa Liga, una alianza contra Luis XII; arrojaron a los franceses de Lombardía y con ayuda de los suizos elevaron al trono a Maximiliano Moretto el «pequeño Moro»–, hijo de Ludovico Sforza, un joven de diecinueve años que creció en el exilio en la corte del emperador.

También en su honor elevó Leonardo un arco de triunfo.

El gobierno de Moretto fue poco sólido: los mercenarios suizos le trataban como un muñeco, sin preocuparse para nada de él; en cambio los aliados de la Santa Liga se ocupaban demasiado. El joven duque tenía otras preocupaciones más importantes que la pintura. Sin embargo, tomó a Leonardo a su servicio y le encargó su retrato asignándole un sueldo que no le pagó.

Por entonces ocurrían en Toscana los mismos cambios que en Lombardía. La voluntad del pueblo, la de Dios y la de los cañones de Fernando el Católico alejaron de Florencia al desgraciado Piero Soderini. Desengañado para siempre de las virtudes republicanas de sus conciudadanos, huyó a Ragusa. Los hermanos Médicis, los viejos tiranos, hijos de Lorenzo el Magnífico, volvieron a Florencia. Uno de ellos, Giuliano, un soñador, indiferente al poder y a los horrores, triste y bueno, apasionado de la alquimia, oyó a Galeotto Sacrobosco, que se había refugiado en su casa después de su huida de Milán, hablar maravillas de los conocimientos de Leonardo e invitó al artista a entrar a su servicio, menos en calidad de pintor que de alquimista.

Al principio de 1513, empezó a sentirse fatigado de los azares monótonos y caprichosos de la política, cansado de elevar arcos de triunfo y de reparar los viejos resortes de las alas de los ángeles cada vez con más frecuencia y creyó que ya era tiempo de que estos ángeles, lo mismo que él, descansaran.

Se resolvió, pues, a dejar Milán y pasar al servicio de los Médicis.

Al morir el papa Julio II, Giovanni Médicis le sucedió con el nombre de León X.

El nuevo Papa nombró a su hermano Giuliano primer capitán y gonfaloniero de la Iglesia romana, funciones que ejerciera antes César Borgia. Giuliano partió para Roma. Leonardo debía reunírsele en el siguiente otoño.

Algunos días antes de su salida de Milán, en la mañana siguiente a la noche en que quemaron a los ciento treinta y nueve brujos y brujas, los monjes del convento de San Francisco encontraron en la celda de fray Benedetto al discípulo de Leonardo, Giovanni Beltraffio, caído en tierra sin conocimiento.

Sin duda era un acceso de esa misma enfermedad que había padecido quince años antes y cuyo primer ataque le acometió después de oír contar a fray Pagolo la muerte de Savonarola. Pero esta vez Giovanni se restableció rápidamente. Sólo a veces, por sus ojos indiferentes, por su rostro extrañamente inmóvil y como difunto, pasaba una expresión que inspiraba a Leonardo más temor por su discípulo que su grave enfermedad de entonces.

Teniendo siempre la esperanza de salvarle alejándole de él, de su «mal de ojo», el maestro le aconsejó quedarse en Milán, con fray Benedetto, hasta su completo restablecimiento. Pero Giovanni le suplicó que no le abandonase y le llevase a Roma. Leonardo no tuvo el valor de rehusar.

Los ejércitos franceses se dirigían a Milán. El populacho se agitaba. El pequeño Moro se perdía en imprudencias y caprichos infantiles. No podía retrasar más sus servicios.

Y como antes fue de Lorenzo de Médicis a Moro, de Moro a César, de César a Soderini, de Soderini a Luis XII, Leonardo iba ahora a casa de su nuevo protector, Giuliano de Médicis, con penosa resignación siguiendo, eterno errante, sus peregrinaciones sin esperanza.

«El 23 de septiembre de 1513 –anotaba en su diario con su acostumbrada precisión– salí de Milán para Roma acompañado de Francesco Melzi, Salaino, César, Astro y Giovanni.»

Capítulo XVI

Leonardo, Miguel Ángel y Rafael

I

El papa León X, fiel a las tradiciones de la familia Médicis, supo hacerse pasar por gran protector de las artes y de las ciencias. Cuando se enteró de su elección, dijo a su hermano Giuliano:

–Vamos a gozar del poder pontifical, puesto que Dios nos lo ha dado.

Y su bufón preferido, el monje fray Mariano, añadió con filosófica gravedad:

–Viviremos, santo padre, para el placer, porque todo lo demás es tontería.

El Papa se rodeó de poetas, músicos, artistas y sabios. Todos los que hacían versos largos, aunque fuesen mediocres, pero que sonaran bien, podían contar con una prebenda o un buen empleo cerca de su santidad. Un siglo de oro nació para los imitadores, que no tenían más que una creencia inquebrantable: la fe en la perfección inimitable de la prosa de Cicerón y de los versos de Virgilio.

«La idea –decían– de que los nuevos poetas puedan sobrepasar a los antiguos es el origen de todas las herejías.»

Los sacerdotes evitaban en sus sermones citar a Cristo por su nombre, porque esta palabra no se encontraba en las epístolas de Cicerón; llamaban a las religiosas, vestales; al Espíritu Santo, el soplo de Júpiter y pidieron permiso al Papa para colocar a Platón en el número de los santos.

El autor de «Asolani», diálogo sobre el amor celeste, y de «Príapo», poema de increíble cinismo, el futuro cardenal Pietro Bembo, confesaba que no leía las epístolas de san Pablo, «por temor a avinagrar el estilo».

Cuando Francisco I, después de su victoria sobre el Papa, exigió de él como presente el Laocoonte, recientemente descubierto, León X declaró que prefería separarse de la cabeza del

Apóstol, cuyas reliquias se conservaban en Roma, que del Laocoonte.

El Papa amaba a sus sabios y artistas, pero gustaba quizá más de sus bufones. En una fiesta solemne coronó de laureles y coles a Cuerno, un versificador grotesco sensual y borracho, que recibió el título de «archipoeta», otorgándole los mismos favores que a Rafael Sanzio. Gastaba, para ofrecer a sus sabios suntuosos festines, las enormes rentas de Ancona, de Spoletto y de la Romaña; pero él era sobrio, porque el estómago de su santidad digería mal. Este epicúreo sufría una enfermedad incurable: una fístula purulenta. Y su alma, como su cuerpo, se hallaba roída por un secreto mal: el aburrimiento. Se hacía traer de lejanos países, para su casa de fieras, raros animales y, para su colección de bufones, iba a los hospitales en busca de lisiados, monstruos y locos. Pero ni fieras ni hombres lograban distraerle. En sus francachelas, en medio de las bromas y el bullicio, el tedio y una expresión de asco le acompañaban siempre.

Su verdadera naturaleza no se reveló más que en política. Era tan fríamente cruel y perjuro como Borgia.

Cuando León X agonizaba, abandonado de todos, el fraile Mariano, su bufón preferido, y casi el único amigo que le fue fiel hasta el fin, hombre bueno y piadoso, viendo que moría como un pagano, le suplicó llorando: «Acordaos de Dios, santo padre, acordaos de Dios». Era una involuntaria zumba, pero la más cruel que se podía dirigir a aquel escéptico inexorable.

Algunos días después de su llegada a Roma, Leonardo esperaba su turno en la sala de recepciones del Vaticano. Era muy difícil obtener una audiencia de su santidad, hasta para las personas que él mismo expresaba su deseo de ver.

Leonardo oía a los cortesanos hablar de los preparativos del homenaje al favorito del Papa, el enano Baraballo, al que debían pasear por las calles sobre un elefante recién llegado de las Indias. También contaban las últimas hazañas de fray Mariano; el día anterior durante la cena, en presencia del Papa saltó encima de la mesa y, entre la hilaridad general, fue golpeando en la cabeza a los cardenales y obispos y tirándoles a la cara capones asados, cayendo sobre los hábitos de sus Reverencias chorros de salsa.

Mientras Leonardo escuchaba estos comentarios, se oyeron tras de la puerta de la cámara del pontífice músicas y cantos. En los rostros fatigados por la espera se dibujó una gran tristeza.

El Papa era un músico mediocre pero apasionado. Los conciertos en que tomaba parte duraban indefinidamente, por eso los que venían a visitarle se desesperaban en cuanto oían música.

–¿Sabéis, meser –le dijo al oído a Leonardo un poeta desconocido, de rostro famélico, que hacía dos meses esperaba su vez–, cuál es el medio de obtener una audiencia de su santidad? Presentarse en calidad de bufón. Mi viejo amigo, el ilustre Marco Masuro, viendo que por su propia personalidad no le hacían caso, ordenó al camarero del Papa que le anunciase como un nuevo Baraballo. Fue recibido al instante y obtuvo todo lo que quería.

Leonardo no quiso aprovechar este buen consejo. No se hizo anunciar como bufón y una vez más se fue sin ser recibido.

Tuvo durante los últimos tiempos extraños presentimientos, que le parecían infundados. Las preocupaciones cotidianas, los deberes impuestos por la corte de León X y de Julio de Médicis no le inquietaban: hacía tiempo que se había acostumbrado a ellos. No obstante, su angustia crecía. Y particularmente, en esta hermosa tarde de otoño, mientras regresaba del palacio a su casa, su corazón se oprimía como por la proximidad de una desgracia.

Habitaba en el mismo lugar que en su primera estancia en Roma, en tiempos de Alejandro VI: a unos pasos del Vaticano, detrás de la basílica de San Pedro, en uno de los pequeños edificios de la Casa de la Moneda, situado en una estrecha callejuela. Este edificio, viejo y lúgubre, estuvo deshabitado desde la marcha de Leonardo a Florencia, y se había hecho más húmedo y lúgubre todavía.

Entró en una vasta pieza abovedada donde las grietas se dibujaban sobre la pared de la casa vecina y que a pesar de la claridad de la tarde, estaba ya oscura.

En un rincón, con las piernas dobladas, se hallaba sentado Astro, el mecánico lisiado, balanceándose al son de su triste cancioncilla:

Curli, curli
Vuelan las garzas, las águilas.

Una agonía siniestra oprimió más todavía el corazón de Leonardo.

–¿Qué tal, Astro? –preguntó afectuosamente al herrero poniéndole la mano sobre la cabeza.

–Yo, estoy bien –respondió Astro fijando en el maestro una mirada casi inteligente y hasta maliciosa–. Estoy bien. Pero Giovanni... ¡Bah! Él también está mejor así... ¡Ha volado!...

–¿Qué dices, Astro? ¿Dónde está Giovanni? –preguntó Leonardo.

Y, bruscamente, comprendió que Giovanni era la causa de la siniestra angustia que le oprimía el corazón.

Sin preocuparse más del maestro, Astro volvió a su tarea de tallar una varita.

–Astro –insistió Leonardo cogiéndole la mano–, te lo ruego, amigo mío, acuérdate bien. ¿Dónde está Giovanni? ¿Comprendes, Astro? Tengo absoluta necesidad de verle enseguida. ¿Dónde está? ¿Qué le ha sucedido?

–¿No lo sabe usted todavía? –dijo el lisiado–. Está arriba, está quieto... tieso...

Buscaba visiblemente, sin poderla encontrar, la palabra necesaria que escapaba a su memoria. Esto le ocurría con frecuencia. Confundía ciertos sonidos e incluso palabras enteras que empleaba unas por otras.

–¿No sabe? –añadió con calma–. Pues venga. Le voy a enseñar... Pero no se asuste: más vale así...

Se levantó y cojeando pesadamente sobre sus muletas, condujo a Leonardo por la crujiente escalera.

Subieron al granero.

Era asfixiante el calor que despedían las tejas recalentadas por el sol. Olía a estiércol de pájaro y a paja. Un rayo de sol oblicuo y polvoriento penetraba por una claraboya. Al entrar ellos, una bandada de pichones huyeron asustados con ruido de alas.

–Mire –dijo Astro con la misma calma, mostrando el fondo oscuro del granero.

Y bajo una de las gruesas vigas, Leonardo vio a Giovanni, derecho, inmóvil, extrañamente alargado, que parecía mirarle, con los ojos completamente abiertos.

–¡Giovanni! –gritó.

Luego, de repente, pálido como un difunto, se lanzó hacia su discípulo y vio su cara espantosamente contraída. Cogió su mano: estaba fría. El cuerpo hizo un vaivén: estaba suspendido de uno de aquellos sólidos cordones de seda que el maestro empleaba para su máquina volante. El cordón se hallaba atado a un gancho de hierro nuevo, sin duda clavado recientemente en la viga. Cerca de allí había un trozo de jabón que el suicida había empleado probablemente para jabonar el nudo.

Astro, volviendo a su indiferencia, se acercó a la claraboya y miró.

La casa se asentaba sobre una pequeña colina. Se divisaban los tejados, las torres y los campanarios de Roma; la ondulante llanura como el mar que tomaba bajo los rayos del sol poniente un color verde turbio; las largas hileras negras, rotas aquí y allá, de los acueductos romanos; las montañas de Albano, de Frascati, de Rocca di Papa y el purísimo cielo por donde planeaban las golondrinas.

Astro miraba, con los ojos medio cerrados, y balanceándose con beatífica sonrisa, agitaba sus brazos como alas:

> Curli, curli
> Vuelan las garzas, las águilas.

Leonardo sintió deseos de huir, de pedir socorro, pero no pudo hacer ningún movimiento y quedó petrificado de terror entre sus dos discípulos: un muerto y un loco.

Días más tarde, arreglando los papeles del difunto, el maestro encontró su diario. Lo leyó atentamente.

Leonardo no comprendía las contradicciones que habían perdido a Giovanni, pero sintió entonces con más claridad que nunca, que él era la causa de esta desgracia, que él había perdido a su discípulo, le había echado mal de ojo, le había envenenado con las frutas del árbol de la ciencia.

Le conmovieron sobre todo las últimas líneas del diario que, a juzgar por la diferencia del color de la tinta y de la escritura, habían sido escritas tras una interrupción de largos años.

«El otro día, en el convento de fray Benedetto, un monje llegado de Athos me mostró sobre un viejo pergamino un friso representando a Juan, el Precursor, alado. En Italia no poseemos semejantes imágenes. Esto procede de los iconos griegos. Los miembros son delgados y largos, el rostro extraño y espantoso. El cuerpo, cubierto de una vestidura peluda de piel de camello, parecía tener plumas como las de los pájaros: "Os envío a mi ángel, el que preparará el camino e inmediatamente el ángel que entrará en su templo y hallaréis al Señor; mirad, ya llega". (Malaquias, III-1.)

»Pero éste no es un ángel ni un espíritu: es un hombre de alas gigantescas.

»En 1503, último del reinado de la Bestia púrpurea, del papa Alejandro VI, Borgia, el monje agustino Tomás Schweinitz, hablaba en Roma del vuelo del Anticristo: "Y entonces –decía– la Bestia sentada sobre el trono de Dios en el templo de Sión habiendo arrebatado el fuego del cielo dirá a los hombres: ¿Por qué os turbáis y qué queréis? Oh, raza incrédula y pérfida, queréis un prodigio; tendréis un prodigio. Veréis al hijo del hombre venir sobre las nubes para juzgar a los vivos y a los muertos. Dirá así y tomará grandes alas de fuego construidas por un artificio diabólico y se elevará entre truenos y rayos rodeado de sus discípulos, que tendrán aspecto de ángeles y empezará a volar...".»

Seguían palabras entrecortadas, escritas por una mano temblorosa, tachadas en varios sitios.

«El parecido de Cristo y del Anticristo es un parecido perfecto. El rostro del Anticristo en el rostro de Cristo; el rostro de Cristo en el del Anticristo. ¿Quién podrá distinguirlos? ¿Y quién no quedará seducido? Supremo misterio, supremo dolor, como jamás lo ha habido en el mundo.

»En la catedral de Orvieto se ve en el cuadro de Luc Signorelli los pliegues de las vestiduras del Anticristo agitadas por el viento mientras él se precipita en el abismo. Y son exactamente los mismos pliegues, como alas de un gigantesco pájaro, de la capa de Leonardo cuando se hallaba de pie al borde del precipicio, en la cima del monte Albano, sobre el pueblo de Vinci.»

En la última página y con otro tipo de letra, sin duda después de un nuevo y largo intervalo, se leía:

¡La Diablesa blanca siempre, por todas partes! ¡Maldita! Supremo misterio: dos son uno. Cristo y Anticristo son uno. El cielo arriba, el cielo abajo ¡Que esto no sea! ¡Que esto no sea! Prefiero morir. ¡Pongo mi alma en tus manos, Dios mío! ¡Júzgame!»

El diario terminaba con estas palabras. Leonardo comprendió que fueron escritas la víspera o el mismo día del suicidio.

II

En una de las salas del Vaticano, llamada Stanza della Segnature, adornada de pinturas murales recientemente terminadas por Rafael, el papa León X, rodeado de dignatarios de la Iglesia, de sabios, poetas, prestidigitadores, enanos y bufones, se hallaba sentado bajo una pintura al fresco que representaba al dios Apolo en el Parnaso en medio de las Musas.

Su enorme cuerpo, blanco, inflado como el de las viejas hidrópicas; su grueso rostro redondo y pálido, de ojos blancuzcos y prominentes de rana, eran feos. Uno de sus ojos apenas veía, con el otro veía mal y, cuando el Papa quería examinar algún objeto, empleaba en lugar de un cristal de aumento una lupa de berilo tallado. En el ojo que veía brillaba un espíritu frío, preciso y desesperadamente aburrido. El orgullo del Papa eran sus manos, bellísimas, en efecto; no despreciaba ocasión de lucirlas y alabarlas, lo mismo que el timbre agradable de su voz.

El santo padre descansaba, charlando con sus cortesanos de dos nuevos poemas.

Los dos estaban escritos en versos latinos, cuya irreprochable elegancia imitaban la *Eneida* de Virgilio. El primero, intitulado la «Cristiada», era una transposición del Evangelio donde, a la moda de la época, se mezclaban imágenes cristianas y paganas. Así al Santo Sacramento se le llamaba «el divino alimento disimulado a la débil vista de los hombres bajo la forma de Ceres y de Baco», es decir, de pan y de vino. Diana, Tetis y Eolo servían a la Virgen y cuando el arcángel Gabriel venía a anunciar en Nazareth la buena nueva, Mercurio escuchaba en la puerta e iba enseguida a informar a los dioses olímpicos reunidos en asamblea aconsejándoles tomar medidas decisivas.

Otro poema, de Fracastor, intitulado «Siphilis», dedicado al futuro cardenal Pietro Bembo –aquel que no leía las epístolas de san Pablo por temor de que se le estropease el estilo–, cantaba con virgiliana perfección el mal francés y los medios de curarlo con baños de azufre y pomada mercurial. Explicaba el origen del mal; un día, en los tiempos antiguos un pastor llamado Sifilis irritó con sus burlas al dios Sol, el cual, para castigarle, le envió una enfermedad que no cedía a ningún tratamiento hasta el día que la ninfa América le inició en sus misterios y le condujo hacia un bosque donde había salutíferos guayaberos, una fuente sulfurosa y un lago de mercurio. Cuando los españoles, después de atravesar el océano y descubrir la tierra donde habitaba la ninfa América, ofendieron también al dios Sol cazando pájaros que le estaban consagrados, uno de estos pájaros les anunció con voz humana que, para castigarlos por esta profanación, Apolo les enviaría el mal francés.

El Papa recitó de memoria varios fragmentos de los dos poemas. En particular el discurso pronunciado por Mercurio ante la asamblea de los Olímpicos a propósito de la Anunciación del Arcángel y las quejas amorosas dirigidas por el pastor Sifilis a la ninfa América.

Cuando entre un murmullo de alabanzas entusiastas y aplausos respetuosos y discretos, escapados como por casualidad de los asistentes, acabó de recitar, anunciaron a Miguel Ángel recién llegado de Florencia.

El Papa hizo un ligero gesto, pero dio orden de introducirle enseguida.

El rudo Buonarotti inspiraba a León X un sentimiento que se parecía al miedo. Prefería a Rafael, «buen muchacho», alegre, acomodaticio y dispuesto a todo.

El Papa recibió a Miguel Ángel con su negligencia característica y afable. Pero, cuando el artista quiso hablar de un asunto en que se juzgaba ofendido –el encargo dado primero y después anulado bruscamente, de la fachada en mármol de la iglesia de San Lorenzo, en Florencia–, el Papa cambió de conversación y, colocando en su ojo bueno, con gesto familiar, el monóculo de berilo, miró a Miguel Ángel con una benevolencia bajo la que se ocultaba irónica malicia.

–Meser Miguel Ángel –dijo–, nos gustaría conocer tu parecer sobre un pequeño asunto: nuestro hermano el duque Giuliano quiere que encarguemos una obra importante a tu paisano, el florentino Leonardo da Vinci. Dime, te lo ruego, qué piensas de él y qué clase de trabajo convendría confiarle.

Bajando los ojos con aire taciturno, Miguel Ángel guardó silencio, mortificado como siempre bajo las miradas ajenas por el sentimiento de su fealdad. El Papa esperaba su respuesta, fijando en él su monóculo de berilo.

–Vuestra santidad –dijo por fin Buonarotti– ignora quizá que muchas personas me consideran como un enemigo de meser Da Vinci. Verdad o no, creo que nadie menos indicado que yo para ser juez en este asunto y expresar una opinión cualquiera sobre él, buena o mala.

–Juro por Baco –exclamó el Papa, que se iba animando y, sin duda, preparaba algo divertido–, que aunque sea así quisiéramos conocer tu opinión sobre meser Leonardo, y no dudamos que para juzgar a un enemigo dejes de mostrar tanta nobleza como para juzgar a un amigo. Además, nunca he creído ni creeré jamás que seáis realmente enemigos. Vamos ¡pues! Artistas como tú y él no pueden estar sino por encima de toda vanidad. ¿Qué tenéis que repartir, en qué vais a rivalizar? Y si, en efecto, hay algo entre vosotros, ¿por qué recordarlo? ¿No es mejor vivir en paz? Dicen que la concordia engrandece al pequeño y la discordia empequeñece al grande. ¿Es posible, hijo mío, que si yo, tu padre, quisiera unir vuestras manos, rehusases y no le dieses la mano?

Los ojos de Buonarotti chispearon; como le ocurría con frecuencia, su timidez se transformó instantáneamente en furor.

–¡No doy la mano a los traidores! –dijo con voz sorda y entrecortada, conteniéndose apenas.

–¿A los traidores? –replicó el Papa, animándose más–. Es una grave acusación, Miguel Ángel. Sí, grave, y estamos seguros que tú no te permitirías exponerla sin tener pruebas...

–No tengo pruebas y no hacen falta. Digo lo que todo el

mundo sabe. Durante quince años ha estado al servicio del duque Moro, aquel que primeramente trajo a los extranjeros a Italia y les entregó la patria; cuando Dios infligió al tirano su merecido castigo y le hizo perecer, Leonardo pasó al servicio de un malvado peor, César Borgia. En fin, ciudadano de Florencia, levantó los planos de la Toscana para facilitar al enemigo la conquista de su propia patria.

–No juzgues y no serás juzgado, –dijo el Papa con ligera ironía–. Olvidas, amigo mío, que Leonardo no es ni guerrero ni hombre de Estado, sino artista. Los favoritos de las Musas y las Gracias, ¿no tienen derecho a más libertad que el resto de los mortales? ¿Qué os importan la política, las luchas de los pueblos y de los príncipes a vosotros, artistas, habitantes de esferas superiores donde no hay ni esclavos ni hombres libres, ni judíos, ni helenos, ni bárbaros, ni escitas, sino en todas partes Apolo? ¿No podíais, como los antiguos filósofos, llamaros ciudadanos del mundo cuya patria es siempre donde están bien?

–Perdóneme vuestra santidad –interrumpió casi groseramente Miguel Ángel–. Soy un hombre sencillo y no un letrado; no entiendo nada de finezas políticas. Tengo costumbre de llamar blanco a lo blanco y negro a lo negro. Y tengo por despreciable al malvado que no respeta a su madre y reniega de su patria. Ya sé que meser Leonardo se cree por encima de todas las leyes humanas. Pero ¿con qué derecho? Siempre promete y se prepara para maravillar al mundo con milagros ¿No es ya hora de poner manos a la obra? ¿Dónde están esos milagros y esos prodigios? ¿Serán esas alas grotescas con las que uno de sus discípulos quiso volar y se rompió la cabeza como un imbécil? ¿Hasta cuándo tendremos que creer en su palabra? ¿No tenemos derecho nosotros también, simples mortales, a dudar y a preguntarnos qué se esconde, al fin, tras de esos enigmas y todos esos misterios?... Pero ¿para qué hablar? Antes se llamaba a los cínicos, cínicos y a los bandidos, bandidos; hoy se los intitula filósofos, ciudadanos del universo, y pronto, a fe mía, no habrá sinvergüenza que no imite al dios Hermes Trimegisto o al Titán Prometeo...

El Papa, fijando en Miguel Ángel sus claros ojos de rana, le observaba tranquila y fríamente y, pensando en lo inane de todas las cosas terrestres y en la vanidad de las vanidades, contemplaba la humillación del orgulloso y la pequeñez del grande. Soñaba ya con reunir a los dos rivales, excitarlos a uno contra otro, organizar un espectáculo extraordinario, algo parecido a una lucha de gallos de dimensiones gigantescas; una verdadera diversión para este aficionado a lo raro y lo monstruoso de la que hubiera gozado con la misma curiosidad epicúrea y tediosa que de una batalla entre bufones, lisiados, locos, monos o enanos.

–Hijo mío –exclamó al fin con dulce y triste suspiro–, ahora veo que la enemistad en la cual hasta ahora no queríamos creer existe realmente entre vosotros. Estoy sorprendido, sí, lo confieso, sorprendido y apenado del juicio que te merece meser Leonardo. Vamos, Miguel Ángel, además de su arte y su ciencia, Leonardo tiene tan buen corazón que no sólo siente piedad por los hombres sino también por los animales y hasta por las plantas. No permite que se les cause el menor mal, como esos sabios hindúes llamados himnosofistas de quienes los viajeros nos cuentan tantas maravillas...

Miguel Ángel, volviéndose, quedó silencioso. Su rostro se contraía por instantes en una crispación de furor. Comprendía que el Papa se burlaba de él. Pietro Bembo, que estaba a su lado y seguía atentamente la conversación, comprendió que la broma podía acabar mal: Buonarotti no era el indicado para el juego emprendido por el Papa. El hábil cortesano intervino, con tanto más placer cuanto que él mismo quería poco a Leonardo, quien, según creía, se burlaba de los literatos arcaizantes «imitadores de los antiguos», «grajos adornados con plumas de pavo real».

–Es posible, santidad –dijo–, que haya en las palabras de meser Miguel una parte de verdad. Circulan sobre Leonardo rumores tan contradictorios que, a veces, en efecto, no se sabe qué creer. Dicen que no come carne por amor a los animales, y al mismo tiempo inventa máquinas mortíferas para la exterminación del género humano, y le gusta acompañar a los criminales al suplicio para observar en sus rostros la expresión del supremo horror. También he oído decir que sus discípulos y los de Marco Antonio, para sus disecciones anatómicas, no sólo robaban los cadáveres de los hospitales, sino que hasta iban a desenterrarlos de los cementerios cristianos. Parece, desde luego, que en todo tiempo los sabios han sido inclinados a extravagancias. Así los antiguos cuentan que los célebres naturalistas Erasístrato y Herfilo empleaban para sus prácticas anatómicas hombres vivos, criminales condenados a muerte, justificando su crueldad hacia los hombres con su amor a la ciencia, según testimonio de Celso. *Herophylus homines odit ut noscet* (Heróphilo sacrificaba a los hombres para adquirir sabiduría).

–¡Calla, calla, Piero! ¡Dios nos proteja! –interrumpió el Papa presa de un temblor que esta vez no era fingido–. Te prohíbo hablarme jamás de tales abominaciones. Y si supiésemos que Leonardo...

Se santiguó piadosamente. Todo el enorme cuerpo hinchado del Papa se agitó tembloroso.

A la vez que escéptico, León X era supersticioso como una vieja. Temía sobre todo a la magia negra. Con una mano recompensaba a los autores de poemas como «Sifilis» y «Príapo», y con la otra refrendaba los poderes dados al gran inquisidor fray Giorgio de Casale para luchar contra brujos y brujas.

Al oír decir que se robaban cadáveres, se acordó de una denuncia que acababa de recibir y a la que, al principio, no prestó atención: uno de los hombres de Giuliano de Médicis, el espejero alemán Johans que vivía en casa de Leonardo, había acusado al maestro de robar los fetos de los cadáveres de mujeres embarazadas bajo pretexto de estudiar anatomía, pero en realidad para entregarse a la magia negra.

Por lo demás, el terror del Papa no duró mucho tiempo; después de la marcha de Miguel Ángel organizó un concierto, y su santidad logró un éxito en un pasaje difícil, lo que le ponía siempre de buen humor. Luego, durante la comida, se divirtió en organizar el orden del cortejo triunfal del enano Baraballo, que iría montado sobre un elefante, y se olvidó de Leonardo.

Pero al día siguiente el prior del convento del Santo Spirito, en el hospital en que el artista estudiaba anatomía, recibió la orden de no entregar cadáveres a Leonardo y no dejarle entrar en el hospital; al mismo tiempo se le recordaba la bula de Bonifacio VIII prohibiendo bajo pena de excomunión el disecar cadáveres humanos, a menos que la Curia apostólica lo autorizase.

III

Después de la muerte de Giovanni, la estancia en Roma se le hacía cada vez más penosa a Leonardo.

La incertidumbre, la espera, la ociosidad forzada le cansaban. Sus ocupaciones ordinarias –libros, máquinas, experiencias, pintura– le importunaban.

En los largos días de otoño, cuando a solas con Astro el loco y la sombra de Giovanni se sentía demasiado angustiado en su casa, que se había vuelto todavía más lúgubre, se iba a ver a meser Francesco Vettori, embajador de Florencia, que mantenía correspondencia con Nicolás Maquiavelo, y hablaba de él al artista y le comunicaba sus cartas.

La desgracia continuaba persiguiendo a Nicolás. Ocurrió que el sueño de toda su vida –la milicia popular creada por él y de la que esperaba la salvación de Italia– no valía para nada. En el sitio de Frato, en 1512, a las primeras granadas españolas, huyeron a la desbandada delante de sus ojos como un rebaño de borregos. A la vuelta de los Médicis, Nicolás fue privado de su empleo, «despedido, destituido y separado de todo». Se descubrió poco después un complot para el restablecimiento de la República y la caída de los tiranos. Nicolás había tomado parte en él. Fue detenido, interrogado, tendido cuatro veces en el potro, juzgado. Soportó las torturas con un valor que por propia confesión «no esperaba de él mismo». Puesto en libertad bajo fianza, quedó vigilado, y se le prohibió salir de Toscana durante un año.

Quedó en una tal miseria, que se vio obligado a abandonar Florencia e irse a una pequeña heredad, a un pueblecillo de la montaña próximo a San Cachiano, a diez millas en la carretera de Roma.

Pero a pesar de todas sus desgracias no se entregaba al reposo. Con la sinceridad que le era propia en medio de sus metamorfosis y sus bruscos cambios, de republicano ardiente que era se transformó en partidario, igualmente ardiente, de los tiranos. En su prisión, escribía epístolas de arrepentimiento y alabanzas dirigidas a los Médicis. En su libro *El príncipe,* dedicado a Lorenzo el Magnífico, sobrino de Giuliano, proponía como modelo más elevado de sabiduría política a César Borgia, muerto ya en el exilio, a quien él mismo denigrara cruelmente; ahora lo rodeaba de la aureola de una grandeza casi sobrehumana, y lo colocaba entre los héroes inmortales. Maquiavelo, en su fuero interno, comprendía que se engañaba a sí mismo: la tiranía mezquina de los Médicis le repugnaba tanto como la República mezquina de Soderini, pero no teniendo el valor de renunciar a esta última ilusión se agarraba a ella como el náufrago a una tabla.

Enfermo, aburrido, soportando en brazos y piernas las llagas mal cicatrizadas que las cuerdas del caballete le habían abierto, suplicaba a Vettori que interviniese cerca del Papa y de Giuliano para obtenerle «cualquier empleíllo, porque la inacción para él era más terrible que la muerte: que se le permitiera solamente volver a la vida activa, pues estaba dispuesto a toda clase de trabajo, incluso a picar piedras».

Para no cansar a su protector con quejas y solicitudes continuas, Nicolás trataba a veces de distraerle con bromas y con el relato de sus aventuras amorosas. A los cincuenta años, padre de una familia hambrienta, estaba o fingía estar enamorado como un colegial. «He abandonado todo pensamiento serio y razonable. Ni los relatos de antiguas hazañas, ni las charlas sobre la actual política me interesan ya: amo.»

Cuando Leonardo leía estas jocosas misivas, recordaba las palabras que Nicolás le dijo un día en Romaña, a la salida del garito donde hacía el payaso ante la canalla española. «La miseria danza, la miseria salta, la miseria canta.» Pero a veces en estas cartas, entre consejos epicúreos, confidencias amorosas y bromas cínicas e impúdicas sobre su propia persona, resonaba un grito de desesperación.

«¿Ningún ser vivo se acordará jamás de mí? Si usted me quiere todavía, meser Francesco, como me quería antes, no podría contemplar sin indignación la lastimosa vida que ahora llevo.»

En otra carta describía así su vida:

«La caza de mirlos es, hasta ahora, mi principal distracción. Me levanto antes del alba, preparo con mis propias manos los cepos y salgo de casa cargado de jaulas, imaginándome ser el liberto que vuelve del puerto para escribir los libros de Anfitrión. Por lo general cazo dos mirlos por lo menos, seis como máximo. Es así como he pasado el mes de septiembre: después voy al pozo y de allí al bosque donde antes cazaba. Siempre llevo un libro conmigo –Dante, Petrarca, Tíbulo u Ovidio–. Leyendo sus apasionadas quejas, pienso en mis propios sentimientos y hallo en estos sueños un corto pero dulce olvido. Luego voy a la posada de la carretera y converso con los viajeros y escucho las noticias; observo los gustos, las costumbres, los caprichos de los hombres. Cuando llega la hora de comer vuelvo a casa, me siento a la mesa con mi familia y satisfago el hambre con los modestos alimentos que me permiten las exiguas rentas de mis bienes. Después de comer vuelvo a la posada. Allí hay ya reunida toda una sociedad: el posadero, el molinero, el leñador, los dos panaderos. Paso todo el resto del día con ellos jugando a los dados, a las damas y a la *cricca*; discutimos, nos arrebatamos, reñimos por un sueldo y alborotamos tanto que nos oyen desde San Cachiano.

»Éste es el lodo en que me anego, tratando solamente de no enmohecerme para siempre y no volverme loco de aburrimiento: desde luego, dejo que la suerte me lleve y haga de mí lo que quiera, para ver si pone un límite a su infamia y crueldad.

»Por la noche vuelvo a casa. Pero antes de encerrarme en mi cuarto me quito la ropa sucia de todos los días, me pongo mi traje de corte o la toga de senador y, vestido convenientemente, entro en los elíseos de la antigüedad donde los sabios y los héroes me reciben con benevolencia; allí me nutro del alimento para el cual he nacido, departo libremente con ellos, les interrogo, me entero de la causa de sus acciones y tienen la amabilidad de responderme como a un igual. Durante varias horas no me aburro, no temo la pobreza ni la muerte, olvido todos mis sufrimientos y vivo por completo en el pasado. Anoto luego todo lo que he aprendido de ellos y así voy componiendo mi libro sobre *El príncipe*.

IV

Leonardo, leyendo las cartas de Nicolás, comprendía lo compenetrado que estaba con él a pesar de lo que tenían de contrario. Se acordó de Maquiavelo, predijo que tendrían la misma suerte: los dos serían siempre vagabundos sin fuego ni hogar en este mundo «en el que no cabe más que lo vulgar». En efecto, la vida de Leonardo en Roma era tan oscura como la de Maquiavelo en San Cachiano. El mismo aburrimiento, la misma soledad, la misma inacción forzada, más terrible que cualquier suplicio, la misma conciencia de su poder y su inutilidad para con los hombres. Como Nicolás, dejaba ya a la suerte que le patease e hiciese de él lo que quisiera; pero su resignación era mayor todavía, porque no se defendía como el otro, con la desvergüenza y el cinismo.

León X, entregado por completo al homenaje que iba a rendirse al bufón Baraballo, todavía no había tenido tiempo de recibir a Leonardo, y para desembarazarse de él le encargó que repasase los troqueles de la Casa de la Moneda. Como siempre, el artista, sin desdeñar ninguna tarea, por modesta que fuese, ejecutó a la perfección la obra encomendada. Inventó una máquina por medio de la cual la moneda, cuyos bordes salían desiguales y rugosos, quedaba ahora impecablemente redonda.

Por entonces sus asuntos iban mal, a causa de sus antiguas deudas. La mayor parte de sus ingresos servían para pagar los intereses y sin la ayuda de Francesco Melzi, que había heredado de su padre, Leonardo se hubiera visto reducido a una extrema miseria.

En el verano de 1514 enfermó de malaria. Fue la primera enfermedad grave de toda su vida. No tomó ninguna medicina ni se dejó tratar por ningún médico. Le cuidaba solamente Francesco y de día en día Leonardo se unía más a él comprendiendo la sencillez de su afecto y a veces pensaba que Dios le había enviado con este niño un último amigo, un ángel guardián, el báculo de su vejez errante.

El artista se sentía olvidado y quería que le recordasen. Enfermo, escribió a su protector Giuliano de Médicis cartas de cumplido marcadas con la cortesía corriente en la época, pero sin éxito:

«Cuando me enteré de vuestra tan deseada curación, ilustrísimo señor, mi alegría fue tan grande, que yo también curé como por milagro, resucitado de entre los muertos.»

Próximo el otoño, desapareció la malaria, pero el artista quedó débil y enfermo. Durante los pocos meses que siguieron a la muerte de Giovanni, Leonardo envejeció como si hubieran pasado muchos años.

Con más frecuencia cada vez, se sentía deprimido por una extraña debilidad, por una melancolía que se parecía a la laxitud de la muerte.

Unas veces se entregaba con ardor aparente a cualquiera de las ocupaciones que le habían gustado –matemáticas, astronomía, pintura, máquina volante–, pero lo abandonaba enseguida para emprender otra obra que también abandonaba con igual desgana.

Cuando más sombrío estaba, se entusiasmaba de pronto con diversiones infantiles.

A través de una pared unía a unos fuelles de fragua, disimulados en la habitación vecina, tripas de cordero cuidadosamente lavadas y secas, tan finas y flexibles que podían cogerse con la mano para luego inflarse como gigantescos balones que obligaban a retroceder a los visitantes asustados. Solía compararlas a la virtud, que al principio parece pequeña y despreciable, pero que, creciendo poco a poco, llena el mundo.

Cubría con escamas de peces y de serpientes a un enorme lagarto encontrado en los jardines del Belvedere, lo adornaba con cuernos, barba, ojos y unas alas de Mercurio que temblaban a cada movimiento del animal. Luego ya domesticado lo enseñaba a sus visitantes, quienes, tomando al monstruo por el diablo, retrocedían aterrorizados.

También modelaba en cera fabulosos animalillos alados llenándolos de aire caliente, lo que los hacía tan ligeros que se elevaban en el aire y planeaban. La sorpresa y el temor supersticioso de los espectadores le producían una alegría infantil. Pero esta expresión en aquel rostro arrugado resultaba tan lamentable, que a Francesco se le oprimía el corazón.

Un día sorprendió a César de Cesto diciendo a unos visitantes después que el maestro salió de la habitación:

–Ved, señores, ved en qué juegos nos ocupamos ahora. ¿A qué disimularlo? El viejo ha perdido la razón y vuelto a la infancia. Comenzó por las alas humanas y ha terminado por hacer monigotes voladores; ¡la montaña ha parido un ratón!

Y con maligna y forzada sonrisa, añadió:

–El Papa parece muy entendido en locos y bufones. Meser Leonardo sería para él un verdadero tesoro. Están hechos el uno para el otro. En verdad, señores, intervenid cerca del santo padre para que tome al maestro a su servicio. No temáis; quedará satisfecho. Nuestro viejo sabrá divertirle mejor que fray Mariano y hasta que el enano Baraballo.

Esta broma se hallaba más cerca de la verdad de lo que pudiera pensarse.

Cuando el Papa oyó hablar de las bromas de Leonardo, de las tripas infladas, del lagarto alado y de sus monigotes voladores, sintió tantos deseos de verlos que olvidó el temor que le inspiraban la brujería e impiedad de Leonardo. Hábiles cortesanos hacían comprender a éste que el momento de actuar había llegado: la suerte le ofrecía la ocasión de rivalizar en los favores de su santidad con Rafael y hasta con Baraballo. Pero como tantas veces, Leonardo no oyó los consejos de la sabiduría; no supo aprovechar la ocasión de asir a tiempo la rueda de la Fortuna.

Comprendiendo que César era para Leonardo un enemigo, Francesco previno al maestro, pero éste no le creyó.

–Déjale, no te ocupes de él –decía defendiendo a César–, no sabes cuánto me ama aunque quisiera odiarme... Es también desgraciado. Más desgraciado incluso que...

Leonardo no acabó. Pero Melzi comprendió que quiso decir: más desgraciado que Giovanni Beltraffio.

–¿Y puedo yo juzgarle? –continuó el maestro–. ¿Acaso sea yo culpable para con él...?

–¿Vos? –preguntó Francesco, asombrado.

–Sí, amigo mío. Tú no comprendes esto. Pero parece que le he hecho jetatura, que le he perdido, porque, querido mío, probablemente es cierto que hago mal de ojo...

Y después de reflexionar unos instantes, añadió con benévola y dulce sonrisa:

–Déjale, Francesco, y no temas; no me hará mal, no se irá, no me dejará nunca. Pero si se rebela y lucha contra mí es por su alma, por su libertad, porque se busca y quiere ser él mismo. Y bien, sea. Que Dios le ayude, porque sé que cuando haya vencido, volverá a mí, me perdonará, comprenderá cuánto le amo y entonces le daré todo lo que tengo: le revelaré todos los misterios del arte y de la ciencia, para que después de mi muerte los predique a los hombres; ¿quién podría hacerlo sino él?

En el verano, durante la enfermedad de Leonardo, César desaparecía de la casa semanas enteras. En otoño, marchó definitivamente y no volvió más.

Leonardo, advirtiendo su ausencia, interrogó a Francesco. Éste bajó los ojos, y respondió que César había marchado a Siena para ejecutar un encargo urgente.

Francesco temía que Leonardo le preguntase por qué César había partido sin despedirse. Pero habiendo creído o fingido creer esta inhábil mentira, el maestro habló de otra cosa. Sólo las comisuras de sus labios temblaron con esa expresión de hastío que en los últimos tiempos aparecía cada vez con más frecuencia sobre su rostro.

V

El otoño fue lluvioso. Pero al final de noviembre llegaron esos días soleados, radiantes y dulces que en ningún sitio son tan bellos como en Roma; la suntuosa agonía del otoño armonizaba bien con el desierto esplendor de la Ciudad Eterna.

Hacía tiempo que Leonardo tenía el propósito de ir a la Capilla Sixtina para ver los frescos de Miguel Ángel. Pero siempre lo retrasaba como si tuviese miedo. Por fin, una mañana, salió de su casa en compañía de Francesco y se dirigieron hacia la Capilla.

Era un edificio estrecho, largo y muy alto, de paredes desnudas y ventanas en ojiva. En el techo y las bóvedas lucían los frescos que Miguel Ángel acababa de terminar.

A la primera mirada, Leonardo quedó absorto. No esperaba lo que vio.

Ante las gigantescas imágenes, como visiones de delirio, ante el Dios Jehová separando las tinieblas de la luz en el seno del caos, bendiciendo las aguas y las plantas, creando a Adán del lodo de la tierra y sacando a Eva de la costilla de Adán; ante el primer pecado, ante el sacrificio de Abel y de Caín, el Diluvio, la expresión de Sem y Cam burlándose de la desnudez de su padre dormido; ante el espíritu de los elementos, bellos adolescentes desnudos acompañando con sus juegos y sus danzas perpetuas la tragedia del universo, la lucha del hombre contra Dios; ante las sibilas y los profetas, espantosos gigantes que parecen agobiados por un dolor y una sabiduría sobrehumanos; ante los antepasados de Jesús, seguido de oscuras generaciones transmitiéndose unas a otras el inútil fardo de la vida, y el dolor de nacer, existir y morir, en espera del Redentor; ante todas estas creaciones de su rival, Leonardo no juzgó, no midió, no comparó; sólo se sintió anonadado. Repasaba en su mente sus propias obras: la *Sagrada Cena,* el *Coloso*, la *Batalla de Anghiani*, la innumerable multitud de sus trabajos sin terminar, colección de vanos esfuerzos, de ridículos fracasos, de oscuras derrotas. En toda su vida no había hecho otra cosa que empezar, estudiar, pero, hasta entonces, nada había realizado. Y ¿para qué engañarse? Era ya demasiado tarde. Jamás realizaría nada. A pesar de la inmensa labor de su vida no había hecho más que desperdigar su talento.

Y al mismo tiempo, tenía conciencia de que aspiraba a algo más grande, más elevado que Buonarotti: a esa unión, a esa suprema armonía que éste, en perpetua discordancia, en su rebelión, en su ímpetu, en su caos, no conocía ni quería conocer. Leonardo recordó lo que monna Lisa decía de Miguel Ángel: su fuerza es semejante al huracán que arranca las montañas y rompe los peñascos ante el Señor, y él, Leonardo, era más poderoso que Miguel Ángel, como la calma es más poderosa que la tempestad. Y ahora, con más claridad que nunca, sentía que era así; monna Lisa no se había equivocado; pronto o tarde, el espíritu humano retornaría al camino que él había indicado, al camino que marchaba desde el caos a la armonía, de la dualidad a la unidad, de la tempestad hacia la calma. Pero ¿cómo saber por cuánto tiempo la victoria correspondería a Buonarotti, cuántas generaciones arrastraría su genio?

Y la conciencia de estar en lo cierto hacía más doloroso todavía el sentimiento de su impotencia para la acción.

Salieron en silencio de la capilla.

Francesco adivinaba lo que en el corazón del maestro pasaba, pero no se atrevía a preguntarle. Al contemplar su rostro, le pareció que Leonardo había envejecido todavía más, como si en esta hora pasada en la Capilla Sixtina hubieran transcurrido varios años de un golpe. Atravesaron la plaza de San Pedro, y por la calle Borgo Nuovo se dirigieron al puente de Sant'Angelo.

Ahora el maestro pensaba en su otro rival, que acaso no era menos temible para él que Miguel Ángel: Rafael Sanzio.

Leonardo había visto los frescos que Rafael acababa de pintar en las salas del Vaticano denominadas las Stanzi; no podía esclarecer lo que le llamaba más la atención en estas obras: la magnificencia de la ejecución o la nulidad del concepto, la perfección inimitable que recordaba las más ligeras y serenas creaciones de la antigüedad o la complacencia servil para con los poderosos de este mundo. El papa Julio II soñaba con arrojar a los franceses de Italia; Rafael lo representó contemplando al jefe asirio Heliodoro, profanador de los Santos Lugares, expulsado del templo del Altísimo por los ejércitos celestes. El papa León X se imaginaba ser un gran orador. Rafael lo presentó bajo los rasgos de León el Grande exhortando al bárbaro Atila a retirarse de Roma. Hecho prisionero de los franceses en la batalla de Rávena, León X logró escapar felizmente; Rafael quiso inmortalizar este acontecimiento bosquejando la milagrosa liberación del apóstol Pedro.

Así, gracias a él, el arte no era más que un instrumento en la corte papal, un insípido incienso de cortesano.

Este extranjero llegado de Urbino, este adolescente soñador de rostro de Madona Inmaculada que parecía un ángel descendido del cielo, conducía maravillosamente sus negocios terrestres. Adornaba las cuadras del banquero romano Agostino Chigi y dibujaba los modelos para su vajilla, fuentes y platos de oro, que éste, después de ofrecer al Papa un festín, arrojó al Tíber para que no sirvieran a nadie más.

El afortunado garzón, como le llamaban en Francia, adquiría, jugando, riquezas y honores. Con su amabilidad desarmaba a sus envidiosos y enemigos más encarnizados. No fingía ser, sino que lo era en realidad, el amigo de todos. Y todo lo alcanzaba; los presentes de la fortuna parecían caer por sí mismos en sus manos. A la muerte de Bramante obtuvo la lucrativa plaza de arquitecto de la nueva catedral que desempeñaba aquél. Sus rentas aumentaban cada día; el cardenal Bibliena quiso darle a su sobrina en matrimonio; pero él lo difería porque aspiraba para sí mismo a la púrpura cardenalicia. Se hizo construir en Borgo un elegante palacio, donde vivía con fausto real. En su antecámara esperaban grandes señores, príncipes y embajadores extranjeros que deseaban encargarle un retrato o, por lo menos, obtener un recuerdo, un cuadro o un dibujo. Sobrecargado de trabajo, rehusaba todo. Pero los solicitantes no se daban por vencidos y continuaban su asedio. A veces ni siquiera concluía sus obras: se limitaba a indicarlas dando unos toques y luego las pasaba a sus discípulos, que las cogían al vuelo y las terminaban en un abrir y cerrar de ojos. El estudio de Rafael se había convertido en una inmensa fábrica, donde hábiles industriales como Giulio Romano transformaban la tela y el color en buena moneda con increíble celeridad y un impudor de mercaderes. El mismo pintor no pretendía la perfección, se contentaba con lo mediocre. Servía al populacho y éste le correspondía también, acogiéndole con entusiasmo como a su elegido, su niño mimado, la carne de su carne, el hueso de su hueso, el fruto de su propio espíritu. Para el público era el más grande artista de todos los tiempos y de todos los pueblos: Rafael se convirtió en el dios de la pintura.

Y lo peor era que en su decadencia, se mantenía siempre grande y de una belleza seductora, no solamente para la muchedumbre, sino también para los elegidos. Aceptando con cándida despreocupación los brillantes juguetes que le ofrecía el destino, se conservaba puro e inocente como un niño; «el afortunado garzón» vivía en la inconsciencia.

Y esta fácil armonía de Sanzio, esta mentida conciliación

eran más funestas para el arte futuro que el caos y la estridencia de Miguel Ángel.

Leonardo presentía que tras estas dos cimas, tras Miguel Ángel y Rafael, no era posible el camino del porvenir; más allá de ellos sólo había el precipicio, el vacío. Y, a la vez, tenía conciencia de todo lo que ellos le debían: la técnica de la luz y de la sombra, la anatomía, la perspectiva, el conocimiento de la naturaleza y del hombre, y, procediendo de él, le anonadaban.

Hundido en estos pensamientos, caminaba, como antaño, absorto, los ojos bajos, la cabeza inclinada.

Francesco intentaba hablarle, pero sus palabras se detenían cada vez que veía en los pálidos labios del anciano la expresión de un hastío infinito.

Próximos al puente Sant'Ángelo tuvieron que apartarse para ceder el paso a un cortejo de unos sesenta jinetes magníficamente ataviados que venían por la estrecha calle principal de Borgo.

Leonardo miró al principio distraído, pensando que era el séquito de algún gran señor romano, de un cardenal o de un embajador. Pero le llamó la atención el rostro de un joven ataviado con más magnificencia todavía que sus acompañantes y montado sobre un caballo blanco de Arabia, de jaez dorado, cubierto de pedrería. Le pareció haber visto ya en otra parte aquel rostro. De pronto recordó al pálido y ruin mozalbete de casaca negra manchada de colores y con los codos rotos que, ocho años antes, le había dicho con tímido entusiasmo:

«¡Miguel Ángel no es digno, meser Leonardo, de desatar los cordones de vuestros zapatos!» Era él, el actual rival de Leonardo y de Miguel Ángel, el «dios de la pintura», Rafael Sanzio.

Su rostro, aunque siempre infantil, ingenuo y huero de pensamiento, se asemejaba ya menos al de un querubín; había engordado ligeramente, se había entorpecido, «empastado».

Rafael venía de su palacio e iba a la cita que el Papa le diera en el Vaticano, acompañado, según su costumbre, de amigos, discípulos y aduladores. Jamás salía de su casa sin un séquito de unas cincuenta personas, de modo que cada una de estas salidas tuviese el aspecto de una marcha triunfal.

Rafael reconoció a Leonardo, se ruborizó ligeramente y con una deferencia exagerada se quitó con rapidez el sombrero. Algunos de sus discípulos que no conocían a Leonardo de vista, se volvieron con sorpresa hacia ese anciano modestamente, casi pobremente vestido, que el «divino» saludaba con tanta humildad, y que se apretaba contra el muro para dejarles pasar.

Sin darse cuenta de otra cosa, Leonardo fijó su mirada en un hombre que marchaba al lado de Rafael entre sus discípulos más cercanos. Le miró con estupor como no pudiendo dar crédito a sus ojos: era César de Cesto.

Fue recordándolo todo: la ausencia de César, sus presentimientos y la inhábil mentira de Francesco. Su último discípulo le había traicionado.

César sostuvo la mirada de Leonardo con un rictus a la vez impertinente y lastimero que, contrayendo dolorosamente sus rasgos, hizo su rostro tan espantoso como el de un loco.

Y no fue él, sino Leonardo, quien con turbación inexplicable bajó los ojos tímidamente.

El cortejo continuó su camino. Leonardo se apoyaba en el brazo de su compañero; su rostro estaba pálido y sereno.

Atravesaron el puente Sant'Angelo, desembocaron por la calle Coronari y la plaza Mavone donde se hallaba el mercado de pájaros.

Leonardo compró muchos: urracas, pichones, canarios, un halcón de caza y una cigüeña salvaje. Dio todo el dinero que llevaba encima y aún tuvo que pedir prestado a Francesco.

Cargados de jaulas donde gorjeaba todo aquel pequeño mundo alado, el anciano y el adolescente llamaban la atención. Los transeúntes se volvían con curiosidad y los golfillos de la calle corrían detrás de ellos.

Atravesaron todo Roma y, pasando ante el Panteón y el foro de Trajano, ascendieron al monte Esquilino y salieron de la ciudad por la puerta Maggiore, siguiendo la Via Labicana, antigua vía romana. Luego, torciendo por un sendero estrecho y desierto, llegaron al campo.

Ante ellos se extendía la inmensa, apacible y pálida Campania.

A través del ruinoso acueducto cubierto de yedra, construido por los emperadores Claudio, Tito y Vespasiano, se veían monótonas colinas de un verde agrisado como las olas del mar por la tarde. De trecho en trecho se alzaba alguna torre negra y solitaria. A lo lejos, al borde del cielo, áureas y azules montañas rodeaban la llanura como gradas de un colosal anfiteatro.

Por encima de Roma, los rayos del sol crepuscular surgían de entre nubes blancas y redondas, brillando en anchos y largos jirones. Blancos bueyes de piel lustrosa y cuernos curvos, de ojos inteligentes y pacíficos, volvían perezosamente la cabeza al ruido del viandante, rumiando despacio; de sus hocicos negros y húmedos caía la baba sobre las hojas polvorientas de las zarzas. El chirriar de las cigarras en la hierba espesa y ardiente, el ruido del viento en los tallos secos y al chocar contra las piedras de las ruinas y el lejano voltear de las campanas de Roma hacían el silencio más profundo.

Llegados a lo alto de un cerro, colocaron las jaulas en el suelo, y Leonardo se dispuso a dar libertad a los pájaros.

Era, desde su infancia, su distracción favorita. Mientras volaban con alegre estremecimiento y rumor de alas, los seguía con ferviente mirada. Una dulce sonrisa iluminó su rostro, mientras realizaba su deseo y todas sus penas se desvanecieron en una felicidad de niño.

Ya no quedaban en las jaulas más que el halcón de caza y la cigüeña salvaje. El maestro los guardaba para el final. Se sentó para descansar y sacó de un saco de viaje un paquete que contenía una modesta comida: pan, castañas asadas, higos secos, un frasco de vino tinto de Orvieto en su funda de paja y queso de dos clases: de cabra para él y de crema para su compañero; lo había traído para Francesco porque sabía que a éste no le gustaba el queso de cabra.

El maestro, invitando al discípulo a compartir con él su comida, empezó a comer mirando con placer los pájaros que, presintiendo su libertad, batían las alas en sus jaulas; le gustaba celebrar con estos sencillos festines campestres, a pleno aire, la libertad de los alados prisioneros.

Comían en silencio, Francesco lanzaba sobre Leonardo extrañas miradas. Por primera vez desde que estuvo enfermo, vio el rostro del maestro a la luz del día y nunca le pareció tan cansado y envejecido. Los cabellos grisáceos en los que se transparentaba un reflejo amarillento descubrían una amplísima frente surcada de arrugas. Abundante y espesa, la larga barba comenzaba bajo los pómulos y descendía ondulada y grisácea también hasta el centro del pecho. En el fondo de las órbitas oscuras coronadas de espesas cejas, los ojos azul pálido conservaban su mirada de siempre, penetrante, llena de intrépida curiosidad. Pero, contrastando con esta expresión de fuerza espiritual, casi sobrehumana, había en los pliegues dolorosos de sus mejillas hundidas en las pesadas bolsas de sus párpados, en el labio inferior ligeramente colgante y en las comisuras de la boca, un amargo desprecio y un indecible hastío. Tristeza humana y mortal lasitud. Era el rostro de Prometeo, pero resignado, senil.

Francesco le observaba con un sentimiento de piedad. Este sentimiento no era raro en él.

Había notado que bastaba a veces cualquier circunstancia mínima para modificar instantáneamente la expresión de los rostros humanos y revelar su estado de espíritu auténtico. Ante el hombre del camino, ante esos pasajeros que andan o reposan ensimismados al borde de su ruta, Francesco, bruscamente y sin razón, sentía por ellos una piedad extraña e incomprensible: le parecían seres solitarios y desgraciados. Esto le solía ocurrir sobre todo en su infancia, y más tarde volvió a sentir, aunque con menos frecuencia, la misma impresión. Nunca pudo explicarse esta piedad, cuyas profundas raíces se hundían en su conciencia. Habitualmente no se preocupaba de esta sensación, pero cuando reaparecía, no era dueño de resistirla ni de atenuarla.

Así observando ahora al maestro que, sentado sobre la hierba en medio de las jaulas vacías lanzando de vez en cuando una ojeada sobre los últimos pájaros, cortaba con un cuchillo viejo de mango de hueso las lonchas de pan y finas láminas de queso, para llevárselas a la boca y masticar cuidadosamente y con esfuerzo, como hacen los viejos de débiles encías, moviéndosele la piel de los pómulos, sintió de pronto elevarse en su alma esta gran compasión ardiente y exquisita. Sintió deseos de caer a los pies del maestro y estrecharle sollozando entre sus brazos para decirle que si era rechazado y despreciado por los hombres, había en esta incomprensión más gloria para él que en el triunfo de Miguel Ángel y Rafael juntos.

Pero no lo hizo. No se atrevió a hacerlo, y se contentó con contemplarle en silencio y reprimir las propias lágrimas que le brotaban de los ojos. Su pan y su queso de crema quedaron casi intactos.

Cuando Leonardo acabó de comer, puso al halcón en libertad y luego, abriendo la última jaula, la más grande, donde estaba encerrada la cigüeña, dio suelta al enorme volátil que escapó batiendo ruidosa y alegremente sus alas, cuya blancura a la luz del sol poniente parecía de rosa. Voló recta hacia el sol.

Leonardo fue siguiéndola largo rato con una mirada llena de ansia y de amargura.

Francesco comprendió que tal amargura provenía del fracaso del sueño de toda su vida: el logro de las alas humanas capaces de elevar al hombre sobre la tierra. Como había escrito en su diario: «El hombre volará lo mismo que las aves, lo mismo que vuela la cigüeña».

VI

El Papa, cediendo a instancias de su hermano Giuliano Médicis, encargó a Leonardo un cuadrito.

Retrasándose, según su costumbre y remitiendo de un día para otro el comienzo de su trabajo, Leonardo se ocupaba en hacer experimentos sobre la fabricación de colores y de una nueva laca que había de emplear en su nuevo cuadro.

Al saber esto, León X exclamó con fingida desesperación:

–Este extravagante no hará nunca nada porque piensa en el fin antes que en el comienzo.

Los cortesanos se apoderaron de esta broma y la divulgaron por la ciudad. La suerte de Leonardo quedó decidida; León X, el más fino conocedor y amante del arte, había pronunciado su fallo: Pietro Bembo y Rafael, el enano Baraballo y Miguel Ángel podían descansar tranquilos sobre sus laureles: su rival quedó aniquilado.

Todos a una, como si cumpliesen una consigna, le abandonaron. Le olvidaron como se olvida a los muertos. Sin embargo, le dieron cuenta del juicio del Papa. Leonardo lo escuchó con tanta indiferencia como si lo hubiera previsto tiempo ha y no esperase otra cosa.

La noche de ese mismo día, al quedarse solo, escribió su diario:

«La paciencia es para el agravio lo que la ropa para el frío. A medida que el frío se hace más fuerte, ponte más ropa y no lo sentirás. De la misma manera, cuando te ofenden gravemente, redobla la paciencia y la ofensa no llegará a tu alma.»

El primero de enero de 1515, el rey de Francia Luis XII murió. Como no tenía hijos, su pariente más próximo, Francisco de Valois, duque de Angulema, esposo de su hija Claudia de Francia e hijo de Luis de Saboya, le sucedió en el trono con el nombre de Francisco I.

Apenas en el trono, el joven rey se lanzó a la guerra para reconquistar la Lombardía. Con rapidez increíble, franqueó los Alpes y el desfiladero de Argentiers, para caer inopinadamente sobre Italia, donde una vez conseguida la victoria de Marignano, desposeyó a Moretto y entró en Milán como triunfador.

Durante este tiempo Giuliano había conquistado la Saboya.

Viendo que no tenía nada que hacer en Roma, Leonardo resolvió partir a buscar fortuna cerca del nuevo soberano y en el otoño del mismo año se encaminó a la corte de Francisco I en Pavía.

Allí, los vencidos daban fiestas en honor de los vencedores. Leonardo quedó encargado de la organización de muchos festivales en calidad de mecánico. Recordaban en Lombardía que en tiempos de Moro había ejercido este empleo.

Construyó un león animado que en una de las fiestas atravesó toda la sala y se detuvo ante el rey; luego se puso sobre las patas traseras y de su pecho abierto fueron cayendo a los pies de Su Majestad lises blancos de Francia.

Este juguete dio más gloria a Leonardo que todas sus obras, inventos y descubrimientos.

Francisco I invitó a los artistas y sabios de toda Italia a entrar a su servicio. El Papa no dejó partir ni a Rafael ni a Miguel Ángel. El rey se quedó con Leonardo, a quien ofreció setecientos escudos al año y para vivienda el pequeño castillo de Cloux en Tevena, cerca de Amboise, entre Tours y Blois.

El artista aceptó, y a los sesenta y cuatro años de edad, eterno exiliado, dejaba su patria sin pena y sin esperanza de volver, marchando de Milán a Francia en compañía de su viejo criado Villanis, su criada Matusina, Francesco Melzi y Zoroastro de Peretola.

VII

El camino, sobre todo por aquella época del año, era penoso. Tenían que atravesar el Piamonte en dirección a Turín, seguir el valle de Doria Riparia, afluencia del Po y franquear la garganta de Frejus, entre el monte Talin y el monte Cenis.

Salieron de la villa de Basdonneccia antes de amanecer, a fin de atravesar la sierra cuando todavía fuese de día.

Las mulas de silla y de carga golpeaban el suelo con sus herraduras y hacían sonar sus cascabeles trepando por estrechos senderos al borde del precipicio.

Abajo, en los valles meridionales, olía ya a primavera, mientras en las alturas era todavía invierno. Pero en el aire inmóvil, seco y enrarecido, el frío no se dejaba sentir mucho. Apenas nacía la mañana. En los abismos, donde blanqueaban semejantes a estalactitas las heladas aguas de los torrentes y donde agujereando la nieve surgían sobre el precipicio las negras copas de los pinos, se extendían aún las sombras de la noche, mientras arriba en el pálido cielo la masa nevada de los Alpes se iluminaba ya como por una luz interior.

En un recodo, Leonardo echó pie a tierra. Sentía deseos de caminar. Los guías le dijeron que el sendero de los peatones, aún más difícil y estrecho, desembocaba en el mismo sitio que el camino de las caballerías. Emprendió, en compañía de Francesco, la ascensión a la altura vecina desde donde se divisaba un vasto anfiteatro de montañas.

Cuando el tintineo de las esquilas se fue extinguiendo, comenzó a reinar en la naturaleza ese silencio que no se encuentra más que en las cimas. Los viajeros sólo oían el latir de sus propios corazones y a veces el prolongado ruido de una avalancha, semejante al retumbar del trueno repercutiendo en numerosos ecos.

Cada vez subían más alto, siempre más arriba.

Leonardo iba apoyado en el brazo de Francesco. Su discípulo recordó entonces que muchos años antes, en el pueblo de Mandello, al pie del monte Campione, descendieron los dos a la galería de una mina de hierro por una escalera oscura y resbaladiza. Entonces era Leonardo quien le llevaba en sus brazos. Hoy Francesco sostenía al maestro. Allí bajo tierra, reinaba entonces el mismo silencio que aquí ahora en las alturas.

–Mirad, mirad, meser Leonardo –exclamó Francesco mostrando el precipicio que bruscamente apareció bajo sus pies–, todavía se ve por última vez el valle de Doria Riparia... Enseguida transpondremos la cima y no lo veremos más.

–Allí queda Lombardía, Italia –añadió en voz baja.

Sus ojos brillaron llenos de gozo y de tristeza.

Luego repitió más bajo todavía:

–Por última vez...

El maestro miró en la dirección que le indicaba Francesco, hacia su patria, y su rostro permaneció indiferente. Silencioso seguía su marcha, rumbo a las nieves eternas y los glaciares del monte Tabor, del monte Cenis, de Rocchio Melone.

Sin notar fatiga, andaba ahora tan deprisa que Francesco, que se había detenido un momento para despedirse de Italia, se quedó atrás.

–¿Dónde vais, dónde vais, maestro? –le gritó desde lejos–. ¿No veis que se acaba el sendero? No se puede ir más lejos. Está cortado a pico. Cuidado.

Pero Leonardo, sin escuchar, subía siempre más alto, más alto, con paso firme, juvenil, ligero, casi alado, por encima de los abismos vertiginosos.

En el pálido cielo, los glaciares brillaban, erigiéndose como gigantesco muro elevado por Dios entre dos mundos.

Le llamaban y le atraían estas montañas cubiertas de nieve como si tras ellas se hallase el supremo misterio, el único capaz de saciar su curiosidad. Separadas entre sí por simas infranqueables, le parecían próximas, como si bastase extender la mano para tocarlas. Los Alpes le miraban como los muertos miran a los vivos, con una eterna sonrisa semejante a la de la Gioconda.

El pálido rostro de Leonardo se hallaba iluminado por un reflejo fugaz. Sonreía como aquellos colosos. Contemplando las moles formidables de hielo límpido en el cielo, tan frío y límpido como el hielo, pensaba en la Gioconda y en la muerte como en una cosa única y sola.

Capítulo XVII

La muerte. El Precursor alado

I

En el centro de Francia, sobre el Loira, se encontraba el castillo real de Amboise. Por la tarde, al extinguirse el sol, reflejado en el río, la piedra de Turena con que estaba construido el castillo, de un blanco amarillento, se iluminaba con una luz submarina, verde pálido, adquiriendo la fantástica ligereza de una nube.

Desde la torre del ángulo se descubría el bosque, las praderas y campiñas de las dos riberas del Loira donde, en mayo, las flores rojas de la adormidera se mezclaban con las azules del lino. Esta llanura, cubierta de un vapor húmedo con sus hileras de oscuros olmos y plateados sauces recordaban las llanuras de Lombardía, lo mismo que las aguas verdes del Loira parecían las del Adda, pero éste era montañoso, impetuoso y joven, mientras aquél suave, tranquilo y lleno de bancos de arena, parecía fatigado y viejo.

Al pie del castillo se apiñaban los puntiagudos tejados de Amboise cubiertos de pizarras, lisas y pulidas al sol con altas chimeneas de ladrillo. En las calles tortuosas, estrechas y sombrías, todo hablaba de la Edad Media; bajo las cornisas, en los canalones, en las ventanas, en las pilastras, dinteles y puertas, se cobijaban personajillos hechos de la misma piedra que el castillo: monjes jocundos provistos de calabazas y rosarios, calzados con zuecos y arrodillados; clérigos, graves doctores en teología; ciudadanos corrientes y campesinos avaros, apretando contra sus pechos bolsas bien provistas. Semejantes a los de las estatuas eran los rostros que se encontraban en las calles de la ciudad. Todo respiraba bienestar burgués, economía mezquina; todo era limpio, frío y devoto.

Cuando el rey venía a Amboise para cazar, la pequeña ciudad se animaba. Las calles resonaban con el ladrido de los perros, el galopar de los caballos y el toque de las trompas; por todas partes se veían los abigarrados trajes de los cortesanos. Por la noche llegaba del castillo un rumor de músicas y el rojo resplandor de las antorchas iluminaba los muros blancos del edificio.

Cuando el rey se iba, la ciudad se hundía de nuevo en el silencio; solamente los domingos salían para ir a misa burgueses y burguesas, éstas luciendo sus gorros blancos con encajes labrados con largas agujas de paja. Los demás días la ciudad parecía muerta. Ni un paso, ni una voz humana. No se oía más que el gorjeo de las golondrinas entre las blancas torres del castillo o en una oscura tienda la rueda del tornero, o también, en las tardes primaverales, cuando los jardines circundantes exhalaban el frescor de los álamos, las voces de los chiquillos jugando al corro, gravemente, como personas mayores. Los niños, cogidos de la mano, bailaban cantando la antigua canción de san Dionisio, protector de Francia. Y en el crepúsculo transparente los manzanos, asomando por encima de los muros de piedra, dejaban caer sobre las cabezas de los muchachos sus pétalos de un blanco rosado. Pero al terminar las canciones infantiles, el silencio se tornaba tan profundo, que no se oía más que el cadencioso sonar de las horas sobre el pórtico de la torre del Reloj, y el grito de los cisnes salvajes en los bancos del Loira que, pulido como un espejo, reflejaba el cielo verde y pálido.

Al sudeste del de Amboise, a diez minutos de marcha por el camino del molino de Santo Tomás, se encontraba otro castillo –el pequeño castillo del Cloux–, que había pertenecido al mayordomo y caballerizo de Luis XI.

Por un lado un alto muro y por el otro el riachuelo de Amas, afluente del Loira, rodeaban el edificio. Enfrente de la casa, una pradera húmeda descendía hasta el río; a la derecha se elevaba un palomar; los sauces, mimbres y nogales entremezclaban sus ramas y, a su sombra, el agua, a pesar de la rápida corriente, parecía inmóvil y estancada como la de un estanque. Los muros del castillo, cuyos ángulos, ventanas y puertas en ojiva bordeaba un encaje de piedra de Turena, destacaban sobre la oscura fronda de la arboleda de castaños, hayas y olmos. Con su tejado puntiagudo de pizarra, su minúscula capilla y su torre octogonal, cobijo de la escalera de caracol que comunicaba las habitaciones de arriba con las de abajo, el pequeño edificio parecía una villa o una casa de campo. Construido unos cuarenta años antes, daba una sensación alegre y acogedora.

En este castillo fue donde Francisco I instaló a Leonardo da Vinci.

II

El rey recibió al artista con afabilidad y departió con él largamente de sus trabajos pasados y futuros, llamándole respetuosamente «maestro».

Leonardo propuso reconstruir el castillo de Amboise y hacer un enorme canal que transformase a la vecina provincia, la pantanosa Sologne, desierta, estéril y azotada por las fiebres, en un jardín floreciente; uniría el Loira y el Saona por cerca de Mâcon y atravesando la región lionesa uniría la Turena, corazón de Francia, con Italia, abriendo una nueva ruta desde Europa septentrional hasta las riberas del Mediterráneo. Así soñaba Leonardo beneficiar a un país extranjero con las aportaciones de una ciencia que su patria había rehusado.

El rey dio su consentimiento para la construcción del canal y el artista partió para explorar la región. Mientras Francisco cazaba, Leonardo estudiaba en las cercanías de Romorantin la naturaleza del suelo de Sologne, el curso de los afluentes del Loira y del Cher, medía el nivel de las aguas y dibujaba planos y mapas.

Vagabundeando por esta región, un día se detuvo en Loches, pueblecillo situado al sur de Amboise, sobre las riberas del Indre, entre las vastas praderas y bosques de la Turena. Allí se elevaba un viejo castillo real, con una cárcel en una de sus torres, donde el duque de Lombardía, Ludovico Moro, languideció en cautividad durante ocho años hasta su muerte.

El viejo carcelero contó a Leonardo que Moro intentó huir escondiéndose en una carreta cargada de paja, pero, como no conocía el camino, se perdió en el vecino bosque; al día siguiente fue capturado por las fuerzas lanzadas en su persecución y descubierto entre la maleza por los perros de caza.

El duque de Milán consagró sus últimos años a la oración, a las meditaciones piadosas y a la lectura de la *Divina Comedia*, único libro que le permitieron llevar consigo de Italia. A los cincuenta años parecía ya un viejo caduco. Solamente de vez en cuando, al llegar a él noticias de agitaciones políticas, la llama de antaño brillaba de nuevo en sus ojos. Murió dulcemente el 17 de mayo de 1508, después de una corta enfermedad.

El carcelero le dijo que algunos meses antes de su muerte, Moro se entregó a una extraña distracción. Logró obtener pinceles y colores y se puso a pintar los muros y bóvedas de la prisión.

Sobre la cal descascarillada por la humedad, Leonardo encontró de trecho en trecho, huellas de esta pintura: dibujos complicados, bandas, bastones, cruces, estrellas rojas sobre fondo blanco, amarillas sobre fondo azul y en el centro una gran cabeza de guerrero romano con casco, que pretendía ser probablemente el retrato del mismo duque. Debajo se leía una inscripción en un francés deplorable:

«Mi divisa en el cautiverio y las penalidades: mi arma la paciencia.»

Otra inscripción, incoherente e interrumpida a trozos, cruzaba todo el techo, con sus grandes letras amarillas de tres codos de altura: «Aquel que...».

Después en letras pequeñas y apretadas porque faltaba sitio: «... no está...».

Descifrando estas pobres inscripciones, contemplando estos desacertados dibujos que recordaban los garabatos con que los colegiales emborronan sus cuadernos, el artista se imaginó a Moro, muchos años antes, admirando con benévola sonrisa los cisnes de los fosos de la fortaleza de Milán.

«¿Quién sabe –pensaba Leonardo–, si no habrá en el alma de este hombre un amor a lo bello que le salvará en el Juicio supremo?»

Pensando en el destino del infortunado duque, se acordó también de lo que un viajero llegado de España le había contado acerca de la muerte de su último protector, César Borgia.

El sucesor de Alejandro VI, el papa Julio II, había entregado traidoramente a César a sus enemigos. Le condujeron a Castilla y le encerraron en el castillo de Medina del Campo.

Se evadió con una destreza y una audacia increíbles, descendiendo por una cuerda colgada a la ventana de su calabozo, situada a una altura vertiginosa. Los carceleros sólo tuvieron el tiempo de cortar la cuerda. Cayó y quedó herido, pero conservando gran presencia de ánimo, una vez vuelto en sí, subió a uno de los caballos preparados por sus cómplices y pudo huir. Se dirigió a Pamplona, en la corte de su yerno el rey de Navarra, y entró a su servicio como general. A la nueva de la evasión de César, se esparció el terror por Italia. El Papa se puso enfermo de pánico. Se ofrecieron diez mil ducados por la cabeza de César.

Una tarde de otoño del año 1507, en el curso de un encuentro con los mercenarios franceses del duque de Beaumont, bajo los muros de Viana, César, que había penetrado en las filas enemigas, fue abandonado por los suyos, perseguido hasta el lecho de un río seco, y allí, como un animal acosado, se defendió hasta el fin con una bravura desesperada, hasta que cayó por fin acribillado a lanzadas. Los mercenarios de Beaumont, tentados por el fausto de sus armas y su ropa, le despojaron, y dejaron en el suelo sus cadenas desmalladas. Por la noche, le hallaron los navarros que salieron de la fortaleza y estuvieron largo tiempo sin reconocerle. Por fin un pajecillo llamado Juanito reconoció a su señor, y llorando se echó sobre su cuerpo estrechándole entre sus brazos.

Su rostro cara al cielo, resultaba bello; parecía haber muerto como había vivido; sin temor ni arrepentimiento.

La duquesa de Ferrara, madona Lucrecia Borgia, lloró a su hermano durante toda su vida. Cuando murió Lucrecia se descubrió que llevaba sobre su cuerpo un cilicio.

La joven viuda del duque Valentino, la princesa francesa Carlota d'Alberg, que en los pocos días que pasó al lado de César se había enamorado de él, como Griseldis, con un amor fiel hasta la tumba, al saber la muerte de su marido se recluyó para siempre en el castillo de La Motte Feuilly, en el fondo de un parque donde el viento barría las hojas secas: no salía de sus habitaciones, tapizadas de terciopelo negro, más que para distribuir limosnas en los pueblos vecinos, donde pedía a los pobres que rezasen por el reposo del alma de César.

Los súbditos del duque de Romaña, los pastores medio salvajes y los campesinos de los desfiladeros de los Apeninos también guardaron buen recuerdo de él. Durante mucho tiempo no quisieron creer en su muerte; le aguardaban como a un libertador y como a un dios, imaginándose que pronto o tarde volvería entre ellos para restablecer la justicia sobre la tierra, castigar a los tiranos y proteger al pueblo. Los juglares cantaban por aldeas y ciudades «las cuitas del duque Valentino», donde se hallaba este verso:

Fe cose extreme, ma senza misura.
(Sus actos eran geniales, pero desmedidos.)

Comparando las vidas de estos dos hombres tan llenas de actividad y, no obstante, desaparecidas como sombras, sin dejar rastro, con su propia vida, dedicada a la contemplación, Leonardo encontró la suya menos estéril y ya no protestó más contra la suerte.

III

Como casi todas las empresas de Leonardo, la reconstrucción del castillo de Amboise y el canal de Sologne no daban ningún resultado.

Convencido por prudentes consejeros de que los proyectos demasiado atrevidos de Leonardo eran irrealizables, el rey se enfrió poco a poco, se desinteresó de ellos y acabó olvidándolos por completo. El artista fue comprendiendo que a pesar de todas sus amabilidades, no debía esperar de Francisco más que de Moro, César, Soderini, Médicis y León X. La última esperanza que pudo abrigar, de dar a los hombres una partícula al menos de lo que durante toda su vida acumuló para ellos, le había traicionado. Decidió retirarse en definitiva y renunciar a toda actividad.

En la primavera del año 1517, regresó al castillo del Cloux obligado por unas fiebres que había contraído en los pantanos de Sologne. Al llegar el verano se sintió mejor, pero ya no volvió a gozar de una salud perfecta.

El bosque señorial de Amboise comenzaba casi en los muros del Cloux, al otro lado del río Amas.

Todos los días, después de desayunar, Leonardo salía de la casa apoyado en el brazo de Francesco Melzi, porque aún se encontraba débil, marchando ambos hacia el espesor del bosque. Él se sentaba sobre una piedra y su discípulo se echaba en la hierba, a sus pies, para leer a Dante, la Biblia o algún filósofo antiguo.

Se hallaban rodeados de sombra; sólo entre los ramajes brillaba el sol de vez en cuando, como un cirio o una flor, con llamaradas rojas o malva. El musgo en los árboles, medio podridos algunos, o abatidos por la tempestad, tenía reflejos de esmeralda.

El verano era ardiente y tormentoso, y las nubes erraban por el cielo sin resolverse en lluvia.

Cuando, interrumpiendo su lectura, Francesco callaba, el silencio del bosque se hacía más profundo que a media noche. Sólo un pájaro, sin duda una madre que había perdido a su pequeño, repetía su triste queja y parecía llorar. Pero también ella acabó por callarse. Y el silencio se hacía más grande todavía. El aire era pesado. Se olía un aroma fuerte a hojas marchitas y hongos, y a humedad y podredumbre. El retumbar lejano, casi subterráneo, del trueno solía estremecer el espacio.

El discípulo levantaba la vista hasta el maestro, éste se hallaba sentado, inmóvil, hundido en una especie de somnolencia, contemplando el cielo, las hojas, las piedras, la hierba, el musgo, con una mirada de despedida, como si las mirase por última vez antes de la separación eterna.

Poco a poco la somnolencia y el encanto del silencio se apoderaban también de Francesco. Veía como en sueños el rostro del maestro, pareciéndole que se alejaba cada vez más, hundiéndose en el silencio, como en un abismo. Trataba en vano de despertar, angustiado: le parecía que algo inevitable y fatal se aproximaba, que en este silencio debía retumbar el grito ensordecedor del dios Pan que hacía huir con un terror sobrenatural a todo el que oía. Y cuando al fin, por un esfuerzo de voluntad dominaba esta somnolencia, sentía su corazón oprimido por tristes presentimientos y una incomprensible piedad por el maestro. Tímida y silenciosamente posaba entonces sus labios sobre la mano de Leonardo.

Leonardo le miraba, acariciándole los cabellos como a un niño asustado con tan afectuosa tristeza, que a Francesco se le colmaba el corazón de amargura.

El artista comenzó por entonces un extraño cuadro.

Bajo el saliente de un peñasco envuelto en sombras, entre arbustos y en el silencio de un lívido mediodía, impregnado de un misterio mayor que el de la noche más profunda, un dios afeminado coronado de pámpanos, de largos cabellos, rostro lánguido y pálido, ceñida a la cintura una piel de ciervo, sentado en el suelo con el tirso en la mano y las piernas cruzadas, inclinaba la cabeza como si escuchase algún rumor lejano –música, cánticos, o el retumbar del trueno, o la voz del gran Pan–, señalando con el dedo el lugar de donde llegaba lo escuchado.

En el baúl de Beltraffio, había encontrado Leonardo una amatista, presente, sin duda, de monna Casandra, en la que se hallaba grabada la imagen de Baco.

En la misma caja había cuartillas dispersas donde se hallaban escritos de mano de Giovanni los versos de las *Bacantes* de Eurípides, traducidos del griego. Leonardo leyó varias veces estos fragmentos.

En la tragedia, Baco, el más joven de los dioses del Olimpo, hijo de Júpiter Tonante y de Semele, se apareció a los hombres bajo el aspecto de un afeminado adolescente, bello y seductor, llegado de las Indias. El rey de Tebas, Penteas, ordenó su captura y muerte porque con el pretexto de enseñar una nueva sabiduría báquica predicaba a los hombres la locura de sangrientos y lúbricos sacrificios.

«¡Oh, extranjero! –dijo irónicamente Penteas al dios desconocido–. Eres bello y posees todo lo necesario para seducir a las mujeres; tus largos cabellos caen sobre tus mejillas llenas de voluptuosidad; huyes del sol como una muchacha y conservas, a la sombra, la blancura de tu rostro, a fin de atraer a Afrodita.»

Pero a pesar del incrédulo rey, el coro de las bacantes glorificaba a Baco, «el más terrible y misericordioso de los dioses que, por medio de la embriaguez, otorga a los mortales una perfecta alegría».

En las mismas cuartillas, al lado de los versos de Eurípides había añadidas por mano de Giovanni Beltraffio citas de las Sagradas Escrituras y del Cantar de los Cantares: «Bebamos y embriaguémonos, oh bien amado...» y también del Evangelio: «En adelante no volveré a beber el fruto de la viña hasta el día en que lo beba de nuevo en el reino de mi padre».

> Yo soy la verdadera cepa y mi padre el viñador...
> Mi sangre es el verdadero vino...
> Aquel que bebe mi sangre logra la vida eterna...
> Si alguien tiene sed, que venga a mí y beba.

Dejando su Baco sin terminar, Leonardo comenzó otro cuadro más extraño todavía: San Juan, el Precursor.

Trabajaba en él con una tenacidad tan grande, tan inusitada, y con tanta rapidez, que parecía tener el presentimiento de que sus días estaban contados, que sus fuerzas disminuían sin cesar y que debía apresurarse a expresar en esta última creación su más íntimo secreto, aquel que durante toda su vida callara no sólo a los hombres sino a sí mismo.

En pocos meses el trabajo estuvo tan avanzado que ya podía revelar bien la concepción del artista.

El fondo del cuadro recordaba la oscuridad de aquella caverna que suscitaba el temor y la curiosidad de que antaño hablara con monna Lisa *la Gioconda*. Pero esta oscuridad que al principio parecía impenetrable, a medida que se iba mirando hacia el fondo se hacía transparente, al tiempo que las sombras, conservando su misterio, se confundían con el resplandor más luminoso. Algo evanescente como el humo, como el sonido de una música lejana. Y a todo fondo, más allá de la luz aparecía lo que no es ni luz ni sombra, sino una especie de «sombra clara» o de «luz sombría», según la expresión de Leonardo. Todo para emerger como un milagro, poético y sin embargo más vital que la vida misma, el rostro y el cuerpo desnudo de un adolescente afeminado, seductor y bello, que evocaba las palabras de Penteas: «Tus largos cabellos caen sobre tus mejillas, llenas de voluptuosidad; huyes del sol como una muchacha y conservas en la sombra la blancura de tu rostro para hechizar a Afrodita».

Pero, si era Baco, ¿por qué llevaba en vez de una piel de ciervo, una vestimenta de piel de camello? ¿Por qué, en lugar del tirso de las orgías báquicas, llevaba en la mano una cruz de caña del desierto, imagen de la cruz del Gólgota? ¿Por qué teniendo la cabeza inclinada, como si escuchase, todo atención y curiosidad, mostraba con una mano la cruz mientras sonreía con una sonrisa triste, tal vez maliciosa y con la otra se designaba a sí mismo como si dijese: «Detrás de mí viene uno más fuerte que yo, del que no soy digno de desatar el cordón de sus zapatos»?

IV

En la primavera del año 1517 hubo en Amboise grandes fiestas en honor del nacimiento del hijo de Francisco I. Fue padrino el Papa, quien envió en representación suya a su sobrino, hijo de Giuliano, Lorenzo de Médicis, duque de Urbino, prometido de la princesa Magdalena, hija del duque de Borbón.

Entre los embajadores de los diferentes Estados de Europa, se esperaba a Nikita Karatchiarov, embajador moscovita que debía llegar de Roma, donde se encontraba en la corte de su santidad.

León X mantenía, desde hacía tiempo, relaciones con el gran duque moscovita Vassili Ivanovitch, esperando encontrar en él un poderoso aliado para la Liga formada por varios países europeos contra el sultán Selim, que en el ápice de su poderío después de la conquista de Egipto amenazaba con invadir Occidente. El Papa alimentaba también otra esperanza: la unificación de las Iglesias romana y cismática griega, y aun cuando por parte del gran duque nada justificaba estas esperanzas, León X había enviado a Moscú dos dominicos intrigantes; los hermanos Schomberg. El pontífice romano aseguraba que no atentaría contra los ritos y dogmas de la Iglesia Oriental, con tal de que Moscú consintiese en reconocer la supremacía espiritual de Roma; prometía instituir un patriarca ruso independiente.

El gran duque, encontrando sus ventajas en los buenos oficios del Papa, le envió dos embajadores, Dimitri Guerassimov y Nikita Karatchiasov; aquél, veinte años antes, de paso en Milán, asistió en compañía de Danilo Mamyrof a las fiestas del Siglo de Oro, y conversó con Leonardo acerca de Moscovia.

Dimitri Guerassimov, apodado Mitia el Intérprete, hombre «docto en libros santos» y diplomático experto, en su juventud estuvo encargado, por el obispo de Mongorod, de una misión en Italia. Pasó dos años en fructuosas rebuscas, en Venecia, Roma y Florencia, llevando a Mongorod las notas recogidas sobre la cuestión del aleluya doble o triple, el cálculo de la fecha de Pascua hasta el año 1008 y la célebre leyenda de la Capucha blanca. Fue este mismo Guerassimov quien, más tarde, ya muy viejo, documentó sobre Moscovia al escritor italiano Paoli Jovio.

El objeto principal de la embajada rusa en Roma se hallaba expuesto en las instrucciones del gran duque: «Llevar a Moscú maestros mineros y arquitectos, otro hábil en el arte del asalto a las ciudades y otro que supiese disparar el cañón; también un albañil diestro en la construcción de casas y un orfebre que supiese hacer grandes vasos, cincelarlos y grabarlos; llevar igualmente un médico y un organista...».

El principal secretario de Karatchiarov era Ilia Potapitch Kapyla, agregado a la embajada, hombre de unos sesenta años; tenía con él dos subalternos, Evtichi Passievitch Gagara y su propio sobrino Fedor Ignatievitch Roudometov, apodado Fedor el Quemado.

Su común amor por el arte iconográfico los unía. Fedor y Evtichi eran buenos maestros e Ilia Potapitch un excelente aficionado.

Hijo de una pobre viuda que confeccionaba hostias en la iglesia de la Buena Nueva, en Ouglitz, Evtichi, después de la muerte de su madre, fue recogido por el sacristán de esta iglesia, Vassian Elïazarod, y confiado, desde su niñez, a un tal Prokhor, de Jorodety, «para hacer el aprendizaje de la pintura iconográfica». Este anciano era un hombre justo, pero un mal pintor, de quien se podía decir lo que se decía de san Antonio en el *Almanaque Iconográfico*:

«El santo no se hallaba versado en esta ciencia y su pintura era bien simple; se daba sobre todo a los ayunos y plegarias, remediando así su falta de habilidad.»

Evtichi estudió después con el monje Danilo Tcerny, que pintaba las iglesias del monasterio de Spaso Andronitof. Era discípulo del más grande de los maestros rusos, André Roubler. Evtichi pasó por todos los grados del oficio, desde el de simple aguador y emborronador de colores hasta el de dibujante y, gracias a sus innatos dones, adquirió tanta habilidad que le llamaron de Moscú para adornar con pintura la sacristía de la casa del Patriarca.

Allí se hizo amigo de Fedor Ignatievitch Roudometov, apodado, como hemos dicho, Fedor el Quemado, joven iconógrafo también «buen maestro en perspectiva» que pintaba las paredes de la misma sala.

Roudometov introdujo a su amigo en casa de un boyardo, Fedor Karfod, que vivía en la Balvanorka, al lado de la iglesia de San Nicolás. «En el palacio de este boyardo, Fedka pintó en el techo del comedor, el movimiento celeste de las estrellas, los doce meses y el cielo celeste» y también toda clase de fábulas tomadas de la vida y el mundo profano... verduras, flores, paisajes, aunque todo esto era contrario a las tradiciones de los viejos maestros, que prohibían pintar otra cosa que objetos y rostros sagrados.

Fedor Karfod sostenía relaciones amistosas con el alemán Nicolás Bouled, médico favorito del gran duque Vassili Inamovitch. Es Bouled, «impío y latinista»; según la expresión de Máximo el Griego, «hablaba en términos subversivos de la religión ortodoxa», preconizando la unión de las dos Iglesias. Las piadosas gentes de Moscú aseguraban que por la influencia del alemán Bouled, el boyardo Fedor se había «latinizado», y se entregó a la ciencia astrológica, la geometría, la astronomía, la brujería y la magia negra, se ocupaba de «varias fábulas helénicas» y pensaba según los libros heréticos condenados por la Iglesia y otras imaginaciones y malicias diabólicas, cuyas seducciones alejan de Dios.

También se le acusaba de adhesión a la herejía judaica.

El boyardo tomó afecto a los jóvenes iconógrafos que trabajaban en su casa, y estimando que los viajes por el extranjero serían provechosos para su arte, les obtuvo el empleo de escribas de embajada.

Ya en Moscú, en casa del boyardo, en presencia de las maravillas de ultramar y de los libros condenados relativos al libre examen en la doctrina de los judaizantes, la fe de Fedka había vacilado. Pero en el extranjero, entre los esplendores de las ciudades italianas, de Venecia, Milán, Roma, Florencia, se sentía completamente derrotado, perdió la cabeza y vivía en una perpetua sorpresa, «en el furor del espíritu», según la expresión de Ilia Potapitch. Visitaba con idéntico fervor los garitos y las librerías, las viejas catedrales y los lugares de corrupción. Se entregaba a todo con la curiosidad de un niño, con la avidez de un bárbaro. Aprendía latín y soñaba con vestirse trajes extranjeros e incluso de afeitarse la barba y el bigote, lo que se consideraba como un pecado mortal... «Si alguno se rasura la barba y muere en este estado –decía a su sobrino Ilia Potapitch–, no se dirán misas por él, no cantarán los coros fúnebres y no se le encenderán cirios en la iglesia; se le colocará en el número de los infieles por haber pervertido su aspecto masculino, haciéndose semejante a las mujeres libertinas o a los perros y gatos, que tienen largos bigotes pero ninguna barba...»

Fedka empezó a hacer uso a diestro y siniestro de términos extranjeros. Se jactaba de sus conocimientos, disertaba sobre alquimia, «que enseña a hacer oro»; sobre dialéctica, «que es la argumentación dialogada por la que se busca la verdad»; sobre sofística, «que descubre lo que es apenas concebible al ser humano».

–No hay hombres en Moscú –decía a Evtichi–. Son todos tontos. No hay nadie con quien se pueda tratar.

Cuando estaba un poco borracho, le gustaba profundizar en las verdades de la religión y hacer preguntas embarazosas.

–He aprendido filosofía y el orgullo se ha apoderado de mí –confesaba–, sé todo donde eso pasa.

Y llegaba en materia de fe a pensamientos tan libres que, no contentándose con la sofística extranjera, predicaba las opiniones más exageradas de los filósofos rusos adictos a la herejía judaica, que pretendían que Jesús no había nacido todavía y que, cuando naciera, sería llamado el Hijo de Dios «no por substancia, sino por gracia». «En cuanto a aquel que los cristianos llaman Jesucristo-Dios, es simplemente un hombre y no dios; está muerto y convertido en polvo en el sepulcro...» Afirmaba también «que no se debe adorar ni las imágenes, ni la cruz, ni el cáliz; que hay que venerarlos, pero no adorar más que a Dios único» y que no se debe obedecer a ningún poder terrestre. Fedka citaba también las palabras sobre la inmortalidad del alma y la vida futura que se atribuían al Metropolitano moscovita Zósimo, el cual, decían, se había convertido a la herejía judaica.

«¿Qué es eso del reino de los cielos? ¿Qué es eso del Advenimiento? ¿Qué es eso de la resurrección de los muertos? No hay nada de todo ello. El que se muere queda bien muerto.»

Fedka, a pesar de sus arrogancias juveniles, tenía mucho miedo a su tío Ilia Potapitch, el cual instruía a su sobrino no solamente con palabras, sino también con palos.

Ilia Potapitch Kapylo era un hombre de temple, que siempre se mantuvo firme en sus creencias religiosas. Las maravillas de la ciencia y el arte extranjeros no le seducían. «Todo eso presagia la llegada del Anticristo, el principio de todos los males –acostumbraba decir–, no intentéis convencernos a nosotros viejos en la fe de Cristo, con vuestros sofismas; no tenemos tiempo de escuchar vuestra filosofía; el fin del mundo se aproxima y el Juicio de Dios nos llama. ¿Qué armonía puede haber entre la luz y las tinieblas, entre Belial y Cristo?»

«Europa –decía Kapylo–, la tercera parte de la tierra, la de Jafet, hijo de Noé, está habitada por hombres altaneros, orgullosos, falaces, valientes en la guerra, pero concupiscentes y voluptuosos; no se preocupan más que de su cerebro, se entregan al estudio, se preocupan de filosofía y otras ciencias, pero han olvidado la piedad y por inspiración del demonio se dispersan en diversas herejías. Sólo la tierra rusa permanece inmutable en su piedad, no se ocupa para nada de las ciencias y no se ingenia con complicaciones sofísticas. Pero conserva, en cambio, su fe firme y santa. Los hombres en Rusia son majestuosos y llevan barba; se visten con trajes sencillos; sus cánticos sagrados llenan las iglesias, y no existe en toda Europa tierra comparable ni más bella.»

Evtichi Passievitch Gagara no sentía por los países extranjeros menos curiosidad que Fedka el Quemado. No concedía gran importancia al escepticismo de su amigo, en el que veía más jactancia que impiedad efectiva. Pero tampoco compartía el sereno desprecio de Ilia Potapitch por todo lo extranjero. Después de lo que había visto y oído en otros países no se satisfacía con los viejos autores rusos que limitaban todo el círculo de conocimientos humanos a preguntas y respuestas de este género: «Dime, filósofo: ¿la gallina viene del huevo o el huevo de la gallina? ¿Quién, antes que Adán, ha nacido con barba? El macho cabrío. ¿Cuál fue el primer oficio? La costura, porque Adán y Eva cosieron las hojas de los árboles para vestirse. Cuatro águilas ponen un huevo: ¿qué significa eso? Los cuatro evangelistas que han escrito el Santo Evangelio. ¿Quién sostiene la tierra? El mar. ¿Qué sostiene el mar? Una gran piedra. ¿Qué sostiene la piedra? Ocho grandes ballenas de oro y treinta y tres más pequeñas que existen en el lago de Tiberíades».

Además, Evtichi no creía en la herejía de Fedka, que pretendía que «la tierra no es cuadrada, ni triangular, ni redonda, sino como un huevo con la yema en el interior y la clara y la cáscara por fuera. La tierra era así: la tierra es la yema, el aire la clara, y, lo mismo que la cáscara rodea el interior del huevo, el cielo rodea la tierra y el aire». Pero a pesar de no creer en esta doctrina, creía que las ballenas antes inmóviles sobre las que reposaba la tierra, se habían movido, cambiando de sitio, y que en adelante, ninguna fuerza las detendría.

Adivinaba que a despecho de todas las fanfarronadas de Fedka existía en la supersticiosa adoración de éste por todos los inventos extranjeros, una cierta verdad que ni las burlas, ni las amenazas, ni incluso el bastón de nudos del tío Kapylo, podían refutar.

«No hay deshonra en aprender lo que está bien, incluso de los pueblos extraños. La aritmética y la perspectiva son cosas útiles, más dulces que la miel y nada impías», decía Fedka con profunda convicción. Y estas palabras encontraban eco en el corazón de Evtichi.

Pedía a Dios la fuerza de la sabiduría a fin de poder, sin apartarse de la fe de sus mayores y sin «latinizarse» como Fedka, pero también sin rechazar ciegamente, como Ilia, todo lo que era extranjero, separar el trigo de la cizaña, lo bueno de lo malo y encontrar «el verdadero camino y el verdadero medio de pensar bien». Por difícil y dolorosa que le pareciese esta tarea, una voz secreta le decía que era sagrada y que el Señor no le rehusaría su ayuda.

Con ocasión de la boda del duque de Urbino y del bautizo del recién nacido, uno de los dos embajadores que se hallaban en Roma, Nikita Karatchiarov, partió para Amboise. Fue a ofrecer al rey los regalos del gran duque de Moscovia: una pelliza de rico paño carmesí, forrada de armiño; otra pelliza forrada de piel de castor, una tercera de marta cibelina, pieles de zorros negros y argentados, espuelas doradas y aves de caza.

Entre otros ayudantes y secretarios de embajada, Nikita llevó con él a Francia a Ilia Potapitch, Fedka el Quemado y Evtichi Gagara.

V

Un día de fines del mes de abril de 1517, muy de mañana, por la carretera que atraviesa el señorial bosque de Amboise, uno de los guardas vio pasar a una comitiva de caballeros ataviados con trajes tan extraordinarios y hablando una lengua tan extraña, que se detuvo y los siguió largo rato con la vista, no sabiendo si eran turcos, embajadores del Gran Mogol o del mismísimo preste Juan, que habita en el fin del mundo, allí donde la tierra se junta con el cielo.

No eran ni turcos, ni embajadores del Gran Mogol, o del preste Juan, sino unos hombres «de raza salvaje» originarios de aquel país que era considerado tan bárbaro como el fantástico de Gog y Magog. Eran los rusos de la embajada de Nikita.

El pesado convoy que contenía el bagaje del embajador y los regalos destinados al rey había sido enviado con anterioridad. Nikita venía con el séquito del duque de Urbino. Los caballeros vistos por el guarda forestal traían los halcones enviados como presente a Francisco I. Los preciosos pájaros eran conducidos con grandes precauciones, en un vehículo especial, en jaulas de madera tapizadas de piel de cordero.

Al lado de la carreta venía Fedka el Quemado, cabalgando sobre un jumento gris y retozón.

Fedka era tan alto, que en las calles de las ciudades por donde pasaba los transeúntes se volvían para observarle con extrañeza. Su rostro plano, de anchos pómulos, era muy moreno; sus cabellos negros como la pez (lo que le había valido el apodo del Quemado); sus ojos azul pálido, fríos y a la vez llenos de ávida curiosidad, tenían esa expresión contradictoria, diversa e inconstante que es propia de los ojos rusos –mezcla de timidez y descaro, de candor y de malicia, de tristeza y de bravura.

Fedka escuchaba la conversación de dos de sus camaradas que, como él, formaban parte de la embajada. Martín Ouchak e Ivachka Troufanets. Eran duchos en la caza del halcón y Nikita les había confiado la conducción de los pájaros a Amboise. Ivachka iba contando la cacería que el señor francés An de Montmorency había organizado en el bosque de Châtillon en honor del duque de Urbino.

–¿Entonces, dices que *Gamaiovn* ha volado bien?

–¡Ah, querido, mejor es imposible! –exclamó Ivachka–. Por la mañana, cuando fuimos con los gavilanes a Chatilod (era así como llamaba a Châtillon), soltaron a *Gamaiovn* y de un solo golpe levantó dos nidos de patos y la tercera parte de otro de cercetas. Y, lanzado por segunda vez, levantó un pato que huía por el bosque para librarse del halcón *Gamaiovn*, pero éste le hundió el pico en el cuello. El pato dio diez volteretas, y volvió al agua. Quisieron tirar, creyendo que *Gamaiovn* no le había matado, pero ya se le salían las tripas. Nadó todavía un poco hasta alcanzar la orilla; entonces *Gamaiovn* se arrojó sobre él...

Con gestos tan expresivos que su caballo se encabritaba, Ivachka mostraba cómo el halcón había alcanzado y herido al pato.

–Sí –dijo con importancia Ouchak, a quien gustaba emplear un lenguaje ampuloso–, esta distracción campestre reconforta infinitamente los corazones entristecidos. La presa del gerifalte es loable y grata, y el vuelo del halcón es bello y alegre de ver.

Delante, a alguna distancia de la carreta, iban también a caballo, Ilia Kapylo y Evtichi Gagara.

Ilia Potapitch tenía un rostro sombrío y severo, una barba completamente blanca y cabellos del mismo color; todo en él respiraba majestuosa gravedad; sólo sus verdosos y lagrimeantes ojos brillaban, llenos de astucia y de malicia. Evtichi era un hombre de unos treinta años, tan enclenque que de lejos se le tomaba por un muchacho; tenía una perilla puntiaguda y poco poblada y uno de esos rostros insignificantes de los que uno difícilmente se acuerda. A veces, sin embargo, cuando se animaba, un sentimiento profundo iluminaba sus ojos grises.

Fedka estaba harto de oír hablar de halcones y patos. A pesar de lo temprano de la hora, había tentado más de una vez la cantimplora, y, como le ocurría siempre en semejantes casos, la lengua sentía comezón de discutir un poco y de filosofar.

Por los retazos de conversación que llegaban hasta él, comprendió que Kapylo y Gagara hablaban de arte iconográfico. Espoleó su caballo para alcanzarles.

–Hoy –decía Ilia Potapitch–, se estampan las imágenes de los santos iconos en hojas de papel; las gentes adornan con ellas sus casas sin respeto, no por piedad, sino por lujo y sin temor de Dios. Estos cromos los hacen los alemanes y otros extranjeros heréticos y los pintan copiando los rostros de su país, poniendo a los iconos trajes extravagantes que no admite la ortodoxia. Y estos iconógrafos pintan también a la santa Virgen según los modelos latinos, con la cabeza descubierta y los cabellos al viento...

–Eh, querido tío –Fedka habiendo bebido un nuevo trago intervenía con afectada deferencia y secreto desafío–: ¿querrás decir que sólo a los rusos les es dado pintar iconos? ¿Por qué no admitir a un artista extranjero si lo que hace es santo y bello?

–Ofendes a los santos iconos, Fedka –interrumpió Kapylo frunciendo las cejas–. Tus palabras son sacrílegas.

–¿En qué son sacrílegas, tío?

Fedka fingía extrañeza.

–Aquel que ama y alaba la fe de los otros se burla de la suya.

–Pero yo no hablo de la fe, Potapitch. Sólo digo que la perspectiva es útil y más dulce que la miel...

–¿Qué me importa tu perspectiva? Charlas como una urraca... Está ordenado no osar nada fuera de la tradición de los

Santos Padres. ¿Comprendes? En la perspectiva o en cualquier otra cosa no se debe hacer nada de propia invención. Quien dice «nuevo» dice «falso»...

–Tienes razón, tío –replicó Fedka con fingida sumisión–. Lo mismo digo yo: los iconógrafos de hoy con frecuencia pintan sin reflexionar antes y no se debe pintar sin saber lo que se hace. Se proclama que hay que volver a los antiguos maestros. Pero por desgracia los antiguos son muchos... Hay los de Novgorod, los de Korsun y los de Moscú y cada uno tiene su manera. Los modelos también son diversos. En estos hay una cosa y en aquellos otra. A veces lo antiguo parece moderno y lo moderno antiguo. Es preciso distinguir dónde está la antigüedad y dónde la novedad. No, Potapitch, no puede haber buen maestro si no reflexiona y razona por sí mismo.

El anciano, sorprendido por este giro inesperado, quedó por un instante desconcertado.

–Y además –continuó Fedka, aprovechando la turbación de su tío y enardeciéndose todavía más–, ¿de dónde habéis sacado que todos los santos iconos deban ser pintados en el mismo tono negro y sombrío? ¿Es así el género humano? ¿Todos los santos son tristes y delgados? ¿No es locura preferir la oscuridad a la luz? Nuestro Señor ha dejado las tinieblas solamente al demonio, pero a sus hijos, justos o culpables, les promete la luz. «Os blanquearé como a la nieve y os haré puros como la lana blanca» y añade: «Soy la verdadera luz y aquel que viene a mí no volverá a las tinieblas». El Profeta ha dicho también: «El Señor reinó y se vistió de belleza».

Fedka hablaba con una elocuencia aprendida, pero era sincero.

Evtichi callaba; sus ojos ardientes denotaban que escuchaba con avidez.

–Según la tradición de los Santos Padres –comenzó Ilia Potapitch con gravedad–, lo que es santo a los ojos de Dios es bello...

–Y lo que es bello es santo –replicó Fedka–. Es lo mismo, tío.

–No, no es lo mismo –replicó el viejo encolerizándose–. Hay también una belleza que procede del demonio.

Y se volvió a su sobrino mirándole fijamente a los ojos

como preguntándose si no sería necesario recurrir a su habitual argumento: el *knut*. Pero, sin bajar los ojos, Fedka sostuvo su mirada.

Entonces Kapylo levantó la mano derecha y, como si conjurase al mismo tiempo al espíritu satánico, exclamó solemnemente:

–¡Perece, vete, maldito, con todas tus astucias! ¡Cristo es mi salvador, mi luz, mi alegría, mi fuerte muro!

Los jinetes llegaban al límite del bosque de Amboise. Dejando a la izquierda la muralla del castillo de Cloux, entraron por las puertas de la ciudad.

VI

La embajada rusa fue alojada en casa del notario del rey, Guillermo Boreau, no lejos de la torre del Reloj, la única que quedaba libre en la ciudad atestada de forasteros.

Evtichi y su camarada se vieron obligados a instalarse en las buhardillas, en un cuartito parecido a un granero. Allí, bajo la luz de la claraboya, Evtichi arregló su minúsculo taller; puso en las paredes unos vasares de roble o de tilo para los iconos, vasijas conteniendo aceite hervido, colas transparentes, tiestos de barro, conchas con oro líquido y colores al huevo, el cofre de madera cubierto de cuero que le servía de cama y clavó encima, en la pared, el icono de Nuestra Señora de Ouglits, regalo del monje Danilo Tcherny.

El rincón era un poco estrecho. Pero allí se respiraba calma, limpieza, intimidad. Desde la ventana se veía entre tejados y chimeneas el verde Loira, las praderas lejanas y las azules cimas del bosque. A veces, por la ventana abierta –los días eran calurosos–, penetraba del jardincillo un olor a cerezos silvestres que recordaba a Evtichi su país, el huerto familiar, cerca de Ouglits, con sus macizos de hinojo, de lúpulo y de grosella; y la empalizada medio derruida ante la vieja casuca del sacristán de la Buena Nueva.

Una tarde, días después de su llegada a Amboise, se hallaba solo en su taller. Sus camaradas habían partido al castillo para asistir a un torneo en honor del duque de Urbino.

Todo estaba en silencio; sólo se oía bajo la ventana el arrullo de los pichones, el roce alegre de sus alas y, de tiempo en tiempo, la campana del reloj de la vecina torre.

Evtichi leía su libro favorito: el *Almanaque Iconográfico*, el cual recogía someras indicaciones, dispuestas por meses y por días, sobre la manera de representar los santos. Aunque conocía esta obra casi de memoria, Evtichi la releía cada vez con nuevo interés y encontraba una nueva alegría.

Pero durante los últimos días la discusión entre Ilia Potapitch y Fedka en el bosque del camino de Amboise despertó en él los pensamientos turbadores que le había ido inspirando todo lo que viera en los países extranjeros y que desde hacía largo tiempo se ocultaban en su corazón. Y buscaba la solución en el *Almanaque*, única fuente segura para «el conocimiento de las imágenes».

«¿Cómo era la forma corporal de la Santa Virgen? –leía en una de sus páginas predilectas–. Era de estatura mediana y su rostro tenía el aspecto de un grano de trigo; sus cabellos eran rubios, sus ojos penetrantes, las pupilas semejantes al fruto del olivo; las cejas arqueadas y negras, la nariz no demasiado corta, su boca semejante a la flor del rosal, y así de suave; el rostro no era ni redondo ni alargado, sino perfecto; los dedos de las manos que recibieron a Dios eran finos y afilados; era sencilla y fuerte y vestía de oscuro.» También leía lo que decía a propósito de Catalina mártir, a quien los helenos comparaban por su belleza y serenidad a la luna, y de Filareto el Clemente; «muerto a los noventa años, pero a pesar de esta extrema vejez, su rostro no cambió nada y se conservó amable y bello como una manzana bermeja».

Y le pareció a Evtichi que Fedka tenía razón; los rostros de los santos deben ser luminosos y alegres, ya que el mismo Señor «se reviste de hermosura» y todo lo que es bello viene de Dios.

Pero volviendo algunas páginas leía en el mismo libro:

«9 de noviembre, conmemoración de la Santísima Teotistea: Un cazador la vio en el desierto y le dio su traje para que cubriera la desnudez de su cuerpo. Quedó ante ella, espantado. No tenía de humano más que la apariencia, casi esquelética, pues a causa del ayuno no era su cuerpo más que huesos y coyunturas cubiertos de piel; los cabellos blancos como el vellón de las ovejas y el rostro negro y pálido; los ojos profundamente hundidos. Parecía un cadáver largo tiempo enterrado. Apenas respiraba y hablaba en voz baja. Carecía de belleza humana.»

»En consecuencia –pensó Evtichi–, todo lo que es santo no es bello; cabe, pues, a pesar del ultraje infligido a la belleza humana, entre los grandes ascetas, el encanto del ángel.»

Pero pensó en san Cristóbal representado a menudo en los iconos rusos y al cual el *Almanaque* consagraba la fecha del 9 de mayo. Se dice de este mártir una cosa singular: tenía cabeza de perro.

El rostro del santo de cabeza de perro llevaba al corazón del iconógrafo una incertidumbre todavía mayor. Pensamientos cada vez más turbadores y espantosos acudieron a su espíritu.

Abandonó el *Almanaque* y cogió otro libro. Un viejo salterio escrito en Ouglits en el año 1485. Fue en este libro donde aprendió a leer y a contemplar las ingenuas viñetas que lo ilustraban.

Este libro, desde su salida de Moscú no había vuelto a caer en sus manos. Después de todas las estatuas antiguas que contempló en los palacios y museos de Venecia, Roma y Florencia, estas imágenes que le eran familiares desde la infancia tomaron, de pronto, para él sentido nuevo: Advirtió que aquel hombre de color azul que tenía una copa de donde caía el agua para ilustrar el salmo «Como el ciervo desea las fuentes de agua, así mi alma te desea, oh, Dios mío» era el dios del río; la mujer tumbada en el suelo entre espigas era Ceres, diosa de la tierra; el adolescente tocado con una corona real, de pie sobre un carro tirado con rojos caballos, era Apolo; el viejo barbudo sentado sobre un monstruo verde junto a una mujer desnuda, figura que ilustraba el salmo «Bendecid las fuentes del mar y de los ríos», era Neptuno con una Nereida.

¿Por qué milagro, tras cuáles peregrinaciones y metamorfosis, los dioses desterrados del Olimpo habían llegado hasta la ciudad de Ouglits pasando por un viejo pintor ruso y un modelo bizantino más viejo todavía?

Desfigurados por la mano del artista parecían tímidos, exagerados, vergonzosos de su desnudez entre los eremitas y los profetas austeros; estremecidos como si en sus cuerpos desnudos estuviesen gélidos por el frío de la noche hiperbórea, veíaselos extáticos. Y, sin embargo, en algunos sitios, en la curva del codo, en el movimiento del cuello, en la redondez de la cadera, brillaba un reflejo de la eterna belleza.

Evtichi experimentaba temor y asombro, reconocía en estos dibujos el salterio d'Ouglist que conocía y amaba desde su infancia, aquellos santos que tenían al mismo tiempo la escandalosa impureza griega. Evtichi se persignó piadosamente y murmuró la consoladora fórmula de los intelectuales rusos que conocía por Ilia Potapitch:

«Todo esto es falso. No ha habido nunca centauros ni gorgonas, ni hombres míticos; son los filósofos helénicos los que han inventado todo esto. Los apóstoles y los padres de la Iglesia condenan semejantes sortilegios y los excomulgan maldiciéndolos.»

Pero, sin querer, comenzó a pensar:

«Pero ¿será cierto? ¿Será todo mentira? ¿Deberá maldecirse? Entonces, ¿por qué al lado de los santos se ha pintado en las viejas iglesias rusas figuras paganas de poetas y sibilas que profetizaron el nacimiento de Cristo, y por qué le llaman el perfecto, lo que demuestra que, aunque infieles, gracias a la pureza de su vida, han recibido las luces del Espíritu Santo?»

Evtichi se puso a trabajar, y no sabiendo experimentar de otra manera el sentimiento que desbordaba su alma, juntó a sus habituales modelos el mártir de cabeza de perro Cristóbal, y centauro, el dios-animal. Sabía que violaba la tradición, mas no quedó en su alma duda ni escándalo; le parecía que una mano invisible guiaba la suya.

Con el cielo y el abismo, el fuego y el huracán, las montañas y los árboles, las aves y los reptiles, los hombres y las fuerzas espirituales; con este Cristóbal de cabeza de perro y el centauro convertido en Cristo, su alma cantaba un salmo magnífico:

«Todo expresa sus alabanzas al Eterno.»

VII

Francisco I era un gran enamorado de las mujeres. En todas sus campañas, junto a sus grandes señores, bufones, enanos, astrólogos, cocineros, negros, pajes, piqueros y capellanes, el rey llevaba a sus rameras bajo la vigilancia de la venerable dama Juana de Lignière. Ellas participaban en todas las solemnidades y regocijos lo mismo que en las procesiones. La corte se confundía con este burdel ambulante de tal modo, que ante una dama cualquiera, era difícil decidir a qué grupo pertenecía. Las alegres muchachas formaban casi parte de la corte, y a su vez las damas de la corte obtenían por su mediación, para sus maridos, condecoraciones, entre ellas el collar de oro de San Miguel.

El rey se mostraba hacia las mujeres con una prodigalidad sin límites. Los impuestos y las tasas aumentaban diariamente sobre los súbditos, y, sin embargo, siempre faltaba dinero. Cuando no era posible esquilmar más al pueblo, el rey despojaba a los señores de sus vajillas y objetos de metal valioso: un día hizo acuñar moneda con la verja de plata del panteón de San Martín de Tours, el gran santo de Francia. No procedía así por incredulidad, sino porque necesitaba dinero. Sin embargo, se consideraba como un fiel vasallo de la Iglesia romana y veía en toda herejía o impiedad una ofensa contra sí mismo.

Desde el reinado de san Luis se conservaba en el pueblo la leyenda de que los reyes de la casa de Valois tenían poder para curar la tiña y la escrófula. En Pascuas, en Navidad, el día de la Trinidad y en otras fiestas, los que esperaban ser curados llegaban, no solamente de todos los puntos de Francia, sino también de España, de Italia o de Saboya.

Cuando las fiestas celebradas con ocasión del matrimonio de Lorenzo de Médicis y en las del bautismo del delfín, una multitud de enfermos se juntaron en Amboise. En un día señalado se les dejó entrar en el patio del castillo real. Antiguamente, cuando la fe era más fuerte, el rey se limitaba a dar una vuelta entre los enfermos. Trazaba sobre cada uno de ellos el signo de la cruz y, tras tocarles con el dedo, exclamaba: «El rey toca, Dios cura».

Como la fe se había debilitado mucho, las curaciones eran cada vez más raras, y por eso las palabras rituales se habían alterado convirtiéndose en la expresión de un deseo: «Que Dios cure a quien el rey toca».

Terminada la ceremonia, el rey se lavaba las manos, el rostro y el cuello con agua con esencia de flor de naranjo, que le era servida en una jofaina de plata. Con ella le traían una servilleta empapada en vinagre.

Después del espectáculo de la miseria humana, la caridad y el dolor, sentía vivos deseos de calmar su espíritu y de entregarse al placer y a lo bello. Entonces se acordaba que desde hacía mucho tiempo tenía pensado ir al estudio de Leonardo. Un día, acompañado de un séquito poco numeroso, se dirigió hacia el castillo de Cloux.

Durante toda la jornada, aunque se sentía débil y doliente, el artista había estado trabajando con entusiasmo en su *San Juan el Precursor.*

Por las ventanas del estudio, una gran habitación fría, embaldosada y con techo de artesonado de encina, penetraban los rayos oblicuos del sol poniente. Aprovechando los últimos resplandores del día, apresurábase a terminar el brazo derecho del Precursor, cuya mano designaba la cruz.

De pronto escuchó bajo la ventana pasos y voces.

–No dejes entrar a nadie –dijo a Francesco Melzi, que se hallaba a su lado–. Di que estoy enfermo o que me he marchado.

El discípulo pasó a la antecámara para detener a los inesperados visitantes, pero, al reconocer al rey, se inclinó respetuosamente y le abrió la puerta.

Leonardo apenas tuvo tiempo de cubrir el retrato de *La Gioconda* que se encontraba al lado del de san Juan. Nunca dejó de hacerlo, porque no quería que aquélla fuese vista por extraños.

El rey entró en el vestíbulo.

Iba vestido con un lujo que no era de muy buen gusto. Las telas de su traje eran de colores vivos y adornado con exceso; cargado de oro, de brocado y de piedras preciosas. Llevaba un calzón de seda negra, un jubón en el que alternaban acuchillados de terciopelo negro y de tisú de oro con enormes mangas abombadas llenas de bullones y una gorra negra provista de una pluma blanca de avestruz. Sobre el pecho, una gorguera cuadrada descubría el cuello delgado y blanco que parecía modelado en marfil. El rey se perfumaba exageradamente.

Tenía veinticuatro años. Sus aduladores afirmaban que había en la prestancia de Francisco tanta majestad, que bastaba verle para conocer inmediatamente, aunque no se supiese, que era el rey. En efecto, era esbelto, alto, bien formado, extraordinariamente vigoroso; sabía mostrar una amabilidad encantadora, pero en su rostro estrecho y largo, demasiado blanco y con una barbita rizada, negra como el ébano, la frente baja, nariz larga; ojos pequeños y astutos, fríos y brillantes como el estaño; labios delgados, húmedos y muy rojos, había algo de desagradable, algo de franca y casi brutalmente lascivo, una expresión de mono y de macho cabrío que hacía pensar en un fauno.

Leonardo, según la etiqueta de la corte, quiso doblar la rodilla ante Francisco, mas éste lo impidió, e inclinándose le abrazó con respeto.

–Hace mucho tiempo que no nos hemos visto, maestro Leonardo –le dijo con amabilidad–. ¿Cómo te va? ¿Trabajas mucho? ¿Has pintado más cuadros?

–Estoy siempre enfermo, señor –respondió el artista, tomando el retrato de *La Gioconda* y poniéndolo en otro sitio.

–¿Qué es eso? –preguntó el rey, señalando el cuadro.

–Un retrato ya antiguo, señor. Ya lo ha visto Su Majestad.

–No importa, enséñamelo. Cuanto más se contemplan los buenos cuadros, más gustan.

Observando que el artista tardaba en obedecer, uno de los cortesanos se aproximó y, quitando la tela que lo cubría, descubrió a *La Gioconda*.

Leonardo frunció el gesto. El rey se sentó en un sillón y durante largo tiempo estuvo contemplando el retrato de *La Gioconda*.

–¡Asombroso! –dijo como si saliese de un sueño–. He aquí la mujer más bella que he visto en mi vida. ¿Quién es?

–Monna Lisa. Mujer del ciudadano florentino Giocondo –respondió Leonardo.

–¿Hace mucho tiempo que has hecho este retrato?

–Hace diez años.

–¿Y sigue siendo tan bella?

–Murió, señor.

–El maestro Leonardo –intervino Saint-Gelais– ha trabajado durante cinco años en este cuadro y todavía no lo ha acabado, según afirma él mismo.

–¿Todavía no está acabado? –exclamó sorprendido el rey–. ¿Qué es lo que le falta? Es una figura que parece estar viviendo. No le falta más que hablar. Confieso que hay para envidiarte. Cinco años al lado de tal mujer. No puedes quejarte de tu suerte. Seguramente lo habrás pasado bien. ¿Y el marido qué decía? Si ella no hubiera muerto, seguramente seguirías pintándola.

El rey se echó a reír, entornando sus ojos brillantes y entreabriendo la boca, lo que le hacía todavía parecerse más a un fauno. La idea de que monna Lisa hubiese sido una mujer fiel a su marido ni siquiera se le ocurría.

–Sí, amigo mío –añadió sin dejar de sonreír–, conoces a las mujeres. ¡Qué espalda! ¡Qué seno! Y lo que no se ve debió de ser todavía más bello.

Francisco no se cansaba de mirar el retrato de *La Gioconda*, con esa cínica mirada masculina que desnuda a la mujer y la posee como en una caricia impúdica.

Leonardo callaba, con los ojos bajos. Se había puesto un poco pálido.

–Para pintar un retrato como éste –continuó el rey–, no basta ser un gran artista. Es preciso penetrar en todos los secretos del corazón femenino, ese laberinto de Dédalo, este embrollo, que el diablo mismo no desenredaría. He aquí a tu *Gioconda*. Humilde, dulce, modesta, con las manos cruzadas como las de una religiosa; pero ¡cualquiera se fía! ¡Quién sabe lo que tiene en su alma!

Souvent femme varie
Bien fol est qui s'y fie.

Leonardo salió de la habitación con el pretexto de sacar más a la luz un caballete con otro cuadro.

–No sé si será cierto lo que se dice, señor –murmuró Saint-

Gelais inclinándose al oído del rey–, pero se dice que Leonardo no ha amado nunca, no solamente a monna Lisa, sino a ninguna otra mujer, y que es absolutamente virgen...

Y más bajo, con aire maligno, añadió sin duda alguna otra frase referente al amor socrático. La belleza extraordinaria de algunos alumnos de Leonardo y las costumbres libres de los maestros florentinos acreditaban cualquier cosa.

Francisco hizo un mohín de sorpresa. Luego se encogió de hombros con la sonrisa indulgente del hombre fino, mundano y sin prejuicios que comprende que en esta clase de asuntos no debe discutirse, como no debe discutirse acerca de gustos o de colores.

Después de *La Gioconda* llamó su atención un lienzo sin acabar que estaba a su lado.

–¿Y esto?

–A juzgar por los pámpanos que rodean su tirso, debe de ser Baco –dijo Saint-Gelais, que era el poeta de la corte.

–Es curioso –observó Francisco con cierta sorpresa–. El cabello, el pecho, el rostro, son los de una muchacha. Se parece a la Gioconda. Tiene la misma sonrisa.

–Es un andrógino –terminó Saint-Gelais.

Como el rey no se distinguía por su erudición, le rogó que le explicase lo que significaba esta palabra. El poeta le habló de la antigua leyenda de Platón sobre los seres de dos sexos, los hombres-mujeres, más perfectos y más bellos que los hombres, hijos del Sol y de la Tierra, en los cuales se unen los dos elementos, masculino y femenino. Eran tan fuertes y tan orgullosos que, como los Titanes, concibieron el proyecto de rebelarse contra los dioses y de precipitarlos en el abismo. Zeus reprimió su revuelta, pero no queriendo exterminar completamente a los sediciosos para no privarse de plegarias y sacrificios, los partió en dos con su rayo, y desde entonces ambas mitades, los hombres y las mujeres, aspiran el uno hacia el otro, presa de ese deseo insaciable que es el amor, y con objeto de recobrar la unidad primitiva.

El rey antes de dar por terminada la visita, propuso a Leonardo la compra del cuadro de *La Gioconda*. Aquél palideció intensamente. Pero fueron vanos todos los esfuerzos por evitar la cesión que el rey le demandaba. El precio de ésta era verdaderamente fabuloso. Cuatro mil escudos. El rey quedó en enviar al día siguiente a recoger el cuadro.

Cuando el rey marchó, Leonardo se dejó caer en un sillón. Fijaba sobre *La Gioconda* una mirada perdida, sin acabar de comprender lo que acababa de ocurrir. Absurdos y pueriles proyectos le acudían al espíritu: ocultar a *La Gioconda* tan bien que no se la pudiese encontrar, no entregarla incluso bajo amenaza de muerte, o sacarla de Francia o huir él mismo llevándosela.

De pronto, tomó una determinación, y ordenando a su discípulo Francesco Melzi que le acompañase, salió del estudio y de la casa camino del Castillo Real, resuelto a hablar con el rey.

VIII

Hallábase el rey en compañía de la encantadora princesa Margarita, su hermana, así como de cortesanas y cortesanos que le rodeaban al final de un banquete.

Recibido por el rey y la princesa en una cámara aparte, Leonardo, venciendo su extraordinaria timidez, comenzó a hablarle de *La Gioconda*.

–Señor –dijo al fin haciendo un esfuerzo–. Señor, no os quedéis con ese retrato. No me importa el dinero. Lo que quiero es el retrato mismo. Dejádmelo hasta que me muera.

La princesa Margarita le contemplaba con interés. El rey se encogió de hombros y frunció el ceño.

–Señor –intervino la princesa, dirigiéndose a su hermano–. Conceded lo que os pide el maestro Leonardo. Lo merece, tened piedad de él.

–¡Cómo! ¿Vos le apoyáis? ¡Esto es un complot!

Margarita puso su mano sobre la espalda del rey y le cuchicheó al oído:

–Pero ¿no lo comprendéis? ¡Es que la ama todavía!

–Pero si ha muerto.

–¡Qué importa! ¿Es que no se ama a los muertos? ¿No decís que en el retrato se la ve tan viva que parece que está hablando? Vamos, hermano mío, sed bueno. Dejadle este último recuerdo del pasado. No amarguéis la vejez del gran artista.

Algo voló al espíritu de Francisco, algo casi olvidado que había leído sobre la unión eterna de las almas, el amor celeste, la fidelidad caballeresca; y sintió el impulso de mostrarse generoso.

–Pues bien, sea, maestro Leonardo –dijo con una sonrisa un poco irónica–. Tú has sabido elegir una buena protectora; estáte tranquilo, se cumplirá tu deseo. Pero no olvides que el cuadro me pertenece. De todos modos, serás pagado de antemano.

Y le dio un cariñoso golpecito en la espalda.

–Amigo mío, yo te lo aseguro, nadie te separará de tu monna Lisa.

Dos lágrimas asomaron a los ojos de la princesa Margarita, quien con dulce sonrisa tendió su mano a Leonardo, el cual la besó silenciosamente.

En el salón vecino, sonó la música. Comenzó el baile. Las parejas se pusieron a danzar.

Nadie paró su atención en el visitante, que remoto y extraño, había pasado como una sombra y ahora marchaba a perderse en la noche negra y sin estrellas, como en un subterráneo.

IX

Para poder entrar en posesión de una pequeña herencia, Francesco Melzi tuvo que ir a buscar sus papeles a casa del notario real de Amboise, Guillermo Boreau. Era un hombre amable y bien dispuesto para con Leonardo.

Hablando un día con Francesco de las últimas obras del maestro, le dijo bromeando que él tenía en su casa un pintor extraordinario, llegado de las regiones hiperbóreas. Como Francesco se interesase, le condujo al granero y allí, en una amplia sala junto a éste, le mostró el pequeño estudio iconográfico de Evtichi Passievitch Gagara.

Francesco, para distraer al maestro, más melancólico que nunca en estos últimos tiempos, le habló del estudio del pintor ruso como de una rara curiosidad y le aconsejó que fuese a verlo. Leonardo, recordando la conversación que tuvo a propósito de Moscú cuando la fiesta del Siglo de Oro en el palacio de Moro, con el embajador ruso Nikita Karatchiarov, sintió el deseo de ver al artista de aquel lejano país, casi fantástico.

Una tarde, poco tiempo después de la adquisición por Francisco I del retrato de *La Gioconda*, el maestro y el discípulo marcharon a casa de Guillermo, el notario.

Aquella tarde los amigos de Evtichi se habían ido del castillo para asistir a un baile de máscaras. Evtichi quiso acompañarlos, pero Ilia Potapitch, que también estaba invitado a la fiesta, le aconsejó que no fuera.

–Las abominables costumbres extranjeras –dijo– permiten que hombres y mujeres enmascarados se junten para divertirse, dando lugar a todo género de blasfemias y pecados, entre músicas y bebidas; se muestran como locos, cantan y danzan indecentes canciones; cada hombre bebe con la mujer de otro y habla con ella descaradamente, le estrecha la mano y acaba gozándola...

Pero no por miedo a las tentaciones, sino por el deseo que tenía de continuar en su trabajo del nuevo icono «todo lo que respira alaba al Señor», Evtichi se quedó en casa; se sentó en su sitio acostumbrado, cerca de la ventana, y se puso al trabajo. Todos los detalles materiales de su arte le parecían tan sagrados como los grandes principios. No sólo se preocupaba de la elegancia, sino también de la solidez y pintaba sus iconos de manera que los siglos pudiesen transcurrir sin destruirlos.

Elegía las materias en que trabajaba. Preparaba sus colores; sabía disolverlos en la yema del huevo; extenderlos sobre la palma para esparcir sus fragmentos con la uña pulverizándolos delicadamente. Al comenzar su obra, reproducía en primer término todo lo que no eran figuras humanas: las montañas, los árboles, las praderas, los fondos de un color rojo y negruzco con irisaciones azules de miosotis y otros aspectos de las rarezas y objetos diversos. Los vestidos y paños solía adornarlos con dorados, de tal manera que las túnicas de los ángeles y de los santos resplandecían finamente.

Por último, tenía la tarea más importante, que era la pintura de los rostros. Aquella tarde había terminado ya cuanto se refiere a los accesorios. Se hallaba absorto en su trabajo cuando escuchó el ruido de alas que hacían los pichones al emprender el vuelo. Evtichi sabía que era la vecina, la joven panadera que daba de comer a las aves. Frecuentemente la veía a hurtadillas. Solía colocarse ella en diferentes y naturales actitudes; a veces, entre las ramas de los lirios, entre los arbustos, y aparecía entonces como un cuadro enmarcado por la ventana abierta del pintor. El cuello de la muchacha, desnudo hasta el nacimiento de los senos, dejaba ver una sombra suave al comienzo del pecho. En su piel blanca se advertían algunas pecas casi imperceptibles, y sus cabellos rojos brillaban al sol como si fuesen de oro.

Evtichi se acordaba de las palabras de Ilia Potapitch.

«... una mala mujer es el peor de los males.»

Evtichi miraba siempre a la vecina, y contestaba a su sonrisa con otra sonrisa involuntaria. Aquella tarde ocurrió lo mismo. Inmediatamente se puso al trabajo y pintó a uno de los santos mártires del icono con cabellos rojos y dorados como los de la linda panadera.

Se escuchaban voces en la escalera. Vlassi, el viejo intérprete de la Embajada, entró seguido de Guillermo Boreau, del dueño de la casa, de Francesco Melzi y de Leonardo.

Cuando Vlassi anunció a Evtichi que estos visitantes querían ver su estudio, se estremeció de vergüenza y casi de miedo. Durante el tiempo que ellos examinaban las cosas, él quedó de pie silencioso, con los ojos bajos, sin saber dónde mirar. Sin embargo, dirigía algunas miradas rápidas a Leonardo, cuyo rostro le hizo impresión. Creyó ver en él un gran parecido con el profeta Elías, tal como lo había representado en una de sus obras.

Leonardo examinaba todo con atención; le asombraba el concepto artístico de algunos cuadros, provistos de lo que los italianos llamaban elemento «bárbaro», «producto de razas feroces». Así designaban ellos a las obras de los rusos.

El maestro examinó igualmente con atención la galería *iconográfica*, colección de iconos que representaban a las diferentes vírgenes de Rusia: «La que abrevia el dolor», «La alegría de los afligidos», «Nuestra Señora de la Dicha», «Nuestra Señora de la Ternura», «Nuestra Señora de la Fuente Vivificante»; esta última se mostraba detrás de un surtidor de agua destinado a apagar la sed de todas las criaturas; «Nuestra Señora de la Pasión» llevaba en brazos a un Niño Jesús que rechazaba con espanto una cruz que sostenía un arcángel con lágrimas en los ojos.

Leonardo comprendía que aquello no era pintura, por lo menos lo que a él le parecía que debía ser el arte de la pintura. Pero producían sobre él un extraño influjo; estas imágenes, a veces torpes, bárbaras, inhumanas hasta el salvajismo, y al mismo tiempo etéreas, transparentes, tiernas a veces como los sueños de un niño, le producían más bien la impresión de la música. En la violación misma de las leyes naturales, mostraban el encanto de un mundo sobrenatural.

El artista experimentó especial sorpresa ante una de las figuras del «Precursor alado», Juan. Era una figura de extraño rostro atormentado; sus ojos, medio abiertos, se parecían a los de las águilas cuando se fijan en el sol; la barba y los cabellos, dijérase que estaban agitados por un vendaval; el vestido era de piel de camello y recordaba las plumas de los grandes pájaros; y los huesos de los brazos y de las piernas se advertían esqueléticamente, apenas cubiertos de piel, ligeros y como prontos para un vuelo; detrás de las espaldas del santo, dos alas gigantescas igual que las de un cisne se desplegaban maravillosamente. Leonardo pensó en el pájaro extraordinario con que había soñado toda su vida.

X

Desde que partió el rey, la soledad y el silencio reinaron de nuevo en Amboise. Las campanadas del reloj de la torre, al sonar las horas; al anochecer, el graznido de los cisnes salvajes sobre los bancos de arena, en medio del Loira que, pulido como un espejo, reflejaba un verde pálido; todas las menudencias de la vida diaria continuaban monótonamente mientras Leonardo seguía trabajando en *San Juan el Precursor.*

Pero a medida que avanzaba en su trabajo, encontraba éste más difícil y más lento. Francesco solía tener la impresión de que su maestro perseguía un imposible. Con aquella misma audacia que había mostrado antiguamente escrutando en el rostro de monna Lisa el misterio de la vida, buscaba ahora en este san Juan ese instante en que la vida y la muerte se confunden en un solo y enorme misterio.

Algunas veces, al atardecer, Leonardo levantaba el velo que cubría *La Gioconda* y la contemplaba largamente; después miraba a Juan.

En estos momentos el discípulo tenía la impresión de que el gesto de adolescente de la mujer cambiaba y que bajo la mirada del artista se animaba con una vida sobrenatural. El rostro de Juan se parecía entonces al de monna Lisa y al del mismo Leonardo, en su juventud, de la misma manera que el hijo recuerda a su padre y a su madre.

La salud del maestro declinaba. En vano Melzi le suplicaba que descansase, que dejara de trabajar. Leonardo no quería oír hablar de descanso.

Un día de otoño de 1518, el maestro se sintió verdaderamente enfermo; pero se sobrepuso a la enfermedad y a la fatiga. Únicamente hubo de terminar más pronto que de costumbre, y rogó a Francesco que le ayudase a subir a su alcoba por la escalera de caracol, que con sus peldaños altos y desgastados resultaba peligrosa para él, pues desde hacía tiempo sufría frecuentes vértigos.

Francesco ayudó a su maestro a subir; tuvieron ambos que detenerse a cada tres o cuatro escalones para que el enfermo tomase aliento.

De pronto su cuerpo vaciló y tuvo que apoyarse pesadamente sobre su discípulo. Éste comprendió la gravedad del mal y llamó a voces al viejo criado Battista Villanis. Poco después acudieron otros y entre todos transportaron al enfermo a su lecho.

Rehusando, como de costumbre, toda clase de alimentos, permaneció en cama seis semanas. Todo el lado derecho del cuerpo y el brazo del mismo lado quedaron paralíticos. Hacia el principio del invierno se sintió mejor, pero su restablecimiento fue largo y difícil.

Durante toda su vida, Leonardo había podido servirse lo mismo de su mano derecha que de la izquierda; pero las empleaba en menesteres contrapuestos; dibujaba con la izquierda y pintaba con la derecha. Solía decir que su superioridad sobre los otros pintores consistía en esta distribución de manejos distintos. Pero la parálisis le había privado casi por completo del uso de la mano derecha.

En los primeros días de diciembre se levantó. Dio algunos pasos por la habitación y pudo descender a su estudio. Pero no trabajó.

Un día, a la hora silenciosa de la siesta, cuando todo el mundo dormía, Francesco fue a ver a su maestro, y al no encontrarle arriba, descendió al estudio; entreabrió con precaución la puerta y echó un vistazo. En los últimos tiempos, Leonardo, más sombrío, más ausente que nunca, gustaba de quedarse solo mucho tiempo, sin permitir que nadie penetrase en la habitación donde se encontraba, como si temiese despertar de algún sueño.

Francesco pudo ver cómo el maestro se hallaba de pie delante del san Juan, tratando de pintar con su mano enferma. La contracción de un esfuerzo desesperado desfiguraba su rostro, fruncía los labios y las cejas; sus mechones grises se pegaban a la frente cubierta de sudor. Los dedos agarrotados no obedecían; el pincel temblaba en las manos del gran artista como en las de un principiante.

Estremecido de pavor, sin osar moverse, conteniendo el aliento, Francesco contemplaba esta suprema lucha del espíritu vivo contra la carne moribunda.

XI

Aquel año el invierno fue muy duro. El hielo hundió varios puentes del Loira. Las gentes morían de frío en las carreteras. Bajaban los lobos hasta los alrededores de la ciudad.

Una mañana Francesco encontró sobre la nieve una golondrina medio helada, que llevó a su maestro. Éste la recalentó con su aliento y le preparó un nido en un rincón cálido, dispuesto a darle la libertad cuando llegase la primavera.

No intentaba trabajar. El *San Juan* yacía sin acabar, junto con otros cuadros, así como dibujos, pinceles y colores en un rincón del estudio. Los días pasaban lánguidamente. Algunas veces el notario Guillermo iba a ver a su amigo y le hablaba de la próxima cosecha, de la carestía de la sal, de los rebaños del Languedoc, que lucían un pelo más largo que los de Berrí y el Lemosín, que, sin embargo, tienen mejor carne. También daba consejos a Maturina, la cocinera, y le enseñaba a diferenciar las liebres jóvenes de las viejas, según el hueso de las patas de delante. Un monje franciscano, confesor de Melzi, natural de Italia, que se había establecido desde hacía mucho tiempo en Amboise, iba también a verle. Era un viejo sencillo, risueño y amable que gustaba contar divertidas y viejas historietas de Florencia. Leonardo, al escucharle, reía también. Durante las largas tardes de invierno, solían jugar a las damas o a los naipes.

El crepúsculo llegaba pronto; una luz de plomo se filtraba a través de las ventanas. Cuando sus amigos se iban, Leonardo se ponía a pasear por su habitación durante horas enteras lanzando frecuentes miradas a su mecánico Zoroastro de Peretola.

Ahora más que nunca, parecía este enfermo el vivo reproche y la irrisión del sueño más querido de Leonardo: la creación del vuelo humano. Según su costumbre, Astro, sentado en un rincón con las piernas recogidas bajo el cuerpo, sobre un gran almohadón, se entretenía en tallar pequeños fragmentos de madera, o bien con los ojos cerrados balanceaba lentamente la cabeza con una sonrisa estúpida. Otras veces agitaba sus brazos como alas, entonando la misma canción monótona y grotesca:

¡Curli! ¡Curli!
Vuelan los héroes, las águilas,
por el espacio luminoso...

Esta canción insistente aumentaba más el fastidio y la desesperación que producía el crepúsculo.

Al llegar la noche, la casa quedaba silenciosa, en tanto afuera rugía el viento, que rompía las ramas de los árboles esqueléticos. Francesco encendía el fuego en la chimenea y Leonardo se sentaba.

Melzi tocaba bien el laúd y tenía una voz agradable. Algunas veces procuraba disipar con la música los sombríos pensamientos del maestro. Un día le cantó una vieja canción compuesta por Lorenzo de Médicis, escrita para una cabalgata de carnaval en honor de Baco y de Ariadna. Leonardo gustaba infinitamente de esta canción triste y alegre al mismo tiempo. La había escuchado muchas veces en su juventud:

Cuán bella es la juventud,
Pero cuán pronto se va.
Goza siempre mientras puedas,
Y no aguardes a gozar.

El maestro escuchaba bajando la cabeza. Se acordaba de la noche de estío, de las sombras negras como el carbón y de la viva claridad de la luna. Recordaba la blanca calle desierta, el sonido de un laúd como éste ante una *loggia* de mármol...

Los acentos de la canción sonaban en sus oídos, mientras sus pensamientos se detenían en *La Gioconda*.

Una noche, al temblar el último sonido del laúd confundiéndose con los rugidos de la tempestad, Francesco, sentado a los pies del maestro, levantó los ojos y vio su rostro surcado por las lágrimas.

Algunas veces, al releer sus notas, Leonardo añadía nuevos pensamientos sobre lo que ahora más le preocupaba: la muerte.

«Ahora ves que la esperanza y el deseo de regresar a tu patria, hacia tu existencia primera, son semejantes a la atracción de la mariposa por la llama y que el hombre que, en incesantes deseos y con alegre impaciencia, espera siempre una nueva primavera, un nuevo verano, nuevos meses y nuevos años, pensando que aquello que espera tarda en llegar, ese hombre no se apercibe que lo que espera es su ruina y su propio fin. Pero este deseo es la esencia de la naturaleza, el alma de los elementos que, sintiéndose prisionera en el alma humana desea eternamente escapar de nuestro cuerpo para volver a Aquel que la envió.»

«En la naturaleza no existe nada fuera de la fuerza y del movimiento; la fuerza es la voluntad, la aspiración eterna del mundo hacia el supremo equilibrio.»

«Cuando lo que se desea se une con el que desea, resulta el logro del deseo y la alegría; cuando el que ama se une a la que ama, logra la felicidad; el peso cuando ha caído permanece en reposo.»

«La parte desea siempre unirse al todo a fin de substraerse a la imperfección; el alma desea siempre residir en el cuerpo, porque sin los órganos del cuerpo no puede obrar ni sentir. Pero la destrucción del cuerpo no lleva consigo la del alma; ésta obra en el cuerpo como el aire en los tubos de un órgano: si un tubo se obstruye, el aire no produce el sonido justo.»

«De la misma manera que un día bien empleado produce un sueño feliz, una vida bien vivida produce una muerte feliz.»

«Toda vida bien vivida es una vida larga.»

«Todos los males dejan un recuerdo amargo, salvo el más grande de todos, la muerte, que destruye con la vida el recuerdo.»

«Cuando pienso que aprendo a vivir, solamente aprendo a morir.»

«La necesidad exterior de la naturaleza corresponde a la necesidad interior de la razón: todo es razonable, todo está bien, porque todo es necesario.»

«Padre Nuestro, hágase Tu voluntad así en la tierra como en el cielo.»

Así, por la razón, justificaba en la muerte la necesidad divina, la voluntad de Dios. Y, sin embargo, en el fondo de su corazón, algo se rebelaba, no pudiendo ni queriendo someterse a la razón.

Una vez soñó que se despertaba en una tumba, bajo tierra, enterrado vivo y que, asfixiado, en un esfuerzo inaudito, empujaba con las manos la losa del sepulcro. Al día siguiente recordó a Francesco su deseo de no ser enterrado antes de que aparecieran los primeros síntomas de descomposición.

En las noches de invierno, entre los aullidos de la borrasca, contemplaba en la chimenea los tizones velados por la ceniza y rememoraba sus años de infancia en el pueblo de Vinci: el grito de las garzas, infinitamente lejano y alegre, que parecía una llamada: «¡Volemos! ¡Volemos!», el olor resinoso y montaraz de los brezos, la vista sobre Florencia en el valle soleado de un violeta transparente como una amatista y tan pequeña la ciudad que la veía toda entera entre dos ramas doradas de uno de esos arbolillos que cubren las pendientes del monte Albano. Entonces sentía que amaba siempre la vida, que medio muerto continuaba aferrado a ella, que tenía miedo de la muerte como de un agujero negro donde un día u otro iría a caer con un grito de supremo terror. Y tanta angustia oprimía su corazón, que sintió ganas de llorar como lloran los niños. Todos los consuelos de la razón, todas las palabras sobre la divina necesidad, sobre la voluntad de Dios le parecían mentiras y se desvanecían como el humo ante este terror irracional. Hubiera dado la eternidad, los misterios del otro mundo, por un solo rayo de sol, por un solo soplo de aire primaveral, por una sola rama florecida de los amarillos arbustos de monte Albano.

De noche, cuando se quedaba solo y no tenía gana de dormir –desde hacía algunos años le aquejaba el insomnio–, Francesco le leía el Evangelio.

Nunca ese libro le pareció tan nuevo, tan extraordinario y tan incomprendido por los hombres. A medida que penetraba en el sentido de ciertas palabras, le parecían profundas como abismos. Uno de estos pasajes se encontraba en el capítulo cuarto del Evangelio según San Lucas. Cuando el Señor hubo vencido las dos primeras tentaciones –la del pan y la del poder– le tomó el demonio llevándole en sus alas:

«Y le condujo a Jerusalén. Le puso sobre lo alto y le dijo: Si tú eres el Hijo de Dios, arrójate desde aquí. Porque está escrito que Él ordenará a Sus ángeles que tengan cuidado de ti y que te lleven en sus brazos para que no te estrelles contra las piedras. Pero Jesús le respondió: Se ha dicho no tentarás al Señor, tu Dios.»

Estas palabras parecían ahora responder a la pregunta que Leonardo se hizo durante toda su vida: ¿Llegaría el hombre a tener alas?

«Y el diablo, no logrando su objeto, se separó de él *por algún tiempo*.»

«¿Por algún tiempo?» «¿Qué significa eso? –pensó Leonardo–. ¿Cuándo, pues, el demonio le volverá a tentar?»

Las palabras que más hubieran podido escandalizarle o inspirar su desdén por contrarias a la experiencia y al conocimiento de las leyes de la naturaleza no le asombraban.

«Si tuvieseis fe, siquiera tan grande como un grano de mostaza, podríais decir a una montaña: Quítate de aquí y arrójate al mar, y eso se haría.»

Siempre le había parecido que la suprema ciencia, inaccesible a los hombres, y la fe suprema, igualmente inaccesible, conducían por caminos diferentes al mismo fin: a la íntima unión de la necesidad interior y la exterior, de la voluntad del hombre y de la voluntad de Dios. Aquel que, con una fe verdadera, diga a la montaña: «levántate y precipítate en el mar», ése sabe que su palabra no puede dejar de cumplirse; para él lo sobrenatural es ya lo natural. Pero el aguijón cruel de estas palabras, ¿no consiste en que es más difícil tener fe, siquiera sea como un grano de mostaza, que decir a la montaña: levántate y arrójate al mar?

También trataba en vano de comprender otras palabras del Señor, todavía más enigmáticas:

«Te alabo, ¡oh, Padre, Señor del cielo y de la tierra!, porque has ocultado estas cosas a los sabios y a los inteligentes y se las has revelado a los niños; sí, Padre mío, eso ha sido así porque Tú lo has querido.»

Si es un misterio que Dios revela a los niños; si la sencillez perfecta no es la perfecta sabiduría, ¿por qué se ha dicho en el mismo libro: «Sed prudentes como la serpiente y sencillos como la paloma»?

Un abismo se abría de nuevo entre estos dos pasajes.

Y también se dijo:

«Considerad cómo los lirios del campo crecen. No os preocupéis diciendo: ¿Qué comeremos? ¿Qué beberemos?, o ¿con qué nos vestiremos? Porque son los paganos quienes buscan estas cosas y vuestro Padre celeste sabe que tenéis necesidad de todas ellas... Todas estas cosas os serán dadas por añadidura.»

Leonardo pensaba en sus descubrimientos, sus inventos, sus máquinas que debían dar al hombre el poder sobre la naturaleza, y pensaba: «Todo ello no son sino progresos materiales. ¿Comer? ¿Beber? ¿Vestirse? ¿No hay, pues, en el trabajo humano nada más que lo útil? Si el amor es María que, eligiendo la mejor parte, se queda sentada a los pies del Maestro y escucha sus palabras, ¿es posible que la sabiduría sea sólo Marte preocupándose de muchas cosas cuando sólo una es necesaria?

Sabía, además, por propia experiencia, que en lo más profundo de la sabiduría se encuentran, como en el borde escurridizo de un abismo, los mayores y más increíbles escándalos.

El recuerdo de esos pequeños, sus propios discípulos, que acaso él mismo había perdido y escandalizado –César, Astro, Giovanni–, le vino a la memoria cuando leía estas palabras:

«Si alguien escandalizase a alguna de estas criaturas que creen en mí sería mejor para él que le atasen una piedra al cuello y le arrojasen al fondo del mar.»

«¡Maldición al mundo, vivero de escándalos! Porque es necesario que los escándalos lleguen; pero ¡maldición al hombre por quien el escándalo llegue!»

Y, sin embargo, en el mismo libro se dice:

«Dichoso aquel que no se escandalice de mí. ¿Pensáis que he venido al mundo a traer la paz? No, os digo, sino la guerra.»

El relato que Marcos y Mateo hacen de la muerte de Jesús le espantaba:

«Después de la sexta hora las tinieblas se cernieron sobre todos los países hasta la novena hora en que Jesús exclamó en alta voz: *Elí, Elí, lamma sabachtani!* o sea: ¡Dios mío!, ¿por qué me has abandonado? Y Jesús habiendo gritado en voz alta, rindió el espíritu.»

«¿Por qué me has abandonado?», pensaba Leonardo. ¿Es sólo a sus enemigos a quienes este último grito del Hijo al Padre, de Aquel que ha dicho: «Yo y mi Padre somos sólo uno», parecía el grito de la suprema desesperación? Si se pusiera sobre un platillo de la balanza toda su doctrina y sobre el otro esas cuatro palabras, ¿cuál pesaría más?

Y, pensando en esto, le parecía ver ya frente a sí ese terrible agujero negro donde muy pronto iba a sumergirse, con aquel mismo grito de supremo espanto: ¡Dios mío, Dios mío! ¿Por qué me has abandonado?

XII

Al levantarse por la mañana miraba, a través de los vidrios helados, la nieve amontonada, el cielo gris, los árboles cubiertos de escarcha y le parecía que el invierno no iba a acabar nunca.

Pero a principios de febrero mejoró el tiempo. De los témpanos suspendidos empezaron a caer límpidas y sonoras gotas; los gorriones piaban; la nieve al fundirse dejaba círculos oscuros alrededor de los árboles; los brotes de las ramas empezaban a hincharse y, a través del vapor rarificado de las nubes, apareció un cielo azul pálido.

Por la mañana, cuando los rayos oblicuos del sol penetraban en el estudio, Francesco colocaba la butaca del maestro donde durante horas enteras permanecía el anciano, sentado, inmóvil, calentándose, con la cabeza baja y las enflaquecidas manos apoyadas entre las rodillas. En aquellas manos y en aquel rostro de párpados medio cerrados había una expresión de infinita lasitud.

Domesticada por Leonardo, la paloma que invernó en el estudio revoloteaba ahora por la habitación, se posaba en su hombro, en su brazo, se dejaba coger y besar en el pico; después reemprendiendo su vuelo planeaba con gritos de impaciencia como si sintiese la primavera. Leonardo seguía con la mirada cada movimiento del ave, cada aleteo y el pensamiento de las alas humanas despertó en él.

Un día, abrió un cofre que había en un rincón del estudio y empezó a rebuscar entre el fárrago de papeles, cuadernos e innumerables cuartillas desperdigadas, cubiertas de dibujos de máquinas, de notas, de fragmentos de todo lo que había escrito sobre la naturaleza.

Durante toda su vida tuvo intención de poner en orden aquel caos, de unir todos aquellos fragmentos por una idea –eje en un conjunto armonioso– en un solo y gran Libro sobre el Mundo, pero siempre lo iba demorando. Sabía que allí había descubrimientos capaces de abreviar en varios siglos el esfuerzo del conocimiento, que podrían cambiar los destinos del mundo y conducirle por nuevos derroteros. Y, al mismo tiempo, sabía que eso no se haría jamás. Era demasiado tarde; todo perecería tan estéril, tan estúpido como la *Sagrada Cena*, el monumento a Sforza y la *Batalla de Anghiari*, porque en la ciencia no había hecho tampoco más que desear con un deseo sin alas, comenzando y no acabando nunca, como si la suerte burlona le castigase por la enormidad de sus deseos y su inactividad en medio de la acción. Preveía que los hombres buscarían lo que él había ya encontrado, descubrirían lo que él había ya descubierto, seguirían su camino, marcharían sobre sus huellas, pero lejos de él, olvidados de él como si jamás hubiera existido.

Encontró un pequeño cuaderno, amarillento por la vejez, cuyo título era *Los pájaros*, y lo apartó a un lado.

En los últimos años casi no había vuelto a trabajar en la máquina voladora, pero nunca dejó de pensar en ella. Observando el vuelo de la paloma domesticada sintió definitivamente madura en su espíritu una nueva idea y resolvió intentar una última experiencia, con la esperanza acaso insensata de que la creación de las alas humanas salvaría y justificaría toda la labor de su vida.

Se entregó a este nuevo trabajo con la misma tenacidad, con el mismo apresuramiento febril que a *San Juan el Precursor.* No pensaba en la muerte, dominando la enfermedad; olvidándose de comer y dormir pasaba días y noches enteras dibujando y haciendo cálculos. A Francesco le parecía que eso no era trabajar sino el delirio de un loco. El discípulo contemplaba con angustia y temor crecientes el rostro del maestro contraído por la crispación de un esfuerzo de voluntad desesperado, casi furioso, el deseo de lo imposible, de aquello que no es dado al hombre ambicionar impunemente.

Transcurrió una semana: Melzi no le abandonaba un momento y por la noche no dormía. Después de la tercera noche, una fatiga mortal se apoderó de Francesco. Se sentó en una butaca próxima a la chimenea apagada y se quedó amodorrado.

La pálida luz matinal entraba ya por las ventanas. La paloma, despierta, gorjeaba. Leonardo, sentado ante su mesa de trabajo, tenía la pluma entre los dedos y la cabeza inclinada sobre un papel cubierto de cifras.

De pronto, se balanceó suavemente, de una manera extraña, y la pluma se le cayó de la mano, mientras reclinaba la cabeza sobre la mesa. Hizo un movimiento para levantarse, quiso llamar a Francesco, pero el grito, apenas imperceptible, expiró en sus labios y al apoyarse torpe y pesadamente con todo el peso de su cuerpo sobre la mesa, la volcó; en tanto, la vela humeante caía al suelo. Melzi, despertado por el ruido, acudió bruscamente. A la vacilante luz de la mañana, entre la mesa caída, la bujía apagada y las cuartillas desparramadas, vio al maestro caído en tierra. La paloma, azorada, daba vueltas por la habitación, golpeando con las alas el techo y las paredes.

Francesco comprendió que se trataba del segundo ataque. El enfermo permaneció varios días sin conocimiento, y continuó en pleno delirio sus cálculos matemáticos. Cuando volvió en sí, pidió los planos de su máquina voladora.

–¡No, no, maestro! –exclamó Francesco–. No permitiré que continúe ese trabajo sin estar restablecido del todo...

–¿Dónde has dejado los dibujos? –preguntó el enfermo, malhumorado.

–No tema, están bien guardados. Le entregaré todo cuando se levante.

–¿Dónde los has dejado? –repitió Leonardo.

–Los he llevado al granero y guardado bajo llave.

–¿Dónde está la llave?

–La tengo yo.

–¡Dámela!

–Vamos, meser. ¿Para qué quiere ahora la llave?

–¡Dámela, dámela enseguida!

Francesco tardaba. Los ojos del enfermo se inflamaron de cólera. Para no irritarle, Francesco le dio la llave. Leonardo la guardó debajo de la almohada y se calmó.

Se restableció más pronto de lo que Francesco creía.

Un día de los primeros de abril pasó una jornada tranquila. Estuvo jugando a las damas con fray Guillermo. Por la tarde, Francesco, fatigado por tantas noches sin sueño, se adormeció, sentado en un banco a los pies del maestro, con la cabeza apoyada sobre su cama. De repente, como por efecto de una sacudida repentina, despertó. Escuchó con atención, pero no pudo oír la respiración del enfermo. La lamparilla se había apagado. La encendió, y al ver que la cama estaba vacía recorrió todas las habitaciones y despertó a Battista Villanis. Tampoco éste había visto a Leonardo.

Estuvo a punto de descender al estudio, pero se acordó de los papeles que había ocultado en el granero. Corrió allí, entreabrió la puerta, que no estaba cerrada con llave, y vio a Leonardo a medio vestir, sentado en el suelo ante una vieja caja que le servía de mesa; escribía al resplandor de una vela haciendo sin duda cálculos relativos a su máquina voladora mientras hablaba en voz baja como si delirase. Este murmullo, los ojos brillantes del maestro, los cabellos en desorden. las cejas erizadas, con el entrecejo fruncido en un esfuerzo sobrehumano del pensamiento, las comisuras de la sumida boca que se bajaban con una expresión de impotencia senil, todo este rostro le pareció a Francesco extraño, desconocido como si jamás lo hubiera visto. Todo era tan espantoso, que el discípulo se detuvo en el umbral de la puerta, sin atreverse a entrar.

En este momento Leonardo cogió el lápiz y borró con tal violencia la página cubierta de cifras, que la punta se rompió. Después, volviéndose, vio a su discípulo, se levantó, pálido y vacilante...

Francesco corrió a él para sostenerle.

–Ya te lo decía, Francesco –dijo el maestro con extraña y dulce sonrisa–, ya te lo decía que acabaría bien pronto. Bien. Ya acabé. Ahora no temas nada. No volveré a empezar. ¡Basta! Estoy viejo y torpe, más torpe que Astro. Ya no sé nada. Y lo que sabía, lo he olvidado. ¡Se acabaron las alas! ¡Al diablo! ¡Que se lo lleve todo el diablo!

Y cogiendo las cuartillas, las estrujó, y las arrojó al suelo con furor.

A partir de este día, su estado empeoró. Melzi presentía que esta vez no se levantaría más. A veces caía en un estado que parecía letárgico.

Francesco sentía lástima. Creía con sencillez en todo lo que la Iglesia le había enseñado. Sólo él había escapado a la influencia de ese encanto pernicioso del «mal de ojo» de Leonardo, que experimentaron casi todos los que se acercaron a él. Y aun sabiendo que el maestro no observaba los ritos de la Iglesia, adivinaba con la presciencia del amor que Leonardo no era un impío. No profundizaba más. No quería saber más.

Pero la idea de que el maestro podía morir sin confesión le espantaba. Hubiera dado su alma por salvar a Leonardo, pero no se atrevía a hablarle de nada.

Una tarde, sentado a la cabecera de la cama, le miraba obsesionado por ese terrible pensamiento.

–¿En qué piensas? –le preguntó Leonardo.

–Fray Guillermo ha venido esta mañana –respondió Francesco con algún embarazo–, quiere verle. Le he dicho que no se podía...

El maestro miró fijamente a Francesco, cuyos ojos estaban llenos de súplica, temor y esperanza.

–No es eso lo que pensabas, Francesco, ¿por qué no quieres decírmelo?

El discípulo callaba, con los ojos bajos.

Leonardo lo comprendió todo. Se volvió entristecido. Había querido siempre morir como vivió: libre de espíritu y sincero con la verdad. Pero tuvo piedad de Francesco: ¿iría ahora, en los últimos instantes de su vida, a turbar su humilde fe? ¿Escandalizaría a una de «estas criaturas»?

Miró de nuevo a su discípulo, posó su enflaquecida mano sobre la de él y dijo con dulce sonrisa:

–Hijo mío, envía a casa de fray Guillermo y dile que venga mañana. Quiero confesarme y comulgar. Ve a buscar también a nuestro amigo el notario.

Francesco, sin decir nada, besó la mano de Leonardo con infinita gratitud.

XIII

La mañana del sábado de Pasión, 23 de abril, cuando el notario maese Guillermo fue a verle, Leonardo le comunicó su última voluntad. En señal de completa reconciliación, legaba a sus hermanos, con quienes se hallaba en litigio, los cuatrocientos florines que había dejado en depósito en casa del camarlengo de la iglesia de Santa Maria Nuova de Florencia. Dejó a Francesco Melzi sus libros, sus instrumentos científicos, máquinas, manuscritos y el resto de los emolumentos que debía percibir del tesoro real; a su criado Battista Villanis, los objetos domésticos del castillo de Cloux y la mitad de la viña que poseía bajo la muralla de Milán, próxima a la Porta Vercellina; a su discípulo Andrea Salaino, la otra mitad de ese mismo viñedo.

En cuanto a sus exequias, rogó al notario que tratase con Melzi, a quien instituyó su ejecutor testamentario.

Francesco y el notario se ocuparon de arreglar el entierro de manera que, a despecho del rumor público, Leonardo muriese en el seno de la Iglesia católica.

El enfermo aprobaba todo y, queriendo demostrar que participaba de la preocupación de Francesco por la pompa de las exequias, fijó en diez libras en vez de ocho el peso de los cirios que debían arder durante las misas de réquiem y en setenta francos en vez de cincuenta la suma que debía distribuirse entre los pobres.

Cuando el testamento estuvo concluido y no quedaba más que la firma de los testigos, Leonardo se acordó de su vieja sirvienta Maturina. Maese Guillermo tuvo que añadir una nueva cláusula para atribuirle en recompensa de sus fieles y largos servicios un traje de buen paño negro, una cofia, también de paño forrado de pieles, y dos ducados de plata. Esta atención del moribundo hacia una pobre sirvienta llenó el corazón de Francesco de un sentimiento de infinita piedad.

Fray Guillermo entró en la habitación con los Santos Sacramentos y todo el mundo se retiró.

Al salir de la habitación del enfermo, el monje tranquilizó a Francesco anunciándole que Leonardo, sumiso a la voluntad de Dios, había cumplido todos los ritos con humildad cristiana.

–Digan lo que quieran las gentes, hijo mío –concluyó fray Guillermo–, será absuelto, según la palabra del Señor: «Bienaventurados aquellos cuyo corazón es puro, porque ellos verán a Dios».

Por la noche, el enfermo empezó a sofocarse. Melzi temió que muriera en sus brazos.

En la mañana del 24 de abril, domingo de Pascua, se sintió un poco mejor. Pero como continuaba sin respirar bien y hacía calor en la habitación, Francesco abrió la ventana. En el cielo azul volaban blancos pichones y el estremecimiento de sus alas se confundía con el repiqueteo de las campanas pascuales. Pero el moribundo no veía ya ni oía nada.

Le parecía que increíbles fardos, como bloques de piedra, caían sobre él y le aplastaban; trataba en vano de levantarse, de empujarlos. Luego, de pronto, en un supremo esfuerzo, conseguía librarse y volaba sobre gigantescas alas; pero de nuevo las piedras caían, se amontonaban, le aplastaban; de nuevo luchaba, triunfaba, lograba volar y siempre así en una lucha sin fin. Cada vez el peso era más espantoso, más considerable el esfuerzo. Al final sintió que no podía luchar más, y exhaló un grito de suprema desesperación: «¡Dios mío, Dios mío!, ¿por qué me has abandonado?». Una gran resignación llenó su alma. Y una vez resignado, comprendió que las piedras y las alas, el aplastamiento del peso y el ímpetu del vuelo, la altura y la profundidad, el vuelo y la caída eran una misma cosa. Volaba y caía, sin distinguir ya si era balanceado por las suaves ondas del movimiento o si su madre le volvía a mecer entre sus brazos.

Durante varios días aún parecía vivo a los que le rodeaban, pero no volvió a recobrar el conocimiento. En la mañana del 2 de mayo, Francesco y fray Guillermo advirtieron que su respiración se debilitaba. El fraile empezó a leer la plegaria de los agonizantes.

Poco después, el discípulo, poniendo su mano sobre el corazón del maestro notó que ya no latía. Le cerró los ojos.

El rostro del difunto apenas sufrió variación, conservaba esa expresión de serena y profunda atención que Leonardo mostraba con tanta frecuencia.

Mientras Francesco, Battista Villanis y la vieja Maturina le amortajaban, las puertas y las ventanas permanecieron abiertas.

En este momento, la paloma domesticada, que durante los últimos días había permanecido olvidada, subió del estudio, y presintiendo su libertad recorrió todas las habitaciones hasta llegar a aquella en que se encontraba el cadáver. Después de haber girado a su alrededor, entre los cirios mortuorios que, al resplandor del sol matinal, ardían como una luz empañada, se posó, sin duda por una antigua costumbre, sobre las manos de Leonardo. Luego, estremeciéndose de pronto, levantó el vuelo y por la ventana abierta desapareció en el cielo con un grito de júbilo. Y Francesco pensó que, por última vez, el maestro había hecho aquello que tanto le gustaba: había dado la libertad a un prisionero con alas...

Siguiendo los deseos del difunto, su cuerpo quedó durante tres días no en un depósito de cadáveres –Francesco no lo quiso–, sino en la misma habitación donde murió.

Respecto a las exequias, se ejecutó estrictamente todo lo prescrito en el testamento: capellanes, canónigos, vicarios, frailes, acompañaron el entierro; sesenta pobres llevaron sesenta cirios; en las cuatro iglesias de Amboise se dijeron tres solemnes misas y treinta misas corrientes a la luz de gruesos cirios de diez libras; setenta francos fueron distribuidos a los pobres del hospital de San Lázaro. Las buenas gentes quedaron así convencidas de que se enterraba a un católico ferviente.

Leonardo recibió sepultura en el convento de San Florentino, pero pronto su tumba olvidada fue borrándose, lo mismo que el recuerdo de Leonardo. El lugar donde reposan sus cenizas ha quedado desconocido para la posteridad.

Al anunciar la muerte del maestro a los hermanos de éste, Francesco escribió:

«No podría explicar el dolor que me ha causado la muerte de aquel que, para mí, fue más que un padre. Pero mientras viva le lloraré, porque me amó con grande y tierno amor. Creo que todos deben afligirse de la pérdida de un hombre tan extraordinario como no volverá a haber jamás. ¡Dios mío, concédele eterno reposo!»

XIV

El día que murió Leonardo, Francisco I estaba cazando en el bosque de Saint-Germain. Al enterarse del fin del artista, mandó sellar el estudio de éste hasta regresar a Amboise, porque deseaba elegir él mismo los mejores cuadros.

Sin embargo, Francisco I tenía en aquellos momentos preocupaciones más graves que el arte. Cinco meses antes, el 12 de enero de 1519, había muerto el emperador Maximiliano. Tres reyes –el de España, el de Francia y el de Inglaterra– se disputaban por la astucia y la intriga la corona del Sacro Imperio. Francisco soñaba ya con reunir el cetro de los reyes de Francia y el de los emperadores romanos y fundar así una monarquía como jamás se había visto en Europa. Tenía intención de destinar tres millones de escudos al soborno; trataba de aliarse con el Papa prometiéndole emprender una cruzada contra los turcos para reconquistar el Santo Sepulcro y asegurando que tres años después de su elección entraría en Constantinopla triunfante y colocaría la cruz sobre Santa Sofía. Sobre todos sus rivales, odiaba al joven Carlos, rey de España. Decía que antes que la de éste aceptaría la elección del insignificante Kurfus de Brandenburg y hasta de Segismundo, rey de Polonia.

Según su costumbre, León X jugaba astutamente con los dos rivales y no respondía ni sí, ni no; al mismo tiempo continuaba por mediación del dominico Dietrich Schomberg las conversaciones entabladas con el gran duque de Moscovia Vassili Ivanovich, tratando de obtener la participación de éste en la Santa Liga formada contra los turcos ofreciéndole su mediación para concluir la paz con el rey Segismundo.

Por esta época, uno de los dos embajadores enviados a Italia, Dimitri Guerassimov, había regresado a Moscú. El otro, Nikita Karatchiarov, permanecía en Roma. Habiéndose enterado de la próxima elección del emperador y de las conversaciones que Francisco sostenía con el peor enemigo de su señor, el rey Segismundo, Nikita, para obtener noticias más detalladas y precisas, partió para Francia con el legado del Papa y, lo mismo que en su primer viaje, llevó consigo a su viejo secretario Ilia Potapitch Kapylo, al intérprete Vlassi y dos amanuenses, Fedor Ignatievitch Roudometov, llamado Fedka el Quemado, y Evtichi Passievitch Gagara.

Siguiendo la costumbre de muchos de los viajeros rusos de la época, Evtichi hacía un breve diario de ruta donde anotaba todo lo que veía y oía de algún interés. Así describía Florencia:

«La ciudad llamada Florencia es muy grande. Entre las descritas anteriormente, no se encuentra ninguna semejante. Es la más bella y mejor de las ciudades italianas que hemos visto. Las iglesias son magníficas y los palacios de mármol blanco elevados y maravillosos. Hay en esta ciudad una iglesia de mármol blanco y negro. La ornamenta un campanario en forma de columna, también de mármol. Subimos hasta lo más alto de esta columna; en total cuatrocientos cincuenta escalones. Lo que pudimos comprender con nuestra humilde razón, lo hemos descrito tal como lo vimos; lo demás es imposible describirlo. ¡Es tan extraordinario!» Así terminaba su relato y, en efecto, no había sabido explicar lo que más le había emocionado: entre los bajo relieves de mármol con que Giotto adornara el primer piso de la gigantesca linterna de la cúpula de la catedral de Santa Maria de Fiore y que representaban los grados sucesivos del progreso humano –el pastoreo, la agricultura, el empleo del caballo, los barcos, el arte de tejer, de trabajar los metales, de la pintura, de la música y de la astronomía–, entre estos bajo relieves había visto el del prodigioso Dédalo ensayando abrir sus enormes alas de cera, inventadas por él: el cuerpo estaba cubierto de plumas de ave; las alas atadas al cuerpo por unas correas; sostenía con las dos manos unas pequeñas palancas, y parecía intentar el vuelo poniendo las alas en movimiento.

En otro tiempo, este mismo bajo relieve había inspirado al joven Leonardo recién llegado de Vinci a Florencia, sus primeros pensamientos sobre su máquina voladora.

La enigmática imagen del hombre alado impresionó mucho a Evtichi, que trabajaba entonces en el icono del Precursor alado. Con una inquietud confusa y fatídica, sintió el contraste entre las alas materiales construidas por el mecánico Dédalo (acaso con la ayuda de algún artificio diabólico), y las alas espirituales simbolizando «la elevación de los Justos hacia Dios», de Juan el Precursor.

Desde Saint-Germain, Francisco I se trasladó al castillo de Fontainebleau y enseguida a Amboise. El embajador ruso Nikita Karatchiarov llegó también en los primeros días de julio de 1519 y, lo mismo que en su primera visita, se instaló en casa del notario Guillermo Boreau, en la calle Mayor de la ciudad, próximo a la torre del Reloj.

A su llegada, el rey visitó el estudio de Leonardo. El mismo día, la princesa Margarita, en compañía del embajador del

Kurfus de Brandenburg y de otros señores extranjeros, entre ellos Nikita Karatchiarov, regresaban al castillo de Cloux.

Al enterarse de ello, Fedka el Quemado aconsejó a su tío Ilia Potapitch y a Evtichi Gagara ir también a «Duclov», pues aseguraba que podían ver muchas cosas curiosas en casa «de ese maestro famoso, Leonardius, hombre de raciocinio maravilloso, generoso corazón, versado en las ciencias, gran retórico, naturalista y de viva imaginación».

Ilia y Evtichi, acompañados del intérprete Vlassi, le siguieron al castillo de Cloux.

Cuando llegaron, Margarita y su séquito habían terminado su visita y ya iban a retirarse. Francesco los recibió con la afabilidad con que trataba a todos los extranjeros que iban a ver la casa del maestro, sin informarse de su estado ni títulos. Les condujo al estudio y les mostró todo lo que allí había.

Con curiosidad y asombro, examinaron las máquinas desconocidas, las esferas astronómicas, los mapamundis, los cuadrantes, los alambiques, el enorme ojo humano de cristal para el estudio de las leyes de la luz, los aparatos de música para estudiar las leyes del sonido, una pequeña campana neumática, las raquetas puntiagudas en forma de barco para marchar sobre el agua, los dibujos anatómicos y los planos de las mortíferas máquinas de guerra. Todo esto encantaba a Fedka; creía ver en ello «la ciencia astrológica», «la gran obra». Pero a cada instante Ilia Potapitch se entristecía, desviaba la mirada y se persignaba piadosamente. A Evtichi le llamó particularmente la atención el esqueleto de un ala rota, como de una gigantesca golondrina. Cuando con ayuda del intérprete Vlassi, Melzi le explicó lo mejor que pudo que era una parte de la máquina volante en la que el maestro había trabajado toda su vida, Evtichi se acordó de Dédalo, el hombre alado del campanario florentino, y extraños y angustiosos pensamientos se despertaron en él con una fuerza nueva.

Examinando los cuadros, se detuvo perplejo ante *San Juan el Precursor*; al principio lo tomó por una mujer y oyó incrédulo lo que Vlassi, según las palabras de Francesco, dijo, que era san Juan Bautista; pero mirando con más atención vio la cruz del cañaveral, «el báculo cruciforme» exactamente igual a aquel con el cual los iconógrafos rusos pintan a Juan el Precursor; advirtió también su piel de camello. Quedó turbado, pero a pesar del contraste de aquella figura sin alas con el alado, familiar a Evtichi, cuanto más lo miraba más le seducía el encanto extraño de este adolescente afeminado, sobre todo por la sonrisa llena de misterio con que designaba la cruz del Gólgota. Permaneció ante el cuadro estupefacto y como embrujado, sin pensar en nada, sintiendo solamente latir su corazón cada vez más fuertemente, con indecible emoción.

Ilia Potapitch no se pudo contener y, escupiendo con furor, juraba:

–¡Diabólica lascivia! ¡Un efebo desnudo como una prostituta, sin barba ni bigote! ¿Es éste el Precursor? Si es el Precursor no lo es de Cristo, sino más bien del Anticristo... ¡Ven, Evtichi, ven enseguida! No manches tus ojos; no es posible que nosotros, ortodoxos, miremos semejantes iconos, frívolos y gratos a Satanás. ¡Malditos sean!

Y, cogiendo a Evtichi por la mano, le arrastró casi a la fuerza lejos del cuadro, y mucho tiempo después de salir de casa de Leonardo no había podido calmarse todavía.

–¿Comprendéis ahora –declaró Ilia Potapitch a sus compañeros–, cuán abominable es ante Dios aquel que practica la geometría, la magia, la alquimia, la astronomía y otras cosas por el estilo? Porque aquel que cree en la razón sucumbe fácilmente a todas las seducciones. Amad, hijos míos, la sencillez más que la sabiduría; no aspiréis a lo más alto, no sondeéis lo más profundo; conformaos firmemente con las enseñanzas que Dios ha querido transmitirnos. Si alguien os pregunta: ¿conoces la filosofía? Responded con humildad: he aprendido a leer y a escribir, pero no conozco el arte griego, ni he leído a los retóricos, ni estudio de cerca ni de lejos la filosofía. Sólo extraigo mis conocimientos de los libros de la Buena Ley, a fin de salvar mi alma de la perdición.

Evtichi escuchaba sin comprender. Pensaba en otra cosa, en el icono grato al demonio. Quería olvidarlo y no podía. La imagen misteriosa del efebo, del inalado, pasaba ante él, le espantaba y le seducía, obsesionándole como un maleficio.

XV

En este segundo viaje de Karatchiarov a Amboise, fue menor la concurrencia; se alojó en la embajada rusa, en un cuarto bajo de la casa, más amplio y cómodo. Pero Evtichi prefería la soledad y se instaló en el mismo sitio que la vez anterior –debajo del tejado, al lado del palomar–, y como entonces hizo un pequeño estudio en la parte abuhardillada.

Al volver de su visita al castillo de Cloux, para alejar la tentación se puso a trabajar en un icono casi terminado; Juan, el Precursor alado, se destacaba sobre el cielo, encima de una montaña de tierra amarilla, calcinada por el sol y que parecía encontrarse en la extremidad del globo terrestre, totalmente rodeada por un océano azul oscuro casi negro. Tenía dos cabezas: una viva sobre los hombros y otra muerta sobre una bandeja que sostenía entre sus manos, como para significar que el hombre sólo puede esperar las alas sobrehumanas matando en él todo lo que hay de humano; su rostro era extraño y espantoso; la mirada de sus ojos, muy abiertos, parecía la del águila clavada fijamente en el sol; la piel de camello que cubría su cuerpo, muy rizada, recordaba el plumaje de un pájaro; la barba y los cabellos se agitaban como por efecto de un viento violentísimo; apenas cubiertos de piel, los huesos de sus flacos brazos y los de las piernas excesivamente largos como los de las garzas parecían de una ligereza sobrenatural, con la parte interior hueca, como los huesos y los cartílagos de los pájaros; desplegadas en el cielo azul, sobre la tierra amarillenta y el negro océano, se hallaban suspendidas, tras sus hombros, dos alas gigantescas como de cisne, blancas por el exterior como la nieve y dorado su interior como la llama.

Evtichi se hallaba terminando de dorar las alas.

Tomó varias hojitas de oro rojo, finas como el papel, las frotó con la mano amasándolas con el dedo en una concha con goma fresca; luego vertió encima agua tibia al calor de la mano, y, cuando la substancia quedó lo suficientemente compacta, empezó a pintar con un pincelito puntiagudo a pequeños trazos dorados, las alas del Precursor, minuciosamente, pluma por pluma. Fijaba el oro con clara de huevo, lo alisaba con una pata de liebre, lo pulía con un diente de oso. Las alas se hacían cada vez más vivas, cada vez más resplandecientes.

Pero el trabajo no le aportaba el acostumbrado olvido; las alas del Precursor le recordaban tan pronto las del mecánico Dédalo como las de la máquina voladora de Leonardo. Y el rostro del misterioso y virginal adolescente, el rostro del inalado, se elevaba ante él. Le espantaba y le atraía, le obsesionaba como un maleficio.

Evtichi sentía su corazón turbado y oprimido. El pincel cayó de su mano. No encontrándose con fuerza para seguir trabajando, salió de la casa y erró largamente primero por las calles de la ciudad y después por las orillas del desierto Loira.

El sol se había ocultado. Las cristalinas aguas del río reflejaban el cielo verde pálido con la estrella de la tarde. Pero por el lado opuesto avanzaban nubes negras. Empezaron a temblar en el cielo los relámpagos como gigantescas alas de fuego con estremecimientos convulsivos. Reinaba el silencio. Y, en ese silencio, el corazón de Evtichi se oprimía con ansiedad e inquietud crecientes.

Vuelto a su casa, encendió la lamparilla ante el icono de Nuestra Señora de Ouglits y se puso a leer oraciones, cánones y salmos. Colocó luego encima del estrecho cofre de madera que le servía de lecho un duro colchón y, tras desnudarse, se metió en la cama. Pero en vano procuraba dormir.

Pasaban las horas. Unas veces ardía y otras tiritaba. En la oscuridad iluminada por los pálidos relámpagos, con los ojos muy abiertos, espiaba el silencio donde le parecía escuchar extraños secretos, murmullos, ruidos, salmos proféticos. Semejantes a divagaciones de delirio, pensamientos incoherentes pasaban por su cerebro; se acordaba de todas las leyendas sobre toda clase de maravillas y criaturas fantásticas: el terrible monstruo Indrik, que «anda bajo tierra como el sol por el cielo y hace manar los ríos y los pozos», el monstruoso Stratimo «que habita en el fondo del océano, agita las ondas y sumerge los barcos»; Kitowas, el hermano de Salomón, que durante el día reina sobre los hombres y por la noche se transforma en bestia errando sobre la tierra; los hombres que vuelan por encima de los abismos, por encima de un fuego que no se apaga jamás: ni comen ni beben y son tan largos y finos que vuelan como telas de araña allá donde el viento les empuja, sin morir jamás. Y le parecía que él mismo como el hombre telaraña volaba en un perpetuo torbellino por encima de un abismo.

Sonó el canto del gallo por segunda vez y se acordó de la antigua leyenda: cuando en medio de la noche los ángeles cogiendo el sol sobre el Trono de Dios, lo transportan hacia Oriente, los querubines baten las alas y sobre la tierra los pájaros se estremecen de alegría y el gallo, abriendo los ojos, se despierta y agita las alas anunciando al mundo el retorno de la luz.

En vano oraba, retenía la respiración según el precepto de Nil Sorski. Era inútil. Las visiones volvían cada vez más vivas, cada vez más obsesionantes.

De pronto, emergiendo de la oscuridad se detuvo ante él, vivo y lleno de un encanto diabólico, el rostro del afeminado, del efebo, que, designando la cruz del Gólgota, miró a Evtichi directamente a los ojos con tierna y maliciosa sonrisa, fijando sobre él una mirada tan atenta y afectuosa que su corazón cesó de latir espantado mientras un sudor frío corría por su frente. Encendió una vela decidido a pasar sin dormir el resto de la noche. Tomó un libro y se puso a leer. Era la antigua leyenda rusa del *Reino de Babilonia*.

En tiempos del rey Nabucodonosor y sus sucesores, la ciudad de Babilonia quedó desierta y se convirtió en el refugio de innumerables serpientes. Siglos más tarde, el emperador bizantino León, bautizado con el nombre de Basilio, envió tres hombres a Babilonia por la corona y el manto de púrpura del rey Nabucodonosor. Anduvieron largo tiempo, pues el camino era estrecho y penoso, y al fin llegaron a la ciudad de Babilonia; pero no vieron nada, ni muros ni casas, ya que a dieciséis estadios alrededor de la ciudad abandonada crecían las hierbas del desierto, «que son el cardo y la mala hierba y entre esas hierbas, reptiles, serpientes y enormes e innumerables sapos, confundidos formando grandes montones como de heno». Al tercer día los enviados llegaron hasta una serpiente inmensa que rodeaba toda Babilonia. Una escalera de madera de ciprés se apoyaba contra la muralla. Subieron por esa escalera, entraron en la ciudad y en uno de los palacios del rey encontraron la corona de Nabucodonosor y un cofre de cornalina que contenía la púrpura y el cetro. Cuando los enviados volvieron al palacio del emperador con los objetos reales, el patriarca de Constantinopla, en un acto solemne celebrado en el templo de Santa Sofía, colocó sobre el piadoso emperador Basilio la púrpura y la corona de Nabucodonosor, rey de Babilonia y de todo el universo. Más tarde el emperador Constantino Monomaco envió esta misma corona al gran duque Vladimiro Vsevolodovitch para testimoniar que la dominación universal estaba reservada por Dios a la nación rusa.

Dejando a un lado el *Reino de Babilonia*, Evtichi cogió otro libro: la leyenda de la *Capucha blanca* que, años antes, Dmitri Guerassimov –el mismo intérprete que acompañaba a Nikita Karatchiarov y cerca del cual servía Evtichi– había enviado desde Roma a Guennadii, obispo de Novgorod.

Según la leyenda, Constantino el Grande, al convertirse a la fe cristiana, fue curado de sus males por el papa Silvestre. Constantino quiso darle en agradecimiento una corona real. Entonces un ángel le ofreció la corona, pero no la corona del imperio celeste. La Capucha blanca simbolizaba la Resurrección de Cristo después del Tercer día. Los papas ortodoxos veneraron largo tiempo la Capucha blanca, hasta que un día el rey Carulo y el papa Formosa, cayendo en la herejía latina, proclamaron la dominación no sólo celeste sino también temporal de la Iglesia. Entonces en una nueva aparición el ángel ordenó a uno de los papas enviar la Capucha blanca a Bizancio, al patriarca Filotas. Éste recibió la reliquia con gran veneración y quiso conservarla, pero el emperador Constantino y el papa Silvestre se aparecieron también, y le ordenaron enviar la Capucha más lejos todavía: a tierra rusa, a Novgorod la Grande. «Porque –dijo al patriarca el papa Silvestre– la antigua Roma por su orgullo y su voluntad se separó de la gloria y de la fe de Cristo, cayendo en la herejía. En cuanto a la nueva Roma, Constantinopla, también allí perecerá la fe por la violencia de los infieles. Será en la tercera Roma, en tierra rusa, donde resplandecerá la gracia del Espíritu Santo. Y has de saber, Filotas, que todas las tierras cristianas, al cabo del tiempo se reunirán en un solo reino, en Rusia, como único lar de la ortodoxia. Porque antaño, por la voluntad del rey Constantino Monomaco, la corona de Nabucodonosor fue transportada de la ciudad real al zar ruso. En cuanto a la Capucha blanca, por voluntad de Jesucristo, se le dará al arzobispo de Novgorod la Grande. Dios dará a la tierra rusa santidad perfecta y el Señor elevará al zar por encima de todos los pueblos, y se llamará a este país la Luminosa Rusia "por voluntad de Dios", a fin de que la tercera y nueva Roma, la Santa Iglesia apostólica y universal, haga que resplandezca la fe ortodoxa por todo el universo.»

Y así fue. El obispo de Novgorod recibió la Capucha blanca y la depositó en la iglesia de Santa Sofía. Y por la gracia de Nuestro Señor Jesucristo, desde ahora hasta la consumación de los siglos cubrirá la cabeza de los santos rusos.

El relato del *Reino de Babilonia* presagiaba la grandeza terrenal de la tierra rusa, y el de la *Capucha blanca* su grandeza celeste.

Cada vez que Evtichi leía estas leyendas, su alma se llenaba de un sentimiento confuso que no alcanzaba a comprender, algo así como una esperanza sin fin que apresuraba los latidos de su corazón y le sofocaba como si estuviese al borde de un abismo.

Tan pobre, tan miserable como le parecía su país en comparación con los países extranjeros, tenía fe en esas profecías sobre la futura grandeza de la tercera Roma, creía en la Nueva Jerusalén, en el rayo de sol naciente iluminando las setenta cúpulas del templo de Santa Sofía o de la Sabiduría Divina.

Sin embargo, en el fondo de su alma, experimentaba una duda, un sentimiento de contradicción. ¿No dicen, pensaba, que Nabucodonosor fue un rey tiránico, «el peor de todos» y que queriendo ser el señor de todas las naciones y honrado como Dios por todos los pueblos y todas las tribus, se hizo proclamar «Único» y adorar en imágenes, en ídolos de oro? El verdadero Dios le castigó. Le quitó su corazón de hombre y le dio uno de bestia, fue repudiado por todos, comió hierba como un buey, y su cuerpo se pudrió con el rocío del cielo, así como sus cabellos crecieron igual que las crines de un león y sus uñas como las garras de los buitres. Y ¿no se lee en el Apocalipsis?: «¡Ya cayó, ya cayó, la Gran Babilonia, la Gran Prostituta, en la que todas las naciones han saciado su impudicicia! ¡Ciudad infame, vestida de lino y de púrpura!».

Y si es así –se preguntaba Evtichi–, ¿cómo en la tercera Roma, en el reino ruso, la Capucha blanca podrá unirse a la abominable corona del rey Nabucodonosor, maldita de Dios; la corona de Cristo junto a la corona del Anticristo?

Comprendió la impenetrabilidad del gran misterio y comprendió que si lo quería analizar sería asaltado por visiones más espantosas todavía que las que acababan de desvanecerse.

Esforzándose en no pensar más, apagó la bujía y terminó durmiéndose.

XVI

Tuvo un sueño: vio a la mujer de rostro y alas de fuego, con vestiduras resplandecientes, sobre el arco de la luna, entre nubes, y abajo, el tabernáculo de las siete columnas con esta inscripción: «La Sabiduría se halla en su morada». Profetas, santos, patriarcas, ángeles llevando los Santos Sacramentos, arcángeles, virtudes y potencias la rodeaban. Entre los profetas, a los mismos pies de la sabiduría, se encontraba san Juan el Precursor; tenía los mismos brazos delgados, las mismas piernas de garza, idénticas alas blancas y gigantescas que las del icono, pero su rostro era otro. En su frente desnuda, en las arrugas obstinadas y erizadas cejas, en su barba larga y cabellos grises, Evtichi reconoció el rostro del anciano semejante al profeta Elías que, dos años antes, había ido a su estudio. El rostro de Leonardo da Vinci, inventor de las alas humanas. Allí donde se hallaba la Mujer, llameaban como brasas en el cielo azul las cúpulas doradas de las iglesias. Se divisaban campos negros, recién arados, azulados bosques, límpidos ríos y llanuras infinitas en lo que Evtichi reconoció la santa tierra rusa.

Las campanas sonaron solemnemente; los ángeles entonaron el cántico triunfal: «¡Aleluya!». Los serafines, ocultando con terror sus rostros tras las alas, cantaban: «Que la carne humana permanezca humilde y vencida». Siete ángeles aletearon y siete truenos retumbaron. Y por encima de la Mujer de los ojos de fuego, por encima de Santa Sofía, el cielo se abrió de repente y algo terrible, semejante al sol, blanquísimo, apareció. Evtichi comprendió que era la Capucha blanca, la corona de Cristo sobre la tierra rusa.

En la leyenda que circundaba la cabeza del Precursor alado, Evtichi leyó:

«Envié al ángel para que os instruyese. Inmediatamente, el Señor que buscáis y el ángel deseado entrarán en el templo. Mirad, ya llegan.»

Los truenos, el estremecimiento de las alas angélicas, el «aleluya» triunfal y el voltear de las campanas se confundieron en un solo cántico de alabanza a Santa Sofía o la Sabiduría Divina.

Y a este cántico respondieron los bosques, los campos, los ríos, las montañas y toda la llanura infinita de la tierra rusa.

Evtichi despertó.

Era temprano; la mañana muy gris. Evtichi se levantó y abrió la ventana. El fresco perfumado de las frondas lavadas por la lluvia llegó hasta él: durante la noche hubo tormenta. Todavía no había salido el sol, pero en el borde del cielo, sobre los bosques oscuros, detrás del río, las nubes aglomeradas se iluminaron de púrpura y oro. Las calles de la ciudad dormían en la sombra. El esbelto campanario blanco de San Humberto se iluminaba con una luz verde pálido, casi submarina. El silencio era absoluto, sólo en los bancos arenosos del Loira desierto, los cisnes salvajes graznaban.

El iconógrafo se sentó cerca de la ventana ante un tablero inclinado, con un tintero de cuerno y un cajón para las plumas; talló una pluma de oca y abrió un enorme cuaderno. Era una obra en la que trabajaba hacía muchos años y que había sido comenzada y luego legada a él por su maestro, el monje Prokhor: *El Nuevo Tratado Iconógrafo corregido*.

«¿De dónde provienen los iconos? No de los hombres, sino de Dios Padre mismo que engendró al Hijo, su Verbo, su Icono vivo.» Eran las últimas palabras escritas por Evtichi. Mojó la pluma en la tinta y continuó escribiendo:

«Yo, pecador, que recibí del Señor algún talento, conociendo mi debilidad, no quiero ahondar en las cosas de la tierra para no condenarme; pero he intentado escribir el alfabeto de ese arte en el que se encuentran todos los miembros del cuerpo humano empleados en el oficio iconográfico, para que sea útil a todos los amantes de esta ciencia honorable. A todos vosotros, hermanos míos, a quienes he consagrado esta labor, os suplico fervientemente rogar a Dios a fin de que yo, que he pintado sobre la tierra Su imagen y la de Sus santos siervos, vea Su faz divina en el reino de los cielos donde se cantan Su gloria y Su alabanza por coros de ángeles ahora y siempre y así hasta la consumación de los siglos. ¡Amén!»

Mientras escribía, del fondo sombrío del bosque surgió, como una brasa encendida, el borde del sol. La tierra y el cielo vibraron como en un acorde musical.

De los aleros de los tejados salió volando una bandada de palomas blancas.

Un rayo de sol atravesó el cristal de la ventana del estudio de Evtichi. Este rayo fue a herir el icono de Juan el Precursor y, sobre el azul del cielo por encima de la tierra amarilla y del negro océano se iluminaron, de pronto, las gigantescas alas, rojas en su parte interna como la llama, blanco como la nieve, por fuera y resplandeciendo bajo la púrpura del sol como si tuviesen calor y vida.

Evtichi, al recordar su sueño, tomó el pincel y mojándolo en tinta roja, escribió en el halo blanco del Precursor:

«Envié al ángel para que os instruyese. Inmediatamente el Señor que buscáis y el ángel deseado entrarán en su templo. Mirad, ya llegan.»

Índice

Título de la edición original: *Leonardo da Vinči. Voskresšie bogie*
Traducción del ruso: Juan Santamaría, cedida por Edhasa
Diseño: Norbert Denkel
Ilustración de sobrecubierta: *La Virgen, Santa Ana, el Niño Jesús y San Juan Bautista*, hacia 1498 (detalle), de Leonardo da Vinci.
National Gallery, Londres. (Foto: The Bridgeman Art Library)
Ilustración de guardas: *La Anunciación*, hacia 1472-1475 (detalle), de Leonardo da Vinci. Galería de los Uffizi, Florencia.
(Foto: AKG Photo)

Círculo de Lectores, S.A. (Sociedad Unipersonal)
Travessera de Gràcia, 47-49, 08021 Barcelona
1 3 5 7 9 8 9 0 7 8 6 4 2

Depósito legal: B. 27059-1998
Fotocomposición: punt groc & associats, s.a., Barcelona
Impresión y encuadernación: Printer industria gráfica, s.a.
N. II, Cuatro caminos s/n, 08620 Sant Vicenç dels Horts
Barcelona, 1998. Impreso en España
ISBN 84-226-6279-5
N.º 18127